Patrick Taylor, 1941 in Nordirland geboren, hat Medizin studiert und lange als Landarzt gearbeitet. Um dem Nordirlandkonflikt zu entfliehen, emigrierte er mit seiner Familie Anfang der 1970er Jahre nach Kanada. Dort hat er auch sein Talent zum Schreiben entdeckt. Von ihm sind bereits zahlreiche Romane und Kurzgeschichten erschienen. Nach dem *New York Times*-Bestseller «Ein irischer Landarzt» erzählt Taylor mit diesem Band die Geschichte um Barry Laverty weiter. Außerdem erschienen ist der Roman «Ein irisches Weihnachtsfest». Patrick Taylor lebt heute auf Saltspring Island in der kanadischen Provinz British Columbia.

«Taylor ist ein großartiger Geschichtenerzähler.» *Publishers Weekly*

PATRICK TAYLOR

NEUES VOM IRISCHEN LANDARZT

ROMAN

Aus dem Englischen
von Sabine Schulte

Rowohlt Taschenbuch Verlag

Die Originalausgabe erschien 2008 unter dem Titel
«An Irish Country Village»
bei Forge Books/Tom Doherty Associates, New York.

Die deutsche Erstausgabe erschien 2009 im Rowohlt Verlag GmbH.

Neuausgabe
Veröffentlicht im Rowohlt Taschenbuch Verlag,
Hamburg, Februar 2024
Copyright © 2009 by Rowohlt Verlag GmbH, Reinbek bei Hamburg
«An Irish Country Village» Copyright © 2008 by Patrick Taylor
Karten Imke Trostbach
Redaktion Karen Nölle
Covergestaltung FAVORITBUERO, München
Coverabbildung Shutterstock
Satz aus der Joanna MT
bei CPI books GmbH, Leck
Druck und Bindung GGP Media GmbH, Pößneck
ISBN 978-3-499-01329-4

Für Dorothy

. • .

NORDKANAL

PORTMUCK

N
W · O
S

CARRICKFERGUS

NEWCOWNABBEY

Bucht von Belfast

Belfast

THE
KINNEGAR

BANGOR

BALLYBUCKLEBO

NEWCOWNARDS

GRAFSCHAFTEN
ANTRIM UND
NORTHDOWN

BUCHT
VON
STRANGEFORD

PLAN VON BALLYBUCKLEBO

Bucht von Belfast

① DOCTOR O'REILLYS HAUS
② SCHWARZER SCHWAN
③ MAGGIE MC CORKLES HÄUSCHEN
④ BAHNHOF
⑤ POLIZEIREVIER
⑥ KATHOLISCHE KIRCHE
⑦ PRESBYTERIANISCHE KIRCHE

▨ GESCHÄFTE
▦ HÄUSCHEN
▪▪▪ GLEISE

BANGOR

HÜGEL VON BALLYBUCKLEBO

CRAIGANCLEC

BELFAST

WOHNSIEDLUNG

HAUPTSTRAßE

BAHNHOFS-STRAßE

1 ✽ Sonntag ist Feiertag

Barry Laverty, oder richtiger Doktor Barry Laverty, hörte eine Pfanne auf dem Küchenherd klappern und roch gebratenen Speck. «Kinky» Kincaid, die Haushälterin von Doktor O'Reilly seinem Chef, hatte das Frühstück fertig, und Barry merkte, dass er einen Bärenhunger hatte.

Schritte polterten die Treppe hinunter, und eine tiefe Stimme brummte: «Guten Morgen, Kinky.»

«Ihnen auch, lieber Doktor.»

«Ist der junge Laverty schon auf?» Obwohl das halbe Dorf Ballybucklebo bis spätabends in seinem Garten gefeiert hatte, war Doktor Fingal Flahertie O'Reilly bereits auf den Beinen.

«Ich hab ihn schon gehört, ja.»

Barrys Kopf war von der Party noch ein bisschen benebelt, aber als er sein Kämmerchen unter dem Dach verließ, lächelte er, weil er Kinkys Angewohnheit, ein «ja» an die Sätze anzuhängen, wie es in ihrer Heimat Cork üblich war, liebenswert fand.

Im Badezimmer wusch er sich den Schlaf aus dem Gesicht. Aus dem Rasierspiegel zwinkerten ihm blaue Augen zu, in einem ovalen Gesicht unter blondem Haar. Wie immer stand die Locke mitten auf seinem Kopf hoch.

Barry kleidete sich fertig an und ging die Treppe hinunter ins Esszimmer. Er kam an dem Zimmer im Erdgeschoss vorbei, welches Doktor O'Reilly als Behandlungsraum benutzte. Barry hoffte, in Zukunft viel Zeit in diesem Raum verbringen zu dürfen. Er blieb einen Moment stehen.

«Willst du da anwachsen?», knurrte O'Reilly aus dem Esszimmer. «Komm rein, damit Kinky uns auftischen kann.»

«Bin ja schon da.» Barry betrat das Esszimmer und blinzelte, weil die Augustsonne durch die Erkerfenster hereinstrahlte.

«Morgen, Barry.» In einem kragenlosen, gestreiften Hemd und roten Hosenträgern, die seine Tweedhosen hielten, saß O'Reilly am Kopfende des großen Mahagonitisches. In einer seiner Pranken hielt er eine Teetasse.

«Morgen, Fingal.» Barry setzte sich und schenkte sich ebenfalls Tee ein. «Herrlicher Tag.»

«Da könnte ich dir fast zustimmen», meinte O'Reilly, «wenn ich nicht so einen schrecklichen Kater hätte.» Er gähnte und massierte sich die Schläfe. Beim Sprechen zog er seine buschigen Augenbrauen noch dichter zusammen. Barry fielen die Äderchen im Weiß seiner braunen Augen auf. Sein zerfurchtes Gesicht mit den Blumenkohlohren und der schiefen Nase verzog sich zu einem Grinsen. «Na ja, früher bei der Marine haben wir das immer als ‹Selbstverstümmelung› bezeichnet. Das war aber auch ein rauschendes Fest gestern.»

Barry lachte. Er fragte sich, wie viele Pints Guinness sein Mentor sich gestern Abend wohl hinter die Binde gekippt hatte. Normalerweise hatten alkoholische Getränke auf O'Reilly so viel Wirkung wie ein Teelöffel Wasser auf einen Waldbrand. Doch heute Morgen war Barry sich gar nicht sicher, ob das großherzige Angebot, das sein Chef ihm mitten in der größten Party aller Zeiten unterbreitet hatte, bloß einer Guinness-Laune entsprungen oder ernst gemeint gewesen war. Beim Aufwachen hatte er noch gedacht, er hätte das Ganze vielleicht geträumt, doch jetzt erinnerte er sich deutlich daran, dass er sich, bevor sein Kopf ins Kissen gesunken war, geschworen hatte, heute früh allen Mut zusammenzunehmen und O'Reilly darauf anzusprechen.

Gewiss hätte Barry auch warten können, bis sein Chef dieses Angebot unter geschäftsmäßigeren Bedingungen wiederholte, aber verdammt nochmal, hier ging es um seine Zukunft. Er blickte kurz auf die Tischplatte hinunter und schaute O'Reilly dann direkt in die Augen. «Fingal», sagte er und stellte seine Tasse ab.

«Was ist?»

«Als du mir gestern eine volle Assistentenstelle für ein Jahr und anschließend dann die Teilhaberschaft in deiner Praxis angeboten hast, da war es dir doch ernst damit, oder?»

O'Reillys Tasse stoppte auf halbem Weg zu seinem Mund. Sein Haaransatz verzog sich, und seine Stirn legte sich in Falten. Die Spitze seiner schiefen Nase wurde bleich.

Unwillkürlich drehte Barry dem Hünen die Schulter zu, so, wie man es vielleicht früher bei einem Pistolenduell getan hätte, um dem Gegner ein kleineres Ziel zu bieten. O'Reillys bleiche Nasenspitze war ein sicheres Zeichen dafür, dass etwas in ihm schwelte und gleich explodieren würde.

«Wie bitte?» O'Reilly knallte seine Tasse auf die Untertasse. «Ob ich das *wie* gemeint habe?»

Barry schluckte. «Ich meinte doch nur ...»

«Himmelkreuzdonnerwetter nochmal, ich weiß, was du gemeint hast. Wie kommst du denn bloß auf die Idee, dass ich es *nicht* ernst gemeint haben könnte?»

«Na ja ...» Verzweifelt bemühte Barry sich, diplomatische Worte zu finden. «Du ... also nein, wir ... wir hatten ja schon 'ne ganze Menge intus.»

O'Reilly schob seinen Stuhl zurück, legte den Kopf schräg, starrte Barry an – und lachte aus voller Kehle, rumpelnd und laut.

Erwartungsvoll sah Barry seinem Chef ins Gesicht. Dessen Nasenspitze hatte wieder ihre übliche blaurote Farbe angenommen, und die Lachfältchen in seinen Augenwinkeln waren tiefer geworden.

«Ja, Doktor Barry Laverty, das habe ich ernst gemeint. Doch, tatsächlich, es ist mein voller Ernst. Ich möchte gern, dass du hierbleibst.»

«Danke.»

«Brauchst dich bei mir nicht zu bedanken – bedanke dich bei dir selbst. Ich hätte dir das Angebot nicht gemacht, wenn ich nicht überzeugt wäre, dass du hier nach Ballybucklebo passt. Die Patienten mögen dich.»

Barry lächelte.

«Mach einfach weiter so. Kapiert?»

«Ja.»

O'Reilly erhob sich, ging um den Tisch und beugte sich über Barry. Er streckte ihm die rechte Hand hin. «Wenn wir Rosshändler wären, würden wir vor Vertragsabschluss in die Hände spucken, aber ich finde, wir sollten auf solche Riten zugunsten eines einfachen Handschlags verzichten.»

Nun stand Barry ebenfalls auf. Er erwiderte O'Reillys Händedruck, erleichtert, dass es sich diesmal nicht um die übliche, knöchelzerquetschende Version handelte. «Danke, Fingal», sagte er. «Vielen Dank, und ich werde mich bemühen …»

«Da bin ich ganz sicher», meinte O'Reilly und gab Barrys Hand frei, «aber nach all diesen ernsthaften Gesprächen sterbe ich fast vor Hunger, und bis ich mein Frühstück kriege, fühle ich mich immer wie ein Stier, der rot sieht. Wo bleibt Kinky denn bloß?» Er drehte sich um und stapfte zu seinem Stuhl zurück.

Barry hörte, wie O'Reilly laut der Magen knurrte. Doch der entschuldigte sich keineswegs, nein, Barry hatte die Erfahrung gemacht, dass sein Chef sich niemals entschuldigte. So war auch sein eben abgelegtes Geständnis, dass er morgens leicht aufbrauste, alles, was Barry von ihm als Ausdruck des Bedauerns für seinen lautstarken Ausbruch erwarten konnte. O'Reilly erklärte sich selten und schien ganz nach seinem eigenen Regelsystem zu leben, dessen erster Lehrsatz lautete: «Lass dir von den Patienten nie, nie, nie auf der Nase herumtanzen.»

Aus dem Augenwinkel sah Barry Mrs Kincaid in der Tür stehen. Er hatte sie nicht kommen hören. Für eine Frau von ihrer Leibesfülle war sie überraschend leichtfüßig.

«Sind Sie jetzt so weit, dass Sie frühstücken möchten?», fragte die Haushälterin und trat ein. Sie stellte ein Tablett auf die Anrichte, nahm zwei Teller herunter und setzte einen O'Reilly und den anderen Barry vor. «Ich wollte Sie nicht stören. Ich weiß ja, dass Sie wichtige Dinge besprechen.» Ihre Augen funkelten, und sie zwinkerte Barry zu. «Aber Sie geraten manchmal ganz schön in Fahrt, mein lieber Doktor O'Reilly, nicht wahr? Dabei habe ich gehört, dass das ganz schlecht für den Blutdruck ist.»

«Reden Sie kein Blech, Kinky.» O'Reilly grinste seine Haushälterin an, allerdings mit einem Blick wie ein kleines Kind, das von seiner Mutter bei etwas Verbotenem ertappt wurde.

Barry wandte seine Aufmerksamkeit dem Frühstück zu. Auf seinem Teller lagen zwei Streifen Belfaster Speck neben einem Spiegelei mit orangegelbem Dotter. Eine halbe Grilltomate prangte auf einem Stück frischgebackenem Sodabrot, und die Krönung des Mahles bildeten zwei Schweinswürstchen, zwei Scheiben Blutwurst und eine Scheibe Grützwurst. Ihm lief das Wasser im Mund zusammen, als ihm die Düfte in die Nase stiegen. Falls die beruflichen Gründe allein nicht ausreichen sollten, um ihn bei O'Reilly zu halten, dann würde Mrs Kincaids Kochkunst sicherlich den Ausschlag geben. «Danke, Kinky», sagte er. «Wenn ich das alles verputzt habe, kann ich Bäume ausreißen.»

Sie lächelte. «Ja, essen Sie das bisschen nur schön auf, aber die Bäume lassen Sie man ruhig stehen.» Mrs Kincaid wandte sich zum Gehen. Die Sonnenstrahlen spielten in ihrem silbernen Haarknoten und zeichneten Diamanten in die Kristallkaraffen auf der Anrichte.

«Danke, Kinky», sagte nun auch O'Reilly, während er sich eine Leinenserviette oben ins Hemd steckte. Er winkte mit der Gabel. «Ich könnte wirklich ein Pferd verdrücken, einen schweren Clydesdale, mit Sattel und allem Drum und Dran.» Er stopfte sich fast einen ganzen Speckstreifen in den Mund.

Barry schluckte ein Stückchen Tomate hinunter.

O'Reilly spießte ein Stück Blutwurst auf die Gabel und kaute mit der Begeisterung eines ausgehungerten Krokodils, das sich über einen fetten Springbock hermacht. «Ohne Frühstück kann ich den Tag nicht anfangen. Aber wenn ich das hier erst mal im Bauch habe, bin ich wie neugeboren.»

Während Barry den Speck schnitt, hörte er die Türglocke, dann Kinkys Schritte und eine Männerstimme. Die Haushälterin erschien wieder im Esszimmer. «Da ist Archibald Auchinleck.»

«Am Sonntagmorgen?», knurrte O'Reilly mit vollem Mund.

«Er sagt, es täte ihm leid, aber ...»

«Na gut», brummte der Arzt und zog die Serviette aus dem Hemdausschnitt. «Erst hältst du mich mit deiner Fragerei vom Frühstücken ab, dann unterbrechen mich die Patienten», sagte er mit einem Blick auf Barry. «Ich werde noch verhungern.» Er stand auf und ging zur Tür.

«Ich stelle das Frühstück in den Backofen. Dann bleibt es warm, ja.» Kinky nahm O'Reillys Teller mit.

Barry nickte und wollte gerade weiteressen, als lautes Schimpfen die Morgenstille zerriss.

«Weißt du eigentlich, welchen Tag wir heute haben, Archibald Auchinleck, du jämmerliche Juxfigur? Na?» O'Reillys Gebrüll ließ Barrys Teetasse klappern. «Antworte mir, du schwabbeliger, schweißfüßiger Schwachkopf!»

Barry war froh, dass nicht er es war, der diese Schimpfkanonade abkriegte. Ein Satz ging ihm durch den Kopf: «Lass dir von deinen Patienten nie, nie ...»

«Sonntag. Bist ein Genie. Für die Antwort hast du den Nobelpreis verdient. Weder Montag noch Freitag, nein, *Sonntag*. So, und in Kapitel 1, Vers 25, im Buch der Bücher heißt es, Gott habe am fünften Tag ‹allerlei Gewürm auf Erden› geschaffen, zweifelsohne Verwandte von dir, Archibald Auchinleck, aber was ... was steht in Kapitel 2, Vers 2, über den siebten Tag? Sag's mir.»

Gedämpftes Gemurmel vom Flur her.

«Da steht, und bitte korrigiere mich, wenn ich falsch zitiere: ‹Und am siebenten Tag vollendete Gott seine Werke ... und ruhte von allen seinen Werken.› Also, was hat er getan?»

Barry konnte die Antwort kaum verstehen: «Er hat geruht, Sir.»

Lass dir von deinen Patienten nie, nie ...

«Er hat geruht. Verdammt nochmal, und jetzt erkläre mir bitte, Archibald Auchinleck, wenn unser lieber Herrgott am Sonntag die Füße hochlegen durfte, warum darf ich das dann nicht auch? Was in Dreiteufelsnamen ist in dich gefahren, dass du ausgerechnet heute herkommst und mich mit schlichten Rückenschmerzen belästigt, die du schon seit Wochen hast?»

... niemals auf der Nase herumtanzen. Das war O'Reillys erste Regel im Umgang mit seinen Patienten, wie Barry wohl wusste, doch nun wurde seine Stimme leiser und sein Tonfall versöhnlicher. «Also gut, Archie. Genug geredet. Ich weiß ja, dass du als Milchmann bloß am Sonntag freihast. Wahrscheinlich kriegst du vom vielen Bücken beim Abliefern der Flaschen Schmerzen, und dass dein Junge in der britischen Armee dient, macht dir bestimmt auch Sorgen. Erzähl mal von deinem Rücken, und ich will sehen, was ich für dich tun kann.»

Barry wischte mit einem Stückchen Sodabrot das Eigelb vom Teller. Das war typisch O'Reilly. Seine Neigung zu Wutanfällen und Vulkanausbrüchen war gekoppelt mit einem enzyklopädischen Wissen über seine Patienten und einem Pflichtgefühl, das den hippokratischen Eid wie einen banalen Kalenderspruch erscheinen ließ.

Er schob den Teller fort, stand auf und schaute durch das Erkerfenster. Es war ein herrlicher Tag, und da O'Reilly ihm heute freigegeben hatte, hatte er keinerlei Verantwortung für die Praxis.

Barry beabsichtigte, seine Freiheit voll und ganz auszukosten. Morgen würde seine Assistenzzeit bei Doktor Fingal Flahertie O'Reilly beginnen. Jetzt war es kein Traum mehr, sondern Wirklichkeit. War es Yeats, der gesagt hatte: «In Träumen beginnen Verpflichtungen»? Denn was immer das kommende Jahr auch für Barry Laverty bereithielt, an Realität würde es sicher nicht fehlen. Barry griff nach seiner Teetasse. Und nach seinen Verpflichtungen.

2 ✳ Am leuchtenden Sommermorgen

Ein brummiger O'Reilly saß im Esszimmer und verzehrte sein warm gehaltenes Frühstück. Archibald Auchinleck, der Milchmann, hatte sich verabschiedet, mit einem Rezept in der Hand und endlosen Entschuldigungen dafür, dass er den Herrn Doktor am Sonntag gestört hatte.

Kinky rückte vor dem Flurspiegel ihren Sonntagshut zurecht, bevor sie zum Gottesdienst aufbrach. Sie ging immer in die presbyterianische Kirche gleich gegenüber von O'Reillys Haus. «Mit dem neuen Pastor wird es großartig. Er hat letzte Woche auch schon gepredigt. Dabei hat er sechs Bankreihen weit Spucke versprüht.»

«Vielleicht sollten Sie zum Schutz Ihren Regenschirm mitnehmen?»

«So ein Blödsinn, Doktor Laverty, mit Schirm würde ich in der Kirche doch total bescheuert aussehen!» Kinky kicherte.

Auch Barry lachte in sich hinein, als er sich dieses Bild ausmalte. «Viel Vergnügen, Kinky», sagte er. «Sie haben so ein tolles Frühstück für uns gemacht, da haben Sie ein bisschen Unterhaltung verdient.»

«Unterhaltung, ja?», fragte Kinky. Sie richtete sich auf, als wollte sie einen Streit mit ihm anfangen, doch dann seufzte sie bloß. «Ihr jungen Leute. Ihr meint, heutzutage müsste alles so sein wie diese Beatles. Manchmal denke ich, die müssen ja glauben, sie wären berühmter als unser Heiland selbst. Das ist eine Schande, ja.»

Kinky rückte erneut ihren Hut zurecht und rauschte zur Haustür hinaus.

«Sie haben ja recht, Kinky», rief Barry hinter ihr her. Er hoffte, dass er sie nicht gekränkt hatte. Doch eine Frau, die es seit kurz nach dem Zweiten Weltkrieg als Haushälterin bei Doktor Fingal Flahertie O'Reilly ausgehalten hatte, war sicherlich nicht so leicht zu kränken. Trotzdem wollte er sich etwas überlegen, um seinen Ausrutscher wiederauszubügeln, denn er hielt es für klug, sich gut mit ihr zu stellen.

Aber nicht jetzt. Jetzt hatte er etwas anderes vor.

Er würde den Tag nicht so verbringen, wie er es sich erhofft hatte, aber, wie O'Reilly seinen Patienten gern sagte: «Was man nicht ändern kann, muss man aushalten.» Barry fragte sich, ob sein Chef wohl wusste, dass dieses Zitat von einem griesgrämigen englischen Pastor stammte, der im 17. Jahrhundert ein Buch mit dem Titel *Die Anatomie der Schwermut* verfasst hatte. Doch, wahrscheinlich ja. O'Reilly entging kaum etwas.

Gezwungenermaßen hatte Barry seinen Tag ohne Patricia Spence geplant, ohne die bezaubernde junge Frau, die er im letzten Monat im Zug nach Belfast kennengelernt hatte. Die einundzwanzigjährige Bauingenieursstudentin war mit der Helligkeit einer Supernova in seinen Kosmos eingebrochen. Patricia nahm ihr Studium so ernst, dass sie ihm vor zehn Tagen erklärt hatte, sie sei nicht bereit, sich zu verlieben. Daraufhin hatte Barry sie nicht mehr gesehen – bis gestern Nachmittag, als sie wunderbarerweise unangekündigt auf dem Abschiedsfest der Galvins aufgetaucht war. Und am Abend hatte sie dann in ihrer Wohnung für ihn gekocht. Den Geschmack ihrer Abschiedsküsse konnte er sich immer noch in Erinnerung rufen.

Und den Geschmack der Lasagne. Für eine Ingenieurin kochte sie gar nicht schlecht.

Heute jedoch besuchte Patricia ihre Eltern in Newry, etwa vierzig Meilen südlich von Belfast. Sie hatte versprochen, ihn bald anzurufen. Mit diesem Versprechen musste Barry sich zufriedengeben, auch wenn er darauf brannte, ihr von seinen Aussichten hier in Ballybucklebo zu erzählen.

Es war ein herrlicher Tag, und er wollte ihn genießen. Es schien ihm, als hätte er schon lange keine Zeit mehr für einen richtigen Spaziergang gehabt. Die Bewegung würde ihm guttun.

Er streckte den Kopf durch die Esszimmertür. «Ich gehe eine Weile raus, Fingal.»

«Wie bitte?»

«Ich geh raus. Du hast gesagt ... du hast gestern gesagt, ich könnte heute freihaben.»

«Mein Gott, und vor einer halben Stunde hast du noch gesagt, du wolltest dich bemühen ... Die Praxis hier ist doch kein Ferienlager!»

«So, wie Sie heute vom Leder ziehen, klingt das eher nach einem Arbeitslager, Doktor O'Reilly», murmelte Barry vor sich hin.

«Was sagst du da?»

«Ach, nichts.» Barry holte tief Luft. «Soll ich hierbleiben?»

O'Reilly schüttelte den Kopf. «Ist schon in Ordnung. Ich wollte dir deinen freien Tag nicht versauen. Hab bloß gerade an Archie Auchinleck gedacht.»

«Mit seinem kaputten Rücken?»

«Das sagt er jedenfalls.»

Nun trat Barry doch wieder ins Esszimmer. Der Patient interessierte ihn. «Hältst du ihn für einen Drückeberger?»

«Nein, das ist Archie bestimmt nicht. Der hat mit seiner Milchtour seit wer weiß wie vielen Jahren nicht einen Tag ausgesetzt.»

«Aber was ist es dann?»

«Sein Sohn.» O'Reilly blickte von seinem Teller auf. «Er hat nur den einen, und der ist zur britischen Armee gegangen.»

Barry erinnerte sich, dass er im Fernsehen einen Bericht über britische Soldaten in einer Friedenstruppe der Vereinten Nationen gesehen hatte. «Aber er ist nicht auf Zypern, oder?»

O'Reilly nickte. «Leider doch. Und die Türken oder die Griechen oder irgendwelche Idioten haben auf sie geschossen. Der arme Archie ist vor lauter Sorge krank.» Er stand auf. «Ich hätte ihn nicht anbrüllen dürfen. Wir Ärzte können überhaupt nichts tun, solange sein Junge nicht nach Hause kommt. Das ist so verdammt frustrierend.»

Und, dachte Barry, wenn du frustriert bist, fährst du aus der Haut, stimmt's, Fingal?

«Also, mach dich auf den Weg. Nutze deine Zeit. Schade, dass heute Sonntag ist.»

«Wieso?»

«Sonst könntest du dir die Haare schneiden lassen.»

«Hab ich doch gar nicht nötig.»

«Aber bald. Und ich werde dich so mit Arbeit eindecken, dass du ab sofort für so was keine Zeit mehr hast.»

Doch als Barry sah, wie die Lachfältchen in O'Reillys Augenwinkeln tiefer wurden, wusste er, dass das eine leere Drohung war. Wenn die Patienten allerdings weiter so in die Praxis strömten wie im letzten Monat, gab es wirklich viel zu tun – und darauf freute er sich. «Ja, und wenn mir die Haare dann über den Kragen hängen, kannst du den Patienten sagen, ich wollte mich bei den Beatles bewerben.»

O'Reilly lachte. «Also, wenn man irgendwas macht, soll man es auch richtig machen. Versuch doch gleich, zu den Rolling Stones zu gehen. Ich hab sie in den Nachrichten gesehen. Die sahen aus wie wandelnde Heuhaufen.»

«Noch nie von ihnen gehört.»

«Kommt bestimmt noch», meinte O'Reilly. «Die produzieren interessante Geräusche.»

Barry schaute zu, wie O'Reilly sich eine Apfelsine fertig machte. Irgendwie schaffte er es, die Schale in einer einzigen langen Spirale abzuschälen. «Wenn du das sagst», meinte er zu seinem Chef.

«Ja, und ich sage auch noch was anderes.» O'Reilly grinste. «Ich hab dir versprochen, dass du heute freihast, also verschwinde und mach dir einen schönen Tag.»

«Danke, Fingal.»

Barry verließ das Haus und spazierte die Hauptstraße von Ballybucklebo hinunter. Die Türen der presbyterianischen Kirche waren geöffnet, und auf der Eingangstreppe stand der schwarzgewandete Pfarrer und begrüßte seine Schäfchen.

Die Augustsonne war längst über den Kamm der Ballybucklebo Hills geklettert und strahlte vom blauen Himmel herunter. Der schiefe Kirchturm warf einen asymmetrischen Schatten über die Eiben und die Grabsteine auf dem kleinen Friedhof.

Barry beobachtete, wie die Gemeinde die Main Street entlang zur Kirche eilte, Männer in schwarzen Anzügen, Frauen in Sommerröcken, mit Hüten und weißen Handschuhen und ordentlich gekleidete, saubere Kinder. Er wusste, dass sie gleich ihre wöchentliche Dosis Höllenfeuer und Schwefel abbekommen würden, denn er erinnerte sich noch gut an seine Kindheit in Bangor, als man ihn jeden Sonntag in die Kirche geschleift hatte. Die Presbyterianer konnten streng sein. Calvin und Knox und die ganze Bande. Die ließen nichts durchgehen.

Einige der Kirchgänger erkannte Barry. Die junge Frau mit dem wehenden blonden Haar unter dem Strohhütchen war Julie MacAteer, die erst kürzlich aus Rasharkin im County Antrim hergezogen war. Sie lächelte ihm zu. «Morgen, Herr Doktor.»

«Morgen, Julie.»

Die ältere Frau mit dem exotischen Hut war Maggie Mac-Corkle. Sie hatte sich mit Kopfschmerzen bei ihm vorgestellt – eine Handbreit über dem Scheitel. Barry musste sie anschauen, denn sie steckte sich jeden Tag andere Blumen ins Hutband. Heute waren es zwei tiefrote Löwenmäulchen. «Morgen, Doktor Laverty.»

«Morgen, Maggie. Wie geht's Ihnen heute?»

«Hab ein winziges bisschen Kopfweh», erwiderte sie und zeigte genau eine Handbreit über ihren Kopf. «Aber machen Sie sich keine Sorgen deswegen.»

«Und Sonny?», erkundigte Barry sich, wobei er gleichzeitig den Vorsatz fasste, die Patienten an seinem freien Tag nicht mehr nach ihrem Befinden zu fragen. Sonny befand sich in Bangor in einem Genesungsheim, wo er sich gerade von einer Lungenentzündung erholte.

Maggie grinste zahnlos. «Der alte Esel ist auf dem Weg der Besserung, danke, Doktor. In den nächsten Tagen hole ich ihn nach Hause.» Sonny und Maggie waren beide über sechzig und wollten bald heiraten.

«Freut mich zu hören. Grüßen Sie ihn von mir, wenn Sie ihn wieder sehen.»

«Gerne.»

«Und den General auch.» General Sir Bernard Law Montgomery, Maggies einäugiger Kater mit dem zerrissenen Ohr, stammte wie sein berühmter Namensvetter aus Ulster und hatte ebenso wie dieser seine Freude an einer ordentlichen Rauferei.

Barry lächelte. Die Menschen hier zu kennen, nicht bloß als Namen und Krankheiten, sondern etwas über ihr Leben zu wissen und von ihnen als Freund begrüßt zu werden, wärmte ihn ebenso wie die Morgensonne.

Er hatte es nicht eilig. Während er gemächlich weiter-schlenderte, lauschte er den Geräuschen des Dorfes.

In den Eiben am Friedhof sangen die Amseln. Über ihren

Melodien schwebte das hohe Tremolo einer Drossel. Ringeltaubenpärchen hockten auf den Telefondrähten und gestanden sich gurrend ihre Liebe. Die Lieder der Vögel wetteiferten mit dem leisen Glockenläuten, das der Wind vom Turm der katholischen Kirche am anderen Ende der Main Street herüberwehte.

Ein Paar näherte sich Barry. Der Mann, in Anzug und mit Melone, war klein und kugelrund. Begleitet von einer ebenso molligen Frau in einem geblümten Kleid, eilte er die Straße entlang. Er machte ein verdrießliches Gesicht, und sie war ganz außer Atem, weil sie sich bemühte, mit seinem Tempo mitzuhalten. «Herrgott, Flo, jetzt komm doch endlich», schnaufte er.

Councillor Bertie Bishop und seine Frau Florence, das wohlhabendste Paar in Ballybucklebo. Barry hatte Mrs Bishop noch nicht kennengelernt, wusste aber aus seinen Begegnungen mit dem Councillor, dass ihr Mann der raffgierigste, hinterhältigste Mensch von ganz Nordirland war.

«Morgen, Councillor. Morgen, Mrs Bishop.»

Barry wurde mit einem schwachen Lächeln und einem «Morgen, Doktor» von Mrs Bishop und mit einem Knurren von ihrem Gatten belohnt. Ja, dachte er, O'Reilly hatte recht. Nicht alle Patienten liebten ihren Doktor, und Bertie Bishop hatte gute Gründe, seine beiden Ärzte zu hassen. Bis letzte Woche hatte er sich in dem Glauben wiegen können, der cleverste Mann im Dorf zu sein. Doch er war nicht der Erste und mit Sicherheit auch nicht der Letzte, der unterschätzte, wie gerissen O'Reilly sein konnte.

Barry bog um die Ecke und spazierte zwischen den weißgetünchten, einstöckigen Häuschen weiter, die den oberen Teil der Main Street säumten. Einige waren mit Stroh gedeckt, andere mit Schiefer, und sie standen gedrängt wie Nachbarn, die sich aufgereiht haben, um auf eine Parade zu warten.

Er erreichte die Kreuzung mitten im Ort, wo der Maibaum, mit roten, weißen und blauen Spiralen bemalt, das ganze Jahr über schief neben Ballybucklebos einziger Ampel lehnte. Eine stichelhaarige Stute wartete vor einem Wagen mit Gummirädern geduldig auf Grün. Ihre Augen waren mit ledernen Scheuklappen vor der Helligkeit geschützt; und außerdem trug sie einen Hut, in den Löcher für die Ohren geschnitten waren. Sie hob den Schweif und ließ einen Haufen dampfender Pferdeäpfel auf den Asphalt fallen.

«Morgen, Doktor Laverty», sagte der Kutscher. Barry kannte ihn nicht. «Herrlicher Tag.»

Barry freute sich, dass ein Fremder ihn mit Namen ansprach. «Das kann man wohl sagen.»

Er überquerte die Straße. Der leichte Wind trug salzigen Seetanggeruch von der Belfaster Bucht herüber und ließ das Wirtshausschild vom «Schwarzen Schwan» schaukeln, dem Pub, der bei den Einheimischen als «Dreckspatz» bekannt war. Die verrosteten Angeln quietschten.

Als Barry unter der Eisenbahnbrücke hindurchging, hörte er über sich den Zug nach Bangor entlangrattern und roch die Dieseldämpfe. Als Student war er mit diesem Zug Tag für Tag von zu Hause zur Queens University in Belfast gefahren. Und er hatte Patricia Spence darin kennengelernt, ganz zufällig, bei einem Ausflug nach Belfast im letzten Monat. So hatte er Grund, das Ungetüm mit Zuneigung zu betrachten, genau so wie die Einheimischen. Im Dorf sagte man nämlich, diese Eisenbahn werde schon in der Schöpfungsgeschichte erwähnt, und dann zitierte man den gleichen Vers wie vorhin O'Reilly: «Und Gott schuf allerlei Gewürm auf Erden.»

Der Zug kroch so langsam wie ein Wurm, das stimmte, aber passte das nicht zu dem Lebensrhythmus in einem Nest wie Ballybucklebo? Ländlich, verschlafen und mit sich selbst im Reinen – ein Dorf, das von dem mörderischen Hass, der im übrigen Ulster oft unter der Oberfläche tobte, nichts zu wissen schien.

Barry stieg die niedrige Düne hinauf, die die Küstenstraße

vom Ufer trennte. Er wusste, dass im Winter, wenn die heftigen Stürme aus Nordost tobten, nur die Dünenkette das Meer davon abhielt, die Häuser dahinter anzunagen.

Er hob einen Kieselstein auf und schleuderte ihn über den schmalen Strand hinweg ins Wasser. Nein, hier brauchte er sich um Konfessionsstreitigkeiten keine Gedanken zu machen. Das hatte O'Reilly ihm versichert, und Barry hatte es mit eigenen Augen gesehen. Donal Donnelly, ein Katholik, war der erste Dudelsackpfeifer bei den Ballybucklebo Highlanders. Barry hatte sie gerade in der Oranierparade am 12. Juli gesehen, und weder Donal noch die Oranierorden hatten sich daran gestört. Jeden Montag spielten der katholische Priester und der presbyterianische Pfarrer zusammen Golf. Barry war dankbar dafür, dass O'Reilly ihm die Möglichkeit bot, sich in diesem Ort niederzulassen, wo die Konfessionszugehörigkeit offenbar keine Rolle spielte.

Er beschleunigte sein Tempo und folgte dem Dünenkamm. Es tat ihm leid, dass Patricia nicht bei ihm war und mit ihm durch Strandhafer und Klumpen von Salmiere streifte. Er beschloss, eine Stunde lang zu gehen und dann zum Mittagessen zu O'Reilly zurückzukehren. Nein, korrigierte er sich, allmählich musste er das Haus in der Main Street Nr. 1 auch als sein eigenes Zuhause betrachten. In einem Jahr, so hoffte er, würde es dann auch auf einem zweiten Messingschild neben der Haustür stehen: «Dr. Barry Laverty, Praktischer Arzt und Chirurg, Arzt für Geburtshilfe».

«Herrlicher Tag», hatte der Fremde auf dem Pferdewagen gesagt. Barry vollführte ein Freudentänzchen. Ja, was für ein Tag. Ab heute war er hier zu Hause, und er fühlte sich in diesem Dörfchen auf dem Land tatsächlich heimisch, viel mehr als in seiner Studentenzeit im hektischen Belfast. Außerdem würde er bald von Patricia hören, und das Wichtigste war, dass er entschieden hatte, welche Richtung seine berufliche Laufbahn nehmen sollte.

Er hörte ein Schreien über sich, blieb stehen und schaute zu, wie die Möwen mit ausgebreiteten Schwingen auf dem Wind segelten. Ja, er hatte sich zu einer Assistenzzeit verpflichtet und freute sich darauf, selbst in seinem Beruf die Schwingen zu entfalten. O'Reilly musste das einsehen und ihn selbständiger arbeiten lassen, denn schließlich – schließlich würde er schon in einem Jahr als vollwertiger Partner mitarbeiten.

Vielleicht, überlegte Barry, würde er doch schon nach einer halben Stunde umkehren, denn er freute sich richtig auf sein Mittagessen und auf einen faulen Nachmittag. Aber natürlich konnte es auch sein, dass etwas Unerwartetes passierte – wie so häufig hier in Ballybucklebo.

3 ✳ Messer, Gabel, Schere, Licht

Barry saß oben in O'Reillys Wohnstube, mit den Füßen auf einer Fußbank und einer von Kinkys erstklassigen Mahlzeiten im Bauch. Das Kreuzworträtsel in der Sunday Times hatte er fast gelöst. Er fragte sich, wann O'Reilly wohl wiederkommen würde. Bei der Rückkehr von seinem Spaziergang war er fast mit seinem Chef zusammengestoßen, denn der stürzte gerade aus dem Haus. Er murmelte etwas von «immer die Gleichen» und schimpfte auf jemanden, dem er einen Besuch abstatten musste – das bedeutete nämlich, dass er auch zur zweiten Mahlzeit des Tages zu spät kommen würde.

Ah ja, dachte Barry, die Freuden einer Landarztpraxis. Er war froh, ausnahmsweise mal nicht zuständig zu sein, insbesondere, da es um einen von O'Reillys Problempatienten zu gehen schien. Barry überlegte kurz, wer es sein könnte, dann wandte er sich wieder seinem Rätsel zu. Dass Lady Macbeth, O'Reillys schneeweiße Katze, auf seinem Schoß hockte und mit der Pfote nach seinem Stift schlug, war seiner Konzentration allerdings nicht gerade förderlich.

Es klingelte an der Haustür. Barry hörte, wie Kinky öffnete, und dann ihre Stimme und das Schluchzen eines Kindes. Er schubste die protestierende Katze auf den Boden, stand auf und ging nach unten.

Kinky begegnete ihm im Flur. «Der kleine Colin Brown und seine Mami. Das Schätzchen hat sich in die Hand geschnitten, ja. Mrs Brown sagt, sie hat die Blutung gestillt, also hab ich die beiden ins Behandlungszimmer gesetzt, bis unser Doktor zurückkommt. Ich hab ihnen gesagt, dass Sie heute freihaben.»

Das Unerwartete war geschehen. «Ich kümmere mich um die beiden», sagte Barry. Er wusste, dass O'Reilly haargenau das Gleiche getan hätte, und eilte ins Behandlungszimmer.

In Sonntagsmantel und Sonntagshut kniete Mrs Brown vor O'Reillys altem Rollschreibtisch und versuchte, ihren Sechsjährigen zu trösten. Barry kannte den kleinen Colin. Gestern noch hatte er fröhlich in O'Reillys Garten gespielt und sich vor Lachen gekugelt. Jetzt krümmte er sich unter Tränen über seine verletzte rechte Hand, und der Rotz lief ihm aus beiden Nasenlöchern. Die Hand war in ein blutbeflecktes Geschirrtuch eingewickelt.

Barry kniete sich neben die Mutter. «Wie ist das passiert?»

«Das weiß ich nicht genau», erwiderte sie. «Ich glaube, er hat mit Dereks Werkzeug gespielt. Er kam aus der Werkstatt angerannt und hat furchtbar geblutet, der Arme, also hab ich seine Hand eingepackt», sie deutete mit dem Kopf auf das Geschirrtuch, «und ihn sofort hergebracht, ganz schnell.»

«Gut», sagte Barry und wandte sich an den Jungen. «Darf ich mir das mal angucken, Colin?»

Der kleine Junge zog die Schultern hoch, legte den Kopf schräg und presste die verletzte Hand noch fester an die Brust. «Nein.» Mit einem Schniefen schaute er seine Mutter an. «Meine Mami sagt, das brauchen Sie nicht. Meine Mami sagt ...»

«Vielleicht kann die Mami helfen?» Barry wartete ab.

Mrs Brown rutschte noch näher an den Schreibtisch heran. «Komm, Colin. Der nette Onkel Doktor macht es wieder besser, weißt du. Er tut dir nicht weh.»

Barry wünschte, sie hätte mit ihrem letzten Satz recht, aber nach der Menge Blut zu urteilen, die in den provisorischen Verband gesickert war, war die Wunde tief und musste genäht werden. Wenn er Kinder behandelte, machte es ihm immer zu schaffen, dass sie nicht verstanden, warum er ihnen Schmerzen zufügte.

Colin wischte sich mit dem Ärmel die Oberlippe ab, dann streckte er seiner Mutter die Hand hin. Der vertrauensvolle Blick des Kindes schnitt Barry so tief ins Herz, wie das Werkzeug in die kleine Hand geschnitten haben musste. «Das tut weh», wimmerte der Junge.

Mrs Brown gab leise, beruhigende Laute von sich und wickelte das Geschirrtuch langsam von der kleinen Hand ab. «Na los», sagte sie, «jetzt zeig dem netten Onkel Doktor dein Aua.»

Colin streckte Barry die Hand hin, doch außer Blut war wenig zu sehen. «Ich glaube», sagte dieser, «ich muss die Hand ein bisschen abwischen.» Er stand auf und ging zur Untersuchungsliege an der grüngestrichenen Wand. «Ich bitte deine Mami jetzt, dich hier rüberzubringen. In Ordnung, Colin?»

Barry wartete, bis Mrs Brown ihren Sohn auf die Liege gehoben hatte. Wenigstens hatte das arme Kind jetzt aufgehört zu weinen. Barry schob den Instrumentenwagen neben die Liege. Obendrauf lag auf einem grünen Tuch eine sterile Packung. «Kannst du die Hand bitte hier hinlegen, Colin?» Zögernd schob das Kind die Hand auf das Tuch. «Gut gemacht.»

Barry riss das Päckchen auf. Darin befanden sich ein steriles Tuch und ein Paar Gummihandschuhe, eine Rolle mit Instrumenten und zwei schimmernde Schälchen aus Edelstahl. Er nahm unten aus dem Rollwagen eine Flasche mit Kochsalzlösung, drehte den Verschluss auf und goss ein wenig in das eine Schälchen. In das andere schüttete er Dettol. Er würde die Wunde mit dem Desinfektionsmittel reinigen müssen, doch beim bloßen Gedanken daran, wie das brennen würde, schauderte es ihn. Oder sollte er –? Doch ja, das konnte klappen.

«Ich wasche mir nur eben die Hände», erklärte Barry, trat ans Waschbecken und drehte die Hähne auf. Während er sich die Hände schrubbte, spürte er, wie der Blick des Jungen sich in seinen Rücken bohrte.

Er hörte Schritte und drehte sich um. O'Reilly stand in der Tür und beobachtete ihn. Er wirkte erhitzt und runzelte die Stirn, nickte Barry aber aufmunternd zu. «Bin gerade wiedergekommen. Mach ruhig weiter.»

Barry beendete sein Händeschrubben. Er war enttäuscht, dass sein Chef jetzt da war und ihn beaufsichtigte, als wäre er noch Student. Doch er konnte ein bisschen Hilfe gebrauchen, und immerhin zeigte sein Einsatz O'Reilly auch, dass er die Praxis keineswegs als Ferienlager betrachtete.

Er trat wieder an den Instrumentenwagen, trocknete sich die Hände ab und zog die Gummihandschuhe über. «So», sagte er und nahm mit einer Zange ein paar Wattetupfer aus dem Päckchen, «jetzt wollen wir die Hand reinigen.» Er tränkte einen Wattebausch mit der Kochsalzlösung und wischte damit behutsam über die Handfläche des Jungen. Ja, der Schnitt musste genäht werden. Er war fünf Zentimeter lang und verlief von der Hautfalte zwischen Daumen und Zeigefinger schräg hinunter zum Handgelenk.

Barry wandte sich an O'Reilly. «Ich brauche Hilfe.» Er machte eine rasche Bewegung mit der rechten Hand, um O'Reilly anzudeuten, dass er nähen musste.

O'Reilly nickte. «Lokal?»

«Bitte.»

Barry stellte sich absichtlich so hin, dass er Colin die Sicht auf die Spritze versperrte.

«Hier», sagte O'Reilly. Er hielt Barry eine Flasche mit Xylokain hin, damit dieser das Lokalanästhetikum in die Spritze aufziehen konnte. Barry legte die Spritze auf dem sterilen Tuch ab.

Er hielt O'Reilly ein Metallschälchen hin. «Könntest du da noch ein bisschen reingießen?» Barry hoffte, dass die Methode, die ihm gerade in den Sinn gekommen war, funktionieren würde.

Er sah, wie sein Chef beim Eingießen die Brauen zusammenzog. Bestimmt hatte O'Reilly diesen Trick noch nie gesehen. Barry hatte ihn im letzten Jahr von einem Arzt auf der Unfallstation gelernt. Wortlos hob er das Schälchen und ließ einige Tropfen der schmerzstillenden Flüssigkeit direkt in die Wunde rinnen.

Colin wimmerte und versuchte, die Hand wegzuziehen, aber seine Mutter hielt den kleinen Arm fest. «Nur noch einen Moment, mein Junge. Nur noch ein Momentchen.»

«Verdammt», sagte O'Reilly. «Warum bin ich da nicht selbst drauf gekommen? Das Anästhetikum wird wohl direkt absorbiert?»

«Ja, und der Kleine merkt weder etwas vom Dettol noch von ...» Barry formte das Wort mit den Lippen: «... der Nadel.»

«Das läuft ja wie geschmiert», kommentierte O'Reilly mit breitem Grinsen. «Wissen Sie», wandte er sich an Mrs Brown, «das war ein großer Tag für Ballybucklebo, als Doktor Laverty hergekommen ist.»

Barry spürte, wie er rot wurde. «So, Colin», sagte er in der Hoffnung, dass die Betäubung inzwischen gewirkt hatte. «Jetzt male ich den Schnitt braun an.»

Mit der Zange tauchte er einen Wattetupfer in das Dettol. Nach kurzem Zögern betupfte er vorsichtig die Wunde, auf lautes Geschrei gefasst, denn Dettol in einer offenen Wunde brannte normalerweise wie die Hölle. Aber es kam kein Mucks. Das Betäubungsmittel wirkte. Barry wischte den Schnitt mit einer großzügigen Dosis Antiseptikum ab.

«So, Colin, jetzt hält deine Mami dich fest.» Barry legte die Zange auf den Wagen und nahm, während er dem Kind weiter die Sicht versperrte, die Spritze in die Hand. Mit einer zweiten Zange hob er einen der Wundränder an. Er sah das gelbe Fett unter der Haut und darunter die roten Muskelfasern. Erwartungsgemäß befand sich Blut in der Wunde, aber es spritzte oder pulsierte nicht, folglich war keine Arterie verletzt. Gut.

«Vielleicht merkst du jetzt, dass ich ein bisschen drücke, Colin.» Barry schob die Nadel am Wundrand unter das Unterhautfettgewebe und spritzte das Betäubungsmittel. Der Wundrand schwoll an und wurde weiß.

«Gut», sagte er, als er fertig war, «jetzt muss das ein paar Minuten wirken.»

Er wischte sich mit dem Arm über die Stirn. Im Behandlungsraum war es warm, und er schwitzte, aber nicht nur wegen der Hitze.

«Alles in Ordnung, Colin?»

«Ja, Sir.» Der Junge weinte wirklich nicht mehr.

Barry lächelte der Mutter zu und freute sich, dass sie zurücklächelte. «Weiter», sagte er und schob eine gebogene Nadel mit einem schwarzen Seidenfaden in einen Nadelhalter, ein Instrument, das einer Schere ähnelte, aber statt der Schneiden kurze, stumpfe Backen besaß. Mit einem Feststellmechanismus zwischen den Griffen konnte man die Backen schließen.

Er hob einen Wundrand mit der Zange an und schob Nadel und Faden mit Hilfe des Nadelhalters durch alle Schichten hindurch, bis er die Nadelspitze tief in der Wunde schimmern sah. Dann hob er den anderen Wundrand mit der Zange an und stieß die Nadel durch das Gewebe. Als die scharfe Spitze über der Haut erschien, packte er sie mit der Zange und zog die Nadel durch.

Ein erster schwarzer Seidenfaden zog sich durch die Wunde. Barry ergriff das lose Ende mit der Zange und legte eine Schlinge um die Spitze des Nadelhalters. Dann führte er mit der Zange das Ende des Fadens zwischen die Backen des Nadelhalters, schloss den Halter und zog die Backen mitsamt dem Faden durch die Schlinge. Ein sanfter Zug an beiden Enden des Nähfadens, und der erste Teil des Knotens war fest. Barry wiederholte den Vorgang, und schon saß ein Kreuzknoten über der Wunde, und der untere Teil war geschlossen. Mit einer Schere schnitt Barry die Fadenenden ab, aber nicht zu dicht am Knoten – in ein paar Tagen mussten die Fäden gezogen werden, und die Enden sollten so lang sein, dass man sie fassen und den Knoten daran anheben konnte, um die Schlinge dann durchzuschneiden. «Gleich vorbei», sagte er knapp.

In weniger als fünf Minuten hatte er eine Naht mit vier schönen Stichen produziert, und die Wunde war geschlossen und hatte aufgehört zu bluten. «Fertig.» Er legte die Instrumente ab und lächelte Colin an.

«Hab gar nix gemerkt», sagte der Kleine mit großen Augen und betrachtete seine Hand. «Wart nur, wenn ich Jimmy Hanrahan und den anderen heute Nachmittag in der Sonntagsschule erzähle, dass ich genäht worden bin.»

Barry hörte den Stolz in der Stimme des Jungen. Er staunte. Kinder waren wirklich nicht unterzukriegen.

«Ganz herzlichen Dank, Doktor Laverty; und noch dazu an Ihrem freien Tag», zwitscherte Mrs Brown. «Wir wollen Sie aber nicht weiter aufhalten. Nein, wir machen uns jetzt wieder auf den Weg.»

Barry lächelte. «Nicht so schnell. Ich muss die Hand noch verbinden. Vielleicht ist es sinnvoll, wenn Sie Colin in den nächsten paar Tagen alle sechs Stunden ein Aspirin geben. Wenn die Betäubung aufhört, wird es ein bisschen wehtun.»

Die Mutter nickte weise. «Das mache ich, klar.»

«Und kommen Sie nächsten Freitag mit ihm zum Fädenziehen.»

«Am Freitag? Ja, da kommen wir wieder, oder, Colin?»

«Ja, Mami. Darf ich jetzt runter?»

Barry hörte das leise Plumpsen, als der Junge auf den Boden sprang.

«Bedanke dich bei dem netten Onkel Doktor, Colin.»

«Danke schön, Doktor Laverty», piepste das Kind. «Weißt du was? Wenn ich groß bin, werde ich auch Doktor.»

«Tatsächlich? Jetzt aber raus.» Barry grinste über beide Wangen, denn erneut wurde ihm bewusst, dass ihn nicht nur die fünfunddreißig Pfund pro Woche in Ballybucklebo hielten. «Und schneide dich nicht wieder.»

Kaum waren Mutter und Sohn fort, drehte er sich zu O'-Reilly um. Eigentlich rechnete er damit, für seine Arbeit ein Lob zu erhalten, aber das Gesicht seines Chefs war ausdruckslos. Warum, fragte Barry sich, sollte er mich auch für eine derartige Routinesache loben? Wenn ich meinen Teil an der Arbeit hier übernehme, wird er doch wohl von mir erwarten können, dass ich eine Schnittwunde nähe. Und plötzlich freute sich Barry darüber, dass O'Reilly keinen Kommentar abgab.

Er räumte auf, warf die schmutzigen Wattetupfer in den Treteimer.

O'Reilly hatte sich in seinem Drehsessel niedergelassen und schaute aus dem Fenster. «Lass den Rest für Kinky», sagte er plötzlich und erhob sich wieder. «Ich muss mit dir sprechen, Barry.» Seine Stimme hatte einen scharfen Unterton. «Oben in der Wohnstube.»

Barry wurde flau im Magen. Er wandte sich zur Tür. «Worüber denn?»

«Über den Notfall, zu dem ich hinmusste.» Auf O'Reillys Gesicht war nicht die leiseste Andeutung eines Lächelns zu sehen.

War es jemand, den Barry kürzlich behandelt hatte? Hatte

er einen Fehler gemacht? Bevor er nachfragen konnte, hörte er O'Reilly schimpfen, doch dann wurde ihm klar, dass es nicht ihm galt.

«Zum Donner nochmal, was machst du denn hier, Donal Donnelly? Und wie bist du überhaupt reingekommen, ohne zu klingeln?»

4 * Wem die Stunde schlägt

Barry drehte sich um. In der Tür stand Donal Donnelly, ein schlaksiger junger Mann mit karottenrotem Haarschopf und Hasenzähnen. O'Reillys Anblick hatte ihm offenbar die Sprache verschlagen. Verlegen drehte er seine Schirmmütze in den Händen. Donal war, wie Barry wusste, der Verlobte von Julie MacAteer und würde bald eine ehrbare Frau aus ihr machen. Julie war nämlich schwanger, und im Jahr 1964 wurde ein uneheliches Kind im ländlichen Ulster von vielen nicht nur mit Stirnrunzeln betrachtet.

«Ich warte, Donal Donnelly, aber nicht mehr lange», brüllte O'Reilly.

Donal schluckte. «'tschuldigung, Herr Doktor. Ich bin nicht krank oder so. Wollte Sie bloß was fragen, eine Kleinigkeit. Als Mrs Brown eben rauskam, bin ich schnell durch die Tür reingesaust.»

«Durch die Tür, was du nicht sagst, und genau da kannst du auch wieder raussausen. Ich hab noch nicht Mittag gegessen, und außerdem muss ich was Wichtiges mit Doktor Laverty besprechen.»

Barry spürte, wie O'Reilly sich an ihm vorbeischob. Achtung, Rosenbüsche, dachte er. Wenn sich Donal nicht vorsah, würde er gleich ins Rosenbeet fliegen, genau so wie Seamus

Galvin vor ein paar Wochen. Bei seiner Ankunft in Ballybuck-lebo hatte Barry nämlich beobachtet, wie der Arzt Seamus buchstäblich im hohen Bogen aus dem Haus geworfen hatte. Barry wünschte, Donal würde wieder gehen. Er wollte nicht, dass O'Reilly in Zorn geriet, nicht jetzt, wo sie etwas Wichtiges zu besprechen hatten.

«Ich bin nicht krank, Sir», wiederholte Donal. Die Mütze schützend vor sich haltend, trat er einen Schritt zurück. «Ich bin wegen einem Rennpferd hergekommen.» Seine Stimme wurde eine ganze Oktave höher. «Da könnt ich ein bisschen Geld für Julie und das Baby rausschlagen», quiekste er.

O'Reilly stutzte. «Aus einem Pferd?» Barry hörte den interessierten Unterton in O'Reillys Stimme. «Aus welchem Pferd denn?»

«Arkle, Sir.» Donal flüsterte.

Den Namen hatte Barry schon mal gehört. Er wusste, dass Donal einen Windhund namens Bluebird besaß. O'Reilly hatte beim letzten Rennen auf den Hund gesetzt und vierhundert Pfund gewonnen. Aber was hatte Donal jetzt mit Rennpferden zu tun?

«Arkle? Du spinnst wohl, Donal. Deine Hündin kannst du vielleicht für ein Rennen manipulieren, aber du hast doch überhaupt keine Chance, unser Wundertier auch nur von fern zu sehen.»

«Entschuldigt mal bitte», unterbrach Barry, «von wem redet ihr da eigentlich?»

Er war überrascht, als Donal und O'Reilly beide loslachten. «Arkle ist ein Steepler, er läuft Hindernisrennen. Gehört Mary, der Herzogin von Westminster. Das beste Pferd, das Irland je hervorgebracht hat. Hier kennt ihn jedes Kind, deswegen nennen wir ihn nur ‹unser Wundertier›.»

Jetzt kapierte Barry. «Ist das nicht der Wallach, der dieses Jahr am Sankt-Patricks-Tag den *Cheltenham Gold Cup* gewonnen hat?»

«Genau», bestätigte Donal, «und dreizehn Tage später das Irish Grand National.»

«Also gut, Donal», brummte O'Reilly, «ich bin ganz Ohr. Worum geht es denn nun?»

«Darf ich reinkommen, Sir?»

O'Reilly trat zur Seite. Donal schob sich an ihm vorbei in den Behandlungsraum und schloss die Tür. Er blickte sich um und senkte die Stimme. «Ich hab da 'ne Idee, wie wir mit Arkle ein bisschen Geld machen können. Für Julie und mich, meine ich.»

«Red weiter.»

Donal wühlte in seiner Hosentasche und förderte eine Silbermünze zutage. «Sehen Sie mal.» Er reichte O'Reilly das Geldstück. «Das hier ist eine halbe Krone, aus der Republik Irland, sehen Sie.»

Barry kannte die Münzen gut. Auf der Vorderseite war eine Harfe zu sehen, auf der Rückseite ein arabisches Vollblut.

«Ich hab mir gedacht, wenn ich zum Rennen gehe, könnte ich diese Dinger für ein Pfund pro Stück an die englischen Wetter verkaufen, doch, ja.»

O'Reilly lachte. «Und wie willst du das anstellen?»

Donal kniff die Augen zusammen. «Ich sage denen einfach, dass sie in Dublin zwei Pfund für so eine Münze bezahlen müssen. Wenn die Leute glauben, sie können ein Schnäppchen machen, dann beißen sie immer an, stimmt's? Und wenn sie so einen Trottel aus Ulster übers Ohr hauen können, freuen sie sich doch ein Loch in die Mütze, oder?»

Stimmt, dachte Barry, und in der Rolle des Trottels würde Donal mühelos glänzen.

«Aber warum sollte jemand zwanzig Shilling für etwas ausgeben, was nur zwei Shilling Sixpence wert ist?», überlegte O'Reilly laut.

«Weil alles auf Irisch draufsteht, Sir. Das können die Engländer ja nicht lesen. Die würden bloß das Pferd sehen.» Donal streckte die magere Brust raus. «Sehen Sie, ich würde denen erzählen, dass das spezielle Arkle-Gedenkmünzen sind. Ich hab einen Kumpel in der *Ulster Bank*. Der kann mir nagelneue besorgen, direkt aus der Münzpresse von der *Bank of Ireland*.»

«Wie bitte? *Was* willst du den Engländern erzählen?» O'Reilly hob die Augenbrauen.

«Dass es Arkle-Gedenkmünzen sind, Sir.»

Barry beobachtete, wie die Schultern seines Chefs zuckten. «Lieber Gott», keuchte O'Reilly schließlich. «Ach du lieber Gott.» Er kramte in seiner Tweedhose nach einem Taschentuch, nahm seine Halbbrille ab und wischte sich über die Augen. «Das ist genial. Einfach genial. Fast tausend Prozent Gewinn, da gehen nur die zwei Shilling Sixpence ab. Pro Münze würdest du also 17 Shilling Sixpence einstreichen.»

«Ja, das weiß ich wohl, Sir, aber eine Sache weiß ich nicht, und deshalb wollte ich Sie fragen ...»

O'Reilly lachte immer noch in sich hinein. «Schieß los.»

«Glauben Sie, dass das legal ist, Sir?»

Der Arzt schob sich seine Halbbrille wieder auf die Nase und schaute Donal über die Gläser hinweg an.

«Warum fragen Sie denn ausgerechnet uns, Donal?», erkundigte Barry sich.

Donal scharrte mit den Füßen. «Sie sind die Einzigen, bei denen ich das Vertrauen habe, dass es unter uns bleibt. Sie wissen ja, wie hier getratscht wird, Sir.»

Doch, davon konnte Barry ein Lied singen.

«Und –», Donal zwinkerte und hielt sich den Zeigefinger neben die Nase, «– ihr Ärzte müsst schließlich alles für euch behalten, was die Patienten euch in der Praxis erzählen. Das weiß ich nämlich, und ich bin ja auch Patient, und jetzt bin ich hier in der Praxis, oder etwa nicht?»

«Ohne Zweifel», murmelte O'Reilly mit einem Seitenblick zu Barry hinüber.

«Also, deswegen frage ich Sie: Wäre das legal?»

O'Reilly schüttelte den Kopf. «Vermutlich nicht, Donal ...»

«Ach so ...» Donal ließ die Schultern hängen.

«Aber ich hab wirklich keine Ahnung, was man dir vorwerfen könnte, falls man dich schnappen würde.»

Donal richtete sich wieder auf, und Barry sah den Anflug eines Lächelns auf seinen Lippen. Wie konnte O'Reilly nur so unverantwortlich daherreden? Er ermutigte den jungen Mann ja praktisch zum Betrug. «Fingal», setzte Barry an, «bist du sicher, dass das eine gute Idee ist?»

«Nein.» O'Reilly grinste. «Aber es klingt nach einem tollen Streich. Warum bin ich da nicht selbst draufgekommen?» Er wandte sich wieder Donal zu und sagte in ernsterem Tonfall: «Doktor Laverty hat recht, Donal. Ich darf dich zu diesem Vorhaben nicht ermutigen.» Doch Barry sah, wie er dabei mit dem linken Auge zwinkerte.

«Vielen Dank, Sir.» Donal lächelte. «Dann mache ich mich mal wieder auf die Socken, oder?»

«Ja, zieh wieder los», meinte O'Reilly, «und mach die Türen hinter dir zu.»

«Oje», wandte der Arzt sich an Barry, als die Haustür zugefallen war, «ich frage mich, ob ich einem armen, nichtsahnenden Engländer so was antun würde.» Er legte den Kopf schräg und lächelte schelmisch.

«Das will ich nicht hoffen», meinte Barry, merkte aber sogleich, wie humorlos er sich anhörte. «Aber ich bin sicher, dass Donal gleich zum nächsten Rennen saust und seine Gedenkmünzen da verscherbelt.»

«Und wieso glaubst du das?» In O'Reillys Frage lag eine Spur von Ernst.

«Vielleicht, weil Donals moralischer Kompass nicht ganz den magnetischen Nordpol anzeigt?»

«Da hast du recht», meinte O'Reilly, «aber er weicht nur um ein paar Grad ab. Wenn Donal wirklich ein übler Kerl wäre, hätte er uns nicht um Rat gefragt, sondern einfach losgelegt. Was glaubst du, warum er unsere Meinung hören wollte?»

«Das habe ich mich noch gar nicht gefragt.» Bisher hatte Barry Donals Anfrage einfach als Vertrauensbeweis betrachtet, doch er zögerte, das zu sagen. Vielleicht klang es ein bisschen eingebildet.

«Weil Donal ein schlichtes Gemüt ist. Aber er respektiert Bildung, so wie alle Dorfbewohner hier.» O'Reilly beugte sich vor. «Und ich vermute, dass er dich für vertrauenswürdig hält, und das brauchst du mehr als alles andere, wenn das hier klappen soll. Ich habe dich im letzten Monat beobachtet, und ich will dir sagen, was ich denke ...»

«Nur zu.»

«Du bist auf einem guten Weg, mein Sohn.» O'Reilly lächelte, allerdings ein wenig traurig, wie Barry fand. Trotzdem fühlte er sich, als habe er gerade eine Goldmedaille überreicht bekommen, vielleicht sogar eine brandneu geprägte Arkle-Gedenkmünze. «Danke, Fingal», sagte er leise.

«Aber du hast noch ein ganzes Stück vor dir ... ich muss immer noch mit dir sprechen, Barry.» O'Reillys Stimme hatte wieder diesen scharfen Unterton.

Barry holte tief Luft. Donals Plan hatte ihn vorübergehend alles andere vergessen lassen – offenbar ganz im Gegensatz zu O'Reilly.

«Ich bin bei einem alten Patienten von uns gewesen. Seine Frau hatte in panischer Angst hier angerufen, weil sie ihren Hausarzt nicht erreichen konnte ... Doktor Bowman aus Kinnegar.»

«Du warst bei den Fotheringhams?»

«Leider ja.»

Major Fotheringham und seine Frau waren ein alterndes Ehepaar, das dem angloirischen Landadel angehörte. Der hypochondrische Major hatte O'Reilly mit seinen Notrufen oft zu nächtlichen Hausbesuchen aus dem Bett geholt. Außerdem erinnerte Barry sich noch allzu gut daran, wie er allein zu den Fotheringhams gefahren war, weil der Major über einen steifen Hals geklagt hatte. An dem Tag hatte Barry es eilig gehabt, weil er mit Patricia verabredet gewesen war. Er hatte angenommen, dass der Patient sich wieder einmal eine Krankheit eingebildet hatte, und die Untersuchung ziemlich hastig durchgeführt. So hatte er die ersten Anzeichen für eine akute Hirnblutung übersehen. Dieser Fehler hatte den alten Mann fast das Leben gekostet. Kein Wunder, dass die Fotheringhams daraufhin den Arzt gewechselt hatten.

«Sie sind doch nicht mehr unsere Patienten», sagte Barry nun, bereute es aber sofort. O'Reilly würde sich niemals weigern, einen Kranken zu besuchen. «Vermutlich hatte die arme Mrs Fotheringham mal wieder einen Anfall von Melancholie», fügte er schnell hinzu.

«Nein», meinte O'Reilly, «leider nicht. Setz dich, Barry.» Er deutete auf seinen Drehsessel.

Barry sah seinen Chef an und versuchte, in seinem Gesicht zu lesen.

«Am Telefon hat sie gesagt, sie würde ihn nicht wach kriegen.» O'Reilly machte eine Pause. «Als ich dann ankam, war er tot.»

«Tot?»

«Mausetot. Leider.»

«Ach du lieber Gott.»

«Ja», sagte O'Reilly. «Ich glaube, wir beide müssen uns mal unterhalten ... wir müssen besprechen, was das für deine weitere Arbeit hier bei mir bedeutet. Du hast ja eben von Donal gehört, dass Gerüchte sich hier wie ein Lauffeuer ausbreiten.»

Wollte O'Reilly etwa sein Angebot rückgängig machen? Barry senkte den Kopf und wartete.

«Na komm, wahrscheinlich kannst du was zu trinken gebrauchen», schlug der Arzt nun vor. «Ich jedenfalls hab einen

Whiskey nötig. Lass uns oben weitersprechen.» Er wandte sich zum Gehen.

Barry stand auf und folgte ihm. Er fühlte sich wie früher als Viertklässler im Campbell College, seinem alten Internat. Wie als Schüler, wenn er für Stockhiebe zum Direktor zitiert wurde.

5 * Vertrauen ist eine zarte Pflanze

«Hier.» O'Reilly reichte Barry ein halbvolles Kristallglas, das, dem torfigen Geruch nach zu urteilen, irischen Whiskey enthielt. «Pflanz dich.»

Obwohl ihm ein Schlückchen Sherry lieber gewesen wäre, nahm Barry das Glas entgegen und setzte sich auf die Kante des Sessels, der mittlerweile oben in der Wohnstube sein Stammplatz geworden war. Durchs Fenster konnte er am Kirchturm vorbei und über die Dächer hinweg die Belfaster Bucht sehen. Er seufzte, als ihm bewusst wurde, wie sehr er Ballybucklebo vermissen würde.

«Raus da, zum Teufel nochmal.» O'Reilly scheuchte die junge Katze aus seinem Sessel und ließ sich nieder. Das Tier sprang auf den Couchtisch daneben. «Sláinte.» Der Arzt trank einen großen Schluck von seinem Whiskey.

Mit hängenden Schultern, das Glas in beiden Händen haltend, beugte Barry sich vor und wartete ab. O'Reilly kramte Pfeife und Tabaksbeutel heraus, stopfte die Pfeife und zündete sie umständlich an. Barry rutschte auf der Sesselkante hin und her. Das Pfeifestopfen war O'Reillys typisches Ritual, um Zeit zu schinden, wenn er etwas Schwieriges zu sagen hatte.

Der Arzt paffte eine blaue Rauchwolke aus und sagte in gelassenem Tonfall: «Also? Was wollen wir da unternehmen?»

Barrys Whiskey schlug winzige Wellen, weil seine Hand so zitterte. Er stellte das Glas auf den Couchtisch. «Es tut mir leid.»

«Klar, zweifelsohne, aber das macht den Braten nicht fett.»

Bring es einfach hinter dich, dachte Barry. Sag mir, dass du es dir anders überlegt hast. «Es ist meine Schuld. Ich hätte den Major schneller ins Krankenhaus einweisen ...»

«Gütiger Gott», brummte O'Reilly, «wenn das Wörtchen wenn nicht wär ... Es hat keinen Sinn, das immer wieder durchzukauen.» Er stand auf. «Ich hab dir doch gleich danach schon gesagt, dass es völlig sinnlos ist, wenn du dir Vorwürfe machst.» O'Reilly kam näher und ließ eine Hand auf Barrys Schulter fallen.

«Aber ...»

«Verflixt nochmal, kein Aber. Erstens hätte jeder die Diagnose vermasseln können, insbesondere bei einem Mann wie dem Major, der bei jedem Schnupfen gleich auf die Intensivstation wollte. Und zweitens bluten Aneurysmen nach einer Behandlung so gut wie nie ein zweites Mal, es sei denn, der Neurochirurg hat bei der OP wirklich Mist gebaut.»

«Das halte ich in diesem Fall für nicht sehr wahrscheinlich.»

«Man kann nie wissen, aber außerdem kann auch noch etwas ganz anderes den Mann umgebracht haben.»

«Das bezweifle ich», sagte Barry. «Klar kann jemand gleichzeitig Läuse und Flöhe haben, aber wie oft kommt es vor, dass ein Patient an zwei tödlichen Krankheiten leidet?»

«Stimmt.» O'Reilly sah Barry in die Augen. «Aber mit Sicherheit wissen wir das erst nach der Obduktion.»

«Nach der Obduktion?» Barry runzelte die Stirn. «Warum wird denn eine Obduktion gemacht?»

«Das ist nicht zu umgehen.» O'Reilly sah Barry unverwandt an. «Ich konnte keinen Totenschein ausstellen, weil ich den

Patienten in letzter Zeit nicht mehr gesehen habe. Du kennst ja die Vorschriften.»

Doch, die kannte Barry in der Tat, aber er war sicher, dass O'Reilly hier irrte. Bestimmt hätte das Standesamt keine Probleme damit gehabt, einfach «Aneurysma einer Hirnarterie» als Todesursache zu akzeptieren, schließlich waren die Krankengeschichte des Majors und seine kürzliche Hirnoperation ja dokumentiert. Hatte O'Reilly die Ausstellung des Totenscheins verweigert, damit der Fall an das Innenministerium übergeben wurde und eine kleine Chance bestand, dass die Obduktion des amtlichen Leichenbeschauers etwas ergab, das Barry entlastete? Obwohl das jetzt keine Rolle mehr spielte. Es war nun mal passiert, und nicht nur die Familie Fotheringham hatte die Folgen zu tragen. Falls Barry bei O'Reilly blieb, konnte die Praxis Patienten verlieren, und zwar eine ganze Menge, sobald sich der Vorfall im Dorf herumgesprochen hatte. Barry holte tief Luft und sagte ruhig: «Doktor O'Reilly, vielleicht ... vielleicht ist es keine so gute Idee, dass ich hierbleibe. Vielleicht sollte ich mich nach etwas anderem umsehen.»

«Ja.» O'Reilly schüttelte den Kopf. «Oder du leihst dir von Kinky ein Küchenmesser aus und verübst *seppuku*.»

«Wie bitte?»

«*Harakiri*. Du schlitzt dir den Bauch auf wie ein entehrter japanischer Samurai ... und wir waren uns doch einig, dass ich Fingal heiße, nicht Doktor O'Reilly.» Der Arzt trank noch einen Schluck Whiskey. «Willst du wirklich hier weg?»

«Bleibt mir denn eine andere Wahl?» Barry sah seinen Chef fragend an. O'Reillys Gesicht hatte sich dunkelrot verfärbt, und seine Nasenspitze wurde blass. «Natürlich bleibt dir eine andere Wahl, Laverty, du Holzkopf!», brüllte er.

«Du meinst, du würdest mich trotzdem behalten?»

«Selbstverständlich nur dann, wenn du bleiben willst.» O'Reillys Nasenspitze nahm wieder ihre normale Farbe an. «Es liegt an dir.»

Barry zögerte. Er wusste, dass es nur eine Frage der Zeit war, bis die Dorfbewohner sich die Mäuler zerrissen. Keiner würde mehr bereit sein, ihm seine Jugend und seine Unerfahrenheit nachzusehen, sondern sie würden ihn schlichtweg meiden. «Na ja, ich ...»

«Gut.» O'Reilly lächelte Barry an. «Das ist also geklärt. Du bleibst hier. Wir warten auf das Obduktionsergebnis. Das kann ein paar Wochen dauern. Selbst wenn es das verdammte Aneurysma war, bleiben dir also mindestens zwei Wochen Zeit, um wieder Boden unter den Füßen zu finden.»

Barry schluckte den Kloß in seiner Kehle hinunter. «Das ist sehr großzügig von dir, Fingal.»

«Ach, jetzt red keinen Quatsch ...» Doch Barry hatte bereits gelernt, dass sein Chef es nicht ertragen konnte, wenn jemand offen äußerte, dass er altruistisch handelte. «... da ist doch nichts Großzügiges dabei. Ich wäre ja ein Esel, wenn ich einen Mann ziehenlassen würde, der den kleinen Brown so nähen kann, wie du das gerade getan hast. Ganz schön pfiffig, dass du ihm das Lokalanästhetikum direkt in die Wunde geträufelt hast. Seit ich meinen Abschluss gemacht habe, hat sich in der Medizin anscheinend doch was getan. Könnte ja sogar sein, dass ich das eine oder andere von dir lerne, oder?» O'Reilly setzte sich wieder und schob mit einer lässigen Bewegung die Katze vom Tisch. Er reichte Barry sein Glas und hob sein eigenes. «*Sláinte.*»

«*Sláinte Mhaith*, Fingal.» Barry schlürfte seinen Whiskey, schmeckte den Torf, spürte die Wärme. «Und danke schön.»

«Unsinn», erwiderte O'Reilly, aber Barry konnte sein Grinsen sehen. «Also. Das ist schon mal beschlossene Sache, und jetzt brauchen wir einen Angriffsplan.»

Barry freute sich über das «Wir».

«Ich glaube», sagte O'Reilly langsam, «wir müssen dich ein bisschen wiederaufbauen. Das Vertrackte ist ja, dass die Leute im Dorf gerade anfingen, dich zu akzeptieren.»

«Ich weiß.»

«Was soll's», meinte O'Reilly. «Es gab eine Zeit, da haben die Israeliten Jehova aufgegeben und auf ein goldenes Kalb gesetzt...»

«Fingal, ich bin ja wohl kaum eine Gottheit.»

«Nein, das bist du nicht. Und Moses war das auch nicht. Kaum hatte er den Israeliten den Rücken gekehrt, kamen sie auf dumme Gedanken. Das wird hier genauso sein. Sie werden endlos klatschen und tratschen.»

Barrys Freude über O'Reillys Aufforderung zum Bleiben schwand wieder. «Glaubst du denn, dass ich dem gewachsen bin?»

«Komm mal mit.» O'Reilly erhob sich und ging zur Tür.

Barry folgte ihm auf den Treppenabsatz. Dort blieb sein Chef vor der Fotografie eines Schlachtschiffes stehen. «Weißt du, welches Schiff das ist?»

«Die HMS *Warspite*. Du und mein Vater, ihr habt im Krieg beide auf ihr gedient.»

«Richtig», bestätigte O'Reilly. «1913 ist sie vom Stapel gelaufen. In der Skagerrakschlacht im Ersten Weltkrieg hat sie dann ordentlich was abgekriegt, aber ...» O'Reilly stupste Barry mit dem Pfeifenstiel an, «sie hat sich wieder aufgerappelt. Die Marine hat das Schiff nicht abgeschrieben, bloß, weil es schwer angeschlagen war.»

«Fingal, ich bin nicht Jehova und ganz sicher auch kein Kriegsschiff.»

«Nein, aber als ich dir erzählt habe, dass Major Fotheringham tot ist, da hat das bei dir eingeschlagen wie eine Bombe. Du hättest dein Gesicht mal sehen sollen.»

Barry ließ den Kopf sinken.

«Du bist angeschlagen, aber wenn auch nur halb so viel in dir steckt, wie ich glaube, Barry Laverty, dann kommst du drüber weg, genau so wie meine alte *Warspite*. Als sie wieder heil war, hat man sie im Zweiten Weltkrieg als Admiral

Cunninghams Flagschiff im Mittelmeer eingesetzt. Sie war das erfolgreichste Schlachtschiff der britischen Marine. Du wärst stolz auf sie gewesen. Jedenfalls waren dein Vater und ich stolz auf sie.»

Und Barry wünschte sich, dass der erfahrene Arzt eines Tages stolz auf seinen Assistenten sein würde.

«Also», meinte O'Reilly, «da werden ein paar Reparaturarbeiten nötig sein, damit du wieder Vertrauen zu dir gewinnst. Das dauert.»

«Ich weiß.»

«Und auch die Patienten müssen wieder Vertrauen zu dir gewinnen.»

«Aber wie?»

O'Reilly stieß eine Qualmwolke aus. Wahrscheinlich so wie sein altes Schiff, wenn der Heizkessel entlüftet wurde.

«Pianissimo, pianissimo», sagte er, «ganz sanft und leise. Aber dummerweise wird uns das bremsen.»

«Wie meinst du das?»

«Ich hatte gehofft, ich könnte dir ein bisschen die Zügel frei geben.» O'Reilly wandte sich wieder der Wohnstube zu. «Dass wir beide ständig zusammenarbeiten, ist nicht besonders effektiv.» Er ließ sich in seinen Sessel plumpsen.

Barry folgte ihm in die Wohnstube.

«Du kennst dich jetzt ja einigermaßen aus, und da hatte ich gehofft, dass ich in der Praxis arbeiten könnte, während du die Hausbesuche machst, und umgekehrt.»

«Das hatte ich auch so erwartet», erklärte Barry. Er dachte an den ungehinderten Flug der Möwen, die er am Morgen beobachtet hatte.

«Hm», sagte O'Reilly, «eigentlich kauft man sich keinen Hund und bellt dann selbst, aber ich sehe hier keine andere Möglichkeit.»

«Damit du mich im Auge behalten kannst? Willst du mein Moses sein?»

«Nein, keineswegs. Bin ja erst sechsundfünfzig.» O'Reilly schmunzelte. «Ein langer grauer Bart würde mir nicht stehen, und für die Zehn Gebote sind bei uns die Pastoren zuständig.»

Bei der Vorstellung, wie O'Reilly in einem langen Gewand feierlich die Zehn Gebote verkündete, musste Barry lächeln, und doch war ihm klar, dass der Arzt sich seinen Patienten gegenüber in vieler Hinsicht genau so gab.

«Wenn wir zusammenhalten und die Leute sehen, dass ich dir vertraue, wirkt das Wunder. Warte nur ab.»

«Vermutlich ja», sagte Barry zweifelnd. In seinen sechs Jahren als Student und der folgenden einjährigen Assistenzzeit hatte immer irgendein Vorgesetzter ein Auge auf ihn gehabt. Er hatte gedacht, diese Zeiten wären endgültig vorbei.

«Hast du eine bessere Idee, oder sollen wir Kinky jetzt gleich nach dem Bratenmesser fragen?»

«Nein. *Seppuku* ist nichts für mich. Also – dann geht es so weiter wie in meinem ersten Monat hier?»

«Ganz richtig», bestätigte O'Reilly und trank einen Schluck. «Wir sind zwar nur zwei, aber wir werden kämpfen wie die drei Musketiere. Alle für einen …»

«Und einer für alle.» Angesichts von O'Reillys Leibesumfang fiel es Barry nicht schwer, ihn in der Rolle des Porthos zu sehen.

Als Barry zu seinem Sessel ging, um sich wieder hinzusetzen, trat er Lady Macbeth, die neben dem Sessel eingeschlafen war, auf den Fuß. Ihr Kreischen war ohrenbetäubend, und verdutzt sah Barry zu, wie ein weißer Blitz durch den Raum schoss und den Vorhang hinaufjagte.

«Meine Herren!» O'Reilly starrte zu der Katze hoch. Wie ein Wasserspeier an einer mittelalterlichen Kathedrale hockte sie oben auf dem Gardinenbrett. «Würdest du bitte da runterkommen, meine Dame?»

Die Katze fauchte, und Barry war sich nicht sicher, ob

ihr Schimpfen ihm galt oder O'Reilly. «'tschuldigung, Lady Macbeth», sagte er.

«Musch-musch-musch», schmeichelte O'Reilly, «Muschi-musch.»

Doch die Katze fauchte weiter und legte die Ohren an. Barry meinte, rote Lichter in ihren grünen Augen blitzen zu sehen.

«Komm sofort da runter, du Wildkatze.» O'Reilly stellte sein Glas auf den Tisch und schob einen Stuhl an den Vorhang. «Wenn du nicht runterkommst, dann komme ich eben hoch.» Er schickte sich an, auf den Stuhl zu klettern. «Hältst du mich notfalls fest, Barry?»

Barry schaute zu, wie O'Reilly sich auf den Stuhl stellte und schwankend die Hand nach dem Tier ausstreckte. «Vielleicht findet sie selbst runter, wenn du sie in Ruhe lässt?», meinte er zögernd.

O'Reilly ignorierte diesen Ratschlag und griff nach der Katze. Sie biss ihm in den Finger, er schrie auf, der Stuhl schwankte, und der Arzt fuchtelte mit den Armen, um das Gleichgewicht zu halten.

Barry stellte sein Glas ab, sprang auf und umschlang O'-Reillys Beine. «Jetzt mach weiter, Fingal.» Es gelang O'Reilly, die Katze mit beiden Händen zu greifen, und nachdem er ihre Krallen aus dem Vorhangstoff gelöst hatte, zog er sie an seine Brust. «Prima», seufzte er. «Ich hab sie. Du kannst mich loslassen.»

Barry zog sich zurück, und O'Reilly sprang auf den Teppich hinunter, bückte sich und ließ das zappelnde Tier frei. «So, jetzt lauf.» Er saugte an seinem verletzten Finger. «Bloß ein Liebesbiss», brummte er.

«Vielleicht wäre es wirklich besser gewesen, wenn du abgewartet hättest, bis sie von allein runtergekommen wäre.»

«Och.» O'Reilly griff nach seinem Whiskey. «Sie ist ja noch jung. Manchmal brauchen solche jungen Hüpfer einen Älteren, der ihnen aus der Patsche hilft.»

Barry fragte sich einen Moment lang, ob sein Chef wirklich junge Kätzchen meinte – oder junge Ärzte.

«Danke für deine Hilfe. Ohne dich hätte ich es nicht geschafft, Barry», bemerkte O'Reilly, während er angelegentlich in sein Glas schaute. «Prost», sagte er dann und trank den Whiskey aus, «auf uns.»

Barry trank ebenfalls ein Schlückchen und nickte.

«Also, morgen früh um neun geht es wieder los. Wir werden viel zu tun haben, wie immer am Montag.»

Und Barry Laverty war überrascht, als er merkte, dass er sich trotz allem darauf freute, wieder eng mit O'Reilly zusammenzuarbeiten.

6 * Goldene Augensalbe

«So, dann wollen wir zwei beiden mal.» O'Reilly erhob sich und warf die Serviette auf den Tisch.

Montag, und das Frühstück war vorbei. Barry hatte nur wenig zu sich genommen. Obwohl O'Reilly ihn am Vortag beruhigt hatte, war er nervös. Er schob seinen Stuhl zurück.

O'Reilly verließ das Esszimmer. «Na los, das Rad der Zeit und unsere müden und beladenen Patienten hält niemand auf.»

Barry folgte ihm. Aus dem Wartezimmer drang Stimmengemurmel. An der Lautstärke erkannte er, dass es ein arbeitsreicher Vormittag werden würde. Er rückte seinen Schlips zurecht und ging ins Behandlungszimmer.

O'Reilly hatte seinen üblichen Platz auf dem Drehsessel eingenommen, zog seine Halbbrille heraus und setzte sie sich auf die schiefe Nase.

So, dachte Barry, dann ist ja klar, wer das Sagen hat. Na gut, aber darauf hatten sie sich schließlich gestern geeinigt.

«Lauf mal, Barry ...»

«Ich weiß schon, ich soll den ersten Patienten holen.» Nun fungierte er also doch wieder als bessere Sprechstundenhilfe. Langsam ging Barry über den Flur und öffnete die Tür zum Wartezimmer. Alle Stühle waren besetzt. Die meisten Patienten kannte er, und Julie MacAteer lächelte ihn an. Normalerweise hätten sie jetzt im Chor «Guten Morgen, Doktor Laverty» gesagt, doch außer Julies Stimme hörte Barry nur Schweigen.

Er schluckte. «Guten Morgen», presste er hervor, «wer ist zuerst dran?»

Ein Mann, den er nicht kannte, stand auf. «Ist der Doktor selbst da?»

«Natürlich.»

«Gut. Dann komme ich mit.» Der Fragesteller, der um die vierzig sein musste, trug Reithosen, ein kragenloses Hemd und eine alte schwarze Weste mit einer goldenen Uhrkette. Er war winzig, nur knapp über eins fünfzig, und hatte O-Beine. Auf dem Kopf trug er eine Kamelhaarmütze, und mit einer Hand hielt er sich das linke Auge zu.

«Hier entlang, bitte, Mr ...?»

Der Patient sagte weder seinen Namen, noch nahm er die Mütze ab.

Und so geht es jetzt weiter, dachte Barry. Sobald er O'Reilly sieht, ist die Mütze unten, da wette ich drauf.

«Guten Morgen, Doktor O'Reilly», sagte der Mann, die Mütze in der Rechten.

«Morgen, Fergus Finnegan. Setz dich doch.»

Barry schob sich auf den Rand der Untersuchungsliege und ließ die Beine baumeln.

«Mr Finnegan hier ist Jockey», erklärte O'Reilly, bevor er seinen Patienten fragte: «Und was können wir heute für dich tun, Fergus?»

Wieder hörte Barry das «wir», genau so wie gestern Abend.

Zumindest bemühte O'Reilly sich, ihn in die Konsultation mit einzubeziehen.

«Mein Auge fühlt sich an, als wäre der ganze Sand vom Strand in Ballyholme drin. Schon seit zwei Tagen.»

«Hast du dich verletzt? Ist irgendwas reingeflogen? Hautschuppen von den Pferden vielleicht?» O'Reilly beugte sich vor.

«Nein, Sir.»

«Gut», meinte O'Reilly, «dann wollen wir uns das mal ansehen.»

Mr Finnegan nahm die Hand von seinem Auge. «Ich kann nicht ins Licht gucken, das tut weh, und wie.»

Barry hielt die Beine still und hörte zu. Die Symptome des Mannes legten eine Konjunktivitis nahe, eine Entzündung der Bindehaut, vorne über dem Augapfel.

O'Reilly betrachtete das Auge durch seine Halbbrille. Dann lehnte er sich zurück und forderte Barry auf: «Schauen Sie sich das mal an, Doktor Laverty.»

Barry rutschte von der Liege herunter und stellte sich neben O'Reilly. Das Auge des Patienten war flammend rot. Die kleinen Blutgefäße traten hervor. Die inneren Ränder der Augenlider waren geschwollen und dunkelrot. Der Augapfel wirkte trocken.

«Was meinen Sie?», fragte O'Reilly.

«Akute bakterielle Konjunktivitis.»

«Nein.» Fergus Finnegan starrte Barry an. «Das ist ein rotes Auge, Himmeldonnerwetter, und es tut höllisch weh, richtig chronisch.» Der Jockey hatte das gesunde Auge weit aufgerissen, während er mit dem entzündeten nur blinzelte. «Akute Konjunktivitis, so was können Sie meiner Großmutter erzählen. Ich glaube kein Wort davon. Was denken Sie denn, Sir?»

«Das Denken soll man ja bekanntlich den Pferden überlassen», sagte O'Reilly, «und hier brauche ich wirklich nicht zu denken. Du hast nämlich recht, Fergus, aber auch Doktor Laverty hat den Nagel auf den Kopf getroffen.»

«Wenn Sie das sagen», brummte Mr Finnegan.

Barry biss die Zähne zusammen. Das Verhalten der Patienten im Wartezimmer ihm gegenüber war bereits eindeutig gewesen, und Mr Finnegan bestätigte seine Wahrnehmung nur. Er warf einen Blick auf seinen Chef, der ihn über seine Brillengläser hinweg ansah. «Denk an die *Warspite*», sagte O'Reilly leise.

Barry holte tief Luft. «Sie haben Bazillen im Auge, Mr Finnegan. Deswegen ist es entzündet.»

«Sind Sie da absolut sicher?»

Fast hätte Barry ihn angefahren: «Natürlich, ich bin mir verdammt sicher.» O'Reilly hätte so reagiert, aber Barry sagte ruhig: «Nein, Mr Finnegan. In der Medizin ist gar nichts absolut sicher, aber Sie sind doch ein Pferdenarr, oder?»

«Stimmt.»

«Ich würde hundert zu eins wetten, dass ich richtig liege.»

Mr Finnegan stieß einen Pfiff aus. «Da würd ich nichts dagegensetzen, nee, das würd ich nicht riskieren. Hundert Pfund setzen, bloß, um eins zu gewinnen?»

«Ich auch nicht», sagte O'Reilly. «Hast du denn noch nicht gehört, wie pfiffig unser Doktor Laverty ist, Fergus?»

«Ich hab was anderes gehört», murmelte der Patient.

Barry ballte die Fäuste und presste die Lippen zusammen.

«Ach, tatsächlich?», fragte O'Reilly gelassen. «Na so was. Und glaubst du alles, was du so hörst? Glaubst du es, wenn ich dir jetzt erzähle, dass wir gestern Abend in Ballybucklebo eine Froschplage hatten?»

Er spielt wieder Moses, dachte Barry.

Mr Finnegan senkte den Kopf. «Nein, Doktor.»

«Das freut mich zu hören», meinte O'Reilly. «Und welche Behandlung schlagen Sie vor, Doktor Laverty?»

«Penizillinsalbe alle zwei Stunden gegen die Entzündung, eine dunkle Brille, damit das Licht nicht wehtut, und ...» Barry erinnerte sich, dass die Patienten hier auf dem Land großes Vertrauen zu Arzneimitteln hatten. «Und außerdem einprozentige Quecksilberoxidsalbe.» Er wusste, dass es sich dabei um ein nur schwaches Antiseptikum handelte, das wenig oder gar keine Wirkung hatte. Das Penizillin war es, das der Entzündung den Garaus machen würde. «Man nennt sie ‹goldene Augensalbe›», ergänzte Barry mit der Betonung auf dem Wort golden. «Sie hat eine schreckliche Farbe, aber sie ist sehr stark. Ich schreibe Ihnen ein Rezept.»

«Junge, Junge», brummte Mr Finnegan. «Stark?»

«Wie ein Pferd, Fergus», bestätigte O'Reilly mit einem winzigen Augenzwinkern zu Barry hinüber, «und weil wir gerade von Pferden reden, auch wenn Doktor Laverty hundert zu eins wettet, ich wette zehn zu eins, dass dein Auge bis Freitag besser ist.»

«Zehn zu eins? Zehn Pfund?» Mr Finnegan kratzte sich das Kinn, sog durch die Zähne Luft ein und sagte: «Abgemacht, Doktor.» Er streckte die Hand aus, und O'Reilly schüttelte sie, um die Wette abzuschließen.

Barry reichte dem Patienten das Rezept. «Gehen Sie damit zur Apotheke.»

«Komm am Freitag wieder», fügte O'Reilly hinzu. «Und, Fergus, vergiss die Pfundnote nicht. Und jetzt geh und mach die Tür hinter dir zu.»

Mr Finnegan drückte sich die Mütze auf den Kopf und wandte sich zum Gehen.

«Wie bitte?», fragte O'Reilly.

«Hab nichts gesagt, nein.»

«Seltsam. Ich hätte schwören können, dass du gesagt hast: ‹Danke, Doktor Laverty.›»

«Ja. Danke.»

Als die Tür wieder zu war, stand O'Reilly auf und legte

Barry grinsend eine Hand auf die Schulter. «Gut gemacht, mein Sohn, besonders das mit der ‹goldenen Salbe›...»

«Danke, Fingal. Und danke für deine Unterstützung. Aber wenn alle Patienten mich so behandeln – meinst du nicht, dass ich gestern Abend recht hatte?»

«Inwiefern?»

«Dass ich lieber gehen sollte.» Barrys Stimme klang gepresst.

«Keine Ahnung», meinte O'Reilly, «aber ich hoffe, dass du mit dem Penizillin recht hast. Wenn er sich eins von diesen neuen penizillinresistenten Bakterien eingefangen hat, werde ich am Freitag zehn Pfund los.»

Du hast meine Frage nicht beantwortet, dachte Barry. Wenn ich nämlich mit der Behandlung falschliege, dann ist das ein weiterer Punkt gegen mich. Laut sagte er: «Die zehn Pfund will ich gern übernehmen, falls das deine einzige Sorge ist.»

«Sehr schön», sagte O'Reilly, als wäre ihm das völlig gleichgültig. «Und jetzt sei so gut ...»

«... und guck nach, wer als Nächster dran ist.» Barry schlurfte zum Wartezimmer. Welchen Sinn hatte es, in Ballybucklebo zu bleiben, wenn alle Patienten ihn mit Misstrauen betrachteten? «Der Nächste bitte», sagte er, ohne sich darum zu kümmern, wer das sein könnte.

«Ich bin dran, Doktor Laverty.» Julie MacAteer stand auf.

Er bemerkte, dass sie ein weites blaues Kleid und Sandalen trug. Ihr seidiges, maisgelbes Haar war mit einem Haarband zusammengebunden, und ihre blauen Augen lächelten ihn an. Barry fielen ihre geröteten Wangen auf, und er fragte sich, warum alle Frauen in der frühen Schwangerschaft zu glühen schienen. «Guten Morgen, Julie.» Wenigstens Julie vertraute ihm noch, da war er sich sicher.

Er geleitete sie durch den Flur. «Wie geht's Donal?»

«Der führt irgendwas im Schilde. Er war so zum Platzen stolz, als er gestern Abend nach Hause kam ...»

Bestimmt die Sache mit Arkle, dachte Barry.

«... aber er arbeitet auch sehr viel, Doktor. Er deckt das Dach auf Sonnys altem Haus.»

«Das freut mich zu hören.»

«Ich glaube, Councillor Bishop ist nicht besonders glücklich darüber.»

Barry ließ die junge Frau an sich vorbei in den Behandlungsraum gehen.

O'Reilly erhob sich. «Hast du gerade gesagt, Bertie Bishop ist nicht glücklich? Wie schade.» Der Arzt gluckste in sich hinein. «Keine Ahnung, wie er auf die Idee gekommen ist, Sonnys Dach reparieren zu lassen und alles aus eigener Tasche zu zahlen ...»

Nein, überhaupt keine Ahnung, dachte Barry. Wir haben den Councillor erpresst, sonst hätte er sich niemals dazu bereit erklärt, und er hätte Julie auch niemals aus freien Stücken 500 Pfund Abfindung gezahlt, als sie ihren Job als Hausmädchen bei ihm gekündigt hat. Kein Wunder, dass er mich gestern so böse angesehen hat.

«... aber das ist natürlich eine gute, christliche Tat. Ich habe gehört, dass das Dach vielleicht sogar fertig ist, wenn Sonny aus dem Genesungsheim kommt.»

Julie lächelte. «Wissen Sie schon, dass Donal und ich heiraten?» Sie legte eine Hand auf ihren Bauch und hustete. «Wir müssen.»

«Und deswegen sind Sie hier?», fragte O'Reilly.

«Als ich letztes Mal hier war, haben Sie mir die Formulare fürs Labor mitgegeben, damit ich sie heute Nachmittag mit nach Bangor nehmen kann, also habe ich gedacht, ich schlage zwei Fliegen mit einer Klappe und komme zu meiner ersten Vorsorgeuntersuchung, bevor ich weiterfahre. Meine letzte Periode hat vor zehn Wochen angefangen, am 23. Mai. Ich habe eine Urinprobe mitgebracht.» Sie reichte O'Reilly ein Fläschchen. «Und ich möchte gerne, dass Doktor Laverty mich untersucht. Er war sehr nett, als ich das erste Mal hier war.»

Barry lächelte ihr zu. Er schob einen Wandschirm vor die Untersuchungsliege. «Kommen Sie hier hinter, Julie», sagte er. «Ziehen Sie Ihr Kleid hoch, und ziehen Sie den Schlüpfer aus. Da ist ein Laken, mit dem Sie sich zudecken können. Ich bin gleich bei Ihnen.»

Als er hinter den Wandschirm trat, hatte sie sich das Laken über Beine und Bauch gezogen. Barry ging rasch die routinemäßigen Fragen für die frühe Schwangerschaft durch, dann maß er ihren Blutdruck. «Gut.» Er ließ die Luft aus der Manschette und zog Gummihandschuhe an. «Jetzt werde ich Sie untersuchen. Können Sie bitte die Knie anziehen?»

Barry legte eine Hand auf den Bauch der Patientin und schob zwei Finger in ihre Vagina. Zwischen seiner Hand und seinen Fingern spürte er ihren Uterus, nach vorn gekippt und vergrößert. Für zehn Wochen, den Zeitraum seit ihrer letzten Periode, schien er etwa die richtige Größe zu haben, doch Barry wusste, dass die Einschätzung der Uterusgröße in den ersten drei Monaten bestenfalls ungenau war. War das Organ weicher, als es eigentlich sein sollte? Er war sich nicht sicher, aber es hatte keinen Sinn, Julie unnötig einen Schrecken einzujagen.

Er zog das Laken wieder hoch. «Das sieht alles prima aus, Julie. Ihr Entbindungstermin ist der...» Barry addierte neun Monate und zog dann eine Woche ab. «... 13. Februar.»

«Und wenn es einen Tag später kommt, wird es ein Valentinsgeschenk.» Julie setzte sich auf. «Danke, Doktor Laverty, und danke, dass Sie so freundlich sind. Es ist ja mein Erstes, und vermutlich sind alle Frauen da ein bisschen nervös», meinte sie, während sie mit einer Hand eine Ecke des Lakens zerknüllte.

«Doch, das ist ganz natürlich.»

«Ja, aber Sie machen es einem wirklich leicht.» Julie legte

ihm eine Hand auf den Arm. «Werden Sie mich auch entbinden? Ich habe von Maureen Galvin gehört, dass Sie das toll gemacht haben.»

Barry lächelte. Die Buschtrommeln waren nicht nur effektiv, sondern warfen auch ein Echo zurück. «Wenn Sie möchten», sagte er. Und falls ich noch hier bin, ergänzte er im Stillen. «Aber zuerst müssen wir Sie im Royal Maternity vorstellen.»

Julie zog die Stirn kraus. «Wieso? Stimmt irgendwas nicht?»

Barry schüttelte den Kopf. «Das ist einfach Routine. Erstlingsgeburten sind normalerweise problemlos, aber die Fachärzte möchten jede erste Schwangerschaft einmal sehen, um sicherzugehen, dass eine Hausgeburt risikolos ist.»

«Bei Ihnen bin ich in guten Händen, Doktor Laverty, das weiß ich.» Julies blaue Augen funkelten. Sie senkte die Stimme. «Auf das Gerede im Dorf dürfen Sie nichts geben.»

«Danke, Julie.» Also hielten ihn nicht alle Bewohner von Ballybucklebo für unfähig. Ein paar mehr Patienten wie diese junge Frau, und ihm wäre wieder wohler. «Jetzt können Sie sich wieder anziehen.»

«Urin ist in Ordnung», sagte O'Reilly.

«Schön.» Barry setzte sich an den Rollschreibtisch, um die nötigen Überweisungsformulare auszufüllen.

Julie trat hinter dem Wandschirm hervor.

«Der zuständige Arzt im Royal Maternity wird Ihnen einen Termin schicken, und ich möchte Sie gerne in einem Monat wieder sehen.» Barry hatte absichtlich nicht gesagt: «Wir möchten Sie wieder sehen.» Er warf O'Reilly einen Blick zu, doch der schwieg.

«Ich geh dann mal wieder», sagte Julie. «Bis in einem Monat, Doktor Laverty, und ...», sie zögerte, «... Donal und ich hoffen, dass Sie beide zu unserer Hochzeit kommen.»

«Das tun wir», sagte O'Reilly. «Schöne Grüße an Donal.»

«Nette junge Frau», meinte er, als Julie gegangen war.

«Und mach dir keine Gedanken wegen der zehn Pfund. Wenn du Fergus Finnegans Auge kuriert hast, dann schuldet er mir ein Pfund, und wenn er dir richtig dankbar ist, wird er auch für dich sorgen.»

«Für mich sorgen?»

«In einer Woche ist auf der Rennbahn in Ballybucklebo der große Renntag. Wenn Fergus dir da nicht den richtigen Tipp geben kann, dann weiß ich's auch nicht.»

«Wir werden ja sehen», sagte Barry. Im Moment interessierten ihn mögliche Wettgewinne weniger als die Frage, ob er das Auge des Jockeys richtig behandelt hatte.

«Ganz genau», sagte O'Reilly, «aber erst mal müssen wir unseren Praxisvormittag über die Bühne bringen.»

«Stimmt.»

Die einzige Patientin, an die Barry sich später noch erinnern konnte, war eine Frau mit Krätze. Ausgelöst wurde diese Krankheit durch die Krätzmilbe, *Sarcoptes scabiei hominis*, die sich in die Haut fraß und ihre Eier darin ablegte, was zu heftigem Juckreiz und Entzündung führte. Während Barry die Patientin untersuchte, überkam ihn selbst schon das Bedürfnis, sich zu kratzen.

«Mein Gott», sagte O'Reilly, nachdem die Frau gegangen war. «Kein Wunder, dass sie von Parasiten befallen ist, die sich in schmutziger Bettwäsche wohlfühlen.» Seine Nasenspitze war aschgrau. «Kannst du erraten, wo sie wohnt?»

«In der Sozialsiedlung?» Barry hatte in den kleinen Reihenhäusern am anderen Ende des Dorfes mehrere Hausbesuche gemacht. Er wusste, dass diese Behausungen so billig wie möglich hochgezogen worden waren und dass der Bauunternehmer kein anderer als Councillor Bishop gewesen war, der dabei so viel Profit herausgeschlagen hatte, wie er nur konnte.

O'Reilly knirschte mit den Zähnen. «Wie sollen sie da die Bettwäsche sauber halten, wenn das warme Wasser kaum fürs

Gesichtwaschen reicht? Da kann doch niemand regelmäßig große Wäsche machen.»

«Ich weiß, Fingal.»

«An der Siedlung ist nichts auszusetzen», fuhr O'Reilly fort, während Barry sich gründlich die Hände schrubbte, «jedenfalls nichts, was ein bisschen Feuer wie in Sodom und Gomorra nicht in Ordnung bringen würde.»

Barry trocknete sich die Hände ab. «Und soll sich Mrs Bishop auch in eine Salzsäule verwandeln?»

«Nein, nein», grinste O'Reilly. «Florence ist eine nette Frau. Es reicht, dass Bertie Bishop der größte Pferdeäppelhaufen im ganzen Dorf ist.» Seine Nase nahm wieder ihre normale Farbe an. «Ach, zum Teufel», sagte er, «hat doch keinen Sinn, dass wir beide uns über etwas die Köpfe zerbrechen, was wir ohnehin nicht ändern können. Komm essen, und dann wollen wir sehen, was Kinky an Hausbesuchen für uns auf der Liste hat.»

Barry knurrte der Magen, und ihm fiel ein, dass er zum Frühstück kaum etwas runtergekriegt hatte. Jetzt war er hungrig, und die Aussicht auf eine üppige Mahlzeit, verbunden mit der Genugtuung darüber, dass er den Vormittag in der Praxis überlebt hatte, ließ ihn mit einiger Gelassenheit den nachmittäglichen Hausbesuchen entgegenblicken.

7 ✳ Seid fruchtbar und mehret euch

O'Reilly schob seinen leergegessenen Teller zur Seite. «Gut», sagte er, «dann lass mal sehen, was Kinky heute für uns hat.» Er nahm den Zettel zur Hand, auf dem Mrs Kincaid die Patienten notiert hatte, die um Hausbesuche gebeten hatten. «Bloß eine – Myrtle MacVeigh. Sie sagt, ihre Nieren machen wieder Theater, aber Kinky hält es nicht für sehr schlimm.»

«Warum kommt sie dann nicht in die Praxis und erspart uns die Fahrt?»

O'Reilly lachte. «Das wirst du sehen, wenn wir da sind.» Er stand auf und reckte sich. «Und außerdem wohnt sie in der Nähe von Sonny. Hast du Lust, dir anzuschauen, wie die Arbeit an seinem Dach vorangeht? Wir wollen mal sehen, ob Councillor Bishop Wort gehalten hat.»

«Warum nicht?»

«Also, dann fahren wir erst zu Myrtle und dann zu Sonnys Haus.»

«Steht dein Wagen in der Garage oder vor der Tür?»

«In der Garage.»

«Dachte ich mir.» Barry schaute auf seine Kordhosen hinunter und fragte sich, wie es ihnen wohl ergehen würde, wenn er sich auf dem Weg durch den Garten zu O'Reillys baufälliger Garage den amourösen Avancen von Arthur Guinness aussetzte. Sobald O'Reillys schwarzer Labrador ihn nämlich zu Gesicht bekam, rannte der Hund schnurstracks auf ihn zu und umarmte zärtlich sein Bein, wobei er normalerweise seine Hosen ruinierte.

«Wir haben nicht den ganzen Tag Zeit», brummte O'Reilly. «Hol deinen Mantel, es regnet.»

Barry lief in den Behandlungsraum und holte seine schwarze Tasche, dann schnappte er sich seinen Regenmantel und ging in die Küche.

Mrs Kincaid zog gerade das Trockengestell mit Wäsche hoch, drei parallele Holzstangen, die an Stricken von der Decke hingen und mittels eines Flaschenzuges auf und ab bewegt wurden. «Es ist zu nass, um die Sachen draußen aufzuhängen und schön durchpusten zu lassen», meinte sie, «aber Montag ist Waschtag.» Sie deutete auf Barrys Kordhosen. «Seien Sie doch bitte so lieb, und versuchen Sie, die sauber zu halten.»

«Das mache ich, Kinky. Doktor O'Reilly muss mir bloß den Arthur vom Leib halten.»

O'Reilly stand schon in der Küchentür. «Dürfte ich dich bitten, mitzukommen?»

«Bin schon da.»

Kaum hatte Barry einen Fuß in den Garten gesetzt, da hörte er auch schon ein entzücktes Jaulen. Arthur Guinness kam über den Rasen auf ihn zu galoppiert und wedelte wie verrückt mit dem Schwanz. Nicht schon wieder, dachte Barry.

O'Reilly steckte zwei Finger in den Mund und stieß einen Pfiff aus, der wie eine Mischung aus Werftsirene und Dampfmaschine klang.

Rutschend kam Arthur neben O'Reilly zum Stehen, pflanzte sein Hinterteil ins nasse Gras und blickte mit hängender Zunge zu seinem Herrchen auf.

O'Reilly zog die Nase kraus. «Du stinkst, Arthur. Ab in die Hütte und halt dich trocken, du Riesentrottel.»

Der Hund gehorchte.

Barrys Hosen waren vorerst sicher. An der hinteren Gartenpforte holte er O'Reilly ein.

«Komm», O'Reilly stellte den Kragen seines Regenmantels auf, «sonst sind wir gleich selbst pitschnass.» Er überquerte den Fahrweg und öffnete das Garagentor. «Warte, ich fahre den Wagen raus.»

Nach einigen Fehlzündungen sprang der alte Rover an und schob sich dann rückwärts auf den Fahrweg hinaus. Barry stieg ein und wurde gleich darauf in den Beifahrersitz gepresst, denn O'Reilly gab Gas.

Barry musste sich am Armaturenbrett abstützen, als sein Chef an der Abbiegung zur Hauptstraße auf die Bremse trat. Während ein Trecker mit einem Anhänger voll Mist vorbeifuhr, trommelte O'Reilly ungeduldig auf dem Lenkrad. Barry schaute zu dem schiefen Turm der Presbyterianischen Kirche hinauf. Der Nieselregen hatte die Schindeln ebenholzschwarz gefärbt. Dazwischen setzten Kommas und Punkte aus dunkelgrünem Moos Akzente. Über ein niedriges Steinmäuerchen hinweg konnte Barry direkt gegenüber auf den Friedhof sehen, wo die Grabsteine von Generationen von Dorfbewohnern standen.

Die Familiengrabmale, dachte Barry, bringen Kontinuität in die wechselnden Zeiten des Dorflebens. Es gab schlechtere Orte, wo man sein Leben verbringen und sich schließlich zwischen Freunden und Nachbarn zur Ruhe legen konnte.

«Endlich.» O'Reilly röhrte die Straße hinunter. Der Wagen holperte über Schlaglöcher und legte sich in die Kurven. Barry traute sich kaum, nach vorn zu schauen, und lenkte sich ab, indem er durch das Seitenfenster blickte. Hinter einem schmalen, mit rosa Grasnelken gesprenkelten Streifen Dünengras befand sich ein Kiesstrand. Düster lag das schlachtschiffgraue Wasser der Belfaster Bucht unter den Regenschleiern.

Sie näherten sich dem Häuschen von Maggie MacCorkle, und Barry überlegte, ob das «winzige bisschen» Kopfweh über ihrer Schädeldecke wohl seit gestern besser geworden war. Sie hatte sich seit einer ganzen Weile nicht in der Praxis blickenlassen. «Sollen wir Maggie besuchen, Fingal?»

«Sie ist sicher nicht da», meinte O'Reilly, «ich denke, sie besucht Sonny in Bangor. Wir fahren nächste Woche mal vorbei, aber dein Vorschlag war gut.» O'Reilly bremste, blinkte rechts und fuhr landeinwärts. Er beschleunigte wieder und nahm eine langgezogene Kurve, wobei er mit den Rädern weit über die Mittellinie fuhr. Als er aus der Kurve herauskam, erwischte er fast einen Radfahrer, der wacker die Landstraße entlangstrampelte. Barry drehte sich nach dem armen Mann um und sah gerade noch, wie dieser sich mitsamt seinem Drahtesel in den Straßengraben warf.

«Um ein Haar hättest du Donal angefahren, Fingal.»

«Du weißt doch, dass ich auf Radfahrer nicht achte. Die kennen meinen Wagen und weichen aus.»

Das stimmte allerdings. Barry hatte schon oft genug gesehen, wie sich jemand in den Graben schmiss. O'Reillys

Fahrstil und seine völlige Missachtung anderer Verkehrsteilnehmer waren eben einfach der Preis, den man dafür zahlen musste, dass er in Ballybucklebo praktizierte. In Barrys Augen war das ein fairer Handel – selbst wenn Donal Donnelly, der vermutlich gerade wieder aus dem Graben kletterte, anderer Meinung sein sollte.

«Donal hat sein Fahrrad angestrichen», bemerkte er. «Sieht jetzt aus wie Josephs bunter Rock auf Rädern. Ich frage mich, warum.»

«Typisch Donal», meinte O'Reilly, «zu gegebener Zeit werden wir es bestimmt erfahren.» Er bremste, bog nach links auf einen Feldweg ab und hielt vor einem Farmhaus. «Wir sind da. Aussteigen.»

Barry griff sich seine schwarze Tasche und kletterte aus dem Wagen. Er wich dem Bordercollie aus, den es hier wie auf so vielen Farmen in Ulster gab, und folgte O'Reilly. Das zweistöckige Haus war aus grauem Stein erbaut, und die Schiebefenster hatten braune Rahmen. Wie bei Maggie MacCorkle schmückten Blumenkästen die Fensterbänke. Die bunten Blüten heiterten das düstere Gebäude auf. An einer Giebelseite war unter einem Wellblechdach Torf zum Trocknen aufgestapelt. Barry roch Kuhdung.

O'Reilly klopfte an die Haustür.

Ein Kind von etwa vier Jahren öffnete. «Ma? Der Doktor ist da.»

Der Arzt fuhr dem Mädchen durchs Haar. «Wie geht's, Lucy?»

«Ma ist wieder krank», antwortete das Kind.

Sie betraten das Haus, und Barry folgte seinem Chef in eine Küche mit hoher Decke. Ein Aga-Herd strahlte eine angenehme Wärme aus und verströmte den ländlichen Duft von brennendem Torf. Auf dem gefliesten Fußboden lag Kinderspielzeug verstreut. Ein Teddy ohne Augen, halb unter einem Haufen Legosteine begraben, zwei Dreiräder, ein Cowboyanzug mit zwei Revolvern, vier Puppen, einer davon fehlte ein Arm, und ein Puppenwagen.

Irgendwo im Haus weinte ein Baby.

«Sie ist hier drin», erklärte Lucy und öffnete die Tür zu einem ebenerdigen Schlafzimmer mit einem Doppelbett.

Barry folgte O'Reilly in den Raum. Lucy verzog sich in eine Ecke und lutschte mit großen Augen am Daumen. An einer Wand waren drei identische Kinderbettchen aufgereiht, in zweien schliefen Babys. Jetzt verstand Barry, warum Myrtle MacVeigh nicht in die Praxis kommen konnte. Sie hatte vier Kinder, und drei davon waren erst etwa sechs Monate alt.

«Danke, dass Sie hergekommen sind, Doktor O'Reilly.» Mrs MacVeigh, eine pummelige Frau mit zerzausten Haaren, saß in einem Sessel. «Die alte Geschichte macht mir wieder zu schaffen.»

Es war schon nach zwei Uhr nachmittags, aber Myrtle trug immer noch flauschige Pantoffeln und einen rosa Morgenrock über einem Flanellnachthemd. Sie gab gerade einem Baby die Flasche. Die Frau zitterte, und auf ihrer Stirn schimmerte Schweiß.

«Myrtle hatte nach der Geburt ihrer Drillinge eine Blaseninfektion. Aber ich dachte, die wäre inzwischen ausgeheilt», erläuterte O'Reilly.

«Wer ist das?», fragte Myrtle mit einem Kopfnicken in Barrys Richtung.

«Das ist Doktor Laverty, mein Assistent.»

«Ach so», sagte sie, «über den hab ich schon genug gehört, wirklich.» Sie vermied es, Barry in die Augen zu schauen.

O'Reilly reagierte nicht auf ihre Bemerkung, sondern fragte: «Und was fehlt dir?»

«Ich hab's an den Nierchen, wieder mal.»

«Wahrscheinlich hast du recht», stimmte O'Reilly ihr zu. «Könntest du mir bitte deine Beschwerden schildern?» Noch während er sprach, legte er eine Hand auf ihr Handgelenk.

«Vorgestern Abend hat es angefangen. Da hab ich schlimmen Schüttelfrost gekriegt. Hab mich scheußlich gefühlt und ...» Sie senkte die Stimme und sprach direkt in O'Reillys Blumenkohlohr.

«Mmm», brummte O'Reilly, «Dysurie und Frequenz.»

Normalerweise vermied O'Reilly es, vor den Patienten medizinische Fachausdrücke zu gebrauchen, aber nun wollte er Barry offenbar verschlüsselt mitteilen, dass die Patientin beim Wasserlassen brennende Schmerzen verspürte und außerdem sehr oft Harndrang hatte. Beides waren klassische Symptome für eine Blasenentzündung. Myrtle war es peinlich, vor einem Mann, selbst wenn er Arzt war, über diese intimen Körperfunktionen zu sprechen, und O'Reilly versuchte, ihr das zu ersparen.

Er beugte sich vor und drückte der Patientin eine Hand in den Rücken. «Tut das weh?»

Sie schnappte nach Luft.

Wahrscheinlich waren also neben der Blase tatsächlich auch die Nieren betroffen.

«Und dein Puls ist auch ein bisschen schnell.» O'Reilly warf Barry einen Blick zu. «Was meinen Sie, Doktor Laverty? Ich bin der Ansicht, dass Myrtle recht hat.»

O'Reilly tat also gar nicht erst so, als erbitte er seinen Rat, daher blieb Barry nichts anderes übrig, als seinem älteren Kollegen zuzustimmen. «Nierenentzündung», sagte er. Den Begriff «akute Pyelonephritis» vermied er absichtlich.

«Und hast du dich schon selbst behandelt, Myrtle?», wollte O'Reilly wissen.

«Doch, das hab ich», antwortete die Patientin. «Mit dem Heiltrank von meiner Oma. Zwei Unzen versüßter Salpetergeist, eine Unze Wacholderöl, eine halbe Unze Terpentin und geriebener Meerrettich ... alles vermischt mit einem halben Liter gutem Gin. Davon dreimal täglich ein Weingläschen voll.»

Barry staunte. Das klang nach einem ziemlich giftigen Gebräu, doch allmählich gewöhnte er sich daran, hier immer wieder von höchst merkwürdigen Hausmitteln zu hören.

«Ein kräftiges Zeug», meinte O'Reilly, «aber ich bezweifle, dass es wirkt.» Er kramte in seiner Tasche. «Hier», meinte er, indem er zwei Fläschchen herauszog. «Ich denke, ein bisschen von dem Natriumzitrat und Natriumbicarbonat hier wird dir helfen.» Er stellte das Medikament auf den Nachttisch. Barry wusste, dass man es einsetzte, um den Urin basisch zu machen und so das Wachstum von Kolibakterien, der häufigsten Ursache für Blaseninfektionen, zu hemmen.

«Und das hier ist Sulfamethazol.»

Myrtle blinzelte. «Sind das die gleichen Kapseln wie letztes Mal?»

O'Reilly nickte.

«Wunderbar», sagte sie, «die haben mir richtig gutgetan.»

Barry hüstelte. Anscheinend hatten sie aber doch nicht optimal gewirkt, sonst wäre es wohl kaum zu diesem Rückfall gekommen. Nach kurzem Zögern sagte er: «Ich habe Nitrofurantoin bei mir.» Er wartete ab, wie sein Chef wohl auf diesen unerbetenen Ratschlag, ein moderneres Antibiotikum einzusetzen, reagieren würde.

«Tatsächlich?»

«In meiner Tasche.»

«Dann her damit.»

Barry reichte O'Reilly das Medikament.

«Ich will aber diese Sulfadinger von Doktor O'Reilly», verlangte die Patientin.

Barry biss sich auf die Zunge. «Nein», meinte O'Reilly gelassen, «nein, die willst du nicht. Die Sulfadinger sind nämlich schon älter. Wie gut, dass Doktor Laverty hier ist. Er kennt sich mit den allerneuesten Medikamenten aus.»

«Ich hab das Alte und Bewährte gern», murrte Myrtle, während sie dem Baby das Fläschchen aus dem Mund zog.

«Ich weiß.» O'Reilly schmunzelte. «Wie diesen Trank von deiner Großmutter ... und der hat dir doch auch nicht geholfen, oder?»

«Nein, Sir.»

«Siehst du. Also tu, was deine beiden Ärzte dir sagen, dann bist du im Handumdrehen wieder auf dem Damm.»

Sie brachte ein schwaches Lächeln hervor. «Ich muss ja für meine Kleinen da sein. Nur gut, dass mein Peterchen heute mit seinem Papa weg ist.»

Ach, du grüne Neune, dachte Barry, die Frau hat sogar fünf Kinder. Es war ein Wunder, dass sie überhaupt irgendwie klarkam.

«Wo ist Paddy denn?», erkundigte O'Reilly sich.

«Sie wissen ja, wie das bei uns Bauern zugeht. In diesem Jahr ist alles früh, und er muss Heu machen. Wenn sie fertig sind, kommt er mit Peterchen wieder.»

«Schön», meinte O'Reilly. «Ich spreche mal mit der Gemeindeschwester. Sie soll bei dir reinschauen und dir zur Hand gehen, bis du wieder auf den Beinen bist.»

«Danke, Sir.» Myrtle stand auf und legte das Baby in das leere Bettchen. Als sie sich wieder aufrichtete, zuckte sie zusammen und legte sich die Hand in den Rücken. «Ich hoffe, Sie haben recht mit diesem neumodischen Zeugs, junger Mann», sagte sie und sah Barry dabei zum ersten Mal in die Augen.

«Das verspreche ich dir, Myrtle», mischte O'Reilly sich ein.

Barry wartete, bis der ältere Arzt die Anweisungen zur Einnahme des Medikaments gegeben hatte. Dann sagte er: «... und denken Sie daran, Myrtle, es ist gar nicht ungewöhnlich, dass eine Frau sich während der Geburt eine Nierenentzündung zuzieht oder dass die Biester sich danach erneut entzünden. Ich möchte, dass Sie viel trinken, besonders Orangensaft, damit Ihre Nieren gut durchgespült werden.»

«Das mache ich, Sir.»

«Schön», meinte O'Reilly. «Einer von uns kommt morgen vorbei, aber scheue dich nicht, bei Mrs Kincaid durchzuklingeln, falls du uns eher brauchen solltest.»

«In Ordnung, Doktor O'Reilly», sagte die Patientin, «und hoffentlich kommen Sie dann selbst.»

«Das werden wir sehen», meinte O'Reilly. «Und jetzt müssen wir weiter. Wir finden schon allein zur Tür.»

Barry wartete, bis der Rover wieder über den Feldweg rumpelte. «Sieht nicht so aus, als ob ich hier ernst genommen würde.»

«Unsinn. Du musst bloß weiter selbstbewusst auftreten und deine Arbeit möglichst gut machen.»

Barry seufzte. «Dein Wort in Gottes Ohr.»

O'Reilly bog in die asphaltierte Straße ein. «Weißt du, es ist noch gar nicht so lange her, dass die MacVeighs auch mir nicht vertraut haben. Eine Zeit lang dachte ich, sie würden nie mehr ein Wort mit mir reden.»

«Warum nicht?»

«Empfängnisverhütung», meinte O'Reilly. Er fuhr mit zwei Rädern auf den Randstreifen, um einen von zwei schweren Clydesdales gezogenen Heuwagen zu überholen. «Beziehungsweise deren Versagen.»

Barry wartete ab.

«Bevor Peter geboren wurde, ihr Ältester, kam Myrtle zu mir, weil sie und Paddy nicht gleich nach der Hochzeit schon Kinder haben wollten. Zu der Zeit gab es ja die Pille noch nicht.»

«Ich weiß.»

«Aber es gab andere Möglichkeiten. Der Oster-Aufstand in Dublin war nicht das Einzige, was 1916 passierte.»

«Jetzt komme ich nicht mehr mit, Fingal.»

«1916 war das Jahr, in dem Margaret Sanger in New York die erste Verhütungsklinik eröffnet hat. War ein bisschen vor deiner Zeit.»

Allerdings, dachte Barry, und wenn ich richtig rechne, warst du damals im stolzen Alter von acht Jahren, lieber Fingal.

Er musste sich am Armaturenbrett festhalten, weil O'Reilly plötzlich ohne ersichtlichen Grund auf die Bremse trat. Doch bevor Barry fragen konnte, tauchte aus der Wiese ein Fasan auf und stolzierte, gefolgt von zwei unscheinbaren Hennen, vor dem Wagen über die Straße.

«Wäre doch schade, den großen Kerl zu überfahren», meinte O'Reilly. «Allerdings hätte ich nichts dagegen, ihn vor die Flinte zu kriegen, wenn die Jagdsaison eröffnet ist.»

«Du erstaunst mich immer wieder, Fingal. Auf Radfahrer nimmst du keine Rücksicht, aber für Federwild bremst du?»

«Natürlich.» O'Reilly grinste. «Radfahrer abzuschießen macht doch keinen Spaß.» Er fuhr wieder an. «Zurück zu Myrtle. Ich hatte ihr und Paddy vorgeschlagen, Kondome zu benutzen, was sie auch getan haben. Elf Monate später kam das Peterchen zur Welt.»

«Ein Riss im Kondom?»

«Vermutlich. Also habe ich ihr ein Diaphragma angepasst.»

Barry erinnerte sich an das kleine Mädchen. «Nein», sagte er, «das glaube ich nicht.»

«Doch, doch ... ich habe ihnen anschließend erklärt, dass Diaphragmen sich lösen können – also hatten sie auch dazu kein Vertrauen mehr und fragten mich wieder um Rat.»

«Und daraufhin hast du ihnen von der Knaus-Ogino-Methode erzählt?»

«Genau.» O'Reilly bog nach links ab. «Und das Ergebnis hast du ja gesehen. Die Drillinge. Da war es mit ihrem Vertrauen zu mir vorbei.»

«Aber das war doch nicht deine Schuld.»

«Meinst du, ich wüsste das nicht? Das versuche ich dir ja gerade zu sagen. Egal, was du machst, manche Patienten sind nie zufrieden. Du musst lernen, damit zu leben.»

Barry verstand zwar, was sein Chef ihm sagen wollte, aber weil der Wagen gerade nur um Haaresbreite ein Schaf verfehlte, stimmte er nicht zu, sondern rief: «Pass auf, Fingal!»

«Ist doch bloß ein Schaf», brummte O'Reilly. «Und genau das ist das Problem mit den Menschen. Ich finde, sie sind alle mit Schafen verwandt. Einer spielt den Leithammel, und die anderen trotten blindlings hinterher.»

«Wenn Mrs MacVeigh mir also einfach nicht vertrauen will, dann erzählt sie das ihren Freundinnen, und …»

«Wahrscheinlich. Aber das Umgekehrte gilt auch – wenn sie von dem Medikament, das du vorgeschlagen hast, gesund wird und wenn Mr Finnegans Auge besser wird – wer weiß. Dann hast du vielleicht eine neue Anhängerschar.»

«Könnte sein.»

«Doch, da bin ich sicher. Nimm zum Beispiel die MacVeighs. Nachdem sie erfahren hatten, dass sie Drillinge kriegten, ließen sie sich in meiner Praxis nicht mehr blicken.»

«Und wie kommt es, dass sie jetzt wieder bei dir sind?»

«Reiner Zufall. Myrtle hat im Royal Maternity Hospital entbunden. Bei einer Frau mit Drillingen würde kein vernünftiger Arzt eine Hausgeburt machen.»

«Stimmt.»

«Zwei Tage nach der Entlassung kriegte sie diese Blasenentzündung. Sie rief ihren neuen Hausarzt an. Samstagnacht um zwei. Er sagte, das wäre nicht sein Problem, sie müsste wieder ins Krankenhaus. Er hat sich geweigert, einen Hausbesuch zu machen.»

Barry merkte, wie der Wagen langsamer wurde.

«Da hat Paddy MacVeigh mich angerufen.»

«Und du bist hingefahren?»

O'Reilly wandte den Kopf und starrte Barry an, als sei er schwachsinnig. «Natürlich. Ich hab ihr geholfen, und außerdem hab ich sie zu einem Gynäkologen ins Royal Victoria geschickt, zu einer Tubenligatur. Seitdem sind sie wieder bei mir, und wir kommen prima miteinander aus.»

«Also vergeben sie uns manchmal doch?»

«Selbstverständlich. So banal das ist, aber die Zeit heilt viele Wunden. Inzwischen lieben die MacVeighs ihre Kinderlein heiß und innig.»

«Du meinst, ich müsste einfach Geduld haben?»

«Genau. Und ein bisschen Humor.» O'Reilly bremste und hielt am Straßenrand. Barry war so ins Gespräch vertieft gewesen, dass er nicht bemerkt hatte, wie schnell sie sich ihrem Ziel genähert hatten. «Da sind wir», sagte O'Reilly. «Jetzt wollen wir mal sehen, wie die Arbeit an Sonnys Haus vorangeht.»

8 ❊ Zimmerleute am Bau

Auf Sonnys Grundstück war, so schien es Barry, noch nicht viel geschehen. Die Wände des zweistöckigen, dachlosen Gebäudes waren mit Efeu berankt. Auf dem Grasstreifen am Zaun befanden sich eine Wäscheschleuder und ein Fernsehgerät. Der Vorgarten war mit Brombeeren zugewuchert, und dazwischen standen alte Autos, Motorräder, landwirtschaftliche Geräte und ein gelber Wohnwagen.

Als Sonny krank geworden war, hatte Maggie MacCorkle seine fünf Hunde in Pflege genommen. Normalerweise hatten die Tiere im Wohnwagen gehaust, während Sonny in seinem Auto schlief, denn seit einem Streit mit Councillor Bishop war sein Haus ohne Dach. Damals hatte Sonny Bishops Baufirma beauftragt, das Dach zu reparieren, und die alten Ziegel abgenommen. Als Bishop jedoch plötzlich eine Vorauszahlung verlangte, hatte Sonny die Zahlung verweigert. Das war viele Jahre her, aber die beiden hatten sich nie geeinigt.

Erst als O'Reilly, mit Barrys Hilfe, behauptet hatte, er könne beweisen, dass Bishop der Vater von Julie MacAteers ungeborenem Kind sei, und gedroht hatte, das publik zu machen, war dieser bereit gewesen, das Dach kostenlos neu zu decken.

Inzwischen jedoch hatte Donal Donnelly sich zu dem Kind bekannt und Julie einen Heiratsantrag gemacht, sodass O'-Reilly nun kein Druckmittel mehr gegen Bishop in der Hand hatte. Daher fürchteten die beiden Ärzte, Bishop könnte sein Versprechen rückgängig machen.

Der Regen hatte aufgehört. Ein frischer Geruch stieg vom Boden auf, und der Asphalt dampfte in der Sonne. O'Reilly schob die schwarzgestrichene Pforte in der niedrigen Schlehenhecke auf, und Barry folgte ihm auf das Grundstück.

Er sah, dass an der vorderen Giebelwand ein Gerüst errichtet worden war. Auf dem obersten Boden stand ein Mann, der gerade einen alten, verwitterten Dachbalken nach unten in die Brennnesseln warf.

«Wunder gibt es immer wieder. Bertie Bishop hält tatsächlich Wort», sagte O'Reilly. «Aber ihm bleibt ja auch nichts anderes übrig.»

«Wie meinst du das?»

«Er hat doch überall herumposaunt, dass er Sonny aus christlicher Nächstenliebe helfen will. Nachdem wir ihm eingeredet hatten, dass die Gemeinde ihm vielleicht ein Denkmal setzt.»

Barry lachte.

«Ein Mann wie Bishop ist viel zu eingebildet, um sich aus so was wieder rauszuziehen.» O'Reilly blickte zu dem Mann hinauf, der am Dach arbeitete. «Wenn mich nicht alles täuscht, ist das da oben Seamus Galvin.» O'Reilly schüttelte den Kopf. «Der größte Drückeberger unter der Sonne bei einer anständigen Arbeit. Ist ja nicht zu fassen. Wahrscheinlich will er sich noch ein paar Kröten verdienen, bevor er mit Maureen in die Staaten auswandert.»

«Wollen wir ihn mal fragen?» Sie gingen über einen Pfad aus kaputten Betonplatten. In den Ritzen wuchsen Gras und Schwarzer Andorn. Der Andorn verströmte einen unangenehmen, bitteren Geruch, wenn man die Blätter zertrat. Ein Paar Kohlweißlinge taumelten über das Brombeerdickicht am Wegrand.

Am Fuß des Gerüstes standen in einem rostigen Kohlebecken auf der erkalteten Asche zwei vom Feuer geschwärzte, leere Suppendosen. Zusammengedrehte Drahtstücke dienten als Henkel. Die Teekessel der Arbeiter in Ulster. Ohne großzügige Portionen Tee konnte keine Aufgabe ausgeführt werden.

«Bist du das da oben, Seamus Galvin?», brüllte O'Reilly.

Der Mann lugte über den Rand des Gerüstes. «Ja, Doktor O'Reilly, Sir. Warten Sie. Bin sofort unten.»

Barry schaute zu, wie Galvin die Leiter bestieg und, von abschilferndem Rost begleitet, an dem wackligen Gerüst nach unten kletterte.

Galvin sprang von der letzten Sprosse herunter. «Tag, die Herren», sagte er, während er schwer auf dem Boden landete.

«Ist dein Knöchel jetzt wieder ganz gesund, Seamus?», erkundigte O'Reilly sich.

«Doch, ja, Sir. Allerdings. Kerngesund.»

«Und wie geht's mit der Arbeit voran?»

«Das ist ziemliche Scheiße, Doktor O'Reilly», meinte Seamus. «Die Dachbalken sind total verrottet. Die müssen alle raus und ersetzt werden. Das wird Mr Bishop 'ne ganz schöne Stange Geld kosten.»

«Furchtbar schade», sagte O'Reilly mit einem breiten Grinsen. «Könnte keinen netteren Menschen treffen.»

«Wie lange wird es denn dauern?», fragte Barry.

«Schwer zu sagen, Sir, aber eins steht fest: Wir kämen viel schneller voran, wenn Donal Donnelly nicht immer zum Mittagessen nach Hause fahren würde.»

«Donal? Den haben wir auf dem Weg hierher überholt», sagte Barry und dachte an Donals raschen Sprung in den Graben. «Seamus, wissen Sie zufällig, was Donal mit seinem Fahrrad gemacht hat?»

Seamus lachte. «Doch, ja, das kann ich Ihnen sagen. Er meinte, dass er es vor seiner Hochzeit noch streichen müsste. Und er hatte so viele halbvolle Farbtöpfe bei sich rumstehen. Also hat er am Samstagabend, gleich nach dem Fest, angefangen. Er sagt, das ist Kunst.»

«Kunst?» Barry lachte.

«Ja. Er sagt, er hat in einer Zeitschrift so ein Bild gesehen, von einem Kerl aus den Staaten.» Seamus kratzte sich den Kopf. «Der Mann hieß Schuft oder so ähnlich.» Er runzelte die Stirn. «Nein, was mit Plackerei. Jason Plack... oder so.»

«Meinen Sie vielleicht Jackson Pollock?», fragte Barry vorsichtig.

«Ganz genau, den meine ich.» Seamus pulte an einem Zahn und senkte die Stimme. «Ich glaube, Donal hat einfach einen Koller gekriegt, oder vielleicht hat er auf dem Fest auch eine schlechte Flasche erwischt.»

Die legendäre «schlechte Flasche» Bier wurde, wie Barry wusste, häufig angeführt, um die Auswirkungen von übermäßigem Alkoholkonsum zu erklären – den Blödsinn, den Männer unter Alkoholeinfluss anstellten, und den unvermeidlichen Kater am nächsten Tag.

«Manchmal», meinte Seamus, «ist Donal ein unglaublicher Geizkragen. Wenn ein Farbtopf leer war, hat er einfach mit dem nächsten weitergemacht. Hat sein Fahrrad ganz schön versaut, wenn Sie mich fragen, aber er findet sich genial. Da kommt er, Sir. Sehen Sie selbst.»

Barry sah zu, wie Donal Donnelly sein knallbuntes Fahrrad über den Fußweg schob. Es sah wirklich aus wie ein Werk aus Pollocks «abstrakter» Phase.

«Hast du nur Mittag gegessen, oder bist du auch gleich zum Abendbrot dageblieben, Donal?», rief Seamus.

«Ach, hau ab, Seamus.» Donal lehnte das Fahrrad gegen die Hauswand und begrüßte O'Reilly mit einer leichten Verbeugung. «Guten Tag, Doktor.»

«Dir auch einen guten Tag, Donal.»

Und mich grüßt er gar nicht?, überlegte Barry und freute sich dann, als Donal sich zu ihm wandte: «Guten Tag, Doktor Laverty.» Doch die respektvolle Verbeugung in seine Richtung blieb aus.

«Bist du eigentlich zum Arbeiten gekommen, oder willst du bloß Maulaffen feilhalten?», fragte Seamus.

«Jetzt hetz mich doch nicht so. Ich habe kurz etwas mit den Ärzten zu besprechen.»

«Gottogott», murrte Seamus. «Hoffentlich dauert das nicht den ganzen Tag.» Er drehte sich zur Leiter um. «Einer von uns sollte schon mal weitermachen», sagte er und kletterte wieder nach oben.

«Sie beide waren neulich so anständig, als Sie mich beraten haben», sagte Donal, «und jetzt hab ich noch eine kleine Frage.»

«Schießen Sie los», sagte Barry.

Donal zog die Stirn kraus. «Was bedeutet ‹ausstatten›, Sir?»

Barry wollte Donal gerade fragen, in welchem Zusammenhang er den Begriff gefunden hatte, da fragte O'Reilly: «Warum möchtest du das wissen, Donal?»

Der junge Mann schaute sehnsüchtig zu seinem Fahrrad hinüber. «Julie und ich waren beim Pfarrer und haben die Trauung durchgesprochen.»

«Und?», fragte O'Reilly.

«Da waren ein paar Sachen, die hab ich nicht verstanden.» Er trat von einem Fuß auf den anderen. «Und da hab ich gedacht, Sie als gebildete Männer können mir das vielleicht erklären.»

«Was sollen wir denn erklären?», fragte Barry.

Wieder runzelte Donal die Stirn. Er zupfte an einem Nagelhäutchen am Daumen herum. «Ich soll da sagen: ‹Mit diesem Ring heirate ich dich, und ich statte dich mit allen meinen weltlichen Gütern aus.› In meinen Ohren klingt das nicht gut. Gar nicht gut.»

«Warum nicht? Es heißt einfach, dass ...»

«Weswegen macht dir das solche Sorgen, Donal?», unterbrach O'Reilly.

Donal biss sich mit seinen vorstehenden Zähnen auf die Unterlippe und platzte dann heraus: «Heißt das, dass ich Julie meinen Windhund schenken muss? Bluebird? Und mein Fahrrad?»

O'Reilly lachte. «Nein, gar nicht.»

«Ach so.»

Barry sah, wie Donals Gesicht sich entspannte.

«Wenigstens», ergänzte O'Reilly mit einem schnellen Blick zu Barry hinüber, «nicht sofort.»

Wieder runzelte Donal die Stirn.

«Nein», meinte O'Reilly, «ausstatten heißt so etwas wie vermachen. Das ist ein Wort, das von Rechtsanwälten benutzt wird. Man macht das im Testament.»

«Im Testament, Sir?»

«Ja. Da schreibt man für den Rechtsanwalt auf, was man den Hinterbliebenen vermachen will. ‹Und meiner Tochter Sheila vermache ich meine Rosenbüsche.› Mehr bedeutet das nicht.»

Das stimmt zwar nicht, dachte Barry, aber er war trotzdem mit O'Reillys kleinem Betrug einverstanden, denn er sah Donal grinsen.

«Das ist ja kein großes Problem, Doktor O'Reilly. Wenn ich mal ins Gras beiße, dann ist das alte Rad längst Schrott, und –», Donal seufzte, «Bluebird gibt's dann auch nicht mehr. Aber sie ist so ein toller Hund, nicht?»

«Doch, das ist wahr», bestätigte O'Reilly.

«Danke für den Rat, Doktor. Mir fällt ein Stein vom Herzen.» Donal wandte sich Barry zu. «Das ist etwas komisch, aber an Sie habe ich auch eine Frage.»

«Nämlich, Donal?»

«Am Samstag, auf der Party, da hat meine Julie mit Ihrer Miss Spence ein Schwätzchen gehalten.»

«Mit Patricia?» Barry war so damit beschäftigt gewesen, in der Praxis wieder Fuß zu fassen, dass er bisher kaum an sie gedacht hatte. Und sie hatte versprochen, ihn anzurufen!

«Ja. Und Miss Spence hat meiner Julie alle möglichen Flausen in den Kopf gesetzt, allerdings.»

Jetzt zog Barry die Stirn kraus. «Wie bitte?»

«Also, der Pfarrer hat zu Julie gesagt, sie soll versprechen, dass sie mich ‹. . . lieben und achten und mir gehorchen wird›. Da hat Julie gemeint, mit den ersten beiden hätte sie keine Probleme, aber Miss Spence hätte ihr erklärt, sie dürfte nie versprechen, dass sie jemandem gehorchen will. Wissen Sie, da hab ich mir fast in die Hose gemacht vor Schreck.»

Barry musste lachen. Er sah Patricia vor sich, wie sie mit leuchtenden Augen versuchte, eine weitere junge Frau für ihre Sache zu bekehren. «Na ja», meinte er, «zwei von dreien ist doch gar nicht so schlecht.»

«Eigentlich nicht. Aber . . .»

«Kein Aber, Donal. Wenn Julie das so will, dann lassen Sie ihr doch das Vergnügen.»

«Meinen Sie?»

«Na klar. Patricia hat viele neumodische Ideen über Frauen. Und vielleicht hat sie damit sogar recht.»

Zweifelnd sah Donal ihn an. «Wenn Sie meinen, Sir, aber ich finde das ziemlich komisch.»

Von oben brüllte eine Stimme: «Du quasselst wirklich das Blaue vom Himmel herunter, Donal Donnelly. Mach jetzt, dass du hochkommst.»

«Ja.» Donal setzte einen Fuß auf die unterste Sprosse, zögerte dann und fragte O'Reilly: «Sehe ich Sie beide beim Rennen?»

«Bestimmt», meinte O'Reilly.

Donal senkte die Stimme. «Mein Kumpel auf der Bank hat am Freitag 'ne ordentliche Menge irische Münzen für mich.»

O'Reilly sah Barry von der Seite an.

«Komm jetzt sofort hoch, Donal Donelly, oder ich mach dir Beine!»

Donal stieg auf die Leiter. «Danke Ihnen beiden, dass Sie mir das alles erklärt haben. Es ist mir eine große Beruhigung, dass wir Männer wie Sie hier in Ballybucklebo haben, doch, ja.»

«Nun mal halblang, Donal», sagte Barry, aber als er mit O'Reilly zum Rover zurückging, war sein Schritt leichter.

«Ich frage mich, wie lange es dauern wird, bis das neue Dach drauf ist.» O'Reilly schien laut zu denken. «Wie so oft ist es mal wieder erstaunlich, was man mit ein bisschen Zeit und harter Arbeit alles zustande bringen kann.»

Barry schaute O'Reilly an, der seinerseits ganz in den Anblick einer Herde schwarzbunter friesischer Milchkühe versunken zu sein schien, die auf ihrer Weide auf der anderen Straßenseite zufrieden grasten oder im Liegen wiederkäuten.

«Gut», meinte O'Reilly dann. «Lass uns nach Hause fahren. Vielleicht können wir ein Weilchen die Füße hochlegen.»

«Das wäre großartig», seufzte Barry und setzte seinen Weg zum Auto fort, als plötzlich etwas an seinem Hosenbein zerrte. Er blieb stehen. Eine kräftige Dornenranke hatte sich ins linke Bein seiner Kordhose verbissen. Er zog, zerrte ein zweites Mal und spürte, wie der Stoff riss. Verdammt. Barry hatte von Schiffsfriedhöfen gehört und von Autofriedhöfen, und nun schien ihm, dass Ballybucklebo drauf und dran war, zur letzten Ruhestätte seiner sämtlichen Hosen zu werden. Missmutig stapfte er durch die Pforte, schloss sie und stieg in den Rover.

O'Reilly betrachtete das alte Haus. «Mir scheint», sagte der Arzt, «dass unser Herrgott im Himmel thront und die Welt völlig in Ordnung ist. Bertie Bishop hat die Reparatur von Sonnys Dach übernommen, Seamus und Donal arbeiten beide, und du ...», er neigte sich zu Barry hinüber, «... wirkst viel vergnügter als heute Morgen beim Frühstück.» O'Reilly ließ den Motor an. «Aber einer von uns sollte heute Abend Bereitschaftsdienst machen.»

Barry wartete. Er hoffte, dass O'Reilly sich den Abend freinehmen würde.

«Ist wohl besser, wenn ich das bin», meinte O'Reilly und brauste los, als wolle er die Schallmauer nicht nur durchbrechen, sondern unwiederbringlich zerstören.

Barry seufzte und hielt sich an der Armstütze der Beifahrertür fest.

O'Reilly zwinkerte ihm zu. «Und wenn du schon nicht arbeitest, kannst du ja nach Kinnegar rüberfahren und Miss Spence besuchen, die unserer Julie so viel Stoff zum Nachdenken geliefert hat.»

Und Barry konnte beim besten Willen nicht entscheiden, ob O'Reilly den Bereitschaftsdienst übernahm, weil er seinen Assistenten ungern ohne Aufsicht arbeiten ließ oder weil dieser ihm in seiner Großherzigkeit Zeit für Patricia geben wollte. Sobald sie wieder zu Hause waren, wollte er sie anrufen und fragen, ob sie heute Abend Zeit hatte.

9 ✳ Ohne Fleiß keinen Preis

«Komm rein.» Patricia hielt Barry die Wohnungstür auf. Er gab ihr sittsam ein Küsschen.

«Tut mir leid wegen gestern», meinte die junge Frau. «Ich

bin erst ganz spät aus Newry weggekommen, und heute hatte ich alle Hände voll zu tun. Ich hätte dich anrufen sollen.»

«Ist schon gut, ich war selbst auch ziemlich beschäftigt. Bin froh, dass du ein Stündchen Zeit für mich hast», sagte Barry. Er war enttäuscht, dass es nicht länger war. Als er von O'Reilly aus angerufen hatte, hatte Patricia sich gefreut, von ihm zu hören, wollte ihn auch gerne sehen – nicht allzu lange – und hatte ganz deutlich gemacht, dass dieser Montag für eine Studentin des Ingenieurwesens, die Sommerkurse belegt hatte, ein Arbeitstag mit einem Arbeitsabend war.

«Setz dich, Barry. Mach's dir bequem. Tut mir leid, dass nicht aufgeräumt ist.» Sie nahm einen Stapel Lehrbücher von ihrem zweisitzigen Sofa und packte sie auf ihren kleinen Esstisch, zu weiteren Wälzern, Ringbüchern, zwei Rechenschiebern und losen Blättern. Zum ersten Mal fiel Barry auf, dass in einer Ecke des Raumes ein Zeichentisch stand. Darauf war mit Reißzwecken ein Bogen mit Bauplänen befestigt. Eine schwenkbare Schreibtischlampe diente als Beleuchtung.

Barry setzte sich aufs Sofa. «Sieht wirklich aus, als wärst du sehr fleißig.» Er erinnerte sich an seine eigene Studentenzeit. Manchmal war es ihm vorgekommen, als sei die Menge an Wissen, die er zu verarbeiten hatte, unendlich groß und die dafür vorgesehene Zeit unheimlich kurz. Er deutete auf den Zeichentisch. «Handwerkszeug?»

«Ja.» Patricia setzte sich neben ihn, ihm halb zugewandt, mit geschlossenen Knien und den Händen im Schoß. «Wir lernen gerade etwas über die Belastung von Gesimsträgern. Da müssen wir Baupläne lesen können.»

«Erinnerst du dich an Jack Mills? Den du am Samstag auf O'Reillys Fest kennengelernt hast?»

«Der Assistenzarzt aus Cullybackey? Mit der vollbusigen blonden Frau?»

«Genau, das war Jack.» Barry lachte. «Als Jack und ich zusammengewohnt haben, hatten wir als Handwerkszeug ein

Skelett mit beweglichen Gelenken im Zimmer hängen. Wir haben es Billy Bones getauft.»

«Nach dem Piraten in der *Schatzinsel*?»

«Richtig. Aber Jack musste dem armen Kerl natürlich Damenunterwäsche anziehen.» Barry rückte näher.

«Und ich wette», sagte Patricia, «dass jedes Stück von einer seiner Eroberungen stammte.»

«Woher weißt du das?»

«Ich habe ihn doch mit der Blonden beobachtet.» Patricia nahm Barrys Hand. «Er scheint ein ganz anständiger Kerl zu sein, aber ...»

«Er ist mein bester Freund», bemerkte Barry.

«... ich bin mir nicht sicher, ob ich gerne mit ihm ausgehen würde.»

«Und ich bin mir verdammt sicher, dass ich das auf keinen Fall wollen würde. Ich wäre zu eifersüchtig.» Bei der Vorstellung, dass Patricia mit einem anderen Mann ausging, insbesondere mit Jack, zog sich Barrys Magen zusammen.

Sie drückte seine Hand. «Ich kenne nicht viele Männer, die zugeben würden, dass sie eifersüchtig sind», sagte sie. «Das gefällt mir ... aber dein Jack ...»

«Was ist mit meinem Jack?»

«Ich wette, er glaubt, wenn er eine Frau zu einem billigen Essen einlädt, erkauft er sich damit den Zugang zu ihrem Bett.»

Barry runzelte die Stirn. «Das ist nicht fair.»

«Doch. Die meisten Männer sind so. Aber du nicht, und auch das mag ich an dir. Bei dir fühle ich mich sicher.»

Barry spürte, wie er rot wurde. «Ein waschechter Traumprinz», sagte er, um seine Verwirrung zu überspielen. Dann lächelte er. «Ich bin einfach viel zu sensibel, deswegen.»

«Sensibel?»

«Ja. Hypersensibel. Nach einer ordentlichen Ohrfeige hab ich gleich dicke rote Striemen auf der Backe.»

Patricia lachte, ein leises, kehliges Lachen. «Glaubst du, ich würde dich ohrfeigen?»

«Nein. Bestimmt machst du Judo und hast den schwarzen Gürtel – du würdest mir einen Arm ausreißen und mich damit totschlagen.»

«Barry!» Patricia beugte sich vor und küsste ihn. «So was würde ich doch nie tun.»

«Freut mich sehr, das zu hören», meinte er. Auch in alten Jeans und Schlabberpulli war Patricia bezaubernd schön. Ihr schwarzes Haar schimmerte im sanften Licht der untergehenden Sonne, die über die Belfaster Bucht und an der Esplanade vorbeiglitt. Vor Patricias Fenster schien die Sonne zu zögern und schüchtern um Erlaubnis zu bitten, bevor sie ins Zimmer schien.

Barry zog Patricia an sich. Sie trug kein Parfüm, aber er atmete ihren feinen Duft ein. «Viel besser», sagte er leise, «als eine Ohrfeige.» Er lehnte sich zurück, legte ihr die Hände auf die Schultern und sah ihr in die Augen, schwarz wie Schlehenfrüchte, ein wenig schräg über den slawischen Wangenknochen. «Du bist wunderschön», sagte er und beobachtete, wie das Grübchen in ihrer linken Wange tiefer wurde, als sie lächelte.

«Danke.» Sie legte den Kopf auf seine Schulter. «Und danke, dass du heute Abend rübergekommen bist.»

«Ich dachte, ich störe dich beim Studieren.»

«Das tust du auch, aber manchmal muss man mich stören. Manchmal …», Patricia schluckte, «… manchmal glaube ich, ich habe mir zu viel aufgeladen.»

Barry strich ihr übers Haar. «Da bist du nicht die Einzige», sagte er und überlegte, dass ihn trotz seiner tiefen Gefühle für Patricia selbst jetzt, da ihr Kopf auf seiner Schulter lag, der Gedanke an die Ungewissheit seiner Zukunft bei O'Reilly ablenkte. «Ich fühle mich jetzt gerade selbst ein bisschen so, was die Praxis angeht.»

«Warum?»

Er zögerte, weil er Patricia nicht mit seinen Problemen belasten wollte. Doch dann sagte er: «O'Reilly behält mich. Er hat mir angeboten, dass ich in einem Jahr sein Teilhaber werden kann.»

«Das ist ja toll.» Patricia küsste ihn. «Ich beneide dich, und ich freue mich so für dich ... wenn es das ist, was du willst.»

«Doch, da bin ich mir ziemlich sicher. Ich könnte mich wirklich in Ballybucklebo niederlassen. Aber im Moment läuft es gerade nicht so gut.»

«Wie kommt's?»

«Die Patienten haben ein bisschen das Vertrauen zu mir verloren.» Barry sah Mitgefühl in Patricias Blick. «O'Reilly meint aber, ich könnte mich durchbeißen.»

Sie drückte ihm die Hand. «Ich würde der Einschätzung dieses Mannes vertrauen.»

«Hoffentlich hast du recht. Ich fühle mich ... ich fühle mich, als müsste ich meine Prüfungen alle nochmal machen.»

Patricia stand auf und verschränkte die Arme. «Genau deswegen mache ich mir Sorgen. Ich habe nächste Woche eine.»

«Eine Prüfung?»

«Mmm.»

«Die schaffst du mit links, da bin ich sicher.» Barry kratzte sich das Kinn. «Merkwürdige Jahreszeit. Ich dachte, die Prüfungen wären immer im Juni.»

«Sind sie auch. Aber das ist jetzt eine außer der Reihe. Für ein Stipendium.»

«Ein Stipendium?»

«Und ich muss es kriegen.» Patricia ballte die Fäuste. «Ich muss.»

Barry wusste nicht, was er sagen sollte. «Du kriegst es bestimmt» wäre banal gewesen. «Tu einfach dein Bestes» hätte für eine Mutter gepasst, die schon das Gefühl hatte, ihre Tochter würde versagen. «Aber wenn du nicht bestehst, ist das ja nicht das Gleiche wie bei deinen normalen Prüfungen, oder? Ich meine ... es würde dich nicht zurückwerfen. Oder würdest du ein Jahr verlieren?»

«Nein.» Barry hörte einen traurigen Unterton in ihrer Stimme. «Ich persönlich nicht.»

«Wer denn dann?» Er zog die Brauen hoch. Auch in der medizinischen Fakultät hatte es besondere Auszeichnungen und Stipendien gegeben, aber die durchschnittlichen Studenten, zu denen er gehört hatte, hatten sich meistens gar nicht erst die Mühe gemacht, sich darum zu bewerben. Nein, das hatten sie den wenigen Überfliegern überlassen. Normale Studenten wie Jack Mills und er selbst waren schon sehr zufrieden gewesen, wenn sie ihr Studium in den vorgesehenen sechs Jahren schafften. «Wenn dich das nervös macht», schlug er vor, «dann solltest du vielleicht von der Prüfung zurücktreten.»

«Das kann ich nicht.»

«Warum denn nicht?»

«Weil ich eine Frau bin.»

Barry verkniff sich die Bemerkung, dass er darauf nie gekommen wäre. «Und was hat das mit deinem Stipendium zu tun?»

«Barry.» Breitbeinig und mit gereckten Schultern stand Patricia vor ihm, das Gesicht angespannt. «Ich habe dir ja erzählt, wie schwierig es für mich war, diesen Studienplatz zu kriegen ...»

«Das weiß ich noch.»

«Die Hälfte der anderen Studenten, ja, und auch ein paar von den Dozenten können es gar nicht erwarten, dass ich auf die Nase falle.» Sie humpelte durchs Zimmer, drehte sich um und sah ihn wieder an. «Wenn ich durchfalle, dann werden sie bloß schadenfroh grinsen. Und es wird für Frauen noch schwieriger werden, einen Studienplatz zu bekommen. Ich muss es für die anderen Frauen schaffen, nicht bloß für mich. Verstehst du das nicht?» Sie ließ den Kopf sinken.

«Doch», sagte Barry, «aber ich finde es schade, wenn du dich so aufregst.» Er stand auf und ging durchs Zimmer, legte eine Hand unter ihr Kinn, hob ihr Gesicht und schaute ihr in die Augen. «Weißt du», sagte er, «ich kenne dich noch nicht besonders gut, aber ein paar Sachen weiß ich schon.» Er hatte diese Technik in einem Psychologiekurs für Anfänger gelernt. Wenn jemand den Mut verloren hat, muss man ihn auf seine eigenen Stärken verweisen. «Du hast Kinderlähmung gehabt ...»

Barry hörte, wie Patricia heftig einatmete. Er wusste, wie sehr sie es hasste, wenn ihre Behinderung thematisiert wurde, aber er sprach weiter: «... und du hast dich davon kein bisschen bremsen lassen ...»

Ihre Miene war ausdruckslos.

«Du hast dir einen Studienplatz für Hoch- und Tiefbau erkämpft ...»

«Mag sein ...» Es klang zögernd.

«Wie viele in deinem Jahrgang machen diese Prüfung für das Stipendium?»

«Zehn, und ich bin ...»

«... das einzige Mädchen, ich weiß.»

«... die einzige Frau.»

«Richtig. Du bist die einzige Frau. Mein Gott, schon allein deswegen solltest du stolz auf dich sein.»

«Das ist dein Ernst, oder?»

«Natürlich, mein voller Ernst. Und ... und ...» In dem gleichen Kurs hatte man Barry auch beigebracht, man dürfe niemals versuchen, einen Patienten mit Geschichten aus dem eigenen Leben zu trösten. Aber schließlich war Patricia keine Patientin. «... vielleicht schaffst du's nicht ...»

«Davor habe ich Angst.» Ihre Augen waren feucht. Sie zog die Nase hoch.

«... aber du musst trotzdem weitermachen. Das musste ich auch.»

«Das verstehe ich nicht.»

«Es geht mir um das fehlende Selbstvertrauen, von dem ich gesprochen habe. Vor zwei Wochen habe ich bei einer Diagnose Mist gebaut. Der Patient ist fast gestorben, aber die Neurochirurgen haben ihn wieder hingekriegt. Jedenfalls haben sie das gedacht.»

«Aber es stimmte gar nicht?»

«Ich weiß es nicht. Gestern jedenfalls ist O'Reilly bei ihm gewesen. Der Mann war tot.»

«Barry.» Patricia hob die Hand vor den Mund. «Nein.»

Er nickte. «Doch, leider.» Barry nahm ihre Hand. «Und damit muss ich mich auseinandersetzen, wenn ich bei O'Reilly bleiben will – es ist mein erster schwerwiegender Fehler.»

«Das habe ich nicht gewusst.»

«Woher auch, ich hatte es dir ja nicht erzählt.» Und ich hatte auch nicht vorgehabt, es zu erzählen, dachte Barry, aber vielleicht hilft es dir, deine Angst zu überwinden. «Du sollst einfach nicht denken, du wärst die Einzige, die etwas vermasseln kann.»

Barry spürte, wie sie die Arme um ihn legte. Sie hob das Gesicht, um sich küssen zu lassen, und er umarmte und küsste sie und hielt sie dann auf Armeslänge von sich.

«Danke», sagte Patricia, «dass du es mir erzählt hast. Es hilft tatsächlich.» Ihre Augen schimmerten, aber Barry sah, dass es nicht Tränen waren, sondern das Licht. «Und es hilft mir, wenn du bei wichtigen Dingen ernst bist.»

«Doch, das bin ich», sagte er leise und schaute ihr ins Gesicht.

«Ich auch, Barry», sagte sie sanft, «ich auch.»

Barry wusste, dass sie beide um ein Haar gesagt hätten: «Ich liebe dich», aber er wollte ihr Zeit lassen. Er hörte O'-Reillys Stimme: *Pianissimo, pianissimo.*

«Hör mal», meinte er nun, «du musst weiterlernen, und ich muss los.»

«Das stimmt wohl», sagte sie, «aber ich weiß nicht, ob ich dich gehen lassen will.»

Ach, er hätte seine Seele verkauft, um bleiben zu können. Vielleicht war er Patricia gegenüber nicht fair, aber eine leise innere Stimme riet ihm: «Barry, diesmal musst du so tun, als wärst du nicht ganz so leicht zu haben.» Laut sagte er: «Ich will auch eigentlich nicht gehen, aber ich möchte gerne stolz darauf sein können, dass mein Mädel ...» Sie erhob keine Einwände, weder gegen das «mein» noch gegen das «Mädel». «... ein Stipendium am Queens College in Belfast bekommen hat.»

Patricia ließ seine Hand los, schloss die Augen, holte tief Luft und sagte dann: «Nicht am Queens College, Barry. Nein, in Cambridge in England. Nächstes Semester.»

10 ✳ Des Pudels Kern

O'Reilly saß oben in der Wohnstube. Mit dem Rücken zur Tür lehnte er im Sessel, und die gestiefelten Füße hatte er auf eine gepolsterte Fußbank gelegt. In der rechten Pranke hielt er ein Glas mit John Jameson's Irish Whiskey, wie Barry vermutete, und er lauschte den donnernden Akkorden, die aus dem Grammophon, Marke Philips Blackbox, drangen. Lady Macbeth lag zusammengerollt auf seinem Schoß, das Näschen unter der Schwanzspitze vergraben.

Irgendwie kannte Barry die Symphonie, die O'Reilly mit der linken Hand dirigierte. «'n Abend, Fingal», sagte er zu dem Hinterkopf.

«Bumm-bumm-bumm, bumm-bumm-bumm», grölte O'-Reilly, wobei er die Hand im Takt bewegte, so begeistert, als würde er eine Signalflagge schwenken.

Barry ging um den Sessel herum und stellte sich davor. «'n Abend, Fingal», wiederholte er.

O'Reilly hielt den Zeigefinger an die Lippen. «... Diddel-diddel-BUMM. Da-da-da-da-da-da ... BUMM.» O'Reillys Hand schwang hin und her, und bei jedem BUMM schlug er mit der geballten Faust in die Luft.

Er grinste Barry an, der wartend stehen geblieben war, und nach einem letzten «BUMM» sagte er: «Sei so gut und schalte das Ding ab. Ihre Ladyschaft hat mich mit Beschlag belegt, und ich will sie nicht stören.»

Barry stellte den Plattenspieler aus.

«Tolle Sachen hat der alte Ludwig komponiert», meinte O'Reilly. «Das war seine fünfte Symphonie.»

«In deiner Version habe ich sie nicht erkannt.»

«Kulturbanause», sagte O'Reilly. «Macht nichts. Nimm dir Sherry.» Er trank sein Glas aus. «Und schenk mir noch was nach, wo du gerade dabei bist. Auf einem ...»

«... Bein kann man nicht stehen», ergänzte Barry, nahm das Glas, trat an die Anrichte und füllte aus einer Karaffe nach. Dann schenkte er sich selbst ein Gläschen Sherry ein.

«Hier.» Er reichte O'Reilly das Whiskeyglas und ließ sich ihm gegenüber im Sessel nieder.

«Du bist früh zurück», sagte der Arzt. «Wie geht's deiner Patricia?»

Barry seufzte. «Gut, aber ...»

«Aber was?» O'Reilly beugte sich vor, ohne jedoch die Katze dabei zu stören. Seine zottigen Augenbrauen bewegten sich aufeinander zu. «Aber was?»

«Sie hat mich ein bisschen verwirrt», gestand Barry zögernd.

«Wie meinst du das?» Die Augenbrauen schoben sich weiter aufeinander zu, bis es Barry schien, als würde eine einzige langhaarige Raupe über O'Reillys Stirn kriechen.

«Sie bemüht sich um ein Stipendium für Cambridge.»

Eigentlich sollte er wirklich stolz darauf sein, das wusste Barry, aber falls sie es bekäme, würde sie in England leben – und er hier in Irland.

«Tatsächlich? Bravo!» O'Reillys Stirn glättete sich wieder, und er hob sein Glas. «Da wünsche ich ihr viel Glück.»

Barry schlürfte seinen Sherry. «Da bin ich nicht so sicher», meinte er. Sollte er O'Reilly verlassen und sich um eine Assistentenstelle in Cambridgeshire bemühen? Oder sich am Addenbrooke's Hospital, dem großen Lehrkrankenhaus in der Stadt, als Anwärter für eine Facharztausbildung bewerben?

«Warum denn nicht?»

«Sie würde zum nächsten Semester weggehen.» Barry schaute O'Reilly ins Gesicht. «Ich werde sie vermissen, Fingal.» Nein, mehr als das: Er hatte furchtbare Angst, sie zu verlieren.

«Ich weiß, wie dir zumute ist», meinte O'Reilly. Er stand auf, ließ die protestierende Lady Macbeth auf den Teppich rutschen und ging zum Erkerfenster. «Ich musste einmal ein Mädchen verlassen», sagte er, während er hinausschaute.

Barry schwieg. Mrs Kincaid hatte ihm unter dem Siegel strengster Verschwiegenheit anvertraut, dass O'Reilly im Krieg einen großen Verlust erlitten hatte.

«Viele Männer, die im Krieg waren, mussten das.» O'Reillys Stimme war leise.

«Mein Dad war auch fünf Jahre fort», sagte Barry. «Aber ich war noch zu klein und kannte es nicht anders.»

O'Reilly kehrte ihm immer noch den Rücken zu. «Aber er ist zu deiner Mutter zurückgekehrt, oder?»

«Ja.» Barry war fünf gewesen, als ein bärtiger Fremder in Marineuniform ins Haus hereingestürzt kam. Die Freude seiner Mutter würde er niemals vergessen.

Leise sagte O'Reilly: «Auf mich hat niemand gewartet.»

War da ein Stocken in seiner Stimme gewesen? Wenn ja, dann konnte Barry das verstehen. Kinky hatte berichtet, dass

O'Reillys große Liebe, eine junge Krankenschwester, 1941 beim Bombenangriff der deutschen Luftwaffe auf Belfast ums Leben gekommen war.

«Vielleicht erzähle ich's dir eines Tages mal.» O'Reilly drehte sich zu Barry um und sagte bedächtig: «Ich weiß, dass du heute nochmal gezweifelt hast, ob du hierbleiben möchtest.»

«Also ...»

«Und jetzt fragst du dich, ob du dir eine Stelle in Cambridge suchen sollst?»

Wie konnte sein Chef das bloß wissen? Sie kannten sich erst einen Monat, aber es war, als könnte O'Reilly Barrys Gedanken lesen.

Der Arzt kam vom Fenster zurück und baute sich vor Barrys Sessel auf. «Ich würde dir nicht im Weg stehen.»

«Das ist sehr großzügig von dir, Fingal. Ich sehe ja, wie nötig du in der Praxis Hilfe brauchst.»

«Ach was.» O'Reilly lachte. «Ich weiß doch, dass du in das Mädchen verliebt bist ...»

Barry merkte, wie er errötete. Derartige Gefühle behielten die Bewohner von Ulster eigentlich für sich, und doch hatte O'Reilly ihn ohne Zögern darauf angesprochen. «Also, ich ...»

«Aber natürlich ist es deine Entscheidung.»

«Welche Entscheidung?» Barry hörte unten im Flur das Telefon klingeln.

O'Reilly hob eine Augenbraue. «Ob du weggehst oder hingehst.»

«Verstehe ich nicht.»

«Gestern wolltest du gehen, weil du das Gefühl hattest, dass du hier kein Bein an den Boden kriegst. Das wäre Weggehen. Heute Abend willst du der Frau, die du liebst, folgen. Das wäre Hingehen.»

Verdammt. O'Reilly hatte völlig recht. Und wenn Barry sein

Herz prüfte, konnte er nicht entscheiden, welches der wichtigere Grund war. «Wenn du es so ausdrückst ...»

«Ja», meinte O'Reilly ruhig, «das ist nämlich des Pudels Kern.»

«Darüber muss ich nachdenken.» Barry wollte Zeit gewinnen. Er hörte die Tür aufgehen.

«Tu das, denn wenn du *weggehst*, wirst du dich dein Leben lang fragen, ob du es hier nicht doch hättest schaffen können.»

«Ich weiß.»

«Aber andererseits könntest du es dein Leben lang bereuen, wenn du nicht *hingehst*.» O'Reilly schaute wieder zum Fenster hinaus und schien irgendwo draußen etwas Interessantes zu entdecken.

Im Türrahmen hüstelte es. Als Barry sich umwandte, stand Kinky in Hut und bestem Mantel und mit Handschuhen in der Hand vor ihm. «Ich möchte Sie nicht stören», meinte sie, «aber ich bin auf dem Weg zu meinem Treffen vom Landfrauenverein. Eben am Telefon, das war Ethel O'Hagan, ja.»

Auch O'Reilly drehte sich jetzt zu seiner Haushälterin um. «Das Übliche?»

«Ja. Bei Ihrem Kieran läuft's mal wieder nicht mehr. Ich hab ihr gesagt, einer von den Ärzten würde kommen.»

«Gut», meinte O'Reilly. «Ziehen Sie nur los, Kinky. Viel Spaß bei Ihrem Treffen. Wir kümmern uns um Kieran.»

«Danke, Sir.» Kinky verschwand.

«Diese verdammten Wartelisten», schimpfte O'Reilly. «Kieran O'Hagan wartet seit neun Monaten auf eine Prostatektomie.»

«Aber es ist nichts Bösartiges?» Nach Barrys Wissen ließ man Krebspatienten nicht so lange auf eine Operation warten. O'Reilly schüttelte den Kopf. «Gutartige Hypertrophie. Ich habe seiner Frau erklärt, welche einfachen Hilfsmittel sie anwenden kann, wenn er Miktionsbeschwerden hat. Aber anscheinend hat es mal wieder nicht gereicht, und der blöde Kerl versucht auch nicht vorzubeugen, da kann ich mir den Mund fusselig reden. Ihm schmeckt einfach sein Bierchen zu gut. Dann füllt sich die Blase, und er kann nicht pissen.»

«Dabei ist heute gar nicht Freitag.»

«Wieso Freitag?»

«Als ich im Royal Victoria in der Ambulanz gearbeitet habe, war Freitagabend immer der Katheterabend. Die alten Männer gingen in den Pub, gossen sich ein paar Pints hinter die Binde und kriegten dann Harnverhaltung.»

«Also bist du ganz geschickt im Katheterisieren?»

«Jedenfalls hab ich das ziemlich oft gemacht.»

«Gut», sagte O'Reilly und beugte sich über sein Plattenregal. «Kieran ist sechsundachtzig und Ethel einundachtzig. Sie wohnen in der Siedlung, Comber Gardens Nummer 17, gleich neben den Finnegans.»

«Dem Mann mit Parkinson und seiner französischen Frau?»

«Du erinnerst dich an die beiden?»

«Na klar.» Barry spürte einen Anflug von Stolz darüber, dass er sich auch an den Namen des Patienten erinnerte, nicht nur an seine Krankheit.

«Schön.» O'Reilly hatte eine Langspielplatte ausgesucht und richtete sich wieder auf. «Unten im Instrumentenwagen liegt ein steril verpackter Katheter. Steht drauf, also bedien dich.»

«Du meinst, ich soll hinfahren ... Und du kommst nicht mit?»

O'Reilly nahm Beethoven vom Plattenteller und legte die neue Platte auf. «Weißt du, Kieran O'Hagan ist zwar ein stattlicher Bursche, aber sein Pimmel ist nicht so groß, als dass wir beide nötig wären, um einen dünnen Plastikschlauch durchzuschieben.»

«Schon gut.» Barry war froh, dass er von ihrem vorangegangenen Thema abgelenkt wurde, und erst recht freute er sich darüber, dass O'Reilly ihn allein losschickte. «Dann fahre ich jetzt los.» Barry stellte seinen halb ausgetrunkenen Sherry auf die Anrichte. Er lief nach unten und holte den Katheter und seine Tasche aus dem Behandlungsraum.

Von oben hörte er die ersten Takte von Mozarts Requiem, traurig, schwerfällig und feierlich, und er fragte sich, ob O'-Reilly wohl ein Musikstück ausgesucht hatte, das seiner Stimmung entsprach.

Er verließ das Haus durch die Vordertür und ging dann um das Grundstück herum zu dem Fahrweg, wo er Brunhilde geparkt hatte. Arthur Guinness bellte in seiner Hütte, als Barry näher kam. Diesmal habe ich dich überlistet, Hund, dachte Barry im Wegfahren.

Die Sonne hatte die wenigen Wolken mit sanften Rosatönen bemalt. Der erste Stern leuchtete über dem Dorf, eine silberne Paillette an einem Samthimmel. Als Barry an der Ampel hielt, sah er Seamus Galvin und Donal Donnelly Arm in Arm in den Dreckspatz hineinspazieren.

Es wurde Grün, und Barry fuhr weiter in die Siedlung. Mühelos fand er Comber Gardens und die Nummer 17, nahm seine Tasche und ging zur Haustür.

Er klopfte und wartete, bis eine winzige, verhutzelte Frau in einem bedruckten Baumwollkittel und flauschigen rosa Pantoffeln die Tür öffnete. Ihre Hände waren verkrümmt, von blauen Adern durchzogen und mit Leberflecken übersät.

«Mrs O'Hagan?»

«Die bin ich.»

«Ich bin Doktor Laverty.»

«Konnte unser Doktor nicht selbst kommen?», fragte sie mit dünner, krächzender Stimme.

Schon wieder. «Tut mir leid», Barry wusste, was O'Reilly sagen würde, «aber er wurde zu einem anderen Notfall gerufen.»

«Dann muss es eben mit Ihnen gehen», meinte sie. «Kommen Sie rein.»

Barry folgte ihr durch einen mit dünnem Teppichboden ausgelegten Flur und eine schmale Treppe hinauf.

«Kieran ist da drin.» Die zwergenhafte Frau schob eine schmale Tür zu einem winzigen Badezimmer auf. Die Tapete hatte sich zum Teil von der Wand gelöst, und dahinter kam billiger rosafarbener Putz zum Vorschein. An einer Wand hing ein Medikamentenschränkchen mit einem gesprungenen Spiegel. Es roch nach Schimmel. Eine typische Behausung in dieser von Bishop so billig wie irgend möglich hochgezogenen Siedlung.

In ein abgestoßenes Emaillewaschbecken lief aus beiden Hähnen das Wasser. Eine kleine eiserne Badewanne mit Klauenfüßen war ebenfalls halb mit Wasser gefüllt. Auf der Toilette daneben saß vornübergebeugt ein Mann, der mindestens einsfünfundneunzig groß sein musste. Außer einem gestreiften Hemd trug er nichts am Körper. Sein Kopf war vollkommen kahl, und das Gesicht, faltig wie ein trockenes Fensterleder, war verzerrt. Er atmete stoßweise.

«Hier kommt Doktor Laverty, Kieran», verkündete Mrs O'Hagan. «Er bringt dich wieder in Ordnung, ja.»

«Er ... soll ... schnell ... machen», bat Mr O'Hagan mit zusammengebissenen Zähnen.

Barry sah die Schwellung über dem krausen grauen Schamhaar des Mannes. Darüber hing in dünnen Falten die Bauchhaut. «Können wir Sie ins Schlafzimmer bringen, Mr O'Hagan?» In diesem engen Badezimmer konnte er sich unmöglich auf den Fußboden legen.

«Ja ... aber ... Beeilung.» Der alte Mann stand schwankend auf und legte Barry einen Arm um die Schultern. «Sie müssen mir unter die Arme greifen.»

«Gut.» Für einen Mann von seiner Größe war Kieran auffallend leicht. «Wohin, Mrs O'Hagan?»

«Erste Tür rechts. Soll ich helfen?»

«Ich komme schon klar», antwortete Barry, «aber könnten Sie bitte eine große Schüssel oder einen Eimer und ein paar Handtücher holen?»

«Ja, Sir.»

Sie verschwand. Mit seiner Tasche in der einen Hand steuerte Barry den großen Mann zur Badezimmertür hinaus und einen schmalen Flur entlang. Die Schlafzimmertür war offen. Barry tastete nach dem Lichtschalter, und an der Decke leuchtete eine nackte Glühbirne auf. An einer Wand stand ein Messingbett. Er stellte seine Tasche auf einer Kommode ab. Dabei fiel ihm ein gerahmtes, bräunliches Foto von einem jungen Hochzeitspaar auf. Während er seinem Patienten ins Bett half, fragte Barry sich, wie lange die O'Hagans wohl schon verheiratet waren.

«Geht gleich los», sagte er.

«Gott sei Dank.» Mr O'Hagan hielt sich mit beiden Händen den Unterleib.

Seine Frau kam mit zwei fadenscheinigen Handtüchern und einer großen Porzellanschüssel zurück. «Hier sind die Sachen.»

Barry nahm ihr die Handtücher ab. «Können Sie das Gesäß anheben?», bat er seinen Patienten, legte die Handtücher auf die Tagesdecke und schob sie ihm unter den Po. «Gut. Und würden Sie jetzt bitte die Beine spreizen?»

«Die Schüssel, bitte.» Barry stellte das Gefäß zwischen die Oberschenkel des Mannes und holte den steril verpackten Katheter aus seiner Arzttasche. Er riss die äußere Verpackung auf. «Ich wasche mir nur eben noch die Hände.» Als er aus dem Bad zurückkam, trocknete er sich die Hände mit einem sterilen Handtuch ab und zog Gummihandschuhe an. Dann lud er antiseptische Tupfer in die Tupferklemme und säuberte O'Hagans Penis damit. Er legte die Tupferklemme auf dem Handtuch ab und hüllte das Geschlechtsorgan in ein zweites steriles Handtuch.

Mr O'Hagan pfiff durch die zusammengebissenen Zähne. Barry erkannte die Melodie des alten Kirchenliedes «Näher, mein Gott, zu dir».

Der rote Gummischlauch des Katheters war ordentlich um eine kleine, sterile Tube mit Gleitmittel gewickelt. Barry bestrich die Spitze des Katheters damit und nahm ihn in die rechte Hand. Mit der Linken hob er den Penis. «Es kann ein bisschen wehtun», warnte er, als er die leicht abgewinkelte, starre Spitze des Einmalkatheters in die Harnröhre schob.

Mr O'Hagans Kirchenlied wurde eine Oktave höher, aber sonst gab er keinen Mucks von sich.

Barry schob den Schlauch hinein, bis er spürte, dass die Spitze gegen etwas Festes stieß. Er holte tief Luft. Jetzt wurde es heikel, denn er musste an der vergrößerten Prostata vorbei, die am Blasenhals die Harnröhre einengte. Er hängte das freie Ende des roten Gummischlauches über den Rand der Schüssel.

Mit der linken Hand hob er den schlaffen Penis in eine vertikale Position, mit der rechten schob er weiter, und als er spürte, wie der Katheter weiterrutschte, ließ er die linke Hand sinken und schob mit der Rechten noch stärker.

Mr O'Hagans Ton rutschte die Tonleiter hinauf, als der Katheter in die Blase glitt. Heller Urin schoss in die Schüssel.

Während Barry zuschaute, musste er an den Ausspruch der Marquise de Pompadour denken: «Nach uns die Sintflut.»

Mr O'Hagan seufzte, und als Barry aufschaute, sah er sein zahnloses Lächeln.

Mit der linken Hand drückte er sanft auf den Bereich über dem Schambein, wartete, und als endlich nichts mehr in die Schüssel strömte, zog er den Katheter wieder heraus.

«Junge, Junge», sagte Mr O'Hagan, «ich hab das ja schon oft gemacht gekriegt, aber ... Sie sind Doktor Laverty?»

Barry nickte.

«Also, junger Mann, Sie haben wirklich ein Händchen dafür, das muss ich sagen.»

Barry freute sich, dass die Katheterisierung so glatt über die Bühne gegangen war. Er lächelte.

«Ja», hörte er Mrs O'Hagan hinter sich sagen, «und kein einziges Tröpfchen ist auf meine saubere Tagesdecke gespritzt.»

Barry räumte seine Utensilien zusammen, zog die Gummihandschuhe aus und sagte: «Sehen Sie zu, dass Sie heute Nacht richtig gut schlafen, Mr O'Hagan, und wenn es wieder passiert, rufen Sie bitte gleich an, bevor es zu schlimm wird. Und ich telefoniere morgen früh mit dem Krankenhaus. Vielleicht können die sich ja ein bisschen beeilen.»

«Das wäre mir sehr lieb, Doktor», meinte der alte Mann, «aber machen Sie sich keine Sorgen. Wenn es wieder nötig ist, können Sie gern jederzeit herkommen, ja doch.» Er lächelte.

«Schön.» Barry nahm seine Tasche. «Jetzt muss ich wieder los.»

«Ich bringe Sie zur Tür, Doktor Laverty.» Mrs O'Hagan verließ mit der halbvollen Schüssel das kleine Schlafzimmer. «Ich schütte das nur eben weg und drehe die Hähne ab.»

Barry hatte sich über die laufenden Wasserhähne gewundert. Er wartete im Flur, bis Mrs O'Hagan herunterkam.

«Möchten Sie vielleicht ein Tässchen Tee, so im Stehen, Doktor?»

«Nein, danke, Mrs O'Hagan.» Doch die Einladung erfüllte Barry mit Genugtuung. «Aber ich habe noch eine Frage.»

«Schießen Sie los.»

«Warum haben Sie das Wasser laufen lassen und die Badewanne gefüllt?»

«Ach, mein lieber Doktor», sagte sie, «wir klingeln Sie doch nachts nicht gerne aus dem Bett, und deshalb hat Doktor O'Reilly uns ein paar kleine Tricks beigebracht. Manchmal funktionieren sie bei meinem Mann, also haben wir's erst mal damit probiert.»

Barry wartete.

«Ja. Wenn Kieran das Wasser laufen hört, fängt er manchmal aus lauter Sympathie auch an.»

Barry lächelte. Diesen Trick hatte er auch schon im Krankenhaus gesehen, wenn man Patienten zum Urinieren anregen wollte, insbesondere auf den gynäkologischen Stationen.

«Und manchmal, wenn ich ihn in die Badewanne setze ...»

Den kannte Barry noch nicht.

«... aber heute Abend war auch damit nichts zu machen. Wir sind mächtig froh, dass Sie gekommen sind. Ich kann es nicht ertragen, meinen Mann leiden zu sehen.» Eine Träne rollte ihr über die Wange.

«Freut mich, dass ich helfen konnte», meinte Barry und öffnete die Haustür.

«Und noch eine kleine Sache, Doktor Laverty ...»

«Ja?»

«Hören Sie nicht auf das Geschwätz der Leute. Kieran und ich werden denen erzählen, dass das alles Blödsinn ist, ja.»

«Das ist nett von Ihnen, Mrs O'Hagan, vielen Dank.» Er wandte sich zum Gehen. «So, jetzt muss ich aber wirklich weiter.»

Er öffnete Brunhildes Tür, verstaute seine Sachen auf dem Beifahrersitz und stieg ein. Er spürte, dass er breit lächelte.

Während er den Motor anließ, fragte sich Barry, ob O'Reilly vorhin bloß eine Weile für sich sein wollte, weil sein Verlust ihn immer noch quälte, oder ob er Barry aus einem anderen Grund allein losgeschickt hatte. Natürlich wusste der erfahrene Arzt, dass es kaum dankbarere Patienten gab als jene, die von dem Druck einer akuten Harnsperre erlöst wurden. Hatte sein Chef ihm den Fall mit diesem Hintergedanken überlassen?

Barry fuhr los. Wenn das so war, war O'Reillys Plan aufgegangen. Noch ein paar zufriedene Patienten wie die O'Hagans, und er hatte bei den Einheimischen wieder einen Stein im Brett. Und am Freitag würde er wissen, wie gut Colin

Browns Schnitt verheilt war und wie die Behandlung von Fergus Finnegans Konjunktivitis und von Myrtle MacVeighs Pyelonephritis angeschlagen hatte. Vielleicht hatte er dann wirklich wieder ein paar Menschen auf seiner Seite.

Barry verließ die Siedlung und fuhr die Hauptstraße hinunter, vorbei an den erleuchteten Fenstern der Tabakhandlung, die länger geöffnet hatte als alle anderen Läden, und an den dunklen Schaufenstern der Gemüse-, Fisch- und Eisenwarenhandlung. An der Ampel musste er warten.

Der Dreckspatz hatte Milchglasfenster, doch sie wurden von drinnen beleuchtet, sodass Barry die Worte lesen konnte, die ins Glas eingraviert waren: «Schwarzer Schwan. William Dunleavy, Besitzer. Lizenziert für den Verkauf von Porterbieren, Stouts, Ales, guten Weinen, Spirituosen und Tabakwaren.»

Er hatte nicht übel Lust, schnell auf ein Bier hineinzuspringen, zögerte dann aber. Es war noch zu früh, dieses Risiko einzugehen, zu hören, wie die Unterhaltung abbrach, und zu spüren, wie alle Blicke sich auf ihn richteten.

Es wurde grün, und Barry fuhr weiter. Vermutlich hatte O'Reilly recht. Geduld und noch ein paar weitere dankbare Patienten, und er würde nicht mehr das Gefühl haben, *weggehen* zu müssen.

Er parkte den Wagen hinter dem Haus an dem dunklen Fahrweg und seufzte. Das Problem war, wenn er sich hier in Ballybucklebo mit Erfolg etablierte, würde es ihm wesentlich schwerer fallen, *hinzugehen*.

11 ✳ Eine schwierige Diagnose

«Oh Gott», stöhnte O'Reilly, als er durch den Türspalt ins Wartezimmer lugte. «Nicht der schon wieder. Nicht an einem Dienstag.»

Barry konnte nicht an seinem Chef vorbeisehen. «Wer ist denn da, Fingal?»

«Unser hochwohlbeleibter Fettsack, der Obermotz von Ballybucklebo, Meister der Orange Lodge und wahrscheinlich Vetter vom Herrn der Fliegen ...»

Barry lächelte. «Meinst du den Beelzebub oder Councillor Bishop?»

«Bishop. Leibhaftig», sagte O'Reilly, bevor er die Tür weit öffnete. «Wer war der Erste?», fragte er ins Wartezimmer hinein.

«Wer außer mir könnte das denn sein, O'Reilly?» Barry erkannte die Stimme des Gemeinderats. «Ich und meine Frau haben wirklich lange genug gewartet, jawohl.»

«Es ist noch nicht ganz neun Uhr», bemerkte O'Reilly, «aber sicherlich ist Ihre Zeit kostbar. Kommen Sie mit.»

Barry ging in den Behandlungsraum und setzte sich auf die Liege. Seinem Neuanfang hier im Dorf würde diese Konsultation nicht förderlich sein, das war ihm klar. Er wartete, bis O'Reilly sich im Drehsessel niedergelassen hatte. Wie das obere Zehntel eines Eisbergs kündete seine bleiche Nasenspitze von den Gefahren, die unter der Oberfläche lauerten.

Councillor Bishop kam hereinstolziert, so gut, dachte Barry, wie ein Mann von ein Meter sechzig mit einem Gewicht von neunzig Kilo eben zu stolzieren vermochte. Er trug seinen üblichen schwarzen Anzug und über dem Bauch eine Uhrkette, an der als Anhänger ein kleiner goldener Freimaurerwinkel baumelte. Der Mann besaß nicht einmal die Höflichkeit, seine Melone abzunehmen. Er ließ sich auf einen der Holzstühle plumpsen, hakte die Daumen unter die Jackettaufschläge, und ohne sich auch nur umzudrehen oder Barrys Gegenwart zur Kenntnis zu nehmen, knurrte er: «Beeilst du dich mal bitte, Flo? Ich will hier nicht den ganzen Tag rumsitzen.»

«Ich komme schon.» Die Stimme seiner Frau war ausdruckslos und so rau, als kratze eine Tür über Asche. In dem Versuch zu erklären, warum eine eigentlich nette Frau eine Ehe mit einem Mann wie Bertie Bishop eingegangen war, hatte Kinky Florence Bishop als einen «unentdeckten Schatz der Natur» bezeichnet. Warum der Gemeinderat seinerseits Florence geheiratet hatte, war kein Geheimnis: Sie hatte Geld geerbt.

Vermutlich war sie Anfang vierzig, doch sie sah zehn Jahre älter aus. Ihr kurzes, strähniges Haar wies jenen eigentümlichen Rotton auf, den man nur mit Hilfe einer großzügigen Portion Henna erreicht. Das linke Auge hatte Schwierigkeiten, in die gleiche Richtung zu schauen wie das rechte, und das Blümchenkleid war offenbar von einer auf Zeltnäherei spezialisierten Firma geschneidert worden. Das Fleisch um ihre Knöchel herum quoll aus den flachen Schnürschuhen heraus.

Barry hörte, wie der zweite Stuhl sich beklagte, als sie sich hinsetzte. «Das hat aber gedauert», schimpfte ihr Mann.

«Entschuldige bitte, Schatz.»

«Und», fragte O'Reilly höflich und schaute Bishop in die Augen, «worum geht es?»

«Mir fehlt gar nichts, nein. Aber mit ihr ist nicht viel los. Ich möchte, dass Sie meine Frau kurieren, O'Reilly.» Dass Florence Bishop selbst anwesend war, schien er gar nicht zu bemerken. Und O'Reillys Drohung, den Gemeinderat wie einen Hering auszunehmen, wenn er noch einmal vergessen sollte, dass es «Doktor O'Reilly» hieß, schien auch nicht viel gefruchtet zu haben. «Sie selbst zu fragen, was sie hat, ist reine Zeitverschwendung», knurrte Bishop. «Sie kriegt ja kaum einen Satz raus.»

Barry beugte sich vor. Bei Bishops letzter Bemerkung hatte es bei ihm geklingelt. Gespannt hörte er weiter zu.

«Man könnte meinen, sie würde an einem Bummelstreik von der Gewerkschaft teilnehmen.»

«Tut mir leid, Schatz ...»

«Und seit diese Julie MacAteer, dieses kleine Flittchen, gekündigt hat, haben wir kein Mädchen mehr, und Florence muss die Arbeit ganz allein machen.»

«Tut mir leid, Schatz ...»

«Halt den Mund, Frau. Ich rede mit dem Doktor.»

Barry sah, wie sie zusammenzuckte.

«Und abends ist sie dann so schwach, dass sie zu gar nichts mehr zu gebrauchen ist. Wie ausgelutscht.»

«Und Sie können Ihrer Frau nicht zur Hand gehen, nehme ich an», sagte O'Reilly trocken.

«Ich? Blödsinn. Ich habe selbst genug zu tun.»

Barry runzelte die Stirn. Schwäche, die Unfähigkeit, einen Satz oder eine Aufgabe zu Ende zu bringen. Verdammt, diese Symptome waren typisch für eine seltene neurologische Störung, aber er konnte sich nicht erinnern, für welche. Es gab noch ein weiteres Symptom, aber verflixt ...

«Tut mir leid, das zu hören, Florence», sagte O'Reilly und legte ihr die Hand aufs Knie, «wirklich.»

«Das geht jetzt schon seit sechs Monaten so. Ihr Mitleid können Sie sich an den Hut stecken. Tun Sie lieber was.» Bishop zog seine Taschenuhr hervor, ließ den Deckel aufklappen und betrachtete mit gerunzelter Stirn das Zifferblatt.

Barry fühlte sich wie ein Dorfbewohner, der am Fuß des Vesuv auf den unvermeidlichen Ausbruch wartet, aber diesmal blieb O'Reilly erstaunlich ruhig.

«Ich denke», meinte er, «wir sollten Sie lieber mal untersuchen, Florence.»

«Also los.» Bishop machte keine Anstalten, seiner Frau vom Stuhl hochzuhelfen.

«Ich frage mich, ob Sie mit Ihrer Frau nächstes Mal nicht lieber zum Tierarzt gehen sollten, Mr Bishop», bemerkte O'Reilly.

«Was soll das denn heißen?»

«Tierärzte diagnostizieren Patienten, die ihre Symptome nicht selbst schildern können.»

«Nun machen Sie schon, ich hab's eilig. Ich komme zu spät.»

«Zu einem ganz wichtigen Termin, zweifelsohne», brummte O'Reilly. Er half Mrs Bishop auf die Beine und führte sie zur Untersuchungsliege. Barry sprang hinunter und beobachtete, wie sein Chef eine schnelle, aber gründliche Untersuchung durchführte und dann die Stirn runzelte. «Sie können wieder aufstehen», sagte er und bot ihr seinen Arm als Stütze. Er warf Barry einen Blick zu und zuckte fast unmerklich mit den Achseln, so als wollte er sagen: «Ich habe keinen blassen Schimmer.»

Schwäche, die Unfähigkeit, etwas zu Ende zu führen, aber kein offensichtlicher körperlicher Befund? Barry kniff die Augen zusammen. Manchmal half ihm das, sich eine Seite aus dem Lehrbuch vorzustellen. Jetzt sah er undeutlich etwas über die Untersuchung von krankhaften Erschöpfungszuständen.

«Doktor O'Reilly?»

«Ja?»

«Darf ich Mrs Bishop eine Frage stellen?»

«Nur zu.»

«Fällt Ihnen das Kauen schwer?»

«Ja», sagte sie. «Und ich ess doch so gern, nicht wahr?»

Barry lächelte sie an. «Das hört sich vielleicht ein bisschen blöd an, Mrs Bishop, aber könnten Sie bitte dreißig Mal den Arm über den Kopf heben?»

Sie schaute zu O'Reilly hinüber. Der Arzt nickte.

«Also gut», sagte sie und kam Barrys Bitte nach.

«Wie lange soll das denn noch dauern?», knurrte Bishop.

«Ich bin nicht hergekommen, um zuzugucken, wie Sie Flo irgendwelche komischen Verrenkungen machen lassen.»

«Doktor Laverty?», fragte O'Reilly.

«Nicht mehr lange.»

Barry beobachtete, wie Mrs Bishop anfing zu schwitzen. Nach zwanzig Armbewegungen holte sie tief Luft und stöhnte: «Ich kann nicht mehr. Gleich fällt mir der Arm ab.»

«Herrgott nochmal», platzte Bishop heraus, «ich hab Ihnen doch gesagt, dass sie leicht müde wird.»

«Das stimmt, Bertie», erwiderte O'Reilly. «Aber ich frag mich, warum.»

Barry war sich nicht sicher, ob O'Reilly nach einer Diagnose forschte oder ob er andeuten wollte, dass ein Leben mit dem Councillor sogar eine Amazone ermüdet hätte, von einer übergewichtigen Matrone ganz zu schweigen.

«Doktor Laverty», mischte Florence sich ein, «ich glaube, ich kann den Arm wieder hochheben. Soll ich?»

«Bitte.»

Sie wiederholte die Bewegung.

«Wunderbar», sagte Barry. «Danke.» Ihm fiel der feuchte Fleck in der Achsel ihres Kleides auf.

Jetzt war er sich fast sicher. Ihre Symptome und ihre rasche Ermüdbarkeit, von der sie sich aber ebenso schnell wieder erholte, waren typisch für – für – verdammt, er kam immer noch nicht drauf, wie diese Krankheit hieß. Er schaute zu O'Reilly hinüber, der bloß den Kopf schüttelte.

«Mrs Bishop.» Barry hasste es, seine Niederlage einzugestehen. «Ich glaube, wir haben jetzt eine ziemlich genaue Vorstellung von der Krankheit, unter der Sie leiden.»

«Das wurde aber auch Zeit», knurrte der Councillor. «Was ist es denn?»

«Ich bin mir nicht hundertprozentig sicher, aber …»

«Das ist ja kein Wunder.» Bishop stand auf. «Das war wirklich Zeitverschwendung, O'Reilly, jawoll.»

«Ich glaube», meinte O'Reilly, «Doktor Laverty hat gesagt, er sei sich nicht ganz sicher.»

«Eben. Und was das heißt, wissen wir doch alle. Laverty ist ein unfähiger Klugscheißer.»

Barry zuckte zusammen, weigerte sich jedoch innerlich, sich von Bishops Verachtung erschüttern zu lassen. Er schaute O'Reilly an, der gerade tief Luft holte, zweifellos, um Bishop zur Schnecke zu machen. Doch Barry schüttelte den Kopf, und tatsächlich, O'Reilly presste die Lippen zusammen.

Ohne auf Bishops Beleidigung einzugehen, wandte Barry sich direkt an seine Gattin. «Mrs Bishop, ich bin mir nahezu sicher, dass ich weiß, worunter Sie leiden. Aber für die endgültige Abklärung brauche ich ein paar Tage, denn ich muss mit einem Kollegen in Belfast sprechen. Könnten Sie am Freitag wiederkommen?»

Barry sah, wie sie ihrem Mann einen Blick zuwarf. Der schüttelte den Kopf und murrte leise vor sich hin.

«Oder», meinte Barry, «wir könnten Sie auch ins Royal schicken und um eine zweite Meinung von einem der Ärzte dort bitten.» Das war in der Medizin zwar das Sicherste, aber in gewisser Weise auch ein Eingeständnis, beruflich versagt zu haben.

«Machen Sie doch beides», sagte Bishop scharf. «Ich will das so schnell wie möglich geklärt haben, und die Idioten im Royal haben ja Wartelisten so lang wie der Pier in Bangor.»

Barry musste zugeben, dass dieser Vorschlag vernünftig war. Auch O'Reilly nickte zustimmend.

«Gut», meinte Barry dann, «Mrs Bishop, bitte überanstrengen Sie sich nicht. Kommen Sie am Freitag wieder, und bis dahin organisiere ich einen Termin für Sie im Royal.»

«War's das jetzt?» Bishop konsultierte seine Taschenuhr. «Sind Sie fertig?»

«Ja, Mr Bishop.»

«Dann komm, Flo.» Der Councillor packte seine Frau am

Arm und schob sie zur Tür. «Ich muss jetzt die Sache mit dem Schwarzen Schwan regeln.»

«Ich wünsche Ihnen einen guten Tag, Councillor», sagte O'Reilly höflich zu den beiden abziehenden Rücken. «Bitte schließen Sie die Tür hinter sich.»

Die Tür flog zu.

«Dieser Popel. Dieser erbärmliche Popel.» Er schaute Barry über seine Halbbrille hinweg an. «Ich finde übrigens, dass du ihn gut im Griff hattest.»

Barry senkte den Blick.

«So, und was fehlt ihr nun deiner Ansicht nach?», fragte O'Reilly.

Barry zögerte. «In Neurologie bin ich nie besonders gut gewesen.»

«Ich auch nicht», meinte O'Reilly. «Ich habe die Neurologie immer für einen Konkurrenzkampf gehalten – solange die Patienten noch lebten, zwischen den behandelnden Ärzten, und wenn sie dann tot waren, zwischen den Pathologen – ein ständiger Wettstreit um die richtige Diagnose.»

Barry lächelte. «Als ich in der neurologischen Abteilung gearbeitet habe, hatten wir immer den Verdacht, dass die Richtigkeit der Diagnose davon abhing, wer sie gestellt hatte. Je höher der Neurologe in der Hierarchie stand und je feierlicher er seine Meinung verkündete, desto wahrscheinlicher war es, dass man ihm glaubte.»

«So geht es ja überall in der Medizin», meinte O'Reilly. «Uns wurde noch beigebracht, dass etwas sich so verhielt, weil der Professor es sagte.»

Die kurze Ablenkung hatte bewirkt, dass die Zahnrädchen in Barrys Gehirn plötzlich auf die gleiche Weise ineinandergriffen wie beim Lösen von Kreuzworträtseln.

«Ich hab's», sagte er mit einem Grinsen.

«Und bestimmt lässt es sich mit Penizillin heilen. Würde es dir etwas ausmachen, mir das Geheimnis zu verraten?»

«Ich bin fast sicher, dass sie *Myasthenia gravis* hat.»

O'Reilly stieß einen Pfiff aus. «Ich glaube, ich habe noch nie einen Fall gesehen. Das ist eine verdammt seltene Krankheit.»

Jetzt fiel Barry alles wieder ein. Er rasselte herunter, was er gelernt hatte. «Eine Krankheit, die durch eine Störung der Reizübertragung an den neuromuskulären Synapsen ausgelöst wird. Charakterisiert durch rasche Ermüdbarkeit der gestreiften Muskulatur und schnelle Erholung nach einer Ruhephase.»

«Diese Ermüdbarkeit hast du ja eindeutig gezeigt.»

Barry sprach weiter: «Nur selten tödlich, aber sehr schwächend. Gelegentlich können die Symptome auch mit Thyreotoxikose oder mit karzinomatöser Neuropathie zusammenhängen.»

«Stimmt ... aber dass eine Frau von ihrer Leibesfülle Krebs hat, glaube ich nicht, oder was meinst du?»

«Ich bezweifle es sehr. Und sie hat auch keine weiteren Symptome.»

«Also können wir Krebs mehr oder weniger ausschließen?»

Barry zögerte. Bei Major Fotheringham war er von Annahmen ausgegangen, die sich dann als falsch erwiesen hatten. «Warte mal, Fingal. Eine karzinomatöse Neuropathie tritt normalerweise erst auf, wenn der Krebs wirklich weit fortgeschritten und normalerweise nicht mehr heilbar ist. In dem Fall wäre die Patientin nur noch Haut und Knochen ...»

«Was man von Florence Bishop nicht sagen kann ...»

«Und wenn ich mich irre», Barry schluckte, «dann können wir ihr ohnehin nicht mehr helfen.»

«Nein, wir können nicht allen helfen», sagte O'Reilly leise.

«Ich finde, wir sollten uns darauf konzentrieren, herauszufinden, ob sie etwas hat, das wir behandeln können.»

«Einverstanden ... aber wir sollten ihre Schilddrüsenhormone untersuchen lassen. Einfach, um diesbezüglich sicher-zugehen.»

«Ja. Und für die Diagnose der primären Myasthenie gibt es einen ganz einfachen Test, den wir hier in der Praxis durch-führen können... aber ich kann mich nicht mehr genau daran erinnern», meinte Barry. «Ich könnte nach Belfast fahren und mit Professor Faulkner im Royal sprechen ...»

«Warum willst du ihn nicht einfach anrufen?»

«Professor Faulkner nimmt nie Anrufe entgegen, jedenfalls nicht von ganz jungen Ärzten, aber ich könnte ihn am Mitt-wochnachmittag nach der Visite abpassen.»

«Tu das. Ich kümmere mich dann solange hier um den Laden.» O'Reilly stand auf und schüttelte Barry die Hand. «Wenn du recht hast, mein Sohn, dann steht es für dich zehn zu null gegen Bishop... und für deinen Ruf wird es Wunder wirken. Dafür werde ich schon sorgen.»

Barry verkniff sich die Frage, wie O'Reilly das anstellen wollte, freute sich aber an der Vorstellung, dem arroganten kleinen Fettsack eins auszuwischen. «Du hast nichts dagegen, wenn ich die Behandlung übernehme?»

O'Reilly lachte. «Das ist dein Fall, Barry. Tu, was du für richtig hältst.»

«Danke, Fingal.»

«Keine Ursache. Und jetzt geh ...»

«... und schau nach, wer als Nächster dran ist.» Als Barry die Tür öffnete, fühlte er sich nicht mehr wie eine bessere Sprechstundenhilfe, sondern kam O'Reillys Bitte recht gern nach. Im Gehen hörte er seinen Chef laut überlegen: «Ich frage mich, was Bertie Bishop wohl damit gemeint hat, dass er die Sache mit dem Schwarzen Schwan regeln will.»

12 * Was den Ausschlag gibt

Barry geleitete eine ältere Frau ins Behandlungszimmer. Nachdem die Bishops gegangen waren, war der Vormittag nur so verflogen. O'Reilly hatte Barry die Behandlungen überlassen, aber die Patienten fühlten sich durch die Anwesenheit des älteren Arztes beruhigt, und auch Barry erging es nicht anders.

Jungen mit Schniefnase, Muskelschmerzen, Seborrhö und Akne; Männer mit Arthritis, Angina, Hämorrhoiden und Magenverstimmung. Mütter mit quengelnden Babys und Problemen beim Stillen; Kinder mit Ohrenschmerzen; Frauen mit starken Regelblutungen, ohne Blutungen, mit Gebärmuttervorfall. Die meisten Hilfesuchenden konnte er in der Praxis behandeln, aber drei Patienten musste er an Fachärzte im Royal Victoria überweisen: einen Mann, dessen Angina schlimmer wurde, eine Frau, deren Regelblutung so stark geworden war, dass sie unter Blutarmut litt, und eine weitere Frau, deren Regel vor sechs Monaten aufgehört hatte, die aber, soweit Barry feststellen konnte, nicht schwanger war.

Die Patienten nahmen seine Ratschläge an, die meisten voller Dankbarkeit, und Barrys Selbstvertrauen wuchs. Vielleicht hatte O'Reilly recht, und er brauchte bloß nach besten Kräften seine Arbeit zu tun. Er wünschte nur, dass das Ergebnis von Major Fotheringhams Obduktion bald eintreffen würde. Doch die Pathologen ließen sich nicht hetzen.

Er öffnete die Tür zum Wartezimmer. Auf der Bank vor der scheußlichen Rosentapete saß nur noch eine einzige Patientin, die in einer zerfledderten Frauenzeitschrift blätterte. Sie musste Anfang zwanzig sein, eine hübsche junge Frau mit roten Haaren, Sommersprossen und smaragdgrünen Augen. Sie trug Baumwollhandschuhe, einen kurzen weißen Regenmantel, aus dessen Ärmeln die Manschetten ihrer Bluse hervorguckten, und einen knöchellangen Schottenrock.

Die Kleidung fand Barry ungewöhnlich. Seit Mary Quant 1964 den Minirock vorgestellt hatte, war er auch bei den jungen Frauen in Ulster der letzte Schrei.

«Morgen», sagte er. «Würden Sie bitte mitkommen?»

Die junge Frau erhob sich. «Doktor Laverty?»

«Ganz richtig.»

«Ach so», sagte sie zurückhaltend, folgte ihm aber durch den Flur.

Er ließ sie in den Behandlungsraum vorangehen.

«Komm rein, Helen», hörte er O'Reilly sagen. «Nimm Platz.»

Die Patientin setzte sich.

«Ist es in Ordnung, wenn ich Doktor Laverty bitte, dich zu untersuchen?»

Barry sah, wie sie errötete und den Kopf schüttelte. Seine Hoffnung, dass er vielleicht wieder an Boden gewann, schwand dahin.

«Warum denn nicht?», erkundigte sich O'Reilly.

«Es ist mir peinlich.» Sie starrte auf den Teppichboden.

O'Reilly stand auf, legte eine Hand unter ihr Kinn und hob ihren Kopf, sodass sie ihm in die Augen sehen musste. «Ich weiß, Helen», sagte er, «aber mir scheint, dass das Medikament, das ich dir verschrieben habe, nicht wirkt.»

Barry sah, wie ihre grünen Augen feucht wurden.

«Das stimmt», flüsterte sie.

O'Reilly schaute Barry über seine Halbbrille hinweg an. «Doktor Laverty hat vielleicht neue Ideen dazu», sagte er dann.

Helen sah Barry an und dann wieder O'Reilly, wie ein kleines Mädchen, das sich bei der Mutter Bestätigung holt. Leise sagte sie: «Schon möglich.» Sie zog ihren Regenmantel und die Handschuhe aus und krempelte einen Blusenärmel hoch. Dann streckte sie Barry den Arm hin und deutete auf die Ellenbeuge. «Das hier ist es», sagte sie.

Barry beugte sich vor. Ihr Unterarm war mit Sommersprossen übersät, genauso wie ihr Gesicht. In der *fossa antecubitalis* und in ihrer Handfläche zeigte sich ein Ausschlag, knallrot, nässend und schuppend.

«Das juckt ganz schrecklich», sagte Helen.

«Und auf der anderen Seite ist es das Gleiche, und in Ihren Kniekehlen auch?», fragte Barry.

Sie nickte.

Das erklärte die Handschuhe, die langen Ärmel und den langen Rock. Helen schämte sich so sehr für diese entstellenden Flecken, dass niemand sie sehen sollte.

«Sie haben ein Ekzem», stellte Barry fest. Er sah O'Reilly nicken und ging im Geist eine Checkliste durch. «Wie lange haben Sie das schon?»

«Ungefähr zwei Monate.»

Also hatte sie nicht bereits als Säugling unter dem infantilen Ekzem gelitten, das häufig zusammen mit Asthma auftrat.

«Haben Sie in der letzten Zeit Ihre Ernährung verändert?» Ekzeme konnten durch bestimmte Lebensmittel und Kosmetika hervorgerufen werden.

«Nein, gar nicht.»

«Und Helen und ich haben ihre Seifen, Waschmittel, Lippenstifte und Nagellacke durchforstet», mischte O'Reilly sich ein. «Haarfärbemittel verwendet sie nicht.»

«Das brauchen Sie auch nicht bei Ihrem schönen Haar», sagte Barry.

«Ja, danke», erwiderte sie. War das der Anflug eines Lächelns? Jedenfalls fielen damit weitere mögliche Ursachen fort.

Doch, nun lächelte Helen breit. «Und Strümpfe soll ich auch nicht mehr tragen, hat Doktor O'Reilly gesagt ...» Wieder sah sie sich wie zur Bestätigung nach ihm um. O'Reilly nickte. «Und der BH.» Sie schluckte, offensichtlich war es ihr unangenehm, über so persönliche Details zu sprechen. «Unser Doktor hier hat gesagt, das Nickel in den Häkchen am BH oder am Strumpfgürtel könnte die Ursache sein.»

Trotz aller Selbstbeherrschung, trotz seiner siebenjährigen Ausbildung sah Barry die junge Frau plötzlich nur mit knapp-sitzender Unterwäsche angetan vor sich und, schlimmer noch, daneben Patricia in ähnlich spärlicher Bekleidung. Er räusperte sich. Ärzte waren zwar auch Menschen, aber sie waren ver-pflichtet, ihre Gefühle unter Kontrolle zu halten. Mühsam versuchte er, sich wieder zu konzentrieren. «Ich verstehe.» Er wandte sich an O'Reilly. «Hat Helen Penizillin oder Strep-tomycin bekommen?» Er erinnerte sich, wie man in seiner Studienzeit vor zu hohen Dosen dieser Antibiotika gewarnt hatte. Die Kontaktdermatitis trat bei Krankenschwestern und Ärzten besonders häufig auf.

«Nein», sagte O'Reilly.

Barry zögerte. Er hatte gelernt, dass Ekzeme gelegentlich auch durch Stress verursacht sein konnten, aber dieses Thema anzusprechen und damit anzudeuten, dass jemand vielleicht nicht ganz stabil war, bedeutete ein Risiko. Von den Land-bewohnern wurde jeder Hinweis auf mögliche psychische Probleme als ärgste Beleidigung empfunden. Barry hatte ein-mal eine Frau erlebt, die felsenfest behauptet hatte, ihr Mann säße im Gefängnis, weil sie nicht zugeben wollte, dass er Pa-tient in einer Nervenheilanstalt war. Er überlegte, wie er das Thema taktvoll anschneiden konnte. «Hat sich in den letzten Monaten etwas in Ihrem Leben verändert?», fragte er schließ-lich. Das konnte die Patientin doch wohl kaum als Beleidigung auffassen, oder?

«Ja», sagte Helen. «Vor etwa drei Monaten habe ich einen neuen Job angefangen.»

Interessant. «Würden Sie mir davon erzählen?» O'Reilly hätte das sicherlich schon gewusst, bevor sie in die Sprech-stunde gekommen war. In Ballybucklebo gab es nur wenige Geheimnisse.

«Ich arbeite jetzt bei Miss Moloney. In ihrem Modeladen.»

Eigentlich keine anstrengende Beschäftigung. «Und wie kommen Sie mit Ihrer Chefin klar?» Plötzlich flammten tief in Helens grünen Augen Feuer auf.

«Sie ist eine alte Schreckschraube, wirklich. Dumm wie Bohnenstroh. Ein richtiger Drachen, und sie hasst junge Leute. Diese nörgelige Blindschleiche ...» Helen schlug sich die Hand vor den Mund.

Barry wartete. Er wusste, dass er den Nagel auf den Kopf getroffen hatte. Schweigend blickte die junge Frau zu Boden. Er redete ihr ein wenig zu: «Ist schon gut, Helen, alles, was Sie sagen, bleibt in diesen vier Wänden.»

Sie sah ihn an. «Die alte Zicke treibt mich noch in den Wahnsinn. Letzte Woche hat sie mich dabei erwischt, wie ich mit Johnny Dougan gesprochen habe. ‹Helen›, hat sie mit dieser schneidenden Stimme gesagt, doch, damit hätte man Heringe filettieren können, ‹kommen Sie von dieser Person da weg.› Sie hat Johnny angeguckt, als hätte ihn ein Eber in einem Schweinestall ausgespuckt. ‹Ich bezahle Sie nicht dafür, dass Sie den ganzen Tag rumstehen und schwatzen. Die Hüte müssen neu arrangiert werden.› Dabei stimmte das gar nicht, das hatte ich ja schon den ganzen Vormittag gemacht.»

«Klingt, als wären Sie bei Miss Moloney nicht besonders glücklich.»

«Glücklich? Ich wäre glücklicher, wenn ich an den Daumen aufgehängt wäre.»

Barry sah O'Reilly an. Das musste er doch gewusst haben. Warum hatte er der jungen Frau nicht nahegelegt, sich eine andere Arbeit zu suchen?

«Und sagen Sie jetzt bloß nicht, ich soll mir eine andere Stelle suchen», warnte sie. «Doktor O'Reilly hat mir schon erklärt, dass der Ausschlag seiner Meinung nach von der Arbeit bei der alten Hexe kommt.» Sie lächelte schwach und wandte sich an O'Reilly: «Sie haben gesagt, mit einer Chefin wie Miss Moloney würde sogar eine Heilige verrückt werden.»

O'Reilly räusperte sich.

«Aber warum kündigen Sie dann nicht einfach?» Barry erschien die Sache ganz unkompliziert.

«Nichts würde ich lieber tun, aber das geht leider nicht.»

«Warum nicht?»

«Die kleine Mary Dunleavy ist ja auch noch da, die Tochter von Willy Dunleavy.»

Barry zog die Brauen hoch. Den Namen kannte er, aber er konnte sich nicht an einen Patienten mit dem Vornamen Willy erinnern. Willy? Doch, natürlich. Das war doch der Wirt und Barmann im «Schwarzen Schwan».

«Und was hat Mary mit Ihrer Stelle zu tun?», hakte er nach.

Helen zog die Nase hoch. «Mary arbeitet halbtags bei Miss Moloney. Die Frau hat eine Zunge wie eine Kutscherpeitsche, allerdings. Sie lässt die arme kleine Mary nie in Ruhe. Bringt sie dauernd zum Weinen. Ich kann Mary doch nicht hängenlassen. Sie hat sich schon nach was anderem umgesehen, denn sie braucht einfach das Geld. Aber so viele Halbtagsjobs gibt es in Ballybucklebo nicht, und sie kann hier ja nicht weg.»

«Nein?»

«Nein, weil ihr Vater sie braucht, sie muss ihm hinter der Theke helfen. Solange er nicht weiß, was aus dem Dreckspatz wird, kann er es sich nicht leisten, einen richtigen Barmann einzustellen.»

Jetzt wurde es Barry zu kompliziert. Was, zum Donner, hatte ein Pub mit dem Ekzem dieser jungen Frau zu tun?

«Ach so.» Barry sah zu O'Reilly hinüber, der ihm resigniert die Handflächen zeigte. Offenbar war die arme Helen wirklich in der Klemme. «Was haben Sie bisher versucht, Doktor O'Reilly?», fragte er.

Wie immer kam O'Reilly ohne jegliche Gedächtnisstütze

aus. «Gleich, nachdem der Ausschlag aufgetreten war», erklärte er, «habe ich ihr Calamine Lotion verschrieben, dann Lassar'sche Paste, und als die auch nicht geholfen hat, medizinischen Steinkohlenteer.» O'Reilly schüttelte den Kopf. «Aber so, wie dein Arm aussieht, nützt das Zeug auch nicht viel.»

Damit blieb nur die neuere cortisolhaltige Salbe, aber auch damit konnte man lediglich das Symptom behandeln. Das, was Barry für die Wurzel des Problems hielt, ließ sich mit keiner Salbe kurieren. Er unternahm einen letzten Versuch. «Und Sie sind sicher, dass Sie nicht anderswo Arbeit finden könnten?»

Helen schüttelte heftig den Kopf. «Solange Mary da ist, will ich das doch gar nicht. Und sie wird so lange bei Mrs Moloney arbeiten, wie ihr Vater sie im Pub braucht.» Das junge Mädchen zog die Stirn kraus. «Allerdings ist das vielleicht nicht mehr lange. Sie hat furchtbare Angst, dass jemand versuchen könnte, sich den ‹Dreckspatz› unter den Nagel zu reißen, und dann wäre ihr Vater arbeitslos, und das wäre einfach eine Katastrophe. Dann müsste das arme Kind Miss Moloney um eine volle Stelle bitten.»

«Aber wie kommt sie darauf, dass jemand hinter dem Pub her ist, Helen?», mischte O'Reilly sich ein. Barry hörte den Ernst in seiner Stimme.

«Keine Ahnung, Herr Doktor, aber sie hat mir erzählt, dass ihr Daddy sich Sorgen macht.»

«Hmm», brummte O'Reilly, «hmm.» Er nahm die Brille ab und legte Helen die Hand auf die Schulter. «Machen Sie sich keine Gedanken wegen dem alten Dreckspatz», meinte er. «Und lassen Sie sich von Miss Moloney nicht mehr so aus der Fassung bringen.»

«Nichts für ungut, Doktor O'Reilly, aber da könnte ich mich ja gleich einsalzen lassen.»

«Na schön.» O'Reilly lachte. «Und jetzt hat unser Doktor Laverty hier vielleicht eine Idee für eine neue Salbe.»

Barry sah, dass Helen ihn beobachtete, und dann sagte sie

zu seiner Überraschung: «Eben gerade haben Sie sich den Kopf zerbrochen, wie Sie mich fragen können, ob ich wohl noch richtig ticke, stimmt's, Doktor Laverty?»

«Na ja, ich …»

«Und das haben Sie dann ganz taktvoll gemacht, doch, bestimmt. Also, geben Sie mir ein Rezept, ich will's mal versuchen.» Sie krempelte den Blusenärmel wieder herunter, knöpfte die Manschette zu, erhob sich und wartete, bis Barry das Rezept geschrieben hatte. «Vielen Dank», sagte sie, als er ihr das Papier reichte. «Ich wäre wirklich heilfroh, wenn ich dieses Jucken loswerden könnte.»

«Ich kann's Ihnen aber nicht versprechen», warnte Barry.

«Als ob ich das nicht wüsste. Sie sind doch bloß Arzt … nicht unser lieber Heiland persönlich.»

Diese Erwiderung erstickte jedweden Stolz, der vielleicht in Barry hätte aufkommen können, weil er das Vertrauen der jungen Frau gewonnen hatte. Aber, sagte er sich, ihre Einstellung war gar nicht so schlecht. Zumindest waren ihre Erwartungen realistisch. Sie würde nicht allzu enttäuscht sein, wenn seine Behandlung nicht wirkte – und ihm daher wohl auch kaum Vorwürfe machen. «Wenn ich der Heiland wäre, dann würde ich die ganze Geschichte hier an den Nagel hängen und nur noch durch Handauflegen heilen.»

«Ja», sagte O'Reilly, «und außerdem müsstest du dich dann auf ein ziemlich unangenehmes Osterfest gefasst machen.»

Gemeinsam mit Helen lachte Barry über O'Reillys Pietätlosigkeit. «Können Sie in einem Monat wiederkommen?», fragte er dann.

«Ja, sicher, Doktor Laverty, aber jetzt muss ich wieder los.» Sie kräuselte die Lippen. «Die Böse Hexe des Westens kriegt einen Anfall, wenn ich nicht rechtzeitig wieder da bin und ihr zur Hand gehe. Sie erwartet eine Sendung Damenhüte. Für die Hochzeit von Maggie MacCorkle werden bestimmt eine ganze Menge neue Hüte gekauft.»

«Stimmt», meinte O'Reilly, als sie den Raum verließ, «und für Donal Donnellys Hochzeit auch.» Er holte sein Pfeifchen hervor und zündete es an. «So», erkundigte er sich, «wie fandest du den Vormittag?»

Barry zuckte die Achseln. «Abgesehen von den Bishops ging es eigentlich ganz gut. Und danke, dass du mich die Arbeit hast machen lassen.»

O'Reilly stand auf. «Hoffentlich hast du endlich gemerkt, dass nicht alle Dorfbewohner dich für unfähig halten. Aber jetzt komm. Ich bin schon halb verhungert. Und lass uns mal sehen, was Kinky heute Nachmittag für uns zu tun hat.»

«Wir haben versprochen, bei Mrs MacVeigh vorbeizuschauen.»

«Richtig. Gut, dass du daran denkst.» O'Reilly ging zur Tür. «Und wenn wir sonst nicht allzu viel auf dem Zettel haben, sollten wir beide auf dem Heimweg mal auf einen Sprung in den Dreckspatz gehen.»

«Warum das denn?» Als hätte Barry nicht gewusst, dass Fingal Flahertie O'Reilly niemals einen Vorwand brauchte, um sich rasch ein Bier zu genehmigen.

«Weil», O'Reilly klopfte sich mit dem Mundstück der Pfeife gegen die Zähne, «weil Helen gesagt hat, Willy mache sich Sorgen, dass jemand hinter seinem Pub her sein könnte, und weil dieser Bratapfel Bertie Bishop gesagt hat, er wolle irgendwas wegen des Schwarzen Schwans regeln.»

«Ach so», sagte Barry.

«Genau. ‹Etwas ist faul im Staate Dänemark›, glaube ich.»

Bevor Barry *Hamlet* sagen konnte, war O'Reilly schon im Flur verschwunden, und Barry hörte ihn rufen: «Das Mittagessen bitte, Kinky.»

13 ✳ Es ist noch Suppe da

«Bitte schön, meine Herren.» Mrs Kincaid stellte eine Suppenterrine mitten auf den Tisch und wandte sich dann zum Gehen. «Bin gleich wieder da, ja, mit dem Brot und dem Käse.»

O'Reilly hob den Deckel, und als die Dampfwolke sich verzogen hatte, war eine cremige rote Suppe zu sehen, mit einem Wirbel weißer Sahne und Petersiliensprenkeln verziert.

«Gib mal deinen Teller.» O'Reilly nahm die Suppenkelle und füllte Barrys Teller. Die Kelle stieß klirrend gegen den Boden der Schüssel. Barry nahm den Teller entgegen und hob den ersten Löffel an den Mund. Nein, das war keine Dosensuppe. Der Geschmack der Tomaten bekam durch einen Hauch von Schinken und Sellerie eine besonders feine Note.

Kinky erschien wieder und stellte ein Brett mit einem braunen, körnigen Weizenbrot und einem bröckeligen Stück Cheddar-Käse neben die Suppenterrine. Dann verschränkte sie die Arme und wartete. «Und?»

«Wunderbar, Kinky», sagte Barry, ohne zu zögern. Er warf O'Reilly einen Blick zu, doch dieser schien ganz und gar nicht beeindruckt zu sein. «Ist das Ihr eigenes Rezept?», fragte Barry.

«Doch, ja. Von der Party war noch ein großer Schinkenknochen übrig, daraus habe ich die Brühe gekocht, und dann kamen Hugheys Tomaten gerade richtig. Er hat mir am Samstag ganz viele geschenkt.»

«Hughey? Der Mann mit der Nietertaubheit? Und seine Frau heißt Doreen?», fragte Barry, der sich an einen Krankenbesuch erinnerte.

«Genau der. Nette Leute.»

«Also, das muss ich sagen, Kinky –», Barry schnitt sich eine Scheibe Brot ab, «wenn Suppekochen eine olympische

Disziplin wäre, könnten Sie für Irland antreten.» Ein Lächeln breitete sich auf ihrem Gesicht aus.

O'Reilly dagegen löffelte die Suppe in sich hinein, ohne eine Miene zu verziehen. Dazu biss er große Happen von einer Scheibe Brot mit Butter und Käse ab und verstreute großzügig Cheddarkrümel auf dem Tisch. Barry erwartete, dass auch sein Chef lobende Worte für seine Haushälterin finden würde, doch er schwieg sich aus und wirkte dabei alles andere als zufrieden.

Mrs Kincaid stützte eine Hand in die Hüfte. «Das ist nicht Ihr übliches ausgiebiges Mittagessen, lieber Doktor O'Reilly, aber ...», sie warf einen Blick auf seinen Wanst, «... ein kleines bisschen Mäßigung in allen Dingen ist gut für einen Mann, und Sie kriegen allmählich einen Bauch wie ein vergifteter Welpe.»

O'Reilly seufzte. «Vermutlich haben Sie recht, Kinky.»

«Ganz bestimmt», erwiderte die Haushälterin. «Und jetzt wischen Sie bitte die Krümel da weg, und lassen Sie Ihren Schlips nicht in die Suppe hängen.»

Bevor O'Reilly antworten konnte, sprang etwas Weißes auf den Tisch und sauste zielstrebig auf die Butter zu.

Mrs Kincaid streckte ihre rote Hand aus, packte Lady Macbeth, klemmte sie sich wie einen Rugbyball unter den Arm und kraulte die Katze unterm Kinn. «So geht das aber nicht, meine Dame. Man steckt die Nase nicht in Dinge, die einen nichts angehen.» Und dann, an die beiden Männer gewandt: «Sie ist so scharf auf Milch und Sahne und so. Ich nehme sie jetzt mit. Und Sie beide lassen sich Ihre Suppe und das Brot und den Käse dazu schmecken.» Die letzte Bemerkung war eindeutig an O'Reilly gerichtet, der kleinlaut sagte: «Ja, danke.»

«Danke schön, Kinky», sagte auch Barry. Er genoss das knusprige Brot und musste darüber lächeln, wie O'Reilly sich von seiner Haushälterin bemuttern ließ. Der Mann braucht eine Ehefrau, überlegte Barry, behielt diesen Gedanken aber für sich.

«Und nach dem Essen habe ich heute gar nichts für Sie. Niemand hat angerufen, Sie können sich den Nachmittag also freinehmen», erklärte Kinky. «Ein bisschen Ruhe wird Ihnen beiden richtig guttun.»

O'Reilly schüttelte den Kopf. «Wir müssen zu Myrtle MacVeigh, und» – er schaute aus dem Fenster – «es ist ein wunderbarer Tag für eine kleine Spazierfahrt. Ich denke, wenn wir bei ihr fertig sind, fahren wir nach Bangor und schauen mal nach, wie es Sonny geht. Mit dem Abendbrot wird es dann etwas später als sonst.»

«Ach so?», sagte Barry.

«Hast du vergessen, dass ich noch kurz in den Dreckspatz wollte?»

Barry saß auf dem Beifahrersitz. Er war enttäuscht, dass Myrtle MacVeigh auf dem Weg der Besserung anscheinend kaum vorangekommen war. Allerdings verspürte sie beim Urinieren kein Brennen mehr, und darüber freute sie sich. Und natürlich musste er O'Reilly recht geben, der Myrtle erklärt hatte, Rom sei auch nicht an einem Tag erbaut worden und sie solle Geduld haben und abwarten, bis das neue Antibiotikum wirke.

O'Reilly drosselte sein übliches rasantes Tempo, denn selbst er war so vorsichtig, dass er den großen Reisebus, der vor ihnen über die schmale Nebenstraße nach Bangor schlich, nicht blind überholte.

«Diese verdammten amerikanischen Touristen», knurrte O'Reilly. «In ganzen Busladungen fallen sie in ihr ‹liebes altes Irland› ein, um nach ihren Wurzeln zu forschen, und dabei versperren sie die Straßen und geben den Ladenbesitzern in unseren Dörfern einen Vorwand, die Preise zu erhöhen.»

Da ist etwas Wahres dran, dachte Barry. Seitdem Flugreisen erschwinglicher wurden, kamen immer mehr Amerikaner nach Irland. Kein Wunder. Die halbe Ostküste der USA war ja von Iren bevölkert. In Irland wusste jedes Kind, dass während der großen Hungersnot, in den Jahren nach 1845, irische Pächter mit ihren Familien auf Seelenverkäufern, den *coffin ships*, in ein neues Leben geflohen waren, erst vereinzelt und dann scharenweise. Und wollten Seamus und Mary Galvin nicht auch bald zu Marys Bruder nach Kalifornien emigrieren? Vier von Barrys Klassenkameraden waren gleich nach Beendigung ihrer Assistenzzeit in die Staaten ausgewandert. Die Berufsaussichten und die Bezahlung waren da drüben wesentlich besser.

Er schaute aus dem Fenster auf ein Feld mit reifender Gerste. Das goldene Getreide mit den langen Grannen wogte im leichten Wind, und hier und dort entstanden dunkle Flecken, denn die gebeugten Ähren reflektierten weniger Sonnenlicht als das aufrecht stehende Getreide.

Eine einzelne Ringeltaube sauste im Tiefflug über das Feld, bevor sie wieder aufstieg und oben auf einer der mächtigen Ulmen landete, die hinter den Natursteinmauern entlang der Straße standen. In den Ritzen zwischen den Steinen wuchsen Moos und Knoblauchsrauke. Brombeerbüsche streckten ihre dornigen, von Beeren schweren Ranken über die Mauern und kratzten am Wagen entlang.

Barry kurbelte sein Fenster herunter. Er atmete eine Mischung aus Heuduft, Düngergeruch und dem Abgasgestank aus dem Auspuff vor ihnen ein. Er hörte den Motor des Busses brummen, Rinder auf der Weide muhen und einen Fasan schreien.

Durchaus verständlich, dachte Barry, dass die Amerikaner das Land besichtigen wollen, aus dem sie oder ihre Vorfahren stammen. Er selbst würde niemals eine solche Pilgerreise unternehmen müssen. Nichts würde ihn dazu bewegen können, aus Ulster fortzugehen. Hatte er nicht unter anderem deswegen die Arbeit in Ballybucklebo angenommen? Und doch – wenn Patricia nun dieses Stipendium bekam?

«Gott sei Dank.» O'Reilly schaltete herunter und brauste mit quietschenden Reifen an dem Reisebus vorbei, der in eine Haltebucht ausgewichen war. Die plötzliche Beschleunigung riss Barry aus seinen Gedanken und – er legte sich die Hand hinter den Kopf – hätte ihm fast das Genick gebrochen.

Allmählich wichen Felder und Wiesen den Ausläufern der Stadt Bangor. Barry erinnerte sich, dass er in seiner Kindheit hier auf einer Weide zusammen mit einem Freund einen ganzen verträumten Abend lang darauf gewartet hatte, dass eine Dachsfamilie ihren Bau verließ. Jetzt jedoch säumten Reihen von Doppelhäusern die Straße. Die roten Ziegelmauern waren noch so neu, dass sie keine Spuren von Verwitterung zeigten.

Barry kam es vor, als hätte man die neuen Siedlungen dem alten Bangor, in dem er aufgewachsen war, aufgepfropft. Erst in der Innenstadt fühlte er sich allmählich wieder heimisch. Der Wagen rollte an den altbekannten Gebäuden vorbei. An der Ecke der Upper Main Street ragte der schlanke Kirchturm der Bangor Abbey in den Himmel. An der Kreuzung von Hamilton Road und Lower Main Street befand sich immer noch das 1934 errichtete Gebäude der Bank of Ireland. Auch der dicke Sandsteinturm mit der McKee Clock stand noch am unteren Ende der High Street, nah an den drei Anlegebrücken und dem runden Zollhaus, das 1637 an der Ecke der Victoria Road erbaut worden war.

Barry spürte, dass er hier hingehörte. Doch, er konnte wirklich nachempfinden, warum die Amerikaner herkamen. Keine Stadt, kein Dorf in ihrem geschäftigen, aufstrebenden, brandneuen Land konnten jemals eine solche Beständigkeit aufweisen wie Bangor oder Ballybucklebo. Wenn diese Reisenden ihre Wurzeln suchten, würden sie sie finden, tief und fest verankert.

Endlich bogen sie in die Auffahrt zu einem großen, eleganten zweigeschossigen Gebäude ein. Barry erkannte die Dachgauben und das hohe, steile Ziegeldach wieder und erinnerte sich, dass es früher ein exklusives Wohnhaus gewesen war. Auf dem Schild davor stand jetzt *Bangor Convalescent Home*.

«Komm», sagte O'Reilly und stieg aus.

Barry folgte ihm eine breite Vortreppe hinauf, durch Glastüren und in einen schmalen, mit Linoleum ausgelegten Flur. Die Beleuchtung war schlecht, und aus den Lautsprechern über ihren Köpfen dröhnten die schmalzigen Streicherklänge eines Mantovani-Walzers. Der Geruch von gekochtem Kohl wetteiferte mit dem Gestank von Desinfektionsmitteln, zog dabei allerdings den Kürzeren.

O'Reilly stand vor einem halbrunden Schreibtisch. Dahinter saß eine gelangweilte Empfangsdame, die ihr Make-up offensichtlich mit einer Maurerkelle aufgetragen hatte. Sie feilte sich die Fingernägel und unterhielt sich dabei mit einem jungen Mann in einer schmuddeligen weißen Uniform. Wahrscheinlich war er eine Art Pfleger. Auf dem Schreibtisch lag mit dem Rücken nach oben ein Groschenroman.

«Ähem.» O'Reilly beugte sich über die Tischplatte.

Die junge Frau ignorierte ihn.

«Ähem.» O'Reillys Räuspern erinnerte Barry an das Knurren einer hungrigen Dogge.

Daraufhin wandte die Empfangsdame O'Reilly den Rücken zu.

Auf dem Schreibtisch stand eine kleine Glocke, eine Halbkugel aus Metall mit einem Knopf darauf. O'Reillys große Faust krachte auf den Knopf hinunter. Die Glocke bimmelte so laut, dass Barry dachte, die Feuerwehrleute von Bangor müssten es hören und sich eilends zu ihren Löschwagen begeben. Der Pfleger zuckte zusammen, und die junge Frau drehte sich langsam wieder um, schaute O'Reilly an und kräuselte die Lippen. Sie deutete auf ein Schild auf dem Schreibtisch: «Können Sie nicht lesen? Die Besuchszeit ist vorbei.»

Mit leiser, böser Stimme erwiderte O'Reilly: «Doch, ich kann lesen.»

«Na also. Sie kommen zu spät.» Sie wollte sich wieder abwenden.

«Ich kann das Schild lesen, und ich kann auch Ihr Namensschildchen lesen, Miss ... Weir.» O'Reillys Nasenspitze schimmerte alabasterweiß.

«Na, Sie sind ja ein ganz Schlauer», sagte die junge Frau über die Schulter.

«Nein.» Breitbeinig stand O'Reilly vor dem Schreibtisch, beide Fäuste auf der Tischplatte. «Eigentlich nicht.» Wenn er die nächsten Worte von der Brücke der alten *Warspite* gebrüllt hätte, wären sie bis aufs Vordeck zu hören gewesen. «Aber ich bin Doktor O'Reilly. Ich habe das Recht, meine Patienten in dieser erbärmlichen Bruchbude von Pflegeheim zu besuchen, und zwar jederzeit, Tag und Nacht ...»

Hinter dem Empfangstisch hing ein Barometer an der Wand. Barry stellte sich vor, dass es gerade einen deutlichen Anstieg des Luftdrucks messen musste. «Und ich bin durchaus geneigt, Ihrer Heimleiterin zu berichten, was für eine jämmerliche, unverschämte, schlampige, faule junge Frau Sie sind, Miss Weir.»

«Ach je», seufzte sie und stand auf. «Wen möchten Sie denn besuchen, Sir?»

«Sonny Houston ...»

Sie blätterte in einem großen Buch.

«Aber da das absolute Desinteresse an den Bewohnern hier offenbar zu Ihrem Job gehört, werden Sie vermutlich Schwierigkeiten haben, ihn zu finden.»

Der Pfleger mischte sich ein. «Das ist doch dieser Alte, das Herzversagen mit Lungenentzündung in 2C.»

«Nein», donnerte O'Reilly, «Sonny Houston ist nicht eine Ansammlung von Krankheiten, die im Bett liegt. Er ist ein Mensch. Er ist der grauhaarige Herr mit dem Doktortitel, der in Ballybucklebo lebt und vorübergehend Ihre Räumlichkeiten in Anspruch nimmt.» O'Reilly wandte sich an Barry: «Kommen Sie, Doktor Laverty.» Im Weggehen hielt er noch einmal inne und ließ den Blick vom Pfleger zu der Empfangsdame wandern. «Ich finde den Weg schon», sagte er zuckersüß. «Es liegt mir fern, Sie bei Ihrer Unterhaltung stören zu wollen.»

Miss Weirs Gesicht war unter der Schminke blass geworden.

Barry folgte O'Reilly eine Holztreppe hinauf, einen Flur entlang und durch eine Tür, neben der ein Schildchen mit der Aufschrift 2C hing.

Vier Betten, zwei an jeder Seite, füllten den Raum fast ganz aus, sodass bloß ein sehr schmaler Durchgang blieb. Ein Bett war durch einen Vorhang abgetrennt. Dahinter hörte man eine dünne Männerstimme, die immer das gleiche Wort wiederholte: «Schwester.» Der Geruch nach Exkrementen und abgestandenem Urin verschlug einem den Atem. In zwei weiteren Betten lagen ältere Männer, einer trug eine Schirmmütze, der andere schnarchte mit weitgeöffnetem Mund, laut wie eine Spaltsäge.

In dem Bett vorne links erkannte Barry Sonny. O'Reilly setzte sich auf das Fußende. «Wie geht's, Sonny?», erkundigte er sich.

Das Gesicht des alten Mannes verzog sich zu einem Lächeln. «Danke, dass Sie gekommen sind, Doktor O'Reilly. Mir geht's gut, danke.»

«Wirklich?» O'Reilly fühlte Sonny den Puls.

Barry freute sich, als er sah, dass Sonnys Wangen nicht mehr schieferblau waren und dass er mühelos atmete, ganz anders als vor zwei Wochen, als O'Reilly ihn in Windeseile ins Royal hatte bringen lassen.

«Und du wirst hier gut behandelt?»

«Schwääääster», schnarrte die dünne Stimme hinter dem Vorhang. Das Schnarchen aus dem anderen Bett wurde lauter.

Sonny senkte den Blick. «Ich darf mich nicht beklagen.»

«Mmh», knurrte O'Reilly. «Dafür bist du zu sehr Gentleman, was?»

«Na ja, ich ...»

«*Schwäääster.*»

O'Reilly holte sein Stethoskop aus der Jackentasche. «Zieh bitte mal den Vorhang vor, Barry. Sonny, schieb deinen Schlafanzug hoch.»

Barry zog den von einer Schiene an der Decke herabhängenden Vorhang vor und schlüpfte in den abgetrennten Raum. O'Reilly horchte Sonnys Brust ab.

«Du bist kerngesund», stellte er fest, zog das Stethoskop aus den Ohren und half Sonny, den Schlafanzug wieder zurechtzuziehen. «Aber du findest es hier schrecklich, oder?»

«Es könnte besser sein. Nachts ist es laut ...»

«*Nkrrr–pühhh.*»

«*Schwäääster.*»

«Und tagsüber», bemerkte O'Reilly naserümpfend, «stinkt es, die Verpflegung ist unter aller Sau, du vermisst deine Hunde ...»

«Maggie besucht mich jeden Tag, und sie kümmert sich um die Hunde ...»

«... und du willst nach Hause.»

Der alte Mann nickte mit schimmernden Augen. Traurig schaute er O'Reilly an.

«Gut», meinte der Arzt, «wir wollen sehen, was sich machen lässt.»

«*Schwäääster.*»

O'Reilly stand auf. «Ich bin gleich wieder da.» Er riss den Vorhang zurück, verließ das Zimmer, und man hörte ihn in seinen Stiefeln die Treppe hinunterpoltern. Die Worte, die von unten hochdrangen, verstand Barry nicht, aber er hätte schwören können, dass der Boden unter seinen Füßen zitterte.

Sonny schluckte, rang sich ein schwaches Lächeln ab und fragte: «Und wie geht es Ihnen, Doktor Laverty?»

«Mir geht's gut, und ich habe gute Nachrichten für Sie. Councillor Bishop hat mit der Arbeit an Ihrem Dach begonnen.»

«Das freut mich.» Sonny beugte sich zu Barry. «Aber wann es fertig wird, können Sie mir wohl nicht sagen, oder?»

Barry schüttelte den Kopf und wollte sich gerade dazu äußern, als O'Reilly wieder hereinkam, mit dem Pfleger im Schlepptau.

«Gehen Sie da rein, erkundigen Sie sich, was der Patient braucht, und kommen Sie erst wieder raus, wenn Sie ihm geholfen haben.»

«Ja, Sir.» Panisch wie eine Maus auf der Flucht vor einer Katze huschte der junge Mann hinter den Vorhang. Die leisen Rufe verstummten.

O'Reilly stellte sich neben Sonnys Bett. «Gut», sagte er, «du musst hier raus.»

«Ich könnte ja wieder in meinem Auto schlafen.»

«Red keinen Blödsinn. Da hast du dir deine Lungenentzündung doch geholt.»

«Vielleicht», schlug Barry vor, «könnte Maggie Sie aufnehmen.»

«Nein, nein, Sir.» Sonny schüttelte den Kopf. «Noch sind wir nicht verheiratet. Sie wissen doch, wie die Leute über uns reden würden. Das wäre nicht in Ordnung.»

O'Reilly kratzte sich den Kopf. «In dein Haus kannst du noch nicht rein, das ist noch nicht fertig. Und dass du nicht zu Maggie kannst, stimmt auch ... aber dass du hierbleibst – nein, nur über meine Leiche.» Mit gerunzelter Stirn wanderte der Arzt den schmalen Gang auf und ab. «Gut. Erst mal rede ich mit dem Personal. Ich werde ihnen nahelegen, sich besser um dich zu kümmern ...

Ungefähr so, dachte Barry, wie Torquemada und die spanische Inquisition Ketzern nahelegten, ihrem Irrglauben abzuschwören.

«Und dann denke ich mir was aus.»

«Da wäre ich Ihnen dankbar, Doktor O'Reilly.» Sonny legte sich wieder in die Kissen zurück.

«Ja, ruh dich ein bisschen aus», sagte O'Reilly. «Doktor Laverty und ich fahren jetzt nach Ballybucklebo zurück. Wir müssen uns etwas ausdenken.»

Barry wusste nicht, ob er lachen oder zittern sollte. O'Reilly hatte zwar von ausdenken gesprochen, aber inzwischen wusste Barry nur zu gut, dass sein Chef eigentlich «aushecken» gemeint hatte, und wenn O'Reilly sich dieser Tätigkeit hingab, konnte allein der liebe Gott das Ergebnis vorhersehen.

14 * Trink, Brüderlein, trink

«Aussteigen.» O'Reilly hielt den Rover auf dem Weg hinter seinem Haus an. «Ich fahre den Wagen schnell in die Garage. Wir gehen dann zu Fuß in den Dreckspatz.»

Während O'Reilly das Garagentor schloss, hörte Barry freudiges Gebell. Arthur Guinness begrüßte seinen heimkehrenden Herrn und Meister, indem er sich gegen die Gartenpforte schmiss.

«Warte», bat O'Reilly. «Er möchte seinen Spaziergang.» Er öffnete die Pforte, doch sein Hund ignorierte ihn und stürzte sich auf Barry.

«Sitz», schrie Barry.

Doch statt Barrys Bein zu bespringen, stellte sich der Labrador heute auf die Hinterbeine, legte Barry die Vorderpfoten auf die Brust und leckte ihm das Gesicht.

«Aus», brüllte O'Reilly und zerrte an Arthurs Halsband.

Der Hund gehorchte. «Wahrscheinlich sollte ich dankbar sein», sagte Barry, während er sich mit dem Handrücken den

Schmutz von seinem Jackett wischte, «dass er diesmal vor dem eigentlichen Akt Lust auf ein bisschen Vorspiel hatte.»

«Ach, Arthur ist doch bloß ein liebevoller Riesentrottel, was, mein Hund?»

«Wuff», sagte Arthur und blickte hingerissen zu O'Reilly auf.

«Ungefähr so liebevoll wie eine Kreuzung zwischen Casanova und Don Juan unter Testosteron. Ich würde das eher als liebestoll bezeichnen. Er ist ein Erotomane.»

«Keineswegs», widersprach O'Reilly, «das ist bei ihm pure Lebensfreude, und außerdem braucht er Bewegung.» Er warf einen Blick auf die Uhr. «Weißt du was? Wir haben viel Zeit. Du gehst schon mal zum Dreckspatz, und ich mache einen Spaziergang mit ihm und komme dann später nach.»

Barry zögerte. Erst gestern Abend auf dem Rückweg von den O'Hagans hatte er daran gedacht, sich schnell ein Bier zu genehmigen, sich dann aber dagegen entschieden. «Ich kann doch auch hier im Haus auf dich warten.»

«Nein», sagte O'Reilly, «dich erst hier abzuholen dauert mir zu lange. Auf dem Rückweg vom Strand kommen wir doch direkt am Pub vorbei. Dann habe ich Durst auf mein Guinness, und Arthur kann sein Smithwicks vertragen, stimmt's?»

«Rawuff», bekräftigte Arthur mit wildem Schwanzwedeln.

Lieber Gott, dieser blöde Hund versteht Englisch, dachte Barry, jedenfalls, wenn es um Bier geht. Er wünschte nur, der große Labrador würde auch «sitz» und «aus» verstehen.

«Na los», befahl O'Reilly, «bei Fuß.» Herr und Hund machten sich auf den Weg.

Barry war sich nicht sicher, ob die letzte Bemerkung Arthur gegolten hatte oder ihm selbst, aber jedenfalls lief der Hund mit der Schnauzenspitze genau neben O'Reillys Bein. Barry ging auf der anderen Seite neben der Schulter seines Chefs.

«Mein Gott, ist das warm», sagte O'Reilly, als sie an der Ampel warten mussten.

Das war nicht zu bestreiten. Die Sonne stand immer noch hoch über dem Dorf. Die Blumen in der Rabatte unter dem Maibaum waren verstaubt und ließen die Köpfe hängen. Und auch Arthur litt unter der Hitze. Die rosa Zunge hing ihm aus dem Maul, und er hechelte stark. Barry zog sein Jackett aus.

Die Ampel wurde grün, und O'Reilly trat mit seinem treuen Gefährten auf die Straße. «Wir bleiben ja nicht lange weg», meinte er, «aber ich muss diesen Riesentrottel hier fit machen. Nächste Woche fängt die Entensaison an.»

Barry musste sich beeilen, um mitzuhalten. Ja, O'Reilly und Arthur jagten gern Wildgeflügel, genau so, wie Barry es genoss, in aller Ruhe Forellen zu angeln.

An der Kreuzung von Main Street und Shore Road blieb O'Reilly stehen. Auf seine nächste Bemerkung war Barry nicht gefasst. «Und nicht bloß Arthur. Auch dich muss ich fit machen.»

Barry runzelte die Stirn. «Du meinst, ich sollte anfangen, Sport zu treiben?»

«Nein, mein Sohn.» O'Reilly schlug Barry auf die Schulter. «Ich meine, ich muss dich darauf vorbereiten, dass du in der Praxis allein klarkommst, damit Arthur und ich ab und zu mal weg können. Also, jetzt lauf in den Dreckspatz und halt die Ohren offen.»

Bevor Barry etwas erwidern konnte, war O'Reilly in gemütlichem Tempo losgetrabt. Mit einem «Na los, an den Strand, Arthur» spornte er seinen Hund zu einem fröhlichen Galopp an.

Einen Moment lang blieb Barry stehen. Mist, dachte er. Du hast es schon wieder geschafft, Fingal. Wie, als du mir erzählt hast, du hättest Major Fotheringham keinen Totenschein ausgestellt. Hatte das tatsächlich rechtliche Gründe, oder wolltest du eine Obduktion erzwingen? Und willst du jetzt wirklich Arthur laufen lassen, oder hast du gemerkt, dass ich mich davor scheue, allein in den Dreckspatz zu gehen? Und wieso soll ich die Ohren offenhalten?

Barry wandte sich nach links und ging das kurze Stück zum Schwarzen Schwan, holte tief Luft und stieß die Schwingtüren auf. Dabei kam er sich vor wie ein Sheriff in einem Western, der gleich den Bösewichten gegenüberstehen wird.

In der trüben Beleuchtung im Pub konnte Barry nach dem hellen Tageslicht draußen kaum etwas sehen. Das leise Stimmengewirr verstummte bei seinem Eintritt. Jemand hustete. Auf der Marmortheke wurde klirrend ein Glas abgestellt. Die Luft war von Tabakrauch und Bierdunst erfüllt. Als seine Augen sich an das Dämmerlicht gewöhnt hatten, konnte Barry Einzelheiten erkennen, die schwarzen Deckenbalken, den vom Nikotin gelblichen Putz zwischen den Balken, den gefliesten Fußboden, die Theke und dahinter die Regale mit den Flaschen. O'Reilly hatte ihm erzählt, das Gebäude sei 1648 errichtet worden, als Teil einer Poststation, und man habe es seither nicht verändert. Nur die Pferdeställe existierten nicht mehr.

An der Bar standen zwei Männer, die Barry nicht kannte. Der eine hatte ihm den Rücken zugekehrt, während der andere fasziniert ein Guinnessplakat zu betrachten schien. Die Brauerei hatte das Plakat irgendwann in den vierziger Jahren herausgegeben, und wahrscheinlich hing es seitdem hier an der Wand.

Es war mitten am Nachmittag, und die meisten Stammgäste arbeiteten noch. Nur im hinteren Teil des Lokals war ein Tisch besetzt. Drei Männer saßen daran, in kragenlosen Hemden, Moleskin-Hosen und Tweedmützen, der Uniform der Arbeiter. Einer rauchte eine *dudeen*, eine Tonpfeife mit kurzem Stiel. Alle schienen sich plötzlich sehr für ihre halbvollen Biergläser zu interessieren. Barry kannte keinen von ihnen.

Willy Dunleavy, der Gastwirt, wie immer in seiner geblümten Weste, stand hinter der Bar und rieb mit einem Geschirrtuch ein Glas blank. Barry vermutete, dass seine Tochter Mary gerade in Miss Moloneys Bekleidungsgeschäft arbeitete.

Er ging zur Theke. «Guten Tag, Willy», sagte er.

«Ja», meinte der Wirt, «heiß draußen», und widmete sich wieder seinem Glas.

«Das kann man wohl sagen», erwiderte Barry. Dabei wartete er eigentlich auf die Frage: «Was darf's denn sein?» Nach einem tiefen Atemzug sagte er schließlich: «Ich rechne damit, dass Doktor O'Reilly auch gleich kommt.»

«Ach, tatsächlich?»

Üblicherweise hätte ein Barmann in Ulster jetzt gefragt: «Möchten Sie schon mal was trinken, während Sie warten?» Doch der Gastwirt schwieg.

«Nicht viel Betrieb heute, Willy», probierte Barry es erneut.

«Nein.»

Oje, dachte Barry. Dem normalerweise so gesprächigen Willy Dunleavy eine Antwort zu entlocken schien heute schier unmöglich zu sein, und was die Gäste an der Theke anging, hätte Barry ebenso gut ein Geist sein können. Nur die Männer hinten am Tisch schauten ihn erwartungsvoll an. Barry war warm, und er hatte Durst. Also gut, dachte er, was hatte Napoleon noch gesagt? *De l'audace, toujours de l'audace.* «Ein Pint Guinness bitte, Willy.»

Schweigend hielt der Wirt das frischpolierte Glas unter den Zapfhahn und ließ es volllaufen.

Barry musste sich entscheiden. Sollte er noch einmal einen Anlauf zu einem Gespräch unternehmen, oder war es ratsamer, einfach den Mund zu halten?

«Hier.» Willy stellte das Glas auf die Marmorplatte.

Barry kramte in der Tasche nach Kleingeld. Er legte eine Pfundnote auf die Theke. «Machen Sie schon mal eins für Doktor O'Reilly fertig und ...», warum nicht?, «... ein Smithwicks für Arthur.»

Bei der Erwähnung des Hundes schien Willys Gesicht sich ein bisschen aufzuhellen. Er nickte, nahm den Schein und gab Barry das Wechselgeld zurück. Dabei fiel kein einziges Wort, Barry hörte nur Gesprächsfetzen vom Tisch herüber.

«... Blödsinn. Die Stute? Auch wenn ihr der Arsch in Flammen stünde, käme die nicht über die Hindernisse rüber.»

«Da bin ich nicht so sicher. Hast du gesehen, wie sie den Schweif trägt?»

Barry hörte wieherndes Gelächter: «Kein Wunder. Der Besitzer peppt sie ein bisschen auf, das kann man wohl sagen.»

Barry zog die Brauen hoch. Das tat doch jeder, oder? Er war versucht, zum Tisch zu gehen und zu fragen, was in diesem Fall mit «aufpeppen» gemeint war, doch dann wurde ihm klar, dass man ihn vielleicht abweisen würde. Also nahm er sich vor, O'Reilly danach zu fragen.

Er trug sein Pint zu einem leeren Tisch und hängte das Jackett über die Stuhllehne. Auch wenn das Stout bitter war, war der erste Schluck vertraut und beruhigend. Barry nahm einen zweiten Schluck und wischte sich den Schaum von der Oberlippe.

Er war durchaus gewillt, O'Reillys Ermahnung, die Ohren offenzuhalten, Folge zu leisten, aber da es offenbar nur um Rennpferde ging, hätte er sich die Mühe eigentlich auch sparen können.

Nachdenklich lehnte er sich zurück. Wenn es eine Bedeutung hatte, wie man ihn hier empfangen hatte, dann standen seine Aktien seit Major Fotheringhams plötzlichem Tod nicht mehr gut.

Jemand musste Gerüchte in Umlauf gesetzt haben, aber wer? O'Reilly bestimmt nicht, und Mrs Fotheringham wahrscheinlich auch nicht. Vielleicht ein Angestellter des Bestattungsunternehmens, das die Leiche ins Royal gebracht hatte. Bei Gelegenheit würde er Mr Coffin danach fragen, den Leichenbestatter im Dorf. Obwohl es eigentlich keine große Rolle spielte. Wichtig war, dass O'Reillys Patienten ihn mit Misstrauen betrachteten, seit der Vorfall sich herumgesprochen hatte.

Barry trank noch einen großen Schluck. Andererseits, wenn man es genau betrachtete, stand es gar nicht so schlecht. Er war sich fast sicher, dass er Myrtle MacVeigh mit ihrer Blasenentzündung, Colin Brown mit seinem Schnitt in der Hand und Fergus Finnegan mit seiner Bindehautentzündung hatte helfen können, und Julie MacAteer und die junge Helen schienen dankbar für seine Bemühungen gewesen zu sein, genau so wie Kieran und Ethel O'Hagan. Und Donal Donnelly hatte ihn genauso wie O'Reilly ins Vertrauen gezogen, als er sich wegen seines Plans mit den Arkle-Gedenkmünzen Rat geholt hatte. Nein, verdammt nochmal, er wollte hier nicht weg.

Aber andererseits – da war Patricia. Um ihretwillen wünschte er ihr natürlich, dass sie das Stipendium erhielt, aber was wurde dann aus ihm? Als Barry wieder zu seinem Glas griff, stellte er überrascht fest, dass es schon fast leer war, und irgendwie konnte er nicht mehr ganz klar denken. Nein, wenn es nur nach ihm ging, das musste er ehrlicherweise zugeben, wünschte er sich, dass Patricia durchfiel und am Queens College in Belfast blieb. In seiner Nähe.

In vino veritas, sinnierte Barry. Er überlegte, ob er noch ein Pint bestellen sollte.

Er hörte, wie die Tür sich quietschend öffnete und wieder schloss. «Tag allerseits.» Das war O'Reillys Stimme. Überrascht registrierte Barry, dass praktisch niemand auf den Gruß des Arztes reagierte. «Mein Gott», sagte O'Reilly, «hier drinnen ist ja eine Stimmung wie in einer Leichenhalle.»

«Guten Tag, Doktor O'Reilly», sagte Willy leise. «Ich zapfe Ihnen gerade ein Bier.»

«Schön», brüllte O'Reilly. «Mir hängt schon die Zunge aus dem Hals. Da draußen ist es heiß wie im Hades.»

Barry spürte, wie etwas gegen sein Bein klopfte. Mit einem

idiotischen Grinsen im Gesicht stand Arthur neben dem Tisch und wedelte, als wolle er Barry mit seinem Schwanz totschlagen. «Für Arthur habe ich ein Smithwicks bestellt.»

«Das will ich aber auch hoffen – und dein Glas ist schon leer?»

«Sofort, Doktor Laverty», sagte Willy und nahm ein weiteres Pintglas aus dem Regal.

Barry wartete darauf, dass O'Reilly zu ihm kam, doch der lehnte sich über die Theke. «Willy Dunleavy, du machst ein Gesicht wie eine Bulldogge, die gerade Pisse von einer Brennnessel abgeleckt hat. Was ist denn los?»

Obwohl Barry angestrengt horchte, konnte er Willy nicht verstehen, denn der Barmann hatte die Stimme gesenkt und murmelte O'Reilly etwas ins Ohr. O'Reillys Organ dagegen war nicht zu überhören. Barry war, als hörte er ein Telefongespräch mit an, und versuchte zu ergründen, was der Teilnehmer am anderen Ende der Leitung sagte.

«Wie bitte? Ist doch nicht möglich. Der Hundsfott war heute Vormittag hier?»

Meinte O'Reilly mit «Hundsfott» etwa Councillor Bishop, der vorgehabt hatte, nach seinem Besuch in der Praxis den Dreckspatz aufzusuchen?

«Ach, Willy, denk doch mal ein bisschen nach. Das kann er doch gar nicht. Er versucht, dich einzuschüchtern ... Kreuzdonnerwetter nochmal, das ist ja nicht zu fassen.» Damit griff O'Reilly nach seinem Bier und nach Barrys zweitem Pint und kam zum Tisch herüber. Über die Schulter sagte er noch: «Vergiss Arthurs Smithwicks nicht.» Dann knallte er Barrys Glas auf den Tisch, sodass Schaum auf die Tischplatte floss, ließ sich auf einen Stuhl plumpsen und trank in einem Zug sein halbes Glas leer. «Besser», seufzte er.

Willy erschien mit einer Metallschüssel und schob sie unter den Tisch. Arthur warf sich auf den Boden, und Barry hörte sein Schlabbern. Wie der Herr, so der Hund, dachte er.

«Willkommen», sagte er laut. «Fingal, kann ich dich etwas fragen?»

«Später», meinte O'Reilly. «Du sagst ‹willkommen›. Das ist mir ein schönes Willkommen hier. Kein Wunder, dass der Laden halb leer ist und alle wie Trauerklöße rumhängen.»

Immer noch enttäuscht, dass niemand mit ihm gesprochen hatte, schluckte Barry und sagte: «Du meinst, weil ich reingekommen bin?»

O'Reilly brach in schallendes Gelächter aus. «Bilde dir bloß nicht ein, dass du so wichtig bist.»

Barry fuhr auf. «Ich habe doch nicht gemeint ...»

«Es hat nichts mit dir zu tun.» O'Reilly trank sein Bier aus. «Noch eins, Willy!» Er zog seine Pfeife hervor. «Willy und diese armen Kerle hier sind überzeugt, dass der Weltuntergang bevorsteht.»

«Warum?»

«Erinnerst du dich, wie Helen gesagt hat, Mary mache sich Sorgen, dass jemand den Pub übernehmen will?»

«Ja. Bishop etwa?»

«Genau der.»

Willy erschien mit O'Reillys Pint. «Danke», sagte der Arzt. «Was kriegst du von mir?»

«Wir tun mal so, als hätten Sie heute Geburtstag, Doktor», sagte Willy. «Das geht auf mich.» Er entfernte sich wieder.

O'Reilly schüttelte den Kopf. «Willy hat Angst, und er hat auch allen Grund dazu.» Er steckte sich sein Pfeifchen an. «Was weißt du über Grundbesitz?»

«Nicht viel», erwiderte Barry. Über dergleichen Dinge wollte er sich erst den Kopf zerbrechen, wenn er mehr als ein Assistentengehalt verdiente.

«Es geht um das Land, verstehst du?»

«Fingal, was meinst du damit?»

Der Arzt stieß eine pilzförmige Rauchwolke aus. «Na, das Land eben. Das, worauf man Häuser baut. Es sei denn, man gehört zu den seltsamen Sterblichen, die ihre Häuser ins Wasser bauen, auf Stelzen.»

«Fingal, bitte komm zur Sache.»

«Na gut. In Irland kannst du den Lehmklumpen kaufen, auf dem dein Haus steht. Man nennt das dann Grundbesitz. Doch die meisten Hausbesitzer bezahlen Pacht an jemanden, dem das Land gehört. Das ist dann ein Pachtgrundstück. Viele Pachtverträge gehen über lange Zeit.» O'Reilly trank von seinem zweiten Pint. «Das Grundstück, auf dem der Dreckspatz steht, ist für 99 Jahre verpachtet.»

«Das ist wirklich eine lange Zeit.»

«Ja, aber …» O'Reilly nahm noch einen Schluck. «Willy hat einen Vertrag übernommen, der 1865 abgeschlossen wurde. Er läuft nächsten Monat aus.»

«Bestimmt kann er ihn verlängern, oder?» Selbst in dem dämmrigen Kneipenlicht fiel Barry auf, wie bleich O'Reillys Nase geworden war.

«Das sollte man annehmen, aber dreimal darfst du raten, wem das Grundstück gehört.»

«Bishop?»

«Bingo. Keinem anderen als diesem Schrumpfkopf, und weißt du, was er vorhat?»

«Er will den Pub übernehmen?»

«Schlimmer noch: Er will das Haus entkernen lassen …»

Barry sah sich in dem nahezu vierhundert Jahre alten Raum um.

«… ja, entkernen», fuhr O'Reilly empört fort, «und dann alles neu einrichten, mit Chrom und Plastik und Musikberieselung – dann sitzen hier keine Einheimischen mehr und singen irische Volkslieder, und dann gibt's auch niemanden mehr wie Donal Donnelly, der sternhagelvoll irische Trinklieder grölt …»

Diese Vorstellung machte Barry traurig. Auch wenn er selbst keine Melodie richtig nachsingen konnte, erinnerte er sich gern daran, wie sein Großvater ihm irische Lieder vorgesungen hatte, und von vielen kannte er die Texte. «So ändern sich die Zeiten, Fingal», sagte er bekümmert.

«Aber das ist noch nicht alles», fuhr O'Reilly fort. «Dann werden auch keine Geschichten mehr erzählt. Kein Schafskopf stellt sich mehr hin und sagt sein Partygedicht auf. Und weißt du, was wir dann stattdessen zu hören kriegen? Diesen verdammten *Top-of-the-Pops*-Mist aus den Lautsprechern, mit zehn Millionen Dezibel, ob die Gäste wollen oder nicht.» O'Reilly haute mit der Faust auf den Tisch. «Wir müssen das verhindern, sonst sind die Einheimischen ihren Pub los.» Er blickte zu den Männern an der Bar und dann zu dem Trio am Tisch hinüber. «Das darf Bishop nicht. Der Dreckspatz ... ach Gott, Barry, so banal das klingt, aber der Dreckspatz ist doch das Herz von Ballybucklebo.»

«Das ist überhaupt nicht banal, Fingal. Es ist wahr. Aber warum will Bishop denn alles verändern?»

«Erinnerst du dich an den Bus voller Amis, den wir vorhin gesehen haben?»

«Ja.»

«Bishop will mit den Touristen Geschäfte machen.»

«Nicht möglich.»

«Doch. Ich sehe es schon vor mir. Draußen ein großes Neonschild, auf dem in dieser nachgemachten keltischen Schrift der neue Name draufsteht: *Mother Macree's Olde Irish Shebeen* oder so was, und draußen vor der Tür sitzt vielleicht Donal Donnelly auf einem Hocker, angezogen wie ein Wichtel, mit silbernen Schnallen auf den Schuhen, einem *shillalegh* in der Faust, und vor ihm auf dem Bürgersteig liegt seine Mütze mit einem großen Schild daneben: ‹Für 1 Dollar fluche ich›.»

Bei dieser Vorstellung musste Barry trotz seiner Besorgnis lachen.

«Das ist überhaupt nicht zum Lachen», knurrte O'Reilly. «Komm, trink aus. Zeit, dass wir nach Hause kommen.»

Barry trank. O'Reilly schwieg. Arthur blinzelte zu seinem Herrchen hinauf, als wollte er fragen: «Wo bleibt mein zweites Bier?» Aber O'Reilly ignorierte den Hund. «Ach Gott, Barry», seufzte er. «Als würde es nicht schon reichen, dass wir uns um die Kranken und Beladenen kümmern, jetzt müssen wir auch noch eine Unterkunft für Sonny suchen. Und dann müssen wir noch sehen, ob wir Helen helfen können, eine andere Arbeit zu finden. Und unbedingt etwas wegen Bishop und dem Dreckspatz unternehmen.»

«Und als Zugabe laufen wir dann beide übers Wasser, ja?»

Jetzt lachte O'Reilly. «Wohl kaum.» Er stand auf. «Ach so», meinte er, «bevor ich abgeschweift bin, hast du gesagt, du wolltest mich was fragen.»

«Ja. Einer von den Jungs da drüben hat gesagt, jemand würde sein Pferd ‹aufpeppen›, damit es den Schweif hebt. Was soll das denn bloß heißen?»

«Das ist ein Trick, mit dem skrupellose Pferdehändler arbeiten, wenn ein Pferd besser aussehen soll. Das Temperament eines Pferdes erkennt man nämlich daran, wie es den Schweif trägt.»

«So was hat er auch gesagt.»

«Also», meinte O'Reilly, «bevor der Käufer kommt, um sich den Gaul anzusehen, bläst der Händler ihm Pfeffer in den Hintern, oder hier schieben sie ihm eine Gewürznelke oder Ingwer in den Arsch. So wird das arme Tier aufgepeppt.»

Bei diesem Gedanken zuckte Barry zusammen.

«Du kannst dir denken, dass die Schärfe im Rektum das Pferd so reizt, dass es den Schweif hebt.»

«Aha, daher kommt also der Ausdruck ‹Pfeffer im Hintern haben›», meinte Barry.

«Ganz genau», antwortete O'Reilly und wandte sich zur Tür. «Wir müssen uns jetzt überlegen, wie wir Bertie Bishop Pfeffer in den Hintern blasen können. Oder besser, wie wir ihn an die Kandare nehmen können. Bei Fuß, Arthur», rief er.

Barry ließ den Hund vorbei. Vielleicht hatte O'Reilly sich etwas Unmögliches in den Kopf gesetzt, dachte er. Immerhin hatte er die Aktionen des Councillors jetzt schon über einen Monat lang miterlebt. Doch wenn überhaupt irgendjemand Bertie Bishop an die Kandare nehmen konnte, wenn jemand ihn so gefügig machen konnte wie den großen Labrador, der seinem Herrchen aufs Wort folgte, dann war das Doktor Fingal Flahertie O'Reilly.

15 ✳ Von Zeit zu Zeit seh ich den Alten gern

Barry bog mit seinem alten Käfer auf das Gelände des Royal Victoria Hospital. Hinter dem Unterrichtsgebäude suchte er nach einem Parkplatz. Aber hier schienen mehr Autos herumzustehen, als es in Ballybucklebo Häuser gab.

Wie am Vortag beschlossen, kümmerte sich O'Reilly um die Praxis, während Barry sich bei Professor Faulkner wegen Florence Bishops vermuteter *Myasthenia gravis* Rat holte. Außerdem wollte er die Gelegenheit nutzen und seinen alten Freund und Studienkollegen Jack Mills besuchen. O'Reilly mochte Mills, denn sie waren beide begeisterte Rugbyspieler – O'Reilly hatte für die Republik Irland gespielt, Jack für Ulster.

Merkwürdig, dachte Barry, dass nur das irische Rugby-Team sowohl die Provinz Nordirland als auch die Republik Irland vertrat. Spieler aus dem Norden und dem Süden kämpften hier Seite an Seite für die ganze Insel. Er fand es schade, dass das irische Volk nicht auch gemeinsame Sache machen konnte.

Er freute sich auf das Wiedersehen mit Jack. Kinky hatte die beiden Ärzte gestern für das kärgliche Mittagessen entschädigt, indem sie ihnen zum Abendbrot gedünsteten Lachs aus dem Shimna River serviert und O'Reilly damit weichgestimmt hatte. Er hatte keine Einwände gegen Barrys Wunsch erhoben. Daraufhin hatte Barry gleich noch um einen freien Abend gebeten. Auch das hatte O'Reilly ihm nicht abgeschlagen. Nachdem er mit Jack telefoniert und sich mit ihm zum Mittagessen in der Cafeteria des Krankenhauses verabredet hatte, hatte er Patricia angerufen. Sie hatte zwar bis fünf Seminare, aber anschließend wollte sie zu seiner großen Freude mit ihm chinesisch essen gehen und sich dann nach Kinnegar zurückbringen lassen. Das sei rein ökonomisch gedacht, hatte sie gemeint: Die Stunde oder so, die sie beim Essen mit ihm verplempere, wäre gleich wieder eingespart, weil sie ja nicht auf den Zug würde warten müssen. Doch dabei hatte sie gelacht, und Barry hatte ihr sofort verziehen.

Ein Vauxhall parkte aus und fuhr davon, und Barry rollte in die freie Parklücke, stieg aus und begab sich zum Hintereingang des Royal Victoria Hospital.

Er überquerte die Rasenfläche, die die Frauenklinik von den übrigen Gebäuden des Krankenhauses trennte. Nach der Stille in Ballybucklebo empfand er den Verkehrslärm von der Grosvenor und der Falls Road, die den Krankenhauskomplex an zwei Seiten begrenzten, als laut und aufdringlich. Den Starenschwarm und die Tauben auf dem Rasen schien der Krach jedoch nicht zu stören.

Er betrat das Gebäude durch den Kellereingang, stieg eine Treppe hoch und gelangte auf den Hauptkorridor.

Scharen von blaugekleideten Pflegerinnen, Schwestern in roten Uniformen, Laboranten in weißen Kitteln, Putzfrauen in karierten Kitteln und Pförtner in braunen Mänteln gingen wichtigtuerisch ihrer Arbeit nach. Assistenzärzte und Fachärzte in langen weißen Kitteln und Medizinstudenten in kurzen weißen Jacken hasteten zielstrebig an Barry vorbei. Verloren wirkende Personen in Zivil, Patienten oder ihre Verwandten, manche mit Blumensträußen in den Händen, wanderten nervös durch die Gänge, schauten auf die Nummern vor den Stationen oder versuchten, die Hinweisschilder über ihren Köpfen zu entziffern. Ja, an der Kleidung der Menschen ließ sich genau ablesen, wo sie im Kastensystem des Krankenhauses ihren Platz hatten.

Der Lärm von quietschenden Rollwagen, von den zuklatschenden Plastiktüren an den Stationseingängen, von klappernden Ledersohlen auf Marmorböden, brummenden elektrischen Bohnermaschinen, Stimmen und Piepern stürzte auf Barry ein, und er inhalierte die vertrauten Krankenhausgerüche: Bohnerwachs, Patientenessen, scharfe Desinfektionsmittel, Erbrochenes.

Barry wollte auf die Station 22. Auf dem Weg dorthin blieb er manchmal stehen und erwiderte den Gruß von Angestellten, die ihn noch kannten. Anscheinend hatte niemand von ihnen auch nur einen Moment für ihn übrig. Doch im letzten Jahr war es ihm genauso ergangen. Ständig in Sachen Barmherzigkeit unterwegs, immer ganz von der eigenen Wichtigkeit eingenommen, hatte er nicht erkannt, dass ein junger Assistenzarzt in der großen Hierarchie wahrscheinlich weniger Bedeutung hatte als ein Bakterium.

Vielleicht, dachte Barry, während er an den Stationen 17 und 18 vorbeiging, gehörte das zu den Vorteilen einer Hausarztpraxis. Die Leute im Dorf nahmen ihn ernst, selbst wenn sich das nur darin äußerte, dass sie seine Kompetenz anzweifelten. Vielleicht, dachte er, war das einer der Gründe, weshalb er Medizin studiert hatte: um ernst genommen zu werden, um das Gefühl zu haben, jemand zu sein und irgendwo hinzugehören.

Er machte einen kurzen Abstecher auf die Station 19, die Urologie, und wechselte ein paar Worte mit der Stationssekretärin. Sie versprach ihm zu versuchen, Kieran O'Hagan einen besseren Platz auf der Warteliste zu verschaffen und so den Termin für seine Prostatektomie vorzuziehen.

Barry verließ den Hauptflur, passierte den Durchgang und

betrat die Station 22. Am Schwesterntisch traf er nur die Sekretärin an, eine zierliche junge Frau mit braunem Haar, das ihr schimmernd wie poliertes Mahagoni über den Rücken fiel. Mit übereinandergeschlagenen Beinen saß sie auf ihrem Stuhl, und der Minirock bedeckte ihre Oberschenkel nur zur Hälfte. Barry erinnerte sich an ihre schönen Beine.

Sie blickte auf, lächelte breit und sagte: «Horch, wer kommt von draußen rein – was führt dich denn her, Barry?»

«Wie geht's, Mandy?» Er war ein paarmal mit ihr ausgegangen, bevor er die Krankenschwester mit den grünen Augen kennengelernt hatte. Die, die jetzt einen jungen Chirurgen heiraten würde.

«Gleich viel besser, weil ich dich wiedersehe», erwiderte die junge Frau lachend. Offenbar nahm sie ihm den Abschied nicht übel.

«Ich muss den Prof sprechen.»

Mandy verdrehte die Augen. «Kennst du den Spruch mit dem Kamel und der Nadel?»

Barry lachte. «Du meinst: Eher geht ein Kamel durch ein Nadelöhr ...»

«... als dass jemand den großen Mann zu sehen kriegt.» Sie deutete den Stationsflur entlang, wo sich die sprichwörtlichen Heerscharen versammelt hatten.

Mehrere Ärzte, vom jüngsten Assistenzarzt bis zum Oberarzt, und das gesamte Pflegepersonal scharwenzelten um ein kleines Männchen herum. Der Professor war kahl wie eine Billardkugel und trug einen Schlips mit Punkten und einen langen weißen Kittel. Aus einer Tasche ragte ein Reflexhammer heraus, und in der Brusttasche steckte eine Stimmgabel. Ja, das war der Hohe Priester der Neurologie, Professor Malcolm Faulkner, Doktor der Medizin, Mitglied des *Royal College of Physicians* in London, Dublin und Edinburgh und Regius-Professor für Neurologie an der Queens University in Belfast.

Falls Selbstherrlichkeit für einen Arzt lebenswichtig war,

brauchte man um das Wohlergehen des Professors nicht zu fürchten, denn daran mangelte es ihm wahrhaftig nicht. Bei O'Reilly war das ganz anders, dachte Barry. Der gab keinen Pfifferling um solche Banalitäten. Er zog seine Befriedigung aus seiner Arbeit – aber andererseits genoss er auch seine Position an der Spitze der Hackordnung in Ballybucklebo und nutzte sie weidlich aus.

«Keine Sorge», sagte Mandy. «Er ist heute gutgelaunt. Ich halte ihn für dich fest, bevor er geht.»

«Danke, Mandy. Es dauert nur ein paar Minuten.» Ihm fiel ein, dass er Bishop etwas versprochen hatte. «Und könntest du vielleicht einer Patientin von mir ganz bald einen Termin bei ihm besorgen?»

«Ich kann's versuchen. Wie dringend ist es denn?»

Barry überlegte kurz. «Es geht um die Frau, wegen der ich ihn heute etwas fragen möchte. Wenn meine Vermutung richtig ist, dann braucht sie vielleicht gar nicht herzukommen, denn dann kann ich sie bei uns in der Praxis behandeln. Aber wenn ich falschliege ...»

«Weißt du was? Warte doch erst mal ab. Wenn deine Patientin keinen Termin braucht, bist du die Sorge los. Und wenn doch, dann rufst du mich an, und ich schiebe sie ein, wenn jemand absagt.»

«Danke, Mandy.»

«Stets zu Diensten. Und jetzt setz dich doch, während du wartest. Möchtest du 'ne Tasse Kaffee?»

«Machst du immer noch diesen Muckefuck?» Barry erinnerte sich an die zahllosen Tassen Ersatzkaffee, die er getrunken hatte.

Mandy lachte. «Du meinst dieses herrliche Getränk aus gerösteter Zichorienwurzel? Ich fürchte, ja.»

Schweigend schüttelte Barry den Kopf.

«Dann eben nicht. Geh doch ins Stationsbüro», meinte sie. «Ich sage ihm, dass du auf ihn wartest.»

«Nochmal vielen Dank, Mandy. Ich bin dir was schuldig.»

Darauf, dass sie eine Augenbraue hob und eine Schnute zog, war Barry nicht gefasst. «Abends mal was essen gehen wäre nett.»

Während Barry in das kleine Büro trat und die Tür schloss, spürte er, wie ihm das Blut ins Gesicht stieg. Warum nur war er im Umgang mit Frauen immer so ungeschickt? Jack Mills hätte sofort richtig reagiert, er hätte Mandy zum Lachen gebracht und wahrscheinlich gleich einen Termin mit ihr ausgemacht, selbst wenn er eine andere gehabt hätte. Aber schließlich war Jack auch nicht in Patricia verliebt.

Endlich ging die Tür auf. Professor Faulkner trat ein, begleitet von einem Assistenten. «Laverty. Mandy sagt, Sie arbeiten jetzt irgendwo am Arsch der Welt als Hausarzt. Sie wollen mich sprechen.» Der Professor sprach mit dem Akzent der englischen Oberschicht. Er hatte eine gehobene Position in London innegehabt, bevor er nach Belfast gekommen war.

In Gegenwart derart gefeierter Persönlichkeiten fühlte Barry sich immer unwohl. «Es dauert ... wenn Sie ... bloß eine Minute ... es geht ganz schnell, Sir», stammelte er.

«Ich hab auch nur eine Minute Zeit. Hab gleich eine eminent wichtige Besprechung mit dem Dekan.»

«Vielen Dank, Sir. Es geht um eine Patientin.»

«Dachte ich mir.» Professor Faulkner schaute auf die Uhr. «Und weiter?»

In aller Eile beschrieb Barry Mrs Bishops Symptome und die Untersuchungsergebnisse. Er fühlte sich wieder wie ein Student, an vorderster Front bei den Visiten des großen Mannes. «Ich glaube, sie hat *Myasthenia gravis*», sagte er endlich.

«Und Sie sind sicher, dass die Symptome nicht Folge eines karzinomatösen Geschehens oder einer Schilddrüsenerkrankung sind?»

«Krebs konnten wir mit ziemlicher Sicherheit ausschließen,

und die Schilddrüsenhormone untersuchen wir bei ihrem nächsten Besuch in der Praxis, Sir.»

«Sieht so aus, als wäre bei Ihnen etwas von meinem Unterricht hängengeblieben.» Professor Faulkner zog die Brauen hoch und sagte gedehnt: «Hmmm. Ja. Das könnte tatsächlich eine primäre Myasthenie sein. Bereen?» Er wandte sich an den Assistenzarzt. Stocksteif stand der junge Mann vor ihnen und ratterte wie ein Roboter Fakten herunter.

«Krankheit des Nervensystems. Verlauf ist noch nicht richtig klar. Hängt vielleicht mit anomalem Verhalten des Acetylcholins an den neuromuskulären Synapsen zusammen. Symptome und Anzeichen können unter anderem sein, wie auch Doktor Laverty schon beschrieben hat: Diplopie, Dysphagie, Dysarthrie und Schwierigkeiten beim Kauen. Bei der Untersuchung ist weder eine Gewichtsabnahme festzustellen, noch treten faszikuläre Zuckungen auf...»

Bereen wusste wirklich Bescheid, aber Barry fragte sich, wie Mrs Bishop wohl auf dieses medizinische Kauderwelsch reagieren würde.

«Ich glaube, das wissen wir, Bereen.» Der Professor wirkte gelangweilt.

«Entschuldigen Sie bitte, Sir.»

«Laverty?»

«Ja, Sir?»

«Sie hatten eine Frage. Fragen Sie.»

Einen Moment lang überlegte Barry, ob der Mann wohl einen großen Ring trug, den er küssen sollte, aber dann sagte er: «Als ich Student war, haben Sie uns einen einfachen Test gelehrt, der die Diagnose bestätigen kann, Sir.»

«Richtig. Bin froh, dass in meinen Vorlesungen noch mehr zu Ihnen durchgedrungen ist.» Er wandte sich an Bereen. «Man wirft ja immer Perlen vor die Säue.»

Fast hätte Barry aufgegeben, aber verdammt nochmal, er war ja nicht um seiner selbst willen hier. Mrs Bishop brauchte

Hilfe. O'Reilly hätte sich niemals so herablassend behandeln lassen. Warum sollte Barry sich damit abfinden? «Ich wäre Ihnen dankbar, wenn Sie mir davon berichten könnten.» Das «Sir» ließ er absichtlich weg.

«Vergessen, was?» Der Prof verzog den Mund, eher zu einem höhnischen Grinsen als zu einem Lächeln.

«Sieht ganz so aus, sonst würde ich Ihnen mit meiner Frage nicht die Zeit stehlen. Und es geht um eine Kranke, die ich behandeln möchte.»

«Sagen Sie's ihm, Bereen.»

«Sie injizieren intramuskulär 2,5 Milligramm Neostigmin zusammen mit 1 Milligramm Atropin, um eine Bauchkolik zu verhindern. Nach etwa 20 bis 30 Minuten nimmt die Muskelkraft auffallend zu.

«Danke, Doktor Bereen», sagte Barry. «Vielen Dank.»

«Ist das alles, Laverty?» Der Professor öffnete die Tür.

«Ja, an die Behandlung erinnere ich mich», antwortete Barry förmlich.

«Das will ich auch hoffen.» Der Professor rauschte aus dem Zimmer. «Ich habe beim Dekan zu tun», sagte er noch zu Bereen. «Kümmern Sie sich um meine ambulanten Patienten.» Die Antwort wartete er gar nicht ab.

«Lieber Himmel», sagte Doktor Bereen und entspannte sich endlich. «Zum Glück muss ich nur noch einen Monat bei ihm abdienen.»

«Mein Beileid», meinte Barry. «Mein Chef ist ganz anders.» So merkwürdig O'Reilly auch sein mochte, so unvorhersehbar seine Ausbrüche und Unwetter waren, niemals hatte Barry gesehen, dass er sich einem lebenden Wesen gegenüber herablassend verhielt, Arthur Guinness und Lady Macbeth eingeschlossen. «Danke für Ihre Hilfe, und noch dankbarer wäre ich Ihnen, wenn Sie mir jetzt auch noch erklären könnten, wie man die Myasthenie behandelt.»

Bereen lachte. «Haben Sie nicht gesagt, das wüssten Sie?»

«Doch, aber das war geschwindelt. Ich hatte einfach die Nase voll. Er ist ja nicht der Allmächtige.»

«Lassen Sie ihn das bloß nicht hören.» Bereen ließ sich auf einen Stuhl fallen, nahm ein Blatt Papier vom Schreibtisch und kritzelte drauflos. Dann reichte er Barry den Bogen. «Hier, Kollege. Der Test und die Behandlung. Viel Glück mit Ihrer Patientin.»

«Schönen Dank nochmal, und Ihnen viel Glück mit dem Prof.»

Bereen räkelte sich. «Nur noch ein Monat, wie gesagt, aber die Ausbildung hat vier Jahre gedauert. Manchmal beneide ich Leute wie Sie, die so vernünftig waren, sich für eine Hausarztpraxis zu entscheiden.»

«Vielleicht haben Sie recht», meinte Barry. Vielleicht war es doch keine so gute Idee, sich für eine Facharztausbildung am Lehrkrankenhaus in Cambridge zu bewerben, um in Patricias Nähe zu sein. Er wusste, dass es ihm schwerfallen würde, für irgendeinen aufgeblasenen Chef den Lakaien zu spielen. «Doch, mir macht es Freude.»

«Gut.» Bereen stand auf. «Ich muss jetzt die Ambulanz für den Prof machen.»

«Immer noch im Keller?», fragte Barry.

«Ja, unter Tage», grinste Bereen.

«Ich gehe mit Ihnen runter. Ich will mich mit einem alten Freund in der Cafeteria treffen. Jack Mills.»

«Schön, dann kommen Sie.»

Während Barry Bereen auf den Gang hinausfolgte, kam ihm ein Gedanke. Wenn er nun mit der Behandlung von Mrs Bishop Erfolg haben sollte, würde O'Reilly das dann irgendwie in dem bevorstehenden Kampf mit Bishop einsetzen können? Um Bishop davon abzubringen, den Dreckspatz zu übernehmen?

16 * Glücklich der Arzt,
der am Ende der Krankheit gerufen wird

Die Schlange in der Cafeteria war kurz. Barry brauchte nur ein paar Minuten zu warten, bis er ein Käse-Sandwich und eine Tasse Kaffee erhielt. Er bezahlte an der Kasse. «Hallo, Barry. Wie geht's, wie steht's?», fragte die Kassiererin.

«Danke, Agnes, mir geht's super.»

Wie eh und je trug Agnes riesige Reifen in den Ohren, und ihr Haar hatte sie zu einer beeindruckenden Hochfrisur toupiert. Sie gehörte ebenso zum festen Inventar dieser unterirdischen Höhle wie die Resopaltische in den Nischen zwischen den Bögen, die die Decke stützten. Der Raum erinnerte Barry immer an die Katakomben unter einer mittelalterlichen Kathedrale.

Er trug sein Tablett zu einem leeren Tisch. Wie oft hatte er hier unten schnell etwas heruntergeschlungen. Während er jetzt bedächtig kaute, horchte er auf das Stimmengewirr und das Klappern des Bestecks auf den Tellern. Dann sah er Jack Mills, groß und mit breiten Schultern, über denen sich der weiße Kittel spannte, von der Theke herüberkommen. Unterwegs blieb er zweimal stehen, um ein bisschen zu plaudern, einmal bei einer Physiotherapeutin und einmal bei einer Schwesternschülerin, beide blond, beide mit üppigen Kurven. Die älteren Studenten und die Assistenzärzte nannten die Cafeteria auch «Viehmarkt», denn sie war stets voller Frauen, und viele davon waren auf der Suche nach einem heiratswilligen jungen Arzt.

Jack knallte sein Tablett auf den Tisch und setzte sich. «Doktor Livingstone, nehme ich an?»

«Schön, dich zu sehen, Jack.» Barry fiel auf, dass Jack blass aussah. Die dunklen Augenringe wirkten noch dunkler.

Jack gähnte und schob sich eine Gabel Irish Stew in den

Mund. «Und wie springt das Leben im finsteren Ballybuck-lebo mit dir um?»

Jack war der einzige Mensch, vor dem Barry keine Ge-heimnisse hatte, nie hatte haben müssen, denn sie waren zu-sammen auf dem Campbell College zur Schule gegangen und hatten dann als Medizinstudenten die Bude geteilt. «Könnte besser sein», antwortete Barry.

Wieder gähnte Jack. «Aber schlechter als einem Chirurgen in der Facharztausbildung kann's dir auch nicht gehen. Schla-fen ist offenbar nur etwas für die oberen Klassen.»

«Schlimme Nacht gehabt?»

«Drei hintereinander.»

«Du armes Schwein. Aber du hast dir die Chirurgie selbst ausgesucht.»

«Wenn an der Reinkarnationstheorie irgendwas dran ist, komme ich nächstes Mal als Galeerensklave wieder. Ist be-stimmt weniger anstrengend. Drei Blinddärme letzte Nacht und ein perforiertes Zwölffingerdarmgeschwür. Ich glaube nicht, dass der Ulcus durchkommt.» Jack wirkte nicht über-mäßig besorgt.

«Belastet dich das denn nicht?»

Jack schüttelte den Kopf. «Nee. Wir passen schon auf, dass wir den Opfern nicht zu nahe kommen. Manche beißen eben ins Gras. So ist das im Leben.» Er verschlang einen weiteren Happen Irish Stew.

«Einer von meinen Patienten hat das gerade gemacht.»

«Was? Den Löffel abgegeben?»

Barry schob seinen Teller zur Seite. Die Brotrinde hatte er nicht mitgegessen, sie schmeckte zu sehr nach Pappe. «Auf dem Dorf ist das was anderes. Du lernst die Leute kennen, und sie kennen dich auch.»

«Die Armen. Aber das werden sie schon überleben. Ich kenne dich jetzt immerhin seit elf Jahren, und es hat mir kein bisschen geschadet.» Jack grinste.

«Aber dass ich diesen Patienten verloren habe, hat meinem Ruf geschadet ... kann sogar sein, dass ich aus Ballybucklebo weg muss.»

«Und du bist gerne da, oder?» In Jacks Stimme lag jetzt eine Spur von Besorgnis.

«Ja, sehr gerne.»

«Erzähl dem Onkel Jack doch mal, was passiert ist.»

Barry schilderte ihm kurz die Krankengeschichte des Majors. «Und jetzt warten wir auf das Obduktionsergebnis.»

«Und du hoffst, dass es irgendwas anderes war, was ihn zur Strecke gebracht hat?»

«Ja, aber das rauszufinden dauert ewig.»

«Die Hilfe naht», sagte Jack. «Entschuldige mal eben.» Er stand auf.

Barry schaute seinem Freund nach, wie er an einigen Tischen vorbeiging, stehen blieb, etwas sagte und dann in Begleitung eines gedrungenen jungen Mannes zurückkehrte. Sein schlohweißes Haar ließ ihn älter wirken, als er war.

«Erinnerst du dich an Harry Sloan?», fragte Jack.

«Hallo, Harry.» Barry kramte in seinem Gedächtnis. Harry war ein fleißiger junger Mann gewesen, der gern für sich blieb und nur selten auf den Studentenpartys erschien. «Wie geht's?»

«Njoah ...»

Barry fiel wieder ein, dass Harry die Angewohnheit hatte, vielen seiner Bemerkungen dieses «njoah» vorauszuschicken.

«... doch, ganz gut, ja.»

«Harry ist angehender Pathologe. Zufällig hat er diese Woche in der Leichenhalle Dienst und assistiert bei den Autopsien.»

«Ganz schön gruselig, aber man gewöhnt sich daran.» Er lächelte. «Wenigstens muss man mit den Patienten nicht reden.»

«Wenn einer von denen dich ansprechen würde, würdest

du dir wahrscheinlich in die Hose machen.» Jack schmunzelte.

«Njoah. Ich würde glatt eine ganze Meile weit rennen.»

«Und die Pathologie macht dir Spaß?», fragte Barry. Im Moment fand er die Vorstellung, nicht mit den Patienten sprechen zu müssen, selbst auch ganz reizvoll.

«Njoah ... sehr interessant und gute Arbeitszeiten. Niemand ruft einen mitten in der Nacht raus.»

«Das hat wirklich was für sich», bemerkte Jack. Er gähnte. «Barry möchte etwas über einen deiner Patienten wissen.»

Barry sah Harry Sloan an. War es möglich, dass er die Resultate schon hatte? Ob sie etwas Ungewöhnliches zeigten, etwas, für das Barry unter keinen Umständen verantwortlich sein konnte?

«Um wen geht es denn?»

«Um einen Major Fotheringham. Vor zwei Wochen ist bei ihm ein Hirnaneurisma operiert worden, und letzten Sonntagabend ist er plötzlich gestorben», erklärte Barry.

Harry runzelte die Stirn. «Eine Sache für den Staatsanwalt?»

«Richtig.»

«Doch, den haben wir gestern obduziert. Es war nur einer, ich erinnere mich an ihn ...»

Barry hielt den Atem an.

«Aber außer der Operation im Gehirn haben wir nichts gefunden, und die sah gut aus. Keine Anzeichen für weitere Blutungen.»

Barry atmete aus. «Nichts?» Hoffnung keimte in ihm auf. Wenn die Operation gut verlaufen war, dann konnte seine Fehldiagnose nicht der unmittelbare Grund für den Tod des Majors gewesen sein. Allerdings war sein Problem erst ganz gelöst, wenn man einen Grund für das bedauerliche Hinscheiden des Mannes fand, der ihn vollkommen entlastete. «Und sonst war nichts zu sehen?»

«Nee.» Harry schüttelte den Kopf «Aber das waren ja nur die makroskopischen Ergebnisse.»

Im Rahmen seiner Ausbildung hatte Barry bei sechs Autopsien hospitieren müssen. Die makroskopische Untersuchung fand immer als Erstes statt. Dazu wurden sämtliche Organe herausgenommen und vom Pathologen auf sichtbare Krankheiten hin untersucht. «Nichts?»

«Gar nichts. Wir müssen den histologischen Befund abwarten.»

Barry senkte den Kopf. Alle lebenswichtigen Organe, wie Herz, Lungen, Nieren, Leber, Gehirn und Bauchspeicheldrüse, würden in Formalin konserviert werden, und von repräsentativen Proben würde man Schnitte anfertigen, dünner als Seidenpapier, sie auf Objektträger aufbringen, einfärben und unter dem Mikroskop untersuchen. «Wie lange wird das dauern?»

Harry zog die Brauen zusammen, sog Luft ein und stieß ein besonders langes Njoah aus, bevor er sagte: «'n paar Wochen. Heute machen sie im Labor die Schnitte fertig.»

«Ach so», sagte Barry. «Danke.» Das Warten würde ihm schwerfallen. «Harry, glaubst du, dass ihr was finden werdet?»

«Schwer zu sagen. Wir fischen ja irgendwie im Trüben.» Er fuhr sich mit der Hand durch das weiße Haar.

«Barry macht sich große Sorgen», erklärte Jack.

«Ich will keine falschen Hoffnungen wecken», sagte Harry, «aber alle Jubeljahre einmal hat jemand einen schweren Herzinfarkt ...»

«Aber», fragte Barry, «würde sich das nicht an Blutgerinnseln und einer sichtbaren Schädigung des Herzmuskels zeigen?»

«Sollte man meinen, stimmt aber nicht. Wenn der Patient stirbt ... njoah ... unmittelbar danach können wir eigentlich gar nichts sehen.»

«Aber unter dem Mikroskop würde man es dann erkennen?»

«Na klar.» Harrys Miene schien sich aufzuhellen. «Ich hab eine Idee», sagte er. «Sobald die Schnitte fertig sind, guck ich sie mir mal an, und wenn ich glaube, dass ich was gefunden habe, bitte ich einen von den älteren Kollegen, einen Blick draufzuwerfen.»

«Das würdest du tun?»

«Aber sicher doch. Hast du eine Telefonnummer?»

«Hier.» Barry zog ein kleines Notizbuch aus einer Innentasche und schrieb O'Reillys Nummer auf. «Wahrscheinlich geht eine Mrs Kincaid dran.»

«Njoah. Eine Mrs, sagst du? Also lebst du in wilder Ehe?» Harry Sloan grinste.

«Das ist die Haushälterin.»

«Schon gut. Ich denke dran. Also. War nett, dich wiederzusehen, Laverty.» Harry wandte sich zum Gehen. «Ich melde mich, kann aber nächste Woche werden.»

«Anständiger Kerl», bemerkte Jack, als Harry gegangen war. «Der hilft dir.»

«Hoffentlich.»

Jack schob seinen Stuhl zurück. «Weißt du, Laverty, manchmal machst du dir zu viele Gedanken. Dieses ganze Theater, weswegen du dich jetzt so aufregst, ist ja bald vorbei. Wenn du wirklich in deinem Ballybucklebo bleiben willst ...»

«Was das Berufliche angeht, auf jeden Fall.»

«O'Reilly wird dich unterstützen.»

«Das hoffe ich – aber da ist noch was.»

«Unabhängig von der Medizin?»

«So ist es.»

«Doch nicht zufällig ein gewisses schwarzhaariges, rehäugiges Jungfräulein namens Patricia?»

Barry nickte. «Doch, aber dass du sie so nennst, dürfte sie nicht hören.»

«Weiß ich doch.» Jack sah einer vorübergehenden Krankenschwester nach, er musterte sie von Kopf bis Fuß und durchleuchtete wahrscheinlich wie ein Röntgenapparat ihre Kleidung. «Die da hat eher was Altjüngferliches», bemerkte er dann. Er winkte ihr zu, und sie winkte zurück, offenbar ohne etwas von Jacks abwertender Bemerkung zu ahnen. «Aber du könntest doch an jedem Finger eine haben.»

«Vielleicht.» Barry dachte an die Sekretärin auf Station 22. «Erinnerst du dich an Mandy?»

«Die Puppe, mit der du mal kurz gegangen bist – tolles Haar und tolle Beine?»

«Ja, die. Ich habe sie vorhin gesehen. Sie meinte, ich könnte sie ja mal zum Essen einladen.»

«Donnerwetter, nachdem du sie hast sitzenlassen? Klingt ziemlich masochistisch, oder? Und gehst du mit ihr aus?»

Barry schüttelte den Kopf. «Es ist mir ernst mit Patricia ... und ich mache mir ihretwegen Sorgen.»

«Schon schlimm genug, dass du ernste Absichten hast, aber warum machst du dir auch noch Sorgen?»

«Sie geht vielleicht nach England. Sie bemüht sich gerade um ein Stipendium für Cambridge. Da wäre sie mit einer Menge ausgesprochen heller Köpfe zusammen. In der Mehrzahl Männer.»

Jack stieß einen Pfiff aus. «Wenn sie in ihrem Fach so gut ist, ist sie für einen wie dich ohnehin viel zu intelligent.»

«Ja? Glaubst du?» Barry wusste, dass seiner Stimme die Besorgnis anzuhören war.

Jack runzelte die Stirn. «Soll ich ehrlich sein? Ich habe sie ja nur einmal gesehen, aber ich glaube kaum, dass sie gern zu Hause sitzen und ihrem Alten Tee, Pfeife und Puschen bringen würde.»

«Bestimmt nicht. Sie will Deiche und Brücken bauen.»

«Und wahrscheinlich auch Planierraupe fahren. Nicht mein Typ. Nein, kein bisschen. Aber jeder nach seinem Geschmack.» Wieder runzelte Jack die Stirn. «Was willst du denn tun, wenn sie tatsächlich nach England geht?»

Ratlos zuckte Barry die Achseln.

«Ich zögere ja, dir das vorzuschlagen, mein Söhnchen, aber wenn es dir wirklich so ernst ist mit ihr, dann mache ihr doch einen Heiratsantrag.»

«Meinst du?»

«Warum denn nicht?» Jack beugte sich vor und stützte die Ellbogen auf den Tisch. «Diese ganze sexuelle Revolution aus Amerika ist für Männer wie mich wunderbar, aber es gibt trotzdem immer noch Regeln.»

«Wie meinst du das?»

«Wenn so eine Süße einen Verlobungsring trägt, sagt sie damit: ‹Privatbesitz. Finger weg.› Jack verfiel in einen indischen Akzent und wiegte den Kopf wie ein siamesischer Tempeltänzer. «Nein, nein, das gar nicht feine Art. Alle Sahibs wissen doch wegen heilige Kühe, oder nicht?»

«Daran hatte ich eigentlich noch nicht gedacht ...», sagte Barry und überlegte, ob er schon bereit war, Patricia zu heiraten. «Aber ich glaube, das würde ihr gar nicht passen, wie du da andeutest, dass sie ‹Besitz› oder eine ‹heilige Kuh› sein könnte.»

«Ist doch bloß eine Redensart.» Jack erhob sich. «Ich muss mich beeilen. Hab heute Nachmittag Ambulanz.»

Barry schaute auf die Uhr. Er hatte gehofft, mehr Zeit mit seinem Freund zu haben. Schließlich musste er bis zu seiner Verabredung mit Patricia noch den ganzen Nachmittag überbrücken. «Dann kommst du aber zu früh», bemerkte er.

Jack grinste. «Nicht, wenn ich erst noch auf Station 22 vorbeischauen will – du erhebst doch keinen Anspruch mehr auf die kleine Brünette, oder hab ich dich da eben falsch verstanden?»

17 * Chinesisch

Barry verließ das Opera House, das Kino an der Ecke von Grosvenor Road und Great Victoria Street. Draußen hatte der Berufsverkehr begonnen, es war laut, und die Abgase nahmen ihm fast die Luft.

Während er die Howard Street hinunterschlenderte, summte er «Ich hab getanzt heut Nacht», schräg und schief wie immer, aber die Nachmittagsvorstellung von My Fair Lady hatte ihm gut gefallen. Es war der beste Film des Jahres, Oscar-gewinner, und er lief schon eine ganze Weile im Opera House. Im Kino nebenan wurden die Beatles in A Hard Day's Night gezeigt, aber das hatte Barry nicht interessiert.

Er bog nach links in die Queen Street ab, wo kürzlich eines der ersten chinesischen Restaurants in Belfast eröffnet worden war. Barry hatte eine Flasche Entre Deux Mers bei sich. Er war zwar kein Kenner, wusste aber, dass Patricia gerne ein Gläschen Wein trank, und der Verkäufer in der Wein- und Spirituosen-handlung hatte ihm versichert, damit erwerbe er einen guten Weißen zu einem vernünftigen Preis. Der «Jadepalast» besaß keine Schanklizenz, daher durften die Gäste sich ihren Wein selbst mitbringen. Barry schob die Tür des Restaurants auf.

Der große Raum war mit einer schweren roten Tapete aus-gekleidet, in die chinesische Drachen und Pagoden eingeprägt waren. Von der Decke hingen Papierlaternen mit Troddeln. Eine Wand schmückte ein riesiges Bild von einem Panda, eine feine Stickerei auf Seide in einem schwarzen Bambusrahmen. Misstönige orientalische Musik schwebte durch den Raum. Aus der Küche im hinteren Teil des Gebäudes drang der Duft exotischer Gewürze.

Eine lächelnde Chinesin trat auf Barry zu. Sie trug ein schmales, knöchellanges grünes Brokatkleid mit Stehkragen und hohen Seitenschlitzen. In den fünfziger Jahren hatten die

Ehefrauen britischer Militärangehöriger dieses traditionelle chinesische Kleidungsstück aus Hongkong mitgebracht, und seitdem war es auch in Irland recht beliebt, auch wenn einige ältere Damen in Ulster es ziemlich gewagt fanden. Die Wirtin begrüßte Barry, nahm ihm den Wein ab, um ihn kühl zu stellen, und führte ihn zu einem Tisch für zwei. «Möchten Sie die Speisekarte haben?»

«Ja, bitte», sagte Barry.

«Bin gleich wieder da, ja.»

Barry lächelte. Ihre Gesichtszüge waren klassisch chinesisch, ihr Akzent aber wies sie unverkennbar als Kind von Belfasts Sandy Row aus.

Nur noch drei weitere Tische waren besetzt. Halb sechs war hier früh für ein Abendessen im Restaurant. Barry hörte das Klangspiel über der Tür klimpern und drehte sich um.

«Hi, Barry.»

«Patricia.» Er stand auf, zog ihren Stuhl zurück, wartete, bis sie einen offenbar schweren Rucksack auf den Boden gestellt hatte, und rückte den Stuhl zurecht, als sie sich setzte. «Ich freue mich, dass du es einrichten konntest.» Sie trug flache Schuhe, eine schwarze Hose und einen weinroten Pullover. Ihr Haar hatte sie zu einem Pferdeschwanz zusammengebunden.

«Ich auch», erwiderte sie.

Barry ließ sich wieder auf seinem Stuhl ihr gegenüber nieder. «Anstrengender Tag?»

«Und überhaupt keine Pause. Ich hasse Bauzeichnen.»

Bevor er etwas Mitfühlendes sagen konnte, erschien die Wirtin wieder. Sie schenkte grünen Tee in zwei Porzellanschälchen und reichte ihnen die Speisekarten. «Bitte sehr. Ich lass Ihnen ein Augenblickchen Zeit, damit Sie sich was aussuchen können, und bring Ihnen den Wein. Hab ihn kalt gestellt.

Patricia nippte am Tee. «Interessant.» Sie schlug ihre Speisekarte auf. «Ach», seufzte sie, «ist das ein Wälzer. Wie soll man sich denn da was aussuchen?»

Barry schaute ihr zu, wie sie die Seiten durchblätterte und dabei vor sich hin murmelte: «Wan-Tan? Chopsuey? Glacierte Entenfüße?» Sie zog eine Augenbraue hoch und schaute Barry an. «Was soll das denn sein?»

«Ich glaube, das ist etwas Ähnliches wie unsere Schweinepfötchen, aber eben von Enten.»

Patricia zog die Nase kraus. «Igitt.»

«Da stimme ich dir zu.»

Sie griff über den Tisch und nahm seine Hand. «Kommst du oft hierher, Barry?»

Er zögerte. «Wie man's nimmt», meinte er ausweichend.

Patricia lachte, und ihre dunklen Augen funkelten. «Nein, sag doch mal», bat sie. «Ich bin nämlich noch nie in einem Chinarestaurant gewesen.»

«Nein? Und ich dachte, du wüsstest alles über die exotische Küche. Deine Lasagne neulich war köstlich.»

«Die habe ich von meiner Mutter, aber chinesische Restaurants sind in Newry und in Kinnegar eher dünngesät. Ich glaube, du musst mir beim Bestellen helfen.»

«Gern.» Barry drückte ihre Hand, überrascht, aber auch erfreut, dass Patricia, die sonst so selbständig war, um Hilfe bat. «Jack und ich sind früher ziemlich oft hier gewesen», sagte er, verschwieg aber, dass er auch mit Mandy und der grünäugigen Krankenschwester so manches Mal hier gegessen hatte. «Wir haben uns zwei oder drei Gerichte geteilt.»

«Ja, lass uns das auch tun. Was schlägst du vor?»

«Magst du Hühnchen?»

Patricia nickte.

«Und Schweinefleisch?»

«Ja.»

«Gut, dann überlass es nur mir.» Barry merkte, dass er es sehr genoss, diesen Satz zu sagen.

«Wein, Sir?» Die Wirtin war aus der Küche zurückgekehrt. Sie zeigte Barry das Etikett auf der Weinflasche.

«Fragen Sie doch bitte die Dame», meinte Barry.

Patricia betrachtete die Flasche, nickte und wartete, bis die Chinesin den Korken herausgezogen und eingeschenkt hatte. Dann roch sie am Wein und trank ein Schlückchen. «Ein spritziges Tröpfchen ... ein bisschen frech», erklärte sie. «Feines Bouquet. Eine Spur Unverschämtheit. Wahrscheinlich von einem Südhang.»

Barry war beeindruckt, doch dann sah er, dass Patricias Schultern bebten. Er brach in Gelächter aus. Selbst die Wirtin lachte.

«Er ist kalt und trocken», sagte Patricia. «Genau das, was ich nach diesem Tag brauche.»

Die Wirtin schenkte ihnen ein. «Möchten Sie bestellen?»

«Ja, bitte», sagte Barry. «Frittierte Wan-Tans, gebratenen Reis mit Hühnerfleisch und Schweinefleisch süß-sauer.»

«Und möchten Sie auch Pommes frites?»

«Nein, danke.» Er warf Patricia einen Blick zu und sah an ihrem Grinsen, dass sie den gleichen Gedanken hatte wie er. Nur hier in Belfast erwarteten manche Gäste, zu einem chinesischen Essen Pommes frites serviert zu bekommen.

Die Chinesin verließ sie wieder, und Barry nahm seine Stäbchen in die Hand. «Weißt du, wie man damit isst?»

«Nein.»

Er beugte sich vor und nahm Patricias Hand, spürte ihre Wärme, bestaunte ihre schlanken Finger. «Man hält sie so.» Er schob ihr die beiden leicht zugespitzten Holzstäbchen in die Hand. «Und dann benutzt man sie wie eine Pinzette.»

«Du hast leicht reden», sagte Patricia, stellte sich aber schon recht geschickt an.

Ein Kellner kam und stellte drei Gerichte auf den Tisch.

Barry deutete auf unregelmäßig geformte, dünne Teigvierecke, jeweils mit einer Beule in der Mitte. «Das sind Wan-Tans.»

Patricia kämpfte mit ihren Stäbchen.

«Nimm einfach eins mit den Fingern und tunke es hier in die Pflaumensoße.» Barry schob ihr ein kleines Schälchen hin.

Patricia tat, wie ihr geheißen, steckte die Teigtasche in den Mund, kaute, zog die Stirn kraus und schluckte. «Schmeckt ja richtig gut», meinte sie.

«Dann iss.»

Barry nahm ihren Teller und tat ihr Bratreis und süß-saures Schweinefleisch auf. «Der Reis schmeckt mit Sojasoße noch besser», bemerkte er.

Er aß und schaute ihr zu, wie sie losfutterte. Als er sah, mit welchem Genuss sie ihr Essen verzehrte, schmeckte es ihm selbst gleich doppelt so gut. Endlich legte Patricia die Stäbchen hin, trank einen Schluck Wein und sagte: «Ich bin pappsatt. Danke schön, Sir. Das war wirklich köstlich.»

«In China», erklärte Barry, «müsstest du jetzt richtig herzhaft rülpsen, um zu zeigen, dass du satt bist. Das gehört zum guten Ton.»

«Aber wir sind hier nicht in China.» Patricia bekam einen Schluckauf. «Entschuldige bitte.» Sie tupfte sich die Lippen mit ihrer Serviette ab. «So», sagte sie dann, «jetzt erzähl mal von deinem Tag.»

«Ich bin ins Royal gefahren, hab mich mit einem Professor getroffen und mir Rat wegen einer Patientin zu Hause geholt.» Dass er Ballybucklebo als Zuhause bezeichnete, überraschte ihn, aber verdammt nochmal, es stimmte. «Dann habe ich mit Jack und einem alten Studienkollegen Mittag gegessen.» Sollte er Patricia von dem bisherigen Ergebnis der Obduktion erzählen? Warum nicht? Sie wusste ja schon von seinen Sorgen. «Er assistiert gerade in der Pathologie, und er will versuchen, mir so schnell wie möglich die Resultate zu geben. Es geht um den Patienten, von dem ich dir neulich abends erzählt habe.»

«Der gestorben ist?»

«Ja.»

Patricia legte ihre Hand auf seine. «Das ist wichtig für dich, oder?»

«Ja, sehr.»

«Es geht gut aus, da bin ich sicher.»

«Hoffentlich hast du recht – aber die vorläufigen Ergebnisse sind nicht sehr hilfreich. Ich muss die weiteren Tests abwarten.»

«Damit sind wir zu zweit», meinte Patricia.

Das war offenbar eine Anspielung auf ihre bevorstehende Prüfung. Jacks Vorschlag, ihr einen Heiratsantrag zu machen, fiel ihm wieder ein, aber nein ... das konnte er nicht. Noch nicht. Ob er ihr vielleicht ausreden konnte, nach Cambridge zu gehen? «Das ist so furchtbar weit weg», sagte er nur.

«Was denn?»

«Cambridge.» Barry spielte mit seiner Serviette. «Ist es dir wirklich so wichtig, dahin zu gehen?»

Er beobachtete ihr Gesicht. Würde sie sich aufregen? Aber nein, sie verzog bloß den Mund und sagte: «Dir ist es wichtig, dass du in der Praxis wieder Boden unter den Füßen bekommst.»

«Ja, sehr.»

«Und mir ist es wichtig, nach Cambridge zu gehen. Weißt du, dass Frauen erst 1948 das Recht erhielten, im Senate House zusammen mit den Männern einen akademischen Grad verliehen zu bekommen? Das ist gerade mal sechzehn Jahre her.»

«Nein, das habe ich nicht gewusst.»

«Es gibt drei Frauencolleges: Girton, Newnham und New Hall. New Hall ist vor zehn Jahren gegründet worden, aber die Hälfte der anderen Colleges lässt uns immer noch nicht zu.» Patricia erwärmte sich für ihr Thema und beugte sich über den Tisch. «Und solange wir nicht mehr Frauen nach Cambridge kriegen, Frauen, die so gut sind wie die Männer oder noch besser, lassen die uns auch weiterhin vor der Tür stehen. Aber das werden wir ändern.»

Barry sah ihre Augen blitzen und wünschte sich, sie würde auch für ihn derart leidenschaftliche Gefühle aufbringen. «Streben, suchen, finden und nicht nachlassen», sagte er leise.

«Wie bitte?»

«Tennyson. *Ulysses.*»

«Ich verstehe nicht, was das mit ...»

«Das steht auf einem Kreuz in der Antarktis, in der Nähe des Basislagers von Captain Robert Falcon Scott. Er ist ja vom Südpol nicht zurückgekommen.»

«Barry, wir sprechen hier nicht über Polarexpeditionen.»

«Nein, aber über Pioniere.» Er sah Patricia in die Augen und sagte so sanft er konnte: «Manche nehmen ein schlimmes Ende.»

Sie lehnte sich zurück. «Meinst du etwa mich damit?» Ihre Augen wurden schmal, und sie entzog Barry ihre Hand. «Na, sag schon.»

Barry holte tief Luft. «Patricia Spence, ich glaube, du kannst alles und tust auch alles, was du dir vornimmst ...»

Er sah, wie ihre Schultern sich entspannten.

«Ich bin einfach egoistisch. Ich will nicht, dass du weggehst. Ich ...» Aber er konnte sich nicht überwinden, den Satz zu beenden. Für ein «Ich liebe dich» war es noch zu früh.

«Das verstehe ich», sagte sie. «Das wird für uns beide schwer, aber du könntest doch bestimmt ab und zu mal ein Wochenende nach England rüberfahren. Und ich komme in den Ferien nach Hause. Es wären ja bloß drei Jahre.»

«Bist du sicher?»

Patricia schaute auf die Tischdecke, spielte mit einem Stäbchen und sagte dann: «Ich will dir nichts vormachen, Barry. Drei Jahre sind eine lange Zeit. Wir könnten beide jemand anders kennenlernen.»

Nein, für ihn würde es keine andere Frau geben. Das wusste Barry. «Vermutlich ja», sagte er. Die Aussicht, wie O'Reilly zu

enden, der noch nach dreiundzwanzig Jahren einer Frau nach-
trauerte, war abschreckend. Aber wenn er nicht bereit war,
alles zu riskieren, indem er um Patricias Hand anhielt, welche
Möglichkeiten blieben ihm dann noch? Er schlürfte seinen
grünen Tee, der nur noch lauwarm und inzwischen bitter war.
«Ich kann dich nicht zum Bleiben überreden, oder?»

«Tut mir leid, Barry.»

Ein lastendes Schweigen entstand.

«Gut», sagte er schließlich, drehte sich um, winkte der
Chinesin und tat so, als würde er etwas in seine Handfläche
schreiben. «Zeit, dass ich dich nach Hause bringe.»

Die Wirtin brachte die Rechnung, und Barry bezahlte.
«Danke, Sir.»

Er erhob sich, legte Trinkgeld auf den Tisch und stellte sich
hinter Patricias Stuhl. Als sie aufgestanden war, griff er nach
ihrem Rucksack. «Lass mich den nehmen», sagte er.

Patricia widersprach nicht. Als sie das Restaurant verließen,
hielt er ihr die Tür auf.

«Das Auto steht dahinten.» Barry deutete die Straße entlang
und passte sein Tempo ihrem Humpeln an.

Er öffnete die Beifahrertür, aber statt einzusteigen, schaute
Patricia ihn an. «Danke für das tolle Abendessen.»

«War mir ein Vergnügen», sagte Barry, auch wenn ihm das
Essen jetzt eher wie das letzte Abendmahl erschien.

Patricia legte ihm die Arme um den Hals und küsste ihn, so
heftig, dass er, als sie sich von ihm löste, erst mal Luft holen
musste. «Barry, bitte, bitte versuche, mich zu verstehen.»

«Doch, ich bemühe mich ja», sagte er, «ehrlich.»

Sie küsste ihn wieder, und wie ein Kind, das zum Trost
in den Zirkus eingeladen wird, bevor es zum Zahnarzt muss,
kostete er den Moment ganz aus und verdrängte alle Gedanken
an die Zukunft. Er hielt sie auf Armeslänge von sich und sagte:
«Alles, was du wirklich wolltest, hast du auch getan, Patricia.
Das stimmt doch, oder?»

Sie senkte den Kopf.

«Und das wird sich auch jetzt nicht ändern, oder?»

«Nein.»

«Also gut. Steig ein. Ich bringe dich nach Hause.» Er schloss die Beifahrertür hinter ihr und stieg selbst ein. Bevor er den Motor anließ, wandte er sich ihr zu. «Eine Kleinigkeit noch.»

«Was denn?»

Barry wusste nicht, was in ihn gefahren war, aber ihre Küsse hatten ihm Mut gemacht. «Dazu, dass du immer tust, was du dir vorgenommen hast.»

«Ja?»

«Versuche niemals, Zahnpasta zurück in die Tube zu drücken.» Während der Motor ansprang, hörte Barry Patricia nach Luft schnappen. Dann vernahm er ihr kehliges Lachen. Sie boxte ihn leicht in den Arm. «Alles klar», sagte sie. «Nächster Halt Kinnegar und dann weiter nach Ballybucklebo.»

18 ＊ Abwarten und Teetrinken

Die träge Sonne war immer noch durch die Erkerfenster zu sehen und warf ein sanftes Licht oben in die Wohnstube. Sie schien sich alle Zeit der Welt zu nehmen, um zu entscheiden, ob sie hinter den fernen Bergen von Antrim versinken sollte oder nicht. O'Reilly saß mit qualmendem Pfeifchen in seinem Sessel. Er hatte sein Jackett abgelegt, den Schlips gelockert und die Füße in den aufgeschnürten Stiefeln auf eine Fußbank gepackt. Beim Hereinkommen sah Barry, dass er einen James-Bond-Roman las. *Liebesgrüße aus Moskau.*

Lady Macbeth schlief eingerollt auf dem Kaminvorleger, die Nase unter dem Schwanz. Sie lag in einem Viereck aus

Sonnenlicht, sodass ihr weißes Fell leuchtete. Was für ein Bild häuslichen Friedens, dachte Barry. «'n Abend, Fingal.»

«Willkommen zu Hause.» O'Reilly legte sein Buch auf den Beistelltisch, wo heute ausnahmsweise kein Glas Whiskey stand. Er nahm die Füße von der Fußbank. «Du kommst genau richtig. Kinky bringt gleich eine Tasse Tee hoch.»

Barry setzte sich in den anderen Lehnsessel. «Kein Schlaftrunk heute Abend?»

«Später», erklärte O'Reilly. «Ich muss zu einer Entbindung. Miss Hagerty, die Hebamme, hat vor einer halben Stunde angerufen. Jenny Murphy liegt in den Wehen.»

«Jenny Murphy?»

«Ja. Du hast sie letzte Woche gesehen, als sie zur Untersuchung in der 37. Woche in der Praxis war. Sie hätte eigentlich erst am Freitag kommen sollen, aber sie hatte es eilig. Ich trinke nur schnell eine Tasse Tee, dann sause ich rüber und schaue sie mir an.»

Barry wartete ab, ob O'Reilly ihn zum Mitkommen auffordern würde. Geburtshilfe hatte ihm immer Freude gemacht, aber heute Abend wäre er gar nicht böse, wenn er nicht noch einmal aus dem Haus musste. Obwohl er nach Patricias Kuss am Auto einen Moment lang in Hochstimmung gewesen und ihm diese blöde Bemerkung geglückt war, war die Stimmung auf der Rückfahrt nach Kinnegar eher gedämpft gewesen. Er hatte Patricia mit einem nüchternen Gute-Nacht-Küsschen abgesetzt und sich nicht mit ihr verabredet, sondern ihr nur vage versprochen, sie wieder anzurufen.

Doch, er wäre ganz zufrieden, wenn er jetzt einfach in Ruhe seinen Gedanken nachhängen könnte. Aber bevor O'Reilly das Haus verließ, wollte er ihm noch von seinem Besuch im Royal erzählen. «Ich habe mit Professor Faulkner gesprochen», bemerkte er.

«Zweifellos ein seltenes Vergnügen. Dieser arrogante kleine Popel.»

«Du kennst ihn?»

«Allerdings», bejahte O'Reilly. «Er war auf irgendeinem unbedeutenden Internat und hat sich da seinen schicken Akzent zugelegt. Klingt ja, als hätte er Murmeln im Mund, aber eigentlich ist er ein Junge vom Land, aus Randalstown, unten in County Antrim. Er war in meinem Jahrgang am Trinity College in Dublin. Hatte schon damals 'ne Vollglatze. Wir haben ihn immer ‹Ringellöckchen› genannt. Der schlechteste Student im ganzen Semester.»

«Aber wie ist er dann ...»

«Zu solch schwindelerregenden Höhen aufgestiegen? Das kann ich dir sagen», meinte O'Reilly. «Der hat sich hochgeschleimt. Im Zweiten Weltkrieg wurden wir Männer aus Ulster nicht eingezogen, weil im Ersten zu viele gefallen waren. Dein Vater und ich, wir haben uns freiwillig gemeldet, aber Faulkner nicht. Er ist nach London an ein Lehrkrankenhaus gegangen. Während wir weg waren, hat Faulkner sich um seine Facharztausbildung gekümmert und ist den Koryphäen in London in den Arsch gekrochen. Hat sich richtig gelohnt für ihn.»

Kinky hatte Barry erzählt, dass O'Reilly als junger Mann gerne Facharzt für Geburtshilfe geworden wäre. Durch seine Zeit bei der Marine aber hatte er so viele Jahre verloren, dass ihm nichts anderes übrig geblieben war, als sich für eine Hausarztpraxis zu entscheiden. Barry suchte im Gesicht seines Chefs nach einer Spur von Bitterkeit, aber O'Reilly lächelte. «Wie dem auch sei. Hat er dir hilfreiche Tipps für Florence Bishop gegeben?»

«Das hat sein Assistenzarzt getan – bevor er dann weg musste, um Faulkners ambulante Patienten zu versorgen.»

O'Reilly lachte. «Das ist schon immer so gewesen. Die jungen Ärzte machen die ganze Arbeit.»

In deiner Praxis aber nicht, dachte Barry.

«Erinnerst du dich an den ersten Menschen im Weltraum?», fragte O'Reilly.

«Juri Gagarin. Vor drei Jahren.»

«Den meine ich. Es dauert nicht mehr lange, dann landet ein Mensch auf dem Mond.» Er kratzte sich den Bauch. «Und wenn sie dort jemals einen Arzt brauchen sollten, dann wird irgendein verdammter Facharzt vom Royal, so wie Faulkner, sich freiwillig melden, natürlich für ein feistes Honorar.»

«Du spinnst.»

«Nein, Barry, du weißt doch, wie diese hohen Herrn arbeiten. Der steckt dann das Geld ein – und schickt seinen Assistenzarzt in den Weltraum.»

O'Reilly brach in wieherndes Gelächter aus. Barry stimmte ein.

Sie lachten immer noch, als sich die Tür öffnete und Kinky mit einem Teetablett hereinkam. «Varieté im Hippodrom?», fragte sie, während sie das Tablett absetzte. «Sie heulen beide wie ein paar Hyänen, ja.»

«Ach, wir lachen bloß über einen dummen Witz, Kinky», antwortete Barry.

«Hm.» Sie schenkte den Tee ein. «Muss Ihnen aber gut gefallen haben. Der Unschuldige erfreut sich auch an wenig.» Sie hob den Deckel von einer kleinen Kuchenplatte. «Ich hoffe, mein Kirschkuchen schmeckt Ihnen.»

«Ganz bestimmt.»

«Dann guten Appetit, und trinken Sie Ihren Tee, bevor er kalt wird.» Sie wandte sich zum Gehen. «Und machen Sie nicht zu lang. Wir erwarten ein Baby.»

«Gehen Sie nur, Kinky», sagte O'Reilly mit dem Mund voll Kirschkuchen. «Alles zu seiner Zeit.»

Er kaute weiter, bis Kinky die Tür hinter sich geschlossen hatte. «Es geht mir nicht bloß um den Tee und den Kuchen», sagte er dann leise. «Ich möchte hören, was du im Royal erfahren hast.»

Barry kramte in seiner Tasche und zog den Zettel hervor, den Doktor Bereen ihm geschrieben hatte. Er reichte ihn O'-

Reilly, der ihn mit gerunzelter Stirn las und zurückgab. «Interessant», meinte er. «Ist jedenfalls einen Versuch wert.»

«Ich frage mich», sagte Barry, «ob wir Mrs Bishop nicht gleich für morgen bestellen sollten. Je schneller wir ein Ergebnis haben, desto besser.»

O'Reilly hob eine Augenbraue. «Besser für wen?»

«Na ja ...» Barry verstand die Frage durchaus. O'Reilly wollte wissen, ob seinem Assistenten mehr an dem Beweis gelegen war, dass er die richtige Diagnose gestellt hatte, oder ob er seiner Patientin helfen wollte. «Für die Patientin», sagte Barry mit Nachdruck.

«Gut», meinte O'Reilly, «ich hatte gehofft, dass du das sagen würdest.»

«Und da ist noch etwas.»

«Nämlich?»

«Wenn wir Mrs Bishop tatsächlich helfen, dann könnte ihr Mann vielleicht das Gefühl kriegen, dass er uns ... na ja, ein kleines bisschen Dank schuldig ist.»

«Und die Finger vom Dreckspatz lassen?» O'Reilly lachte und trank seinen Tee aus. «Da könntest du recht haben», meinte er dann. «Es ist einen Versuch wert, aber ich fürchte, für Bishop ist ‹Dankbarkeit› ein Fremdwort.» O'Reilly erhob sich. «Ich will drüber nachdenken, aber vermutlich werden wir noch weitere Hebel ansetzen müssen. Wenn Bishop einmal Pfundzeichen sieht ...»

«Ich dachte, es wären Dollarzeichen?»

O'Reilly lachte. «Stimmt. Aber die Währung ist eigentlich egal. Der Schweinehund wittert Profit, und ich habe keine Ahnung, was ihn zu einem Sinneswandel veranlassen könnte.» O'Reilly schob sich in sein Tweedjackett und zog seinen Schlipsknoten fest. «Wir bestellen Florence für Freitag, und dann werden wir ja sehen, was passiert, wenn du ihr Neostigmin und Atropin injizierst. Vorschnelles Handeln führt zu nichts. Geduld ist eine Tugend.»

Barry seufzte. «Also gut. Dann warte ich ab.» Dabei hatte er das Warten so satt. Warten, ob er Mrs Bishops Krankheit richtig erkannt hatte. Warten, bis er von Harry Sloan hörte. Warten auf Patricias Prüfungsergebnis. «Wenn du das sagst.»

«Ja», meinte O'Reilly. Er bückte sich und kraulte der Katze den Kopf. «Eine Katze darf ruhig mal die Wände hochgehen oder am Vorhang hochlaufen, aber ...»

«Ich verstehe», sagte Barry.

«Gut. Und jetzt spring mal runter in die Praxis und hol die Taschen für die Entbindungen. Ich hole inzwischen das Auto. Wir treffen uns vor dem Haus.»

«Du möchtest, dass ich mitkomme?»

«Na, aber selbstverständlich. Und beeil dich. Das Rad der Zeit und gebärende Frauen hält niemand auf.»

19 * Sterngucker

Schwer atmend stellte Barry die beiden schweren Taschen mit den Utensilien für die Geburtshilfe im Flur des kleinen Bungalows ab. O'Reilly hatte den Rover geparkt und war gleich losmarschiert, die kurze Einfahrt hinauf, und durch die Haustür verschwunden. Er hatte Barry nur noch zugerufen, er solle die Taschen mitbringen. Immerhin hatte er ihm die Tür aufgelassen.

Im Haus hörte Barry jemanden keuchen, und dann vernahm er die Stimme von Miss Hagerty, der Bezirkshebamme: «Prima, Jenny. Schnaufen. Und Schnaufen. Gut so.»

«Komm rein, schnell», rief O'Reilly. «Bring die Sachen mit.»

Barry hob die Taschen wieder hoch und folgte den Geräuschen. Zwischen einem Regenschirmständer und einem ovalen Spiegel mit Goldrahmen flogen drei Wildenten aus Gips über die weißgestrichene Wand. Er betrat ein Schlafzimmer. Miss Hagerty und O'Reilly standen rechts und links vom Bett. O'Reilly hatte sein Jackett ausgezogen und die Ärmel hochgekrempelt und zog sich gerade Gummihandschuhe an. Barry erinnerte sich an die Patientin. Bei ihrem Besuch in der letzten Woche war Jenny Murphy ruhig und gefasst gewesen und hatte sich wegen ihrer bevorstehenden zweiten Niederkunft keinerlei Sorgen gemacht.

Jetzt lag sie auf dem Bett und wandte den Blick nicht von O'Reillys Gesicht. Sie zog eine Grimasse, biss sich auf die blutleere Unterlippe, und auf ihrer Stirn glänzte Schweiß. Sie stöhnte. Mit einer Hand hielt sie sich den dicken Bauch. Silbrige Schwangerschaftsstreifen schimmerten im Licht.

Barry roch den stechenden Geruch des Fruchtwassers, den man nicht wieder vergaß, wenn man ihn einmal kannte, und sah die Pfützen auf dem roten Gummilaken, das Miss Hagerty bereits über das Bett gebreitet hatte.

«Doktor Laverty», sagte die Hebamme, ohne die leiseste Emotion im Gesicht, aber schließlich hatte sie schon mehr als tausend Geburten begleitet, und es war klar, dass O'Reilly die Leitung hatte.

«Miss Hagerty», gab Barry zurück.

«Mach die Taschen auf, Barry.» O'Reilly wandte ihm den Rücken zu. «Ich untersuche dich jetzt, Jenny.»

Barry fing an, die Utensilien auszupacken, während O'-Reilly sich über die Gebärende beugte. Dann richtete der Arzt sich wieder auf und drehte sich zu Barry um. «Hör dir mal die fetalen Herztöne an.» Zum ersten Mal in der kurzen Zeit, die er mit O'Reilly zusammenarbeitete, meinte Barry, Besorgnis in seiner Stimme wahrzunehmen.

Er trat ans Bett, lächelte Jenny zu und befühlte den Uterus, um den Rücken des Babys zu ertasten. Darüber würden die Herztöne am besten zu hören sein. Barry fühlte die Gebärmutter, fest, aber nicht steinhart, da die Wehe jetzt vorüber war, aber ... seine Hände bewegten sich rascher ... er konnte nichts Konvexes ertasten. Er bat Miss Hagerty um ihr Fetal-Stethoskop. «Ich möchte mal horchen», sagte er. Er wusste, dass er nun blind nach den schwachen, schnellen Herztönen suchen musste, weil er die Lage des Babys nicht ausmachen konnte.

Jenny nickte und versuchte zu lächeln, aber die nächste Wehe überkam sie. Sie schleuderte den Kopf auf dem Kissen hin und her und schrie.

Barry wusste, dass er die Kontraktion abwarten musste. Das kurze, trompetenförmige Aluminiumstethoskop lag kalt in seiner Hand. Dass er den Rücken des Kindes nicht fühlen konnte, war beängstigend. Üblicherweise bedeutete das, dass es mit dem Rückgrat zur Mitte der Gebärmutter lag und seinen Hinterkopf dem Rücken der Mutter zuwandte. In dieser hinteren Hinterhauptslage war der Durchmesser des Kopfes größer und die Entbindung schwieriger.

«Mach schon», fuhr O'Reilly ihn an, was Barry überraschte. Sein Chef sollte doch wissen, dass es Zeitverschwendung war, die Herztöne auf dem Höhepunkt einer Wehe abhören zu wollen.

Jenny setzte sich auf. «Ich muss pressen», schrie sie, «ich muss pressen.»

Ein weiterer Hinweis. Wenn das Gesicht des Babys zum Bauch der Mutter zeigte, erreichte das Köpfchen den Beckenboden oft schon, bevor der Muttermund ganz geweitet war, sodass die werdende Mutter ein überwältigendes Bedürfnis hatte zu pressen. Doch wenn das zu früh geschah, konnte es die weitere Dehnung behindern. Miss Hagerty drängte sich an Barry vorbei.

«Atmen Sie hier durch, Jenny.» Sie hielt der Patientin eine Gesichtsmaske über Nase und Mund. Der Plastiktrichter war mit einer kleinen Metallflasche verbunden, die eine Mischung aus Lachgas und Sauerstoff enthielt. Das Gas war nicht sehr wirksam, und es schien Jennys Schmerzen nur wenig zu lindern.

«Ist der Muttermund ganz offen, Fingal?» Barry warf O'Reilly einen Blick zu. Er hatte den massigen Mann noch nie schwitzen sehen.

«Wasch dir gar nicht erst die Hände», drängte O'Reilly, «zieh Handschuhe an und fühle selbst. Mach schnell.»

Barry zog sein Jackett aus, schleuderte es in eine Ecke, riss eine Packung auf und zog sich Handschuhe über. O'Reilly nickte. «Und?» Diesmal fragte sein Chef ihn nicht nach seiner Meinung, weil er einem Patienten beweisen wollte, dass er seinem Assistenten vertraute, nein, jetzt sollte Barry entweder O'Reillys eigene Diagnose bestätigen oder aber selbst etwas finden, auf das O'Reilly nicht gekommen war. Das war ein beängstigender Gedanke.

«Entschuldigen Sie, Jenny», sagte Barry. Er zwängte sich an O'Reilly vorbei und setzte sich aufs Bett. Die linke Hand legte er der Gebärenden auf den Bauch, und zwei Finger der rechten Hand schob er in ihre Vagina. Er stieß sofort auf etwas Festes, doch es fühlte sich nicht an wie die Schädeldecke eines Babys. Barrys Finger erkundeten das Gebilde, erst die eine Seite, dann die andere. Konnte es sich um eine Steißlage handeln? Barry runzelte die Stirn und wünschte, er wäre wieder auf der Entbindungsstation im Royal. Ein Röntgenbild hätte die Frage schnell geklärt.

Er wandte sich an O'Reilly. «Fingal, hast du das Köpfchen oben im Uterus getastet, als du ihren Bauch untersucht hast?»

«Ich habe ihn gar nicht untersucht. Miss Hagerty war sicher, dass der Kopf im Becken liegt.»

Die Meinung einer erfahrenen Hebamme war Gold wert, und wenn der Kopf oben im Uterus nicht zu tasten war, hieß das, dass eine Steißlage unwahrscheinlich war. Doch selbst eine erfahrene Hebamme konnte sich irren.

«Tief atmen, Jenny. Tief atmen», drängte Miss Hagerty.

Mit der linken Hand spürte Barry, wie die Gebärmutter sich verhärtete, wie sie zu dem festen Muskel wurde, der das Baby immer tiefer in den Geburtskanal und meistens schließlich in die Welt hinausdrückte. Mit der rechten Hand spürte er, wie das Kind weitergeschoben wurde. Als die Wehe ihren Höhepunkt erreichte, schob er die Finger tiefer in den Geburtskanal hinein. Normalerweise hätte das der Frau wehgetan, aber jetzt lenkte der Wehenschmerz sie ab – jedenfalls hoffte Barry das. Er musste wissen, in welchem Zustand der Gebärmutterhals war, und wollte feststellen, wie der Kopf des Babys lag.

Seine Finger sagten ihm, dass der Gebärmutterhals verschwunden, also dünn und offen war. Er würde für die Geburt kein Hindernis darstellen. Aber mit der Kopfform des Kindes stimmte etwas nicht. «Voll verstrichen, Fingal», sagte Barry.

«Gut.»

Barry erwartete, dass O'Reilly ihn nach der Lage fragen würde, aber sein Chef schwieg.

Er tastete weiter und hielt die Finger dann still. Er hatte zwei winzige knöcherne Grate gespürt und darüber etwas Weicheres, das auf jeder Seite eine kleine Delle hatte. Barrys Finger untersuchten das Gebilde noch einmal. Kein Zweifel. Das waren die Augenhöhlen des Babys, seine Nase und die Nasenlöcher. Es schob sich nicht mit der Schädeldecke voran durch den Geburtskanal, sondern lag in der Haltung eines Menschen, der mit zurückgelegtem Kopf ein Flugzeug am Himmel beobachtet.

Barry hörte Jenny mit zusammengebissenen Zähnen stöhnen. Beim Pressen spannten sich ihre Bauchmuskeln an. Er spürte, wie der Kopf des Babys weiterrutschte. «Gesichtslage», sagte er. Was hatte er darüber noch gelesen? Sie kam in einer von fünfhundert Geburten vor, häufig bei Frühgeburten – und wurde häufig durch eine Missbildung des Fötus verursacht. War O'Reilly deswegen so angespannt? Hatte er diese

Lage bereits vermutet und befürchtete jetzt, dass das Baby Anomalien aufweisen könnte? Oder hatte er noch gar keine Diagnose gestellt?

Immerhin zeigte das Kinn des Babys zur Schambeinsymphyse der Mutter. Gott sei Dank. Hätte das Kind mit dem Kinn nach hinten gelegen, dann wäre eine Hausgeburt unmöglich gewesen. Um in die Welt hinauszugelangen, musste das Kleine nämlich das Kinn an die Brust ziehen. Wenn das Kinn zum Bauch der Mutter zeigte, hatte der Hinterkopf in dem weichen Gewebe des hinteren Geburtskanals genügend Platz zum Ausweichen. Hätte das Köpfchen jedoch andersherum gelegen, dann hätte das Schambein den kleinen Schädel so sicher festgehalten wie Querstangen eine Tür. Als einzige Möglichkeit wäre dann ein Kaiserschnitt geblieben, aber die Zeit hätte nicht gereicht, um die Patientin ins Royal zu bringen.

«Bist du dir sicher, Barry?»

Barry zögerte und befühlte noch einmal den winzigen Kopf: die Nase, die Nasenlöcher, die Augenbrauen. Dann zog er die Hand zurück und drehte sich zu O'Reilly um. «Absolut sicher.»

«Ich bin auch der Meinung.»

Barry schaute O'Reilly an. Das offene Gesicht seines Mentors sagte ihm, dass er mit seiner Diagnose nicht hinter dem Berg gehalten hatte, um Barry zu testen, sondern, um ihn nicht von vornherein zu beeinflussen. Barry schluckte. «Fingal, eine Gesichtslage habe ich noch nie entbunden», sagte er leise.

O'Reilly runzelte die Stirn, verzog die Lippen, warf Miss Hagerty einen Blick zu und sagte dann langsam zu der Patientin: «Jenny, deinen Ersten haben wir doch ohne Schwierigkeiten entbunden, und der war ein großer Kerl, oder?»

Jenny schob die Maske zur Seite. «Connor hat achteinhalb Pfund gewogen und … aaahhh …» Sie verzog das Gesicht, drückte sich die Maske wieder auf die Nase und atmete tief ein. «Es kommt», keuchte sie.

Barry wollte zur Seite treten, um die Arbeit seinem erfahreneren Kollegen zu überlassen, aber O'Reilly schüttelte den Kopf, legte ihm die Hand auf die Schulter und sagte: «Mach du weiter. Ich assistiere. Hier.» Er nahm eine rote Gummischürze, schob Barry die Halsschlaufe über den Kopf und band ihm die Schürzenbänder fest um die Taille.

Dann öffnete O'Reilly die sterilen Päckchen. «Hier.» Mit einer Kopfbewegung deutete der Arzt auf eine große Spritze. Barry griff danach und zog ein Lokalanästhetikum auf. Bei Gesichtslagen gab es keine andere Möglichkeit. Er würde einen großen Dammschnitt vornehmen müssen.

Miss Hagerty sah, was er beabsichtigte. «Mach ein paar richtig tiefe Atemzüge, Jenny», sagte sie.

Barry lächelte der Hebamme dankbar zu, führte die lange Nadel ein und stieß die Kanülenspitze in die Haut zwischen Vagina und Anus.

«Aaaahhhh.»

Mittlerweile waren die festgeschlossenen Augenlider des Säuglings zu sehen, die Nase und darunter die Lippen, blau und schrecklich verzerrt. Weil der Kopf mit hohem Druck durch den Geburtskanal gepresst wurde, war das Gewebe aufgequollen.

«Tut mir leid, Jenny», sagte Barry. Er hoffte, dass die lokale Betäubung wirkte. Er schob eine Schneide der kräftigen Schere in die Vagina und schnitt. Blut lief aus der Wunde, und die Schnittränder klafften auf. Unschön, dachte er, aber jetzt hatte der Kopf des Babys Platz und würde die mütterliche Muskulatur nicht überdehnen oder zerreißen.

Barry schaute O'Reilly an. Sein Chef nickte. «Komm, Jenny», forderte er die junge Frau auf, «stemme einen Fuß gegen meine Hüfte und einen gegen Miss Hagertys.»

Barry wartete, bis O'Reilly und die Hebamme, jeweils auf einer Seite des Bettes, die Füße der Gebärenden auf den Hüften zurechtgerückt hatten. Im Krankenhaus nahm man bei schwierigeren Geburten immer einen Gebärstuhl mit Steigbügeln zu Hilfe. Doch bei Hausgeburten musste man sich mit einfacheren Mitteln begnügen.

«Bittet ihr Jenny, bei der nächsten Wehe zu pressen?», sagte Barry.

O'Reilly und Miss Hagerty legten Jenny von beiden Seiten einen Arm um die Schultern und halfen ihr, sich halb aufzurichten. «Fertig, Mädel?», fragte O'Reilly. «Tief einatmen, Luft anhalten, Mund zu und prrressen.»

Barry staunte, wie mühelos das Babyköpfchen herausrutschte und unter der sanften Führung seiner Hand in die Welt glitt. Noch bevor die Schultern draußen waren, machte das Kleine seinen ersten Atemzug, kniff die geschwollenen Augen zusammen und äußerte sein Missfallen darüber, dass es aus dem warmen Mutterleib gestoßen und in eine kalte Welt hinausgeschubst worden war. Das Baby stieß einen langen, leisen, zittrigen Schrei aus.

Es war der schönste Laut, den Barry je gehört hatte, doch er ließ sich davon nicht ablenken, sondern begleitete behutsam Arme, Körper und Beinchen des Kindes nach draußen. Schließlich hielt er den Säugling in beiden Händen. «Kümmerst du dich um die Nabelschnur, Fingal?»

O'Reilly und Miss Hagerty legten Jennys Füße wieder auf das Bett, und während O'Reilly die Nabelschnur abklemmte und durchschnitt, reichte Miss Hagerty Barry ein dickes, angewärmtes Handtuch.

«Ist es ein Junge oder ein Mädchen?», fragte Jenny.

«Ein kleines Mädchen», antwortete Barry. «Ein hübsches kleines Mädchen.» Lügner, sagte er sich. Mit den Ödemen im Gesicht und den aufgequollenen Lippen sah das Kind hässlich aus. «Wir machen sie bloß eben ein bisschen sauber.» Er hüllte den Säugling in das Handtuch und übergab ihn Miss Hagerty. Dabei neigte er den Kopf zu dem geschwollenen Gesichtchen hinunter und schaute die Hebamme fragend an. Er war sich nicht sicher, ob man der Mutter das Kind in diesem Zustand zeigen sollte.

«Du kleine Süße», sagte die Hebamme zum Baby und dann, zu Barry gewandt: «Keine Sorge, Doktor Laverty, jedes Baby ist etwas ganz Besonderes. So lange alle Fingerchen dran sind, und das wird der Doktor ja gleich untersuchen, freut sich die Mutter, oder nicht, Jenny?»

Bis auf die Schwellungen im Gesicht, die aber bald abklingen würden, sah das Kind normal aus, befand Barry. Doch die Plazenta war noch nicht da, und er musste den Dammschnitt noch nähen.

Er legte Jenny eine Hand auf den Bauch, um ihren jetzt leeren Uterus zu tasten. Er war zusammengeschrumpft und fest. Das Ende der Nabelschnur auf dem Gummituch wurde ein wenig länger, und etwas helles rotes Blut floss aus der Vagina heraus. «Können Sie noch einmal pressen, Jenny?»

Jenny strengte sich an, und schon war die Nachgeburt zu sehen und rutschte auf das Gummituch. Barry untersuchte sofort, ob sie unversehrt war. Wenn sich ein Stück ablöste und in der Gebärmutter blieb, führte das zu starken Blutungen. Aber die Nachgeburt war intakt.

«Und?», fragte O'Reilly.

«Alles in Ordnung», antwortete Barry. «Ergometrin.»

«Ein kleiner Pieks, Jenny.» O'Reilly schob ihr die Spritze in den Oberschenkel. Das Medikament sorgte dafür, dass der Uterus sich fest zusammenzog. «Gut gemacht, Barry.»

Barry lächelte O'Reilly zu, während dieser ihm das Nahtmaterial hinschob. «Ich schau mir die Kleine jetzt an und plaudere mit der Mama. Mach du die Stickerei.»

Seltsam, dachte Barry, in seiner Studentenzeit hatte das Nähen eines Dammschnitts zu den unbeliebten Routinearbeiten gehört, die die älteren Kollegen immer gerne an die Jüngeren delegierten. Doch er freute sich jetzt über diese Aufgabe und beugte sich konzentriert über seine Arbeit. Während er den dritten Stich tief im Muskelgewebe platzierte, hörte er, wie O'Reilly mit der jungen Mutter sprach.

«Mein Gott», sagte Jenny, «was ist denn mit ihrem Gesicht los?»

«Gar nichts», brummte O'Reilly. «Sie hatte es so eilig, die Welt zu sehen, dass sie mit der Nase voran rauswollte, und deswegen ist ihr Gesicht so geschwollen. Morgen ist das ganz weg, und dann ist sie so schön wie ihre Mutter.»

«Sind Sie sicher, Doktor?» Jennys Stimme klang zweifelnd.

«Du brauchst mir ja nicht zu glauben», antwortete O'Reilly. «Frag doch Miss Hagerty.»

«Miss Hagerty?»

«Der Doktor hat recht, meine Liebe. Morgen sehen Sie dem Kindchen nichts mehr an.»

«Wenn Sie meinen – aber was sage ich denn meinem Mann, wenn er sie sieht?»

O'Reilly lachte. «Sag ihm, die Kleine wäre ihm wie aus dem Gesicht geschnitten. Aber sie ist kerngesund, und das ist die Hauptsache.»

Barry hörte Jenny lachen. «Sie sind schrecklich, Doktor O'Reilly, aber jetzt glaube ich Ihnen. Wenn das nicht wahr wäre, würden Sie nämlich keine Scherze machen.»

O'Reilly gab ein Brummen von sich.

«So, Sie sind bestimmt müde, meine Liebe. Wie wär's mit einer Tasse Tee?», fragte Miss Hagerty.

Lächelnd verknotete Barry den letzten Stich. Tee. Das Allheilmittel in Ulster. «Ja, gerne», sagte Jenny, und O'Reilly fügte hinzu: «Und vielleicht möchte Doktor Laverty auch ein Tässchen. Er hat es sich verdient.»

Wieder lächelte Barry. Er schnitt den Nähfaden durch und nähte dann mit einem Faden, der sich selbst auflösen würde, die Haut zusammen. Dabei begann er an einem Ende der Wunde und nähte auf der ganzen Länge des Schnittes von einer Seite zur anderen. Eine subkutane Naht war nicht so unangenehm, wenn die Wunde heilte. Er hörte, wie Jenny gurrende Töne von sich gab und wie das Baby ganz leise gurgelte. Hatte er es nicht schon immer gewusst? Nichts, nichts auf der ganzen Welt war so befriedigend wie eine Entbindung, bei der eine gesunde Mutter ein gesundes Kind zur Welt brachte.

Er beendete seine Arbeit und nahm eine Handvoll feuchter Tupfer. «Ich möchte Sie nur ein bisschen säubern, Jenny. Keine Angst.»

«Nur zu, Doktor», sagte sie.

Als er fertig war, streckte Barry sich. Dabei hielt er sich eine Hand ins Kreuz. Mensch, war er steif geworden.

Es war seine zweite Geburt in Ballybucklebo. Bei der ersten hatte er Maureen Galvins Sohn entbunden, den kleinen Barry Fingal.

Ihm schoss durch den Kopf, dass das Addenbrook's Hospital in Cambridge eine Abteilung für Frauenheilkunde und Geburtshilfe hatte, doch dann sah er, wie O'Reilly mit seinem zerfurchten Gesicht die lächelnde Mutter anstrahlte, die ihr mittlerweile schlafendes neugeborenes Mädchen sanft in den Armen wiegte und dazu leise ein Wiegenlied sang.

Während er O'Reilly beobachtete und Jennys Liedchen lauschte, wurde Barry bewusst, dass der Gedanke an eine Ausbildung zum Facharzt für Geburtshilfe immer mehr an Reiz verlor und dass es ihm schon jetzt, nach drei Tagen, viel schwerer fiel, ein *Weggehen* auch nur anzudenken.

20 ✳ Ein Hauptmann gibt sich die Ehre

O'Reilly verschwand gleich im Behandlungsraum, während Barry den ersten Patienten aus dem Wartezimmer holte. Gestern war die Arbeit leicht gewesen, was ihm entgegengekommen war, denn er hatte gegen seine Müdigkeit ankämpfen müssen. Nächtliche Geburten waren immer anstrengend. Doch die erfolgreiche Entbindung von Jenny Murphy am späten Mittwochabend hatte ihn ein wenig stolz gemacht, sodass er den Patienten am Donnerstag mit gestärktem Selbstvertrauen hatte begegnen können.

Nun war der Freitag da, und Barry war ein wenig nervös, weil er heute erfahren würde, wie es den Patienten ging, die er Anfang der Woche behandelt hatte.

Er öffnete die Tür zum Wartezimmer. Nur neun oder zehn Patienten, und Councillor Bishop und seine Frau waren nicht dabei. Barry war erstaunt. Hatten sie beschlossen, ihn nicht wieder aufzusuchen?

«Morgen, Doc.» Fergus Finnegan erhob sich, nahm die Mütze ab und kam zur Tür. «Bin der Erste», sagte er.

«Dann geh nur, Fergus. Colin und ich haben's nicht eilig», sagte Mrs Brown. Ihr Sohn saß neben ihr und winkte Barry zu.

«Bin gleich für Sie da, Mrs Brown», sagte Barry und folgte Fergus. Heute Morgen wirkte der kleine Mann noch o-beiniger als sonst, aber seine Schritte waren schwungvoller geworden. «Diese goldene Salbe ist ja ein Teufelszeug», meinte er auf dem Weg in den Behandlungsraum. «Morgen, Doktor O'Reilly.»

«Fergus, wie geht's?»

«Prima. Ihr Kollege hier, der Doktor Laverty, hat mir was richtig Gutes verordnet, ja.» Er lächelte.

Auch Barry lächelte, als er die Tür schloss. «Das Auge ist

besser?», fragte er. «Lassen Sie mal sehen.» Er führte Fergus zum Erkerfenster hinüber. «Das Licht tut Ihnen nicht mehr weh?»

«Kein bisschen.»

Mit zwei Fingern schob Barry das untere und das obere Augenlid auseinander. Die Bindehaut war sauber und glänzte. Das Penizillin hatte die Entzündung vertrieben. «Sieht gut aus», stellte Barry fest.

«Das will ich meinen», sagte Fergus.

O'Reilly hüstelte. «In diesem Fall schuldest du mir wohl ein Pfund, Fergus.»

«Da haben Sie recht, Sir.» Immer noch lächelnd, zog Fergus eine Pfundnote aus der Hosentasche. «Bitte schön. Für ein gesundes Auge ist das ja fast geschenkt.»

«Danke, Fergus.» O'Reilly nahm den Geldschein entgegen.

Barry sah den Jockey zwinkern. «Und ich hab noch mehr für Sie beide», sagte er. «Kommen Sie morgen zum Rennen?»

«Auf jeden Fall», erklärte O'Reilly, «das will ich nicht verpassen.»

«Dann schauen Sie vor dem dritten Rennen doch mal am Sattelplatz vorbei. Ich kann Ihnen einen Tipp geben. In dem Rennen reite ich nämlich selbst mit.»

«Also bis dann», meinte O'Reilly.

Fergus wandte sich an Barry. «Vielen Dank, Doc. Sie haben mich gut behandelt, ja doch. Das werde ich Ihnen nicht vergessen.»

Barry öffnete die Tür. «War mir ein Vergnügen», sagte er und meinte es auch so.

Er hörte, wie die Haustür sich hinter dem Jockey schloss, und holte Mrs Brown und Colin aus dem Wartezimmer. Der kleine Knirps trug ein graues Hemd, einen Pullover mit V-Ausschnitt und kurze Hosen. Sein linker Strumpf reichte bis an sein verschorftes Knie, der rechte hing wie ein ausgeleierter Schlauch um seinen Knöchel herum.

«Zieh den Strumpf hoch, Kind», sagte Mrs Brown.

Überrascht stellte Barry fest, dass O'Reilly sich nicht mehr im Behandlungszimmer befand. Er schloss die Tür.

«Also, Colin», sagte er, «wie geht's deinem Pfötchen?»

«Zeig dem netten Onkel Doktor dein Händchen.»

Der Kleine blickte auf seine Schuhe hinunter und scharrte mit einem Fuß auf dem Teppichboden, bevor er die rechte Hand ausstreckte.

«Tut's noch weh?»

Colin schüttelte den Kopf.

«Er ist so schüchtern, Herr Doktor.»

Und er hat Angst, dass ich ihm wehtue, dachte Barry. «Na komm», forderte er den Jungen auf, «setz dich mal hierhin.» Er half ihm auf den Stuhl und griff nach seiner Hand. Der Pflasterverband war schmuddelig. An den Rändern hatte sich schwarzer Dreck angesammelt, aber die Hand war kühl und nicht geschwollen. Es war unwahrscheinlich, dass die Wunde sich entzündet hatte. «So», sagte Barry, während er den Instrumentenwagen holte, «mal sehen, ob die Fäden schon gezogen werden können.» Er goss Savlon in ein Metallschälchen. «Kannst du mal deine Hand da reintauchen, Colin?»

Der Junge zögerte, schaute seine Mutter an und legte dann langsam die Hand in die Flüssigkeit. Mit großen Augen schaute er zu, wie Barry Tupfer, eine spitze Zange und eine Schere bereitlegte.

«Jetzt machen wir erst mal das Pflaster ab», sagte Barry und hob Colins Hand. Mit der Zange löste er vorsichtig die Klebestreifen, und schon hatte er den Pflasterverband in der Hand. Colin zuckte nicht mit der Wimper. Barry warf das schmutzige Pflaster in den Müll und schaute sich die Hand an. Unter dem Verband war die Haut blass und faltig geworden, aber die Wundränder waren sauber und verheilten gut. Es war Zeit, die schwarzen Seidenfäden aus den vier Stichen zu ziehen. Doch als Barry wieder nach der Zange griff, zog Colin die Hand weg. «Nein», sagte er, «Jimmy Hanrahan hat gesagt, das tut arschmäßig weh.»

«Aber Colin.» Mrs Brown hielt sich die Hand vor den Mund. «Wo hörst du denn solche Wörter?»

«Jimmy Hanrahan hat das gesagt. Hab ich doch gerade gesagt», erklärte Colin trotzig.

«Wenn ich das deinem Papa sage!»

Barry bemühte sich, sein Lächeln zu verbergen. «Ist schon gut, Mrs Brown», beschwichtigte er sie. «Ihr Sohn hat einfach ein bisschen Angst. Stimmt's, Colin?»

Der kleine Junge nickte.

«Gib mir deine Hand», forderte Barry ihn auf, «und wenn's wehtut, höre ich auf.»

«Versprochen?»

«Indianerehrenwort.»

Langsam streckte der Junge Barry die Hand wieder hin.

«Leg sie da auf das Handtuch.»

Colin tat wie ihm geheißen. Barry fasste einen Faden mit der Zange, hob ihn vorsichtig an, sodass er die Schere unter die Schlinge schieben konnte, und schnitt und zog. Der Faden glitt aus der Haut. «Das war doch gar nicht so schlimm, oder?»

«Nein», sagte der Kleine staunend.

«Gut. Jetzt kommen die anderen.» Auch die übrigen Fäden waren schnell gezogen. «Fertig», erklärte Barry. «Sie können Colin mit nach Hause nehmen, Mrs Brown.»

«Vielen Dank, Doktor Laverty.» Die Mutter nahm ihren Sohn an der linken Hand und zog ihn zur Tür, aber der kleine Kerl stemmte die Füße fest auf den Boden, wandte sich an Barry und sagte: «Das hat gar nicht wehgetan. Jimmy hat ja den Arsch offen …»

«Colin!» Jetzt schob seine Mutter ihn zur Tür. «Tut mir leid. Keine Ahnung, wo er diese Ausdrücke herhat.»

Barry konnte sich das Lachen nicht mehr verkneifen. «Seien Sie nicht zu streng mit ihm, Mrs Brown.»

«Ganz richtig.» O'Reilly war in der Tür erschienen. «Vater, vergib ihnen, denn sie wissen nicht, was sie tun.» Er zauste Colin das Haar.

«Lukas 23, Vers 34», stellte Barry fest, bevor er sich an Mrs Brown wandte: «Kinder lernen von ihren Freunden, und alle Kinder versuchen gerne, die Erwachsenen zu schockieren.»

Sie schaute ihn zweifelnd an, sagte aber: «Wenn Sie meinen, Doktor.» Dann warf sie Colin einen wütenden Blick zu. «Aber wenn ich noch einmal solche Wörter von dir höre, du kleiner Strolch ... dann wasch ich dir den Mund mit Seife aus, nur dass du Bescheid weißt.»

Und Barry bezweifelte nicht, dass es ihr ernst damit war.

«Tut mir leid, dass ich eben nicht hier war», entschuldigte sich O'Reilly, während Barry die benutzten Instrumente in den kleinen Sterilisator räumte, den Deckel schloss und das Gerät einschaltete. «Aber Kinky hat mich ans Telefon gerufen. Bertie Bishop war dran.»

«Ach ja?»

«Anscheinend haben er und die gnädige Frau heute Vormittag so viel zu tun, dass sie nicht herkommen können.»

Barry war enttäuscht. Er hatte sich darauf gefreut, den Test zu machen.

«Ich habe gesagt, es hätte auch bis Montag Zeit.»

«Mist.» Barry wollte möglichst bald wissen, ob er mit seiner Diagnose richtig lag.

«Da fragte Bishop, ob sie nicht nach dem Mittagessen kommen könnten, ungefähr so freundlich, wie ein Feldwebel einen neuen Rekruten fragen würde», fuhr O'Reilly fort.

Barry wartete. Wenn sein Chef eingewilligt hatte, hatte er seine erste Regel für den Umgang mit Patienten verletzt: Er ließ sich von Bishop auf der Nase herumtanzen.

«Ich habe gesagt, sie sollen um halb zwei hier sein.» O'-Reilly ließ sich in seinen Drehsessel fallen, «und bevor du jetzt denkst, dass ich auf meine alten Tage nachgiebig werde, muss ich dir sagen, dass mir das prima passt. Ich bin auf das Testergebnis genauso gespannt wie du.»

Tatsächlich?, fragte Barry im Stillen. Oder brichst du mit deinen Grundsätzen, um mir die Möglichkeit zu geben, mich zu beweisen?

«Aber», meinte O'Reilly, «das kommt ja erst nach dem Essen. Lauf mal …»

Barry kam mit einem Fremden zurück. Er war hochgewachsen und dünn, mit buschigem, aber makellos gebürstetem Silberhaar, wassergrauen Augen, schmaler Nase, gestutztem silbernen Schnauzbart und fliehendem Kinn. Er trug auf Hochglanz polierte schwarze Schuhe, einen teuren, dreiteiligen Anzug mit einem exakt gefalteten Taschentuch in der Brusttasche und dazu einen gestreiften Schlips. Barry war sich ziemlich sicher, dass es die Farben eines Garderegiments waren.

«O'Reilly?», fragte der Mann. «Ich bin Hauptmann O'-Brian-Kelly.» Sein Akzent wies ihn als Angehörigen einer bestimmten Gruppierung in der englischen Oberschicht aus, die sich immer noch einer Aussprache aus alter Zeit bediente.

«Tatsächlich», sagte O'Reilly.

«Jawohl. Bei den Grenadier Guards, genauer gesagt.»

«Dem Garderegiment, ja? Tolles Regiment. Und obendrein noch Hauptmann?»

«Sehr richtig», sagte der Mann mit stolzgeschwellter Brust.

Doch O'Reilly stand weder auf, noch bot er ihm die Hand. «Doktor O'Reilly», sagte er nur, und nach einer Pause: «Stabsarzt in der Königlich Britischen Marine … und wenn ich mich recht erinnere, ist die Marine der *ältere* Truppenteil.»

«Wohl wahr, aber ich bin nicht hergekommen, um mit Ihnen über die Streitkräfte zu diskutieren. Ich werde mich eine

Weile hier aufhalten, als Gast Seiner Lordschaft, des Marquess. Sein Sohn ist mein Untergebener.»

«Und haben Sie's bequem in dem großen Haus?», erkundigte sich O'Reilly.

«Ich wohne im Torhaus. Ganz gemütlich. Werde einige Tage Fasanen jagen, ein bisschen fischen, und während meines Aufenthaltes hier könnte der Fall eintreten, dass ich ärztlichen Beistand brauche. Seine Lordschaft hat mir versichert, Sie seien durchaus qualifiziert.»

«Nichts Besonderes», brummte O'Reilly. «Bloß ein Landgnádhochtúir.»

«Ein wie bitte?»

«Ein Landarzt. Wie mein Kollege hier, Doktor Laverty.»

«Jawohl. Richtig. Normalerweise suche ich einen Arzt in London auf, in der Harley Street.»

«Das hier ist die Main Street», meinte O'Reilly, «Nummer 1. In Ballybucklebo.»

«In der Not frisst der Teufel Fliegen.»

«So heißt es im Volksmund.» O'Reillys Nasenspitze wies einen Anflug von Blässe auf. Er schaute auf seine Armbanduhr. «So, Herr Hauptmann, nichts liegt mir ferner, als Sie zu hetzen, aber vielleicht ist Ihnen aufgefallen, dass das Wartezimmer recht voll ist.»

«Bauern aus dem Dorf, was?» Der Mann im Anzug lachte schrill. «Die sind das Warten wahrscheinlich gewohnt.»

«Manche von ihnen», sagte O'Reilly ruhig, «sind wirklich krank.»

«Ein Jammer.»

«Ich wäre Ihnen sehr verbunden, wenn Sie mir nun mitteilen würden, was Ihnen fehlt.»

«Bin gesund wie ein Fisch im Wasser.» Der Hauptmann lachte wieder, oder wieherte, wie Barry fand.

«Mmmh.» O'Reilly zog seine Halbmondbrille ein Stück den Nasenrücken herunter.

«Wollte Sie nur kennenlernen. Für alle Fälle. Man weiß ja nie.»

«So ist es.» O'Reilly erhob sich. «Und das ist alles?» Er begab sich zur Tür.

«Ganz richtig. Dann will ich mal gehen. War nett, Ihre Bekanntschaft zu machen, junger Mann», sagte der Hauptmann zu Barry.

O'Reilly hielt ihm die Tür auf. Bevor der Besucher den Raum verließ, fragte er ihn: «Interessieren Sie sich zufällig für Rennen?»

«Pferderennen? Den Sport der Könige? Das darf ich wohl sagen. Bin jedes Jahr beim Royal Ascot. Derby. Cheltenham Gold Cup. Lasse ich nie aus. Und dieser Ire, dieser Arkle, macht sich ja erstaunlich gut.»

«Der? Ja richtig», meinte O'Reilly. «Mir fiel gerade ein, dass ein Sportsmann wie Sie vielleicht Lust hätte, mal bei unserem Renntag hier vorbeizuschauen.»

«Bei den Hottehüs, ja? Müsste recht lustig sein, so eine Veranstaltung auf dem Lande.»

O'Reilly nickte.

«Sehr freundlich von Ihnen, dass Sie mich informieren. Ja. Will mal sehen, ob ich vorbeikommen kann.»

Warum, fragte sich Barry, war O'Reilly zu diesem arroganten Schnösel bloß so höflich?

«Es lohnt sich», meinte O'Reilly. «Doktor Laverty und ich werden auch dort sein, vielleicht sehen wir uns.»

«Fein. Sehen Sie, O'Reilly, hab ja gewusst, dass es eine gute Idee war, auf einen Sprung bei Ihnen reinzuschauen. Ich sehe schon, wir kommen ganz prächtig miteinander aus.»

«Ganz prächtig.» O'Reilly schmunzelte.

Der Hauptmann mochte O'Reilly für freundlich halten, aber Barry sah das teuflische Glimmen tief in den braunen Augen seines Chefs.

«Tschüssi.»

«Mmm. Und winke-winke», sagte O'Reilly zu dem sich
entfernenden Rücken. Wieder schaute er auf die Uhr. «Der
Kerl ist die reine Zeitverschwendung.»

Bevor Barry sich dazu äußern konnte, erklärte O'Reilly: «Es
ist schon spät, und wir haben noch Patienten. Danach Mittagessen, dann kommen die Bishops, vielleicht hat Kinky für
heute Nachmittag was auf der Liste, und zu Myrtle MacVeigh
müssen wir auch noch.»

«Ich hole den Nächsten», erbot sich Barry, «aber vorher
noch eine kurze Frage: Warum warst du so höflich zu ihm?
Und hast ihn zum Rennen eingeladen?»

«Oh», meinte O'Reilly, «das wird bestimmt ein schöner
Tag für ihn.» Das Funkeln tief in seinen Augen wurde noch
gefährlicher. «Und ich bin sicher, dass ein Mann wie er sehr
davon profitieren könnte, die Bauern aus dem Dorf kennenzulernen.»

«Du willst doch nicht etwa sagen ...»

«Doch, ganz genau. Der Hauptmann müsste sich eigentlich
ganz prächtig mit Donal Donnelly verstehen. Immerhin sind
sie beide große Fans von unserem Wunderpferd Arkle.»

21 ＊ Ein Hut für eine Königin

O'Reilly warf einen grimmigen Blick auf die Salatschüssel, die
Mrs Kincaid auf den Esstisch gestellt hatte. «Ist das alles?»,
fragte er.

«Doch, ja», erwiderte sie. «Salat hat viele Vitamine und
ist sehr, sehr sättigend.» Sie warf einen Blick auf O'Reillys
Wampe. «Er wird Ihnen richtig guttun und außerdem für Regelmäßigkeit sorgen.»

«Mrs Kincaid», knurrte O'Reilly, «wer im Glashaus sitzt,

soll nicht mit Steinen werfen. Und außerdem glaube ich kaum, dass mein Stuhlgang in Ihren Zuständigkeitsbereich fällt.»

Kinky zog einen Schmollmund und wandte sich an Barry. «Kommen Sie in die Küche, wenn Sie fertig sind, Doktor Laverty. Ich habe Ihre Kordhose geflickt. Da war ja ein ganz übler Riss drin.»

«Danke, Kinky.»

«Sagen Sie nichts mehr, und essen Sie.» Sie warf ihm einen bösen Blick zu und meinte dann zu O'Reilly: «Heute Nachmittag müssen Sie zu Myrtle.»

«Und das ist alles?», vergewisserte O'Reilly sich.

«Nein», sagte Mrs Kincaid. «Ich hab noch ein halbes Dutzend hier auf dem Zettel, als Überraschung für Sie, ja.»

«Ach, kommen Sie, Kinky», brummte O'Reilly. «Der Salat ist lecker.»

«Hm.» Sie verschwand wieder in der Küche.

O'Reilly spießte ein Salatblatt auf. «Blödes Kaninchenfutter», brummte er, «und besonders höflich ist Kinky heute auch nicht gerade.»

Barry zerschnitt ein hartgekochtes Ei. «Ich glaube, ihr hat nicht gepasst, dass du sie in ihre Schranken verwiesen hast. Fingal, sie macht sich Gedanken um dich, weißt du ...»

«Mmmh.»

«Und vielleicht ist sie auch ein bisschen sauer auf mich.»

«Warum das denn?»

«Weil ich am Sonntag ihren Gottesdienst als Unterhaltung bezeichnet habe.»

«Oh. Ja, Kinky redet nicht viel darüber, sie ist nicht missionarisch veranlagt, aber sie ist wirklich fromm.»

«Ich weiß.»

O'Reilly schob ein Salatblatt auf seinem Teller herum. «Vielleicht sollten wir ihr ein Friedensangebot machen?»

Diese Idee war Barry am Sonntag auch schon gekommen, doch bei den Aufregungen der vergangenen Tage hatte er nicht mehr daran gedacht. O'Reilly hatte recht. «Sie geht doch zu Maggies Hochzeit, oder?»

«Mit Sicherheit.»

«Ob sie sich wohl über einen neuen Hut freuen würde?»

«Das wäre ein Gedanke.» O'Reilly stopfte sich sein hartgekochtes Ei ganz in den Mund.

«Wir könnten bei Miss Moloney hineinschauen, mal gucken, was sie so hat … und gleichzeitig sehen, wie es Helen geht.»

«Prima. Vielleicht am späteren Nachmittag. Für die Bishops brauchen wir nämlich sicher eine Weile, aber bei Myrtle müsste es schnell gehen.» O'Reilly widmete sich ganz den Resten seines Salates und warf dann einen hoffnungsvollen Blick zur Anrichte hinüber. «Nur diese dummen Apfelsinen», sagte er enttäuscht. Er stand auf, schnappte sich eine Frucht und schälte sie. «Die sorgen wahrscheinlich auch für Regelmäßigkeit.»

«Na», meinte Barry, «immerhin schützen sie dich vor Skorbut.»

«Stimmt», sagte O'Reilly, während es an der Tür klingelte, «und hier rumzuhängen und zu jammern bringt ja nichts. Das werden die Bishops sein», meinte er mit einem Blick auf die Uhr. «Deine Patienten. Ich gucke zu.» Er ging zur Haustür und hielt sie auf.

«Schön.» Auch Barry stand auf. Als er das Behandlungs-zimmer betrat, hatten Mr und Mrs Bishop sich bereits auf den Holzstühlen niedergelassen. «Guten Tag», begrüßte Barry die beiden. «Wie geht's Ihnen, Mrs Bishop?»

«Wie denn wohl?», fragte Bishop ärgerlich. «Sie haben doch nichts für sie getan.»

«Stimmt nicht ganz, Mr Bishop. Ich habe mich mit einem Kollegen beraten. Er hält meine Diagnose möglicherweise für richtig.»

«Möglicherweise. Haben Sie einen Termin mit einem richtigen Arzt für uns gemacht?»

«Nötigenfalls bekommen Sie den.» Barry ließ sich nicht aus der Fassung bringen. Er nahm wahr, dass O'Reilly sich ausnahmsweise auf die Untersuchungsliege gesetzt hatte und dort hin und her rutschte. «Könnten Sie bitte aufstehen, Mrs Bishop?»

Schwerfällig erhob sie sich.

«So», sagte Barry, «ich möchte gerne, dass Sie jetzt so oft, wie Sie können, einen Arm heben. Genau so wie beim letzten Mal.»

«Mein Gott», knurrte Bishop, «das hat sie doch schon gemacht.»

«Das stimmt, Mr Bishop, aber ich möchte, dass sie es nochmal macht.»

«Also los.» Bishop kramte nach seiner Taschenuhr.

Mrs Bishop schnaufte und keuchte und gab sich schon nach wenigen Bewegungen geschlagen.

«Schön», meinte Barry. «Jetzt setzen Sie sich ein Weilchen hin.» Er half ihr wieder auf den Stuhl. «Ich gebe Ihnen zwei Spritzen, aber erst sollen Sie wieder zu Atem kommen.»

Bishop starrte auf seine Uhr. Barry bereitete die Spritzen mit dem Neostigmin und dem Atropin vor. «Entschuldigen Sie bitte, Doktor O'Reilly.» Er half Mrs Bishop auf, wartete, bis O'Reilly von der Liege gerutscht war, führte die Patientin dorthin und zog den Paravent davor. «Könnten Sie Ihren Rock anheben, den Schlüpfer ein bisschen herunterziehen und sich über die Liege beugen?» Er rieb ein Fleckchen weißes Fleisch mit einem Alkoholtupfer ab und verabreichte der Patientin rasch hintereinander die beiden Spritzen.

«Aua.»

«Tut mir leid, Mrs Bishop. Sie können sich wieder anziehen. Vielleicht möchten Sie sich ein bisschen auf der Liege ausruhen?»

«Gern, Herr Doktor.» Nachdem Mrs Bishop ihre Kleidung zurechtgezogen hatte, half Barry ihr auf die Liege. «Es

ist möglich, dass Sie von den Medikamenten leichte Magenkrämpfe bekommen. Machen Sie sich keine Sorgen, die gehen
ganz schnell wieder weg.»

«Gut.»

Barry schob den Paravent fort. Seine Worte waren zwar für
Mrs Bishop gedacht, er richtete sie jedoch direkt an den Gemeinderat. «So», sagte er, «wir müssen jetzt dreißig Minuten
warten, bis das Medikament wirkt.»

«Wie lange?» Bishop sprang auf die Füße und kollerte wie
ein wütender Truthahn: «Mensch nochmal, *wie* lange?»

«Eine halbe Stunde», sagte Barry freundlich. «Das wird
Ihnen gar nicht lang vorkommen.» Nein, er ließ sich nicht auf
der Nase herumtanzen.

«Überhaupt nicht», mischte O'Reilly sich ein. «Fühlen Sie
sich bitte wie zu Hause.» Er deutete mit dem Kopf zur Tür.
«Doktor Laverty und ich müssen uns um einen Notfall kümmern, aber wir sind beizeiten zurück.»

Barry runzelte die Stirn. Ein Notfall? Eigentlich sollte er
hierbleiben, für den Fall, dass Mrs Bishop eine Kolik bekam,
doch er folgte O'Reilly aus dem Raum. Nachdem er die Tür
geschlossen hatte, fragte er: «Was ist denn jetzt so dringend,
Fingal?»

«Ich hatte vergessen, dass heute Abend im Fernsehen ein
Rugbyspiel übertragen wird. Wenn wir jetzt sofort zu Miss
Moloney laufen, sind wir gleich wieder für die Bishops da,
dann flitzen wir anschließend zu Myrtle und sind rechtzeitig
zum Spiel zurück. Und zum Abendessen», ergänzte er weh-
mütig.

«Also los.»

Sie gingen die Main Street entlang und bogen nach links
in die Ortsmitte ab. Die Sonne gab sich alle Mühe, durch die
dünne, tiefhängende Wolkendecke zu brechen. Barry fiel auf,
dass einige Ulmen auf den Ballybucklebo Hills schon erste
braune Flecken zeigten. Der Herbst nahte.

Es war nur wenig Verkehr. Fußgänger machten Besorgungen, Frauen mit Kopftüchern hatten Körbe am Arm, ein junger Mann stand auf einer schmalen dreieckigen Leiter, die am Fenster des Gemüsehändlers lehnte. Mit einer Zigarette im Mundwinkel und einem Fensterleder in der Hand putzte er die Scheibe.

An der Ampel mussten Barry und O'Reilly warten. Ein Brotwagen, ein Radfahrer und ein Pferdefuhrwerk überquerten die Main Street. Barry bemerkte, wie der Mann auf dem Fahrrad O'Reilly anstarrte, und fragte sich, wann er wohl das letzte Mal sicherheitshalber einen Sprung in den Straßengraben gemacht hatte.

«Guten Tag», sagte Archibald Auchinleck und tippte sich an seine Busschaffnermütze. «Herrliches Wetter.»

«Wie geht's dem Rücken, Archie?», erkundigte O'Reilly sich.

«Ich glaube, er wird besser. Die Pillen sind 'ne Wucht.»

«Schön. Und was macht der Junge?»

Der Milchmann grinste übers ganze Gesicht. «Ich hab gestern einen Brief erhalten. Das ist wirklich schön. Rory kriegt nächste Woche Urlaub, und er kommt nach Hause.»

«Das sind ja gute Nachrichten, Archie», meinte O'Reilly, während die Ampel auf Grün umsprang, «und was macht das Fischen?»

Barry schaute auf die Uhr. O'Reilly hatte diesen raschen Ausflug vorgeschlagen, um Zeit zu sparen. Trotzdem stand sein Chef in aller Seelenruhe hier herum und plauderte.

«Ich bin gestern von Donaghadee aus los», sagte Archie mit einem Lächeln. «Hab bei den Copeland-Inseln sechs Makrelen und einen Knurrhahn gefangen. Möchten Sie ein paar Makrelen haben, Doktor?»

O'Reilly schüttelte den Kopf. «Danke, Archie, aber die sind mir ein bisschen zu fett.»

Es wurde wieder rot, und Barry trat von einem Fuß auf den anderen. Die Zeit verflog. «Doktor O'Reilly ...»

«Eile mit Weile, Barry», meinte O'Reilly, «wir müssen doch warten, bis es grün wird.» Er schwatzte weiter mit Archie, und als die Ampel umsprang, trat er, ohne nach rechts oder links zu sehen, auf die Fahrbahn, direkt vor eine Radfahrerin. Sie konnte gerade noch bremsen und einen Fuß auf die Straße setzen.

Barry schüttelte den Kopf und folgte seinem Chef an den Geschäften vorbei, bis sie zu einer schmalen, rotgestrichenen Tür kamen. Im Ladenfenster daneben standen zwei Schaufensterpuppen in geblümten Röcken und Pullovern. Auf gläsernen Regalen waren Hüte ausgestellt. «Ballybucklebo-Boutique» stand auf dem Schild über der Tür. Nein, die Carnaby Street ist das hier wahrlich nicht, dachte Barry. Als O'Reilly eintrat, bimmelte die Türglocke.

Hinter dem Verkaufstresen stand eine spindeldürre Frau mittleren Alters, die sofort auf sie zugestürzt kam. Sie hatte das graumelierte Haar zu einem strengen Knoten aufgesteckt, und ihre schmalen Lippen waren zu einem Lächeln verzogen, aber die braunen Augen lächelten kein bisschen.

Sie faltete die Hände und machte einen kleinen Knicks. «Doktor O'Reilly. Was für eine Freude. Was für eine große Freude, und das hier ist sicherlich der junge Doktor Laverty, nicht wahr?» Ihre Stimme klang wirklich so, wie Helen sie beschrieben hatte – krächzend und kalt. «Wie kann ich den Herren heute behilflich sein?»

«Ein Hut», sagte O'Reilly, «für Mrs Kincaid.»

«Da hab ich genau das Richtige.» Aufgeregt drehte sie sich um und kreischte mit einer Stimme, die auf zehn Schritte eine Sardinendose hätte öffnen können: «Helen ... bring die blaue Schachtel her.» Mit ihrem gekünstelten Lächeln wandte sie sich wieder an O'Reilly. «Meine Verkäuferin ist ein einfaches Mädchen. Sie ist hinten. Helennn!», rief sie noch lauter.

Mit einer blauen Hutschachtel in der Hand kam Helen durch den Bogen mit dem Perlenvorhang, der ins Hinterzimmer führte.

«Die doch nicht, du Dummerchen. Die dunkelblaue! Ts-ts-ts. Tut mir leid, dass ich Sie warten lassen muss, Doktor.»

Barry hatte bereits bemerkt, dass Helen immer noch eine langärmelige Bluse, einen langen Rock und weiße Baumwollhandschuhe trug. Es sah nicht so aus, als würde die Cortisolsalbe wirken. Jedenfalls noch nicht. Das junge Mädchen erschien wieder, diesmal mit einer dunkelblauen Hutschachtel.

«Auf den Tresen damit, Mädchen. Auf den Tresen.»

Helen warf Barry einen Blick zu, verdrehte die Augen zum Himmel und stellte die Schachtel auf die Glasplatte.

«Jetzt steh da nicht rum, sondern öffne die Schachtel!»

«Ja, Miss Moloney.» Helen hob den Deckel ab, zog eine Handvoll Seidenpapier heraus und hob dann den Hut auf den Tresen.

Barry betrachtete ihn. Er war smaragdgrün, aus einem Stoff, der aussah wie Filz, und hatte die Form eines Herrenhutes mit breiter Krempe, die vorne heruntergeklappt und hinten aufgestellt war. Das Hutband war aus grünem Satin in einem dunkleren Farbton.

«Ist der nicht wunderschön?», gurrte Miss Moloney.

«Wirklich schön», stimmte O'Reilly mit ausdrucksloser Miene zu. «Ist das Mrs Kincaids Größe?»

«Der wird ihr passen wie angegossen.»

«Was meinst du, Barry?»

Es war wie in der Praxis, dachte Barry, wenn O'Reilly ihn nach seiner Meinung fragte. «Es geht ja nicht darum, wie ich den Hut finde, sondern wie Kinky ihn findet», antwortete er.

«Entschuldigen Sie bitte», sagte Miss Moloney affektiert, «ich bin überzeugt, dass er Mrs Kincaid sehr gut gefallen wird, ach, was sag ich denn, lieben wird sie den Hut.»

«Gut», meinte O'Reilly, «wir nehmen ihn.»

«Wunderbar.» Ohne das junge Mädchen eines Blickes zu würdigen, befahl Miss Moloney: «Einpacken, Helen. Aber ein bisschen dalli. Die Ärzte haben es sicher eilig.» Sie huschte hinter den Verkaufstresen. «Ich mache die Rechnung fertig.»

Barry sah, wie Helen seufzte und sich reflexhaft hinter dem linken Knie kratzte. Dann hob sie den Hut wieder in seine Schachtel. «Wie geht's, Helen?», fragte er.

Sie zuckte die Achseln. Barry war enttäuscht. Er hatte recht gehabt. Nein, die Salbe konnte nicht wirken. Kein Wunder, wenn das arme Mädel sich gefallen lassen musste, dass ihre Chefin Tag für Tag so mit ihr umsprang. «Das tut mir leid», sagte er. Wenigstens hatte Helen keine Wunder erwartet. Er fragte sich, ob O'Reilly Miss Moloney wohl darauf ansprechen würde, wie sie ihre Verkäuferin behandelte, oder ob er selbst etwas sagen sollte.

«Bist du immer noch nicht fertig?» Miss Moloney warf Helen einen bösen Blick zu.

«Doch, Miss Moloney.»

«Dann steh da nicht rum. Geh ins Hinterzimmer und staple die restlichen Hutschachteln auf.»

Helen ging, und Miss Moloney lächelte wieder O'Reilly an. «Sie würden nicht glauben, wie viele Hüte ich vorrätig haben muss, wo doch zwei Hochzeiten bevorstehen.» Sie wrang die Hände, und diesmal lächelten auch ihre Augen. Barry konnte sich lebhaft vorstellen, wie sie im stillen Kämmerlein ihr Geld zählte und sich an ihren Profiten ergötzte. «Hier, Doktor.» Sie schob O'Reilly die Hutschachtel hin. «Und das ist Ihre Rechnung.»

«Geben Sie beides Doktor Laverty», bestimmte O'Reilly. Bevor Barry protestieren konnte, warf sein Chef ihm einen scharfen Blick zu. «Es war Ihre Idee, Laverty.» Der Arzt wünschte Miss Moloney einen guten Tag und verließ den Laden.

Während die Glöckchen über der Tür noch läuteten, zückte Barry seufzend seine Brieftasche. Dabei hatte O'Reilly, dieser Hund, doch gerade erst Fergus Finnegan ein Pfund abgeknöpft. Barry bezahlte und nahm Schachtel und Wechselgeld entgegen. Er machte sich immer noch Sorgen um Helen. «Entschuldigen Sie, Miss Moloney ...»

«Ja?» Sie zog eine Augenbraue hoch. Ihre Stimme war kalt.

«Ich frage mich, ob Sie nicht ein bisschen zu streng mit Helen sind?»

«Wie bitte?»

Es war, als wäre die Temperatur im Laden um mindestens zehn Grad gefallen.

«Ich meine bloß, Sie ...»

«Junger Mann, das geht mir aber wirklich über die Hutschnur! Falls ich jemals unverschämterweise in Ihre Praxis kommen und Ihnen erzählen sollte, wie Sie zu arbeiten haben, dann dürfen Sie auch herkommen und mir Vorschriften machen, wie ich mein Geschäft führen soll.»

«Ich ... ich meine ...» Barry sah Helen durch den Perlenvorhang lugen. Mühelos las er ihr ihre tonlosen Worte von den Lippen ab: «Danke, Doc.»

«Guten Tag, Doktor Laverty», zischte Miss Moloney.

Barry klemmte sich die Hutschachtel unter den Arm, und noch während er das Geschäft verließ, hörte er die Inhaberin schreien: «Helennn, komm augenblicklich her!»

Er war froh, dass sein Chef die kleine Szene nicht miterlebt hatte. Barry wusste, dass er O'Reillys erste Regel nicht nur gebrochen, sondern mit Füßen getreten hatte. Er beschleunigte seine Schritte, um ihn einzuholen, und bemühte sich, sein Versagen hinter sich zu lassen. In fünf Minuten würde er herausfinden, wie es um Mrs Bishop stand.

22 ＊ Sich regen bringt Segen

O'Reilly wartete im Flur auf ihn. «Stell ihn ins Esszimmer.» Er deutete mit dem Kopf auf die Hutschachtel. «Wir geben ihn Kinky später.»

«Wir? Ich habe den Hut doch bezahlt», sagte Barry, indem er die Schachtel auf einen Stuhl stellte. Er folgte O'Reilly in den Behandlungsraum.

Councillor Bishop ging mit schweren Schritten auf und ab. «Sie haben von einer halben Stunde gesprochen. Jetzt sind Sie schon fünfunddreißig Minuten unterwegs gewesen, jawoll.»

«Ach du Schreck», sagte O'Reilly, «wie die Zeit verfliegt.» Er setzte sich auf seinen Drehsessel.

«Würden Sie beide bitte weitermachen?»

Barry trat an die Untersuchungsliege. «Wie fühlen Sie sich, Mrs Bishop? Keine Magenkrämpfe?»

«Nein, Doktor.»

«Gut.» Offenbar hatte das Atropin, das Bereen empfohlen hatte, um diese mögliche Komplikation zu vermeiden, gewirkt. Trotzdem war Barry immer noch ein wenig unbehaglich zumute, weil er seine Patientin allein gelassen hatte. «Können Sie bitte aufstehen?» Er half ihr, sich aufzusetzen und von der Liege zu steigen. «Wie oft können Sie Ihren Arm jetzt heben?», fragte er.

«Himmeldonnerwetter. Nicht schon wieder», knurrte Bishop.

Barry schenkte ihm keine Beachtung. Er beobachtete, wie Mrs Bishop ihren Arm hob und senkte, mühelos, wie es schien. «Das reicht. Jetzt können Sie aufhören.»

«Das ist ein Wunder.» Staunend sah sie ihn an. «In Lourdes hätte es mir nicht besser ergehen können.»

«Du würdest doch nicht nach Lourdes fahren», sagte Bishop. «Du bist eine gute Protestantin, jawoll. Lourdes ist was für die Katholen.»

O'Reilly hüstelte. «Ich glaube, Sie meinen die Katholiken, Herr Gemeinderat.»

«Ja. Wie auch immer, aber ich will jetzt wissen, was Flo hat und ob Sie ihr helfen können. Ich hab's satt, dass sie so nutzlos rumsitzt.»

«Ihre Frau, Herr Gemeinderat», sagte Barry, indem er direkt Mrs Bishop anschaute, «leidet unter der sogenannten *Myasthenia gravis* oder Myasthenie. Das ist eine krankhafte Muskelschwäche.»

Bishop runzelte die Stirn, und Barry hörte das Misstrauen in seiner Stimme, als er fragte: «Sie wollen mich doch nicht verarschen? So wie neulich, als Sie und O'Reilly mich mit diesem Test reingelegt haben?»

Barry verkniff sich ein Lächeln.

«Es ist eine sehr seltene Krankheit», erklärte O'Reilly. «Ich hatte bisher noch keinen Fall gesehen.»

«Es gibt wahrscheinlich 'ne ganze Menge, was Sie beide noch nicht gesehen haben», meinte Bishop.

Barry freute sich so über seine richtige Diagnose, dass er sein Versagen bei Miss Moloney nun tatsächlich hinter sich lassen und auch Bishops Stichelei ignorieren konnte. «Mrs Bishop, Sie werden Tabletten einnehmen müssen. Eine gleich nach dem Aufstehen und ein bis zwei jedes Mal, wenn Sie sich schwach fühlen. Aber ich verspreche Ihnen, dass Sie ganz schnell wieder auf dem Damm sind.»

«Ganz ehrlich?», fragte sie mit großen Augen.

«Ich verspreche es Ihnen», wiederholte Barry, «und wenn Doktor O'Reilly mich jetzt an den Rezeptblock lässt ...»

«Ach so.» O'Reilly stand auf und trat einen Schritt zur Seite.

«... dann schreibe ich Ihnen das Medikament auf.» Er füllte ein Rezept aus und reichte es Mrs Bishop.

«Bitte schön.»

«Danke, Doktor Laverty. Ganz herzlichen Dank. Ach, wird das schön, wenn ich erst wieder auf den Beinen bin.» Barry sah auf ihrer linken Wange eine Träne schimmern. Ihm fiel auf, dass ihre Hand zitterte, als sie das Rezept entgegennahm, und er legte ihr eine Hand auf die Schulter. «Gerne», sagte er. «Kommen Sie nächste Woche wieder. Ich möchte wissen, was Sie für Fortschritte machen.»

«Das werde ich tun.» Sie tätschelte sich den Bauch und lächelte schwach. «Vielleicht könnte ich ja auch ein paar Pfund abnehmen.»

«Ein paar Pfund reichen da nicht.» Councillor Bishop stolzierte zur Tür. «Na komm, Flo», sagte er. «Wir sind jetzt lange genug hier gewesen.»

«Augenblick noch», meinte O'Reilly ruhig, mit einem Blick zu Barry hinüber. «Ich möchte Ihnen eine Frage zum Schwarzen Schwan stellen, Mr Bishop.»

Aha, dachte Barry, trotz seiner Zweifel wollte O'Reilly nun doch versuchen, sich Bishops Dankbarkeit zunutze zu machen.

Der Gemeinderat fuhr herum. Seine Augen wurden schmal. «Was für eine Frage denn?»

«Ein kleines Vögelchen hat mir ins Ohr geflüstert, dass Sie Willy Dunleavys Pachtvertrag nicht verlängern wollen.»

«Das geht Sie nichts an, O'Reilly. Sagen Sie Ihrem Vögelchen, es kann mich mal, jawoll.»

Während Bishops Wangen hochrot anliefen, wurde O'-Reillys Nasenspitze weiß. Wie zwei Kampfhähne in einem Hühnerhof, dachte Barry. Er war überrascht, als O'Reilly ruhig sagte: «Viele Leute hier im Dorf würden sich wünschen, dass Sie sich das nochmal überlegen.»

«Wünschen kostet nichts. Aber Geschäft ist Geschäft, jawoll.»

«Verstehe», sagte O'Reilly mit einem Seufzer. «Schade.»

Zum ersten Mal erlebte Barry, dass sein Chef sich geschlagen gab.

«Doktor O'Reilly», mischte Mrs Bishop sich ein, «Bertie hat kein ...»

«Halt den Mund, Frau», fuhr Bishop seine Gattin an. Seine hochroten Wangen waren fast violett geworden. «Halt ... die ... Klappe.»

«Tut mir leid, Schatz», sagte sie und starrte auf den Teppichboden.

«Das will ich aber auch hoffen.» Bishop fasste seine Frau an der Hand. «Jetzt komm endlich hier raus.» Die Tür schlug hinter ihnen zu.

Nachdenklich betrachtete Barry die geschlossene Tür. Dann wandte er sich an O'Reilly. «Du hast es immerhin probiert, Fingal.»

«Ja», sagte sein Chef. «Und nichts erreicht. Barry, ich weiß nicht weiter. Seit wir das mit dem Dreckspatz erfahren haben, zerbreche ich mir den Kopf, wie wir diesen Idioten von seinem Vorhaben abbringen können. Aber mir fällt einfach nichts ein.»

«Keine Sorge, Fingal, wir finden bestimmt eine Lösung.» Barry wünschte, er könnte selbst daran glauben.

«Ach, dein Wort in Gottes Ohr.» O'Reilly schüttelte den Kopf. «Manchmal», sagte er, während er aus dem Fenster schaute, «denke ich, ich sollte einfach bei der Medizin bleiben ... aber dieses verdammte Dorf geht einem unter die Haut. Am Ende gehört man einfach dazu.»

«Ich weiß», sagte Barry leise.

«Jedenfalls», brummte O'Reilly, «bin ich stolz auf dich. Was Florence angeht, hast du tatsächlich recht gehabt. Und ich wusste wirklich nicht weiter.»

«Danke, Fingal.»

«Das Problem ist bloß, ich habe dir zwar versprochen, ich würde dafür sorgen, dass es Wunder für deinen Ruf wirkt, wenn die Diagnose richtig ist, aber solange die beiden Bishops nicht darüber sprechen, darf ich auch nichts sagen.»

«Ich weiß. Die Schweigepflicht», sagte Barry. Immer noch ganz erfüllt von seinem Erfolg und O'Reillys Lob, fuhr er fort: «Das macht nichts. Ich habe jetzt ja ein paar gelungene Behandlungen vorzuweisen. Der Jockey und der kleine Colin Brown heute, und Jennys Entbindung am Mittwoch ist auch gut verlaufen. Und Mrs O'Hagan freut sich, dass ich Kieran bei seinem Harnverhalt helfen konnte. Ich glaube, du hattest recht, Fingal. Das Beste war, einfach weiterzuarbeiten.»

O'Reilly schlug Barry auf die Schulter. «Wir werden ja sehen», meinte er. «Und immerhin haben wir erreicht, dass Bishop bei Sonny weiterarbeitet. Wir sollten auch für Kleinigkeiten dankbar sein.»

Barry hörte das Telefon im Flur klingeln, dann Kinkys Stimme und das «Ping», als sie den Hörer wieder auf die Gabel legte. Die Tür des Behandlungsraums öffnete sich.

«Ja, Kinky?», sagte O'Reilly.

«Das war Myrtle MacVeigh. Sie sagt, sie ist auf den Beinen und läuft rum wie ein junges Fohlen, ja. Es geht ihr besser, Sie brauchen nicht vorbeizukommen, und danke an Doktor Laverty für die Pillen.» Sie wandte sich an Barry. «Und Sie, Doktor Laverty, Sie haben nach dem Mittagessen vergessen, Ihre Kordhose abzuholen, deswegen hab ich Sie Ihnen oben in Ihr Zimmer gelegt.»

«Tut mir leid, Kinky.» Barry lächelte. «Danke schön.» Er wandte sich an O'Reilly. «Sollten wir vielleicht trotzdem kurz bei Myrtle reinschauen? Einfach, um sicherzugehen?»

«Und damit du einen weiteren Triumph auskosten kannst?», fragte O'Reilly mit einem breiten Grinsen. «Lieber nicht», fuhr er fort. «Wenn wir nicht hinfahren, haben wir vor dem Abendessen noch viel Zeit ...» Er warf Kinky einen Blick zu.

«Ich habe gerade Krebsküchlein im Ofen», sagte sie, «und wenn Sie möchten, mache ich noch Pommes frites dazu.»

«Das», erklärte O'Reilly mit knurrendem Magen, «wäre einfach klasse.»

«Und du hättest genug Zeit, dein Rugbyspiel zu sehen», sagte Barry, der sich auf einen faulen Nachmittag freute.

«Und», meinte O'Reilly, «wir könnten Maggie einen Besuch abstatten, so, wie du es am Montag schon vorgeschlagen hast. Das dauert ja nicht lange. Wir gucken mal, wie's dem alten Mädchen so geht, und fragen sie, ob sie vielleicht eine Idee hat, wo Sonny wohnen könnte, bis sein Haus fertig ist.»

«Warum nicht?» Maggie MacCorkle war Barry richtig ans Herz gewachsen, und er freute sich auf einen Besuch bei ihr. Ob sie O'Reilly wohl helfen konnte, sein Versprechen zu halten, dass er Sonny aus dem Genesungsheim herausholen würde? Mit Heilkunst hatte das alles zwar nicht viel zu tun, aber O'Reilly hatte recht. Ballybucklebo ging einem tatsächlich unter die Haut. Barry seufzte. Nicht anders war das allerdings mit einer gewissen Hoch- und Tiefbaustudentin. Er wandte sich zur Tür. «Mit deinem Auto, Fingal, oder mit meinem?»

An der Tür von der Küche in den Garten zögerte Barry. Er ließ O'Reilly vorangehen. Für den Fall, dass Arthur wieder einen liebestollen Angriff auf ihn plante, konnte sein Herrchen ihn vielleicht zurückhalten. «Komm, Barry», rief O'Reilly schon von draußen. «Wir wollen nicht den ganzen Nachmittag verplempern.» Doch Arthurs freudiges Bellen war nicht zu hören.

Barry trat in den Garten hinaus. Beharrlich schob die Sonne ihre Strahlen durch eine dünne Schicht Zirruswolken, sodass der ganze Garten mit Lichtflecken übersät war. Der große Kastanienbaum mit seinen Ästen voller dicker, stachliger Früchte warf einen langen Schatten. Die Apfelbäume bogen sich unter dem Gewicht des reifenden Obstes. Jemand hatte den Rasen gemäht, und das geschnittene Gras duftete. Von Arthur keine Spur. Gut.

O'Reilly stand am offenen Gartentor. «Arthur?», rief er. «Arthur Guinness? Wo ist der verdammte Hund denn bloß?»

Barry schaute in die Hütte. Leer.

«Das war Turlough. Der Bruder von Donal Donnelly. Ich bringe ihn um.»

«Wieso?»

«Er mäht immer den Rasen. Ich hab ihm nicht nur einmal, sondern tausendmal gesagt, dass er das Tor hinter sich zumachen soll. Jetzt ist Arthur abgehauen. Weiß Gott, was er gerade anstellt.»

Im Stillen hoffte Barry, der große Labrador würde eine läufige Hündin finden und sich zur Abwechslung mal mit seinesgleichen vergnügen statt mit Barrys Hosenbein.

«Ist nicht zu ändern», sagte O'Reilly. «Wenn er Hunger kriegt, wird er schon nach Hause kommen.»

Barry wartete, bis O'Reilly rückwärts aus der Garage herausgefahren war, stieg ein und machte sich auf einen weiteren Kamikaze-Ausflug im Rover gefasst. Da fiel sein Blick aufs Armaturenbrett. «Äh, Fingal?»

«Jaha?»

«Steht dein Tankanzeiger vielleicht auf null?»

«Tatsächlich?» O'Reilly bog auf die Main Street ab. «Nein, das hat nichts zu sagen, der ist kaputt.»

«Ach so», meinte Barry, «hat der Rover eigentlich einen Reservetank, so wie Brunhilde?» In seinem Käfer gab es nämlich einen kleinen Hebel. Wenn man den umlegte, flossen aus einem Reservetank ein paar Liter Sprit in den Haupttank.

«Überhaupt nicht», antwortete O'Reilly, «ich fahre meinen Tank nie leer, und wenn doch, dann weiß ich mir zu helfen.»

«Aha.» Barry ließ das Thema fallen. Schweigend saß er neben seinem Chef, während der Wagen die Shore Road entlangbrauste und schließlich mit quietschenden Reifen vor Maggies Häuschen zum Stehen kam.

Als Barry ausstieg, wurde er von fünf kunterbunt zusammengewürfelten Hunden begrüßt. Sie kläfften, wedelten mit den Schwänzen und wetteiferten um seine Aufmerksamkeit. Maggie saß in einem Liegestuhl vorn auf ihrer Terrasse. Den steifen Strohhut, den sie trug, kannte Barry schon, aber heute hatte sie Grasnelken ins Hutband gesteckt. Mit einem breiten, zahnlosen Grinsen erhob sie sich. Ihr wettergegerbtes Gesicht war von Lachfalten durchzogen.

«Kannst du die Hunde mal zu dir rufen, Maggie?»

«Och, klar, aber es sind ganz liebe Tiere. Sonst hätte Sonny sie nicht.» Trotzdem rief sie die Hunde und scheuchte sie durch eine Pforte in den umzäunten Garten hinter ihrem Häuschen.

«Und was führt die Herren heute hierher?» Sie zeigte eine Handbreit über ihren Kopf. «Diese wie-hießen-sie-noch, diese eckzentrischen Kopfschmerzen sind komplett weg.»

«Freut mich zu hören, Maggie», sagte O'Reilly. «Wir sind einfach gerade vorbeigekommen. Wollten sichergehen, dass dir nichts fehlt.»

«Überhaupt nichts.» Sie grinste wieder und fragte: «Wie wär's mit einem Tässchen Tee und einer Schnitte?»

«Danke, heute nicht, Maggie», antwortete O'Reilly, «wir haben es etwas eilig. Vielleicht beim nächsten Mal wieder.»

Barry war erleichtert. Maggie kochte ihren Tee nämlich, bis er so stark war, dass man damit einen Dampfkessel entrosten konnte, und ein Marmeladenbrot war so ungefähr das Letzte, worauf er jetzt Appetit hatte.

O'Reilly lehnte sich gegen die Haube des Rovers und zündete seine Pfeife an. «Eigentlich sind wir gekommen, weil wir dich um Rat fragen wollen.»

«Geht's wieder um die kleine Mieze? Um Lady Macbeth, Doktor?»

O'Reilly schüttelte den Kopf. «Nein, diesmal geht's um Sonny.»

Barry hätte es nicht für möglich gehalten, aber Maggies Grinsen wurde tatsächlich noch breiter. «Um Sonny? Dem geht's prima. Ich hab ihn gestern besucht. Er lässt Ihnen ein Dankeschön ausrichten. Er wird da im Heim jetzt besser versorgt.»

«Schön», meinte O'Reilly. «Er erholt sich auch wunderbar, aber ich glaube, wenn wir ihn da rausholen könnten, käme er noch schneller wieder zu Kräften.»

Maggie kicherte wie ein Backfisch. «Das soll er mal auch! Wir wollen doch nächsten Samstag heiraten. Sie beide kommen auch, oder?»

«Selbstverständlich», versicherte O'Reilly. «Aber das neue Dach wird bis dahin nicht fertig sein.»

Maggie schüttelte den Kopf. «Das macht nichts. Hauptsache, die Arbeit läuft. Sonny kann ja für ein Weilchen hier bei mir einziehen, ja. Selbst wenn seine Hunde und mein Kuschelkater da sind, ist für uns zwei noch Platz genug.»

«Ich weiß», sagte O'Reilly, «aber ich würde ihn gerne schon vorher da rausholen.»

Maggie zog die Brauen zusammen. «Ich würde den alten Brummbär ja gleich morgen herholen, aber was würden die Leute dann sagen?»

«Wahrscheinlich nichts besonders Freundliches», meinte O'Reilly, «deswegen wollte ich gerne wissen, ob du vielleicht einen anderen Vorschlag hast.»

Maggie schob ihren Strohhut zurück und kratzte sich den Kopf. «Vielleicht zu Aggie? Nein, die hat gerade einen Untermieter aufgenommen. Dann ist da noch Willy McCoubrey auf seiner Farm draußen neben Paddy MacVeigh ... Myrtle soll es ja schon bessergehen ... aber Willy ist so streitsüchtig, der würde auch Zank anfangen, wenn er allein im Haus wäre. Sonny würde die Wände hochgehen, wenn er mit dem Mann zusammenleben müsste.»

Bei der Vorstellung musste Barry schmunzeln.

«Wissen Sie, Doktor O'Reilly, mir fällt niemand ein.» Wieder zog Maggie die Brauen zusammen. «Ich höre, dass Willy Dunleavys Tochter, die kleine Mary, sich in Belfast Arbeit suchen will. Um von dieser Miss Moloney wegzukommen ...»

«Das bezweifle ich», widersprach O'Reilly, «da könnte sie doch nächsten Montag schon weg sein.»

Maggie brach in gackerndes Gelächter aus. «Wenn Bishop seinen Willen kriegt, dann sind Willy und Mary beide ganz schnell weg, wie ich höre.»

Barry sackte die Kinnlade herunter. Gab es denn in Ballybucklebo gar keine Geheimnisse?

«Dann sind wir also beide ratlos, Maggie.» O'Reilly klopfte seine Pfeife aus. «Ich muss einfach noch weiter darüber nachdenken. Besuchst du Sonny morgen?»

«Na klar.» Maggie lächelte. «Soll ich ihm sagen, dass Sie sich nach ihm erkundigt haben?»

«Ja, bitte, und auch von Doktor Laverty viele Grüße.»

«Das richte ich aus», sagte Maggie, «und ich sage ihm auch, dass Sie Ihr Bestes für ihn tun. Mehr können Sie ja wirklich nicht machen, und jedenfalls», sie schlang die Arme um sich, «ist der nächste Samstag schneller da, als eine Ente zweimal mit dem Schwänzchen wackelt, und dann bin ich Mrs Sonny, ja doch, und Sie brauchen sich nicht mehr das Hirn zu zermartern, wo er wohnen soll.»

O'Reilly öffnete die Fahrertür. «Und Doktor Laverty und ich werden kommen und auf deiner Hochzeit tanzen, Maggie, aber wenn wir jetzt nicht nach Hause fahren, schaffen wir das nicht.» Er nickte Barry zu. «Steig ein.»

Während Barry sich auf dem Beifahrersitz niederließ, hörte er O'Reilly vor sich hin murmeln: «Zu nichts zu gebrauchen. Ich kann Bishop nicht umstimmen, kann keine Unterkunft für Sonny finden ...»

«Und ich kann Miss Moloney nicht dazu bringen, Helen in Ruhe zu lassen», sagte Barry leise, doch schon während er sprach, schienen seine eigenen Sorgen kleiner zu werden, und es tat ihm im Herzen weh, den Mann auf dem Fahrersitz leiden zu sehen.

23 * Selbst ist der Mann

Der Motor des Rovers stotterte, verschluckte sich und ging aus.

«Himmeldonnerwetter nochmal!» O'Reilly ließ sein Auto auf einen Parkplatz rollen, der praktischerweise gleich hinter der Kreuzung von Shore Road und Main Street am Ufer der Bucht lag.

Die Reifen knirschten auf dem Kies, die Handbremse quietschte, als O'Reilly sie anzog. Er klopfte auf den Tankanzeiger und schaute ihn bitterböse an. O'Reilly jetzt daran zu erinnern, dass er ihn vor der Abfahrt gewarnt hatte, dachte Barry, wäre nicht besonders taktvoll. «Haben wir keinen Sprit mehr, Fingal?», fragte er.

«Was denn sonst? Raus mit dir.» O'Reilly stieg aus dem Wagen.

Barry stieg ebenfalls aus und wartete ab. Einmal hatte er bereits miterlebt, wie sein Chef sich beeilt hatte, um rechtzeitig zum Anpfiff eines Rugbyspiels nach Hause zu kommen, aber ein O'Reilly, der Rugby sehen wollte und dazu noch halbverhungert nach einem ordentlichen Abendessen gierte, war eine neue Erfahrung für ihn. «Oje», sagte er beschwichtigend. «Macht nichts. Du hast ja gesagt, du weißt, was du tun musst.»

Er hatte erwartet, dass O'Reilly einen Reservekanister aus dem Kofferraum holen würde, doch stattdessen schraubte dieser den Tankdeckel ab. «Jetzt guck mal gut zu», meinte er, knöpfte den Schlitz seiner Tweedhose auf und stellte sich ganz dicht an seinen Wagen. «Ich hab's eilig.»

«Mal im Ernst, Fingal. Selbst du schaffst es nicht, Urin in Sprit zu verwandeln.»

«Nein», meinte O'Reilly, «aber ich will dir das Geheimnis verraten. Vor einem Jahr musste ich den Trick schon mal anwenden, auf dem Weg zu einer Entbindung, und es funktioniert prima, die reine Hexerei.»

«Aber wie?»

«In diesem Modell liegt der Ausgang für den Benzinschlauch, der zum Motor führt, zwei Fingerbreit über dem Boden des Tanks, damit der ganze Schlamm auf den Grund absinkt und nicht in den Vergaser geraten kann.»

«Aber ich verstehe immer noch nicht ...», schnaufte Barry, denn nachdem O'Reilly einmal nach rechts und links gesehen hatte, stellte er sich noch näher an sein Auto heran. Barry hörte ein hohles, metallisches Plätschern. Die Flüssigkeit von oben traf auf den restlichen Sprit im Tank auf.

Seelenruhig erklärte O'Reilly: «Das Benzin schwimmt oben auf der Pisse, und so kriegt der Motor wieder so viel Sprit, dass ich noch zehn Meilen fahren kann. Das reicht bis zur nächsten Tankstelle, und wenn ich dann wieder vollgetankt habe, ist es ein Leichtes, den Urin unten abzulassen.»

Barrys Gelächter wurde vom Brummen eines Motors übertönt, das rasch näher kam. Ein Reisebus bog auf den Parkplatz ein und hielt. Eine Schar Touristen kletterte heraus und genoss den Ausblick auf die Belfaster Bucht. Über dem tiefblauen, in der Ferne mit Segelbooten gesprenkelten Wasser waren am gegenüberliegenden Ufer die runden grünen Antrim Hills zu erkennen, zu deren Füßen sich das zinnengekrönte Carrickfergus Castle duckte.

Die Mehrzahl der Touristen war ganz in den Anblick der Bucht versunken und gab ihrer Bewunderung mit Oohs und Aaahs Ausdruck. Einer jedoch, ein hochgewachsener älterer

Herr mit flachem Hut, auffällig kariertem Sportsakko und senfgelben Hosen, kam anspaziert und stellte sich neben O'Reilly. «Was machen Sie'n da, Mann?», fragte er mit unverwechselbar amerikanischem Akzent.

Barry zuckte stellvertretend für O'Reilly zusammen – der jedoch ließ sich überhaupt nicht stören.

«Ich fülle Treibstoff nach.»

«Treibstoff?»

«Na ja, Benzin.»

«Ah, ja.» Der Amerikaner streckte seine große Hand aus. «Bud Weismueller. Aus Texas. Dem Land des Öls.»

«Ach, tatsächlich?» O'Reilly knöpfte sich die Hose zu und schüttelte die dargebotene Hand. «Fingal O'Reilly. Aus Irland. Dem Land des Guinness.» Er schraubte den Tankdeckel zu. «Und wenn Sie uns jetzt entschuldigen wollen …» Er winkte Barry zu, der einstieg. O'Reilly drehte den Zündschlüssel um, und der Motor sprang augenblicklich an.

Doch bevor sie losfahren konnten, klopfte der Amerikaner gegen O'Reillys Fenster. O'Reilly kurbelte es herunter. «Ja?»

«Sagen Sie mal, so was hab ich ja mein Lebtag noch nicht gesehen. Wenn ich das meiner Frau erzähle. Herr im Himmel, und Sie haben gesagt, das war Guinness, Sir?»

«Eins seiner vielen Nebenprodukte», sagte O'Reilly, ohne eine Miene zu verziehen.

Der Mann runzelte die Stirn, rieb sich mit dem Handrücken über den Mund und dachte, so schloss Barry aus seinem Gesichtsausdruck, an das Geld, das er mit Wetten würde verdienen können. «Glauben Sie, dass es auch mit Budweiser klappt?»

«Oh», sagte O'Reilly trocken, «zweifelsohne. Aber jetzt müssen wir los.» Er legte den ersten Gang ein und gab Gas.

«Ob es mit Budweiser funktioniert?» Barry schnaubte verächtlich. «Das bezweifle ich aber. Ich habe das Zeug mal probiert. Das sollte er direkt in den Tank schütten.»

«Wieso denn das?»

«Das ist ja ohnehin bloß Pisse.»

Voller Genugtuung beobachtete Barry, dass es O'Reilly schwerfiel, geradeaus zu lenken, weil er so herzhaft lachte. Beide lachten immer noch in sich hinein, als O'Reilly an der nächsten Tankstelle den Tank füllte. Erst als er den Rover auf dem Feldweg hinter seinem Haus anhielt, hatte Barry die Fassung wiedergewonnen.

Er stieg aus. Kaum hatte er den Garten betreten, da wurde er auch schon von Arthur Guinness begrüßt. Mit freudigem Gebell versuchte der Hund, an Barrys Hose das Bein zu heben. Barry trat zur Seite. «Du hättest vorhin auch deinen blöden Köter anstellen können, Fingal», sagte er.

«Ja, er ist wirklich ein blöder Kerl. Wo bist du denn bloß gewesen, Sir?» O'Reilly sah Arthur böse an, doch statt sich ängstlich zu ducken, trabte der Hund stolz zu seiner Hütte und kehrte mit einem grünen Gummistiefel zurück. Er setzte sich und legte ihn O'Reilly vor die Füße. Wie ein Jagdhund, der perfekt apportiert, dachte Barry.

«Oh Gott.» O'Reilly hob den Stiefel auf. «Wo hast du den denn her?»

«Rawuff», erwiderte Arthur lächelnd und wedelte mit dem Schwanz.

«Idiot», brummte O'Reilly, «jetzt muss ich nach dem Abendbrot nochmal raus und in der Gegend rumkutschieren, bis ich den zweiten dazu gefunden habe. Ab in die Hütte», befahl er dem Hund ärgerlich.

Einigermaßen verlegen und mit hängendem Schwanz schlich Arthur in seine Hütte. Dieses Tier wies eine ganze Reihe wenig hündischer Charakterzüge auf, fand Barry: Satyriasis, Dipsomanie und jetzt auch noch Kleptomanie.

O'Reilly schien das jedoch nicht weiter zu irritieren. Er marschierte zum Hintereingang und rief Barry über die Schulter zu: «Komm, ich hab einen Bärenhunger.»

In der Küche war Mrs Kincaid gerade dabei, auf allen vieren den Fliesenboden zu schrubben, wobei ihr üppiges Hinterteil ihren Kopf überragte. Sie wandte den Blick nicht von ihrer Arbeit, bemerkte aber: «Wir hatten einen kleinen Unfall, ja.»

«Aber nicht meine Krebsküchlein, oder?», fragte O'Reilly besorgt.

«Nein.» Die Haushälterin richtete sich auf und strich sich mit dem Unterarm eine Haarsträhne aus dem Gesicht. «Aber diese Katze ...»

«Was ist denn passiert, Kinky?»

Sie blies die Backen auf. «Ich hab Ihnen ja gesagt, dass unsere Lady alles liebt, was mit Milch und Sahne zu tun hat.»

«Ja. Neulich, als sie versucht hat, an die Butter ranzukommen», sagte Barry.

«Und diesmal hat sie's nicht nur versucht. Sie hat ein ganzes halbes Pfund gefressen, auf dem Küchentresen, und dann ...», Kinkys schwarze Augen wurden schmal, «dann hat sie gestöhnt wie ein Zementmischer, hat einmal laut aufgeheult und alles wieder ausgekotzt, auf meinem sauberen Fußboden, ja.» Kinky stand langsam auf und griff sich ins Kreuz. «Ich wusste nicht, ob ich sie trösten oder umbringen sollte, diese *gadai*.»

«Diebin», übersetzte O'Reilly für Barry. «Ach, aber sie ist doch noch klein, Kinky.»

«Ja», antwortete Kinky, «aber Wichtel sind auch klein, und gucken Sie doch, welches Unheil das kleine Volk anrichten kann, sie lassen die Milch sauer werden und stehlen Babys. Ich habe die Lady angeschrien, und da war sie weg wie der Blitz. Seitdem hab ich sie nicht mehr gesehen.»

Barry sah Kinky an, dass es ihr mit dem kleinen Volk ernst war. Auch wenn sie County Cork, wo sie geboren war, schon vor dem Krieg verlassen hatte, hielt sie doch noch an dem Aberglauben der Gegend fest.

«Hauptsache, sie hat die Krebsküchlein nicht geklaut», bemerkte O'Reilly.

Kinky schüttelte den Kopf. «Nein. Die sind im Backofen. Jetzt gehen Sie nur, ich habe das Essen gleich fertig. Und wenn Sie die kleine Hexe sehen, sagen Sie ihr, sie soll sich zum Teufel scheren.»

«Wird gemacht.» O'Reilly lachte und trat ins Esszimmer. Er nahm die Hutschachtel von dem Stuhl, auf dem Barry sie vor der Behandlung von Mrs Bishop deponiert hatte. «Ich glaube», sagte er und reichte Barry die Schachtel, «der Zeitpunkt für ein Versöhnungsgeschenk könnte nicht besser sein.»

«Hoffentlich. Ich habe es viel lieber, wenn Kinky vergnügt ist.»

«Ach, tatsächlich?» Kinky brachte zwei Teller herein, beide mit je vier Krebsküchlein und einem Berg Pommes frites beladen. «Hier», sagte sie und setzte den beiden Männern das Essen vor. Doch statt zu Messer und Gabel zu greifen, stand Barry auf.

«Stimmt da was nicht mit Ihrem Abendessen?» Kinky verschränkte die Arme.

«Aber nein, Kinky.» Barry wollte sie nicht schon wieder kränken, indem er ihre Kochkünste nicht beachtete. Rasch übergab er ihr die Hutschachtel. «Ich, das heißt, Doktor O'Reilly und ich haben hier eine Kleinigkeit für Sie.»

«Warum das denn? Ich habe doch nicht Geburtstag, und Weihnachten ist auch noch lange hin.» Zögernd nahm sie die Schachtel an.

«Stimmt», sagte O'Reilly, gerade im Begriff, sich eine Gabel voll Krebsküchlein in den Mund zu schieben, «es ist einfach, weil wir Sie so liebhaben.»

«Bitte weniger Schmeicheleien, lieber Doktor.» Aber Barry sah an Kinkys Lächeln, dass Sie sich über das Geschenk und über O'Reillys Worte freute. «Jetzt essen Sie mal, bevor es kalt wird. Ich gehe inzwischen und schaue mir das hier an.»

«So machen wir's», sagte O'Reilly, und der größere Teil eines Krebsküchleins verschwand in seinem Mund.

Auch Barry ließ sich nun das Essen schmecken. Die Küchlein schmeckten nach frischem Krebs aus Dungeness. Die Gewürze konnte Barry nicht identifizieren, aber der Geschmack war köstlich. Die Pommes frites waren golden und knusprig, und er bemühte sich erst gar nicht, ein Gespräch anzufangen. O'Reilly verschlang sein Essen mit der Inbrunst eines soeben von einer einsamen Insel geretteten Seemanns.

Schließlich ließ O'Reilly Messer und Gabel klappernd auf seinen leeren Teller fallen, lächelte Barry zu und sagte: «Genau das Richtige zur Stärkung für eine einsame Gummistiefeljagd.» Er stand auf und ging zur Tür. «Ich bin dann mal weg. Vielleicht finde ich ja das Brüderchen zu dem, den Arthur stibitzt hat. Hab du ein Auge auf die Praxis. Ich komme so schnell wie möglich wieder. Will ja das Rugbyspiel nicht verpassen.»

«Gut.» Barry freute sich, dass O'Reilly ihm die Praxis anvertraute. Er schob seinen leeren Teller zur Seite und strich mit dem Finger innen an seinem enger gewordenen Hosenbund entlang.

«Entschuldigen Sie, Doktor Laverty.» Kinky stand in der Tür. «Wie gefällt er Ihnen?»

Er drehte sich um. Der grüne Filzhut saß mitten auf ihrem Silberhaar.

«Er steht Ihnen gut, Kinky», antwortete Barry. «Wirklich.»

«Genau das, was ich für Maggies Hochzeit brauche», sagte sie.

«Damit werden Sie Ballkönigin.» Barry dachte daran, wie Rhett Butler Mammy einen roten Unterrock geschenkt hatte. «Übrigens wollte ich noch sagen, es tut mir leid, dass ich am Sonntag diese dumme Bemerkung gemacht habe.»

«Welche dumme Bemerkung?»

«Na, dass Sie sich in der Kirche gut unterhalten sollen ... und Doktor O'Reilly tut es leid, dass er über Ihr Mittagessen die Nase gerümpft hat.»

Kinky schüttelte den Kopf. «Ach ja, lieber Doktor Laverty, es ist nett, dass Sie beide sich Gedanken um meine Gefühle machen.» Sie senkte den Blick. «Aber Doktor O'Reilly macht sich ja um jedermanns Gefühle Gedanken», sie schaute Barry wieder an, «und es freut mich, dass Sie in seine Fußstapfen treten.»

Barry errötete.

«Haben Sie was dagegen, wenn ich mich hinsetze?»

«Bitte.»

Sie ließ sich schwerfällig auf einen Stuhl sinken. «Ich bin in letzter Zeit ein bisschen *cantalach* gewesen ...»

«Wie bitte?»

«Na ja, grantig, aber das hatte nichts mit Ihnen zu tun.» Sie sah Barry in die Augen. «Ich habe Ihnen ja ein wenig von mir und Paudeen erzählt.»

Barry hatte sich geschmeichelt gefühlt, als Kinky ihm im letzten Monat anvertraut hatte, dass sie ihren Mann, einen Fischer aus Cork, verloren hatte – vor vielen Jahren schon. «Ich erinnere mich gut», sagte er leise.

«Es war August, als er ertrunken ist. Manchmal überkommt es mich wieder, ja.»

«Das tut mir leid, Kinky.» Nach all den Jahren trauerte sie also immer noch. Unwillkürlich fragte sich Barry, ob er sich nach so langer Zeit auch noch nach Patricia sehnen würde, falls er sie verlieren sollte.

«Was geschehen ist, ist geschehen», sagte Mrs Kincaid. «Ich wollte nur, dass Sie mich verstehen.»

«Danke, Kinky.»

«Keine Ursache. Ich habe für den Hut zu danken. Stellen Sie sich das mal vor, Sonny und Maggie. Das ist mal was!»

Ja, Sonny. Ob Kinky vielleicht helfen konnte? «Da wir gerade von ihm sprechen – Sonny liegt ja in diesem Heim in Bangor, und Doktor O'Reilly will ihn da rausholen, aber bisher konnte er keine andere Bleibe für ihn finden. Sie kennen nicht zufällig jemanden, der Zimmer zu vermieten hat?»

Kinky runzelte die Stirn. «Brie Lannigan hatte ein Zimmer frei, aber sie hat es an Julie MacAteer vermietet, als das Fräuleinchen bei den Bishops gekündigt hat. Sonst weiß ich niemanden, aber ich höre mich gern mal um.»

Wenn Kinky eine Unterkunft fand, war O'Reilly eine Sorge los. Und vielleicht konnte sie ja für sein zweites Sorgenkind, den Schwarzen Schwan, auch etwas tun. «Also, ich hätte da noch eine kleine Frage.»

«Fragen Sie nur.»

«Haben Sie schon von unserem Councillor und dem Dreckspatz gehört?»

Kinky schnaubte. «Wer hat das nicht?»

«Heute Nachmittag war Bishop mit seiner Frau hier, und Doktor O'Reilly hat ihn gebeten, sich die Sache nochmal zu überlegen.»

«Bertie Bishop? Dieser Blutsauger? Der und sich etwas nochmal überlegen? Haben Sie mal versucht, an einem kalten Tag Sirup auszugießen?»

«Ich weiß, aber es hat mit dem Pachtvertrag zu tun, und als Doktor O'Reilly das Thema anschnitt ...» Mrs Bishops Worte und die Heftigkeit, mit der ihr Mann ihr über den Mund gefahren war, waren Barry noch deutlich in Erinnerung. «Mrs Bishop wollte etwas sagen, aber sie hat nur rausgebracht: ‹Bertie hat kein ...›, weiter ist sie nicht gekommen.»

Mrs Kincaid sah ihn fragend an. «Was hat Bishop nicht?»

«Keine Ahnung, aber könnte es unter Umständen sein, dass da irgendwas faul ist?»

Kinky lachte. «In Ballybucklebo ist alles möglich, und diesem Councillor ist alles zuzutrauen, ja.» Sie drohte mit dem Zeigefinger. «Passen Sie auf, junger Mann, sich so um die Leute zu kümmern wie unser Doktor ist eine Sache, aber Sie sollten sich davor hüten, auch so hinterlistig zu werden.»

Barry wusste, dass diese Ermahnung als freundliche Warnung gemeint war, trotzdem fand er sie schmeichelhaft. «Es ist bloß so eine vage Idee, aber könnten Sie vielleicht bei Mrs Bishop ein bisschen auf den Busch klopfen?»

«Das mache ich, ja. Aber genug jetzt, das Geschirr spült sich nicht von selbst.» Kinky erhob sich. «Und wenn Sie das Schnuckelchen sehen, sagen Sie ihr, dass alles vergeben und vergessen ist.»

«Dafür brauchen Sie Doktor Dolittle, Kinky. Ich kann nicht mit Tieren sprechen, aber ich weiß, was Sie meinen.» Barry stand ebenfalls auf. «Also, wieder an die Arbeit. Ich laufe nur eben nach oben und schau mir an, wie Sie meine Kordhose gestopft haben. Danke fürs Heilmachen.» Er folgte der Haushälterin auf den Flur und stieg die Treppe hoch. Hoffentlich konnte sie tatsächlich etwas finden, das O'Reilly in der Sache mit Bishop weiterhalf.

Er trat in seine Schlafkammer. Seine Hose lag ordentlich zusammengefaltet auf dem Bett. Der Riss war praktisch nicht mehr sichtbar, so kunstvoll hatte Kinky ihn geflickt. Barry wäre sehr zufrieden gewesen, hätte Lady Macbeth nicht auf seinem Bett gelegen, in tiefem Schlaf zusammengerollt, halb auf den Hosenbeinen, halb auf der Tagesdecke, und neben sich, mitten auf dem Hosenboden, eine große Lache Katzenkotze.

«Verdammtes Vieh!», brüllte Barry mit einer Stimme, die der seines Chefs schon recht ähnlich klang. Er griff nach der Hose. Lady Macbeth erwachte, sprang auf, machte einen Buckel, sträubte das Fell und fauchte ihn an. «Husch, husch.» Das Tier sprang auf den Boden und verschwand. Barry rollte die Hose zusammen und brachte sie nach unten, wo Mrs Kincaid gerade die letzten Teller abtrocknete.

«Kinky?»

«Was denn?»

«Sie werden es nicht glauben, aber ...»

«Herr im Himmel. Nicht schon wieder. Geben Sie her.»

«Tut mir leid.»

«Ach, das ist ja nicht Ihre Schuld.» Die Haushälterin nahm die Hose entgegen. «Unser Doktor bringt den Stiefel zurück, den Arthur geklaut hat, und ich putze hinter der Katze her – die Tiere hier halten uns ganz schön auf Trab.»

Barry hatte erwartet, dass Kinky sich aufregen würde, aber sie wirkte kein bisschen ärgerlich. «Ich würde es gar nicht anders wollen», sagte sie. «Der große *amadán* braucht schließlich Gesellschaft.»

Das Wort *amadán* kannte Barry. Es bedeutete Idiot, doch er hörte die Zuneigung in Kinkys Stimme.

«Immerhin», fuhr sie fort, «ist es besser geworden, seit Sie hier sind, Doktor Laverty, ja.» Sie drehte den Wasserhahn auf und begann, den Fleck zu bearbeiten. «Es ist nicht mein Haus, aber ... ich habe es Ihnen neulich schon gesagt, und ich sage es nochmal ... ich hoffe, dass Sie bei uns bleiben.»

Bevor Barry etwas erwidern konnte, schob O'Reilly von draußen die Tür auf. «Gefunden.» Er strahlte. «Und ihr ratet nicht, wo. Auf der Hintertreppe von Donal Donnellys Mutter. Er wohnt ja bei ihr. Da stand der zweite Gummistiefel, ganz allein, und wartete auf seinen Kameraden. Und wisst ihr was?» O'Reilly senkte die Stimme. «Niemand hat gesehen, wie ich ihn zurückgestellt habe.»

«Wie gut», meinte Barry. «Ich sehe schon die Schlagzeile: ‹Gummistiefeldieb gefunden. Bedeutender Arzt des Stiefelraubes überführt.›»

«Jetzt aber raus hier, Doktor Laverty», sagte Kinky mit einem Lächeln. «Sie verschwinden jetzt beide und schauen sich Ihr Rugbyspiel an, und ich komme gleich mit einem Tässchen Tee und *barmbrack* zu Ihnen hoch.»

«Wunderbar», meinte O'Reilly. «Komm, Barry.»

Das Fernsehgerät stand in einem kleinen Zimmer im ersten Stock, nicht in der Wohnstube. O'Reilly hatte erklärt, er könne den bösen Blick des leeren Bildschirms nicht aushalten, wenn das Gerät nicht in Gebrauch sei.

Barry setzte sich in einen kleinen Sessel.

«Sherry?», fragte O'Reilly.

«Ja, bitte.»

Während Barry darauf wartete, dass O'Reilly zurückkam, dachte er über Kinkys Worte nach. Er war vierundzwanzig, O'Reilly sechsundfünfzig. Der Mann hätte sein Vater sein können. Vielleicht war auch das ein Grund, warum er sich wünschte, dass Barry bei ihm blieb. Als Ersatz für den Sohn, den er nie gehabt hatte. Doch Barry war sich nicht sicher, ob ihm diese Rolle lieb war. Die Väter aus Ulster konnten übermächtig sein, oft gestanden sie ihren Söhnen nur widerstrebend die Selbständigkeit zu, die Barry sich wünschte. Und trotzdem war es in diesen Tagen, in denen er so um Anerkennung kämpfte, eine Beruhigung für ihn, den älteren Mann hinter sich zu wissen.

«Bitte schön.» O'Reilly reichte Barry ein Glas und setzte sich mit seinem Whiskey in den anderen Sessel. «Sláinte», sagte er und legte die Füße auf eine Fußbank.

«Zum Wohl», erwiderte Barry. Er hatte heute genug Irisch gehört. «Wann geht's denn los?»

«In zehn Minuten.» O'Reilly streckte sich und gähnte. «Sieht so aus, als hätten wir beide wieder mal eine Woche überlebt. Ist gar nicht so schlecht gelaufen, würde ich sagen.»

Barry nippte an seinem Sherry. «Stimmt», meinte er, «aber ein paar Dinge stehen ja noch aus.» Er dachte an den Bericht aus der Pathologie, an Sonny, an Councillor Bishop – und an Patricia Spence.

«Sehr richtig», erwiderte O'Reilly, der gleich verstand, worauf Barry hinauswollte, «aber ‹es ist genug, dass ein jeglicher Tag seine eigene Plage habe›.»

«Matthäus 6, Vers 34.»

«Stimmt», bestätigte O'Reilly, «und vergiss nicht, wir können uns auf die Rennen morgen freuen. Weißt du», er stand auf und stellte das Fernsehgerät an, «wir sind wie zwei Männer, die Schubkarre fahren.»

«Schubkarre?»

«Genau.» O'Reilly lachte. «Wir haben alles vor uns.»

24 * Wetten, dass ...

Der Rover holperte über einen zerfurchten Feldweg auf ein Gatter zu. Auf dem grasbewachsenen Hang vor ihnen sah Barry Reihen geparkter Limousinen, Kombis, Landrover und Pferdeanhänger stehen. Ein Wächter mit Tuchmütze, braunem Ladenkittel und Armbinde regelte den Verkehr. O'Reilly hielt an und reichte dem Mann eine Pfundnote.

Interessant, zur Abwechslung bezahlt der Chef mal selbst, dachte Barry.

«Letzte Reihe links, Doktor O'Reilly.» Der Wächter öffnete das Tor.

«Gut.» O'Reilly fuhr langsam die sanfte Steigung hinauf, an sechs Fahrzeugreihen vorbei und durch die Gasse zwischen der sechsten und der siebten Reihe. Er parkte den Rover neben dem letzten Auto und stellte den Motor aus. «Wir sind da», erklärte er, «aussteigen.»

Barry trat auf die federnde Grasnarbe und schaute sich um. Eine Schlehenhecke umgab die Wiese. Zwei Ahornbäume und eine einzelne Eberesche mit unzähligen roten Beeren, den Vorboten eines strengen Winters, wie die Einheimischen glaubten, warfen ihre Schatten auf das Gras. Um einen Ahorn kreiste ein Dohlenschwarm, so chaotisch wie eine Rußwolke. Das Zanken und Schimpfen der Vögel übertönten beinahe das Brummen eines Traktors, der irgendwo im Tal arbeitete.

Jenseits der Hecke breiteten sich die für Ulster typischen

kleinen Wiesen und Felder aus, meistens umgeben von Feld-
steinmauern. Es war eine sanft wogende Landschaft, deren
runde Hügelkuppen während der letzten Eiszeit entstanden
waren. Jemand hatte County Down einmal mit einem Korb
voll grüner Eier verglichen, was Barry passend fand.

Wolkenschatten huschten über die Wiesen, als kämen sie
zu spät zu einem Termin. Herden schwarzköpfiger Suffolk-
Schafe und dunkelglänzender Dexter-Rinder grasten auf den
Weideflächen. Beide waren Zweinutzungsrassen, die Schafe
lieferten Wolle und Fleisch, die Rinder Milch und Fleisch. Sie
ähnelten, dachte Barry, den Menschen in Ulster, denn sie arbeiteten hart und waren unscheinbar, robust und genügsam.

In der Ferne konnte er die hohen Kamine und die Schiefer-
dächer von Bucklebo House erkennen. Das war der Landsitz
des Marquess von Ballybucklebo, auf dessen Grund und Boden
die Wiesen lagen – und ebenso die Rennbahn.

O'Reilly war auf die Beifahrerseite gekommen. «Da siehst
du sie.» Er deutete den Hügel hinunter. «Die Rennbahn von
Ballybucklebo in ihrer ganzen Pracht und Herrlichkeit.»

Barry blickte über den weitläufigen Parkplatz. Die Menschen
standen um ihre Autos herum, manche hockten auf Jagdstö-
cken, andere saßen auf Klappstühlen, und alle taten sich an
dem Picknick gütlich, das sie auf dem Wagendach oder im
Kofferraum ausgebreitet hatten. Männer in Jodhpurhosen oder
Kavalleriehosen, mit Reitjacken und Kamelhaarmützen, viele
mit Ferngläsern um den Hals; Frauen in langen Hosen, Tweed-
röcken, dicken Wollpullovern oder Blazern, und die meisten
trugen bunte Seidenkopftücher, die im Wind flatterten. Die
Farben ließen Barry an Hunderte von exotischen Schmetter-
lingen denken, aber das vergnügte Geplapper erinnerte eher
an einen Starenschwarm. Labradorhunde, Springer Spaniels,
kurzhaarige Pointer und Jack Russell-Terrier saßen oder lagen
im Gras. Das waren die Lieblingsrassen der Jäger und Fischer,
die offenbar aus allen sechs Counties angereist waren.

«Dreieinviertel Meilen», sagte O'Reilly. «Da drüben ist der Start. Sie laufen eine halbe Meile auf der Bahn, dann ins Gelände raus, hinten entlang zur anderen Seite der Bahn, um eine Kurve und dann wieder bis zum Start, da ist auch das Ziel.»

Am Fuß des Hügels konnte Barry ein Seil erkennen, das zwischen niedrigen weißen Lattenzäunen gespannt war. Diese Zäune gingen im weiteren Verlauf der Rennbahn in dichte Hecken über, die den Streifen aus kurzgeschorenem Gras rechts und links begrenzten. Barry sah das erste Hindernis zwischen den Hecken, eine Hürde aus geflochtenen Weidenzweigen. Die Zuschauer sammelten sich bereits in Gruppen an der Bahn und verstellten ihm an einigen Punkten den Blick darauf.

«Die Sprünge sind viereinhalb Fuß hoch, und ein Seitenarm des Bucklebo River dient als Wassergraben», erklärte O'Reilly. Er begann, eine Melodie vor sich hin zu summen.

«Das Lied kenne ich», sagte Barry. «*The Galway Races.*»

«Ach», meinte O'Reilly, «in Galway bilden sie sich eine Menge auf ihr kleines Volksfest ein, immer am siebzehnten August, aber wenn man richtigen Rennsport sehen will, ist das hier nicht zu schlagen.» O'Reilly öffnete den Kofferraum des Rovers und hob einen Deckelkorb heraus. «Mal sehen, was Kinky uns Leckeres eingepackt hat. Diesmal keinen Salat», sagte er mit einem Grinsen, als er den Korb öffnete. «Ich glaube, der Hut hat Wunder gewirkt.»

Barry schaute zu, wie O'Reilly ein kaltes Brathähnchen, gekochte Eier, Tomaten, Scheiben von gekochtem Schinken, mit Butter bestrichenes Weizenbrot, Teller, Messer und Gabeln, Salz und Pfeffer und zwei Flaschen Bass Ale auf einem karierten Tischtuch ausbreitete. «Mittagessen an der frischen Luft», sagte er, stopfte sich eine Serviette in den Kragen und öffnete eine Flasche Bier. «Hau rein. Und Bass Ale gibt's noch mehr.» Er reichte Barry die zweite Flasche.

Barry nahm sie entgegen und packte sich Schinken, ein Ei

und eine Tomate auf den Teller. Ein herrenloser Spaniel kam angewandert und betrachtete hoffnungsvoll Barrys Essen.

«Ab nach Hause», sagte O'Reilly. Der Hund trabte wieder los.

«Du hast Arthur gar nicht mitgebracht, Fingal. Ich dachte, er wäre gern draußen auf dem Land.»

O'Reilly riss einen Schenkel vom Hähnchen ab. «Hier sind doch so viele Hunde – ich müsste ständig auf ihn aufpassen, und wir haben heute Wichtigeres zu tun.» Er deutete auf den Platz zwischen der Hecke, die die Rennbahn begrenzte, und der ersten Reihe geparkter Wagen. «Wir müssen ein paar Worte mit einem von den Jungs hier reden.»

Um einige hölzerne Podien hatten sich große Menschentrauben versammelt. Auf den erhöhten Plattformen stand jeweils ein Schreibpult, und über jedem hing zwischen zwei kräftigen Pfählen ein Schild, auf dem in grellen Farben der Name des Besitzers stand. *Honest Sammy Dolan. Beste Kurse. William McCardle and Sons: Buchmacher.* Auf Tafeln waren mit Kreide die Zeiten der Rennen angegeben und darunter die Namen der Pferde und die Wettkurse.

Die Buchmacher standen auf ihren Podien: kräftige Männer, magere Männer, Männer mit roten Gesichtern, Männer in grellbunten Jacken, mit Melonen, Schirmmützen oder gar nichts auf den Köpfen, alle bewaffnet mit Dauerlächeln und Aktentaschen, in die sie Pfundnoten stopften, die sie als Gegenleistung für kleine Zettel mit den Wetten erhielten. Sie riefen die Wettquoten aus, einer lauter als der andere, sodass ihre Stimmen das Lärmen der Dohlen übertönten. «Pride of Copelands; zwei zu fünf auf ...»

«Das ist der Favorit», erklärte O'Reilly. «Da zahlst du fünf Pfund ein und gewinnst zwei.»

«Breckonhill Brave the Third: eins zu eins.»

«Das habe ich verstanden», sagte Barry und trank von seinem Bier.

«Golden Boy: zwei zu eins.»

«Du setzt ein Pfund und gewinnst zwei», erläuterte O'-Reilly.

«Zehn zu eins aufs Feld. Zehn zu eins aufs Feld.»

«Das ist die Gewinnquote für alle anderen Pferde im Rennen.»

«Was macht denn der junge Mann da?», fragte Barry. Auf einem etwas erhöhten Punkt stand ein Jugendlicher mit weißen Handschuhen. Er warf die Arme hoch, wieder nach unten, zur Seite, legte einen Finger an die Nase, zupfte sich am linken Ohrläppchen.

«Das ist der Tick-Tack-Mann. Er gibt seinem Chef Zeichen, welche Quoten die Konkurrenz bietet, und übermittelt neue Informationen von Jockeys oder Trainern, die die Gewinnchancen eines Pferdes verändern könnten. Alle haben ihre eigene Zeichensprache, und sie tragen Handschuhe, damit man ihre Hände besser erkennen kann.»

Barry sah, wie einer der Männer eine ganze Reihe hektischer Bewegungen vollführte. Sofort griff Honest Sammy Dolan zu einem feuchten Lappen und einem Stück Kreide und änderte die Zahlen hinter einem Pferdenamen.

«Aha», meinte O'Reilly, «da hat jemand Insider-Informationen über das Pferd gekriegt. Die Gewinnchancen sind gestiegen.» Er wischte sich mit der Serviette den Mund ab, trank sein Bass Ale aus und öffnete sofort die nächste Flasche. «Bist du satt?»

Barry nickte.

«Gut.» O'Reilly packte die Reste ihres Mittagessens in den Deckelkorb zurück und stellte ihn wieder in den Kofferraum. «Dann laufen wir jetzt zum Sattelplatz und gucken, ob Fergus Finnegan da ist.»

Barry folgte seinem Chef den Hang hinunter. Mehrmals mussten sie stehen bleiben und ein paar Worte mit Dorfbewohnern wechseln. Barry freute sich, dass so viele Fremde offenbar wussten, wer er war, und dass sie ihn mit freundlicher Höflichkeit behandelten.

Verkäufer mit Rennprogrammen, Limonade, Eis und Sandwiches drängten sich durch die Menge. Als sie sich den Buchmachern näherten, wurde das Stimmengewirr noch lauter. Dort standen die Wetter an, studierten das Rennprogramm im Sportteil des *Belfast Telegraph* und warteten darauf, ihre Wetten abgeben zu können. Geld und Wettzettel wechselten mit großer Geschwindigkeit die Besitzer.

Eine vertraute Gestalt kam auf die beiden Ärzte zu. Das karottenrote Haar und die Hasenzähne waren genauso wenig zu verkennen wie die grünen Gummistiefel, die der Mann trug. Barry musste lächeln.

«Donal», brüllte O'Reilly, «wie geht's?»

«Seamus und ich haben heute freigekriegt. Das passt gerade richtig gut. Gestern haben wir den Dachstuhl auf Sonnys Haus fertig gemacht, und Montag fangen wir mit den Schindeln an, ja. Ich schätze mal, dass wir in zwei Wochen fertig sind.»

«Schön», sagte O'Reilly mit einem Blick zu Barry hinüber, «aber bis das Haus fertig ist, muss Sonny ja irgendwo wohnen.»

«Klar. In dem Heim in Bangor ist er doch bestimmt gut aufgehoben.»

O'Reilly stieß etwas wie ein Knurren aus.

«Jedenfalls», sagte Donal, «ist es toll, Sie beide zu sehen, aber ich muss jetzt weiter. Hab nämlich schrecklich viel zu tun. Ich hab einen Job als Läufer bei Willie McCardle, dem Buchmacher. Damit verdiene ich noch ein paar Schillinge für Julie und mich.»

«Wie geht's ihr denn?», erkundigte Barry sich.

Donal zog die Stirn kraus. «Als ich heute Morgen kurz bei ihr war, hatte sie ein bisschen Bauchkneifen, aber sie meinte, das wäre normal. Stimmt das?» Fragend sah er O'Reilly an.

«Doch, das stimmt.»

Barry fiel ein, dass er sich in der vergangenen Woche über die Größe und die Härte von Julies Gebärmutter Gedanken gemacht hatte, aber bevor er Donal noch eine Frage stellen konnte, hatte O'Reilly den Rotschopf am Arm gepackt. «Hast du schon Engländer gefunden, Donal?», fragte er.

Donal schob eine Hand in die Tasche, und Barry hörte es klimpern. «Noch nicht, aber wenn ich welche treffe, bin ich bereit.» Er zwinkerte O'Reilly zu.

«Gut. Doktor Laverty und ich kennen vielleicht genau den Mann, den du suchst. Wo kann er dich finden?»

«An Willies Stand ... es sei denn, ich bin gerade unterwegs und telefoniere mit Ladbrookes, weil sie die Wettgewinne nicht auszahlen wollen.»

«Ich schicke ihn zu dir, wenn ich ihn sehe», meinte O'Reilly.

«Toll.» Donal flitzte davon.

«Ladbrookes?» Barry war verdutzt. Das alles war ihm neu.

«Das ist der größte Buchmacher in Großbritannien», erklärte O'Reilly. «Wenn zu viele Wetter auf ein Pferd setzen, sichern sich die kleinen Buchmacher ab, indem sie Gegenwetten abschließen. Wenn das Pferd dann gewinnt, können sie mit Hilfe ihrer eigenen Gewinne bei der großen Firma ihre Schulden bei den Wettern begleichen.»

«Verstehe.»

«Und», O'Reilly rieb sich die Hände, «wenn Fergus uns einen guten Tipp gibt, hoffe ich, dass ein gewisser Honest Sammy Dolan sich nicht mehr daran erinnert, dass er letzten Monat meine Wette auf Donals Bluebird angenommen hat – und dass er abgesichert ist, damit er nachher blechen kann.»

«Da hast du 400 Pfund gewonnen, Fingal.»

«Ehrlich verdientes Geld», meinte O'Reilly, «und du wirst dich erinnern, dass ich den Tipp an Seine Lordschaft weitergegeben habe. Er hat auch was gewonnen. Das war der Abend, an dem ich ihn gefragt habe, ob du mal in seinem Forellenflüsschen angeln darfst.» O'Reilly wandte sich zum Gehen, blieb dann aber wieder stehen. «Wenn man vom Teufel spricht, dann kommt er.»

Barry sah zwei Männer näher kommen, Hauptmann O'-Brien-Kelly und einen älteren, unrasierten Herrn mit strubbligem grauem Haar, das unter einem weichen Tweedhut hervorlugte. In seiner gestopften roten Wolljacke, dem kragenlosen Hemd, den abgewetzten Kordhosen und den schlammbespritzten Gummistiefeln sah er wie ein Gärtner aus.

«Tag, O'Reilly», sagte er. «Herrlicher Tag für das Rennen, was? Der Umsatz scheint hervorragend zu sein.» Barry vernahm den sanften Tonfall eines Mannes, der aus Ulster stammte, aber in einem Internat erzogen worden war. Doch der Sprecher ahmte nicht den Akzent der englischen Oberschicht nach, er verleugnete seine Herkunft nicht. Er streckte die Hand aus, und O'Reilly schüttelte sie. «Ich glaube, meinen Gast haben Sie schon kennengelernt, er kommt vom Regiment meines Sohnes», sagte er mit einem Nicken zum Hauptmann hinüber, der O'Reilly mit einem schwachen Lächeln begrüßte und Barry einfach übersah. «Und Sie müssen Laverty sein?»

Verzweifelt versuchte Barry, sich an die korrekte Anredeform für einen Marquess zu erinnern. Er entschied sich für ein unverfängliches «Ja, Sir».

«Ich hoffe, Sie hatten neulich einen erfolgreichen Angeltag an meinem Flüsschen.»

«Ja, danke, Sir.»

«Kommen Sie herzlich gerne jederzeit mit Ihrer Angelrute wieder. Und wir beide, Fingal, werden in ein paar Wochen draußen das Gebüsch durchstöbern. Die Fasanen machen sich dieses Jahr sehr gut. Können Sie sich freinehmen und Ihr Gewehr und Arthur Guinness mitbringen?»

O'Reillys Lächeln war strahlender als die Sonne, die gerade hinter einer kleinen Wolke erschienen war. «Mit Vergnügen.» Er sah zu Barry hinüber. «Und ich bin sicher, dass es Doktor

Laverty nichts ausmacht, mal für einen Tag die Praxis zu übernehmen.»

«Wenn ich ...»

«Ach, bis dahin bist du so weit.» Er sagte das mit absoluter Gewissheit, und nun lächelte Barry auch.

Doch bevor er etwas erwidern konnte, hörte er ein Geräusch, das einem leisen, hohen Wiehern ähnelte. Er sah sich nach einem Pferd um, doch dann wurde ihm klar, dass Hauptmann O'Brien-Kelly diese Laute von sich gab. «Bertie», sprach er den Marquess an, «können wir denn nicht weitergehen? Ich würde wirklich gerne auf die kleine Stute im ersten Rennen setzen.»

Der Marquess runzelte die Stirn. Offenbar konnte er schlechte Manieren nicht leiden. «Gehen Sie nur schon vor, ich möchte mich noch einen Augenblick mit den Ärzten unterhalten.»

«Alles klar.»

«Herr Hauptmann», sagte O'Reilly leise, «als wir uns das letzte Mal sahen, habe ich Ihnen doch von einem Mann erzählt, den Sie kennenlernen sollten, auch ein Fan von Arkle. Nun, da drüben geht er. Donal Donnelly.» Er deutete auf Donal, der sich zurück zu den Buchmacherständen durch die Menge drängte. «Sie sollten sich wirklich mal mit ihm unterhalten. Sagen Sie ihm, ich hätte Sie geschickt, aber Sie müssen langsam sprechen.» O'Reillys Tonfall wurde vertraulich. «Er ist ein bisschen unterbelichtet. Einer von den Dorfbauern.»

«Langsam? Aber sicher.» Das fliehende Kinn des Hauptmanns bebte. «Hab richtig Lust auf ein Schwätzchen – wenn ich meine Wette abgegeben habe.»

«Lassen Sie sich nicht von mir aufhalten», sagte O'Reilly, «und grüßen Sie Mr Donnelly.»

«Wird gemacht.» Eilig entfernte der Hauptmann sich.

«Wie ein Lamm ...» O'Reilly sprach den Satz nicht zu Ende.

«... zur Schlachtbank», murmelte Barry ganz leise und verzog den Mund zu einem Lächeln.

«Kommen Sie gut mit dem jungen Mann aus?», fragte O'Reilly.

Der Marquess seufzte. «Er ist der Regimentskommandeur meines Sohnes. Als John mich gebeten hat, ihn für ein paar Tage zu mir einzuladen, war es sehr schwer, das abzulehnen.»

Typisch, dachte Barry. Der Mann war zu sehr Gentleman, als dass er seinen Gast vor anderen Leuten kritisiert hätte, aber seine ausweichende Antwort sprach Bände.

«Er wohnt im Torhaus?», fragte O'Reilly.

«Ja, richtig.»

«Eure Lordschaft, auch ich habe jetzt eine Bitte, die vielleicht merkwürdig klingt.»

Barry runzelte die Stirn. Um was wollte O'Reilly bitten?

«Ja?»

«Kennen Sie Sonny?»

«Den Einsiedler, der in seinem Auto wohnt?»

«Ja, den.»

Der Marquess lächelte. «Doch, den kenne ich. Ein höchst interessanter Mann. Exzellenter Schachspieler, und er weiß mehr über die Kultur der frühen Nabatäer als alle anderen, die ich kenne. Das waren die Kerle, die Petra erbaut haben.»

«Aha», sagte O'Reilly, «‹die rosenrote Stadt, halb so alt wie die Zeit›.»

«Ein faszinierendes Volk.» Der Marquess erwärmte sich für sein Thema. «Ich interessiere mich dafür, seit ich damals auf dem Caius war.»

Barry ließ die Schultern hängen. Das Gonville und Caius College. Der Marquess hatte also an der Universität in Cambridge studiert, doch an diese Stadt wollte er heute auf keinen Fall denken.

«Ja, das ist Sonny», meinte O'Reilly, «und jetzt liegt er in einem Heim in Bangor, und ich suche vorübergehend eine Bleibe für ihn.»

«Und da möchten Sie wissen, ob ich helfen kann?»

O'Reilly nickte.

Der Marquess zog die Brauen zusammen. «Normalerweise täte ich das nur zu gern, aber wir geben an diesem Wochenende ein großes Fest und beherbergen Leute, die zum Rennen gekommen sind. Wenn einer von ihnen früher wieder abreist, sage ich Ihnen Bescheid.»

«Das ist sehr großzügig von Ihnen, Sir», sagte O'Reilly.

«Ach, Unsinn», entgegnete der Marquess. «Sonnys Gesellschaft ist mir viel lieber als ...» Er deutete mit dem Kopf in die Richtung des Hauptmanns, der tief ins Gespräch mit einem grinsenden Donal Donnelly versunken war.

Barry beobachtete die kleine Szene so gespannt, dass er nicht bemerkte, wie der Marquess sich entfernte. Er sah, wie Donal dem Hauptmann etwas überreichte und dafür anscheinend eine Reihe von Geldscheinen erhielt.

«Komm, Barry», sagte O'Reilly, «das Rennen um halb zwei geht gleich los. Wir sehen es uns an, und dann» – er rieb sich die Hände und kniff die Augen zusammen – «suchen wir Fergus Finnegan. Er hat doch gesagt, für das dritte Rennen könnte er uns einen Tipp geben.»

25 ✳ Wo laufen sie denn?

O'Reilly war das perfekte Abbild eines Eisbrechers in lockerem Packeis. Mit einer Schulter voran schob er sich durch die Menschenmassen. Die Zuschauer drängten sich am Zaun entlang, aber vor ihm öffnete sich wundersamerweise ein Weg. Barry folgte in seinem Kielwasser.

Er schnappte Gesprächsfetzen auf.

«'tschuldigung, Doc ...»

«Du willst zehn zu eins auf Whinney Knowes setzen, Huey? Du hast doch 'nen Knall!»

«Rück doch mal, Paddy. Ich kann ja nicht durch dich durchgucken. Bist als Fenster nicht geeignet, eher schon als Tür.»

«Wie geht's, Doktor Laverty?»

Barry erwiderte den Gruß mit einem Lächeln. Soweit er sehen konnte, gehörten die Menschen hier unten an der Rennbahn größtenteils zur Arbeiterschicht. Die Höhergestellten – oder die sich dafür hielten – hatten höher am Hang Plätze mit besserer Sicht. Das um ihn herumwimmelnde Publikum glich nicht im Entferntesten den nach der letzten Mode gekleideten Lords und Ladys in der Szene beim Pferderennen in Ascot, die er am Mittwoch in *My Fair Lady* gesehen hatte – bevor er mit Patricia im Chinarestaurant gewesen war.

«Quetsch dich hier rein.» O'Reilly deutete auf einen freien Platz neben sich am weißgestrichenen Zaun.

Barry lehnte sich auf die oberste Latte. Von hier aus konnte er die Rennbahn gut überblicken. Er erkannte jetzt deutlich, dass die ersten paar hundert Meter eingezäunt waren und dass die Bahn dann zwischen brusthohen Hecken weiter zum ersten Hindernis führte.

«Dahinten», sagte O'Reilly, «ist der Zielpfosten. Wenn wir hier stehen bleiben, können wir sowohl den Start als auch das Finish beobachten.»

Barry musste sich anstrengen, um bei dem Lärm seine Worte zu verstehen. Er zog die Nase kraus. Dem Geruch nach war das Geläuf kürzlich noch gemäht worden, und außerdem roch es unverkennbar nach Pferden und Pferdeäpfeln.

Zwischen dem Startpfosten und einem erhöhten, von einem niedrigen Geländer umgebenen Podest war ein Seil gespannt. Barry beobachtete, wie ein Mann mit Schirmmütze und langem Mantel eine Leiter hochstieg und die Plattform betrat.

«Der Starter», sagte O'Reilly. «Jetzt dauert's nicht mehr lange. Da kommen sie schon.»

Acht Pferde näherten sich, eins hinter dem anderen, von Stallburschen geführt. Die Jockeys saßen bereits in den Sätteln. Sie trugen hohe Lederstiefel, Reithosen aus Kord und mit schwarzem Samt bezogene, feste Reitkappen. Alle hatten Reitpeitschen bei sich. Ihre seidenen Blusen wiesen verschiedene Farben auf: ihre Rennfarben. Jeder Stall und jeder Besitzer hatten ihr eigenes Muster.

«Siehst du den Jockey da auf dem großen Wallach?» O'Reilly deutete auf einen Reiter, dessen Bluse in vier gleich große Quadrate eingeteilt war, zwei grüne und zwei rote. Barry nickte, dabei hätte er beim besten Willen einen Wallach nicht von einem Hengst unterscheiden können.

«Das sind die Farben von unserem Marquess.»

«Ach so.»

Die Stallburschen führten ihre Schützlinge vor das Startseil, wo sie Schulter an Schulter aufgereiht wurden. Barry hörte Zaumzeug klimpern, Pferde schnauben und Hufe stampfen. Das größte Tier, ein Brauner, versuchte, seinen Nachbarn zu beißen. Das Opfer wich aus, der Jockey des Braunen riss an den Zügeln, und beide Pferde wieherten.

Barry war von der wilden Kraft in den riesigen, glänzenden Pferdeaugen fasziniert.

Der Mann auf dem Podest hob eine rote Fahne.

«Jetzt starten sie gleich», bemerkte O'Reilly.

Alle Jockeys fassten die Zügel kürzer, stemmten die Füße fest in die Steigbügel, beugten sich vor und richteten den Blick auf die Bahn. Eine Glocke bimmelte, und der Starter schlug die Fahne nach unten. Das Seil fiel auf den Boden, und die Pferde stürmten los. Mit ohrenbetäubendem Gedonner rasten die Pferdehufe über die Bahn. Große Erdklumpen flogen hinter ihnen auf. Der Boden bebte. Schon hatte ein Tier die Führung übernommen.

Barry reckte den Hals, um zu sehen, wie die Pferde das erste Hindernis nahmen. Das Tier in Führung flog herüber, einige andere folgten. Ein Jockey nahm die Hürde sehr elegant ohne Pferd, während sein Ross schon den Kopf gesenkt hatte und mit nachschleifenden Zügeln am Rande der Bahn zu grasen begann. Unwillkürlich machte Barry sich auf den Plumps gefasst, mit dem ein menschlicher Körper auf dem Boden aufschlägt. Er hoffte nur, dass sich der Reiter nichts brechen würde.

«Zehn zu eins auf Whinney Knowes, Huey?», fragte eine spöttische Stimme hinter ihm. «Der Jockey würde höchstens bei einem Tauchwettbewerb zehn Punkte kriegen.»

Das Hufgetrommel wurde leiser, aber die anfeuernden Rufe der Zuschauer am Rande der Bahn brandeten auf und ebbten ab wie Meereswogen am Strand und verstummten erst, als die Pferde ins Gelände hinausgaloppierten.

Über den weißen Zaun und ein gepflügtes Feld hinweg sah Barry eine Reihe von weit auseinanderstehenden Lärchen vor einem Zaun, der die Rennbahn offenbar an der anderen Seite begrenzte. Nach ganz kurzer Zeit schon galoppierte das Feld, das jetzt weiter auseinandergezogen war, an den Lärchen vorbei. Die Pferde verschwanden hinter den Baumstämmen und tauchten wieder auf, wie bei einem Film in Einzelbildtechnik.

Barry drehte sich um und sah den Pferden entgegen. Schon konnte er in der Ferne wieder die Hufe donnern hören, dann vernahm er das Schnauben und die Jubelrufe. Über dem weißen Zaun sah er die Köpfe der Jockeys und der Pferde rhythmisch nicken, während sie um die letzte Kurve jagten und auf das letzte Hindernis zu galoppierten. Sprung und Sprung und – krach, die Hürde war halb zu Boden gerissen, und Ross und Reiter kämpften sich aus den Trümmern.

Zwei Pferde galoppierten Kopf an Kopf. Ihre Jockeys duckten sich noch tiefer und bearbeiteten ihre Reittiere mit den

Peitschen. Dabei schoben sie sich in den kleinen Sätteln nach vorn, als könnten sie ihre Pferde durch reine Körperkraft antreiben. Die Nüstern der Pferde flatterten, Schaumfetzen flogen von ihren Flanken, und es stank nach Pferdeschweiß. Fast erwartete er, Eliza Doolittle rufen zu hören: «Lauf schneller, oder ich streu dir Pfeffer in den Arsch!»

Von seinem Platz aus erschien es ihm, als hätte das größere Pferd gewonnen. Der Jockey trug Grün und Rot, die Farben des Marquess.

Das übrige Feld kam hinterhergezockelt, aber es waren weniger Tiere, als gestartet waren. Der Parcours hatte seinen Tribut gefordert.

«Ein sehr befriedigendes Ergebnis für das erste Rennen», sagte O'Reilly. «Seine Lordschaft wird sich freuen. Schade nur um die kleine Stute.» Er grinste.

«Welche Stute, Fingal?»

«Whinney Knowes. Sie hat am ersten Hindernis verweigert.» O'Reillys Grinsen strafte seinen etwas bekümmerten Tonfall Lügen.

«Kennst du ihren Besitzer?»

«Nein, gar nicht», antwortete O'Reilly, «aber ich kenne jemanden, der es unheimlich eilig hatte, auf sie zu setzen. Ich hoffe, dass sein Verlust nicht ganz unerheblich war.» Der Arzt brach in wieherndes Gelächter aus. «Das hat genau den Richtigen getroffen.»

Da fiel Barry Hauptmann O'Brien-Kelly wieder ein.

«Und jetzt komm», forderte O'Reilly ihn auf und schob sich vom Zaun fort. «Lass uns gehen und Fergus suchen.»

Am Tor zu der Wiese, die man als Sattelplatz abgeteilt hatte, wurden Barry und O'Reilly von einem Platzwart aufgehalten. «Kein Zutritt für Unbefugte», verkündete er und schaute sie blinzelnd an.

«Blödsinn, Liam Loughridge», knurrte O'Reilly.

«Oh, entschuldigen Sie, Doktor O'Reilly», sagte der Platzwart und schlug sich mit den Knöcheln gegen die Stirn. «Ich habe Sie nicht erkannt, Sir.»

«Ist ja auch kein Wunder. Du hast dir die Brille nicht machen lassen, die ich dir verordnet habe, stimmt's?»

«Noch nicht, Sir.»

«Dann komm mal in die Hufe. Das kostet doch nichts. Brillen kriegt man vom National Health Service umsonst.»

«Ich kümmere mich drum, ehrlich, Sir.» Er öffnete das Tor. «Kommen Sie rein.»

Barry folgte O'Reilly auf die Wiese. Die Teilnehmer des ersten Rennens kamen schon zurück, die Jockeys stiegen von den Pferden, die Stallburschen sattelten ab, rieben den Tieren die Flanken trocken, legten ihnen Decken über und führten sie in die wartenden Pferdeanhänger.

«Da ist Fergus.» O'Reilly ging auf den Jockey zu. «Na, Fergus, wie geht's deinem Auge heute?»

«Könnte nicht besser sein.» Der Jockey zwinkerte Barry zu. «Sie haben mir geholfen, Sir, und am Montag kriegen Sie was zu tun. Drei von den Stalljungen wollen zu Ihnen kommen, ganz bestimmt.»

Barry freute sich.

«Ist in Ordnung», sagte O'Reilly. «Wie war das mit dem dritten Rennen?»

Fergus Finnegan blickte sich um, senkte die Stimme und sagte: «Die Favoritin ist eine kleine Stute, sie heißt Nancy's Fancy, aber ich reite einen, den kennt noch keiner. Kommen Sie mal mit, gucken Sie ihn sich selbst an.» Er wandte sich ab. O'Reilly blieb ihm dicht auf den Fersen, und Barry bildete die Nachhut.

Plötzlich stockte er. Und staunte. Vor ihm stand das größte Pferd, das er je gesehen hatte. Ein Stallbursche hielt es am Zügel. In den braunen Augen brannten Feuer, genauso wie in O'Reillys Augen, wenn seine Nasenspitze sich weiß färbte. Das

Pferd schüttelte den Kopf und schnaubte. In der Erwartung, gleich Flammen aus den geblähten Nüstern schlagen zu sehen, trat Barry rasch einen Schritt zurück.

«Das hier ist Battlecruiser. Sein Besitzer meint, er ist noch besser als der berühmte Man o' War aus Amerika. Was halten Sie von ihm, Doc?» Barry hörte den Stolz in Fergus' Stimme.

«Donnerwetter.» O'Reilly hob die Oberlippe des Tieres, um seine Zähne zu inspizieren. «War sein Vater ein Elefant?»

Fergus lachte. «Könnte man denken, bei seiner Größe. Er hat ein Stockmaß von eins dreiundachtzig.» Der Jockey trat näher an O'Reilly heran, und Barry musste sich anstrengen, um sein Flüstern zu verstehen. «Battlecruiser braucht man einen Zaun oder eine Hecke bloß zu zeigen, schon ist er drüber weg. Als würde man einen Fahrstuhl reiten. Gestern hatte ich ihn draußen. Der ist über die Hindernisse gesetzt, dass ich dachte, wir würden gleich Sauerstoff brauchen.» Fergus legte einen Finger an die Nase. «Er ist noch kein einziges Rennen gelaufen, deshalb weiß niemand, wie gut er in Form ist. Als ich eben geguckt habe, hatten die Buchmacher ihn noch mit zehn zu eins angegeben.»

O'Reilly lachte in sich hinein. «Kapiert. Danke, Fergus.»

«Machen Sie sich mal beide kein Kopfzerbrechen mehr», meinte Fergus. «Ich muss mich jetzt umziehen.»

«Los, Barry», sagte O'Reilly, «ich glaube, jetzt ist es Zeit, dass wir ein Wörtchen mit Honest Sammy Dolan reden.»

Barry musste sich beeilen, um mit seinem zielstrebigen Chef mitzuhalten, als sie zu den Buchmachern zurückgingen.

Honest Sammy Dolan war ein kleiner Mann, der seine geringe Größe durch einen außergewöhnlichen Umfang wettmachte. Seine Backen hatten die Farbe reifer Pflaumen, und Barry meinte, in seinen Schweinsäuglein die Geldgier funkeln zu sehen. Seine Stimme war vom Ausrufen der Wettquoten bereits heiser.

Während er mit O'Reilly in der Schlange wartete, las Barry

die Quoten auf der Tafel. Ja, Battlecruiser war mit zehn zu eins aufgeführt. Er überflog die Namen der anderen Pferde und bekam große Augen. Mit fünf zu eins war ein Pferd namens Patricia's Pleasure aufgelistet. Barry wusste, dass es dumm war, Fergus Finnegans Tipp nicht zu befolgen – aber obwohl er studiert hatte, konnte er gelegentlich genauso abergläubisch sein wie Kinky Kincaid.

O'Reilly stand vor dem Schreibtisch. «Fünfzig Pfund auf Sieg für Battlecruiser.» Der Buchmacher nahm die Geldscheine, stopfte sie in seine Aktentasche und gab O'Reilly den Wettzettel.

«Viel Glück, Sir. Der Nächste», sagte Dolan so trocken, als würde eine Personenwaage dem Kunden für einen Penny sein Gewicht mitteilen.

O'Reilly trat zur Seite. «Wir sehen uns am Start, Barry», erklärte er und verschwand.

«Sir?», fragte Dolan.

Barry zögerte. Dann reichte er dem Buchmacher fünf Pfund und sagte: «Auf Sieg für Patricia's Pleasure.»

Als er sich wieder zum Zaun durchgekämpft hatte, wartete O'Reilly schon auf ihn. Hinter dem Seil drängelten und schubsten sich die Pferde, die im dritten Rennen laufen sollten. Auch Battlecruiser mit Fergus Finnegan auf dem Rücken war da. Weil O'Reilly nicht wissen sollte, dass Barry den heißen Tipp nicht beachtet hatte, wandte er sich an seinen Nachbarn auf der anderen Seite. «Entschuldigen Sie bitte, welches Pferd ist Patricia's Pleasure?»

«Das da.» Der Mann deutete auf einen kleinen Rotschimmel. Der Jockey trug eine Bluse mit senkrechten grünen und weißen Streifen.

«Danke», sagte Barry.

Die Glocke ertönte.

«Los geht's», brüllte O'Reilly. «Mann, guck dir bloß mal den Battlecruiser an!»

Das große Pferd führte bereits mit zwei Längen, und Fergus lenkte es nun zum inneren Zaun hinüber. Das Tier donnerte über die Bahn, jagte an dem weißen Zaun entlang. Wenn es jetzt noch die Hindernisse so nimmt, wie Fergus es beschrieben hat, ist es tatsächlich unschlagbar, dachte Barry.

Und Battlecruiser sprang. Er wieherte wild und nahm mühelos den ersten Sprung, mindestens zwei Meter höher als nötig, schätzte Barry. Doch dann tauchte ein Problem auf. Fergus hatte ja gesagt, man brauche dem Pferd das Hindernis bloß zu zeigen. Kaum hatte Battlecruiser den weißen Lattenzaun hinter sich gelassen, fiel sein Blick auf die Begrenzungshecke. Er nahm die Herausforderung an, und schon galoppierte er über das umgepflügte Feld in der Mitte der Bahn, so als beabsichtige er, ganz bis nach County Antrim zu rennen.

«Kreuzhimmeldonnerwetter nochmal», brüllte O'Reilly und zerriss seinen Wettzettel. «Fünfzig Pfund im Eimer. Da müssen doch die Engel weinen, verflixt nochmal.»

Barry hielt es für klüger, nicht zu lachen.

«Na schön.» O'Reilly wandte sich zum Gehen. «Hat ja nicht viel Sinn, bis zum Ende dazubleiben. Ich gehe zum Wagen und trinke noch ein Bass. Kommst du mit?»

Barry schüttelte den Kopf. «Ich möchte das Finish trotzdem gerne sehen.»

«Wie du willst.» O'Reilly schob sich wieder durch die Menge. Wenn er sich vorhin wie ein Eisbrecher durch die Leute geschoben hatte, dachte Barry, dann entfernte er sich jetzt wie ein Kampfpanzer.

Barry wandte sich wieder der Rennbahn zu. Ein Pferd lag mit vier Längen in Führung. Gerade nahm es das letzte Hindernis. Die Bluse des Jockeys zeigte grüne und weiße senkrechte Streifen. Das Tier hielt seinen Abstand zum Feld und passierte den Zielpfosten.

Barry begab sich zu den Buchmachern und holte dreißig Pfund ab, seinen ursprünglichen Einsatz mitsamt dem Gewinn.

Honest Sammys Lächeln war ein bisschen verrutscht, fand er. Als er langsam den Hügel hinaufstieg, entdeckte er O'Reilly. Der Arzt hielt eine offene Flasche Bass Ale in der Hand und unterhielt sich mit Hauptmann O'Brien-Kelly.

«Alles etwas sonderbar», sagte der Hauptmann gerade. «Ich habe wohl bei mehreren Rennen die Form falsch eingeschätzt.»

«Da sagen Sie was», meinte O'Reilly. «Das passiert sogar den Besten unter uns. Ich hab selbst auch ein paar Shilling verloren.»

«Tatsächlich? Schade. Ich hatte gehofft, Sie könnten mir vielleicht aus der Klemme helfen.»

«Ach so?»

«Ähem ... ja. Ich kann nämlich Seine Lordschaft nicht finden, und ich bin gerade ein bisschen knapp.»

«Tatsächlich?» Barry sah den Anflug eines Lächelns auf O'Reillys Lippen.

«Ich habe dem Burschen dahinten ...», er deutete zu Honest Sammys Stand hinunter, «ein paar Schuldscheine gegeben. Und momentan bin ich nicht so ganz in der Lage, sie auszulösen. Ich ... äh, ich weiß nicht ... könnten Sie als Offiziersbruder, als Stabsarzt ... vielleicht ...»

«Ach», sagte O'Reilly, «kennen Sie einen Mann namens Polonius?»

«Leider nicht. Auch ein Buchmacher?»

«Nein», meinte O'Reilly, «eher ein Berater. Er hat mal gesagt, dass man weder Geld borgen noch Geld verleihen soll.»

«Also können Sie mir nicht aushelfen?»

«Ich würde ja gerne», sagte O'Reilly aalglatt, «aber mein Pferd müsste inzwischen schon fast in Belfast sein statt im Siegerring, deswegen bin ich jetzt im Augenblick gerade pleite.»

«Schade.» Der Hauptmann ließ die Schultern hängen. «Das Dumme ist, dass ich keine Probleme hätte, wenn ich diesem

Bauernburschen, den Sie mir empfohlen haben, nicht hundert Pfund gegeben hätte.»

«Mr Donnelly.»

«Und Sie hatten recht, O'Reilly.» Das höhnische Grinsen des Hauptmanns kränkte Barry. «Er ist wirklich ein bisschen unterbelichtet.» O'Brien-Kelly kramte in seiner Hosentasche und zog eine Silbermünze hervor. «Wissen Sie, wer das ist?» Er hielt O'Reilly das Geldstück unter die Nase.

O'Reilly warf Barry einen Blick zu und musterte dann die Münze. «Also, ich könnte schwören, dass das Arkle ist, und haargenau getroffen.»

«Stimmt, und ich hab diesen Donnelly dazu gebracht, mir die Münzen für ein Pfund pro Stück zu verkaufen. Erst wollte er zwei Pfund haben, aber der Mann hat ja keine Ahnung, wie man handelt. Ich hab seinen gesamten Vorrat aufgekauft.»

«Ach, tatsächlich?», sagte O'Reilly. «Sie sind ja wirklich nicht auf den Kopf gefallen, Herr Hauptmann. Allerdings bezweifle ich, dass Sie die Münzen hier noch unter die Leute bringen können. Bei uns hat jeder schon ein paar in der Tasche ... als Glücksbringer.»

«Ach so.»

«Ja», sagte O'Reilly, «aber zu Hause in England bei Ihrem Regiment werden Sie die Münzen bestimmt schnell los.»

Der Hauptmann strahlte. «Nicht wahr?» Doch dann wurde er wieder ernst. «Das Problem ist, dass ich schon jetzt ein bisschen Bares gebrauchen könnte. Jetzt sofort, um ehrlich zu sein.» Nervös schaute er den Hügel hinunter. Barry folgte seinem Blick und entdeckte einen stämmigen Mann mit aufgekrempelten Ärmeln. Selbst von hier aus waren die Tätowierungen auf seinen Unterarmen deutlich sichtbar. Der Kerl verließ gerade Honest Sammys Stand und marschierte zielstrebig in ihre Richtung.

«Jetzt muss ich aber rennen», sagte der Hauptmann und verschwand wie der Blitz.

O'Reilly krümmte sich vor Lachen. «Dann renn nur, Hasenherz», keuchte er. «Oje.» Als er sich endlich wieder beruhigt hatte, fragte er Barry: «Und wer hat gewonnen?»

Barry zögerte. O'Reilly konnte ein bisschen sauer werden, wenn jemand pfiffiger war als er selbst. Verdammt, dachte er dann, O'Reilly ist schließlich mein Chef in der Praxis, nicht mein Vater. «Ich hab gewonnen, Fingal. Nein, mein Pferd.»

«Wie bitte?» O'Reilly zog die Augenbrauen hoch. «Das kann doch nicht wahr sein.»

«Doch –» Barry machte sich auf ein Unwetter gefasst, doch stattdessen legte O'Reilly ihm einen Arm um die Schultern und sagte: «Bravo, Laverty. Mach weiter so, steh auf eigenen Füßen. Hier –», er wühlte im Picknickkorb, «trink noch ein Bass.»

Barry nahm die Flasche entgegen. «Danke, Fingal. Schade, dass dein Pferd abgehauen ist.»

«Och.» O'Reilly leerte seine Flasche in einem Zug. «Insgesamt hab ich Honest Sammy immerhin um 350 Pfund erleichtert, und du kennst ja den Spruch: ‹Pech im Spiel und bei den Pferden ... Glück in der Liebe.› Vielleicht treffe ich ja eine reiche Witwe, die zu stolz ist, ihren Mann arbeiten zu lassen.»

Barry lachte, aber dann ging ihm auf, dass er ja gerade beim Pferderennen Glück gehabt hatte und daher ... aber über die logische Schlussfolgerung wollte er lieber nicht nachdenken.

«Ja», sagte O'Reilly und sah ihm in die Augen, «die Sache hat einen Haken, was?» Er öffnete eine weitere Flasche Bier. «Hast du Lust, dich heute Abend um die Praxis zu kümmern?»

«Na ja, ich ...»

«Schön, denn mir ist überhaupt nicht danach. Ich möchte gerne zum Dreckspatz rübergehen und nochmal mit Willy Dunleavy reden.»

«Wenn du meinst, Fingal.»

«Also abgemacht. Dann bin ich morgen an der Reihe, und vielleicht ...», wieder blickte er Barry unter seinen buschigen Augenbrauen an, «vielleicht kannst du ja rausfinden, ob deine Miss Spence dann Zeit hat.»

26 ＊ She Loves You, Yeah, Yeah, Yeah

Brunhildes Reifen scheuerten an der Bordsteinkante der Esplanade entlang, als Barry gegenüber von Hausnummer 9 parkte. Bei seinem Anruf gestern Abend hatte Patricia sich anscheinend gefreut, von ihm zu hören. Sie hatte müde geklungen, ihm aber zugestimmt, dass ein Tag ohne Bücher eine gute Idee sei. Sie hatte vorgeschlagen, am Sonntag – heute – einen Ausflug aufs Land zu unternehmen, und wollte ein Picknick vorbereiten.

Barry stieg aus und schaute über die Bucht. Auf den kleinen Wellen tanzte das Sonnenlicht. In der Ferne schimmerten violett die Hügel von Antrim, verschwommen wie ein unscharfes Foto. Ein einzelner Fischdampfer schob sich über das Wasser der Bucht nach Osten, fort von Belfast und den dürren Portalkränen seiner Werften. Barry vermutete, dass er seinen Heimathafen Ardglass ansteuerte, ein etwa dreißig Meilen weit entferntes Fischerdorf, das für seine Heringe bekannt war.

Er überquerte die Straße und drückte auf die Klingel von Wohnung 4. Unwillkürlich fuhr er sich mit der rechten Hand über den Kopf, um die blonde Locke zu glätten, die wie immer hochstand.

«Guten Morgen, ich ...», sprudelte er hervor, aber dann blieb ihm die Luft weg. Patricia stand in der Tür, das Haar zu einem Pferdeschwanz frisiert. Als sie ihn anlächelte, bildete sich in ihrer linken Wange ein Grübchen. Ihre Bluse war nicht bis oben zugeknöpft, und Barry fand es schwierig, nicht auf den Ausschnitt zwischen den flaschengrünen Kragenecken zu starren. Ihre schwarzen Steghosen saßen wie angegossen, und dazu trug sie flache schwarze Schühchen. In der Hand hielt sie einen Picknickkorb.

Sie hauchte ihm einen Kuss auf die Wange. «Dir auch einen guten Morgen.»

Seine Haut prickelte von ihrem Kuss.

«Als Erstes», sagte Patricia, «möchte ich mich dafür entschuldigen, wie ich mich am Mittwochabend benommen habe. Manchmal kann ich mich nicht mehr bremsen.»

Barry lächelte. «Brauchst dich nicht zu entschuldigen.»

«Das ist die Arbeit. Ich werde so ...»

«Heute wird nicht mehr von Arbeit geredet. Ich habe frei, du hast frei, also lass es uns genießen.»

Sie gab ihm noch einen Kuss.

«Komm.» Barry nahm ihre Hand und führte sie über die Straße, wobei er sein Tempo ihrem Humpeln anpasste. «Gib mir den Korb», sagte er, ging zur Fahrerseite und stellte den Picknickkorb auf den Rücksitz. Als er einstieg, saß sie längst auf dem Beifahrersitz. Barry lächelte. Patricia Spence war eine junge Frau, die nicht darauf wartete, dass irgendein Mann ihr die Tür aufhielt.

Er hatte es so eilig, loszufahren, dass er nicht den ersten, sondern den dritten Gang einlegte. Brunhilde machte einen Satz vorwärts, schüttelte sich und blieb stehen.

«Hast du heute Kängurusprit getankt?», fragte Patricia.

«Tut mir leid», erklärte Barry, ließ den Motor wieder an und fuhr los.

«Wo wollen wir eigentlich hin, Barry?»

«Ich dachte, wir könnten mal nach Strangford runterfahren.»

«Wie schön.» Sie lehnte sich zurück. «Du fährst, und ich genieße einfach. Das ist meine letzte Pause vor dem großen Tag.»

«Vor der Prüfung?»

«Ja, am Dienstag … und dann muss ich das Ergebnis abwarten.»

«Das ist hart.» Barry dachte daran, wie er nach seiner Abschlussprüfung die Zeit hatte totschlagen müssen, bis es endlich so weit war, dass der Dekan die Liste vorlas. «Atcheson, bestanden; Anderson, bestanden; Blenkinsop, durchgefallen.» Der arme Blenkinsop war ohnmächtig geworden. Und so war es weitergegangen, bis schließlich das erlösende «Laverty, bestanden» ertönte. «Wenn du es nicht mehr aushältst, dann ruf mich an. Ich kann zwar vielleicht nicht zu dir kommen, aber wir können ein bisschen reden.»

«Kann gut sein, dass ich dein Angebot annehme. So soll es bei der Armee auch sein, habe ich jemanden sagen hören: Erst kann es nicht schnell genug gehen, dann muss man warten.»

Und, dachte Barry, du wirst nicht die Einzige sein, die wartet. Bald sollte er von Harry Sloan den histologischen Befund erhalten. Er wünschte, Harry würde sich beeilen, denn er wollte die Ungewissheit los sein. Nachdem es in der letzten Woche so gut gelaufen war, fühlte Barry sich in der Praxis wieder wohler. Er wollte zwar immer noch wissen, was zu Major Fotheringhams Tod geführt hatte, aber auf lange Sicht war das vielleicht gar nicht so wichtig, wie es ihm anfangs erschienen war. Und wenn das geklärt war, musste er nur noch ein Problem lösen: Was er tun sollte, wenn Patricia das Stipendium erhielt.

Er schaute sie an. Sie sah aus dem Fenster, mit leicht gerunzelter Stirn, vielleicht dachte sie über etwas nach. Patricia gehörte nicht zu den Frauen, die es für nötig hielten, jeden Moment mit dümmlichem Geplapper zu füllen. Auch das gefiel ihm so an ihr. Er fuhr durch Ballybucklebo und weiter auf der Landstraße, die sie über *Six-Road-Ends* nach Greyabbey und dann nach Kirkubbin bringen würde. Ihr Ziel lag zwischen Kirkubbin und Portaferry am Ende einer Bucht namens Strangford Lough.

Gransha Point war eine einsame schmale Halbinsel, gekrümmt wie das Hinterbein eines Hundes, die sich eine Dreiviertelmeile in das flache Wasser hinein erstreckte. Sie würden etwa eine halbe Stunde brauchen, um dorthin zu gelangen.

Während Barry sich erneut aufs Fahren konzentrierte, hörte er ganz leise ein Lied. Patricia bewegte die Lippen, und als er angestrengt horchte, konnte er auch die Worte verstehen. Er erkannte das Lied *My Lagan Love*, eins der schönsten irischen Liebeslieder, aber er hatte keine Ahnung gehabt, was für eine klangvolle Stimme Patricia hatte. Er spürte, wie sein Nacken prickelte, als sie weitersang. Verzaubert lauschte er den letzten Zeilen:

«... *und singt mit traurig süßer Melodie*
Ein Lied von der Sehnsucht des Herzens.»

«Das war schön», sagte er. «Ich wusste gar nicht, dass du singen kannst.»

Patricia lächelte. «Aber du weißt, dass ich Musik liebe.»

«Mit so einer Stimme solltest du eigentlich auf der Bühne stehen», sagte Barry.

Lachend schüttelte sie den Kopf. «Quatsch. Ich singe, weil es mir Spaß macht.»

«Für mich kannst du immer singen, wenn du Lust hast.»
‹Ein Lied von der Sehnsucht des Herzens›, dachte Barry, von der Sehnsucht meines Herzens.

Er bog von der Portaferry Road nach Gransha Point ab und fuhr langsam über den zerfurchten Feldweg. Trotzdem beschwerten sich die alten Stoßdämpfer, und die Stechginsterbüsche am Wegrand kratzten leise über die Wagentüren.

Sie kamen an eine weite Fläche mit Hundszahngras, hinter der sich eine mit Flechten bewachsene Feldsteinmauer erhob. Barry hielt den Käfer an einem Zauntritt aus Steinen an. Er wusste, dass sich auf der anderen Seite der Mauer eine ähnliche steinerne Stufe befand.

«Wir sind da», sagte er. Sie stiegen aus.

«Ist das warm», meinte Patricia.

Barry schwitzte bereits. «Warte mal eben», sagte er, «ich lasse meine Jacke im Auto.» Er warf die Jacke auf den Rücksitz, nahm den Picknickkorb und eine alte Decke und trat zu Patricia, die vor dem Wagen stehen geblieben war. «Von hier aus müssen wir zu Fuß gehen.»

«Toll.» Sie nahm seine Hand. «Also los.»

Auf dem Weg zur Steinstufe spürte Barry die heiße Sonne auf dem Rücken. Bienen summten in den Stechginsterbüschen. Er hörte eine Ringeltaube gurren, mit gurgelnden Oboentönen, leise und tief. Das Gras unter seinen Füßen federte, und er fühlte sich leicht und unbeschwert.

Barry wusste wohl, dass er Patricia nicht fragen durfte, ob sie beim Übersteigen der Mauer Hilfe brauchte. Er erinnerte sich noch gut, wie sie an dem Abend, als sie sich kennengelernt hatten, ärgerlich geworden war und ihm erklärt hatte, sie wolle wegen ihres gelähmten Beins nicht bemitleidet werden. «Ich gehe vor», sagte er, trat auf die Stufe, stieg über die Mauer und sprang auf der anderen Seite ins Gras. Er stellte Korb und Decke ab und wartete, bis Patricia auf die Mauer geklettert war. «Spring», sagte er, und dann fing er sie auf und küsste sie. Wie gern hätte er ihr gesagt, dass er sie liebte, aber er fürchtete sich davor, auf dieses Geständnis hin keine gleichlautende Antwort zu bekommen. «Schön ist das», sagte er daher nur und ließ sie los. «Sehr schön.» Barry drehte sich um und deutete nach vorn. «Siehst du den großen Steinhaufen dahinten am Ufer, auf halbem Weg zur Landspitze?»

«Ja.»

«Da gehen wir hin. Komm.» Er geleitete sie weiter, vorbei an Tümpeln mit torfigem Brackwasser, braun wie Tee, der zu lange gezogen hatte.

Als plötzlich vor seinen Füßen ein Paar kleine Enten mit lautem Flügelschlagen aufflog, zuckte Barry zusammen. Die vordere Ente stieß einen heiseren, krächzenden Ruf aus.

«Krickenten», sagte Patricia, und Barry fiel ein, dass eins ihrer Hobbys die Ornithologie war. «Der Erpel, das ist der mit dem helleren Gefieder, fliegt immer vorweg.»

«Ich hoffe, du hast nichts dagegen?»

«Barry!» Aber sie lachte mit ihm zusammen.

«Hier unten gibt es viele Wildenten und Wildgänse», sagte Barry, als sie über das Gras an den steinigen Strand gingen.

«Ich weiß. Ich bin früher oft in dem Vogelreservat bei Castle Espie gewesen. Da überwintern Graugänse aus Spitzbergen. Früher kamen auch Tausende von Ringelgänsen dorthin, aber inzwischen haben die Jäger sie fast ausgerottet.» Patricias Stimme klang traurig.

Barry drückte ihre Hand. «Wie schade.» Er entschied, dass jetzt nicht der richtige Zeitpunkt war, ihr zu erzählen, wie gern O'Reilly auf Entenjagd ging.

Ein Vogelschwarm stieg vom Uferrand auf, kreiste, wich plötzlich zur Seite und flog dann ganz tief über das Wasser. Die Wellen schoben grauen Schaum und gelbbraunen Blasentang zu einem zerfransten Spülsaum zusammen. Die Luft duftete nach Salz, und Barry fand den Geruch herrlich.

«Das da sind Alpenstrandläufer», sagte Patricia, «und da oben», sie deutete auf einen schlanken Vogel, dessen Stammbaum irgendwo einen Pterodaktylus aufweisen musste, «fliegt ein Fischreiher.» Unter den Wattebauschwölkchen am strahlend blauen Himmel schlug der große Vogel träge mit den Flügeln.

Barry schaute zurück, um die Alpenstrandläufer zu beobachten. Wie eine Rauchwolke wehten sie über ein großes rostiges Ölfass hinweg. Barry hörte das Fass klappern, als die Wellen es gegen Kieselsteine und Felsbrocken stießen. «Jetzt ist es nicht mehr weit», erklärte er.

«Danke, dass du mich hierhergebracht hast. Es ist wunderschön.»

«Freut mich, dass es Ihnen gefällt, Madam.» Barry verbeugte sich scherzhaft.

Der Wind blies in Richtung Newtownards, das an der Spitze der Bucht von Strangford lag. Er ließ die Gräser wogen und liebkoste Patricias Pferdeschwanz, sodass er hin und her schwang. Lieber Gott, wie schön sie war.

«Wie findest du das?» Barry führte sie in den Windschatten des verfallenen Schafstalls. «Hier ist es windstill, richtig gemütlich.» Er breitete die Decke aus und stellte den Picknickkorb auf den Rand. «Ruh dich aus.» Patricia setzte sich hin, legte die Arme um die angezogenen Beine und stützte das Kinn auf die Knie.

Barry fand, sie sah aus wie Hans Christian Andersens kleine Meerjungfrau. «Als Student war ich oft hier», erzählte er, «einfach, um mal ein paar Stunden aus Belfast rauszukommen.»

«Ich bin noch nie auf dieser Seite der Bucht gewesen, dabei ist es von Newry aus überhaupt nicht weit. Ist das nicht dumm?»

«Überhaupt nicht.» Barry setzte sich neben sie und legte ihr den Arm um die Schultern. Er spürte, wie sie sich an ihn schmiegte und den Kopf an seine Schulter legte. «Ich bringe dich her, wann immer du willst.» Wenn du in Ulster bleibst, dachte er.

«Das wäre schön, aber ...»

«Kein aber», unterbrach er sie. «Heute nicht.» Barry streichelte Patricias Wange, spürte ihre Weichheit und drehte ihr Gesicht zu sich hin. Ihre Augen waren so dunkel wie frischer schwarzer Kaffee, und er küsste sie, so zart, so sanft, wie man ein nervöses Fohlen beruhigt.

Patricia zog den Kopf zurück, sah ihm aber weiter in die Augen. «Ich habe dich wirklich sehr gern, Barry», flüsterte sie, «aber ...»

Sein ganzer Körper spannte sich an.

«... hab Geduld, sei behutsam.»

Barry musste lachen. Er konnte nicht anders. Sie hatte nicht gesagt, sie sei nicht bereit, sich zu verlieben. Diesmal nicht. «Ich werde so sanft sein», sagte er, «wie ein gurrendes Täubchen», und wieder vernahm er den Ruf der Ringeltaube, «so wie der Vogel, den du da hörst.» Er stand auf und wartete ab, bis er wieder ruhig atmen konnte. «Zum Essen ist es noch zu früh. Hast du Lust, bis an die Spitze der Halbinsel zu gehen?»

«Gleich.» Patricia stellte sich vor ihn und küsste ihn, ihre Zungenspitze suchte nach seiner, doch als er sie an sich ziehen wollte, trat sie einen Schritt zurück. «Danke, Barry», sagte sie. «Und jetzt zeig mir die Landspitze.» Wäre ihr lahmes Bein nicht gewesen, dann hätte sie gerufen: «Los, wer als Erster da ist» – davon war Barry fest überzeugt.

Hand in Hand wanderten sie weiter, bis der Streifen Land immer schmaler wurde und schließlich im Wasser versank. Barry hatte nicht das Bedürfnis zu sprechen, so erfüllt war er von Patricia. Offenbar spürte sie, wie ihm zumute war, denn auch sie schwieg.

Der Wind war warm, und es war Flut. Ab und zu sprühte eine größere Welle ihre Gischt über die Landzunge.

«Da sind wir», sagte er und blieb auf der äußersten Landspitze stehen. «Hier hört das Land auf.»

«Was für ein traumhafter Blick.»

«Ja, nicht? Siehst du die vielen Inseln auf der anderen Seite der Bucht, vor der Küste gegenüber?»

«Ja.»

«Sie liegen in der Nähe von Ringhaddy ...»

«Das ist nicht weit weg von Castle Espie ...»

«Stimmt, und da links, ganz in der Ferne ...» Barrys Blick glitt über die weißen Schaumkronen auf dem grünen Wasser und über die flachen Inseln bis zu den Berggipfeln, die über dem südlichen Teil von County Down Wache hielten.

«Das sind die Mountains of Mourne», sagte Patricia.

«Slieve Nabrock, Slieve Nagarragh und Slieve Donard.» Barry zählte die drei Gipfel auf, die er kannte. Über dem höchsten, dem Slieve Donard, ballten sich Wolken zusammen. Hoffentlich waren das nicht die Vorboten eines Unwetters. Manchmal zogen diese Sommergewitter ganz plötzlich über der Bucht auf. Leise sang er:

«Oh Mary, London ist wirkliche 'ne Pracht
Die Leute hier arbeiten Tag und Nacht.»

Patricia lachte. «Spielst du Tin Whistle?»

«Nein. Warum?»

«Weil du das richtige Gehör dafür hast. Du singst immer etwas zu tief.»

Barry grinste. «Ich weiß, aber das ist mir egal. Vorhin im Auto habe ich dich singen hören. Du könntest das Lied für uns beide singen, es ist so schön. Kennst du den Refrain?»

«... aber viel lieber wär ich daheim, wo die Berge von Mourne sich zum Meer neigen.»

Barry schaute Patricia an. Ihm selbst sprachen diese Worte aus der Seele, und er wünschte sich, dass sie ähnlich empfand. «Ich habe gehört, dass Cambridgeshire ziemlich flach sein soll», bemerkte er und wartete ihre Reaktion ab.

«Falls ich da überhaupt hinkomme.» Sie machte sich steif. «Aber ich dachte, darüber wollten wir heute nicht reden.»

«Du hast recht. Entschuldige.»

Patricia warf den Kopf zurück. «Und es stimmt übrigens. Ich wäre viel lieber hier in Ulster. Aber selbst wenn es klappen sollte, werden die Mournes auch noch hier sein und ‹sich zum Meer neigen›, wenn ich zurückkomme.»

Und ich auch, dachte Barry. Er zog sie an sich und küsste sie, lange, aber immer noch behutsam, wie sie es sich gewünscht hatte. «Gut», sagte er dann, um ein neues Thema anzuschneiden: «Ich habe wahnsinnigen Hunger.» Dabei war ihm klar, dass sein Hunger nicht nur dem Inhalt ihres Picknickkorbes galt. «Lass uns Mittag essen.»

Barry ließ die leere Bierflasche sinken, in der gerade noch lauwarmes Harp Lager gewesen war. Er wischte sich mit dem Handrücken über den Mund und rülpste. «Entschuldige bitte.»

«Hab gar nicht gewusst, dass du ein Chinese bist.»

Er zog die Brauen hoch.

«Am Mittwoch hast du mir doch erklärt, dass es in China als höflich gilt, wenn man rülpst.»

Dass Patricia sich an eine so unwichtige Kleinigkeit erinnerte, freute ihn. Er legte die Flasche in den Deckelkorb zurück, zwischen verknülltes Butterbrotpapier, das vor kurzem noch Hühnchen-Sandwiches, gebuttertes *barmbrack* und ein paar Äpfel enthalten hatte. «Ein königliches Mahl», sagte er.

«Freut mich, dass es Eurer Hohheit gemundet hat.» Patricia lächelte.

Er rutschte über die Decke, um sich neben sie zu setzen. «Es war toll.» Barry fiel auf, dass die Wellen dort, wo die Landspitze keinen Windschatten mehr bot, höher und steiler geworden waren. Der Wind frischte offenbar auf. Hier jedoch, im Schutz des verfallenen Schafstalls, war davon nichts zu merken.

«Ein wunderschöner Tag», sagte Patricia. Sie strich sich mit beiden Händen über den Kopf und rückte die Spange zurecht, die ihren Pferdeschwanz hielt.

«Ja, nicht?» Barry beugte sich zu ihr und küsste sie, dabei drückte er sie sacht auf die Decke hinunter, bis sie auf der Seite lag. Seine Lippen wanderten zu ihrem Hals, und er spürte, wie ihre Hände seinen Kopf hielten. Er schob einen Arm unter ihren Nacken und streichelte sie durch den satinglatten Blusenstoff. Mitten auf ihrem Rücken hielt seine Hand plötzlich inne.

Kein BH-Verschluss. Barry hatte von diesen Feministinnen gehört, die ihre Büstenhalter verbrannt hatten. Wollte Patricia damit etwas Bestimmtes ausdrücken? Oder aber – sein Herz schlug schneller – hatte sie sich heute Morgen absichtlich so angezogen, um es ihm leichter zu machen?

Er küsste sie wieder, heftiger, und diesmal suchte er nach ihrer Zunge. Ganz langsam ließ er seine Hand über ihre Seite und auf ihren Bauch gleiten. Sie beantwortete seinen Kuss so kraftvoll, dass sie ihm den Kopf in den Nacken drückte. Mit einer Hand so leicht wie ein Löwenzahnschirmchen umfasste er ihre rechte Brust. Patricia brach den Kuss ab und legte mit geschlossenen Augen ihre Hand auf seine. Barry hielt ganz still. Er hoffte nur, dass sie ihn nicht fortstieß, und jubelte innerlich, als sie seine Hand an sich drückte.

Er spürte die Weichheit unter seiner Handfläche, die Festigkeit der kleinen Brustwarze, und als er mit dem Daumen über das winzige Hügelchen strich, küsste Patricia ihn erneut.

Barry schloss die Augen und wartete, bis sie seine Hand freigab. Dann ließ er die Hand zu ihrem obersten Blusenknopf gleiten, tastete, fummelte – das blöde Knopfloch war so eng –, aber sie versuchte nicht, ihn abzuhalten. Endlich sprang der Knopf auf, und Barry wusste, dass sie sich lieben würden, hier auf der Decke im weichen Gras.

Barry schob seine Hand unter ihre Bluse, in ihre Wärme.

Sie wimmerte und knabberte an seiner Lippe.

«Patricia, ich ...»

Krachend schlug der Deckel des Picknickkorbs zu. Barry riss die Augen auf. Die Ränder der Picknickdecke flatterten, denn durch die Lücken zwischen den Steinen blies jetzt der Wind. Das trockene Dünengras an den Seiten des alten Schafstalls lag flach. Wellen schlugen auf den Strand.

Er setzte sich auf und schaute zum Himmel. Die Wolken, die er vorhin über Slieve Donnard bemerkt hatte, waren wie Sturmtruppen über die Bucht gezogen. Ein Blitz flammte über den Himmel, und Sekunden später folgte ein ohrenbetäubendes Donnern. Barry hasste Gewitter.

Es begann zu regnen, schwere, schmerzhafte Tropfen, und im Nu war sein Haar klatschnass. Als Patricia aufstand, rappelte er sich ebenfalls hoch. Er legte den Arm um sie. «Setz dich ganz dicht an die Mauer», sagte er, «da bist du ein bisschen geschützt.»

Doch Patricia schüttelte den Kopf, machte sich los, riss sich die Spange vom Pferdeschwanz, hob die Arme über den Kopf und wandte das Gesicht zum Himmel. Ihr nasses schwarzes Haar glänzte wie Ebenholz und flatterte im Wind. Ein Blitz beleuchtete sie von hinten. Barry fand, dass sie wie eine indische Prinzessin aussah, die den Gott der Blitze anbetete.

«Ich liebe Gewitter», rief sie durch den tosenden Wind.

Der Regenguss hatte ihre Bluse durchnässt, und durch den dünnen Stoff zeichneten sich ihre Brüste ab. Barry rief: «Und ich liebe dich, Patricia», aber seine Worte wurden von einem Donnerschlag übertönt.

Nach einer Weile wurden die Regentropfen sanfter, und der Wind ließ nach. Die Gräser zu beiden Seiten der Ruine hoben wieder die Köpfe, und draußen über den Inseln brachen die ersten Sonnenstrahlen durch die Wolken. Das Gewitter zog ab, an Gransha Point vorbei.

Mit breitem Lächeln und einem tiefen Grübchen wandte sich Patricia ihm zu. «Toll», sagte sie, «das war wunderbar.» Dann fiel ihr Blick auf Barrys Hose. «Du bist ja ganz durchgeweicht», sagte sie und fing an zu lachen. «Aber für dich wäre es ja auch kein richtiger Ausflug, wenn deine Hose trocken bliebe.»

Das musste Barry leider zugeben. Vor ihren Treffen hatte es fast jedes Mal irgendeine Katastrophe gegeben, entweder hatte Arthur Guinness das Bein an Barrys Hose gehoben, oder Barry hatte sich selbst ein Bier über die Beine geschüttet. Er stimmte in Patricias Lachen mit ein, schaute dabei aber auf ihre Brüste unter der nassen Bluse.

«Wir sind beide klatschnass.» Patricia sah an sich hinunter. «Guck mich doch mal an. Das ist ja, als wäre ich nackt.» Sie verschränkte die Arme vor dem Busen. «Es ist wohl besser, wir gehen.»

Nein. Barry schluckte, holte tief Luft und sagte: «Ja.» Er bückte sich und faltete die triefende Decke zusammen. «Und mach dir keine Sorgen wegen deiner nassen Bluse. Wenn wir wieder beim Auto sind, gebe ich dir meine Jacke zum Umhängen.»

Patricia kniete sich neben ihn, um ihm zu helfen, und gab ihm rasch einen Kuss. «Du bist geduldig», sagte sie leise, mit rauer Stimme. «Danke.»

«Ich liebe dich, Patricia.» Da. Nun hatte er es gesagt. Er wartete.

Sie schaute angelegentlich ins Gras.

Warum fielen ihm gerade jetzt O'Reillys Worte ein? «Glück im Spiel ... Pech in der Liebe.»

Ernst blickte Patricia ihn an. Zwischen ihren Augenbrauen bildete sich eine winzige Falte.

«Doch, wirklich», sagte Barry.

Sie stand auf, langsam, und er schloss die Augen. Falls sie sich jetzt abwandte, wollte er das nicht sehen, er würde es nicht ertragen können. Doch dann spürte er, wie sie ihn umarmte und küsste. Er öffnete die Augen wieder. «Ich liebe dich auch, Barry Laverty», wisperte Patricia, «obwohl ich weiß, dass ich das eigentlich nicht tun dürfte.»

Er wusste nicht, was er sagen sollte, aber ihm war klar, dass er wie ein Mondkalb aussehen musste, wie er da mit einem idiotischen Grinsen im Gesicht vor ihr stand.

Gerade als er Patricias Hand nahm, zog auch die letzte Wolke fort. Die Sonnenstrahlen wärmten wieder, und aus Patricias Bluse stiegen winzige Dunstschleier auf. «Ich liebe dich, Patricia», wiederholte Barry. «Ich liebe dich.»

27 ✴ Noteinsatz

Barry parkte Brunhilde hinter dem Haus. Erleichtert stellte er fest, dass von Arthur Guinness nichts zu sehen war. Entweder machte O'Reilly gerade einen Spaziergang mit ihm, oder der Hund war wieder auf Gummistiefeljagd.

Er öffnete die Gartenpforte, ging über den Rasen und trat ins Haus. Der Duft nach gebratener Ente erfüllte die Küche, und ihm lief das Wasser im Mund zusammen. Kinky stand am Spülbecken und schälte Kartoffeln. Mit ein paar Schritten war Barry bei ihr, hob sie hoch und schwang sie einmal im Kreis.

«Lassen Sie mich runter, Doktor Laverty.» Kinky lachte, dass ihr Dreifachkinn wackelte. «Lassen Sie mich sofort runter, Sie sind ja *amaideach*!»

«Ich bin nicht verrückt», sagte Barry und ließ sie los. «Ich bin verliebt, Kinky.» Die in Ulster übliche Zurückhaltung hatte ihn gänzlich verlassen.

«Hach.» Kinky grinste immer noch. «Dafür, dass Sie ein studierter Doktor sind, haben Sie aber ganz schön lange gebraucht, um das zu merken, ja. Ich hab's doch gleich gewusst, gleich, als ich Sie und Miss Spence zum ersten Mal zusammen gesehen habe.»

«War das denn so offensichtlich?»

«Absolut», sagte Kinky, «wie die Nase in Ihrem Gesicht, und ich freue mich für Sie beide ... und auch für Ihren Chef.»

«Für Doktor O'Reilly? Warum denn das?»

«Ach, Sie sind doch manchmal so leicht zu durchschauen. Hab ich nicht gewusst, dass Sie überlegt haben, uns zu verlassen?»

Barry schüttelte den Kopf.

«Doch, doch, und ich würde das gar nicht gern sehen und unser Doktor auch nicht. Er ist schließlich kein junger Hüpfer mehr, und er braucht Ihre Hilfe ... genau so wie die Spinner hier im Dorf, auch wenn manche zu *cadránta* sind, um das zu kapieren.»

«Zu was?»

«Zu stur. Kümmern Sie sich einfach nicht um die. Man kann es nie allen recht machen. War unser Herr Jesus nicht der größte Heiler überhaupt? Und sehen Sie doch, was mit ihm passiert ist.» Kinky zog die Nase hoch. «Eine ganze Menge Leute hier finden, dass Sie Ihre Sache wirklich gut machen.»

«Ehrlich?»

«Ganz bestimmt.»

«Danke, Kinky.»

«Bei mir brauchen Sie sich nicht zu bedanken. Aber wenn Ihre Miss Spence ein weiterer Grund für Sie ist, in Ballybucklebo zu bleiben, dann wünsch ich auch ihr viel Glück.»

Bevor Barry Kinky erklären konnte, dass Patricia und ihre Pläne durchaus auch den gegenteiligen Effekt haben könnten, schaute sie an ihm hinunter und sagte kopfschüttelnd: «Ach, lieber Doktor, nicht schon wieder. Ihre Hosen ...»

«Tut mir leid, Kinky. Ich laufe schnell nach oben und ziehe mich um.» Barry wandte sich zum Gehen. Doch dann stockte er. Sollte er Kinky sein Herz ausschütten und ihr erzählen, dass Patricia fortwollte? Er holte Luft. «Kinky?»

Umhüllt von einer Dampfwolke, beugte die Haushälterin sich gerade zum Backofen hinunter und löffelte das ausgelassene Entenfett aus dem Bratentopf. «Ja?»

«Ist Doktor O'Reilly da?» Mehr brachte er nicht heraus.

Kinky schloss die Backofenklappe. «Nein. Seine Lordschaft hat vorhin angerufen. Keine Ahnung, was er gesagt hat, aber Doktor O'Reilly hat über beide Backen gegrinst und ist losgesaust. Hat nur gemeint, er will nach Bangor, um Sonny abzuholen.»

«Sonny?»

«Ja, aber mehr weiß ich nicht. Er hatte es so eilig, dass er sonst nichts gesagt hat.» Sie reckte die Schultern und legte sich eine Hand ins Kreuz. «Aber wann ist er nicht in Eile? Der wird noch zu seinem eigenen Begräbnis loshetzen.»

Barry lachte. «Keine Sorge. Wenn er wiederkommt, wird er uns schon erzählen, was mit Sonny ist.» Dann fiel ihm der leere Garten ein. «Hat er Arthur mitgenommen?»

«Nein, und dieser Esel hatte es wirklich so schrecklich eilig, dass er die Pforte offen gelassen hat. Na, er soll mal lieber genau so schnell wiederkommen, wie er verschwunden ist. Ich möchte nämlich nicht, dass diese Ente verschmort.»

«Ich bin jedenfalls rechtzeitig zum Essen da, Kinky. Ich ziehe mich nur eben um.»

Barry lief nach oben. Als er in seinem Zimmerchen ankam, war er außer Atem. Zum Teil lag das daran, dass er keine Zeit hatte, Sport zu treiben, zum Teil an Kinkys guter Küche. Und dem köstlichen Bratenduft nach zu urteilen, der bis ins Dachgeschoss hinaufzog, würde sie auch heute wieder ein Festmahl auf den Tisch bringen.

Er hörte die Türglocke. Mit einem Bein in der Kordhose bemühte er sich zu verstehen, was unten gesprochen wurde. Kinky redete mit einem Mann.

Barry zog sich fertig an und lief mit der nassgeregneten Hose nach unten.

Kinky sah sich nach ihm um, als er die Treppe herunterkam. Im Flur stand Donal Donnelly, mit der Mütze in den Händen. Mit großen Augen schaute er Barry entgegen, und sein gewohntes Grinsen war einem besorgten Stirnrunzeln gewichen. «Es geht um Julie, Doktor», stammelte er, «können Sie schnell kommen? Sie blutet ganz schlimm.»

«Ich hole meine Tasche.» Barry gab Kinky die Hose, lief ins Behandlungszimmer und griff nach seiner Arzttasche. «Wo ist sie denn, Donal?»

«Bei Brie Lannigan. Ich bin hin, weil ich mit ihr Abendbrot essen wollte, und plötzlich hat sie sich an den Bauch gefasst und losgeschrien, ja. So was habe ich noch nie gehört.» Barry sah Tränen auf Donals Wangen. «Und dann war da ein großer roter Fleck auf ihrem Kleid ... ich hab sie sofort nach oben ins Bett gebracht. Brie hat kein Telefon, deswegen bin ich mit dem Rad hergekommen, so schnell ich konnte.»

«Wo wohnt Brie, Donal?»

Donal nahm Barry an der Hand und zog ihn zur offenen Haustür. «Kommen Sie schnell, Doktor. Ich zeig's Ihnen.»

Barry hörte Kinky noch rufen: «Ich sag Doktor O'Reilly Bescheid, wenn er wiederkommt!», aber er musste sich so bemühen, mit Donal Schritt zu halten, dass er nicht antworten konnte. Donals buntes Fahrrad lag in den Rosenbüschen, so eilig hatte der junge Mann es gehabt, an die Haustür zu kommen. «Ums Haus herum», rief Barry, «mein Auto steht hinten!»

Er ließ den Motor an, wartete, bis Donal seine Tür zugeschlagen hatte, und fuhr los. «Wo geht's lang?»

«Hier links auf die Main Street, dann am Maibaum rechts und ungefähr eine Meile die Shore Road entlang.» Donal saß vornübergebeugt auf seinem Sitz. «Können Sie nicht schneller fahren?»

Barry ignorierte die Frage. Verdammt, er hatte recht gehabt, als er sich bei Julies letzter Untersuchung vorige Woche Gedanken gemacht hatte. Ihr Uterus hatte sich merkwürdig angefühlt. Und gestern, als Donal wegen Julies leichtem «Bauchkneifen» besorgt gewesen war, hätte er aufhorchen sollen. Allerdings hatte O'Reilly ebenfalls recht gehabt. Unbestimmte Schmerzen waren in der frühen Schwangerschaft so häufig, dass diesbezügliche Klagen von den Ärzten oft mit einem «Ach, das hat man einfach manchmal» abgetan wurden. Wobei allerdings eine bevorstehende Fehlgeburt ohnehin selten abzuwenden war.

«Ich hab Angst, Doktor, ja.» Donal senkte die Stimme. «Sie ... sie kann doch nicht sterben, oder?»

«Natürlich nicht, Donal.» Barry bemühte sich, zuversichtlich zu klingen. Wenn Julie jetzt, in der elften Schwangerschaftswoche, eine Fehlgeburt hatte – und inzwischen befürchtete er das –, bestand das Risiko, dass sie verblutete oder an einem Schock oder einer Infektion starb. Solche Fälle machten immerhin 18 Prozent aller Todesfälle bei Schwangeren aus. Das wusste Barry, aber welchen Sinn hatte es, einem so besorgten Mann noch mehr Angst einzujagen?

«Ach», Donal schlug mit der Faust aufs Armaturenbrett, «das ist alles meine Schuld.»

Barry konzentrierte sich gerade darauf, rechts abzubiegen – ausnahmsweise war die Ampel einmal grün. Er nutzte eine Lücke zwischen einem Personenwagen und einem Laster im Gegenverkehr. Erst als er die Shore Road erreicht hatte, fragte er: «Und warum, zum Teufel, soll das Ihre Schuld sein, Donal?» Hatte der Mann sich die Sache mit dem Heiraten nochmal überlegt? Oder hatte er Julie etwa überredet, zu einer Engelmacherin zu gehen? Barry schüttelte den Kopf. Ausgeschlossen. Als die Schwangerschaft festgestellt worden war, hatte Julie darauf bestanden, nötigenfalls nach England zu gehen, das Kind dort zu bekommen und es dann zur Adoption freizugeben. «Donal? Ich habe etwas gefragt ...»

«Ja, ich habe Sie gehört. Es ist ein Gottesurteil, ja.»

«Wieso denn?» Barry musste einem Radfahrer ausweichen. Immerhin, dachte er, hatte er sich O'Reillys Angewohnheit, rücksichtslos draufloszufahren und die Unglücklichen sich selbst zu überlassen, bisher nicht zu eigen gemacht.

«Weil ich der kleinen Julie ein Kind gemacht habe, ohne dass wir verheiratet waren.»

«Deswegen würde ich mir jetzt keine Gedanken machen, Donal. Das kommt in den besten Familien vor.» Mir hätte das auch passieren können, dachte er, wäre heute nicht aus heiterem Himmel dieses Gewitter aufgezogen.

«Dann eben, weil ich den Herrn aus England reingelegt

habe. Ich hab ihm hundert Pfund abgeknöpft, ja, aber es sollte doch für Julie und mich sein, und für das Kleine.»

«Hundert Pfund?» Kein Wunder, dass der Hauptmann gestanden hatte, gerade ein bisschen knapp bei Kasse zu sein. Ob wohl zwischen der plötzlichen Verarmung von Hauptmann O'Brien-Kelly und O'Reillys Fahrt nach Bangor ein Zusammenhang bestand? Doch jetzt war keine Zeit, darüber nachzudenken. «Auch deswegen würde ich mir keine Sorgen machen, Donal. Es hat ihn ja niemand gezwungen, die Halbe-Kronen-Stücke zu kaufen.»

«Ja, mag sein, aber ... glauben Sie, es würde helfen, wenn ich das Geld zurückgebe?»

«Das bezweifle ich.»

Niedergeschlagen sagte Donal: «Halten Sie da vor dem roten Backsteinhaus, Doktor. Vor dem Doppelhaus.»

Barry parkte, nahm seine Tasche vom Rücksitz und folgte Donal einen Fußweg entlang zur rechten Doppelhaushälfte. Donal öffnete ihm die Tür, und Barry trat in einen schmalen Flur und stieg die Treppe hinauf. Er sah Donal in einem Zimmerchen verschwinden und folgte ihm.

Julie lag auf dem Bett. Sie war bleich und schwitzte, und ein roter Fleck breitete sich auf dem Laken über ihrem Unterleib aus. Aus Erfahrung wusste Barry, dass schon wenig Blut eine große Fläche einfärben konnte, aber auf Julie und Donal musste es wirken, als fließe das Blut in Strömen.

Barry schaute unter das Bett, aber dort war noch nichts zu sehen. Gut. Sie hatte also vermutlich noch nicht allzu viel Blut verloren.

Donal setzte sich auf den Stuhl am Bettrand, nahm Julies Hand und strich ihr das blonde Haar aus der Stirn.

«Julie», sagte Barry, «können Sie mir sagen, was passiert ist?»

Die junge Frau versuchte, sich aufzurichten, aber Barry setzte sich auf die Bettkante. «Ist schon gut.» Er griff nach ihrem Handgelenk. Die Haut war feucht und kalt und ihr Puls schnell und ganz schwach. Er brauchte kein Messgerät, um zu wissen, dass ihr Blutdruck gefallen sein musste. Ihr drohte ein Schock.

Julie zwang sich zu einem Lächeln. «Jetzt sind Sie ja da, Doktor.» Sie legte den Kopf auf das Kissen zurück. «Gestern hat es angefangen, mit ganz leichten Krämpfen. Ich dachte, sie würden wieder weggehen, aber ungefähr vor einer Stunde …», sie biss sich auf die Unterlippe und kniff die Augen fest zusammen, «wurden sie so schlimm … so wie jetzt gerade, und dann habe ich da unten angefangen zu bluten.»

Barry öffnete seine Tasche, entnahm ihr ein Päckchen mit sterilen Handschuhen und ein weiteres, grünes Päckchen und riss beide auf. «Wo ist das Badezimmer?»

«Gleich links», sagte Donal und schaute zu ihm auf wie ein reuiger Sünder, der seinen Beichtvater um die Absolution bittet. Barry ignorierte seinen Blick.

«Bin sofort wieder da», sagte er, wusch sich die Hände und kam zurück. «Ich muss Sie untersuchen, Julie.» Er trocknete sich die Hände mit einem sterilen Handtuch ab und zog die Handschuhe über. «Würden Sie bitte draußen warten, Donal?» Als Donal den Raum verlassen hatte, zog Barry das blutige Laken zurück. Der Fleck auf dem unteren Laken hatte sich an beiden Seiten bis zum Bettrand ausgebreitet. «Würden Sie bitte die Beine spreizen?»

Als Julie seine Anweisung befolgte, quoll hellrotes Blut aus ihrer Vagina. Barry nahm wahr, dass es ein wenig nach Kupfer roch. «Ich untersuche Sie jetzt», sagte er. Der Gebärmutterhals war partiell geöffnet. Etwas Schwammähnliches steckte darin fest. Die Diagnose war nicht schwer zu stellen. Julie hatte eine Fehlgeburt, aber sie hatte den winzigen Fötus und die Plazenta noch nicht ausgestoßen, und solange nicht beides draußen war, würde die Blutung nicht zum Stillstand kommen. Barry verfügte nicht über die Instrumente, die man gebraucht hätte, um die Leibesfrucht an Ort und Stelle herauszuziehen. Eine Ausschabung war nötig, und die musste im Krankenhaus vorgenommen werden.

Barry zog seine Finger zurück. Ihn fröstelte innerlich. Er versuchte, sich nichts anmerken zu lassen. «Es tut mir leid, Julie. Sie verlieren das Baby. Sie haben eine Fehlgeburt. Wir müssen Sie ins Krankenhaus bringen.»

«Also gut», flüsterte Julie. Sie stöhnte wieder.

Es war ja gut und schön, so viel Zuversicht zu verbreiten. Doch wenn Barry im Fach Gynäkologie etwas gelernt hatte, dann war es das, dass Patientinnen bei einer unterbrochenen Fehlgeburt und drohendem Schock nicht bewegt werden sollten, bevor sie nicht eine Bluttransfusion erhalten hatten. Unbedingt den Notarzt rufen, hatte man den Studenten eingetrichtert, den speziell eingerichteten Krankenwagen anfordern, mit Ärzten und Schwestern aus dem Krankenhaus, mit Fachleuten, die Blut mitbrachten und der Patientin vor dem Transport eine Transfusion verabreichten. Notfalls konnten sie ihr auch eine Narkose geben und die Behandlung dann zu Hause durchführen.

Ja, wer die Ausbildung und die notwendigen Instrumente besaß, konnte das, aber ein nur mit seiner Arzttasche ausgerüsteter Landarzt war damit vollkommen überfordert. Und den Krankenwagen anzufordern kostete Zeit. Zu viel Zeit.

Donal hatte gesagt, es gebe kein Telefon im Haus. Barry warf einen Blick auf das Bett. Der Blutfleck wurde zusehends größer. Bis er ein Telefon aufgetan hatte, bis das Team zusammengestellt war und der Krankenwagen sich durch den Stadtverkehr gekämpft und die zehn Meilen nach Ballybucklebo zurückgelegt hatte, konnte Julie verblutet sein.

Er musste etwas tun, und zwar sofort.

Er stand auf, zog die Handschuhe aus und holte tief Luft. Dann kramte er in seiner Tasche, bis er fand, was er brauchte: Morphin zur Betäubung der Wehenschmerzen und Ergometrin, damit der Uterus sich zusammenzog und die offenen Blutgefäße so lange verschlossen blieben, bis er Julie ins Royal gebracht hatte.

Er zog zwei Spritzen auf, 15 Milligramm Morphin und 0,5 Milligram Ergometrin. «Ich werde Ihnen jetzt zwei Spritzen geben, Julie», kündigte er an. Ohne eine Antwort abzuwarten, stach er ihr die Kanülen rasch hintereinander in den Oberschenkelmuskel.

Sie stöhnte bei jedem Stich, aber nach fünf Minuten war ihr heftiges Keuchen in ruhige Atemzüge übergegangen, und das Blut, Gott sei Dank, tröpfelte nur noch. «Kommen Sie wieder rein, Donal.» Barry hörte Schritte.

«Du lieber Gott, ist sie tot?»

«Nein. Ich habe ihr Morphin gespritzt, sie schläft jetzt. Aber wir haben nicht viel Zeit. Ich brauche Hilfe, wir müssen sie ins Auto tragen.» Würde O'Reilly das nicht auch tun?

«Doktor, hat sie das Baby ...?»

«Das erkläre ich später», sagte Barry knapp. Die Sorgen der Patienten und ihrer Angehörigen ernst zu nehmen war zwar ein unverzichtbares Element guter medizinischer Versorgung, aber in manchen Situationen musste das Praktische Vorrang vor dem Emotionalen haben. Barry brauchte Donal, und der Mann durfte jetzt nicht zusammenbrechen. «Holen Sie eine saubere Decke, schnell!», befahl Barry.

Donal flitzte los und kam mit einem Bündel im Arm zurück.

«Gut, und jetzt helfen Sie mir, die Decke unter Julie zu schieben.»

«Doktor, sollten wir sie nicht ein bisschen waschen? Es wäre ihr schrecklich peinlich, wenn die Leute sie so sehen würden.»

«Verdammt nochmal, Donal, helfen Sie mir einfach. Los, Mann. Schnell.»

Mit Donals Hilfe bugsierte Barry Julie auf die Decke. Dann

brachten sie die junge Frau auf dieser provisorischen Trage nach unten und zum Auto. Es gelang ihnen, sie auf den Rücksitz des Käfers zu legen. «Setzen Sie sich auch nach hinten, und nehmen Sie Julies Kopf auf den Schoß. Ich bin sofort wieder da.» Barry musste seine Tasche noch holen. Falls Julie wieder anfing zu bluten, würde er Medikamente daraus brauchen.

Schwer atmend stellte er die Tasche auf den Beifahrersitz, stieg ein und ließ den Motor an.

An die Fahrt nach Belfast konnte Barry sich später kaum noch erinnern. Er hatte den Stadtverkehr verflucht, der ihm auf dem Weg durch die City und die Grosvenor Road hinauf kostbare Zeit stahl. Vor der Notfallambulanz, unter dem steinernen Blick einer lebensgroßen Bronzestatue der Königin Victoria, hatte er gehalten und war durch die Schwingtüren ins Krankenhaus gestürzt. Im Foyer saßen ein paar uniformierte Krankenwagenfahrer, rauchten und tranken Tee.

«Können Sie mir mal helfen?»

Einer von ihnen zog kräftig an seiner Zigarette und sah langsam auf. «Wir haben gerade Pause, ja?»

Verdammt. Barry stellte sich O'Reilly vor, an der Rezeption des Genesungsheimes in Bangor. Er nahm all seinen Mut zusammen und brüllte: «Hören Sie, ich bin Doktor Laverty. Ich habe draußen eine Frau, die verblutet. Holen Sie eine Trage ... und zwar sofort.»

Der Mann sprang auf. «'tschuldigung, Doktor, selbstverständlich. Komm, Danny.»

Barry wartete, bis die Männer mit der Trage zurückkehrten. «Da draußen im Wagen.» Er beaufsichtigte die Männer, als sie Julie auf die Segeltuchtrage hoben, sie zudeckten und gleich in die nächste Untersuchungskabine brachten. Dann ging er durch die Eingangshalle zu dem Schreibtisch, an den er sich so gut erinnerte. Dahinter saßen eine rotuniformierte Oberschwester und eine Ärztin im weißen Kittel und unterhielten sich. Barry erkannte die Ärztin sofort. Sie war in seinem Jahrgang gewesen. «Ruth, könntest du schnell mal kommen und dir meine Patientin ansehen?»

Sie lächelte ihn an. «Hallo, Barry. Na klar. Was ist denn los?»

«Unvollständige Fehlgeburt. Sie hat eine Menge Blut verloren. Richtig viel.»

Ruth war schon aufgesprungen und gab, während sie zu der Kabine hinüberging, Anweisungen. «Schwester ...»

Die Oberschwester stand auf. «Schwester Corrigan, bereiten Sie eine Infusion vor ...» Eine blauuniformierte Schwester lief durch den Flur. Die Oberschwester nahm den Telefonhörer ab. «Ich hole die MTA für die Blutuntersuchung und den Gynäkologen.»

Aufatmend ließ Barry die Schultern sinken. Die Effektivität der Oberschwestern hatte ihn von jeher beeindruckt. Jetzt, da Julie in guten Händen war, ließ seine Anspannung spürbar nach. Aber Julie war noch nicht außer Gefahr. Barry folgte der jungen Ärztin und stand schweigend daneben, während sie Julies Puls und Blutdruck überprüfte. Als die Oberschwester mit dem kleinen Rollwagen erschien, legte Ruth in Sekundenschnelle die Infusion an, und die Kochsalzlösung tropfte in Julies Arm.

Die Ärztin strich sich mit dem Handrücken eine rostbraune Haarsträhne aus der Stirn. «Gut», sagte sie, «damit ist sie versorgt, bis der Gynäkologe kommt. Und ihre Krankengeschichte, Barry?»

Er erstattete seiner Kollegin kurz Bericht, wobei er besonders darauf achtete, ihr mitzuteilen, dass er Julie Morphin gegeben hatte. Während er noch erzählte, kam eine junge blonde MTA, nahm die Blutproben und verschwand wieder.

«Du scheinst an alles gedacht zu haben, Barry.» Ruth steckte das Stethoskop in die Ohren, pumpte die Manschette auf und horchte. Sie lächelte. «Der Blutdruck steigt. Gleich haben wir ihre Blutgruppe, und dann geben wir ihr ein bis zwei Liter, machen die Ausschabung, und im Nu ist sie wieder auf den Beinen.»

«Danke, Ruth.» Barry beugte sich über Julie und sah, wie ihre Augenlider flatterten.

«Doktor Laverty?»

«Alles ist gut, Julie. Sie sind im Krankenhaus. Bald geht es Ihnen wieder besser.»

Sie griff nach Barrys Hand und drückte sie. «Danke, Doktor. Geht's Donal gut?»

«Ich gehe gleich zu ihm, Julie, und sage ihm, was hier passiert.» Das Personal war zwar sehr tüchtig, aber Barry wusste nur zu gut, dass man Verwandte üblicherweise ignorierte. «Ich verabschiede mich jetzt, aber ich bitte Donal, dass er Sie zu mir in die Praxis bringt, nachdem Sie hier entlassen worden sind.»

Julie antwortete nicht. Sie war wieder eingeschlafen. Er löste seine Hand aus ihrer und sagte zu Ruth: «Ich gehe jetzt und spreche mit ...» Donal würde Julie sicher sehen wollen, vielleicht sogar im Krankenhaus bleiben, damit er bei ihr sein konnte, wenn sie aus dem OP kam. Doch die Besuchsvorschriften waren streng. Nur Familienangehörige waren zugelassen, und ein Freund oder Verlobter zählte nicht zur Familie. «... mit ihrem Mann.» Niemand würde merken, dass das eine Notlüge gewesen war. «Kann ich ihn anschließend reinschicken?»

«Ja, natürlich.»

«Und dann fahre ich nach Hause.»

Ruth lächelte. «Du hast sie in deinem eigenen Wagen hergebracht?»

Barry nickte.

«Da hast du aber wirklich das Viktoriakreuz verdient, Junge.»

«Was?»

«Na, wegen besonderem Einsatz im Beruf, der über die normale Pflichterfüllung hinausgeht.»

«Ach, Unsinn.» Barry errötete. So hatte er das gar nicht gesehen. «Alles andere hätte zu lange gedauert.»

«Hm», sagte Ruth, «es gibt genügend Hausärzte, die einfach den Krankenwagen gerufen hätten. Du solltest mal sehen, was für schlimme Fälle wir hier reinkriegen.»

«Doktor O'Reilly würde das nie tun», sagte Barry, ohne nachzudenken. «Aber wie dem auch sei, ich bin jetzt weg. Mein Abendessen wartet.»

28 ＊ Die Wege des Herrn sind unergründlich

«Zu schade, dass du die Ente verpasst hast», bemerkte O'-Reilly, zog die Serviette unter seinem offenen Kragen hervor und legte das zerknitterte Tuch auf den Esstisch. «Das Sherry Trifle war auch gut. Davon habe ich dir was übrig gelassen.»

Sehnsüchtig schaute Barry auf eine Schüssel mit einigen inzwischen eingetrockneten grünen Erbsen, auf die Reste vom *colcannon*, dem irischen Eintopf aus Weißkohl und Kartoffeln, hingen, und dann zu einem fast leeren Schälchen mit Apfelmus. Nur die Kristallschüssel mit dem Sherry Trifle war noch halb voll. Die Schichten aus Schlagsahne, Vanillepudding, Himbeeren und ganz unten dem in Sherry getränkten Biskuitboden waren so deutlich zu sehen wie die Bodenschichten bei einer paläontologischen Grabung.

«Kinky hat gesagt, du wärst mit Donal Donnelly losgebraust.» O'Reilly sah ein ganz klein wenig schuldbewusst aus. «Es wäre doch eine Schande gewesen, wenn ich auf dich gewartet hätte und das Essen kalt geworden wäre.» Er sah Barry nicht in die Augen. «Kinky wäre beleidigt gewesen.»

Und diese letzte Bemerkung stammte von einem Mann, der es sich zum Prinzip gemacht hatte, sich niemals herauszureden, dachte Barry. Der Schweinehund hätte ihm doch etwas vom Abendessen übrig lassen können. Er zuckte mit den Schultern und sagte: «Julie hat eine Fehlgeburt gehabt. Sie ist im Royal.» Er setzte sich. «Ich musste sie und Donal hinfahren.»

«Gut gemacht», meinte O'Reilly. «Aber weißt du, das erwarte ich auch von dir.»

Barry deutete eine Verbeugung an.

«Das mit Julie ist schade», fuhr O'Reilly fort, «aber sie ist noch jung. Sie wird noch viele Kinder kriegen.»

«Das glaube ich auch, aber Donal geht es ganz schön an die Nieren. Er hält es für göttliche Vergeltung.»

O'Reilly lachte. «Für was denn?» Er zog sein Pfeifchen heraus und zündete es an.

«Erstens, weil er sie vor der Ehe geschwängert hat.»

«Das kann ich nicht glauben. Deswegen hat Donal sich Gedanken gemacht? Es ist doch noch gar nicht so lange her, da haben die jungen Burschen hier auf dem Land überhaupt nur geheiratet, wenn ihre Angebetete ihre Fruchtbarkeit ganz praktisch unter Beweis gestellt hatte. Schließlich braucht man kräftige Söhne, um eine Farm zu betreiben.»

«Aber es ist auch noch gar nicht so lange her, da heiratete ein Paar erst, wenn der Vater des Mannes gestorben war und ihm die Farm vermacht hatte. Diese ‹jungen Burschen› waren dann manchmal schon vierzig oder fünfzig», entgegnete Barry. «Die Zeiten haben sich geändert, Fingal.»

«Hm», meinte O'Reilly, «als ob ich das nicht wüsste.» Er wirkte nicht besonders glücklich. Rülpsend stieß er eine Rauchwolke aus, kratzte sich am Kinn und fragte: «Und was war der zweite Grund, weswegen er ein göttliches Strafgericht erwartet hat?»

«Er meint, er würde bestraft, weil er Hauptmann O'Brien-Kelly mit den Arkle-Gedenkmünzen übers Ohr gehauen hat.»

«Bestraft? Dafür müsste Donal doch selbst eine Medaille verliehen kriegen.»

«Warum?» Barry beugte sich über den Tisch und löffelte Trifle in ein Schüsselchen. Er war richtig ausgehungert. Dass er mit Patricia auf Gransha Point Hühnchen-Sandwiches gegessen hatte, war schon Stunden her.

Doch bevor O'Reilly antworten konnte, wurden sie von Mrs Kincaid unterbrochen. Barry hatte gar nicht gehört, dass sie hereingekommen war. Sie stellte ein leeres Tablett auf den Tisch. «Lassen Sie das Trifle noch stehen, Doktor Laverty. Man soll den Nachtisch nicht vor dem Hauptgang essen.» Sie betrachtete die Reste der Ente. «Nur schade, dass unser Gierschlund hier alles allein aufgegessen hat und kein Krümelchen für Sie übrig geblieben ist.»

Barry erwartete, dass O'Reilly protestieren würde. Auch in ihrer Position als Haushälterin war Mrs Kincaid schließlich seine Angestellte.

«Es hat einfach so verteufelt nach mehr geschmeckt, Kinky», murmelte O'Reilly stattdessen, «und es war ja auch keine sehr große Ente.»

«Es gibt Tage, mein lieber Doktor O'Reilly, da würde ein ganzer gebratener Elefant Sie nicht satt machen, und jetzt habe ich ja auch noch Doktor Laverty zu versorgen.» Sie warf einen Blick auf die Uhr auf der Anrichte. «Ich habe noch Zeit, um Ihnen ein Omelett zu machen», sagte sie zu Barry. «Würde Ihnen das reichen?»

«Wunderbar, Kinky. Danke schön.»

«Gut.» Sie belud das Tablett mit schmutzigem Geschirr und verließ das Esszimmer. «Ich bin gleich wieder da.»

O'Reilly stand auf und schenkte sich an der Anrichte ein großes Glas Bushmills ein. «Wenn man sieht, wie Kinky für dich sorgt, könnte man meinen, sie hätte dich adoptiert.»

Barry lächelte. Er wusste, dass O'Reilly zwar eine außergewöhnliche Fähigkeit besaß, die undurchsichtige menschliche Natur zu entschlüsseln, aber was ihn selbst anging, war sein Chef blind. Denn wenn jemand in diesem Hause Barry adoptiert hatte, dann war das O'Reilly selbst. «Ich hätte es schlechter treffen können», erwiderte Barry und spielte damit nicht nur auf Kinky an. «Du weißt ja, dass meine Eltern für zwei Jahre in Australien sind, und bis sie wiederkommen, bin ich quasi ein Waisenkind.»

«Ja, das weiß ich.» O'Reilly trank von seinem Whiskey. «Der große Kontinent auf der Südhalbkugel, *Terra Australis Incognita*. Würde mich auch mal interessieren.» Er schaute Barry über sein Glas hinweg an und hob eine buschige Augenbraue. «Ich habe gehört, dass junge Ärzte da hervorragende Aussichten haben.»

«Ja, das sagt Dad auch.» Seit sie zum ersten Mal über die Frage gesprochen hatten, ob Barry weggehen oder bleiben würde, hatte O'Reilly das Thema vermieden. «In Ulster sieht es auch nicht schlecht aus für junge Ärzte», sagte Barry. Wie gerne hätte er seinem Chef versichert, dass er sich zum Bleiben entschieden habe. Wenn er ehrlich war, stimmte das sogar – wäre die Sache mit Patricia nicht gewesen.

«Freut mich, dass du das sagst.»

Barry wartete auf die Frage, die als Nächstes kommen musste: «Du hast dich also entschlossen, hierzubleiben?» Doch O'Reilly nahm nur ein Streichholz und steckte seine Pfeife wieder an.

Wenn sein Chef die Sache nicht weiter verfolgen wollte, war Barry das nur recht. «Fingal, du hast eben gesagt, Donal sollte eine Medaille verliehen bekommen. Warum?»

«Die Wege des Herrn sind unergründlich ...», antwortete O'Reilly.

«... und wunderbar», ergänzte Barry.

«Ganz richtig.» O'Reilly schmunzelte. «Du weißt ja, dass wir mit unserer Suche nach einer vorübergehenden Bleibe für Sonny nicht besonders erfolgreich waren.»

«Und Kinky ist auch nichts eingefallen?»

«Gar nichts. Und als ich seine Lordschaft um Hilfe gebeten habe, war das auch bloß ein Versuch, von dem ich mir nicht viel versprochen habe. Das, was jetzt passiert ist, würde ich mir gern selbst als Verdienst anrechnen, aber es hatte überhaupt nichts mit mir zu tun.»

«Was ist denn eigentlich passiert?»

«Du erinnerst dich, dass der Hauptmann gestern versucht hat, mich anzupumpen? Weil er Honest Sammy Dolan eine kleinere Geldsumme schuldete?»

«Ja.»

«Und erinnerst du dich auch noch an den tätowierten Herrn, der auf uns zukam? Der sah doch aus, als wollte er unseren guten Hauptmann windelweich prügeln. Jedenfalls hat O'Brien-Kelly das offenbar gedacht.»

Barry sah Sammy Dolans Geldeintreiber noch vor sich. «Doch, das war ein kräftiger Kerl, und er sah ziemlich böse aus.»

Allmählich wurde die Sache klarer, und er war nicht überrascht, als O'Reilly fortfuhr: «Anscheinend hat unser königlicher Leibgardist schließlich den Marquess ausfindig gemacht. Aber der hatte, und jetzt bricht dir bestimmt das Herz, auch nicht mehr als ein paar Pfund bei sich.»

«Willst du damit sagen, der Hauptmann hätte plötzlich festgestellt, dass er ganz dringend in England zu tun hat?»

«Hierzulande gibt es lässliche Sünden, Todsünden ... und unbezahlte Wettschulden – und das ist die schwerste Sünde überhaupt. O'Brien hätte den Buchmacher bezahlen können, wenn er sein Geld nicht für Donals Arkle-Gedenkmünzen verpulvert hätte.» O'Reilly grinste breit und mit Genugtuung. «Offenbar war er gestern Abend bereits auf der Fähre nach Liverpool. Eine rein präventive Maßnahme, verstehst du?»

Barry lachte. «Vorsorgen ist besser als Heilen.»

«So viel Vorausschau hätte ich dem Herrn Hauptmann gar

nicht zugetraut. Der war doch dumm wie Bohnenstroh», sagte O'Reilly. «Allerdings hätte er normalerweise Immunität genossen.»

«Immunität?»

«Ja. Der Marquess begleicht die Spiel- und Wettschulden seiner Gäste normalerweise sofort und regelt die Angelegenheit dann später mit dem Schuldner. Nicht nur den Chinesen ist es wichtig, ihr Gesicht zu wahren. Unser alter Marquess hat ein ausgeprägtes Ehrgefühl.»

«Und warum hat er dem Hauptmann nicht aus der Patsche geholfen?»

«Oh, das hat er, aber erst, als O'Brien-Kelly schon weg war. Der Mann wird eine Rechnung von Seiner Lordschaft in der Post finden», erklärte O'Reilly. «Aber heute Nachmittag am Telefon hat der Marquess mir gestanden, dass er den kleinen Fatzke nicht ertragen konnte und froh war, ihn von hinten zu sehen. Er will Sonny das Torhaus zur Verfügung stellen und ihm sogar aus dem Haupthaus die Mahlzeiten schicken lassen.»

«Toll, Fingal.» Barry betrachtete seinen älteren Kollegen mit Bewunderung und Erstaunen. «Ich habe das Gefühl, dass der Herrgott hier nicht der Einzige ist, dessen Wege wunderbar sind. Wenn du Donal nicht ermutigt hättest, seine verrückte Idee in die Tat umzusetzen, und wenn du dir nicht die Mühe gemacht hättest, den Marquess um Hilfe zu bitten, wäre Sonny immer noch in dem Heim.»

O'Reilly gab etwas wie ein Knurren von sich, stieß eine Wolke Tabakrauch aus, lächelte verlegen und sagte: «Na ja ...»

«Nichts ‹na ja›.»

«Ach, jetzt sei still, Barry. Ende gut, alles gut. Sonny freut sich jedenfalls wie ein Schneekönig, und Maggie benimmt sich wie eine Katze mit zehn Jungen.»

«Bist du vorbeigefahren, um es ihr zu erzählen?»

«Nein, nein, ich habe sie mitgenommen, als ich ihn abgeholt habe.»

«Anständig von dir.»

«Quatsch. Allein die beiden zu hören, als sie hinten im Rover saßen, war die Sache wert. Maggie plant ja die Hochzeit. Weißt du, sie nennt ihren Kater zwar ‹General›, aber so, wie sie alles für nächsten Samstag organisiert hat, könnte sie selbst Montgomery sein. Sie hat das Fest so gründlich und sorgfältig vorbereitet wie der General damals die Schlacht von El Alamein.»

Barry interessierte sich für Kriegsgeschichte und hatte viel über den Kampf in Nordafrika gelesen. «Ich hoffe bloß», sagte er nun, «dass sie keinen Artillerieangriff plant, als Startschuss sozusagen.»

O'Reilly lachte. «Das glaube ich kaum, aber sie hat sich Gedanken gemacht, wo nach der Trauung der Empfang stattfinden soll. Das halbe Dorf wird ja am Samstag kommen.»

«Du hast ihr aber nicht wieder deinen Garten angeboten, so wie neulich Seamus Galvin?»

«Nein. Der Marquess ist ins Torhaus gekommen, weil er sehen wollte, wie Sonny da untergebracht ist. Er hat den alten Knaben richtig ins Herz geschlossen. Als ich wegfuhr, um Maggie nach Hause zu bringen, plauderten die beiden über irgendeine neue nabatäische Ausgrabung in Jordanien, über frühe ägyptische Papyrusrollen und Grundbesitz in Irland unter den Normannen. Ich sage dir, da konnte ich ausnahmsweise mal überhaupt nicht mitreden.»

«Was ja nicht oft vorkommt, Fingal.»

O'Reilly lächelte. «Macht aber nichts. Wichtig ist, dass Seine Lordschaft ihnen zugesagt hat, dass sie das Fest bei ihm veranstalten können.»

«Toll.»

«Schade nur, dass es keine Doppelhochzeit geben wird. Julie MacAteer ist wohl erst in ein paar Wochen wieder so weit hergestellt, dass sie mit Donal den Bund fürs Leben schließen kann.»

«Das scheint mir auch.» Plötzlich fiel Barry etwas ein. «Die arme Helen.»

«Wieso Helen?»

«Na ja, wenn eine der beiden Hochzeiten verschoben wird, dann kann Miss Moloney vielleicht die Hüte, die sie auf Lager hat, nicht verkaufen. Das wird ihre Laune nicht gerade bessern.»

O'Reilly lachte. «Wir haben alle unser Kreuz zu tragen. Miss Moloney wird schon durchhalten, bis Julie und Donal vor den Traualtar treten.»

«Wenn sie's überhaupt tun», überlegte Barry laut. «Glaubst du, dass die beiden heiraten, obwohl sie's jetzt nicht mehr müssen?»

«Keine Ahnung. Ich frage mich ohnehin, was so ein hübsches Mädchen wie Julie in dem trotteligen Donal mit seinen Hasenzähnen sieht. Aber wo die Liebe hinfällt ...»

Barry sah, dass O'Reilly ihn leicht belustigt betrachtete. «Da hast du recht, Fingal. Davon kann ich ein Lied singen.»

«Aha.» O'Reilly kam um den Tisch herum und legte Barry die Hand auf die Schulter. «Das ist doch wunderbar. Deine Patricia Spence ist wirklich ein Schatz. Ich freue mich sehr.»

«Danke, Fingal.» Barry wartete. Jetzt war der richtige Zeitpunkt, jetzt musste O'Reilly ihn doch fragen, was er vorhatte. Stattdessen aber ging er zur Anrichte, schenkte sich nach und goss einen zweiten Whiskey ein. Er reichte Barry das Glas und sagte: «Diese Neuigkeiten müssen begossen werden. *Sláinte.*»

Barry stand auf und hob sein Glas. «*Sláinte Mhaith.*» Während er an dem Whiskey nippte, öffnete sich die Tür.

Mrs Kincaid stand vor ihnen, schon in Hut und Mantel – allerdings trug sie nicht ihren neuen Hut, vermutlich wollte sie erst auf Maggies Hochzeit ihre Freundinnen damit beeindrucken. Sie brachte einen gefüllten Teller, den sie vor Barry auf den Tisch stellte. «Hier ist Ihr Omelett», sagte sie. «Essen Sie, solange es noch heiß ist.» Ihr Blick fiel auf seine blutbefleckte Hose. «Oh Gott, nicht schon wieder. Legen Sie die Hose in die Küche, ich kümmere mich später darum. Ich muss jetzt los, sonst komme ich zu spät. Die Landfrauen treffen sich heute in der Kirche.»

«Machen Sie sich keine Gedanken deswegen ...»

O'Reilly unterbrach ihn. «Kinky, sehen Sie Mrs Bishop heute Abend?»

«Ja, ich denke schon.»

«Soweit ich weiß, hat Doktor Laverty Sie gebeten, mit ihr zu sprechen ...»

Barry hatte O'Reilly von seiner Idee erzählt.

«Ja, das werde ich tun, ich habe es nicht vergessen. Mal hören, was sie über Bertie und den Pachtvertrag für den Schwarzen Schwan weiß.»

«Schön.»

«Setzen Sie sich, Doktor Laverty, und langen Sie ordentlich zu. Und vergessen Sie nicht, mir die Kordhosen hinzulegen.»

Barry setzte sich wieder. «Wie gesagt, Kinky, machen Sie sich keine Gedanken darum. Die kommen in den Müll. Ich kaufe mir neue Hosen.»

«Na, das wurde auch Zeit. Und jetzt essen Sie bitte.» Kinky verließ den Raum.

«Neue Hosen? Bist du über Nacht zu einem Vermögen gekommen?»

«Nein, aber ich habe beim Rennen ein bisschen gewonnen», sagte Barry mit vollem Mund. Das Omelett war köstlich, ganz leicht und luftig.

«Das hatte ich vergessen», meinte O'Reilly, «und das Geld willst du jetzt natürlich unter die Leute bringen. Aber ich fürchte, damit musst du noch ein paar Tage warten.»

«Wieso das?»

«Na ja», antwortete sein Chef, «falls du es vergessen haben

solltest: Morgen ist Montag, da haben wir bestimmt alle Hände voll zu tun. Mir scheint, ein paar kleine Vögelchen haben den Leuten hier erzählt, dass du doch nicht so ein Scharlatan bist, wie manche von ihnen gedacht haben.»

Barry lächelte. In diesem Moment streckte Kinky noch einmal den Kopf zur Tür herein. «Morgen haben Sie viel zu tun, was? Aber heute Abend wartet auch noch Arbeit auf Sie, Doktor O'Reilly. Jemand hat etwas für Sie vor die Tür gelegt.»

«Doch nicht noch eine Katze?», fragte Barry. Er erinnerte sich gut daran, wie Lady Macbeth zu ihnen gekommen war.

«Nein», erklärte Kinky, «einen einzelnen, einsamen Gummistiefel.»

29 ✳ Fingerspitzengefühl

«Wenn dieser blöde Hund mir nochmal einen Gummistiefel anschleppt, dann besorge ich ihm einen Maulkorb», schimpfte O'Reilly. «Ich bin gestern Abend wirklich überall gewesen. Am Ende habe ich den zweiten Stiefel oben in den Ballybucklebo Hills gefunden.» Er öffnete die Tür zum Behandlungszimmer, aber dann zögerte er und sagte: «Weißt du was? Ich bin müde, deswegen hole ich heute Morgen die Opfer. Mach du die Arbeit.»

«Schön.» Barry trat ein und setzte sich auf den Drehsessel. Er freute sich, dass O'Reilly ihm an diesem Vormittag die Behandlung der Patienten überließ. Doch, in der letzten Woche hatte er seine Arbeit so gut gemacht, wie er irgend konnte, und jetzt standen seine Aktien schon wieder besser. Das war jetzt eine gute Chance, sich ins rechte Licht zu setzen.

O'Reilly kam herein, gefolgt von Donal Donnelly. Der junge Mann trug Baumwollhosen und eine alte Jeansjacke, die dunkel war vor Nässe. Erst jetzt fiel Barry auf, dass Regen gegen die Praxisfenster trommelte. O'Reilly schob sich auf die Untersuchungsliege.

«Morgen, Donal», sagte Barry.

«Morgen, Sir.»

Barry fiel auf, wie müde der junge Mann aussah. Er umfasste seine rechte Hand mit der linken.

«Wie geht's Julie?»

«Die haben großartige Arbeit geleistet im Royal, nachdem Sie weg waren, doch, wirklich. Sie ist operiert worden, und als ich gestern Abend nach Hause musste, konnte sie schon im Bett sitzen, mit einem Tässchen Tee in der Hand. Donnerstag wollen sie sie schon wieder rauslassen.»

«Es tut mir leid, dass sie das Kind verloren hat.»

«Ja. Das ist nun nicht zu ändern. Die Frau Doktor da hat mir gesagt, Sie hätten alles richtig gemacht, Sir, und das Baby hätte wahrscheinlich irgendwie Missbildungen gehabt. Vielleicht war es so am besten. Vielleicht», Donal brachte ein schwaches Lächeln zustande, «ist ein leeres Haus besser als ein schlechter Mieter.»

Im Stillen bedankte Barry sich bei Ruth, seiner Studienkollegin. «Das kann durchaus sein, Donal.»

«Na gut», meinte Donal, «aber ich bin gar nicht wegen Julie hier. Ich hab mir den Finger kaputt gemacht.»

«Dann setzen Sie sich. Ich will ihn mir anschauen.»

Donal setzte sich auf einen Holzstuhl und hielt Barry die rechte Hand unter die Nase. «Ich hab ihn vorhin ganz schlimm verdreht, als ich auf der Baustelle bei Sonny eine Ladung Dachziegel hochheben wollte. Ich hab Seamus ganz allein dagelassen, aber ich kann im Moment gar nichts tun.» Er betrachtete seinen Finger mit dem schmutzigen Halbmond unter dem Nagel. «Tut schrecklich weh, ja.»

Barry sah, dass die Spitze des rechten Mittelfingers im ersten Gelenk nach vorn abgeknickt war. Der Finger war gerötet und angeschwollen. «Können Sie ihn überhaupt bewegen?»

«Nein, Sir.»

Barry ergriff die Fingerspitze und versuchte, den Finger zu strecken.

Mit einem Ruck entriss ihm Donal die Hand. «Himmeldonnerwetter, das tut weh!»

«Entschuldigung, Donal.» Barry schaute zu O'Reilly hinüber, der ein außergewöhnliches Interesse für seine eigenen Fingernägel entwickelt zu haben schien. Barry war sicher, dass die lange Sehne, die normalerweise die Fingerspitze zurückzieht, vom Knochen abgerissen war. Und wahrscheinlich war dabei ein Stückchen Knochen mit abgerissen. Ein Röntgenbild würde Aufschluss darüber geben, aber, Knochenstückchen oder nicht, die Behandlung war die gleiche. «Sie haben da einen Hammerfinger, Donal. Manche Leute bezeichnen so was auch als Baseball-Finger.»

«Ja, wirklich? Ist das nicht Schlagball für Erwachsene?»

«Lassen Sie das bloß keinen Amerikaner hören. Die nehmen das Spiel da drüben nämlich sehr ernst.» Barry schmunzelte. «Und ich werde jetzt Ihren Finger ernst nehmen. Ich muss ihn eingipsen.» Er stand auf und holte den Instrumentenwagen.

«Ich bringe Wasser.» O'Reilly rutschte von der Liege, nahm eine Edelstahlschüssel mit zum Waschbecken und füllte sie mit Wasser. Barry griff in eine Schublade des Rollwägelchens und nahm eine Gipsrolle heraus.

«Wie lange dauert es, bis er wieder gesund ist, Doktor?»

«Sie müssen den Gips sechs Wochen tragen, und dann kann es noch eine ganze Weile dauern, bis der Finger wieder geheilt ist.»

O'Reilly stellte die Schüssel mit warmem Wasser auf das Wägelchen.

«Sechs Wochen?» Donal stieß einen Pfiff aus. «Und die ganze Zeit kann ich nicht arbeiten?»

«Leider nicht.»

«Das hält die Arbeit an Sonnys Dach aber sehr auf.»

«Mach dir deswegen mal keine Gedanken», mischte sich O'Reilly ein. «Seamus und Mary reisen nächste Woche mit dem kleinen Fingal nach Kalifornien ab, das wird die Reparatur ohnehin verzögern.»

Donal schüttelte den Kopf. «Der arme Seamus. Der Mann will gar nicht aus Ulster weg, sage ich Ihnen. Überhaupt nicht.»

Barry konnte nachvollziehen, wie Seamus sich fühlte.

«Auch wegen Seamus brauchst du dir nicht den Kopf zu zerbrechen», sagte O'Reilly. «Der ist dann fort. Wir müssen Bishop einfach dazu bringen, mehr Leute einzustellen, damit das Haus fertig wird.»

Donal lächelte spöttisch. «Bertie Bishop? Der hat doch nichts anderes mehr im Kopf als seine Pläne, wie er sich den Dreckspatz unter den Nagel reißen kann. An das Dach denkt der gar nicht mehr.»

Barry formte aus einem Stück von der weißen Gipsrolle eine Röhre.

«Darum werden wir uns schon kümmern», meinte O'-Reilly, «und außerdem hat Sonny jetzt erst mal eine Bleibe, und nach der Hochzeit kann er ja zu Maggie ziehen.»

«Ja. Aber davon wird das Dach nicht fertig.» Barry beobachtete, wie Donal die Brauen zusammenzog. Offenbar dachte der Mann konzentriert nach, und das war ungewohnt. «Ich glaube», sagte er, «ich rede mal mit ein paar von den Jungs. Hab mal so einen amerikanischen Film gesehen, da waren 'ne Menge Männer, irgendwo auf dem Land ... die hießen Derwische – oder so ähnlich, nein – Amische? Jedenfalls haben die sie sich alle getroffen und für einen von ihnen eine Scheune gebaut. Das ging ruck, zuck.»

«Damit würdest du Bishop Geld sparen helfen», gab O'Reilly zu bedenken.

«Der kann mich mal. Ich würde das doch für Sonny und Maggie machen.» Donal schüttelte den verletzten Finger. «Und mit diesem kaputten Ding hier kann ich ja nichts anderes tun, um ihnen zu helfen.»

«Das stimmt», sagte Barry. «Strecken Sie ihn mal aus.» Er schob die Gipsröhre über Donals Mittelfinger bis ganz an die Hand hinunter. Barry führte die Spitzen von Daumen und Mittelfinger zusammen, wie, um ein O zu formen, und drückte die Fingerspitze gerade.

«Und jetzt legen Sie die Hand in die Wasserschüssel.»

«Das ist schön warm, ja.»

«Und dann geben Sie mir Ihre Hand.» Barry modellierte den Gipsverband um Donals Mittelfinger herum. Er spürte, wie das warme Wasser zwischen seinen Fingern hindurchtropfte, während er drückte. «So, fertig. Halten Sie den Finger mit dem Daumen gerade, bis der Gips trocken ist.» Er ging zum Waschbecken und wusch sich die Hände.

Donal beäugte seinen Gips. «Ist richtig schön geworden, Sir.»

«Na ja, ein Kunstwerk ist das nicht gerade, aber halten sollte er schon.» Barry kam vom Waschbecken zurück und betastete den Gips. «Trocknet prima. Donal, Sie können jetzt gehen. Kommen Sie morgen wieder. Dann muss ich prüfen, ob der Gips auch nicht zu eng ist.»

«Gut, Sir.» Donal stand auf. «Ich glaube», meinte er, «ich fahre mal schnell zur Baustelle zurück. Dann sage ich Seamus, dass ich nicht mehr zum Arbeiten komme, und bitte ihn, heute Abend mit mir in den Dreckspatz zu gehen.» Er grinste. «Ich glaube, Seamus könnte fast alle Jungs aus dem Dudelsackorchester dazu kriegen, bei Sonnys Dach zu helfen.»

«Tu das», sagte O'Reilly, «und lass die Tür ruhig offen, wenn du rausgehst.»

«Ja, Sir, und nochmal vielen Dank, Doktor Laverty.» Donal verschwand.

O'Reilly schüttelte den Kopf. «Da staune ich aber. Wer hätte gedacht, dass Donal Donnelly die christliche Nächstenliebe in Person ist?»

«Glaubst du wirklich, dass er so ein Arbeitsprojekt organisieren kann, Fingal?»

«Daran zweifle ich keinen Augenblick.» Er ging zur Tür. «Und da wir gerade von Arbeitsprojekten sprechen ... meinst du nicht, dass wir beide jetzt auch weitermachen sollten?»

«Entschuldige, Fingal. Ja, natürlich.»

«Gut», sagte O'Reilly, «dann gehe ich mal und sehe nach, wer als Nächster dran ist.»

Im Flur klingelte das Telefon, und Barry hörte, wie Mrs Kincaid abnahm. Der Vormittag in der Praxis war nicht weiter aufregend gewesen. Inzwischen war das Mittagessen vorbei, und O'Reilly murrte leise vor sich hin. Wenn er nochmal Salat essen müsste, brummte er, würde er selbst ganz grün werden. Dann sagte er: «Du hast das heute Morgen gut gemacht, Barry. Viele junge Ärzte hätten Donal zum Röntgen überwiesen.»

«Hätte das für die Behandlung einen Unterschied gemacht?» Aber Barry kannte die Antwort schon.

«Überhaupt nicht.» O'Reilly stocherte mit dem Zeigefinger hinter einem Zahn herum und förderte ein Bröckchen rohe Möhre zutage. «Aber du wärst auf der sicheren Seite, falls jemand dir vorwerfen sollte, du hättest deinen Patienten nicht optimal versorgt.»

«Habe ich das denn nicht getan?»

«Doch, doch, und du hast Donal den Weg nach Belfast erspart und ihn davor bewahrt, dass er wer weiß wie lange in der Röntgenabteilung rumhängen musste. Und außerdem», sagte O'Reilly, «hast du dem Steuerzahler ein paar Pfund erspart, auch wenn ich mir deswegen eigentlich keine grauen Haare wachsen lasse. Ich habe ja gesagt», O'Reilly stand auf, «dass du das gut gemacht hast.»

Bevor Barry Zeit hatte, dieses Lob auszukosten, kam Mrs Kincaid herein. «Heute gab es wieder nur einen Anruf. Mrs Finnegan, sie befürchtet, dass Declans Zustand sich verschlimmert hat.»

«Das ist doch der Mann, der Parkinson hat und mit der Französin verheiratet ist», sagte Barry.

«Stimmt. Ist sie noch am Telefon?», erkundigte O'Reilly sich.

«Nein, sie hat vorhin schon angerufen. Jetzt ist Mrs Fotheringham dran. Sie will Sie unbedingt sprechen, Doktor O'Reilly.»

«Ach herrje», stöhnte O'Reilly. «Gut. Ich komme.» Er verließ den Raum.

Barry fragte sich, was die Frau wohl wollte. O'Reilly war zwar am letzten Sonntag zu ihr hinausgefahren, aber heute sollte ihr neuer Hausarzt, Doktor Bowman in Kinnegar, eigentlich wieder Dienst haben.

O'Reilly kam zurück. Er runzelte die Stirn. «Was gibt's, Fingal?»

«Dieses blöde Weib», sagte O'Reilly. «Sie will wissen, woran ihr Mann gestorben ist. Ich kann sie nicht davon abbringen, sie besteht darauf.»

«Aber das Ergebnis der Obduktion ist doch noch nicht da.»

«Ich habe versucht, ihr das zu erklären, aber sie ist der Überzeugung, dass alles deine Schuld war. Tut mir leid, Barry.»

Barry zuckte zusammen.

O'Reilly legte ihm die Hand auf die Schulter. «Es kommt noch schlimmer. Sie hat gesagt, wenn sie nicht schnell eine Antwort kriegt, will sie mit ihrem Anwalt reden.»

«Wie bitte?» Barry hörte, wie seine Stimme hoch und schrill wurde. «Sie will mich verklagen?»

«Wenn wir ihr nicht bald etwas vorlegen können, hat sie das vor.»

«Ach du liebe Güte.» Gestern, als er mit Patricia zusammen war, hatte er beschlossen, sich über das Ergebnis der Autopsie keine großen Sorgen mehr zu machen. Und jetzt hing plötzlich seine Zukunft davon ab. Ein Prozess war der Albtraum eines jeden Arztes. Bis vor kurzem waren Klagen wegen ärztlicher Kunstfehler in Ulster vollkommen unbekannt gewesen. Derartige Gerichtsverfahren waren ein Import aus Amerika, auf den Barry gut hätte verzichten können. Ein Prozess würde seinem Ruf, den er gerade zu retten versuchte, vollkommen den Rest geben. Er blickte in O'Reillys sorgenvolles Gesicht.

«Ich weiß, was du denkst, mein Sohn. Wenn das vor Gericht geht, spielt es gar keine Rolle, wie der Prozess ausgeht. Allein schon die Anklage drückt einem Arzt ein Kainsmal auf. Wir müssen ganz kräftig die Daumen drücken, dass die Pathologen etwas finden.»

Barry senkte den Kopf. Er hatte O'Reilly noch nicht erzählt, was sein Kommilitone Harry Sloan gesagt hatte. Eigentlich hatte er ihm letzten Mittwoch gleich nach seiner Rückkehr aus Belfast davon berichten wollen, aber ihre Unterhaltung war unterbrochen worden, weil sie zu Jenny Murphys Entbindung gerufen worden waren. «Bisher haben sie nichts gefunden», sagte er nun.

«Was gefunden?»

«Ich hatte dir das längst schon erzählen wollen. Letzte Woche habe ich mit einem Assistenten aus der Pathologie gesprochen, einem alten Bekannten. Er war bei der ersten Untersuchung dabei und hat mir erzählt, dass alles ganz normal aussah. Er meinte, wir müssten die mikroskopische Gewebeuntersuchung abwarten.»

«Verdammt. Das kann ja ein paar Wochen dauern.»

«Eben. Aber Harry, mein Bekannter, hat mir versprochen, dass er sich die Schnitte selbst anschaut. Ich hatte gehofft, dass ich bis heute, spätestens morgen, von ihm höre.»

O'Reilly wanderte zum anderen Ende des Esszimmers und

zurück. «Gut.» Er rieb sich das Kinn. «Also, wir machen jetzt Folgendes …»

Barry wartete. Was konnte man denn da bloß noch machen?

«Du fährst zu Declan Finnegan. Wenn sein Zustand sich verschlechtert hat, was wahrscheinlich ist, müssen wir ihn in die Neurochirurgie überweisen.»

«Ich verstehe nicht, was das mit Mrs Fotheringham zu tun hat …»

«Hör mir zu, ja? Wenn du es für nötig hältst, fährst du weiter ins Royal und schnappst dir da den Chef der Neurochirurgie. Der Mann heißt Professor Greer. Ich kenne ihn. Wir haben mal zusammen Rugby gespielt, also sag ihm, ich hätte dich geschickt. Bitte ihn, möglichst bald einen Termin für Declan zu machen.»

«Gut.»

«Währenddessen fahre ich zu Mrs Fotheringham und gieße ein bisschen Öl auf die Wogen. Vielleicht kann ich sie überreden, noch etwas zu warten, bevor sie zum Anwalt rennt.»

«Das willst du tun?»

«Na, aber selbstverständlich», brummte O'Reilly. «Eins habe ich gelernt. Wenn Patienten wirklich wütend sind, und Mrs Fotheringham ist stinksauer, dann wird das umso schlimmer, je länger man sie warten lässt.»

«Aber du hast doch schon gesagt, dass du sie nicht davon abbringen konntest.»

«Stimmt, aber da hattest du mir noch nicht von den ersten Obduktionsergebnissen berichtet. Vielleicht kann ich ihr klarmachen, dass im Kopf ihres Mannes keine Blutung mehr aufgetreten ist und folglich sein Tod nichts damit zu tun hatte, dass du womöglich die Diagnose nicht schnell genug gestellt hast.»

«Ich denke, das ist einen Versuch wert – aber warum rufst du sie nicht einfach an?»

«Weil man beim Telefonieren das Gesicht seines Gesprächs-partners nicht sehen kann. Man kann nicht einschätzen, was der andere wirklich denkt.»

«Ach, Fingal, hoffentlich kannst du sie ein bisschen zur Vernunft bringen.»

«Auf jeden Fall werde ich mir Mühe geben. Manchmal ist Angriff die beste Verteidigung.»

«Wie meinst du das?»

«Besorge ein paar Fakten, die beweisen, dass es nicht deine Schuld war.»

«Ich könnte Harry anrufen.»

«Ja.» In O'Reillys Tonfall lag eine Spur von Langeweile. «Ja, das könntest du wohl tun.»

«Mensch, Fingal, ich weiß was Besseres. Du hast es doch gerade gesagt. Ich rede mit ihm, wenn ich nachher im Royal bin. Quetsche ihn aus, so gut ich kann.»

O'Reilly beugte sich zu Barry hinunter. «Mein Sohn, das war ja gerade wie bei Saul auf dem Weg nach Damaskus. Du hattest eine Erleuchtung.»

Unwillkürlich musste Barry lächeln.

«Gut.» O'Reilly war schon auf dem Weg zur Tür. «Ich werde mich jetzt in die Höhle der Löwin wagen.»

Barry stützte den Kopf in die Hände. Ach, war das unfair. Die ganze Plackerei, um in der Schule gute Noten zu kriegen, damit er zum Medizinstudium zugelassen wurde, sechs Jahre Schinderei als Student, ein Jahr als Assistenzarzt, fünf Wochen hier, in denen er Erfahrungen gesammelt und einen guten Ruf zwar verloren, aber auch alles wieder aufgebaut hatte – und das sollte jetzt alles für die Katz gewesen sein, wegen dieses einen dummen Fehlers?

Er ballte die Fäuste. Was würde O'Reilly tun? Die Antwort war völlig klar. Auf keinen Fall würde er hier sitzen bleiben und in Selbstmitleid ertrinken. Er würde weitermachen und das Beste hoffen. Barry stand auf. Durch bloßes Rumsitzen ließen sich weder der Hausbesuch bei Declan Finnegan noch die Fahrt ins Royal Victoria Hospital erledigen.

30 * Schulterschluss

Barry eilte den Hauptgang im Royal entlang, bedankte sich nur knapp, wenn alte Bekannte ihn grüßten, und schenkte den altvertrauten Geräuschen und Gerüchen keine Beachtung. Er begab sich direkt zur Station 21, der Neurochirurgie.

Er musste Harry Sloan zu fassen kriegen, aber sein erstes Ziel war es, einen Termin für Declan Finnegan zu bekommen. Auch wenn es ihn drängte, möglichst schnell herauszufinden, ob von Major Fotheringhams Obduktion neue Ergebnisse vorlagen, war diesem Patienten nicht mehr zu helfen. Declan Finnegan jedoch konnte man helfen – jedenfalls hoffte Barry das.

Bei seinem Hausbesuch hatte Barry erschrocken festgestellt, dass sich Declans Zustand deutlich verschlimmert hatte. Der Patient hatte die Kontrolle über seinen Afterschließmuskel verloren, und seine Frau verzweifelte fast, weil sie ihn ständig säubern musste. Noch mehr jedoch machte ihr zu schaffen, dass ihr Mann diesem würdelosen Zustand ausgeliefert war. Sie war nach der Befreiung Frankreichs als Kriegsbraut nach Ballybucklebo gekommen, und zum Glück sprach sie gut Englisch, denn Barry war im Französischen nicht so firm wie O'Reilly.

Declan musste eindeutig zum Spezialisten, möglichst bald, und daher war Barry jetzt auf dem Weg zu Professor Greer, wie O'Reilly es ihm geraten hatte.

An der Rezeption von Station 21 blieb er stehen. Die auffallend hübsche, etwa fünfzigjährige Schwester, die dort saß, kannte er nicht. «Guten Tag, Schwester», sagte er. Ihr graumeliertes Haar lugte unter der riesigen, dreieckigen, gestärkten weißen Haube hervor, die im Royal ausschließlich von Krankenschwestern höherer Stellung getragen wurde. Diese Kopfbedeckung war ein Überbleibsel, ein Symbol für die frühere Nonnentracht. In Belfast verrichteten Nonnen inzwischen nur noch im katholischen Mater Infirmorum Hospital die Arbeit auf den Stationen.

Sie lächelte Barry an, und ihm fielen die bernsteingelben Lichtpünktchen in ihren grauen Augen auf. «Kann ich Ihnen helfen?»

«Ja, bitte. Ich bin Doktor Laverty. Vielleicht wissen Sie, wie ich Professor Greer erreichen kann? Ich möchte mit ihm über einen Parkinsonpatienten sprechen. Doktor O'Reilly hat mich hergeschickt.»

«Doktor O'Reilly? Fingal Flahertie O'Reilly?»

«Ja. Er ist mein Chef.»

«Ach, tatsächlich? Wie geht's dem alten Tunichtgut denn?» Ihr Akzent verriet eindeutig, dass sie aus Dublin stammte.

«Gut. Sie kennen ihn?»

«Von früher.» Barry fand, dass es ziemlich traurig klang. «Ich war vor dem Krieg in Dublin Lernschwester, und er hat am Trinity College studiert. Er sah gar nicht so schlecht aus, damals, wenn er mit Professor Greer zusammen Rugby spielte.» Doch, in ihrer Stimme schwang ein wehmütiger Unterton mit. «Und Sie wollen den Professor sprechen?»

«Bitte.»

Die Schwester zog die Stirn kraus und warf einen Blick auf die Uhr, die an ihrer Schürze hing. «Montag, drei Uhr – da ist er in seinem Büro und diktiert seine Sprechstundenberichte.» Sie stand auf. «Doktor Laverty, ist das richtig? Bei Doktor O'Reilly?»

«Ja.»

«Warten Sie bitte eben. Ich frage nach, ob er ein paar Minuten für Sie erübrigen kann.»

Gleich darauf war die Schwester wieder da. «Sie haben Glück. Ich zeige Ihnen den Weg.» Sie führte Barry durch einen kurzen Flur und hielt ihm die Tür zu einem kleinen Büro auf.

«Vielen Dank, Schwester», sagte Barry.

«Kommen Sie rein, Laverty.» Professor Greer erhob sich von seinem mit Papieren überladenen Schreibtisch. Kaum zu fassen, aber der Mann war sogar noch größer als O'Reilly. Seine kupferroten Augenbrauen ragten weit vor, wie ein Strohdach über eine Hauswand, und sein roter Haarschopf war strubblig. Die Finger an seiner ausgestreckten Hand sahen wie ein Bündel Würstchen aus. Sein Griff war fest, aber sanft. Wie, fragte Barry sich, konnten diese klobigen Hände die winzigen Bewegungen ausführen, die für die Arbeit eines Neurochirurgen nötig waren?

«So», sagte Greer, «Sie sind also O'Reillys Ziehsohn?»

«Nein, ich bin sein Assistent.»

Professor Greer lachte. «Ich wollte Sie nicht ärgern. Hab das im übertragenen Sinn gemeint. Wenn Sie bei Fingal arbeiten, lernen Sie bestimmt eine Menge.»

«Das ist wahr.» Barry entspannte sich. «Danke, dass Sie sich die Zeit nehmen ...»

«Um mit Ihnen zu sprechen? Warum denn nicht? Sie sind doch einer von uns. Hier», er zog einen Stuhl an den Schreibtisch heran, «setzen Sie sich.»

«Danke, Sir.» Barry wartete, bis der Professor sich wieder hingesetzt hatte, dann nahm er selbst Platz.

«Was kann ich für Sie tun, Laverty?»

«Doktor O'Reilly lässt fragen, ob Sie uns bei einem Patienten helfen können.»

Der Professor lachte. «Was, schon wieder? Ich habe doch letzten Monat ein Hirnaneurysma für euch operiert.»

«Ich weiß», sagte Barry. «Der Patient ist letzten Sonntag gestorben.» Er spürte, dass seine Stimme bebte.

«Ist das wirklich wahr?» Der Professor beugte sich vor und

schaute Barry ins Gesicht. «Ist eine weitere Blutung aufgetreten?» Er wirkte besorgt.

Barry schüttelte den Kopf. «Der erste Obduktionsbefund ist negativ. Jetzt warten wir auf die Ergebnisse aus der Histologie.»

«Da bin ich aber froh, dass es nicht an der Operation gelegen hat. Hätte mich doch sehr gewurmt, wenn ich schlampig gearbeitet hätte.» Er lehnte sich zurück und legte die Spitzen seiner dicken Finger zusammen. «Aber wenn er tot ist, kann ich ja nichts mehr für ihn tun. Also müssen Sie wegen jemand anders gekommen sein.»

Barry hätte den Professor gern gefragt, ob er eine Ahnung hatte, was zum Tod des Majors geführt haben konnte, entschied aber, dass es unwahrscheinlich war, und kam deswegen rasch zur Sache. «Wir haben einen Patienten, Declan Finnegan, der unter Morbus Parkinson in fortgeschrittenem Stadium leidet. Er und seine Frau kommen nicht mehr damit zurecht. Doktor O'Reilly lässt fragen, ob Sie ihn untersuchen und möglicherweise auch operieren könnten.»

«Wie alt ist er?»

«Vierundsechzig.»

«Und hat keine Enzephalitis gehabt?»

«Nicht, dass ich wüsste, Sir.»

«Ist er inkontinent?»

«Leider ja.»

«Wahrscheinlich wegen Bluthochdruck oder Arteriosklerose.»

«Heißt das, dass Sie ihn nicht operieren können?» Barry konnte zwar durchaus die Krankheit diagnostizieren, aber die Feinheiten der Behandlung fielen in das Fachgebiet eines Spezialisten.

«Erst muss ich ihn sehen.» Der Professor blätterte in einem großen Terminkalender. «Sagen Sie mir seinen Namen und seine Adresse.»

Das tat Barry, und Greer notierte alles in seinem Kalender. «Können Sie ihn am Mittwoch um sechs herschicken? Ich nehme ihn nach der Sprechstunde noch dran. Vielleicht können wir ja etwas für ihn tun.»

«Das ist sehr liebenswürdig von Ihnen, Sir.» Barry fragte sich, ob der Professor sich wohl um alle Patienten so bemühte, die irgendein Hausarzt ihm schickte, oder ob er einfach seinem alten Freund O'Reilly einen Gefallen tat.

«Ach, Unsinn.» Greer blickte von seinem Terminkalender auf. «Das gehört zu unserer Arbeit dazu, aber Sie als Hausarzt können sicher ein Lied davon singen, oder? Sie müssen doch zu jeder Tages- und Nachtzeit raus. Fingal nimmt Sie bestimmt ordentlich ran, sonst hätte er sich sehr verändert.»

Barry musste lächeln. «Da haben Sie recht.»

Der Professor beugte sich vor. «Und haben Sie Freude an der Arbeit?»

«Ja, doch, aber ...»

«Aber Sie sind immer noch ganz bedrückt, wenn Sie einen Patienten verlieren? Als Student haben Sie doch auch Menschen sterben sehen. Wir sollten uns eigentlich daran gewöhnen.»

«Ich weiß, aber es ist trotzdem nicht leicht, und in diesem Fall ist es anders.»

«Das habe ich mir gedacht.»

«Wie meinen Sie das?»

«Ich habe doch Ihre Stimme gehört und Ihr Gesicht gesehen, als Sie sagten, dass der Mann mit dem Aneurysma den Löffel abgegeben hat.» Er legte Barry eine große Pranke aufs Knie. «Das ist aber nicht Ihre Schuld, junger Mann.»

Barry seufzte. Er blickte dem Professor in die Augen und las dort Verständnis für seine Situation. «In diesem Fall vielleicht doch. Ich habe anfangs eine falsche Diagnose gestellt. Wenn wir ihn eher eingewiesen hätten, wäre er vielleicht ...»

«Das möchte ich bezweifeln. Ich erinnere mich an den Fall. Ein kleines Aneurysma. Eine kleine Blutung. Sie war leicht zu beheben, und die Ergebnisse waren sehr gut. Da war kaum bleibender Schaden zu erwarten.»

Diese Aussage beruhigte Barry ein wenig. Ob es O'Reilly wohl gelang, Mrs Fotheringham zu überreden, nicht zu ihrem Anwalt zu gehen? Doch falls sie einen Prozess anstrengte, würde er jede nur denkbare Unterstützung brauchen. «Seine Frau spricht davon, dass sie Klage gegen mich erheben will», sprudelte er los.

«So ein Mist.» Barry erschrak über Greers heftige Reaktion. «Diese verdammten Rechtsverdreher. Die sollten bei ihren Scheidungen und ihren Grundstücksprozessen bleiben. Vermutlich haben Sie kaum geschlafen, seit Sie das erfahren haben?»

«Ich weiß es erst seit ein paar Stunden. Doktor O'Reilly ist zu der Witwe des Verstorbenen gefahren. Er will ihr nahelegen, doch zu warten, bis wir mit Sicherheit wissen, woran ihr Mann gestorben ist.»

«Gut. Wenn irgendjemand ihr diese Sache mit dem Prozess ausreden kann, dann ist das Fingal O'Reilly.» Der Professor zog seine buschigen Augenbrauen zusammen. «Und Sie sagten, die Ergebnisse der histologischen Untersuchung stehen noch aus?»

«Ja, Sir.»

«Kopf hoch. Mit etwas Glück sind Sie damit dann aus dem Schneider.»

«Das hoffe ich.»

«Und ich wünsche es Ihnen, aber wenn nicht ...»

Barry spürte, wie seine Fingernägel sich in seine Handfläche gruben.

«Wenn nicht, stelle ich mich gerne als Gutachter zur Verfügung.» Er streckte die Hand aus, und die Wärme seines Griffs tröstete Barry. «Mensch, wenn Sie ihn im ganz frühen Stadium gesehen haben, und er hat bloß einen steifen Hals gehabt ...»

«Genau so war es, Sir, das war das einzige Symptom.»

«Wenn das alles war, hätte ich selbst auch eine Fehldiagnose stellen können.»

«Danke, Sir.»

«Unsinn, und hören Sie auf meinen Rat ...» Der Mann grinste. «Ich habe ihn schon wer weiß wie vielen Patienten gegeben. Hoffen Sie das Beste, aber seien Sie auf das Schlimmste gefasst. Und wenn das Schlimmste eintritt, dann haben Sie Fingal und mich auf Ihrer Seite.» Greer trat zu einem gerahmten Foto, das an der Wand hing. Es zeigte eine Gruppe junger Männer in dreckigen Stiefeln, Shorts und grünen Hemden mit dem irischen Kleeblatt auf der rechten Brusttasche. «Die Iren, 1939 im Landsdowne-Road-Stadion in Dublin. Wir haben Schottland 12 zu 3 geschlagen.»

Er deutete auf zwei junge Männer in der ersten Reihe, die in die Kamera lächelten. Der eine hatte flammend rotes Haar, der andere war offensichtlich O'Reilly. Die Schwester hatte recht gehabt. Er hatte wirklich nicht übel ausgesehen.

«Sie werden die beiden besten Zweite-Reihe-Stürmer hinter sich haben, die Irland je hervorgebracht hat.»

Barry zwang sich zu einem Lächeln.

«Gut.» Der Professor öffnete die Tür. «Ich würde ja gerne noch länger plaudern, aber ...», er machte eine Kopfbewegung zu seinem Diktaphon hinüber, «... der verdammte Papierkram.»

«Ich verstehe, und vielen Dank, Sir.» Barry verließ das Zimmer. Er war froh, dass es ihm gelungen war, Declan Finnegans weitere Behandlung zu beschleunigen, oder vielmehr, berichtigte er sich, hatte O'Reillys Freundschaft mit Professor Greer das erreicht.

«Hat alles geklappt?», fragte ihn die Krankenschwester hinter dem Schreibtisch.

«Doch, prima.»

«Schön. Und, Doktor Laverty?»

«Ja, Schwester?»

«Wenn Sie Fingal Flahertie O'Reilly sehen, richten Sie ihm bitte Grüße von Caitlin O'Hallorhan aus.»

«Das werde ich tun.» Barry verließ die Station. Nach seinem Gespräch mit Professor Greer war ihm etwas leichter ums Herz. Er beschloss, auf seinem Weg in die Pathologie noch ein paar weitere Dinge zu erledigen. Die Station 22 war gleich nebenan. Da er Mrs Bishops Myasthenia gravis jetzt offenbar unter Kontrolle hatte, brauchte sie keinen Termin mehr. Es war ein Gebot der Höflichkeit, Mandy Bescheid zu sagen, und außerdem war er doch recht neugierig, wie es seinem Freund Jack wohl ergangen war.

Mandy saß auf ihrem üblichen Platz, mit übereinandergeschlagenen Beinen. Ihr Minirock wirkte noch kürzer als der, den sie in der letzten Woche getragen hatte. Barrys Blick fiel auf einen schmalen Streifen weißer Haut zwischen dem Rocksaum und dem oberen Rand ihres dunklen Strumpfes. «Hallo, Mandy.»

«Ach, du schon wieder?» Sie lächelte zu ihm hinauf. «Was gibt's denn diesmal?»

«Ich wollte dich nur eben informieren, dass der Termin, um den ich dich gebeten hatte, nicht mehr nötig ist.»

«Für unser gemeinsames Abendessen?»

«Nein. Für meine Patientin mit der Myasthenie.»

«Für die ich möglichst schnell einen Termin bei Professor Faulkner machen sollte?»

«Mrs Bishop, ja.»

Sie blätterte in einem Terminbuch. «Ich hatte sie für nächste Woche mit Bleistift eingetragen. Dann kann ich den Termin anderweitig vergeben. Danke, dass du Bescheid sagst.» Mandy kniff die Augen zusammen und lächelte. «Und ich war schon drauf und dran, dir klarzumachen, dass aus unserem gemeinsamen Essen nichts wird.» Sie betastete mit der rechten Hand ihr Haar. «Nachdem du am letzten Mittwoch weg warst, ist nämlich etwas ganz Merkwürdiges passiert. Dein alter Freund Jack Mills ist hier aufgekreuzt. Ich hatte ihn seit Monaten nicht gesehen.»

«Ach, tatsächlich?»

«Ja. Er hat mich letzten Samstag zum Essen eingeladen.» Mandy kicherte. «Und er ist ja wirklich freigebig. Er hat mir eine Orchidee mitgebracht, als er mich abgeholt hat, und dann sind wir ins ‹Causerie› gegangen.»

Barry erinnerte sich ans ‹Causerie›. Es war ein schickes und ziemlich teures kleines Restaurant in der Church Lane.

«Und nach dem Essen hat er mir zwei Brandys ausgegeben.»

Trotz seiner ständigen Sorge wegen Mrs Fotheringham konnte Barry sich kaum das Lächeln verkneifen. «Das ist typisch Jack», sagte er.

«Einfach traumhaft, und diesen Samstag sehen wir uns wieder.»

«Das freut mich sehr», sagte Barry. «Grüße ihn von mir.»

«Das werde ich tun.» Sie spitzte die Lippen, und ihre Augen wurden wieder schmal. «Und wenn er mir wieder eine Orchidee mitbringt, wer weiß ...»

«Das tut er bestimmt», sagte Barry, «aber jetzt muss ich wieder los.»

«Bis dann, Barry.» Mandy verabschiedete ihn mit einem winzigen Winken.

Barry verließ die neurologische Abteilung und ging wieder den Hauptflur entlang. Er schaute auf der urologischen Station vorbei und entdeckte voller Freude, dass die Stationssekretärin Wort gehalten hatte. Sie hatte auf der Operationsliste ihres Chefs einen Platz für Kieran O'Hagan gefunden. Die Prostatektomie sollte am kommenden Montag stattfinden, und der Patient war bereits benachrichtigt worden.

Mit einem Seufzer verließ er die Station und ging weiter den breiten Flur entlang. Irgendwie war ihm zumute wie einem Patienten, der auf Untersuchungsergebnisse wartete und hoffte, sie möchten gut ausfallen, aber doch die nagende Sorge nicht loswurde, dass es anders sein könnte. Sein Puls wurde schneller, als er sich der Pathologie näherte.

Er versuchte, sich abzulenken, indem er daran dachte, was er heute alles geschafft hatte. Eigentlich hätte er zufrieden sein können. O'Reilly würde sich freuen, weil Declan schon so bald einen Termin hatte. Doch dann überlegte Barry, dass für sein Gespräch mit Professor Greer eigentlich gar keine Notwendigkeit bestanden hatte. Trotz seiner Vorbehalte gegen die eher unpersönlichen Telefongespräche hätte O'Reilly seinen alten Freund doch einfach anrufen können. Hatte er Barry vielleicht losgeschickt, um ihm die Gelegenheit zu geben, den Professor kennenzulernen?

Der Mann war wirklich äußerst hilfsbereit gewesen und würde ein wertvoller Verbündeter sein – falls Barry ihn brauchen sollte. Er konnte sich vorstellen, wie der riesenhafte Mann mit dem wilden Haarschopf im Zeugenstand den gegnerischen Anwalt weit überragte. Er konnte die Autorität in der Stimme des Professors hören, wenn er sagte: «Selbst der Herrgott hätte ein Hirnaneurysma nicht erkennen können, solange das einzige Symptom ein steifer Hals war.»

Aber das Problem war, dass es ja nicht darum ging, den Prozess zu gewinnen, sondern dass die ganze bedauerliche Angelegenheit gar nicht erst vor Gericht gelangen durfte. Und das war nur zu verhindern, wenn Harry Sloan neue Ergebnisse hatte.

Barry reckte die Schultern und vergrößerte seine Schritte. Er musste Harry Sloan finden.

31 ✳ *Was man versprochen hat ...*

Die Pathologie befand sich im Unterrichtsgebäude. Nach der Betriebsamkeit im Kliniktrakt staunte Barry über die Ruhe auf den Fluren. Aber hier gab es natürlich weder Patienten noch Besucher, und es roch nach Bohnerwachs und Formalin. Daneben wehte ein merkwürdiger Geruch nach Tieren durch die Gänge. Er kam aus den Räumen, wo die weißen Mäuse und die Meerschweinchen untergebracht waren.

Genau die gleichen Gerüche hatten Barry begrüßt, als er das Gebäude im Juni 1959 zum ersten Mal betreten hatte. Damals hatte er gerade die ersten zweieinhalb Jahre an der Queen's University hinter sich gehabt. Das Grundstudium in Anatomie, Physiologie und verwandten Fächern hatte er in der Hochschule auf der anderen Seite von Belfast absolviert. Nachdem er dort die Prüfungen bestanden hatte, war es an der Zeit gewesen, ins Royal überzuwechseln, wo ihn weitere dreieinhalb Jahre erwarteten, in denen er unter anderem in die Geheimnisse der Pathologie, Mikrobiologie, Pharmakologie und der forensischen Medizin eingeweiht wurde.

Im zweiten Stock trat Barry an die Doppeltür des großen Hörsaals und lugte im Gedenken an die alten Zeiten durch das Fensterchen. Genauso wie in seiner Studienzeit waren die ansteigenden Sitzreihen mit Studenten gefüllt. Barry blickte auf ihre Rücken und die über die Notizhefte gebeugten Köpfe hinunter, eine andächtige Gemeinde, die jedes Wort ihrer Priesterin aufsog. Die Dozentin stand im weißen Kittel unten hinter einem Schreibpult und zeigte wichtige Details auf einem Dia, das auf eine große Leinwand projiziert wurde.

Barry wandte sich von der Tür ab und ging eine weitere Marmortreppe hinauf. Oben blieb er vor einer gläsernen Doppeltür stehen. Auf einem Schild an der Wand stand: «Abteilung für Pathologie. Kein Zutritt.»

Barry schob die Türen auf und trat in den Gang. Rechts stand die Tür zu einem Büroraum offen. Drei Sekretärinnen saßen an ihren Schreibtischen und tippten eifrig. Sie schrieben Berichte. Wenn sich seit Barrys Zeit als Assistenzarzt nicht etwas Wesentliches getan hatte, dann mussten die Ärzte weiterhin lange auf diese Berichte warten und waren frustriert, weil die Sekretärinnen mit ihrer Arbeit so sehr im Rückstand waren. Sie beschwerten sich ständig, weil es so lange dauerte, bis sie die Untersuchungsergebnisse bekamen.

«Entschuldigen Sie bitte», sagte Barry.

«Ja?» Eine kleine Frau mit Brille blickte ihn über ihre Schreibmaschine hinweg an.

«Ich suche Doktor Sloan.»

Die Frau runzelte die Stirn.

«Das hat schon seine Richtigkeit. Ich bin Doktor Laverty.»

«Ach so, tut mir leid. Gehen Sie den Flur entlang, Harrys Tür ist die dritte links.»

«Danke.» Vom Geklapper der Schreibmaschinen verfolgt, trat Barry auf den Flur hinaus. An den geschlossenen Holztüren standen Namen und Titel.

An der dritten Tür las Barry nur «Assistent Pathologie». Harry stand in der Hierarchie nicht so hoch, dass die Ausgaben für ein eigenes Namensschild gerechtfertigt gewesen wären. Barry klopfte und öffnete die Tür. Der Raum stank nach Tabakrauch.

Harry Sloan saß auf einem Drehstuhl auf Rollen vor einem Arbeitstisch. An seiner Oberlippe klebte eine halb aufgerauchte Zigarette. Er hob den weißhaarigen Kopf von den Okularen eines Mikroskops und rieb sich die Augen. «Njoah. Na, Barry. Komm rein. Du willst die histologischen Befunde von diesem Aneurysma, was?» Er zog die Brauen zusammen. «Mach die Tür hinter dir zu und nimm dir einen Stuhl.»

Barry setzte sich. Das Büro war winzig, hatte aber immerhin ein schmutziges Fenster. An zwei Wänden standen gefüllte

Bücherregale, die bis zur Decke reichten. Er erkannte einige Pathologie-Lehrbücher wieder, dicke Wälzer, und konnte kaum ein Schaudern unterdrücken, als er sich daran erinnerte, wie er zahllose Stunden lang diesen trockenen Stoff gepaukt hatte.

Harry drückte seine Zigarette in einem von Asche und Kippen überquellenden Aschenbecher aus. Er hustete. «Diese verdammten Sargnägel bringen mich noch um. Njoah.»

«Hast du schon Gelegenheit gehabt, dir die Schnitte anzugucken?» Barry sah, wie Harry eine tiefe Röte ins Gesicht stieg, bis in die Haarwurzeln hinein.

«Ach du je, Barry, tut mir schrecklich leid, wirklich. Ich habe noch keine freie Minute gehabt.»

«Ach so.» Barry fühlte sich wie ein kleiner Junge, dem man etwas ganz Besonderes versprochen hatte und der nun erfuhr, dass er das Versprochene nicht bekommen sollte.

«Ist mir wirklich peinlich. Ich habe es versucht, aber zwei von den MTAs haben die Grippe. Da bleibt alles liegen. Ich weiß nicht mal, ob die Schnitte schon gemacht worden sind. Alle sind nur noch damit beschäftigt, die Pap-Abstriche zu untersuchen.»

Barry versuchte, sich seine Enttäuschung nicht anmerken zu lassen.

«Und siehst du, das muss ja unbedingt gemacht werden, denn die Frauen, von denen die Abstriche stammen, leben noch.» Er schaute Barry an. «Aber dein Patient ist tot.»

«Ich weiß.» Anscheinend war es Barry doch nicht gelungen, seinen Unmut zu verbergen.

«Es ist wichtig, ja?»

«Als ich dich letzte Woche darum gebeten habe, wollte ich mir vor allem selbst Gewissheit verschaffen. Und vielleicht noch meinen Ruf in der Praxis wieder aufpolieren.» Barry zögerte. Er ballte die Fäuste. «Aber heute beim Mittagessen habe ich erfahren, dass die Witwe mich verklagen will, wenn ich nicht erklären kann, warum ihr Mann gestorben ist.»

«Wie bitte? *Was* will sie tun?» Harry lehnte sich so ruckartig zurück, dass sein Stuhl vom Schreibtisch wegrollte. «Das tut mir leid, Barry. Das ist ja wirklich schlimm.»

«Danke, Harry, aber verstehst du jetzt, warum ich die Ergebnisse unbedingt brauche?»

«Na klar. Das ist brandeilig. Will sehen, was ich da tun kann.» Harry kramte in der Tasche nach seinen Zigaretten. «Warte mal.» Er nahm den Telefonhörer ab, wählte und sagte dann zu Barry: «Einer von den Jungs, die gerade die Grippe haben, sollte die Schnitte anfertigen. Ich rede mal eben mit dem Laborleiter. Vielleicht lässt sich was machen.»

Gespannt hörte Barry zu.

«Hallo? Hughey?», sagte Harry in den Hörer, «ich bin's, Doktor Sloan. Ja. Erinnern Sie sich an die Obduktion neulich? Den Fall mit der Subarachnoidalblutung? Genau. Hören Sie, ich brauche die Schnitte vom Herzen so schnell wie irgend möglich. Ja. Ich warte.» Schulterzuckend warf er Barry einen Blick zu. «Ja. Das darf nicht wahr sein. Sie sind immer noch nicht fertig?» Harry knirschte mit den Zähnen, sagte aber in besänftigendem Tonfall: «Ja, ja, ich verstehe. Da kann niemand was dafür. Hören Sie mal, Hughey, können Sie mir einen kleinen Gefallen tun? Ja, ich weiß, dass Sie furchtbar viel zu tun haben, aber ein Kumpel von mir hat vielleicht einen Anwalt auf dem Hals, wenn ich nicht schnell ein paar Ergebnisse für ihn habe. Ja, ganz richtig. Genau. Sie sind ein tüchtiger Mann. Ich bin Ihnen ein Bier schuldig.» Harry legte auf und sagte zu Barry: «Das war Hughey McClements, der Laborleiter. Er sagt, er setzt sich sofort dran, aber es dauert ein paar Tage.» Harry legte seine Zigarettenschachtel auf den Tisch, zog ein Notizbuch aus der Jackentasche und blätterte darin herum. «Deine Telefonnummer habe ich ja noch. Ich rufe dich an, sobald ich einen Blick draufgeworfen habe.»

«Danke, Harry.» Barry wandte sich zum Gehen. «Ich will dich nicht noch mehr unter Druck setzen, aber ...»

«Kein aber, Barry. Ich bin froh, dass ich nicht in deiner Haut stecke, aber ...», Harry lächelte schwach, «... meine Patienten haben nicht mehr den Elan, vor den Kadi zu gehen.» Er rieb sich die Augen und beugte sich wieder über sein Mikroskop. «Sobald ich was habe, benachrichtige ich dich.»

Barry verließ den Raum, froh, dem Mief zu entrinnen, und wünschte sich sehnlich, wieder die reine Luft in Bally-bucklebo einzuatmen. Doch bis dahin würde es noch eine Weile dauern. Er wollte sich noch neue Hosen kaufen. Und heute Abend, fiel ihm ein, musste er Patricia anrufen, um ihr für morgen viel Glück zu wünschen. Anrufen? Ach was. Kinnegar lag ja auf dem Heimweg. Er würde kurz bei ihr her-einschauen.

Ein kühler Nieselregen schwärzte die Seemauer und den Asphalt der Esplanade. Draußen in der Bucht klagte ein Ne-belhorn. Barry konnte das tutende Schiff nicht sehen, aber irgendwo da draußen musste es sein. Er schlug den Jackett-kragen hoch, lief zu Haus Nummer 9, klingelte bei Wohnung 4 und wartete.

«Barry?» Patricia stand in der Tür. «Komm schnell rein. Du wirst ja patschnass.»

Er folgte ihr in die Wohnung. Über gedämpften Orchester-klängen sang ein Tenor. «Entschuldige, dass ich so reinschneie, ich wollte dir einfach für morgen viel Glück wünschen.» Ihr Tisch war mit aufgeschlagenen Fachbüchern bedeckt.

«Setz dich.» Patricia bückte sich und schaltete zwei Heiz-schlangen eines kleinen elektrischen Kamins ein. «Du musst völlig erledigt sein.» Sie ging zu ihrem Plattenspieler.

Barry setzte sich auf die Couch.

«Ich stelle die Musik aus.»

«Nein», sagte Barry, «lass sie an. Sie ist ...» Schön hätte irgendwie banal geklungen. «Was ist es denn?»

«Turandot. Die Arie ‹Nessun Dorma›. Eine ganz alte Platte,

mein Vater hat sie mir geschenkt. Das ist Enrico Caruso, der da singt.»

Barry legte den Finger an die Lippen und wartete schweigend, bis die Arie zu Ende war und Patricia den Tonarm von der Platte gehoben hatte. «Du liebst Opern, stimmt's?»

Patricia nickte. «Opernmusik heitert einen auf, und das konnte ich heute gebrauchen.»

«Ich weiß. Morgen ist ein großer Tag.» Er sah, wie sie sich auf die Unterlippe biss. «Hast du weiche Knie wegen der Prüfung?»

Wieder nickte sie. «Ich wollte mir heute in letzter Minute noch was reinpauken, aber ich kann mich nicht konzentrieren.»

Barry grinste. «Ich sollte nicht lachen», sagte er dann, «aber letztes Jahr, am Tag, bevor die Abschlussprüfungen anfingen, ging es mir ganz genauso. Ich habe immer wieder Bücher aufgeschlagen und auf die Seiten gestarrt, aber die Texte hätten genauso gut auf Sanskrit sein können, so wenig habe ich davon kapiert.» Er klopfte neben sich auf das Sofa. «Komm, setz dich hin.»

Patricia setzte sich neben ihn und nahm seine Hand.

Barry beugte sich zu ihr und gab ihr einen Kuss, sanft wie ein Bruder. «Weißt du, was mit dem ‹zweiten Gesicht› gemeint ist?»

Patricia nickte. «Manche Leute haben diese Gabe. Sie können hellsehen.» Sie schaute ihm in die Augen. «Aber du glaubst doch nicht an so was, oder? Du bist doch Naturwissenschaftler.»

«Ehrlich gesagt, ich weiß es nicht.» Er erinnerte sich, wie Kinky ihm im letzten Monat ganz ernsthaft eröffnet hatte, sie habe das zweite Gesicht. Er brauche sich keine Sorgen zu machen, hatte sie verkündet, Patricia werde in seinem Leben wiederauftauchen. Und so war es geschehen. «Aber ich habe so ein komisches Gefühl, dass du das mit links machst.»

«Ehrlich?»

«Ganz ehrlich.» Lügner, schalt Barry sich im Stillen. Er hatte überhaupt kein derartiges Gefühl, aber es lohnte sich, ihr das vorzuschwindeln, denn die Lachfältchen in ihren Augenwinkeln wurden tiefer. Und wenn ihr das half, wenn es ihr Selbstvertrauen ein bisschen stärkte ... Wie schön wäre es, wenn Patricia ihn auch ein wenig beruhigen könnte, aber jetzt war nicht der richtige Zeitpunkt, um sie mit seinen eigenen Problemen zu belasten.

«Ich weiß nicht, ob ich dir glauben soll oder nicht», erwiderte sie, küsste ihn jedoch, und ihm wurde warm ums Herz. «Aber jedenfalls danke, dass du es gesagt hast.» Patricia stand auf. «Also, heute Abend arbeite ich nicht mehr. Ich kann mich einfach nicht konzentrieren. Möchtest du noch ein bisschen bleiben? Ich wollte gerade Rührei machen.»

Nichts auf der Welt hätte Barry lieber gewollt, aber er hatte O'Reilly nicht vorgewarnt, dass er vielleicht länger fortbleiben würde, als seine Vorhaben in Belfast es erforderlich machten. Er musste nach Ballybucklebo zurück und seinem Chef Bericht erstatten. «Ich würde sehr gerne bleiben, aber ...»

Patricia seufzte. «Aber die Pflicht ruft ... und deine Patienten.»

«Leider ja.»

Sie beugte sich zu ihm, nahm seine Hand, schaute ihm in die Augen und sagte leise: «Das gehört auch zu den Eigenschaften, die ich an dir liebe, Barry Laverty. Ich glaube, ich könnte mich glücklich schätzen, wenn ich deine Patientin wäre.»

Er spürte, wie er rot wurde. «Ach ...»

«Doch, ehrlich.»

Sollte er ihr jetzt sagen, dass ihm vielleicht ein Prozess bevorstand? Dass diese Tatsache und seine Sorge, ob er sie an Cambridge verlieren würde, ihm schwer im Magen lagen? Nein. Das hatte er doch schon entschieden. «Ich liebe dich,

Patricia», sagte er, nahm sie in die Arme und küsste sie. «Und da ist etwas, worüber wir reden müssen ...»

«Ich liebe dich auch, und ich weiß, worüber du mit mir sprechen möchtest ...»

«Jetzt nicht. Später. Wenn die Prüfung vorbei ist. Wenn du dein Stipendium hast.» Barry sagte das mit aller Überzeugung, die er aufbringen konnte, obwohl ihm die Worte kaum über die Zunge wollten und er den Gedanken, dass sie getrennt sein könnten, unerträglich fand. «Also», meinte er, «ich rechne damit, dass ich morgen Abend von dir höre. Dass du erzählst, wie es gelaufen ist.»

«Ich rufe an.»

«Außerdem will ich sofort von dir hören, wenn du die Ergebnisse hast.»

«Versprochen.»

«Gut.» Barry küsste sie auf die Wange und wandte sich zur Tür. «Eine Frage noch.»

«Ja?»

«Fährst du nach Newry zu deinen Eltern, oder bist du am Samstag hier?»

«Ich bin hier.»

«Das ist schön, denn ich würde mich freuen, wenn du mit mir auf eine Hochzeit gehen würdest. Zwei liebenswerte alte Leutchen.»

«Gerne.»

«Toll.»

Patricia begleitete ihn zur Haustür, und er sah, dass der Nieselregen sich in einen kräftigen Dauerregen verwandelt hatte. «Gib morgen dein Bestes. Ich denke an dich.»

«Das mache ich.»

«Und jetzt muss ich los. Doktor Fingal Flahertie O'Reilly wartet bestimmt schon.» Barry zog den Kopf ein und rannte zu Brunhilde, während Patricia hinter ihm die Haustür schloss.

32 ✳ Und stillte das Ungewitter,
dass die Wellen sich legten

Nach dem unwirtlichen Wetter draußen war es in der Küche warm. Während der kurzen Zeit, in der Barry sich bei Patricia aufgehalten hatte, hatte der Nordostwind aufgefrischt, und jetzt trieb er heftige Regenböen vor sich her. Barry schloss die Tür hinter sich.

Der Brandygeruch war überwältigend. Er fragte sich, ob Mrs Kincaid vielleicht heimlich trank. Sie stand am Tisch und rührte energisch in einer Schüssel, die sie sich unter den fleischigen Arm geklemmt hatte. Der Inhalt der Schüssel sah klebrig aus, er war grau und mit dunklen Körnchen durchsetzt. Auf dem Tisch stand eine halbleere Brandyflasche.

«Da sind Sie ja wieder», sagte Kinky.

«Ja.» Barry schaute ihr über die Schulter. Nun nahm er den Brandygeruch noch viel stärker war. «Was ist das, Kinky?»

«Das ist der *Christmas Cake* für dieses Jahr», antwortete sie. «Ich mache ihn gern immer schon ein paar Monate vor Weihnachten, damit er schön durchziehen kann. Hier.» Sie hielt Barry die Schüssel ihn und reichte ihm den Holzlöffel. «Rühren Sie mal, das bringt Glück.»

Barry hütete sich, dieses Angebot abzulehnen. Ein bisschen Glück konnte er weiß Gott gebrauchen. Allerdings fühlte es sich an, als würde er halbfesten Beton rühren. Er staunte darüber, wie mühelos Kinky den Teig bearbeitet hatte. «Danke.» Barry gab ihr die Schüssel zurück.

Sie füllte die Mischung in eine mit Pergamentpapier ausgelegte Backform, stellte die Form auf ein Backblech und schob es in den Ofen. «Wenn er wieder rauskommt, sieht er erst mal nach gar nichts aus, aber kurz vor Weihnachten schmecke ich ihn dann mit Brandy ab und überziehe ihn mit einer Schicht

Marzipan. Schließlich kriegt er noch einen Zuckerguss verpasst, und zum Schluss dekoriere ich ihn mit ein paar Zweiglein vom Ilex. Dann ist er wunderschön, ja.»

«Das bezweifle ich nicht.» Aber ob er zu Weihnachten noch in Ballybucklebo sein und den *Christmas Cake* sehen würde, das bezweifelte er schon.

«Unser Doktor mag meine Kuchen sehr gern.» Sie schloss die Backofentür.

Das wunderte Barry nicht, und schon gar nicht, seit ihm klar war, welche Verwendung der Brandy dabei gefunden hatte. «Ist Doktor O'Reilly schon wieder da?»

«Ja, und er erwartet Sie. Er hat mich gebeten, Sie gleich hochzuschicken, wenn Sie kommen.»

Er brennt darauf, mir zu berichten, was Mrs Fotheringham gesagt hatte, dachte Barry und seufzte. «Gut.» Er ging nach oben. Hoffentlich hatte O'Reilly bei Mrs Fotheringham mehr Erfolg gehabt als er bei Harry Sloan.

Auf dem Treppenabsatz blieb Barry stehen und betrachtete das Foto von der HMS *Warspite*. In der letzten Woche hatte O'Reilly die Geschichte des Kriegsschiffes, seine Zerstörung während der Skagerrakschlacht und die anschließende Reparatur als Vergleich für Barrys Situation herangezogen. Barry war dieser Vergleich vernünftig erschienen, er hatte den Rat des Älteren befolgt, und eine Weile hatte das auch funktioniert. Die Patienten hatten ihm tatsächlich allmählich wieder Vertrauen geschenkt. Aber jetzt? Wenn er nun vor Gericht landete?

Er schüttelte den Kopf, klemmte sich seine Tasche unter den Arm und trat in die Wohnstube. O'Reilly hatte schon Licht gemacht. Das bisschen Tageslicht, das noch von draußen hereinsickerte, reichte nicht aus, um genügend zu sehen.

O'Reilly stand vor dem Kamin. In der einen Hand hielt er das Whiskeyglas, mit der anderen kratzte er sich den Kopf. Er starrte auf Lady Macbeth hinunter, die aufrecht vor seinen Füßen auf dem Teppich saß, mit gestreckten Vorderbeinen, die Pfötchen nebeneinandergestellt, während ihr Schwanz hin und her schlug. Die Katze wiederum betrachtete gespannt O'Reillys sich bewegende Hand.

Sie knurrte, und plötzlich, wie von einer Raketenstartrampe abgeschossen, sauste sie aus dem Sitzen senkrecht in die Höhe und landete mit gespreizten Beinen vorne auf O'Reillys Weste. Dann zog sie sich auf seine Schulter hoch, duckte sich und schlug mit der rechten Tatze nach O'Reillys Fingern.

«Nicht zu fassen», sagte O'Reilly. Er stellte sein Glas aufs Kaminsims und griff mit der nun freien Hand nach der Katze. «Das waren doch fast eins achtzig, aus dem Stand.» Behutsam setzte er das Tier wieder auf den Boden. «Womit füttert Kinky dich denn bloß, meine Lady?»

«Deine Hand blutet, Fingal.»

O'Reilly wandte sich Barry zu. «Hab gar nicht gehört, wie du reingekommen bist.» Er zog ein Schnupftuch aus der Hosentasche und tupfte sich die Hand ab. «Bloß ein Kratzer.» Er grinste. «Hast du den Sprung gesehen? Unglaublich, was? Als ob sie Sprungfedern in den Beinen hat.» Er bückte sich und kraulte der Katze den Kopf. Sie stand auf, machte einen Buckel und ging dann vor ihm hin und her, dabei drückte sie die Flanke gegen O'Reillys jetzt reglose Hand. Er lachte Barry an. «Das nenne ich Streichelautomat. Es gefällt ihr anscheinend.»

Barry hörte die Katze schnurren.

O'Reilly deutete auf die Anrichte. «Schenk dir was ein, und dann setz dich her.» Er ließ sich in seinen Sessel plumpsen.

Barry bemühte sich, irgendeinen Hinweis aus O'Reillys Tonfall herauszuhören, aber seine Stimme war ausdruckslos. Sachlich. Er stellte seine Tasche ab, goss sich einen Sherry ein und ließ sich in dem zweiten Sessel nieder. Draußen prasselte der Regen gegen die Erkerfenster. Der böige Nordostwind hatte sich zu einem waschechten Sturm ausgewachsen.

«Scheußlicher Abend», meinte O'Reilly. «Gott behüte die Matrosen.» Er nahm sein Glas vom Kaminsims. Barry trank einen Schluck Sherry. Er hatte keine Lust, sich in Smalltalk zu ergehen. «Ich war bei Harry Sloan», sagte er daher.

«Deinem Pathologenfreund?»

«Ja.»

«Und?»

Barry zuckte die Achseln. «Er hat immer noch keine Ergebnisse.»

«Verdammter Mist.»

«Er versucht, die Sache zu beschleunigen, aber es wird trotzdem noch ein paar Tage dauern. Er will mich anrufen.»

O'Reilly klopfte mit dem Zeigefinger auf das Glas, das er in der Hand hielt. Er sah Barry an. «Und das macht er auch?»

«Ich glaube schon.»

«Hoffentlich.» O'Reilly erhob sich und zog die Vorhänge zu. Der dicke Stoff dämpfte das Tosen des Sturmes. «Ich habe heute Nachmittag die Witwe besucht», sagte er, über die Schulter gewandt.

Unwillkürlich packte Barry sein Sherryglas fester.

«Sie ist wirklich außer sich. So einen maßlosen Zorn habe ich schon lange nicht mehr erlebt.»

Barry schluckte. Seine Handflächen wurden feucht.

O'Reilly lehnte sich gegen das Kaminsims. «Das ist natürlich normal. Wenn jemand einen lieben Menschen verliert, möchte er am liebsten drauflosschlagen.» Er zog seine Pfeife aus der Tasche. «Und am schlimmsten leiden die Witwen, die nicht wissen, wie ihre Männer umgekommen sind. Das habe ich im Krieg miterlebt. ‹Gefallen› konnten die Angehörigen zu Hause noch akzeptieren, aber ‹vermisst› machte sie vollkommen fertig.» Er steckte die Pfeife an. «Wahrscheinlich gehört das zu den schwierigsten Dingen, mit denen Menschen fertig werden müssen.»

«Was meinst du?»

«Ungewissheit.»

«Ich weiß. Doch, glaub mir, ich weiß, wovon ich rede.»

Vielleicht waren Barrys Sorgen O'Reilly ganz gleichgültig? Jetzt runzelte er nämlich die Stirn und sagte: «Eigentlich sollte man mit Mrs Fotheringham Mitleid haben. Sie ist in einer fürchterlichen Verfassung.»

So sehr sich Barry auch bemühte, in diesem Moment konnte er nur Mitleid mit sich selbst aufbringen.

O'Reilly stieß eine blaue Rauchfahne aus. «Ich war eine ganze Stunde bei ihr.»

«Und was hat sie vor, Fingal?»

«Schwer zu sagen. Ich glaube, ich konnte sie ein bisschen beruhigen und ihr klarmachen, warum sie so böse auf dich ist.»

«Danke.»

«Aber dass ein Prozess gegen dich weder den Major wieder zum Leben erweckt noch ihr selbst Erleichterung verschafft, selbst wenn sie gewinnen sollte, das hat sie nicht eingesehen.»

«Meinst du denn, dass sie gewinnen könnte?»

O'Reilly zuckte mit den Schultern. «Wer kann vorhersehen, was so ein hohes Gericht entscheidet? Mit Gerechtigkeit hat das ja nichts zu tun. Es sieht doch so aus, als hielten unsere Herren Richter so einen Prozess für einen sportlichen Schlagabtausch, und der beste Anwalt kriegt den Pokal.»

Barry ließ den Kopf sinken. «Dann sollte ich wohl besser meine Berufshaftpflichtversicherung benachrichtigen?»

«Vielleicht später, wenn der Anwalt tatsächlich Kontakt mit dir aufnimmt», meinte O'Reilly. «Aber du solltest das nicht überstürzen. Sie hat mir versprochen, dass sie die Sache fallenlässt, wenn wir ihr eine zufriedenstellende Erklärung geben können, untermauert durch Fakten vom Pathologen. Den Termin mit ihrem Anwalt hat sie erst nächsten Montag.»

«Was, schon Montag?» Erschrocken blickte Barry seinen Chef an.

O'Reilly nickte. «Ich bin sicher, dass sie bis dahin wartet. Aber wenn wir ihr bis zum Wochenende nichts vorlegen können, wird sie wohl kaum noch zu stoppen sein – du weißt ja, je länger die Leute Zeit zum Grübeln haben, desto wütender werden sie.»

«Ich wünschte bloß, dass Harry schnell macht.»

«Du hast ihm gesagt, dass es brandeilig ist?»

«Natürlich, aber dass Mrs Fotheringham schon am Montag zum Rechtsanwalt geht, wusste ich ja nicht.»

«Also, bis zum Wochenende haben wir Zeit. Bis dahin ruft dein Freund bestimmt an. Es kann doch nicht vier ganze Tage dauern, sich ein paar Objektträger anzugucken.» O'Reilly stieß eine Rauchwolke aus und sagte ruhig: «Ich glaube, wir sollten abwarten und Tee trinken.»

Barry hörte das «wir», dabei wäre es für O'Reilly ein Leichtes gewesen, «du» zu sagen. «Harry ist eigentlich zuverlässig. Als ich ihm erzählt habe, dass ich möglicherweise verklagt werde, hat er sofort den Laborleiter angerufen. Ich war dabei. Der Laborleiter hat gesagt, die Schnitte anzufertigen würde ein paar Tage dauern.»

«Also könnten wir Mittwoch oder Donnerstag von ihnen hören.» O'Reilly leerte in einem Zug sein halbes Whiskeyglas. «Wir lassen das jetzt auf uns zukommen.» Er drückte Barry seinen Sherry in die Hand und sagte: «Kipp das runter, mein Sohn.» Dann wartete er, bis Barry einen großen Schluck getrunken hatte, und erklärte: «Also, ich will dir jetzt keine Predigt halten, aber ich möchte dir einen Rat geben.»

Barry blickte auf.

«Bis dein Kumpel anruft, können wir überhaupt nichts machen, weder du noch ich. Dass wir hier sitzen und uns den Kopf zerbrechen, tut keinem von uns gut. Davon kriegen wir nur Sorgenfalten.»

«Und die machen uns auch nicht hübscher», sagte Barry leise. «Danke, Fingal.» Es half ihm, dass sein väterlicher Freund ihm so deutlich seine Loyalität zeigte, und er fand es tröstlich, ihn auf seiner Seite zu wissen.

«Und wofür bedankst du dich jetzt?»

«Für den guten Rat und für deinen Besuch bei Mrs Fotheringham.»

«Blödsinn.» O'Reilly rülpste Rauch aus. «Guten Rat gibt's bei mir umsonst, und ich musste die Witwe ohnehin besuchen. Als sie angerufen hat, wollte sie nicht nur über Anwälte reden. Die Frau ist in Tränen ausgebrochen.»

«Aber sie ist doch gar nicht mehr deine Patientin.»

«Und was hat das damit zu tun?»

«Ich dachte nur ... Wir hatten Vorlesungen, in denen ein Juraprofessor uns erklärt hat, was wir tun sollen, wenn jemand uns mit rechtlichen Schritten droht. Dieser Prof hat damals gesagt, wir dürften nicht mit dem Kläger sprechen.»

«Nach dem Motto: Reden ist Silber, Schweigen ist Gold?»

«Genau.»

O'Reilly trat an die Anrichte und schenkte sich nach. «So was überlasse ich den Rechtsverdrehern.»

Er brauchte nichts weiter zu sagen. Barry wusste genau, auf wessen Seite O'Reilly stand, wenn jemand in Not war, selbst wenn dieser Jemand mit einer Klage drohte. Er starrte in sein Sherryglas.

Erst als O'Reilly sich räusperte, blickte er wieder auf. «So», sagte der Arzt, «jetzt reicht's aber mit dem Grillenfangen. Das Gespräch mit deinem Freund war schließlich nicht der einzige Grund, warum du ins Royal gefahren bist, oder?»

«Nein.»

«Also, Doktor Laverty, neben diesem ganzen Trara haben wir beide auch noch eine Praxis zu führen. Was hast du sonst noch gemacht?»

Barry trank seinen Sherry aus. Fragte O'Reilly ihn jetzt, weil es ihn wirklich interessierte, oder versuchte er einfach, ihn von seinen Sorgen abzulenken?

«Na?» O'Reilly warf einen Blick auf Barrys leeres Glas. «Nimm dir noch einen.»

Barry stand auf, um sich nachzuschenken. Sein Chef hatte recht. Ja, sie hatten eine Praxis zu führen. «Mit den anderen Sachen hatte ich ein bisschen mehr Glück», murmelte er.

«Und», fragte O'Reilly, «wollen wir jetzt Rätselraten spielen, oder verrätst du mir das Geheimnis?»

Trotz seiner trüben Gedanken musste Barry lächeln. «Erstens: Die Urologen haben einen Termin für Kieran O'Hagans Prostatektomie angesetzt. Sie findet am Montag statt.»

«Gut.»

«Und ich war bei deinem Freund Professor Greer.»

«Bei Charley? Und wie geht's dem alten Knaben?»

«Er war sehr nett. Nächsten Mittwoch um sechs, nach seiner Sprechstunde, hat er für Declan Finnegan Zeit.»

«Das ist typisch Charlie. Hast du für Declan schon einen Krankenwagen organisiert?»

«Nein, aber das mache ich noch.» Barry sah ein, dass O'Reilly wieder mal recht hatte. Der Praxisalltag ließ für Sorgen wenig Raum. Doch nun musste er wieder an Professor Greers Worte denken. «Dein Freund Charley hat mit mir über Major Fotheringham gesprochen.» O'Reilly hob eine Augenbraue. «Ich weiß», meinte Barry, «ich soll mich jetzt auf etwas anderes konzentrieren, aber er hat etwas ganz Wesentliches gesagt. Als ich ihm nämlich erzählt habe, was hier vor sich geht, hat er mir versprochen, sich als Gutachter zur Verfügung zu stellen, falls ich einen brauche. Er hat den Major operiert, weißt du.»

«Mit ein bisschen Glück kommt es nicht so weit, aber falls doch, ist es gut, wenn wir Charlie auf unserer Seite haben.» Barry betrachtete O'Reillys Blumenkohlohren und dachte daran, dass sein Chef bei der Marine ein gefeierter Boxer gewesen war. «Der ist ein verdammt zäher Kämpfer», sagte O'Reilly. «1938, bei der Meisterschaft der irischen Universitäten, hätte er mich fast geschlagen.»

«Er hat mir ein Foto gezeigt … ihr beide im irischen Rugby-Team.»

O'Reilly lachte. «Boxen, Rugby ... ein Wunder, dass ich das Trinity College überhaupt abgeschlossen habe.»

Das Trinity College in Dublin, die älteste Universität in Irland. Barry erinnerte sich an den seltsamen Blick der Schwester auf der neurochirurgischen Station, als er erwähnt hatte, dass er bei Doktor O'Reilly arbeitete. «Ich habe übrigens jemanden aus deiner Universitätszeit kennengelernt, Fingal.»

«Und wer könnte das sein?»

«Eine Stationsschwester. Caitlin O'Hallorhan.» Barry beobachtete, wie O'Reilly die Nachricht aufnahm.

Er verharrte reglos, mit erhobenem Glas, und seine Augen wurden groß. «Wer?»

«Caitlin O'Hallorhan. Sie hat mir Grüße für dich aufgetragen.»

«Nicht möglich. Kitty? Ich habe sie seit so vielen Jahren nicht gesehen. Kitty O'Hallorhan? Heilige Mutter Gottes.» Barry hörte eine ungewohnte Sanftheit in O'Reillys Stimme. «Ich frage mich, was sie wohl die ganzen Jahre gemacht hat», sagte er leise.

«Ruf sie doch mal an.» Barry traute seinen Augen nicht. Wurde O'Reilly etwa rot?

Der Arzt räusperte sich, trank einen großen Schluck von seinem Whiskey und knurrte: «Ich habe zu viel zu tun. Abgesehen von der Praxis muss ich mich ja auch noch um Bertie Bishop und den Dreckspatz kümmern. Und trotz all deiner Sorgen müssen wir Mrs Bishop nochmal untersuchen, um sicherzugehen, dass deine Behandlung die erhoffte Wirkung zeigt. Und vielleicht hast du's vergessen, aber Helens Ekzem ist noch kein bisschen besser. Wir haben diese Woche alle Hände voll zu tun. Da bleibt uns keine freie Minute. Und Samstag gehen wir dann auf die Hochzeit von Sonny und Maggie.»

«Ach so.»

«Ich habe dir doch gesagt, dass das hier kein Ferienlager ist.»

«Ich weiß. Ich hatte bloß gedacht …»

«Na, was hast du denn gedacht?»

«Patricia hat morgen ihre schriftliche Prüfung.»

«Und du willst freihaben, damit du ihr Händchen halten kannst?»

«Ich habe gesagt, sie kann mich anrufen, wenn sie nervös ist, aber du hast recht, telefonieren ist unpersönlich. Ich würde lieber hinfahren, wenn das möglich ist.» Warum war O'Reilly, der normalerweise so mitfühlend war, wenn es um Barrys Liebesleben ging, plötzlich so gereizt? Zeigte sich auf seiner Nase gar ein Anflug von Blässe?

O'Reilly seufzte. «Also gut. Frag nur, wenn du Zeit brauchst.» Offenbar hatte Barry sich doch geirrt. O'Reillys Rüssel zeigte sein übliches Pflaumenviolett.

«Danke, Fingal.»

«Aber nimm dir nicht zu viel raus … denn nachdem ich den Laden so viele Jahre allein geschmissen habe, habe ich mich inzwischen daran gewöhnt, dich hierzuhaben, Doktor Laverty.»

Draußen tobte der Sturm. Wie ein wildes Tier, das gegen Verteidigungsanlagen anrennt, heulte er um die Main Street Nummer eins und pfiff durch einen Riss im Fensterkitt, sodass die schweren Vorhänge im Luftzug bebten. Barry hörte O'Reillys Worte, und als er aufblickte, las er Zuneigung in den braunen Augen des hünenhaften Arztes. Ihm wurde innerlich ein kleines bisschen wärmer, und er wusste, dass das nicht an seinem zweiten Sherry lag.

33 * Arbeit ist die beste Medizin

«Los, Barry, aufstehen!» Jemand rüttelte ihn an der Schulter.

«Geh weg», brummte Barry.

«Raus aus dem Bett mit dir, du Faulpelz, aber dalli!»

Nun erkannte er den Achterdeck-Befehlston von Stabsarzt Fingal Flahertie O'Reilly, setzte sich auf, rieb sich die Augen und murmelte: «Tut mir leid, Fingal.» Er sah O'Reilly am Bett stehen. «Bin sofort unten.»

«Das will ich aber auch schwer hoffen.»

O'Reilly zog mit einem Ruck die Vorhänge des Mansardenfensters zurück und stapfte hinaus. Barry horchte, wie seine Stiefel die Treppe hinunterpolterten. Er gähnte, kletterte aus dem Bett, stolperte ins Bad, wusch sich kurz und zog sich eilig an. Wenn er in seinem Jahr als Assistenzarzt im Krankenhaus etwas gelernt hatte, dann war es, wie man sich im Nu aus tiefstem Schlaf heraus in volle Aktionsbereitschaft katapultierte.

Während er ins Esszimmer hinuntertrottete, knotete er sich seinen Queens-University-Schlips. Die diagonalen, blauen und grünen Streifen waren durch rote Fäden voneinander abgesetzt.

O'Reilly saß schon und verschlang sein Frühstück. «Bedien dich.» Er deutete mit der Gabel auf eine silberne Warmhalteschüssel. «Und ein bisschen Tempo, bitte.»

Der Geruch der Heringe war überwältigend. Barry hob den Deckel, blinzelte in die Dampfwolke, packte sich ein paar der geräucherten und gebratenen Salzheringe auf den Teller und setzte sich.

«Hier.» O'Reilly schob ihm eine gefüllte Teetasse über den Tisch. «Schlecht geschlafen?»

Normalerweise schlief Barry wie ein Baby, aber jetzt nickte er. Er nahm den Tee entgegen und goss Milch hinein.

«Mmm.» O'Reilly spuckte eine große Gräte aus. «Das wundert mich gar nicht. Du hattest eine Menge zum Nachdenken.»

Barry schluckte seinen ersten Mundvoll hinunter und kostete den Geschmack des über Eichenspänen geräucherten Herings aus. «Stimmt.» Professor Greers Bemerkung fiel ihm wieder ein: «Vermutlich haben Sie kaum geschlafen, seit Sie das erfahren haben.» Drei Uhr musste es gewesen sein, als er endlich eingedöst war.

«So ein Prozess ist ein verteufelt harter Schlag für einen Arzt», bemerkte O'Reilly, während er sich ein Toastdreieck aus dem Ständer nahm und es mit Butter bestrich. «Wir alle», er schaute Barry unter seinen buschigen Brauen an, «manche mehr als andere, und vielleicht, ohne es sich wirklich bewusst zu machen – aber wir alle haben uns für die Medizin entschieden, weil es uns ein Bedürfnis ist, dass die Leute gut von uns denken. Das gilt sogar für mich. Manche Ärzte möchten, dass alle ihre Patienten sie liebhaben. Das kann natürlich nicht klappen, aber die Idioten, die sich das wünschen, reißen sich beide Beine aus, um es der ganzen Welt recht zu machen.»

Barry hörte auf zu kauen und schaute seinen Chef an. Noch nie hatte O'Reilly von seinen Gefühlen gesprochen. «Da hast du wohl recht», erwiderte er.

«Selbstverständlich habe ich recht, und wenn ein Patient mit dem Anwalt droht, ist das wie ein ordentlicher Tritt in die Eier.»

Nicht gerade vornehm ausgedrückt, dachte Barry, aber er wusste nur zu gut, dass O'Reilly recht hatte. Leider. «Bist du schon mal verklagt worden, Fingal?»

«Ich?» O'Reilly griff nach der Marmelade. «Das hier ist tolles Zeug. Nicht aus der Fabrik.» Er verteilte sie großzügig auf seinem Toast. «Nein, Kinky macht sie selbst.»

«Fingal, ich habe dich gefragt, ob ...»

«Ich habe dich gehört. Nein, jedenfalls bisher nicht.»

«Aber woher weißt du dann ...»

«Woher ich das weiß? Weil man nicht persönlich ein Kind gebären muss, um beurteilen zu können, wie weh das tut. Man braucht nur einmal eine Geburt mitzuerleben. Mein bester Freund vom Trinity ist vor Gericht gelandet. Er war ein verdammt guter Chirurg, und er hat den Prozess gewonnen, aber danach war er nicht mehr der Alte. Ich habe miterlebt, was er durchgemacht hat.»

«Ach so.»

«Und dir passiert das nur über meine Leiche.» Um seine Aussage zu unterstreichen, biss O'Reilly die Hälfte von seinem Stück Toast ab.

«Aber ich sehe nicht, wie du es verhindern könntest.»

O'Reilly hörte auf zu kauen. «Ich wohl! Erstens ...», er deutete mit dem angebissenen Toast auf Barry, «kann es gut sein, dass dein Kumpel bald einen Befund hat.»

Plötzlich wurde es Barry sonnenklar. O'Reilly hatte mit seiner Weigerung, den Totenschein für den Major zu unterschreiben, die Obduktion quasi erzwungen. Offenbar hatte er die Reaktion der Witwe vorhergesehen und mit dieser Maßnahme versucht, Barry und natürlich auch den Ruf seiner Praxis zu schützen.

«Zweitens ...», O'Reilly biss noch einmal ab, «besuche ich die Witwe nochmal, wenn es sein muss. Sie ist ja ganz allein, hat Angst, ist zornig. Wer weiß? Gestern habe ich die Saat gesät. Wenn sie Zeit hat aufzugehen, dann überlegt sich Mrs Fotheringham die Sache mit dem Prozess vielleicht nochmal.»

«Hältst du das für wahrscheinlich?»

«Eigentlich nicht, aber du angelst doch gern, oder?»

«Ja.»

«Ich habe früher auch geangelt. Einmal habe ich einen Fachmann gefragt, mit welchen Fliegen man Fische fängt. Weißt du, was er mir darauf geantwortet hat?»

Barry schüttelte den Kopf.

«Nur mit denen, die man in den Fluss hängt.» O'Reilly grinste. «Es kommt also auf den Versuch an.»

«Wenn du glaubst, dass ein zweiter Versuch bei Mrs Fotheringham Sinn hat ...», sagte Barry zweifelnd.

«Ich überlege es mir.» O'Reilly aß seinen Toast auf. «Wo war ich stehengeblieben? Ach ja. Und drittens werde ich dich unter keinen Umständen über die Geschichte nachgrübeln lassen, bevor wir nicht sicher wissen, wie es weitergeht.»

«Das ist vielleicht leichter gesagt als getan.»

«Ach.» O'Reilly legte den strubbligen Kopf schräg. «Tatsächlich?»

«Fingal, es ist ja schön und gut, wenn man versucht, einen kühlen Kopf zu bewahren und analytisch zu denken, aber manchmal ...»

«Manchmal regiert das Herz den Verstand?»

«Genau.»

O'Reilly brach in schallendes Gelächter aus.

«Das ist nicht lustig.»

«Da hast du recht.» O'Reilly hustete und nickte. «Lustig ist bloß, dass du glaubst, es gäbe keine Möglichkeit, das abzustellen.»

«Ich sehe jedenfalls keine.»

«Aber ich kenne da ein Mittel: Man muss so intensiv eine Arbeit tun, die man liebt, dass ...», er fixierte Barry mit einem kalten Blick, «... und du liebst deine Arbeit doch, oder?»

«Ja. Ganz bestimmt.»

«Das wollte ich bloß hören», meinte O'Reilly. «Bis wir die histologischen Ergebnisse kriegen, werde ich dich so mit Arbeit zuschütten – da wirst du nicht mal Zeit haben, dir zu überlegen, welchen Wochentag wir haben, und schon gar nicht, rumzusitzen und dir wegen irgendwas graue Haare wachsen zu lassen, was vielleicht gar nicht eintreten wird.»

Barry sah ein, dass dieser Vorschlag vernünftig war. «Also gut», sagte er, «ich mache mit.»

«Prima.» O'Reilly verputzte seinen letzten Happen Toast und stand auf. «Und noch was.»

«Ja?»

«Ich weiß, dass es in deinem Leben noch eine zweite Liebe gibt.»

Ach du Schreck. Heute hatte Patricia ihre Prüfung. Barry war so mit seinen eigenen Wehwehchen beschäftigt gewesen, dass er das komplett vergessen hatte.

«Ich werde dafür sorgen, dass du auch dafür Zeit findest.»

«Danke, Fingal.»

«Danke, sagst du?» O'Reilly ging am Tisch vorbei. «Als Dank wünsche ich mir von dir nur, dass du schnellstmöglich deinen Tee austrinkst und deine Heringe runterschluckst. Vielleicht hast du's vergessen, aber es ist Zeit, dass wir die Praxis aufmachen.»

Barry wollte sein halb aufgegessenes Frühstück wegschieben, aber O'Reilly hielt seinen Teller fest. «Iss auf. Man soll den Tag niemals mit leerem Magen beginnen. Wir machen ein bisschen Arbeitsteilung: Du isst, und ich fange schon mal mit den Patienten an.» Er schaute auf die Uhr. «Aber beeil dich. Und sobald du fertig bist, will ich dich dabeihaben.»

Eine grimmig dreinblickende Frau, die Barry noch nie gesehen hatte, kam aus dem Behandlungsraum gestürmt. Sie zerrte einen kleinen rotznasigen Jungen hinter sich her. Barry machte Platz, um sie vorbeizulassen. Sie ignorierte ihn. Er betrat den Behandlungsraum.

«Wer war das denn, Fingal?»

«Gertie Gilligan mit ihrem kleinen Tommy. Er hat bloß einen Sommerschnupfen, aber sie regt sich so auf, als hätte er Myxomatose.»

«Wie bitte?»

«Das ist eine Karnickelkrankheit. Die Hoppelchen kriegen Laufnasen, und die meisten sterben daran. Gertie wollte das neueste Wundermedikament haben. Aber wollen kann sie viel. Antibiotika helfen bei einer Virusinfektion nicht.» O'Reilly erhob sich aus seinem Drehsessel. «Wir müssen tun, was richtig ist, und nicht, was irgendwelche Idioten in *Readers Digest* gelesen haben. Auch wenn sie meinen, wir würden ihnen ihr Geburtsrecht klauen, wenn wir ihnen das nicht verschreiben.»

«Das werde ich mir merken.»

«Tu das. Und jetzt setz dich hierhin. Du bist heute Morgen am Ruder.» Er spazierte aus dem Raum.

Während Barry wartete, las er die fettgedruckten, immer kleiner werdenden Buchstaben auf der Tafel für den Sehtest, die immer noch schief an der Wand hing.

«Rat mal, wer da kommt», sagte O'Reilly.

Er war wieder da, gefolgt von Donal Donnelly, der sich auf einen Stuhl setzte. «Guten Morgen, Doktor Laverty», sagte er.

«Morgen, Donal. Lassen Sie mich mal sehen.»

Donal streckte ihm die Hand hin. Der Gips um den Finger war schon schmuddelig, aber die Fingerspitze, die oben herausguckte, war rosa. Barry legte den Handrücken dagegen und freute sich, dass er keine Hitze spürte. Der Gips war also nicht zu eng. «Sieht prima aus, Donal.»

«Tut aber immer noch verdammt weh. Da sind mehr Schmerzen drin als in einem ganzen Krankenhaus.»

«Ich hatte Sie ja gewarnt.»

Donal nickte. «Ja, das stimmt, Sir. Ich muss es einfach aushalten, was?»

«Leider ja. Aber Sie können hin und wieder mal eine Aspirin gegen die Schmerzen nehmen.» Barry drehte sich zum Schreibtisch und füllte ein Formular aus. «In sechs Wochen nehmen wir ihn dann ab.»

«Meinen Finger, Sir?» Donal blickte auf seinen Mittelfinger.

«Nein, du Esel, den Gips», brummte O'Reilly.

«Ach so.»

Barry sagte sich mindestens zum tausendsten Mal, seit er nach Ballybucklebo gekommen war, dass die Patienten hier in Ulster dazu neigten, alles wortwörtlich zu nehmen. Er gab Donal das Formular. «Hier. Das ist die Krankmeldung. Ich denke, Sie können das Geld gebrauchen, weil Sie jetzt ja nicht arbeiten können.»

«Danke, Sir. Aber ich arbeite trotzdem.»

«Was denn?», mischte O'Reilly sich ein.

«Na ja, nicht für Geld, Sir.» Eilig schob Donal das Blatt Papier in seine Gesäßtasche. «Aber gestern, nachdem ich Julie im Royal besucht hatte, bin ich noch im Dreckspatz gewesen ...»

«Du überraschst mich immer wieder, Donal», sagte O'Reilly.

«Und Seamus und ich haben eine ganze Menge Jungs zusammengetrommelt, die abends nach der Arbeit zu Sonnys Haus kommen wollen. Ich soll den Boss spielen, haben sie gesagt, ja. Also so 'ne Art Aufsicht.»

«Toll, Donal», sagte Barry.

«Na jaaa ... Sonny ist doch ein anständiger alter Knabe.» Donal blickte Barry nicht in die Augen. «Und ich brauche bloß auf meinen vier Buchstaben zu sitzen und ihnen zu sagen, was sie tun sollen. Noch eine Woche, schätze ich, dann ist das Haus wieder so gut wie neu.» Donal machte das gleiche Gesicht wie an dem Tag, als er ihre Zustimmung zu seinem Plan, Arkle-Gedenkmünzen zu verkaufen, hatte einholen wollen. «Sie sagen Sonny doch nichts davon, oder? Wir möchten gern, dass es eine Überraschung wird.»

«Darauf hast du unser Wort, Donal», versprach O'Reilly. Dann wandte er sich an Barry: «Ist der Patient fertig, Doktor Laverty? Das Wartezimmer ist nämlich brechend voll.»

«Entschuldigen Sie, Sir. Ich hätte da noch eine Kleinigkeit ...»

«Schießen Sie los.»

«Julie geht es schon besser. Sie kriegt schon wieder rote Backen . . .»

«Das freut mich», sagte Barry.

«Sie meint, wenn Sie nicht so fix reagiert hätten, hätte sie sterben können . . .»

«Eigentlich nicht.» Barry spürte, wie seine Wangen heiß wurden.

«Und sie hat so viel Geschwätz gehört, dass Sie nichts von Ihrer Arbeit verstehen . . .»

Barry wurde wieder blass.

Donal hielt ihm seinen Gipsfinger unter die Nase. «Julie und ich wissen das besser, und ich soll Ihnen jetzt von ihr ausrichten, dass wir wirklich von Glück reden können, dass Sie beide hier sind. Und das wird sie Ihnen auf der Hochzeit auch noch selbst sagen, wenn sie schon hingehen kann.»

Das war eine lange Rede für Donal. «Danke», sagte Barry, «aber ich bin gerne hier.» Und trotz seiner nagenden Sorgen wusste Barry, dass er das vollkommen ernst meinte.

«Gut», sagte Donal, «dann bin ich jetzt weg.» Er ging zur Tür. «Bis Samstag.» Barry schaute zu O'Reilly hinüber, der eine Augenbraue hob, aber nichts sagte, sondern ebenfalls zur Tür schritt, um den nächsten Patienten zu holen. Du hattest wieder mal recht, Fingal, dachte Barry. Wenn man alle Hände voll zu tun hat, ist es schwer, sich den Kopf darüber zu zerbrechen, was alles passieren könnte.

«Puh», seufzte O'Reilly, als der letzte Patient schließlich gegangen war. Barry konnte sich kaum an all die verschiedenen Beschwerden erinnern, die er behandelt hatte. Es freute ihn, dass die drei von Fergus Finnegan angekündigten Stalljungen tatsächlich gekommen waren. Einer hatte wirklich eine akute Konjunktivitis, wie Fergus, und nichts konnte ihn zufriedenstellen – bis Barry ihm dann ein Rezept für das Wunderheilmittel «goldene Augensalbe» ausstellte.

O'Reilly stand auf und streckte sich. «Seit der Großen Pest in London hat es nicht mehr so viele hilfesuchende Patienten gegeben.»

«1665», sagte Barry, «und beendet wurde sie durch den großen Brand von 1666 ...»

«Der in einer Bäckerei in der Pudding Lane ausbrach.»

Ach, O'Reilly, musst du immer das letzte Wort haben?, dachte Barry. «Und du warst vermutlich dabei und hast beim Löschen geholfen?»

O'Reilly lachte in sich hinein. «Du hast einen so messerscharfen Verstand, dass du dich eines Tages noch daran schneiden wirst, Laverty.»

Es war merkwürdig, wie man in Ulster den Nachnamen gebrauchte, dachte Barry. Wenn man einen Mann nur mit dem Familiennamen ansprach, ohne Titel und ohne Vornamen, konnte das entweder ein Zeichen für Herablassung oder aber für Freundschaft sein. Er wusste, wie O'Reilly seine Anrede gerade gemeint hatte. Nicht, dass er selbst es wagen würde, seinen Chef einfach «O'Reilly» zu nennen. In Gedanken vielleicht. Aber bevor er ihn so ansprach, musste noch viel Zeit vergehen.

«Also.» O'Reilly machte sich auf den Weg ins Esszimmer. «Mittagessen.»

Kinky erwartete sie bereits. «Sie kommen aber spät», meinte sie.

Barry fragte sich, ob Kinky wohl ärgerlich war. Aber nach den vielen Jahren, die sie schon für O'Reilly arbeitete, sollte sie eigentlich wissen, dass man eine Arztpraxis nicht nach einem strengen Stundenplan führen konnte. «Tut mir leid», sagte er, «aber wir konnten uns heute Morgen vor Arbeit nicht retten.»

«Macht nichts.» Sie stellte Barry und O'Reilly ihre Teller hin. «Es ist bloß eine kalte Quiche Lorraine, die verdirbt nicht.»

O'Reilly betrachtete das gelbliche Dreieck mit der Teig-
kruste auf seinem Teller mit der Begeisterung eines Fuchs-
rüden, der in Ballybucklebo für die Jagd vorgesehen war.

«Essen Sie nur, Doktor O'Reilly. Das ist nicht vom Himmel
gefallen.» Mit verschränkten Armen schaute Kinky auf die
beiden Ärzte hinunter.

O'Reilly probierte einen kleinen Bissen und grinste dann
breit. «Das schmeckt lecker, Kinky.»

Da hat er recht, dachte Barry, während er selbst ordentlich
reinhaute.

«Haben Sie was anderes erwartet?», fragte die Haushälterin, aber Barry sah, dass sie lächelte.

Ihm ging auf, dass Kinky auf ihr Kochen und auf ihre reibungslose Haushaltsführung genau so stolz sein musste wie
er auf seine Arbeit und dass ihr ein gelegentliches Lob ebenso
willkommen war wie ihm selbst. «Sie sind phantastisch,
Kinky.»

«Gar nicht, nein.» Aber ihr Lächeln wurde breiter. «Na
ja», sagte sie, «was das Kochen angeht, vielleicht ...» Barry
wollte schon zustimmen, aber sie sprach weiter. «Bei Mrs
Bishop konnte ich allerdings wenig ausrichten.»

«Aha?», sagte O'Reilly mit vollem Mund.

«Ich habe versucht, etwas über den Pachtvertrag vom
Schwarzen Schwan rauszukriegen, wie Sie mich gebeten
hatten, Doktor, aber ich glaube, sie weiß nicht viel darüber.
Ich hatte noch keine Gelegenheit, Ihnen davon zu berichten.»
Kinky zog die Stirn kraus. «Ich sollte so was wohl nicht sagen,
denn sie ist eine nette Frau, aber ich fürchte, Florence Bishop
ist keine große Leuchte.»

Barry musste lächeln.

«Also sind wir noch nicht weiter?», fragte O'Reilly.

«Na, vielleicht ein ganz kleines bisschen, aber ich hab das
nicht richtig verstanden. Können Sie was damit anfangen, Sir?
Florence ist schließlich damit rausgerückt, dass ihr Mann ihr

gesagt hat, er bekommt den Dreckspatz, wenn niemand das mit dem Bach rauskriegt. Er hat ihr verboten, darüber zu sprechen. Aber dann haben wir noch so viel geschwatzt, über dies und jenes, da habe ich es fast vergessen.»

«Ein Bach?», fragte Barry. «Was denn für ein Bach?»

Kinky schüttelte den Kopf. «Das wusste sie nicht. Und wenn der Dreckspatz eine Wassermühle wäre, könnte ich das noch verstehen, aber was ein Bach mit einem Pub zu tun haben soll, will mir nicht in den Kopf.»

«Mir auch nicht», bemerkte O'Reilly, «aber ich habe eine Idee, wer uns weiterhelfen könnte.»

Barry spitzte die Ohren, doch wie so oft führte O'Reilly seinen Gedanken nicht weiter aus. «Überlasst mir das», war alles, was er sagte. Dann fragte er: «Haben Sie die Liste für heute Nachmittag?»

«Ja, hier.» Kinky zog ein Blatt Papier aus der Schürzentasche.

O'Reilly überflog es rasch. «Nicht schlecht», bemerkte er. «Ein paar Besuche in der Siedlung. Wir müssen Declan Finnegan seinen Termin mitteilen, und zum Schluss würde ich gerne im Torhaus vorbeischauen.»

«Um sicher zu sein, dass es Sonny gutgeht?»

«So was Ähnliches», sagte O'Reilly vage, und bevor Barry nach einem weiteren Grund fragen konnte, fuhr er fort: «Und bis zum Abendbrot müssen wir wieder zurück sein.»

«Gibt's wieder ein Rugbyspiel im Fernsehen?»

«Nein, du Dussel, du musst deine Miss Spence anrufen.»

34 ✳ Schach!

Die Reihenhäuser mit ihren grauen Fassaden hoben sich nur durch die leuchtend bunten Türen voneinander ab, ansonsten waren sie vollkommen identisch. Es war, als hätten sich die Mieter mit Hilfe der farbigen Türanstriche einen letzten Rest von Individualität bewahren wollen. Die Tür der Finnegans war grün. Mrs Finnegan öffnete auf O'Reillys Klopfen hin. Sie wirkte noch ausgezehrter als bei Barrys gestrigem Besuch, als er ihren Mann untersucht hatte.

«Bonjour, Madame. Comment allez-vous aujourd'hui?» Soweit Barry es beurteilen konnte, war O'Reillys Französisch akzentfrei. «Et votre mari, comment va-t-il?»

Sie zuckte die Achseln. «Moi, je suis très fatigué. N'importe.» Sie hielt die Hand mit der Handfläche nach unten und bewegte sie hin und her. «Mais mon pauvre, petit Declan ...»

Sie verzog den Mund, und Barry sah, dass ihre Augen feucht wurden und ihr eine Träne über die Wange rollte. Er trat einen Schritt zurück, während O'Reilly ihr mit einem Finger die Träne abwischte und die Frau dann in die Arme nahm wie ein großer Bär. «C'est dur. C'est dur. Je comprends», sagte er sanft. Dann übersetzte er für Barry: «Sie sagt, sie sei sehr müde, aber das spiele keine Rolle ... aber Declan.»

«Und du hast ihr geantwortet, das sei hart, und du verstehst sie.» Barry hörte Mrs Finnegan schniefen. O'Reilly zog ein gepunktetes Taschentuch hervor und reichte es ihr.

«Merci, Docteur O'Reilly.» Sie putzte sich die Nase und gab das Taschentuch zurück. «Kommen Sie bitte herein.» Mrs Finnegan trat zur Seite und wies ihnen den Weg ins Haus.

O'Reilly schüttelte den Kopf. «Merci, Mélanie, mais nous vous apportons simplement des bonnes nouvelles.»

Barry sah das plötzliche Interesse in ihrem Blick, als sie von O'Reilly zu ihm und dann wieder zu O'Reilly schaute. «Des bonnes nouvelles? Dites-moi, est-ce que vous pouvez faire quelque chose pour Declan?»

«Können wir Declan helfen, Barry?»

Stammelnd versuchte Barry, sein Schulfranzösisch zusammenzukratzen. «Hier j'ai visité ...»

«Schon gut, Doktor Laverty, sprechen Sie ruhig Englisch.» Sie brachte ein schwaches Lächeln zustande. «Aber es ist plaisant für mich, mich mit Doktor O'Reilly in meiner eigenen Sprache zu unterhalten.»

«Ich musste Französisch in der Schule abwählen und mich auf die Naturwissenschaften konzentrieren, damit ich Medizin studieren konnte.»

«Das war bestimmt auch besser so, denn Sie verstehen etwas von Declans Krankheit. Und was sind nun Ihre Neuigkeiten?»

«Ich wollte sagen, dass ich gestern ins Royal gefahren bin und den besten Nervenfacharzt in ganz Irland aufgesucht habe. Professor Greer.»

«Und was hat er gesagt?», fragte Mrs Finnegan.

Barry warf O'Reilly einen Blick zu. Der Arzt hatte eine Augenbraue hochgezogen. «Er konnte nichts versprechen ...»

O'Reilly nickte. Einmal.

«Aber er will Declan morgen untersuchen. Um sechs. Ich habe einen Krankenwagen bestellt, der Sie beide in die Stadt bringen wird.»

«So schnell? Ce n'est pas possible.»

«Doch, wenn der Professor mit Doktor O'Reilly befreundet ist ...»

Sie stieß einen für Barry unverständlichen Wortschwall auf Französisch hervor. Doch ihrem Tonfall nach zu urteilen, bedankte sie sich überschwänglich bei O'Reilly. Der Arzt räusperte sich, und Barry war überzeugt, dass er errötet wäre, wenn sein Gesicht nicht bereits eine gesunde Röte aufgewiesen hätte. «Schon gut, schon gut», sagte er. «Doktor Laverty hat die ganze Arbeit gemacht.»

Mrs Finnegan wandte sich Barry zu und senkte den Kopf. «Danke schön, Doktor. Ganz herzlichen Dank.»

«Mrs Finnegan, ich sagte Ihnen schon, Professor Greer hat nichts versprochen.»

«*Je comprends*, aber wir wollen es versuchen.» Ihre Augen schimmerten feucht, doch sie rieb mit dem Handrücken darüber, richtete sich auf und reckte die Schultern. «Jetzt liegt es in Gottes Hand.»

«So ist es», sagte O'Reilly, «aber unser Herrgott wird ein bisschen Hilfe von Professor Greer bekommen.»

«Im Krankenhaus hat man mir übrigens gesagt, dass Sie Mr Finnegans Schlafanzug und sein Waschzeug mitbringen sollen. Er muss vielleicht ein paar Tage dort bleiben.»

«*D'accord.*»

Barry beobachtete, wie sich widerstreitende Gefühle in ihrem Gesicht malten. Angst, Traurigkeit darüber, dass sie und ihr Mann sich vorübergehend trennen mussten, Erleichterung, dass sie sich, falls er im Krankenhaus blieb, ein wenig von ihrer ständigen Krankenpflege erholen konnte.

O'Reilly legte ihr seine große Hand auf die Schulter und sagte: «Und mach dir auf keinen Fall Vorwürfe, dass du erleichtert bist, weil du dich vielleicht ein paar Tage nicht um Declan kümmern musst. So eine Unterbrechung wird dir sehr guttun, Mélanie. Das ist kein Grund, ein schlechtes Gewissen zu haben.»

Woher wusste O'Reilly, dass sie neben ihrer Erleichterung auch ein schlechtes Gewissen hatte? Diesen Aspekt hatte Barry nicht in Betracht gezogen.

«Ich will es versuchen», sagte sie.

«Schön», meinte O'Reilly. «Professor Greer ruft uns an und sagt uns, zu welchem Ergebnis er gekommen ist, und dann kommt einer von uns vorbei und erklärt es dir.»

«*Merci.*»

«Und jetzt müssen Doktor Laverty und ich wieder los.»

Barry kurbelte das Fenster auf der Beifahrerseite herunter, damit die Rauchwolken aus O'Reillys Pfeife entweichen konnten, während O'Reilly den Rover über die Straße von Bangor nach Belfast jagte.

Beide Krankenbesuche, die sie in der Siedlung noch gemacht hatten, waren ohne Probleme verlaufen. Zuerst waren sie bei einem kleinen Jungen gewesen, der vor Atemnot keuchte. O'Reilly kannte ihn, und als Kinky seinen Namen genannt hatte, hatte er erklärt, die Mutter könne das Asthma ihres Sohnes so gut einschätzen, dass sie wisse, wann ein Anfall gefährlich sei und sie sofort den Arzt rufen müsse.

Barry hatte eine kurze Anamnese durchgeführt und die Brust des Jungen abgehorcht. Er war mit der Behandlung, die sein älterer Kollege normalerweise durchführte, voll und ganz einverstanden. Kaum hatte Barry dem Jungen Adrenalinlösung 1:1000 gespritzt, da hörte das Pfeifen beim Einatmen auf. Und als O'Reilly der Mutter dann erklärt hatte, das Kind solle die Isoprenalinsulfat-Tabletten, die sie ihm bei einem Anfall geben sollte, nicht schlucken, sondern unter der Zunge zergehen lassen, da war der kleine Patient schon wieder draußen auf der Straße und spielte mit seinen Freunden Fußball.

Der zweite Besuch war, wie O'Reilly es nannte, ein «Trostbesuch». Als Barry die über achtzigjährige Großmutter sah, war ihm gleich klar, dass ihr mit medizinischen Mitteln nicht mehr zu helfen war. Die alte Dame lebte glücklich in ihrer eigenen Welt. Sie war überzeugt, dass sie wieder in ihre Klosterschule ging, bestand darauf, O'Reilly «Pater» zu nennen, und wollte die beiden Ärzte erst wieder gehen lassen, als er das Kreuzzeichen gemacht und einen Segen gesprochen hatte.

Ihre Tochter Bridget, eine Frau in den Sechzigern, hatte sich bei ihm bedankt, aber gleichzeitig jede Andeutung, dass es vielleicht an der Zeit sein könnte, die Oma einer Langzeit-Pflegeeinrichtung zu übergeben, strikt abgewiesen. «Dafür hat sie ihre Familie», hatte sie festgestellt, in einem Tonfall, der jede Diskussion überflüssig machte.

O'Reilly hatte genickt und ihr gesagt, sie könne gerne jederzeit wieder anrufen.

«Manchmal», hatte er Barry erklärt, als sie wieder losfuhren, «ist das alles, was wir tun können. Einfach da sein, wenn sie uns brauchen.»

Barry war beeindruckt, wie selbstverständlich O'Reilly seine Aufgabe akzeptierte – genauso selbstverständlich, wie er wieder mal einen Radfahrer übersah und mit zwei Rädern auf dem grasigen Seitenstreifen um die Kurve raste.

«Gut», sagte der Arzt dann und bremste. «Wir sind da.» Er parkte vor dem einstöckigen, aus Ziegelsteinen erbauten Torhaus an der Einfahrt zum Anwesen des Marquess.

Barry stieg aus. Die reichverzierten schmiedeeisernen Tore standen offen, und am Ende der langen Einfahrt konnte er den georgianischen Säulenvorbau des «großen Hauses» sehen. Auf dem Kies vor dem Torhaus parkte ein Kombi. Barry vermutete, dass er dem Verwalter gehörte.

O'Reilly hämmerte gegen die Tür. «Ist jemand zu Hause?»

Zu Barrys Überraschung öffnete der Marquess persönlich. «Ah, O'Reilly und der junge Laverty.» Unter einem schlechtgeschnittenen, eisengrauen Haarschopf lächelten dunkelbraune Augen hervor. «Sie wollen Sonny besuchen?»

«Ja», sagte O'Reilly. «Wie geht's ihm denn, Sir?»

«Kommen Sie rein, und sehen Sie selbst.»

Barry folgte den Männern über einen kurzen Flur mit Parkettfußboden. Von der eichengetäfelten Wand glotzten zwei Rehköpfe. Durch eine offene Tür gelangten die Männer in ein kleines Wohnzimmer. Aus den Sprossenfenstern sah man an riesigen Ulmen vorbei auf eine gepflegte Rasenfläche mit mehreren immergrünen Büschen, die zu Figuren zurechtgestutzt waren.

Sonny erhob sich aus einem dickgepolsterten Sessel, um

O'Reilly zu begrüßen. Über seinem weißen Oberhemd trug er eine Strickjacke, dazu schwarze Hosen mit scharfen Bügelfalten und an den Füßen karierte Hausschuhe. Vor seinem Sessel stand ein Tischchen mit einer Messingplatte, die auf indische Art mit komplizierten Mustern verziert war. Darauf lag ein Schachbrett mit einem angefangenen Spiel. «Doktor O'-Reilly», sagte Sonny. «Was für eine schöne Überraschung.»

«Soll ich Sie mit Ihrem Patienten allein lassen?», erkundigte sich der Marquess.

«Nein, nein», antwortete O'Reilly. «Setz dich doch wieder, Sonny.» Er trat neben Sonnys Sessel, und als der alte Mann sich niedergelassen hatte, fühlte er ihm den Puls.

Barry war neben dem Marquess stehen geblieben. Er sah, dass Sonnys Augen leuchteten und dass er keine Schwierigkeiten beim Atmen hatte, auch wenn über seinen Wangenknochen noch ein Anflug von Grau zu erkennen war. Das war nicht verwunderlich. Auch vor seiner schweren Krankheit hatte Sonny schon an chronischer Herzschwäche gelitten, die O'Reilly aber mit Digitalis und einem Diuretikum gut unter Kontrolle gehalten hatte.

«Deine Pumpe läuft wie geschmiert, Sonny», sagte O'Reilly und gab sein Handgelenk frei. «Hast du noch von den Pillen, die wir dir gegeben haben?»

«Ja, Doktor.»

«Nimm sie weiter. Samstag ist ein großer Tag für dich.» Er wandte sich an den Marquess. «Werden Sie dafür sorgen, dass Sonny in die Kirche kommt, Sir?»

Der Marquess lächelte. «Ich bin sein Trauzeuge. Ich fahre ihn im Rolls Royce hin.»

Sonny hüstelte. Barrys Sorge, das könnte ein Symptom sein, verflog jedoch sogleich wieder, denn offenbar versuchte Sonny nur, O'Reillys Aufmerksamkeit zu gewinnen. «Dürfte ich Sie um einen Gefallen bitten, Doktor O'Reilly?»

«Nur zu.»

«Maggie ist zu schüchtern, um Sie selbst zu fragen.»

Barry fiel es einigermaßen schwer, sich vorzustellen, dass Maggie MacCorkle schüchtern sein könnte.

«Ihr Vater ist ja schon lange tot, und sie möchte, dass alles ganz richtig gemacht wird. Da hat sie mich gebeten, Sie zu fragen ... ob Sie als Brautführer fungieren und sie in die Kirche geleiten und übergeben würden?»

«Ich?» O'Reilly grinste breit. «Aber mit Vergnügen!» Er warf Barry einen Blick zu. Seine Stimme hatte einen boshaften Unterton, als er nun fragte: «Soll Doktor Laverty Blumen streuen?»

Sonny und der Marquess stimmten in O'Reillys Gelächter ein. Auch Barry lächelte unwillkürlich und spürte dabei, dass es gar nicht so schlecht war, über sich selbst zu lachen. «Klar mache ich das – wenn Maggie sich das wünscht ...»

«Braver Junge», sagte O'Reilly.

Sonny schüttelte den Kopf. «Nicht nötig, Sir, aber danke für das Angebot.»

«Ich glaube», meinte der Marquess, «all das Gerede vom Heiraten verlangt nach einem Glas Sherry.» Er trat an eine Anrichte. «Setzen Sie sich doch bitte, meine Herren.»

«Sie haben nicht vielleicht ein Tröpfchen John Jameson's, Eure Lordschaft?», fragte O'Reilly. Er schob das Tischchen mit dem Schachbrett zur Seite und ließ sich auf einem kleinen Sofa nieder.

«Doch, natürlich, Fingal ... und ich vermute, Sonny darf auch ein Schlückchen?»

«Selbstverständlich.» O'Reilly nahm sein Glas entgegen, lehnte jedoch das Wasser, das der Marquess ihm anbot, ab.

Barry setzte sich neben O'Reilly und griff nach seinem Sherry.

Der Marquess blieb stehen. «Auf das glückliche Paar.» Er hob sein Glas.

«Das ist ein großartiger Tropfen», meinte O'Reilly, nachdem er mit einem Zug sein Glas halb ausgetrunken hatte. «Besser als das Zeug, das Willy im Dreckspatz ausschenkt.»

«Im Dreckspatz?», fragte der Marquess nach. «Ich habe Gerüchte über den Schwarzen Schwan gehört. Dass dieser Bishop den Pub übernehmen will.»

O'Reilly nickte. «Der Pachtvertrag läuft in Kürze aus, und Bertie Bishop ist der Eigentümer. Er will den Vertrag nicht verlängern, denn er möchte unseren alten Pub in eine Touristenfalle verwandeln. Alles Alte rausreißen und tonnenweise Chrom und Plastik reinbringen.»

«Das ist ja schrecklich.» Der Marquess zog die Brauen zusammen. «Können wir ihn nicht daran hindern?»

«Ich habe es versucht», meinte O'Reilly, «aber der Mann hat eine Haut, so dick wie ein Rhinozeros. Argumente hört er sich gar nicht an. Das Grundstück, auf dem der Dreckspatz steht, gehört ihm. Um Bertie Bishop aufzuhalten, brauchte man eine für ihn unüberwindbare Hürde.»

Einen Moment lang sah Barry das Bild eines Jockeys vor sich, ohne Pferd, der hinter dem ersten Sprung auf der Rennbahn in Ballybucklebo verschwand – und O'Reillys Pferd, das einen Sprung im Flug nahm – allerdings den falschen, nämlich den Zaun. Sonny hüstelte wieder.

«Entschuldigen Sie, Eure Lordschaft ...»

«Ja, Sonny?»

«Erinnern Sie sich daran, Sir, dass wir über normannischen Grundbesitz in Irland gesprochen haben?»

«Doch, allerdings.»

Sonny nickte. «Wenn ich mich recht erinnere, haben Sie mir erzählt, dass damals, im Jahr 1177, als John de Courcy für König Heinrich den Zweiten Ulster eroberte, einem seiner Ritter, Ihrem Ahnherrn nämlich, sämtliche Rechte an der Siedlung Ballybucklebo und den umliegenden Gehöften vermacht wurden.»

«Das ist wahr. Aber wir mussten einen erheblichen Teil davon verkaufen. Es ist recht kostspielig, das Anwesen zu unterhalten. Auf diese Weise ging vor neunundneunzig Jahren auch das Grundstück verloren, auf dem der Dreckspatz erbaut wurde.» Der Marquess runzelte die Stirn. «Ich müsste in den Familiendokumenten nachschauen, aber was Doktor O'Reilly gesagt hat, ist zweifellos richtig. Bishop hat es irgendwie geschafft, das Land von den Nachkommen der ursprünglichen Käufer zu erwerben. Daher kann er den Pachtvertrag von Willy Dunleavy verlängern oder auch nicht, ganz, wie es ihm beliebt.»

O'Reilly spielte mit einer Schachfigur herum. «Mrs Bishop hat Mrs Kincaid erzählt, dass Bishop irgendetwas verschweigen will, was mit einem Bach zu tun hat.»

«Tatsächlich?» Die Augen des Marquess leuchteten auf. «Mit einem Flüsschen?»

Sonny erhob sich so plötzlich, dass er fast seinen Sherry verschüttet hätte. «Ich möchte wetten, Sir, dass Ihre Familie das Fischereirecht damals nicht mitverkauft hat.»

Barry hörte gespannt zu. Das Fischereirecht?

«Unter keinen Umständen. Das wäre undenkbar gewesen.»

«Und ich habe mich etwas mit der Geschichte des Dorfes beschäftigt, daher weiß ich, dass ein schmaler Nebenarm vom Bucklebo River durch ein unterirdisches Rohr geführt wurde, weil sich genau darüber die Straßen kreuzten, das heißt also, noch immer kreuzen ...»

«Unter dem Dreckspatz? Hach.» O'Reilly kippte seinen restlichen Whiskey hinunter. «Hach, wie schön.» Er grinste. «Und da schwimmen die Lachse nach wie vor hindurch, landeinwärts, zum Laichen?»

«Oh ja», sagte Sonny.

«Tut mir leid», sagte Barry, «aber da komme ich nicht mit.»

«Das bedeutet, Doktor Laverty», sagte der Marquess ruhig, «dass meine Vorfahren, als sie das Grundstück veräußerten, das sich jetzt in Bishops Besitz befindet, einen Vertrag aufgesetzt haben, der einen Zusatz enthielt, und zwar dahingehend, dass an den Gebäuden keine baulichen Veränderungen vorgenommen werden dürfen, die die Wanderung der Lachse behindern könnten. Jedenfalls nicht ohne die Erlaubnis unserer Familie. Die Normannen waren sehr genau, wenn es um das Fischereirecht ging.»

«Also kann Councillor Bishop seine Pläne für den Dreckspatz nur dann in die Tat umsetzen, wenn Sie es ihm gestatten, Eure Lordschaft?»

«Ich bin sicher, dass ein Entkernen des Gebäudes als ‹bauliche Veränderung› gelten würde.» Der Marquess runzelte die Stirn. «Vermutlich könnte sein Rechtsanwalt das anfechten, aber der Prozess würde sich über Jahre hinziehen.»

Barry schauderte. An Rechtsanwälte wollte er im Moment lieber nicht denken.

«Würden Sie ihn denn verklagen, Eure Lordschaft?», fragte O'Reilly.

«Bishop? Er ist ein fürchterlicher Mensch. Ich würde ihn natürlich mit Vergnügen verklagen, aber die Prozesskosten wären gewaltig.»

O'Reilly beugte sich über das Schachbrett, betrachtete die Figuren und schaute dann wieder den Marquess an. «Aber rein rechtlich gesehen – wenn er den Dreckspatz verschandeln will, könnten Sie ihm doch mit einer Klage drohen, oder?» Er verschob einen weißen Turm. «Und wenn er es dann auf einen Prozess ankommen lässt ...» O'Reilly zog einen schwarzen Läufer vor den Turm. «... aber nein, Bishop ist schlau genug, der kann sich ausrechnen, wie viel ihn das kosten würde. So ein Prozess würde ihn finanziell ruinieren.»

«Da haben Sie recht. Ich brauche ihm bloß mit einer Klage zu drohen.» Der Marquess grinste fast so breit wie O'Reilly, der nun ein weißes Pferdchen nahm und damit den schwarzen Läufer vom Brett schlug.

«Und damit ist der da», O'Reilly deutete auf den schwarzen König, «schachmatt.»

«Ich glaube, da haben Sie recht, Fingal», sagte der Marquess. «Hier», er streckte die Hand aus, «Ihr Glas ist leer. Lassen Sie mich nachschenken.»

O'Reilly schüttelte den Kopf. «Nein, vielen Dank, Sir, aber Doktor Laverty und ich müssen auf dem Heimweg noch im Dreckspatz vorbeischauen ... kurz mit Willy sprechen ... und es würde mich gar nicht wundern, wenn er uns ein Bierchen ausgeben möchte, damit wir mit ihm feiern. Und dann ...», O'Reilly schaute Barry an, «müssen wir beide nach Hause. Wir haben ein paar Telefonate zu erledigen.»

35 ✳ Verkehrte Welt

Knarrend schlossen sich die Schwingtüren des Schwarzen Schwans hinter Barry. Er musste warten, bis seine Augen sich an das trübe Licht gewöhnt hatten. Von dem gewohnten Stimmengesumm war heute nichts zu hören, es war, als wäre der Pub menschenleer. Doch an der Bar standen zwei Gestalten, Archie Auchinleck und ein hochgewachsener, sonnengebräunter junger Mann in Khakiuniform, mit den Doppelstreifen eines Stabsunteroffiziers auf den Ärmeln. Barry vermutete, dass der Soldat Archies Sohn war.

«Guten Abend, die Herren», sagte Willy hinter der Bar. «Was darf's ...»

«Whiskey», rief O'Reilly, «und du, Barry?»

«Sherry, bitte.» Einen hatte er schon bei Sonny und dem Marquess getrunken.

«Braver Junge. Schnaps auf Wein, das lass sein. Setz dich.» Barry ging zum nächsten Tisch, während O'Reilly an die

Bar trat und sich aufstützte. «'n Abend, Archie, 'n Abend, Rory. Du hast Urlaub? Schön, dich zu sehen.»

«Ich bin gestern Abend angekommen. Es ist toll, wieder hier zu sein, Doc.» Rory lächelte und hob sein Pint Guinness. «So was hier kriegt man auf Zypern nicht.»

«Im ganzen Mittelmeerraum nicht. Jedenfalls nicht zu meiner Zeit», meinte O'Reilly. «Wie lange wirst du denn hier sein?»

«Zwei Wochen, Sir.»

«Sorge dafür, dass dein Sohn das Beste daraus macht», sagte O'Reilly zu Archie. «Willy, ich gebe dem jungen Rory und seinem Papa ein Pint aus.»

«Vielen Dank, Doktor O'Reilly», sagte Archie.

O'Reilly überhörte sein Dankeschön. «Was macht dein Rücken, Archie?»

Der Milchmann lächelte breit. «Ist wieder kerngesund. Diese Pillen waren klasse, ja doch.»

«Schön», sagte O'Reilly mit einem Blick zu Barry hinüber, «und bestimmt schadet es auch nicht, dass du deinen Sohnemann eine Weile zu Hause hast.»

Der Mann ist wirklich immer im Dienst, dachte Barry. Sogar im Pub.

O'Reilly klopfte dem Soldaten auf den Rücken. «Hast du denn keine Zivilklamotten, Rory? Ich hätte gedacht, dass du die Uniform ganz fix in den Schrank hängst.»

«Ja, Sir, das mache ich auch, aber ...», Barry sah, wie Vater und Sohn einen liebevollen Blick wechselten, «... Dad hat mich gebeten, sie heute Abend noch anzubehalten. Ich glaube, er will ein bisschen mit mir angeben.»

«Richtig so», meinte O'Reilly. «Ich wäre auch stolz auf dich. Schade, dass nur Doktor Laverty und Willy und ich hier sind, um dich zu bewundern.» O'Reilly wandte sich wieder der Bar zu. «Sag mal, Willy, musst du den Whiskey erst noch brennen?»

«'tschuldigung, Doktor.» Willy stellte zwei Gläser auf die Theke. O'Reilly bezahlte und nahm sein Wechselgeld entgegen. «Immer noch Flaute im Geschäft, Willy?»

«In den letzten Tagen ist es ein kleines bisschen besser geworden», erklärte Willy, «und um neun wird es hier brechend voll. Dann kommen nämlich die Dachdecker-Dragoner, ja doch.»

«Wer bitte?»

Willy lächelte. «So nenne ich die Burschen, die gleich nach der Arbeit zu Sonnys Haus gehen. Sie essen nicht mal zu Hause Abendbrot. Donal Donnelly kriegt sie richtig ran, und nicht nur die Musiker. Fast alle, die einigermaßen zupacken können, wollten helfen, als das bekannt wurde. Und die Frauensleute bringen ihnen massenweise Tee und Butterbrote raus, damit sie bei der Arbeit essen können. Ja, und von der ganzen Schufterei sind sie dann fürchterlich durstig, wenn sie hier reinkommen.»

«Toll», sagte O'Reilly und nahm sein Glas.

Barry horchte angestrengt, denn Willy hatte die Stimme gesenkt: «Und das ist noch nicht alles. Sogar Constable Mulligan hilft mit. Er kommt mit den Jungs hierher ...», Willy grinste breit, «und eigentlich muss ich ja um zehn schließen, aber wenn ich den Laden länger auflasse, und Mulligan ist hier, dann müsste er sich ja zuerst selbst festnehmen.»

«Ach», sagte O'Reilly, «was ich nicht weiß, macht mich nicht heiß.»

«Genau», sagte Willy, «und wissen Sie was, Sir?»

O'Reilly trank einen Schluck Whiskey. «Nein, aber das erzählst du mir jetzt.»

«Stimmt. Donal sagt, es ist das Hochzeitsgeschenk unseres Dorfes für Sonny und Maggie, und er möchte, dass es eine Überraschung wird. Alle mussten ihm versprechen, dass es ein Geheimnis bleibt. Man darf zwar Neue um Hilfe bitten, aber die müssen dann versprechen, dass sie den Mund halten, auch wenn sie nicht auf die Baustelle kommen können. Und Sie wissen doch, dass Gerüchte sich hier normalerweise wie ein Lauffeuer verbreiten.»

«Oh ja», meinte O'Reilly, «das gehört zu den Wundern der modernen Kommunikationstechnik. Telegraphieren, telefonieren ... oder es jemandem aus Ballybucklebo sagen.» Er trank wieder einen Schluck, und Willy lachte.

Auch Barry musste lächeln. Mit dieser Feststellung hatte O'Reilly den Nagel auf den Kopf getroffen.

«Stimmt wohl», sagte Willy, «aber bisher hat niemand die Katze aus dem Sack gelassen. Noch kein Sterbenswörtchen haben sie verraten, und ...» Er sprach noch leiser, und obwohl Barry sich anstrengte, konnte er nicht verstehen, was der Wirt sagte. Aber es dauerte eine ganze Weile, und während Willy weiter wisperte, trank O'Reilly seinen Whiskey aus.

Barry argwöhnte sofort, Willy wolle nicht, dass er zuhörte, und fragte sich, ob das Flüstern wohl ein Wink mit dem Zaunpfahl war, dass man ihm immer noch nicht richtig vertraute. Doch dann ermahnte er sich, nicht so paranoid zu sein.

«Unglaublich», grölte O'Reilly, «so was habe ich noch nie gehört.» Er zog seine Pfeife heraus, steckte sie an und warf einen Blick auf sein Glas. «Hör mal, Willy, dieses Glas hat ein Loch. Es ist leer.»

«Oje, Doc. Soll ich ...»

«Natürlich sollst du, und dann bring es an den Tisch rüber ...», O'Reilly nahm Barrys Glas, «und weil ich gerade sehe, dass du im Augenblick nicht so viel zu tun hast, schenk du dir auch eins ein ... ich tu so, als ob du Geburtstag hast, so, wie du das letzte Woche für mich gemacht hast ... und dann, komm rüber und setze dich zu uns. Doktor Laverty und ich haben dir was zu erzählen.»

Er schlenderte zum Tisch und reichte Barry seinen Sherry. «Hier. Trink.» O'Reilly rückte sich einen Stuhl zurecht und setzte sich.

«Prost.» Barry trank ein Schlückchen. «Du bist heute Abend sehr spendabel, Fingal, das muss ich sagen.»

«Na ja», brummte O'Reilly, «Archies Sohn war das erste Baby, das ich hier entbunden habe, nachdem ich die Praxis übernommen hatte, und überhaupt ... bist du nicht auch besser gelaunt, seit wir die Geschichte mit dem Fischereirecht und den Lachsen gehört haben?»

«Ja – ein bisschen.»

«Siehst du.» O'Reilly streckte die Beine aus. «Und wenn Arthur Guinness hier wäre, würde ich ihm ein paar Smithwicks spendieren, aber er ist auf Bewährung.»

«Wegen Gummistiefelklau?»

«Genau», sagte O'Reilly. Er beugte sich vor. «Du wirst nicht glauben, was Willy mir gerade eben erzählt hat.»

«Berichte.»

«Das ist das größte Projekt, seit Moses das Rote Meer geteilt hat. Die Jungs reißen sich nicht nur beide Beine aus, um Sonnys Haus bis Samstagabend fertig zu kriegen, nein ... Sonny hat ja auch keine Möbel, weißt du.»

«Woher auch, wenn er bisher in seinem Auto gewohnt hat.»

«Nicht mal eine Fußbank, deswegen haben die Burschen sich was überlegt. Seamus und Maureen Galvin haben einen Tisch und ein bisschen Besteck, was sie nicht mit nach Amerika nehmen. Mr Coffin hat ein halbes Dutzend Stühle übrig. Der eine hat Bettwäsche, der andere ein Bett, der dritte Töpfe und Pfannen. Die ganze Liste durch. Ich weiß nicht, was Donal ihnen gesagt hat, dass sie so Feuer und Flamme sind, aber Willy meint, sie sind mit derselben Begeisterung dabei wie die Kreuzritter von Richard Löwenherz beim Marsch auf Jerusalem. Wenn die Hochzeit vorbei ist, soll Sonnys Haus bezugsfertig sein.»

«Das ist ja phantastisch. Was für ein tolles Geschenk für Sonny und Maggie.» Barry wusste, dass er eigentlich hätte lachen sollen, aber aus irgendeinem Grund verspürte er ein Brennen in den Augen. Er war dankbar für die schummrige Beleuchtung und hoffte, dass O'Reilly nichts merkte.

«Ja», sagte O'Reilly. «Jeder weiß, dass die beiden sich zur Not in Maggies Häuschen quetschen könnten, aber für zwei Menschen, fünf Hunde und Maggies Kater ist es ja wirklich viel zu klein. Als Sonny seiner Maggie vor vielen Jahren einen Heiratsantrag gemacht hat, wollten sie in seinem Haus wohnen, und Maggie wäre auch bei ihm eingezogen, wenn es nicht mit Bertie Bishop zum Streit um das Dach gekommen wäre.»

«Und jetzt wird das Dach repariert. Das ist wunderbar für die beiden alten Leutchen.»

«Ja, und es ist sogar noch mehr», sagte O'Reilly ernst. «Das ganze Dorf kocht, weil Bishop den Dreckspatz übernehmen will, und sie wissen alle, dass er sich nicht gerade überanstrengt hat, das Dach schnell fertig zu kriegen. Ich habe den Eindruck, das Dorf will ihm auf diese Weise sagen, dass er hier überflüssig ist. Dass wir bestens ohne ihn klarkommen. Das soll er sich hinter die Ohren schreiben, und ...»

«Tut mir leid, dass ich unterbreche.» Willy stellte O'Reilly ein gefülltes Glas hin. «Sie haben gesagt, ich soll mich zu Ihnen setzen?»

«Ja, komm her, Willy.» O'Reilly zog die Beine an.

«Das ist ein Schlückchen Portwein, Sir», sagte Willy mit einer Kopfbewegung zu seinem eigenen Glas hin. «*Sláinte.*»

«*Sláinte Mhaith.*» O'Reilly kostete. «Mensch nochmal, Willy, das ist ja Black Bush ...»

Black Bush war, wie Barry wusste, der beste Whiskey, den die Bushmills Distillery in County Antrim herstellte.

«Das ist wahrhaftig kein Whiskey zum Kochen.» O'Reilly schnalzte mit den Lippen. «Das hätte mein Vater, Gott hab ihn selig, als einen echten Tropfen *craythur* bezeichnet.»

«Der kostet Sie nichts, Sir. Ich bin nämlich dabei, meine

Vorräte aufzubrauchen», sagte Willy, und Barry konnte den Kummer in seinen Augen sehen. «Ich freue mich wirklich für Sonny und Maggie, dass sie bald ein Haus haben, aber ich muss hier raus sein, wenn der Pachtvertrag abgelaufen ist.»

«Tatsächlich?» O'Reilly lehnte sich zurück und stieß eine riesige Rauchwolke aus. «Darüber wollten Doktor Laverty und ich nämlich mit dir sprechen, Willy.»

Angespannt saß der Gastwirt auf seinem Stuhl. «Haben Sie Bishop dazu gekriegt, es sich anders zu überlegen?»

«Nein», antwortete O'Reilly, «noch nicht.»

Willy ließ die Schultern hängen.

«Aber wir kriegen ihn dazu, was, Barry?»

Er sagte das mit solchem Nachdruck, dass Barry nichts anderes übrig blieb, als zu nicken. O'Reilly erklärte nun, was es mit dem Bach unter dem Pub auf sich hatte, dass der Marquess das Fischereirecht besaß und, die Hauptsache, dass Seine Lordschaft auch alles tun wollte, damit der Dreckspatz nicht Bertie Bishop in die Hände fiel. Was das im Einzelnen war, erläuterte er nicht.

«Sie wollen mich verscheißern, Doktor O'Reilly.» Willys Augen waren groß. «Kann das denn wahr sein? Mit dem Bachlauf und Seiner Lordschaft? Ganz ehrlich?»

«Ehrenwort, Willy.»

«Ich weiß gar nicht, was ich sagen soll.»

«Siehst du», sagte O'Reilly, «das ist genau richtig. Sag niemandem ein Sterbenswörtchen davon.»

Willy nickte.

«Wenn ihr nichts dagegen habt», fuhr O'Reilly fort, «will ich unserem ehrenwerten Councillor nämlich selbst die frohe Botschaft überbringen, und ich möchte nicht, dass er schon vorher etwas läuten hört.»

«Ich halte den Mund, Doktor, aber eine kleine Frage hätte ich noch.»

«Ja?»

«Darf ich's Mary erzählen?»

«Kann sie es für sich behalten?»

«Dumme Frage ... entschuldigen Sie, Sir ... aber hier hinter der Theke kriegt man genauso viele Geheimnisse zu hören wie bei Ihnen in der Praxis. Wir würden uns nicht lange halten, wenn wir nicht schweigen könnten.»

«Brauchst dich nicht zu entschuldigen, Willy», sagte O'-Reilly, «war wirklich dumm von mir, dass ich gefragt habe.»

«Sehen sie, Mary macht da im Laden von dieser Miss Moloney eine fürchterliche Zeit durch. Wenn ich die Gewissheit hätte ... und Sie sind wirklich absolut sicher, dass wir hierbleiben können?»

Barry wartete gespannt auf O'Reillys Antwort.

«Willie, im Leben ist nur der Tod sicher, und die Steuern, aber der Marquess hat gesagt, er würde so lange gegen Bishop angehen, wie seine Mittel es zulassen.»

Das stimmt, dachte Barry, aber diese Mittel waren nicht so unbegrenzt, wie Willy offenbar glaubte, denn der Gastwirt sagte: «Dann kann ich meiner Mary eine ganze Stelle geben, und sie kann endlich da weg. Ach, Mensch, die Kleine ist so oft in Tränen nach Hause gekommen. Sie sagt, Miss Moloney ist immer gleich auf hundertachtzig.»

«Ich weiß, was Sie meinen.» Barry dachte daran, wie sie ihn zurechtgewiesen hatte, als er sie gebeten hatte, zu Helen etwas freundlicher zu sein. «Letzte Woche hat sie sogar mich zur Schnecke gemacht.»

O'Reilly warf Barry einen Blick zu, sagte dann aber: «Sag es Mary doch gleich, Willy.»

Willy stand auf, leerte in einem Zug sein Glas und sagte: «Trinken Sie, Doktor O'Reilly und Doktor Laverty. Es gibt noch mehr.» Er drehte sich um und sprach Archie und seinen Sohn an: «Möchtet ihr beiden noch ein Pint ... aufs Haus?»

«Aber sicher.» Archie grinste. «Was ist denn der Anlass?»

Willy strahlte O'Reilly an. «Unser Doktor hier stellt sich

vor, ich hätte Geburtstag.» Er zwinkerte heftig. «Er weiß es nicht, aber ihm und Doktor Laverty hab ich es zu verdanken, dass ... heute wirklich mein Geburtstag ist.» Er begab sich zur Bar.

«Eigentlich sollten wir das nicht tun, Fingal», sagte Barry, wobei er nicht den zweiten Drink meinte, den sie zu sich nehmen wollten.

Offenbar wusste O'Reilly sehr gut, worauf Barry hinauswollte, denn er warf ihm einen finsteren Blick zu. «Ich möchte Ihre Diagnose ganz entschieden in Frage stellen, Doktor Laverty. Wir müssen es sogar tun. Und wir werden darauf trinken, und weißt du, worauf noch?»

«Nein.»

«Auf das tüchtige Schiff Ballybucklebo und alle, die darauf unterwegs sind. Es ist ein wunderbares kleines Nest.» O'Reilly leerte sein Glas. «Was mich angeht, ich möchte nirgends sonst auf Gottes grüner Erde leben.»

Barry zögerte, dann sagte er sehr ernst: «Weißt du, Fingal, darauf könnte ich auch trinken.»

«Schön», meinte O'Reilly, «aber das ist unser letztes Glas.» Er schaute auf die runde Uhr, die hinter der Theke hing. «Viertel vor sechs. Wir müssen gleich nach Hause. Kinky liest uns die Leviten, wenn wir zu spät kommen, und außerdem», O'Reilly stupste Barry mit dem Pfeifenstiel an, «musst du deine Patricia anrufen.»

«Das ist doch nicht zu fassen.» O'Reilly öffnete das Gartentor. «Wo bist du denn, Arthur Guinness?»

Über eine Antwort auf diese Frage hätte auch Barry sich gefreut, denn er trug eine seiner neuen Hosen und wollte nicht, dass der Labrador sie mit seinen amourösen Avancen beschmutzte.

«Mensch, Barry, guck dir das mal an.» O'Reilly deutete auf einen Haufen frisch aufgeworfener Erde am hinteren Zaun.

«Entweder haben wir den größten Maulwurf in Ulster im Garten, oder Arthus Guinness hat den Film *Gesprengte Ketten* gesehen, wo Charles Bronson den Tunnelkönig spielt. «Arthur?», brüllte er laut.

Aber kein Hund erschien.

«Verflixt und zugenäht.» O'Reilly begab sich zur Küchentür. «Komm, Barry», rief er über die Schulter, «ich will bloß hoffen, dass er ein ganz schlechtes Gewissen hat, wenn er nach Hause kommt ...

Barry folgte O'Reilly durch den Hintereingang in die Küche, wo Kinky gerade Mehl von einem Teigbrett wischte. Doch O'Reilly war nicht mehr zu sehen.

«Doktor Laverty», begrüßte Kinky ihn.

Barry schnupperte. «Was kochen Sie denn da, Kinky?»

Sie lächelte. «Das ist Rindfleisch mit Talgklößen, und in zehn Minuten ist es fertig, ja.»

«Wunderbar», sagte Barry. Dann fragte er: «Kinky, hat jemand für mich angerufen?»

«Niemand.»

«Verdammt.» Es war mittlerweile Viertel nach sechs, von Harry Sloan würde er also nichts mehr hören. Und wenn Harry jetzt noch keine Ergebnisse hatte, würde er auch morgen früh nicht anrufen. Barry musste also einen weiteren Tag voll Ungewissheit durchstehen.

«Hatten Sie mit einem Anruf gerechnet?», fragte Kinky.

«Eigentlich nicht.»

«Ich glaube doch», stellte sie fest, «wenn ich das so sagen darf.» Sie hielt inne und sah Barry in die Augen. «Sie werden einen Anruf kriegen», erklärte sie, «und Sie werden genau das hören, was Sie sich wünschen. Ich habe keine Ahnung, was das ist ... aber es wird noch ein paar Tage dauern.»

«Woher wissen Sie das, Kinky?»

Sie lächelte. «Das kann ich Ihnen nicht erklären. Ich weiß es einfach. Denken Sie daran, was ich gesagt habe, ja?» Sie ging durch die Küche und stellte sich auf die Zehenspitzen, um das Teigbrett wieder an seinen Platz auf dem Regal zu befördern. «So, ich muss jetzt arbeiten, also seien Sie so lieb, und machen Sie sich zum Essen fertig.»

Während Barry die Treppe hochstieg, fragte er sich, was Kinky wohl mit ihrem «Sie werden genau das hören, was Sie sich wünschen» gemeint hatte. Woher wusste sie denn, was er hören wollte? Dass bei Major Fotheringhams Obduktion die Nadel im Heuhaufen gefunden worden war? Dass seine Zukunft in Ballybucklebo gesichert war? Er seufzte. Wahrscheinlich ging es um seinen Beruf – falls Harry wirklich etwas fand. Aber dann – Barry schlug mit der Hand auf das Treppengeländer –, würde er überhaupt hierbleiben, wenn Patricia ihr Stipendium erhielt?

Barry ging ins Bad. Als hätte er mit diesen Problemen nicht schon genug zu tun, schoss ihm jetzt auch noch die Frage durch den Kopf, ob O'Reilly Councillor Bishop tatsächlich dazu bringen konnte, die Finger vom Schwarzen Schwan zu lassen. Aber vielleicht, dachte Barry dann, hatte er selbst wirklich genug am Hals. Dieses Problem würde er seinem Chef überlassen.

Während er sich die Hände wusch, sah er flüchtig ein Bild von Pontius Pilatus vor sich. Ihm wurde klar, dass er seinem älteren Kollegen doch beistehen musste, und er begab sich wieder nach unten in den Flur.

O'Reilly telefonierte gerade. «... gut. Ich hole dich am Samstag um halb elf ab. Bis dann.» Mit einem lauten Ping landete der Hörer wieder auf der Gabel. O'Reilly rieb sich die Hände und lächelte breit. Erst als er sich umdrehte, sah er Barry. «Geht dich nichts an», sagte er.

Barry hielt die Hände hoch. «Ich wollte gar nicht fragen.»

«Dann ist ja gut. Ich gehe noch eben pinkeln.»

«In den Tank vom Rover?»

«Ha, ha, ha.» O'Reilly grinste. «Nein. Nach oben.» Er

nickte in Richtung Telefon. «Jetzt bist du dran», sagte er und stieg die Treppe hoch.

«Danke, Fingal.» Barry nahm den Hörer ab, wählte Kinnegar 657 334 und wartete. «Hallo. Patricia?»

«Barry?» Sie klang müde.

«Wie ist es gelaufen?»

Patricia seufzte. «Es war ziemlich schrecklich. Ich hab dir ja im Chinarestaurant schon erzählt, dass ich Bauzeichnen hasse. Bei zwei von den sechs Aufgaben mussten wir Pläne zeichnen. Grässlich. Die beiden hab ich total vermasselt. Ich kann gar nicht bestanden haben. Unmöglich.»

Ihre Stimme hörte sich an, als sei sie den Tränen nahe. Barry wusste, dass er jetzt etwas sagen musste, aber was? «Patricia, hör mal zu. Ich bin ja Experte in Prüfungen ...»

«Aber nicht im Hoch- und Tiefbau.»

«Das spielt keine Rolle. Ich musste sechs Jahre lang ständig Prüfungen machen. Eine Prüfung ist eine Prüfung, und ich wette, du machst gerade genau das durch, was ich und alle meine Freunde erlebt haben.»

«Und das wäre?»

«Wenn wir zu einem Thema nicht viel gelernt hatten, waren wir immer sicher, dass wir bestanden hatten. Wir wussten einfach nicht genug, um zu erkennen, was wir alles nicht wussten.» Wahrscheinlich ließ Patricia sich gar nicht gern daran erinnern, dass man bei Prüfungen auch durchfallen konnte, aber Barry sprach trotzdem weiter: «In diesen Fällen haben einige von uns es dann nicht geschafft.»

«Das tröstet mich sehr!»

«Nein, warte. Jetzt kommt nämlich die andere Seite. Ab und zu hatte jemand wirklich mal Ahnung ...» Barry musste lächeln. Bei ihm – und bei Jack Mills – war das nicht allzu oft vorgekommen. «Und dann waren wir nach den Klausuren immer felsenfest überzeugt, wir wären durchgefallen, weil uns nämlich klar war, dass wir noch viel mehr hätten wissen müssen. Aber oft hatten wir dann wider Erwarten mit fliegenden Fahnen bestanden.»

«Wirklich?»

«Natürlich. Ich wette, so ist es bei dir auch. Du hast bestimmt eine hervorragende Klausur geschrieben.»

Sie seufzte. «Da bin ich mir nicht so sicher.»

«Na komm, Kopf hoch. Und selbst, wenn du recht hättest», Barry sah sich um, um sicherzugehen, dass niemand zuhörte, «dann liebe ich dich trotzdem ... mein Schatz.»

«Ich weiß ... und ich liebe dich auch, Barry.»

Er grinste und hielt den Daumen hoch.

«Barry ...» Er hörte ihr Zögern. «Ich möchte dich gerne bald sehen, aber das geht nicht.»

«Warum nicht?»

«Dad und Mummy meinen, ich soll das Ergebnis zu Hause in Newry abwarten.»

Mist, dachte Barry, aber laut sagte er: «Vielleicht ist das gar nicht so schlecht, wenn du nach Hause fährst.» Im Augenblick hätte er gar nichts dagegen gehabt, mit seinen Eltern ein bisschen über seine eigenen Schwierigkeiten zu sprechen, aber die waren in Australien. Was sein Vater allerdings sagen würde, wenn er vor dem Kadi landete – darüber wollte er lieber gar nicht nachdenken.

«Ich wusste, dass du das verstehen würdest.»

«Es gibt Zeiten, da ist eine Familie hilfreich.»

«Dad holt mich um sieben hier ab, aber Samstagvormittag bin ich wieder zurück, und wenn ich das Ergebnis schon vorher kriege, rufe ich dich sofort an, das verspreche ich dir.»

«Sonst rede ich nie wieder mit dir.»

«Barry!»

«Ich bin genauso gespannt darauf wie du.» Auch wenn diese Spannung bei mir einen anderen Grund hat als bei dir, dachte Barry. «Hör zu», sagte er, «fahr nach Hause. Versuche, dir nicht zu viele Sorgen zu machen. Sorgen ändern gar nichts ...», du bist mir einer, Barry Laverty, sagte er im Stillen zu sich, ausgerechnet du musst ihr diesen Rat geben, «und dann sehen wir uns am Samstag. Ich hole dich um eins ab. Die Hochzeit ist um zwei.»

«Gut», sagte Patricia, «und ich will mich bemühen, mir keine Sorgen zu machen. Versprochen.»

«Braves Mädel.» Er schickte ihr einen Kuss durchs Telefon. «Ich denke an dich.»

«Ich liebe dich, Barry. Wir sehen uns am Samstag.» Bevor er noch etwas sagen konnte, klickte es im Hörer. Barry legte auf und fragte sich, wo O'Reilly blieb. Wenn der Mann nicht ernsthafte Probleme mit der Prostata hatte, so wie Kieran O'Hagan, dann durfte er eigentlich auf der Toilette nicht so lange brauchen. Doch dann ging Barry auf, dass sein väterlicher Freund vielleicht einfach taktvoll war.

Er trat ins Esszimmer und setzte sich an den Tisch. Als Lady Macbeth, offenbar aus dem Nichts, plötzlich auf seinem Schoß landete, fuhr er zusammen. Sie stupste mit dem Kopf gegen seinen Bauch und drehte Kreise auf seinem Schoß.

Träge kraulte Barry der Katze den Kopf, und sie belohnte ihn mit ausdauerndem Schnurren.

«Da bist du ja, Lady», sagte O'Reilly, während er sich zu seinem Platz am Kopfende des Tisches begab. «Ich kapiere das nicht, Barry», meinte er, als er sich hinsetzte.

«Was kapierst du nicht?»

«Angeblich sollten Katzen doch draußen rumstreifen ... aber Ihre Ladyschaft ist ein richtiger Stubenhocker. Hunde sollen Haus und Hof bewachen, aber Arthur hat die Wanderlust gepackt. Verkehrte Welt. Übrigens sollen die Kapellen von Lord Cornwallis das Lied gespielt haben», sagte O'Reilly.

«Wer bitte hat welches Lied gespielt?», fragte Barry.

«Die Regimentskapellen von General Cornwallis haben angeblich *The World Turned Upside Down* gespielt. Nach der Schlacht bei Yorktown, wo sie sich den amerikanischen Revolutionären ergeben haben, damals, als George III. die britischen Kolonien in Amerika verloren hat. Ich frage mich gerade, ob Bertie Bishop das Lied auch kennt.»

«Wieso?»

«Weil Florence Bishop morgen zu dir kommt. Du willst ja sehen, ob deine Behandlung angeschlagen hat. Unser großer Angeber wird bestimmt mitkommen. Und dann geht's rund. Dagegen war die Schlacht bei Yorktown bloß ein Scharmützel. Bertie Bishop wird sein ganz persönliches Waterloo erleben.»

36 ✳ Gnade vor Recht

«Mensch nochmal», sagte O'Reilly, während er am Kopfende des Esstisches Platz nahm, «von einem Praxisvormittag wie heute kriegt man wirklich Appetit.»

Auch Barry setzte sich. Was sein älterer Kollege sagte, war zwar nicht ganz von der Hand zu weisen, aber für ihn selbst war der Mittwochvormittag wie im Flug vergangen, sie hatten einen Patienten nach dem anderen verarztet, und er hatte keine Zeit gehabt, über irgendetwas anderes nachzusinnen.

«Haben wir heute Nachmittag Hausbesuche, Kinky?», fragte O'Reilly, als die Haushälterin hereinkam.

«Zwei», meinte sie, «aber beide sind nicht eilig.» Sie reichte O'Reilly die Liste und stellte eine Suppenterrine mit Weidenmuster mitten auf den Tisch.

«Wieder nur Suppe?» O'Reilly schmollte.

«Sie haben gestern Abend so viele Klöße in sich reingestopft, dass Sie heute Mittag etwas Leichteres brauchen», erwiderte Mrs Kincaid, «aber zum Nachtisch gibt es warmes *barmbrack* mit Butter. Ich stecke es schon mal in den Toaster.» Doch in der Tür zum Flur zögerte sie. «Vielleicht versüßen

Ihnen die Rosinen im *barmbrack* das Ganze ein bisschen, lieber Doktor.»

Barry verbarg sein Lächeln, indem er den Deckel von der Terrine hob. «Fingal?»

«Was bleibt mir andres übrig?» O'Reilly seufzte und hielt seinen Teller hin. «Was hat uns Kinky denn diesmal gekocht?»

Barry atmete den Duft von Knoblauch, Nelken, Zwiebeln und Fleisch ein. «Riecht wie Mockturtle.» Er gab O'Reilly den gefüllten Teller zurück und bediente sich selbst.

«Hm.» O'Reilly schnupperte, füllte seinen Löffel und schob ihn in den Mund. «Stimmt», sagte er mit einem Lächeln, «und sie ist verdammt gut.» Er betrachtete die Terrine. «Bloß schade, dass da nicht mehr drin ist. Wenn man die halbe Nacht rumrennt und Arthur Guinness sucht und wenn dann noch die Praxis so voll ist wie vorhin, muss man ja einen Bärenhunger kriegen.» Wieder schob er sich einen vollen Löffel in den Mund. «Und jetzt sei still», sagte er, «und lass mich essen. Mein Großvater hat immer gesagt: Wenn ich esse, esse ich, und wenn ich rede, rede ich ... und er hat recht gehabt.»

Barry war froh, dass er schweigen sollte, denn er befürchtete, sich das Lachen sonst nicht mehr verbeißen zu können. Ihm trat das Bild einer Wühlmaus vor Augen. Im ersten Jahr in Biologie hatte er gelernt, dass diese Tierchen täglich das Doppelte ihres Eigengewichtes verzehrten. In seiner Vorstellung hatte der kleine Nager buschige Augenbrauen, Blumenkohlohren und eine schiefe Nase und löffelte Suppe in sich hinein, als hätte er wochenlang nichts gefressen. Barry leerte seinen Teller, warf einen Blick in die Schüssel, sah, dass sie noch etwa eine halbe Portion enthielt. Vorsicht ist die Mutter der Porzellankiste, entschied er. «Möchtest du das aufessen, Fingal?»

«Wäre doch schade, wenn es übrig bliebe.»

Die Suppenkelle schabte so kräftig über den Schüsselboden,

als wollte O'Reilly die blauen Pagoden und die Trauerweiden, die ins Porzellan eingebrannt waren, mit herauskratzen.

Es klingelte an der Haustür, und Barry hörte, wie Kinky öffnete. Nur zu gerne überließ er ihr den unbekannten Besucher. Vor einem Monat noch wäre er aufgesprungen und in den Flur gelaufen, um sich anzusehen, welche Beschwerden der Patient hatte. Inzwischen vertraute er vollkommen auf Kinkys Fähigkeit, Notfälle von Routinefällen zu unterscheiden.

Jetzt meinte er, Bertie Bishops Stimme zu hören. O'Reilly hatte den Bishops um ein Uhr einen Termin gegeben, damit er und Barry sich so viel Zeit für die beiden nehmen konnten, wie nötig war. So mussten sie sich keine Gedanken über das volle Wartezimmer und die anderen Patienten machen, die unnötig aufgehalten wurden.

«Das war köstlich», sagte O'Reilly und schob seinen Teller fort, «wenn auch ein bisschen knapp bemessen.» Er lehnte sich zurück, rieb sich den Bauch unter der Weste und verkündete: «Um es mit Hochwürden Dodson, besser bekannt als Lewis Carroll, zu sagen: «Mittagssuppe, herrliche Suppe.»

«Ist das aus *Alice im Wunderland* oder aus *Alice hinter den Spiegeln*?», fragte Barry. «Ich weiß es nicht mehr.»

«Ich auch nicht», gestand O'Reilly.

«Das ist aus dem *Wunderland*», bemerkte Kinky, die gerade mit einem Teller mit barmbrack und einer Teekanne hereinkam. «Ich habe es gelesen, als ich klein war. Und die Falsche Schildkröte hat das gesagt, die Mockturtle, ja.» Sie stellte Teller und Kanne auf den Tisch und nahm die leere Suppenterrine an sich. «Ich habe mich oft gefragt, wie echte Schildkrötensuppe wohl schmeckt, aber hier in County Down sind diese Tiere ziemlich rar.»

«Schildkrötensuppe schmeckt sehr gut», meinte O'Reilly, «ist aber natürlich ein Problem für die armen Schildkröten. Bleib ruhig bei der Mockturtle, Kinky. Die ist köstlich genug.»

«Schön, dass Ihnen die Suppe geschmeckt hat.» Die Haushälterin lächelte. «Und lassen Sie sich mit Ihrem Tee nicht zu lange Zeit. Ich habe gerade Bertie und Florence Bishop in den Behandlungsraum gelassen. Er ist gereizt und rennt rum wie ein Bulle im Laufstall.»

«Na», meinte O'Reilly und nahm sich eine Scheibe *barmbrack*, «die Bewegung wird ihm guttun.» Er grinste Kinky an. «Doktor Laverty und ich haben eine kleine Überraschung für ihn.»

Barry räusperte sich. Es war ja gut und schön, dass O'Reilly sich so zuversichtlich gab, aber sein Plan, wie er den Councillor außer Gefecht setzen wollte, war keineswegs narrensicher.

«Aha?» Kinky legte den Kopf schräg.

Barry schenkte sich Tee ein und nahm sich eine Scheibe von dem braungesprenkelten, getoasteten Brot.

«Ja», meinte O'Reilly, «und die haben wir Ihnen zu verdanken.»

«Mir?»

«Ganz richtig. Sie haben in Ihrem Gespräch mit Florence herausgefunden, dass unter dem Dreckspatz ein Bach entlangfließt.»

«Ein Bach unter dem Dreckspatz? Nicht möglich!»

«Doch. Und dieser Bach ist zwar eher ein Rinnsal, aber er wird Bertie Bishop das Genick brechen. Deswegen kann er nämlich mit dem Dreckspatz nichts anfangen.»

Das *hoffst* du, dachte Barry. Er erwartete, dass Kinky fragen würde, warum dieser kleine Bach so wichtig sei, doch sie nickte bloß. «Wenn Sie das sagen, Doktor O'Reilly, glaube ich es Ihnen. Aber erzählen Sie ihm bloß nicht, von wem ich den Hinweis habe. Er ist ein rachsüchtiger kleiner Schuft, und ich will nicht, dass er Florence die Hölle heiß macht.»

«Keine Sorge, Kinky», beruhigte O'Reilly sie. «Florence und ihr Geheimnis sind bei uns so sicher wie in Abrahams Schoß.» Er grinste Barry an. «Aber Bertie Bishop nicht, oder?»

«Ich will's hoffen, Fingal.»

«Das ist das Beste, was ich die ganze Woche gehört habe», erklärte Kinky. «Sie machen ihn fertig, was?»

«Ja», bestätigte O'Reilly mit der Siegesgewissheit eines Mannes, der nach einem Rennen seine Wette abschließt, wenn er den Ausgang bereits kennt, der Buchmacher aber noch nicht.

Kinky lächelte. «Sie beide sind ja ganz groß im Zitieren, aber wenn Sie sich Bertie Bishop vorknöpfen, habe ich da auch eine Idee.»

«Legen Sie los.»

«Wissen Sie, was König David gesagt hat, nachdem Saul und Jonathan umgekommen waren?»

«Ja», sagte O'Reilly, «‹Sind die Helden gefallen?›»

Kinky kicherte in sich hinein, sodass ihr Dreifachkinn wackelte: «Sagt's nicht an zu Gath, dass sich nicht freuen die Töchter der Philister.»

«Toll, Kinky», meinte O'Reilly, «aber wir sind hier nicht in Gath, sondern in Ballybucklebo, und die Sache wird sich in Windeseile herumsprechen.»

Er stand auf und wischte sich die Brotkrümel von der Weste. «Aber wir warten mal ab, bis wir mit Bertie geredet haben. Ich habe so eine Ahnung, dass er nach der nötigen Ermunterung die gute Nachricht vielleicht sogar selbst verbreitet und dabei auch noch meinem jungen Kollegen hier etwas Gutes tut.»

Barry überlegte, was sein Chef wohl meinte, aber bevor er fragen konnte, hatte O'Reilly das Esszimmer schon verlassen und war auf dem Weg in den Behandlungsraum. «Es ist eine Schande, die Bishops warten zu lassen, und die beiden sind schließlich deine Patienten. Ich möchte, dass du Bertie die frohe Nachricht überbringst, aber wenn du mich brauchst, springe ich ein. Also los.»

Barry stand auf. Er war gespannt darauf, wie es Mrs Bishop ging, aber unsicher, wie er mit dem Gemeinderat umgehen sollte. Es war doch O'Reillys Plan, und eigentlich sollte er ihn auch ausführen.

Bertie Bishop hatte sein Herumwandern eingestellt und saß neben seiner Frau auf einem Stuhl. Vor Jahren hatte O'Reilly von den vorderen Beinen der Stühle ein Stückchen abgesägt, damit die Patienten sich nicht gemütlich niederlassen konnten und nicht in Versuchung kamen, lange zu bleiben. Der Gesichtsausdruck der beiden Bishops ließ darauf schließen, dass er mit dieser Strategie bei ihnen Erfolg hatte.

Der Gemeinderat war im schwarzen Anzug erschienen und drehte seine Melone zwischen den Fingern. Mrs Bishop trug ein schlichtes blaues Kleid und ein Hütchen mit einem Halbschleier. Barry fand, dass sie fröhlicher wirkte, nicht mehr so lethargisch. Als er die beiden begrüßte, drehte der Councillor sich halb um.

«Wurde aber auch Zeit, Laverty», knurrte er. «Und wo haben Sie O'Reilly gelassen?»

«Guten Tag, Bertie», sagte O'Reilly beim Eintreten freundlich und nickte Barry zu. Er schwang sich auf die Untersuchungsliege, wo die Bishops ihn nicht im Blick hatten.

Barry ließ sich auf dem Drehsessel nieder. «Wie geht es Ihnen denn, Mrs Bishop?»

«Doktor Laverty.» Sie strahlte ihn an. «Es ist ein Wunder, doch ja. Ich hab diese Tablettchen genommen ... genau, wie Sie gesagt haben, und jetzt springe ich herum wie ein junges Fohlen. Gerade heute Morgen habe ich Cissie Sloan erzählt, wie gut es mir geht. Ich habe meinen alten Schwung wieder ...»

«Zu viel, wenn Sie mich fragen», brummte ihr Ehegatte. «Vor einer Woche hat sie keinen Satz zu Ende gekriegt, und jetzt hört sie gar nicht mehr auf zu quatschen ...»

«Und ich kann den ganzen Haushalt machen und bin kein bisschen müde, meine Verdauung ist prima, und ich habe meinen alten Appetit wieder, dabei hab ich aber trotzdem kein Gramm zugenommen, und ...»

«Sehen Sie, was ich meine? Ich komme überhaupt nicht mehr zu Wort.»

Barry schaute zu O'Reilly hinüber, musste aber sofort wieder weggucken, denn sein älterer Kollege grinste über das ganze Gesicht. «Freut mich, dass es Ihnen bessergeht, Mrs Bishop. Freut mich sehr», meinte er. «Erinnern Sie sich noch, wie ich Sie beim letzten Mal gebeten habe, den Arm zu heben und zu senken?»

Sie stand auf. «So?» Mühelos bewegte sie den Arm auf und ab. «Ich könnte den ganzen Tag so weitermachen, und ...»

«Sie dürfen aufhören», unterbrach Barry sie rasch. «Das ist ausgezeichnet, Mrs Bishop. Sie können sich wieder hinsetzen.» Er sah O'Reilly an, der den Daumen hob. Fast hätte Barry es ihm nachgemacht, sosehr freute er sich, dass sowohl seine Diagnose als auch seine Behandlung richtig gewesen waren. «Sie sind auf dem Weg der Besserung. Ich bin sehr zufrieden», erklärte er.

«Aber längst nicht so zufrieden wie ich, Doktor Laverty, und ...», Florence Bishop wandte sich an ihren Mann, «du hast ja gesagt, diese beiden Ärzte wären bloß Quacksalber und ich sollte lieber zum Tierarzt gehen und außerdem würde mir nichts fehlen und ich wäre einfach als Trödeltante geboren und ...»

«Ja, meine Liebe.» Der Councillor verdrehte die Augen zum Himmel und blickte dann hilfesuchend zu Barry hinüber. «Wäre es nicht möglich, die Dosis ein bisschen zu verringern, Doktor?»

«Tut mir leid», erwiderte Barry, «aber das scheint mir nicht ratsam.»

«Außerdem will ich das gar nicht», mischte Florence sich ein, «aber ich wollte Sie fragen, ob Sie noch andere Pillen haben, Doktor.» Verlegen schaute sie auf ihren Speckgürtel hinunter. «Ich möchte so gerne ein bisschen abnehmen, und ich esse ja nur wie ein Spätzchen, und Cissie Sloan hat gesagt, als bei ihr alles so langsam ging und sie nicht aufs Klo konnte, haben Sie ihr Tablettchen gegeben, die haben ihre Schilddrüse in Ordnung gebracht, und da hat sie abgenommen, und ...»

«Augenblick mal, Mrs Bishop, warten Sie», unterbrach Barry ihren Redestrom, erleichtert, dass O'Reilly sie für den Nachmittag bestellt hatte und sie reichlich Zeit hatten. Er verspürte einen Anflug von Mitgefühl mit dem Gemeinderat. «Über andere Patienten darf ich nicht mit Ihnen sprechen.» Doch, er erinnerte sich sehr gut an Cissie Sloan. Im letzten Monat hatte Barry bei ihr eine Schilddrüsenunterfunktion diagnostiziert, die O'Reilly übersehen hatte. «Die Tabletten, die ich Mrs Sloan verschrieben habe, helfen Ihnen nicht, es sei denn, mit Ihrer Schilddrüse stimmt irgendwas nicht.»

«Ach so», meinte sie niedergeschlagen.

«Aber vielleicht sollten wir die Schilddrüse für alle Fälle mal untersuchen lassen?» Da hatte er aber Glück gehabt. Obwohl er gewusst hatte, dass die Myasthenie ein Anzeichen für eine Schilddrüsenstörung sein konnte, hatte er in der letzten Woche vergessen, Florence den Test zu verordnen. Jetzt konnte er sie zu den nötigen Tests schicken, ohne ihr dieses Versäumnis beichten zu müssen. Das war vielleicht nicht ganz aufrichtig, aber O'Reilly hätte diese Gelegenheit sicher beim Schopf gepackt, denn er hielt wieder den Daumen hoch. «Ich fülle rasch die Formulare aus», sagte Barry, drehte sich zum Schreibtisch um und schrieb.

«Und wenn meine Schilddrüse in Ordnung ist, muss ich wohl einfach eine Diät machen?», fragte Florence.

«Das ist richtig.»

«Darüber solltest du mal mit Kinky reden», meinte O'-Reilly ein wenig unwirsch. «Sie kennt sich gut mit Suppen und Salaten aus.»

Barry lächelte und überreichte Mrs Bishop das Papier. «Die Blutuntersuchung kann in Bangor gemacht werden, dann brauchen Sie nicht extra nach Belfast zu fahren.»

«Toll. Bertie, du kannst mich heute Nachmittag gleich rüberfahren, und dann könnte ich auch ein bisschen einkaufen, ich brauche ja einen neuen Hut für die Hochzeit, und die Hüte in Bangor sind viel besser als die bei Miss Moloney im Laden, und ...»

«Das kann ich überhaupt nicht», fuhr ihr Mann sie an. «Ich treffe mich um zwei mit Willy Dunleavy und regle diese Geschichte mit dem Dreckspatz.»

Barry zögerte.

O'Reilly legte den Kopf auf die Seite und streckte beide Hände vor, mit nach oben gedrehten Handflächen, um Barry pantomimisch mitzuteilen: «Du bist dran, mein Sohn.»

Barry ballte die rechte Faust. Wenn er Bertie Bishop bluffen wollte, musste er mit allem Selbstvertrauen und aller Autorität vorgehen, die er aufbringen konnte. «Da wird es sicherlich um den Pachtvertrag gehen, Mr Bishop, oder nicht?»

«Das geht Sie zwar einen Dreck an, Laverty, aber ja, so ist es.»

«Mr Bishop, als Sie das letzte Mal hier bei uns waren, sagte Doktor O'Reilly, ein kleines Vögelchen hätte ihm verraten, dass Sie Willy Dunleavy und Mary rauswerfen wollen. Daraufhin sagten Sie, er solle dem Vögelchen mitteilen, es könne Sie mal ...»

«Das ist richtig, und ich habe es auch genau so gemeint, jawoll.»

Barry holte tief Luft. «Mr Bishop, Doktor O'Reilly und ich haben inzwischen mit einem viel größeren Vogel gesprochen. Mit einem höheren Tier, um im Bild zu bleiben.»

«Was wollen Sie damit sagen?» Bishops Schweinsäuglein wurden schmal.

Barry fixierte ihn und sagte ruhig: «Der Marquess von Ballybucklebo besitzt die Fischereirechte an dem Bach, der unter dem Schwarzen Schwan hindurchfließt.»

Bishops Augen wurden groß. Er lehnte sich auf seinem

Stuhl zurück, dann sprang er auf. Alle Farbe wich aus seinem Gesicht. Er schluckte. Die Speckrollen in seinem Nacken bebten. Dann lief sein Gesicht dunkelrot an.

Barrys geballte Faust entspannte sich. «Insbesondere geht es natürlich um die Lachse, Mr Bishop.»

«Wer hat Ihnen denn von dem Bach erzählt? Wer, zum Teufel, war das?» Er wandte sich an seine Frau. «Verdammt nochmal, Flo, hast du geplaudert, obwohl ich dir das verboten habe?» Bishop packte seine Melone fester. Seine Knöchel wurden weiß. «Sag, konntest du etwa dein Maul nicht halten?»

Diesmal schwieg Florence, was Barry, wie er sich eingestehen musste, erfrischend fand. «Mrs Bishop, haben Sie mir oder Doktor O'Reilly davon erzählt?», fragte er seine Patientin.

«Nein, aber ...»

«Da hören Sie's, Councillor. Sie können Ihrer Frau nichts vorwerfen.» Barry schaute Florence an und schüttelte rasch den Kopf. Er hatte nicht die Absicht, sie weitersprechen zu lassen, schließlich hatten sie Kinky versprochen, die Frau zu schützen. «Nein, das ist in einer Unterhaltung zur Sprache gekommen, als Seine Lordschaft und Sonny über normannisches Besitzrecht diskutierten. Sonny wusste alles über diesen Bach ...» Wieder bog Barry die Wahrheit ein wenig zurecht, aber zu einem sehr guten Zweck. «... und daraufhin hat Seine Lordschaft uns erzählt, dass Sie ohne seine Erlaubnis im Dreckspatz nichts verändern dürfen.»

«Das werden wir ja noch sehen. Wenn ich das nicht durchziehen kann, verliere ich ein Vermögen.»

«Aber der Marquess hat uns die Vertragsbedingungen ganz unzweideutig erläutert.»

«Vertragsbedingungen, ja? Den verklage ich.» Bishops Augen wurden wieder schmal. «Ich kriege dieses verdammte Recht, da können Sie Gift drauf nehmen.»

Der Mann reagierte genau so, wie O'Reilly es vorhergesagt

hatte. Wenn Barry ihn schachmatt setzen wollte, musste er ihn davon überzeugen, dass er mit einem Gerichtsverfahren nichts erreichen würde.

«Der Marquess ist durchaus auf Sie vorbereitet.»

«Vorbereitet? Inwiefern vorbereitet? Ich weiß sehr gut, dass sein gesamtes Geld in seinem Gut steckt.» Bishops Stimme klang jetzt zuversichtlicher.

Barry krümmte die Finger. Er warf einen Blick zu O'Reilly hinüber, aber dessen Gesicht war ausdruckslos. Ein Pokerface – und beim Pokern konnte man gewinnen, wenn man mutig genug bluffte.

«Mr Bishop, ich bin dabei gewesen, und auch Doktor O'Reilly war anwesend, als Seine Lordschaft sagte, er würde seine Mittel bis zum Letzten ausschöpfen, um sich gegen Sie zur Wehr zu setzen. Bis zum letzten Rest.»

Bishop zog die Stirn kraus. Er schaute O'Reilly an und dann wieder Barry. «Hat er das wirklich gesagt? Ungelogen?»

Barry nickte. Er beobachtete, wie Bishops Gefühle sich auf seinem Gesicht widerspiegelten. Offenbar rechnete der Mann sich gerade aus, wie viel von seinem potenziellen Gewinn er bei einem Gerichtsverfahren wieder verlieren würde. Sein Verstand musste mit der Geschwindigkeit eines dieser neuen IBM-Computer arbeiten, vermutete Barry.

«Und Sie wollen mir auch wirklich keinen Bären aufbinden?», fragte Bishop mit stockender Stimme. «Bis zum letzten Rest?»

«Mr Bishop», erklärte Barry mit aller Würde, die er aufbieten konnte, «ich bin Arzt. Was hätte ich denn davon, wenn ich Sie belügen würde?» Einen Sieg über Sie, den Dreckspatz, die Zukunft von Willy und Mary und dass O'Reilly seinen Ruf nicht verliert, das hätte ich davon, sagte Barry sich im Stillen. Er hielt den Atem an.

Der kugelrunde kleine Mann ließ sich wieder auf seinen Stuhl fallen. «Herrgott, damit ist die Sache verloren.» Mit finsterem Blick schaute er Barry an. «Das würde mich ruinieren.» Er ließ den Kopf sinken.

Barry atmete auf. Er hatte gewonnen, und es war ein großartiges Gefühl.

«Das ist alles Sonnys Schuld. Dieser alte Esel. Ich hätte mich nie von Ihnen beiden überreden lassen dürfen, sein Dach zu reparieren.»

«Aber», sagte Barry, «das tun Sie doch gar nicht.»

«Was soll das denn schon wieder heißen? Seamus und Donal arbeiten schon seit zehn Tagen da draußen für mich.»

Barry schüttelte den Kopf. «Seit gestern Abend hat Donal einen ganzen Trupp aus dem Dorf zum Arbeiten da ...»

«Und», fügte O'Reilly hinzu, «abgesehen vom Material, kostet Sie das keinen Penny, Bertie.»

«Sie meinen ...»

«Genau. Die Arbeit kriegen Sie jetzt umsonst.»

«Umsonst? Niemand macht irgendwas umsonst. Was wollen die denn von mir?»

«Ich glaube», meinte Barry, «das ganze Dorf wünscht sich, dass Sie den Dreckspatz so lassen, wie er ist.»

«Da bleibt mir gar nichts anderes übrig, oder?» Gleich würde der kleine Fettwanst anfangen zu fauchen, dachte Barry.

«Nein», sagte O'Reilly und rutschte von der Liege herunter, «da haben Sie recht, aber Sie könnten das zu Ihrem Vorteil nutzen.»

Barry beobachtete, wie Bishops Augen wieder schmal wurden. Zwischen seinen Augenbrauen erschien eine Furche. «Zu meinem Vorteil?»

«Nun ja», erklärte O'Reilly, «nachdem Sie sich im letzten Monat bereit erklärt hatten, Sonnys Dach zu reparieren, sind Ihre Aktien hier im Dorf doch gestiegen.»

«Hätte ich ja gar nicht, wenn Sie beide nicht ...» Den Rest des Satzes verschluckte Bishop. «Aber außer uns weiß niemand etwas davon, oder?»

O'Reilly schüttelte den Kopf. «Und über die Geschichte mit dem Dreckspatz braucht auch niemand etwas zu wissen. Sagen Sie dem Dorf einfach, Sie hätten es sich anders überlegt. Das ist nur Ihre Bürgerpflicht als Gemeinderat.»

Mrs Bishop mischte sich ein. «Ich finde, das solltest du tun, Bertie. Doch, wirklich, und alle würden sich freuen, und ...»

«Mein Gott, Flo, wenn ich deine Meinung hören will, sage ich das. Ich rede jetzt mit den beiden Ärzten, also halte gefälligst den Schnabel. Sprechen Sie weiter, Doktor O'Reilly.»

Dass Bishop O'Reilly mit seinem Titel ansprach, entging Barry nicht.

«Ich glaube, Bertie ... Sie und Florence werden doch zur Hochzeit kommen, oder?»

«Ja.»

«Und da werden sicher 'ne Menge Reden gehalten?»

«Klar.»

«Sie sind hier in der Gegend ein wichtiger Mann. Da könnten Sie doch auch ein paar Worte sagen.»

«Ja, warum eigentlich nicht?»

«Und», fuhr O'Reilly fort, «ich will Ihnen ja keineswegs die Worte schon in den Mund legen, aber es wäre eine tolle Gelegenheit, um Ihren Sinneswandel in aller Öffentlichkeit bekanntzugeben.»

«Doch, in der Tat.»

«Und du könntest noch was bekanntgeben, Bertie.» Mrs Bishop drohte ihrem Mann mit dem Zeigefinger.

«Ich hab dir doch gesagt, du sollst den Schnabel ...»

«Tue ich aber nicht. Ich habe etwas Wichtiges zu sagen.» Sie wandte sich an Barry: «Es tut mir leid, Doktor Laverty, aber ein paar Leute hier im Dorf erzählen, Sie verstünden nichts von Ihrer Arbeit.»

«Kümmern Sie sich nicht um das Geschwätz der Leute, Florence.» In diesem Moment, während er noch seinen Sieg über den Councillor auskostete, konnte Barry es sich leisten, sich von ihrer Bemerkung nicht aus der Ruhe bringen zu lassen.

«Aber ich finde, dass Sie bei mir wirklich ein Wunder vollbracht haben.»

«Na ja, ein Wunder war das wohl kaum», widersprach Barry.

«Also, ich finde das wohl, und ich weiß ... haben Sie nicht gerade gesagt, über Cissie Sloan dürften Sie mit niemandem sprechen?», ratterte sie die Worte heraus, «das heißt, Sie dürfen sich auch nicht selbst dafür loben, dass Sie mich gesund gemacht haben, oder?»

«Nein, das darf ich nicht.»

«Aber du könntest das tun, Bertie. Wenn du dich auf der Hochzeit aufpustest und erzählst, was für ein guter Christenmensch du bist, würde es auch nicht schaden, wenn du ein paar Worte über Doktor Laverty und mich einflechten könntest und ...»

«Schon gut, Florence, schon gut.» Der Councillor seufzte und setzte sich die Melone auf. «Ich werde dir am Samstag den Gefallen tun, aber nur, wenn unsere beiden Ärzte hier kein Wort mehr über meinen Kaufvertrag und das Fischereirecht verlieren, abgemacht?»

«Kein Sterbenswörtchen», erwiderte O'Reilly. «Wir wissen doch, wie wichtig es für Sie ist, dass Sie wie der Weiße Ritter aussehen.»

«Wenn das so ist», meinte Bishop und wandte sich zur Tür, «dann komm, Flo. Ich fahre dich jetzt nach Bangor.»

«Nur eine Sache noch, Bertie», hielt O'Reilly ihn zurück. «Ich glaube ... und ich könnte natürlich falschliegen, aber ich glaube, die Jungs, die bei Sonny arbeiten, würden sich freuen, wenn jemand zum Dreckspatz fahren und ein paar Fässchen Stout kaufen und sie zu ihnen rausbringen würde. Ein Dach neu zu decken macht durstig.»

Bishop biss die Zähne zusammen. «Mensch, Sie und Laverty ruinieren mich noch. Das mache ich nicht. Die können sich ihr Bier selbst besorgen.»

«Falls Sie dazu nicht bereit sind, besteht immerhin die Möglichkeit, dass Gerüchte über den Marquess und den Pachtvertrag in Umlauf geraten – und was für ein Opportunist Sie eigentlich sind.»

«In Ordnung, O'Reilly.»

«Nein», sagte O'Reilly sehr ruhig. «Nein, nein. Für Sie, Bertie, heißt das *Doktor* O'Reilly und *Doktor* Laverty. Versuchen Sie doch bitte, daran zu denken.»

Bishop holte ganz tief Luft, zupfte mit beiden Händen am Rand seiner Melone und murmelte: «In Ordnung, *Doktor* O'Reilly.» Er fasste seine Frau an der Hand. «Komm, Flo.»

«Oh nein.» Störrisch blieb Florence Bishop stehen. «Erst, wenn du dich bei Doktor Laverty bedankt hast.»

Barry sah wieder Mrs Brown vor sich, die ihrem Sohn Colin sagte, er solle sich bei dem netten Onkel Doktor für die Naht an der Hand bedanken.

«Danke, Doktor Laverty», brummelte Councillor Bishop.

«Und jetzt», erklärte Mrs Bishop, indem sie ihren Gatten mit hinauszog, «kannst du mich nach Bangor fahren, und ...»

O'Reilly lehnte sich gegen die Liege, zog seine Pfeife hervor, steckte sie an und lachte in sich hinein. «Gut gemacht, Barry.» Rülpsend stieß er Rauch aus.

«Es ist schön, wenn man ab und zu mal richtigliegt», meinte Barry.

«Da hast du recht, und in den letzten paar Wochen hast du mehr als einmal richtiggelegen.»

Barry senkte den Kopf. «Danke, dass du dich in das Gespräch eingeschaltet hast, Fingal.»

«Das war ja kaum nötig. Du hast genau das getan, was ich erwartet hatte. Ich habe dein Gesicht beobachtet. Ich weiß, wie sehr es dir widerstrebt, es mit der Wahrheit nicht so genau zu nehmen, aber wie du Bishop gesagt hast, der Marquess wolle seine Mittel bis zum Letzten ausschöpfen...»

«So oder ähnlich hast du dich doch auch Willy gegenüber geäußert, Fingal.»

«Und ist das verkehrt, wenn du mich zitierst?»

«Eigentlich nicht.»

«Das ist so wie damals, als ich noch geboxt habe. Nichts geht über den guten alten Eins-zwei-Schlag.»

Barry grinste. «Du hast dem Gemeinderat mal wieder den Kopf zurechtgerückt, Fingal.»

«Nein.» O'Reilly stieß Barry mit dem Pfeifenstiel an. «Diesmal warst du das, Barry. Ich habe nur ein ganz klein wenig nachgeholfen. Wir sind ein gutes Team.» Er steckte die Pfeife wieder in den Mund. «Also, Willy weiß davon und Sonny und der Marquess und Kinky natürlich auch, aber wir sollten jetzt nicht mehr darüber reden. Damit Berties Sternstunde eine Überraschung für Ballybucklebo werden kann.»

«Ist in Ordnung.»

O'Reilly grinste breit. «Und wenn er es dann erst öffentlich verkündet hat ...»

«... dann kann er keinen Rückzieher mehr machen.»

«Spiel, Satz und Sieg», sagte O'Reilly und wandte sich zur Tür. «Gut. Wir müssen zwei Hausbesuche machen, dann schnell in den Dreckspatz und Willy sagen, dass er wirklich aus dem Schneider ist, und dann ...», sein Magen rumpelte, «nach Hause zum Abendessen.»

37 ☀ Viele Hände machen
der Arbeit schnell ein Ende

«Es wird einfacher, wenn die Kinder nächsten Monat wieder in die Schule gehen», bemerkte O'Reilly und hockte sich auf die Liege. An diesem Donnerstagvormittag war Barry sich wie in einer pädiatrischen Ambulanz vorgekommen: Heuschnupfen, ein Fall von starkem Sonnenbrand und ein kleiner Junge, der sich eine Glasmurmel ins linke Nasenloch geschoben hatte. Dieser Fall erinnerte Barry an einen Ausspruch seines alten Professors für Hals-Nasen-Ohren-Heilkunde: «Steck dir nie etwas in die Nase oder in die Ohren, was kleiner ist als dein Ellbogen.»

O'Reilly hatte Barry die Arbeit überlassen und kaum ein ermutigendes Wort gesagt, aber Barrys Urteil auch kein einziges Mal in Frage gestellt. Gut, dass er mich mit Arbeit überschüttet hat, dachte Barry, während O'Reilly den nächsten Patienten holte. Sein Rezept, mich so auf Trab zu halten, dass ich gar nicht zum Nachdenken komme, hat geholfen – bis zu einem gewissen Punkt.

O'Reilly hielt die Tür zum Behandlungszimmer weit auf. «Geh schon mal rein, Helen», sagte er. «Ich bin gleich da.»

Barry stand auf. «Hallo, Helen. Setzen Sie sich.» Ihm fiel auf, dass das junge Mädchen heute weder Handschuhe noch eine langärmelige Bluse trug. Die Sonnenstrahlen, die durchs Erkerfenster hereinströmten, ließen ihr kastanienbraunes Haar leuchten. Mit beiden Händen zog sie ihren knöchellangen Rock zurecht, dann setzte sie sich und schlug die Beine übereinander.

«Wie geht's Ihnen denn?»

«Besser», erklärte sie, «viel besser.» Sie streckte ihm die Arme hin. «Sehen Sie?»

Der tiefrote, schuppende Ausschlag in den Ellbogenbeugen und den Falten der Handgelenke war zu einem kaum wahrnehmbaren Rosa verblasst. «Das ist ja sehr schön», sagte Barry. «Und wie sieht es in den Kniekehlen aus?»

Helen stand auf, drehte sich um und hob ihren Rock an.

Verdammt. Die Haut in den Kniekehlen war keineswegs abgeheilt. «Da ist es nicht so gut», erklärte sie und ließ den Rock wieder fallen. «Aber nicht mehr so schlimm wie vorher.» Sie setzte sich hin. «Es juckt nicht mehr so furchtbar, und ab heute Abend wird es dann wirklich besser.»

Barry war verdutzt. Er ließ sich im Drehsessel nieder, beugte sich vor und legte die Fingerspitzen zusammen. Ihm fehlte nur noch eine Halbbrille, dann war er das lebende Abbild seines Mentors, fand er. «Warum ab heute Abend, Helen?»

Sie schlug die Beine übereinander. «Heute nach der Arbeit kündige ich.»

Die Tür wurde geöffnet, und O'Reilly trat ein. «Ich bin's nur. Lasst euch nicht stören», sagte er.

Barry wandte seine Aufmerksamkeit wieder der Patientin zu. «Sie wollen kündigen, Helen?»

«Ja. Wo der kleinen Mary doch jetzt nichts mehr passieren kann.»

Er warf einen Blick zu O'Reilly hinüber, der mit verschränkten Armen und hochgezogenen Brauen im Hintergrund stand.

«Marys Dad kann ihr jetzt mehr Arbeit geben», erklärte Helen. «Fragen Sie mich nicht, wie er das machen will, wo doch dieser Bishop», sie kräuselte die Lippen, «den Dreckspatz übernimmt.»

«Ich bin nicht sicher ...» Barry biss sich auf die Zunge. Im Studium hatte man ihnen nicht beigebracht, wie wichtig es im Praxisalltag sein konnte, die Wahrheit zu verbergen. «Willy wird schon wissen, was er tut.»

«Er ist ein vernünftiger Mann, der Willy Dunleavy», bestätigte O'Reilly mit einem Augenzwinkern zu Barry hinüber.

«Wie auch immer», sagte Helen, «heute Abend hat Mary es geschafft. Sie arbeitet ja nur Teilzeit, deswegen kann sie jederzeit gehen. Und ich bin dann auch weg.»

«Ich dachte, Sie müssten mindestens eine Woche Kündigungsfrist einhalten. Außerdem wird Miss Moloney Hilfe brauchen – in den nächsten Tagen verkauft sie doch die Hüte für die Hochzeit.» Tief in Helens smaragdgrünen Augen sah Barry ein Licht aufblitzen – und das war keineswegs bloß eine Spiegelung des Sonnenlichtes.

«Vielleicht – vielleicht aber auch nicht», meinte Helen. «Das werden wir ja sehen.»

«Ich weiß nicht, ob ich Sie verstehe.»

Helen warf ihr Haar zurück. «Wissen Sie was, Doktor Laverty? Reden ist Silber, Schweigen ist Gold.»

Deutlicher konnte sie ihm kaum sagen, dass er seine Nase nicht in fremde Angelegenheiten stecken sollte. «In Ordnung», erklärte Barry. Er nahm ihre rechte Hand, drehte sie um und betrachtete den Ausschlag. «Um zur Sache zu kommen, es sieht wirklich so aus, als würde das Ekzem abheilen.»

«Ja.»

«Aber ganz ehrlich, Helen, ich weiß nicht, ob das an der Behandlung liegt oder an der Tatsache, dass Sie Miss Moloney verlassen. Trotzdem bin ich der Meinung, dass Sie die Salbe noch eine Weile benutzen sollten.» Er ließ ihre Hand los.

«Das mache ich, Doktor Laverty. Ich wollte einfach kurz vorbeischauen, damit Sie wissen, dass es mir besser geht. Es schadet ja nie, wenn man gesagt kriegt, dass man gute Arbeit leistet. Wenn diese alte Zicke Moloney das bloß wüsste.»

«Danke, Helen.» Barry stand auf. «Ich glaube, von Psychologie verstehen Sie mehr als ich.»

«Ist doch Blödsinn», entgegnete sie mit einem Kopfschütteln, «und Sie sind ein guter Arzt.» Helen stand auf. «Ab und zu hilft der Herr denen, die sich selbst helfen. Und dass ich bei Miss Moloney kündige, ist meine Sache. Nicht Ihre.»

«Das ist wahr.»

«Also», meinte sie, «ich sehe Sie beide ja vielleicht am Samstag?»

«Ganz bestimmt», erklärte O'Reilly.

«Gut, und dann erzähle ich Ihnen, wie ich mit Miss Moloney auseinandergekommen bin.»

«Prima.» Barry brachte die junge Frau zur Tür. «Das interessiert mich sehr.»

«Sie werden es erfahren. Ich habe ein kleines Abschiedsgeschenk für den alten Drachen.»

Wieder sah Barry das Feuer in Helens Augen. Plötzlich war er dankbar, dass ihr ‹Abschiedsgeschenk› nicht für ihn gedacht war – auch wenn er nicht die leiseste Ahnung hatte, was es sein konnte.

Barry schloss die Tür hinter der Patientin und wandte sich O'Reilly zu. «Ich frage mich, was sie damit meint.»

«Hast du ihren Blick gesehen?»

«Ja.»

«Der Hölle Rache kocht in meinem Herzen.»

Fragend sah Barry ihn an.

«Mozart, Zauberflöte – aber Opern sind wohl nicht dein Spezialgebiet.»

Verflixt. Barry konnte nicht anders, er musste an Patricia denken. Wie es ihr wohl ging? Und wann würde sie ihr Prüfungsergebnis bekommen? Mit aller Kraft zwang er sich, sich wieder auf den Praxisbetrieb zu konzentrieren. «Wer ist als Nächstes an der Reihe?», fragte er O'Reilly.

Als Antwort strich O'Reilly ein Streichholz an und entzündete die frischgestopfte Pfeife. «Helen war die Letzte für heute Vormittag», sagte er dann. «Aber ich habe eine Neuigkeit für dich.»

«Aha?»

«Ja. Eben bin ich rausgegangen, weil ich telefonieren wollte.»

Barry wartete angespannt. Konnte O'Reilly irgendwie Kontakt zu Harry Sloan aufgenommen haben?»

«Ich habe kurz mit Charley Greer gesprochen.»

Barry ließ die Schultern hängen.

«Er hat Declan gestern Abend untersucht. Es tut ihm leid, dass er uns nicht gleich angerufen hat, aber es hat einen Verkehrsunfall gegeben, und da hat er die halbe Nacht im OP gestanden und eine Schädel-Impressionsfraktur operiert. Und dann wollte er mit dem Telefonieren warten, bis er ein paar Testergebnisse hatte.»

«Was hat er gesagt?»

«Charley ist der Ansicht, dass Declan ein guter Kandidat für eine Operation ist. Sein Hirnangiogramm ist gerade fertig geworden, und Charley hat sich die Sache angeguckt. Er sagt, die Röntgenaufnahme der Arterien zeigt nur ganz wenig Arteriosklerose. Die kann er zwar nicht heilen, aber er ist sich ziemlich sicher, dass er den alten Knaben doch ein bisschen von seinen Parkinson-Symptomen befreien kann.»

«Das ist ja schön. Da wird seine Frau sich freuen.»

«Und sie ist nicht die Einzige. Ich kenne Declan und Mélanie, seit ich hier bin. Sie sind ein entzückendes Paar. Das war so ein Jammer, wie es mit dem armen Kerl bergab ging.» O'-Reilly klopfte sich mit dem Mundstück seiner Pfeife gegen die unteren Zähne und sagte, fast zu sich selbst: «Ich frage mich, ob wir ihn vielleicht eher zu Charley hätten schicken sollen.»

Barry wusste nicht recht, was er dazu sagen sollte. Seit der Hirnblutung des Majors im letzten Monat hatte er sich in stillen Momenten immer wieder bei der Frage ertappt: «Was wäre gewesen, wenn?» Als junger, unerfahrener Arzt fand Barry es ganz natürlich, dass er gelegentlich an sich zweifelte, aber er hätte nie gedacht, dass solche Fragen auch O'Reilly noch zu schaffen machten.

«Das ist immer scheußlich», meinte O'Reilly leise, «wenn man entscheiden muss, ob man sich zurückhalten oder handeln soll. Declan und Mélanie werden nicht mehr allzu viele Jahre zusammen haben. Wenn ich ihn eher zur Operation geschickt hätte, wären die letzten Jahre vielleicht schöner für die beiden gewesen.» O'Reilly schob sich die Pfeife wieder in den Mund und zuckte die Achseln. «Die Frage habe ich Charley auch gestellt, aber er war nicht der Meinung. Wenn die Symptome nicht sehr ausgeprägt sind, operiert er nicht so gern.»

«Und inzwischen sind sie ganz deutlich. Declans Zittern ist noch viel stärker geworden. Er kann kaum mehr als ein paar Schritte gehen, und außerdem ist der arme Mann jetzt inkontinent. Als ich das erste Mal mit dir bei ihm war, ging es ihm noch nicht so schlecht, und das ist erst ein paar Wochen her.»

«Da hast du recht.» O'Reilly starrte durchs Fenster, bevor er sich wieder Barry zuwandte und sagte: «Charleys Methode ist ziemlich neu, und sie ist so ziemlich die letzte Rettung für die Patienten, wenn sie klappt. Um ehrlich zu sein, ich weiß gar nicht ganz genau, was die Hirnchirurgen heutzutage machen. Damals, als ich noch Student war, haben sie, wenn nur eine Körperseite des Patienten betroffen war, im Rückenmark des Halses Teile der Nerven weggeschnitten. Das Zittern hat dann aufgehört, aber es bestand die Möglichkeit, dass der Patient dann auf der entsprechenden Seite gelähmt war.»

«Ich musste letztes Jahr bei so einer OP assistieren», sagte Barry. «Das ist ziemlich unheimlich. Wird alles mit örtlicher Betäubung gemacht.»

«Tatsächlich?»

Barry nickte. «Man will den erkrankten Teil des Gehirns, der das Zittern verursacht, zerstören, also entweder den Globus pallidus oder den Thalamus. Die Chirurgen vereisen die Kopfhaut, bohren winzige Löcher in die Schädeldecke und setzen dann eine Art Klammer auf den Kopf, um die Nadel zu fixieren, die ins Gehirn hineingeführt wird.»

«Und der Patient ist bei Bewusstsein?»

«Ja, das muss er sein. Ich werde nie vergessen, wie der Chirurg die Hand des Mannes beobachtet hat. Während das Gewebe zerstört wurde, wurde auch das Zittern immer weniger. Das war wirklich beeindruckend. Ab und zu hat der Chirurg den Patienten gebeten, die Finger zu bewegen. Sobald er dabei die geringsten Schwierigkeiten hatte, wurde die Nadel herausgezogen. Es ist ein ziemlich schmaler Grat zwischen Verbesserung und Verschlimmerung.

«Jetzt verstehe ich, warum Charley es mit dem Operieren nicht so furchtbar eilig hat.»

«Ich auch. Man kann für eine Heilung nicht garantieren, und manchen Patienten geht es nach der Operation noch viel schlechter als vorher.»

«Deswegen ist Charley Greer eben so ein verdammt guter Chirurg.»

«Weswegen?»

«Er kann nicht nur operieren ... er weiß auch, wann der richtige Zeitpunkt für eine OP ist, und das ist wichtig. Die jüngeren Chirurgen greifen manchmal viel zu schnell zum Skalpell.» O'Reilly ging zur Tür. «Er weiß noch nicht, an welchem Tag er es machen will, aber er hat sich bereit erklärt, Declan gleich dazubehalten. Mélanie braucht eine Pause. Das ist einer von unseren Hausbesuchen für heute Nachmittag.» O'Reilly öffnete die Tür. «Wir fahren zu ihr hin und sagen ihr Bescheid, dann arbeiten wir Kinkys Liste ab, und zum Schluss fahren wir noch bei Sonnys Haus vorbei. Ich möchte gern sehen, wie Donal und seine Bande vorankommen.»

Wie O'Reilly gesagt hatte, besuchten sie die dankbare Mrs Finnegan und erklärten ihr, wie es mit Declan weitergehen sollte. Dann machten sie drei weitere Besuche in der Siedlung. Myrtle MacVeigh, die von ihrer Pyelonephritis vollkommen genesen war, hatte angefragt, ob Barry kommen und sich den kleinen Peter ansehen könnte. Der Kleine hatte sich bei einem Sprung von Paddys Trecker den Knöchel verstaucht. Barry hatte festgestellt, dass das Kind sich nichts gebrochen hatte, sondern dass es nur eine kleine Zerrung war, die in ein paar Tagen ausheilen würde, wenn der Fuß geschont wurde.

Als sie zu Sonnys Haus fuhren, warf die Augustsonne bereits lange Schatten.

O'Reilly musste den Rover schon ein ganzes Stück vor der Baustelle parken, denn an den Rändern der schmalen Straße standen überall Autos und Lieferwagen. Sogar den Milchwagen entdeckten sie.

«Komm», sagte O'Reilly und marschierte los.

Barry hörte einen Schwarm Dohlen zetern. Flatternd kreisten die Vögel über drei efeubewachsenen Ulmen, die hinter der Mauer auf der anderen Straßenseite wuchsen. Ihm fiel auf, wie glanzlos die speerspitzenförmigen Blätter wirkten. Im Wipfel der mittleren Ulme zeigte sich bei einigen Blättern schon die Herbstfärbung. Das war sehr früh, aber der Sommer war ungewöhnlich trocken gewesen.

Die Abendluft war warm wie Buttermilch und duftete nach Heu und Moschusmalven. Schwalben schossen knapp über dem Boden entlang und stiegen flügelschlagend wieder auf, ohne die gegabelten Schwänze jemals stillzuhalten. Sie fraßen die Falter, die am frühen Abend dicht über dem Erdboden flatterten. Unter einer der Ulmen tanzte eine Wolke Mücken. Jedes Insekt wirkte wie eine winzige Masche im zarten Gespinst des wirbelnden Schwarms.

Auf der Feldsteinmauer am Straßenrand hüpfte eine Trauerbachstelze entlang. Ihr schwarzweißes Abendkleid glänzte im Sonnenlicht. Der Vogel schimpfte Barry aus: «Zissick, zissick.»

«Jetzt komm aber!», rief O'Reilly und hielt ihm die schmiedeeiserne Pforte auf.

Am Zaunpfahl lehnte Donals expressionistisch bemaltes

Fahrrad. Barry blieb erneut stehen und betrachtete das Bild, das sich ihm bot. «Wie hat Willy sie noch genannt?»

«Die Dachdecker-Dragoner», antwortete O'Reilly. «Aber das sieht ja aus, als hätte sich hier eine ganze Armee versammelt.»

Einige Männer waren damit beschäftigt, Sonnys Schrottsammlung an den Rand des Gartens zu schleppen, neben den Wohnwagen der Hunde. Vom Dach ertönten Rufe und Gehämmer. Fünf Männer lagen auf Leitern, die mit speziellen Haken am Dachfirst befestigt waren. Sie schlugen Nägel durch die Löcher in den graublauen Schindeln. Barry erkannte Archie Auchinleck und seinen Sohn Rory. Das Dach war fast fertig gedeckt.

Seamus Galvin kletterte gerade mit einer Tragmulde voller Dachziegel eine Leiter hoch.

Während er hinter O'Reilly auf das Haus zuging, fiel Barry auf, dass das Unkraut, welches vergangene Woche noch in wilder Pracht gewuchert hatte, vom Kommen und Gehen der Arbeiter plattgetrampelt war. Er fragte sich, ob die Männer wohl Zeit haben würden, auch noch den Garten zu bearbeiten.

Eine Gruppe von Frauen, angeleitet ganz eindeutig von Maureen Galvin, die den kleinen Barry Fingal in einem karierten Tuch auf der linken Hüfte trug, drängte sich vor der Haustür um einen provisorischen Tisch. Man hatte einfach Bretter über zwei Sägeböcke gelegt, und darauf standen dicht an dicht Teller mit Sandwiches, Thermoskannen, Milchflaschen und Teetassen.

«Hallo», begrüßte Maureen die beiden Ärzte und zog das Baby höher. «Toller Abend für diese Arbeit.»

«Wie geht's euch, Maureen?» O'Reilly kitzelte den Kleinen unterm Kinn und wurde mit krähendem Gelächter belohnt.

«Prima. Möchten Sie ein Sandwich?»

«Gute Idee», sagte O'Reilly. «Es wird langsam Zeit fürs Abendessen.» Er bediente sich.

«Sie auch, Doktor Laverty?»

«Nein, danke, Maureen. Wenn ich nicht alles aufesse, was Kinky uns nachher zu Hause vorsetzt, nimmt sie mir das übel.»

«Aber vielleicht eine Tasse Tee?»

«Das wäre was für mich», sagte eine Stimme. Barry drehte sich um. Mit einem Lächeln streckte Donal Donnelly die linke Hand aus und nahm die Tasse entgegen, die Maureen ihm reichte. Sein rechter Arm lag angewinkelt vor der Brust, und der Gipsverband an seinem Finger hob sich grauweiß von dem Blau seines kragenlosen Hemdes ab. «'n Abend, Doktor Laverty», sagte er. «Mit dem Dach geht's prima voran.»

«Das sehe ich ...»

«Entschuldigen Sie. *Himmelkreuzdonnerwetter, Andy*», brülle Seamus zu einem jungen Mann hinauf, den Barry nicht kannte. «Wenn du Grassoden auslegen würdest, müsste ich dir wohl noch erklären, dass die grüne Seite nach oben kommt! Die Balken gehören andersherum!»

«'tschuldigung», kam die Antwort vom Dach herunter.

O'Reilly nahm sich noch ein Sandwich. «Du hast hier eine ganz tolle Truppe zusammengetrommelt, Donal. Ich bin stolz auf dich.»

«Danke, Doktor», sagte Donal schüchtern. «Vielleicht kann das eine kleine Wiedergutmachung für das sein, was ich diesem Hauptmann Kelly angetan habe?»

«Deine Sünden sind dir vergeben, Donal.» O'Reilly grinste und verschlang mit einem Bissen die Hälfte seines zweiten Sandwiches. «Wie geht's Julie?»

Donal fuhr sich mit der Hand durch das rotblonde Haar. Sein Lächeln war so breit, dass seine vorstehenden Zähne weiß aufleuchteten. «Heute Morgen habe ich sie aus dem Royal abgeholt, ja. Sie ist ein bisschen abgemagert, aber», er drehte sich zu Barry, «die Ärztin da, mit der Sie befreundet sind, hat gesagt, das war zu erwarten. Jetzt ist Julie wieder zu Hause und ruht sich etwas aus. Ich wollte eigentlich bei ihr bleiben, aber sie hat gesagt, ich sollte rausfahren und weiterarbeiten. Am Samstag werden Sie Julie sehen, Doktor Laverty.»

«Darauf freue ich mich.»

«Entschuldigung.» Donal runzelte die Stirn und stellte seine geleerte Tasse auf den Tisch zurück. Mit seinem verletzten Finger zeigte er auf den Weg. «Da ist Ärger im Anzug.»

Barry drehte sich um und sah Councillor Bishop auf das Haus zu stapfen. Er hatte Willy Dunleavy und den in Zivil gekleideten Constable Mulligan im Schlepptau. Die beiden Männer schoben einen Karren, auf dem zwei große Fässer standen. Und aus einer Kiste zwischen den beiden Fässern war Gläserklirren zu hören.

Schnaufend blieb der Gemeinderat vor dem Tisch stehen. Schweißperlen glänzten auf seiner Stirn. «Wer ist hier zuständig?», fragte er.

Donal schluckte. Der Adamsapfel in seinem dürren Hals hüpfte auf und ab. «Ich bin hier der Boss, Sir, ja doch.»

«Ach ja?», meinte Bishop. «Dann sagen Sie diesen Männern mal, wo sie die Fässer hinstellen sollen.»

«In Ordnung, Sir.» Donal drehte sich um und rief: «Mickey, schnapp dir ein paar von den Jungs und stellt einen zweiten Tisch auf. Und zwar dalli, streng dein Spatzenhirn mal an!» Er warf einen Blick zu Bishop hinüber. «Hinter Spatzen sind Sie ja wohl besonders her, Councillor, oder? Hinter Dreckspatzen?»

Bishop knurrte etwas Unverständliches.

Barry schaute zu, wie ein zweiter behelfsmäßiger Tisch aufgebaut wurde. Als er fertig war, kletterte Bishop hinauf und hob die Hand. «Ihr Leute», brüllte er, «jetzt hört mal zu.»

Köpfe flogen herum. Die Männer auf dem Dach schauten nach unten.

«Ich hab keinem von euch erlaubt, hier zu arbeiten, deswegen bezahle ich euch auch nichts, also bin ich nicht ...»

Barry hörte ein dumpfes Gemurmel.

«Aber ich habe mich ein bisschen mit Doktor O'Reilly unterhalten, und der kam auf die Idee ...»

Barry fiel die Kinnlade herunter. Wie bitte? Wollte Bishop die Ehre nicht für sich allein beanspruchen?

«Also, der Doktor meint, ein paar Pints auf die Baufirma Bishop könnten nicht schaden. Willy hier zapft gleich, wenn das Fass angestochen ist.»

Die Jubelrufe waren so laut, dass die Dohlen in der Ferne schimpfend in den Abendhimmel aufstiegen.

«Und vergesst das nicht, wenn die nächsten Gemeinderatswahlen anstehen!»

Bishop sprang mit einem Plumps zu Boden. Leise sagte er zu O'Reilly: «Ich habe Dunleavy im Vertrauen gesagt, dass er bleiben kann, aber die öffentliche Ankündigung spare ich mir für die Hochzeit auf.» Dann wandte er sich an Barry: «Und ich habe nicht vergessen, dass Sie Flo geheilt haben, Doktor Laverty, und eigentlich sollte ich Ihnen dafür dankbar sein.» Er seufzte. «Ich wünschte bloß, Sie könnten ihr einen Schalldämpfer einsetzen.»

«Es geht ihr besser, also seien Sie doch auch für kleine Gaben dankbar, Bertie», mischte sich O'Reilly ein, «und denken Sie daran, dass Sie Ihre Frau in guten wie in schlechten Zeiten lieben wollten.»

Das Gespräch brach ab, denn Willy rief: «Wer will das erste Pint?»

O'Reilly zog Barry mit an die Spitze der Warteschlange, die sich gerade vor dem Tisch mit den beiden Fässern formierte. «Na, Willy, wer außer mir könnte das wohl sein?»

Die Sonne war längst hinter den Antrim Hills untergegangen, als O'Reilly den Wagen in die Garage fuhr. Barry öffnete die Gartenpforte und wurde beinahe von einem glücklichen Arthur Guinness über den Haufen gerannt. Doch er stemmte die

Füße fest auf den Boden und brüllte: «Sitz, du blöder Ober-trottel!», genau so, wie O'Reilly das getan hätte. Zu seiner Überraschung sank das Hinterteil des Hundes ins Gras, und seine Schnauze öffnete sich zu einem Grinsen.

«Heute keine Stiefel, Arthur?», fragte O'Reilly und schaute sich im Garten um. «Wird auch Zeit, dass du deine Ver-irrungen einsiehst.» Er tätschelte dem Hund den Kopf. «Jetzt husch, husch ins Körbchen. Vielleicht nehme ich dich nach dem Essen noch zu einem Spaziergang mit.»

Gehorsam trottete das Tier zu seiner Hütte.

«Abendessen.» O'Reilly rieb sich die Hände und mar-schierte zur Küchentür.

Barry beeilte sich mitzuhalten. Er konnte den Essensduft in der Küche nicht identifizieren, und von Kinky war nichts zu sehen. O'Reilly hielt ein Blatt Papier in der Hand. «Sie schreibt, das Essen steht im Herd. Doch du weißt ja, die Gott-losen finden keinen Frieden. Kinky musste weg, frag mich nicht, warum. Und einer von uns muss erst mal auf sein Essen verzichten und sich ein Kind mit Krupp ansehen.»

«Soll ich fahren?»

O'Reilly schüttelte den Kopf. «Nein. Maureens Sandwiches halten mich noch eine Weile bei Kräften, und es wird nur eine halbe Stunde oder so dauern. Es geht um Emer Flemings kleinen Jungen, die wohnen in der Main Street. Ich kann zu Fuß hingehen und Arthur gleich mitnehmen, dann kriegt er etwas Bewegung.»

«Schön.»

O'Reilly reichte Barry den Zettel. «Da ist auch noch eine Nachricht für dich.»

Barry nahm das Blatt Papier und las, während O'Reilly die Küche verließ.

«Doktor Laverty», stand da in Kinkys wie gestochener Handschrift, «ein Doktor Sloan hat angerufen. Er wollte we-der eine Nachricht noch eine Telefonnummer hinterlassen.

Morgen hat er viel zu tun, hat er gesagt, aber er meldet sich wieder.»

38 ✻ Der Hölle Rache kocht in meinem Herzen

Das Telefon schrillte plötzlich, und Barrys Hand mit dem Löffel voll Porridge erstarrte auf halbem Weg zum Mund. Acht Uhr – zu früh für einen Anruf von Harry Sloan. Pathologen fingen selten vor neun an zu arbeiten. Barry schaute über den Tisch zu O'Reilly, doch der sagte bloß schulterzuckend: «Kinky wird schon rangehen.»

Barry hörte nur Gemurmel, ein Ping, als Kinky den Hörer wieder auf die Gabel legte, und dann flog die Tür auf. Die Haushälterin kam ins Esszimmer gestürzt. Das letzte Mal hatte sie sich so schnell bewegt, als ihre Scones im Backofen beinahe verbrannt wären.

«Das war Agnes Arbuthnot ...» Kinkys Augen waren groß. «Sie sagt, Sie müssen kommen – sofort. Zur Boutique. Ich habe Aggie noch nie so außer sich erlebt. Als wären alle Höllenteufel hinter ihr her.»

«Ach herrje. Was ist denn los?», fragte O'Reilly.

«Aggie ist zu Miss Moloney rübergegangen, sie wollte mit ihr sprechen. Die Tür war zu und die Vorhänge vorgezogen, aber sie sagt, sie konnte durch das Seitenfenster reingucken ... und da lag Miss Moloney auf dem Fußboden.»

O'Reilly sprang auf. «Halt die Stellung, bis wir wiederkommen, Kinky. Los, Barry, hol deine Tasche.»

Barry war schon auf dem Weg ins Behandlungszimmer.

«Wir gehen zu Fuß!», rief O'Reilly, während er die Haustür öffnete. «Das geht schneller, als wenn ich erst den Wagen hole.»

Barry schnappte sich seine Tasche und rannte hinter O'Reilly her. Auf der Main Street musste er schreien, um sich bei dem morgendlichen Verkehrslärm verständlich zu machen. «Wie sieht ihre Krankengeschichte aus, Fingal?»

«Vor ein paar Jahren hatte sie schlimme Hämorrhoiden, aber für eine alleinstehende Frau von sechzig Jahren ist sie bemerkenswert gesund», brüllte O'Reilly zurück. «Am schlimmsten ist ihre Bitterkeit – sie hat genug Säure in den Adern, um eine U-Boot-Batterie damit aufzuladen.»

Ein schwerer Lkw brummte und dröhnte neben ihnen im Stau und erstickte jede weitere Unterhaltung. Seine qualmenden Abgase trieben Barry die Tränen in die Augen.

Ob Miss Moloney gestürzt war? Vielleicht von einem Hocker, als sie versucht hatte, oben an ein Regal zu gelangen? Ohnmachtsanfälle traten in der frühen Schwangerschaft auf, insbesondere bei einer Eileiterschwangerschaft, aber dazu war sie zu alt. Doch für einen Herzinfarkt – oder, Gott bewahre, für eine Hirnblutung – hatte sie durchaus das passende Alter. Und O'Reilly hatte mit seiner Bemerkung, sie hätte Säure in den Adern, ihren Charakter treffend beschrieben – hatte sie vielleicht ein Zwölffingerdarmgeschwür, das durchgebrochen war?

Barry sann weiter über die mögliche Diagnose nach, bis sie die «Ballybucklebo-Boutique» erreichten.

«Gott sei Dank, dass Sie beide da sind.» Vor dem Haus stand eine hagere Frau. Unter ihrem Kopftuch lugte rotes, auf Lockenwickler gedrehtes Haar hervor. «Miss Moloney liegt da drinnen auf dem Fußboden, platt wie 'ne Flunder.» Sie wrang den Rand ihrer Schürze und wackelte in ihren Sandalen von einem Fuß auf den anderen.

«Beruhige dich, Agnes», sagte O'Reilly. «Schau mal, ob du reinkommst, Barry.»

Die rote Ladentür war geschlossen. Barry musste mit dem Gesicht ganz nah an ein kleines Seitenfenster gehen und die

Hand an die Scheibe legen, damit er in den düsteren Raum hineinsehen konnte. Miss Moloney lag ausgestreckt auf dem Fußboden, aber viel mehr konnte er nicht erkennen. «Sie ist bewusstlos, Fingal.»

«Dann mach die Tür auf, du Blödmann.»

Barry bemühte sich, doch die Tür war abgeschlossen. Er drehte sich um, weil er O'Reilly um Hilfe bitten wollte, doch der schickte gerade Agnes Arbuthnot fort: «Jetzt geh nach Hause, Aggie. Danke für deinen Anruf. Hast du gut gemacht, aber du brauchst jetzt nicht hier herumzuhängen und zu gaffen.»

«Die Tür ist abgeschlossen, Fingal.»

«Geh aus dem Weg.» O'Reilly sah aus wie ein Rugby-Stürmer, der versucht, die Reihen der gegnerischen Mannschaft zu durchbrechen. Er trat einen Schritt zurück, senkte eine Schulter und warf sich gegen die Ladentür.

Der hölzerne Türrahmen splitterte, das Schloss brach heraus, und die Tür sprang auf.

O'Reilly wurde von seinem eigenen Schwung in den Laden getragen, und Barry folgte ihm.

«Schieb die Tür wieder zu, Barry», sagte der Arzt über die Schulter. «Wir können es jetzt nicht gebrauchen, dass das halbe Dorf reinkommt und uns über die Schulter glotzt.»

Als Barry die Tür wieder in ihren gesplitterten Rahmen gedrückt hatte, begann Miss Moloney, sich aufzurichten. Ihre Augen waren weit aufgerissen. Während sie sich mit einer Hand abstützte, griff sie sich mit der anderen an den Kopf. Ihr normalerweise fest aufgedrehter Knoten hatte sich gelöst. Graumelierte Haarsträhnen hingen ihr in den Nacken und ins Gesicht. Mit zusammengebissenen Zähnen gab sie einen Klagelaut von sich, dann fragte sie: «Wo bin ich?»

«In Ihrem Laden», antwortete O'Reilly. «Sie haben einen kleinen Schwächeanfall.»

Sie starrte ihn an. Offenbar erkannte sie ihn. «Einen Schwächeanfall, ja?»

«Sie müssen ohnmächtig geworden sein.» O'Reilly sah ihr ins Gesicht und fühlte ihr den Puls.

«Das ist ja kein Wunder», sagte Miss Moloney und schlug sich mit der Faust auf die Schenkel. «Ich bin ruiniert. Ru-i-niert.» Sie packte O'Reilly am Arm. «Diese Helen. Die bringe ich um. Dieses undankbare kleine Biest. Ich schlage sie tot.» Ihre Stimme war noch schriller, als Barry sie in Erinnerung hatte. An ihrer Unterlippe hing ein Speichelfaden.

«Ach», meinte O'Reilly. «Wissen Sie, was heute für ein Tag ist?»

«Selbstverständlich. Heute ist Freitag.» Sie verschränkte die Arme vor der Brust und wiegte sich vor und zurück. «Das ist der Tag, an dem ich alle meine Hüte verkaufen wollte. Und das kann ich jetzt nicht mehr.»

«Warum denn nicht?»

«Sehen Sie doch, was sie mir angetan hat», stöhnte Miss Moloney und rappelte sich hoch. Sie schwankte und ließ sich schwer auf einen Stuhl fallen. «Sehen Sie doch nur.» Sie zeigte auf einen Hutständer und dann zur Ladentheke hinüber.

Auf der Glastheke standen zwischen Bergen von zerknülltem Seidenpapier wacklige Stapel mit Hutschachteln. Der höchste Stapel neigte sich zur Seite, trotzte jedoch der Schwerkraft und stand da wie ein kleiner Turm von Pisa.

«Kein einziger Hut ist übrig geblieben.» Miss Moloney sah zu O'Reilly hinauf. «Kein einziger.»

Eigentlich, dachte Barry, waren noch eine ganze Menge Hüte da, doch es war fraglich, ob sie noch als Kopfbedeckungen taugten. Sämtliche Ständer waren weiterhin besetzt, aber die Werke der Hutmacherkunst waren so schlimm zugerichtet, dass man sie kaum noch erkannte.

«Vergessen Sie das jetzt einen Augenblick, Miss Moloney», sagte O'Reilly. «Sie haben das Bewusstsein verloren, deswegen hat man uns geholt. Was glauben Sie, warum Sie ohnmächtig geworden sind?»

«Mein Herz», erwiderte sie in dramatischem Ton, «es hat mir das Herz in der Brust gebrochen.» Sie kniff die Augen halb zu, und ihre nach unten gezogenen Mundwinkel bebten. Barry fiel auf, dass keine einzige Träne floss. «Gebrochen wie die beiden Gesetzestafeln, die Moses zerschlug, als er vom Berg herabgestiegen war.»

«Leiden Sie unter Atemnot? Haben Sie Schmerzen in der Brust? Im Unterkiefer? Im Arm?» O'Reilly zog sein Stethoskop aus der Tasche. «Ihr Puls ist schön regelmäßig, nur ein kleines bisschen zu schnell. Ungefähr einhundert.» Diese letzte Bemerkung war an Barry gerichtet.

Also bisher kein Symptom, das auf Herzprobleme schließen ließ, und sie war auch nicht blass und feuchtkalt, wie jemand, der gerade einen Herzinfarkt erlitten hatte. Nein, ihr Gesicht war eher gerötet.

«Schmerzen? Schmerzen? Nur in meinem armen Herzen. Es ist gebrochen. Ich wäre fast gestorben, als ich heute Morgen den Laden öffnen wollte.» Sie legte die rechte Hand an die Stirn. «Ich habe mich so aufgeregt, dass ich gekeucht habe, als wäre ich gerade einen Marathon gelaufen. Dann ist alles grau geworden, und als Nächstes habe ich Sie dann gesehen, Doktor.»

Ihrem Aussehen nach zu urteilen, war sie nicht ernstlich krank, dachte Barry. Höchstwahrscheinlich hatte sie tatsächlich bloß vor Aufregung hyperventiliert, und das konnte natürlich einen Ohnmachtsanfall auslösen. O'Reilly war offenbar zu der gleichen Schlussfolgerung gelangt, denn er lächelte.

«So», sagte er mit beruhigender Stimme, «jetzt bleiben Sie einfach hier sitzen, fassen sich wieder und erzählen uns, was passiert ist.»

«Erzählen soll ich das? Nein, ich will's Ihnen zeigen.» Miss Moloney zog ein gefaltetes Blatt Papier aus einer Rocktasche und streckte es O'Reilly hin. «Lesen Sie das mal.» Ihre Stimme überschlug sich. «Lesen Sie.»

O'Reilly las laut vor:

Liebe Miss Moloney,

hiermit kündige ich meine Stelle bei Ihnen. Ich komme nie mehr wieder.

Als Abschiedsgeschenk habe ich Ihre Hüte neu geordnet.

Hochachtungsvoll

Ihr Ladenmädchen

Helen Hewitt

Barry erinnerte sich an das Feuer in Helens grünen Augen. Das also hatte sie gestern mit «Abschiedsgeschenk» gemeint. Er musste lächeln, nicht nur vor Erleichterung darüber, dass Miss Moloney keinen Herzinfarkt hatte, sondern auch über Helens Rache.

Offenbar hatte sie die Hüte einen nach dem anderen aus ihren Schachteln genommen und war darauf herumgetrampelt. Barry konnte sich das schadenfrohe, zufriedene Gesicht des jungen Mädchens vorstellen.

Miss Moloney richtete sich noch gerader auf als zuvor, dann bückte sie sich und griff nach dem nächsten Hut. Sie nahm ihn auf den Schoß und versuchte, ihn glatt zu streichen. «Du armes kleines Ding», sagte sie, «du armer kleiner Schatz.»

In ihrem Tonfall hörte Barry die Sorge einer Mutter um ihr verletztes Kind. Vielleicht, dachte er, waren ihre Hüte ja tatsächlich ihre Kinder.

O'Reilly steckte das nicht benutzte Stethoskop wieder in die Jackentasche. «Sieht aus, als wäre das falscher Alarm gewesen», meinte er und lächelte Miss Moloney an. «Ich glaube, Sie werden es überleben.»

«Überleben? Das hier überleben, sagten Sie? Ich habe Hüte für *zwei* Hochzeiten eingekauft, und erst sagt diese undankbare Göre Julie MacAteer ihre Hochzeit ab ...»

«Ich glaube kaum», warf O'Reilly ein, «dass Julie das mit Absicht getan hat.» Seine Stimme klang eisig.

«Und dann ... bevor ich auch nur die geringste Chance

hatte, meine Verluste wieder auszubügeln, kündigt plötzlich Mary Dunleavy, und jetzt …» Sie warf O'Reilly den ruinierten Hut hin, den sie in den Armen gehalten hatte, eine eigenartige Kreation aus cremeweißem und rotem Filz mit einem gelben Schleier und einer halben Pfauenfeder im Hutband. «… und jetzt geht auch Helen noch weg und tut mir das hier an.» Miss Moloney pochte mit dem Zeigefinger gegen ihre knochige Brust. «Mir!»

«Doch», sagte O'Reilly, «ich verstehe, warum Sie ein bisschen aufgebracht sind.»

«Ein bisschen? Ein bisschen? Ich bin stinksauer! Ich werde sie zur Verantwortung ziehen. Ich hole die Polizei. Sie soll ins Gefängnis, ja. Haben Sie gehört?»

Und offensichtlich hoffen Sie, dass es da eine Streckbank und glühende Eisen gibt, dachte Barry. Aber falls Miss Moloney tatsächlich Anzeige erstattete, konnte das für Helen große Schwierigkeiten bedeuten. Er wartete ab, wie O'Reilly reagierte.

«Ah ja», sagte sein Chef, «soll ich gleich anrufen? Bestimmt kommt Constable Mulligan gerne vorbei.»

«Dieser Schwachkopf? Der kann sich doch nicht mal an einem nassen Tag einen Schnupfen einfangen. Nein, nein. Ich will die Kripo, die Spezialabteilung.»

«Die Spezialabteilung, ja?», hakte O'Reilly nach. «Ich glaube kaum, dass es die Antiterroreinheit interessiert, wenn jemand ein paar Hüte kaputt macht.»

«Das sollte es aber!», kreischte Miss Moloney. «Denn genau das ist sie! Eine Terroristin. Eine Hut-Terroristin!»

O'Reilly schritt zur Tür, machte kehrt, kam zurück und beugte sich über Miss Moloney. «Nein», sagte er, «ich glaube nicht, dass Helen eine Terroristin ist.»

«Was ist sie denn dann? Sagen Sie doch mal.» Ihre Augen sprühten Funken. Sie stützte die Arme in die Seiten und schaute O'Reilly an. «Sie ist ein Satansbraten, eine Hexe!»

«Gut, ich sage es Ihnen.» Er sprach ruhig und gelassen. «Sie ist ein temperamentvolles junges Mädchen, das sich sehr bemüht hat, es Ihnen recht zu machen ...»

«Es mir recht zu machen? Sie hatte doch genug Probleme, es sich selbst recht zu machen. Schon vor diesem ... diesem Verbrechen.»

«Sie ist ein Mädchen, das krank geworden ist, weil Sie so mit ihr umgegangen sind.»

«Ich? Ich?» Miss Moloneys Stimme wurde wieder höher. «Ich habe auf Helen und auf Mary aufgepasst, als wären die Mädchen mein eigen Fleisch und Blut.»

Barry mischte sich ein. «Miss Moloney, ich habe versucht, Ihnen zu sagen ...»

«Mir was zu sagen? Was denn?» Mit schmalen Augen wandte sie sich zu ihm um.

«Dass Sie Helen vielleicht etwas freundlicher behandeln könnten.»

«Wer mit der Rute spart, verzieht das Kind. Haben Sie das noch nie gehört, Doktor Laverty? Disziplin, das ist es, was den Mädchen gefehlt hat.» Ihr Atem ging stoßweise.

Jetzt fängt sie wieder an zu hyperventilieren, dachte Barry.

O'Reilly legte der Ladeninhaberin die Hände auf die Schultern. «Miss Moloney», sagte er ernst, «jetzt holen Sie mal ganz tief Luft. Und dann halten Sie den Atem an.»

Sie gehorchte.

«Und jetzt atmen Sie weiter, so langsam, wie Sie können, und wenn Sie sich beruhigt haben, unterhalten wir uns kurz über die Sachlage.» Während Miss Moloney seine Anweisungen befolgte, sah er zu Barry hinüber.

«Sind Sie jetzt bereit, darüber zu sprechen?», fragte O'Reilly schließlich.

«Da gibt es nichts zu besprechen. Helen hat diesen Schaden hier angerichtet. Sie wird dafür bezahlen, und damit basta.»

«Wie lange wohnen Sie schon hier, Miss Moloney?»

«Mein Leben lang, aber was hat das damit zu tun?»

O'Reilly schüttelte seinen großen Kopf. «Dann sollten Sie wissen, dass die Leute hier in Ballybucklebo immer für einen guten Spaß zu haben sind.»

«Über meine armen Hüte hier kann ich nun wirklich nicht lachen.»

«Das wird den Leuten hier im Dorf aber ganz anders gehen.»

Er zwinkerte Barry ganz leicht zu. «Wenn die Leute das rauskriegen, wird ihr Gelächter bis nach Donaghadee zu hören sein.»

Miss Moloney runzelte die Stirn. Ihr Tonfall war beherrschter, als sie nun fragte: «Und das ganze Dorf würde mich auslachen, meinen Sie?»

«Das befürchte ich, Miss Moloney», sagte O'Reilly sanft. «Doch, leider ja. Helen ist hier recht beliebt.»

«Und ich bin das nicht, meinen Sie?»

«Ach», sagte O'Reilly, «darüber kann ich mir kein Urteil erlauben.»

Miss Moloneys Schultern begannen zu beben. Sie schniefte ganz leise, und ihre Augen wurden feucht. «Eigentlich mag mich niemand so richtig», flüsterte sie. «Alle sagen, ich wäre eine alte Jungfer. Aber das ist doch nicht meine Schuld.» Sie rang die Hände und schaute O'Reilly an. Ganz leise fragte sie: «Was soll ich nur tun?»

O'Reilly stützte das Kinn auf den Daumen und legte den Zeigefinger an die Unterlippe. Er zog die Brauen zusammen, dann ließ er die Hand wieder sinken und sagte: «Also, das Erste ist, wenn niemand weiß, was hier passiert ist, kann auch niemand darüber lachen.»

Schweigend blickte Miss Moloney ihn an.

«Wir drei wissen davon. Und Helen auch, aber sonst niemand.»

«Hat Agnes Arbuthnot nichts gesehen?», fragte Barry.

O'Reilly schüttelte den Kopf. «Sie hat gesagt, sie hätte nur gesehen, dass Miss Moloney hier auf dem Fußboden lag. Was konntest du denn sehen, Laverty, als du durchs Fenster geguckt hast?»

«Nur Miss Moloney.»

«Und wann sind dir die Hüte aufgefallen?»

«Erst, als ich im Laden stand.»

«Aha. Mit den Worten, die unser Meisterdetektiv selbst nie geäußert hat: Elementar, mein lieber Laverty. Aggie hat also nichts gesehen.»

«Das verstehe ich nicht.» Eine Träne rann Miss Moloney über die Wange.

«Hier.» O'Reilly reichte ihr ein Taschentuch. «Putzen Sie sich die Nase.»

Sie gehorchte wie ein kleines Kind.

«Sie selbst werden es niemandem erzählen, oder?»

Miss Moloney schüttelte den Kopf.

«Und uns Ärzten ist es nicht gestattet, Informationen weiterzugeben, also bleibt nur noch Helen.»

Spätestens jetzt verstand Barry, wie sehr das Leben in Ballybucklebo, das reibungslose Funktionieren der kleinen Dorfgesellschaft, von barmherzigen Halbwahrheiten und Verschwiegenheit abhängig war. Vermutlich glichen sich alle kleineren Gemeinschaften in diesem Punkt, und Barry fragte sich, wie viele Geheimnisse O'Reilly wohl kannte und ob sein Einfluss auf die Dorfbewohner zum Teil von diesem Wissen herrührte. «Ich schweige wie ein Grab», sagte Barry.

«Aber was machen wir mit Helen?», fragte Miss Moloney.

«Seien Sie nett zu ihr», gab O'Reilly zur Antwort.

Barry beobachtete den Widerstreit der Gefühle in Miss Moloneys Gesicht. Sie wollte sich auf keinen Fall zum Gespött des Dorfes machen, aber zu Helen nett zu sein war das Allerletzte, was ihr in den Sinn gekommen wäre. «Wie kann ich denn nett zu ihr sein, wenn sie mich so viel Geld gekostet hat?»

«Ich kenne einen Lumpenhändler, der Ihnen einen guten Preis für die beschädigten Hüte machen würde», sagte O'Reilly.

«Einen guten Preis?» Sie kniff die Augen zusammen. «Das müssten fast hundert Pfund sein.»

O'Reilly stieß einen Pfiff aus. «Hundert? Aber ich glaube, das ließe sich machen. Wenn Sie ... Sie haben kein Auto, oder?»

«Nein, Doktor O'Reilly.»

«Ich könnte nach der Praxis vorbeikommen und die kaputten Dinger einladen. Und zu dem Mann hinbringen.»

«Das würden Sie tun?»

«Doch, doch», sagte O'Reilly, «aber ich hätte ein paar Bedingungen.»

«Was für Bedingungen?»

«Erstens: Heute machen Sie Ihren Laden zu. Hängen Sie einen Zettel ins Fenster: ‹Wegen Krankheit geschlossen.› Das glaubt Ihnen jeder. Bis Doktor Laverty und ich wieder in der Praxis sind, hat Aggie Arbuthnot bestimmt schon herumerzählt, dass Sie tot und begraben sind.»

«Sie hat eine böse Zunge, diese Aggie.» Miss Moloney zog die Nase hoch. «Wenn ich schließen muss, und das wäre wohl eine gute Idee, denn ich habe ja keine Ware mehr da, dann könnte ich nach Millisle fahren und da ein paar Tage bei meiner Schwester bleiben.»

«Ich glaube, das wäre das Beste», redete O'Reilly ihr zu. «Meinen Sie nicht auch, Doktor Laverty?»

«Doch, allerdings.»

«Und wenn Sie nach Ballybucklebo zurückkommen, sind Sie vielleicht überrascht, denn die Leute hier werden Mitleid mit Ihnen haben, weil Sie krank waren», sagte O'Reilly. «Um eine verwundete Seele kümmern sie sich immer gern.»

Miss Moloney brachte ein schwaches Lächeln zustande. «Das könnte sein, nicht wahr?»

«Gar keine Frage, Miss Moloney, es sei denn, Helen lässt die Katze aus dem Sack. Doch ich bin sicher, dass sie das nicht tut ... wenn Sie das Mädchen richtig behandeln.»

Barry sah, wie Miss Moloney die Kaumuskeln anspannte.

O'Reillys Worte waren freundlich, arglos. «Wie viele Wochen Lohn schulden Sie Helen?»

«Wie viele ...? Eine. Zwölf Pfund und zehn Shilling.»

«Plus einen Wochenlohn Abfindung wären das also fünfundzwanzig Pfund. Wenn man die von den hundert Pfund abzieht, bleiben Ihnen noch fünfundsiebzig Pfund.» Er schaute zur Tür. «Minus die Kosten für die Reparatur der Tür. Das tut mir leid, aber Sie sahen ziemlich krank aus, als wir hier ankamen.»

«Das blöde Schloss ist mir ganz egal», sagte sie. «Ich weiß, dass Sie beide Ihrer ärztlichen Pflicht nachgekommen sind.» Sie betrachtete ihre demolierten Hüte. «Und Sie haben noch viel mehr für mich getan. Das hier hätte mein Bankrott sein können. Aber wenn Sie tatsächlich Geld dafür kriegen können ...»

«Nur keine Sorge», sagte O'Reilly, «und außerdem werde ich sicherstellen, dass auch Helen ihr Geld kriegt.»

«Aber ... aber ...»

«Was aber?», fragte O'Reilly, als redete er mit einem untergeordneten Matrosen auf der *Warspite*. «Wenn Sie möchten, dass Helen den Mund hält, dann bezahlen Sie ihr das Geld.» Mit strengem Blick schaute er Miss Moloney an.

«Also gut», sagte sie, «einverstanden.»

«Schön. So, und je schneller Doktor Laverty und ich heute Vormittag mit der Arbeit fertig sind, desto eher kann ich wiederkommen und die alten Hüte abholen. Daher wollen wir die anderen Patienten jetzt nicht länger warten lassen. Wir müssen zurück in die Praxis.»

«Ja.»

Während Barry den Laden verließ, hörte er O'Reilly noch

sagen: «Es freut mich, dass es Ihnen bessergeht, Miss Moloney. Ich bin etwa um halb eins wieder hier. Bis dann.»

Er holte Barry ein, und Seite an Seite wanderten sie zur
Hausnummer 1 zurück.

Barry war erleichtert, dass Miss Moloney «nur» eine durch
Hyperventilation ausgelöste Ohnmacht gehabt hatte, einen
«hysterischen Anfall», wie man früher vielleicht gesagt hätte.

Außerdem staunte er wieder einmal über die Geschwindigkeit von O'Reillys Denken. Sein Chef hatte erfasst, was Helen
tatsächlich drohte. Weil er wusste, dass niemand sich gerne
auslachen ließ, und weil er die finanziellen Auswirkungen der
Situation überschaute, konnte er auf die Gefühle seiner Patientin einwirken. Er hatte Miss Moloneys Angst vor Spott und
ihre Habgier ausgenutzt. Wenn er nicht interveniert hätte,
hätte sie Helen vielleicht angezeigt, jetzt aber würde sie ihrem
früheren Ladenmädchen sogar noch Geld bezahlen.

Barry rätselte noch, wo O'Reilly die hundert Pfund herneh-
men wollte, als der Arzt ihn aus seinen Gedanken riss: «Sie
ist ein armes altes Weiblein, unsere Miss Moloney. Sie hat mal
einen Verehrer gehabt, aber eine Woche vor der Hochzeit hat
er sie sitzenlassen, und von da an ist sie innerlich ausgetrock-
net. Abgesehen von ihrer Schwester hat sie keine Verwandten,
sie hat kein Haustier, wohnt über ihrem Laden – und sonntags
geht sie in die Kirche, das ist so etwa der Höhepunkt in ihrem
Leben.»

«Das ist traurig, Fingal.»

«Ja. Es wird ihr guttun, ein paar Tage rauszukommen.»
O'Reilly lächelte. «Und vielleicht wäre es gar nicht verkehrt,
wenn Helen sich in Belfast nach einer Arbeit umsehen würde.
Dann begegnet sie Miss Moloney nicht mehr. Ich glaube, die
wird ihr diese Aktion nicht so schnell vergessen.»

«Da hast du recht, und Helen ist ja ein aufgewecktes junges
Mädchen. Es dürfte ihr nicht schwerfallen, eine neue Stelle zu
finden.»

«Ja, sie ist wirklich aufgeweckt.» O'Reilly lächelte. «Helen Hewitt. Weißt du, woher der Name kommt?»

«Nein.»

«Die Hewitts sind ursprünglich im dreizehnten Jahrhundert nach Irland eingewandert. Eigentlich bedeutet der Name ‹Lichtung›, und die Hüte in Miss Moloneys Laden haben sich mit Helens Hilfe tatsächlich deutlich gelichtet.»

Und damit, dachte Barry, wären wir bei der Frage, wer jetzt für den Schaden aufkommen soll. Nach kurzem Zögern fragte er: «Kennst du wirklich einen Lumpenhändler, Fingal?»

O'Reilly schüttelte den Kopf.

«Aber woher kommt dann ...»

«Das Geld?»

«Genau.»

O'Reilly blies die Backen auf. «Ich habe letzten Monat vierhundert Pfund gewonnen, als ich auf Donals Bluebird gesetzt habe. Fünfzig Pfund habe ich durch Battlecruiser verloren, diesen Volltrottel von Pferd ...»

O'Reilly, der Mann, der Barry genötigt hatte, Kinkys neuen Hut zu bezahlen, wollte doch nicht etwa ...

«Da habe ich dann immer noch zweihundertfünfzig Pfund Gewinn.»

«Aber das ist doch dein eigenes Geld!»

«Ach ja.» O'Reilly öffnete die Haustür. «Bei Wettgewinnen heißt es doch: Der Herr hat's gegeben, der Herr hat's genommen. Hättest du denn eine bessere Idee, wie man die alte Hexe ruhighalten könnte? Und soll Helen leer ausgehen? Das Mädchen hat es ja weiß Gott nicht gerade üppig.»

Kopfschüttelnd folgte Barry seinem Chef in den Flur. O'Reilly schloss die Tür hinter ihm und lachte dann so sehr, dass er husten musste. Erst nach einer ganzen Weile hatte er sich wieder so weit beruhigt, dass er sagen konnte: «Und die Verwüstung der Hochzeitshüte und Miss Moloneys Miene zu sehen war den Eintrittspreis doch allemal wert, oder?»

«Hundert Pfund?» Barry brauchte drei Wochen, um so viel Geld zu verdienen.

«Doch.» Plötzlich wurde O'Reilly sehr ernst. «Und wenn du nur das leiseste Wörtchen davon sagst, ganz egal, zu wem, dann mache ich was mit dir, dagegen wäre Miss Moloneys Rache an Helen ein Kindergeburtstag im Park.»

«Kapiert. Ich sage kein Sterbenswörtchen.» Doch eigentlich hatte Barry gar nichts kapiert. Er fragte sich, ob er die Gedankengänge von Doktor Fingal Flahertie O'Reilly überhaupt jemals würde nachvollziehen können.

«Dann ist es ja gut», sagte O'Reilly und betrat den Behandlungsraum. «Und jetzt sei so lieb und sieh mal nach, wer heute Morgen als Erster dran ist.»

39 ❋ Man wird nur aus Erfahrung klug

«Unsere amerikanischen Vettern», sagte O'Reilly, «haben eine Redewendung – Thank God it's Friday.» Er stand an der Anrichte und schenkte ihnen Aperitifs ein. «Ausnahmsweise stimme ich da zu. Für diese Woche habe ich genug von hippokratischen Unternehmungen.»

Barry starrte durch das Fenster der Wohnstube. Er hörte O'Reilly nur mit halbem Ohr zu und nahm auch draußen kaum Einzelheiten wahr, nur den schiefen, vom Nieselregen feuchten Turm der Kirche, in der Maggie MacCorkle am morgigen Samstag «Mrs Sonny» werden sollte.

Über die Sache mit Mrs Moloneys Hüten hatten sie kein Wort mehr verloren, aber seinem Versprechen getreu war O'Reilly gleich nach dem Mittagessen zu Miss Moloneys Laden gefahren und hatte mit ihr die lädierten Hüte in Papiertaschen verborgen in den Kofferraum des Rovers gepackt.

Nach den Hausbesuchen war O'Reilly dann verschwunden, um, so vermutete Barry, die Hüte beiseitezuschaffen und Helen Hewitt ihr Geld zu bringen. Vor fünf Minuten war er zurückgekehrt.

O'Reilly hatte gut reden. Er konnte ja gerne das Ende einer normalen Arbeitswoche feiern, dachte Barry. Aber Harry Sloan hatte sich noch immer nicht gemeldet, und Mrs Fotheringhams angekündigter Termin, der Sonntagabend, näherte sich in Windeseile. Er rutschte in seinem Sessel hin und her.

«Sherry?» O'Reilly griff nach der Karaffe.

Barry schüttelte den Kopf. Ihm war nach etwas Stärkerem zumute. «Nein, danke. Lieber einen irischen Whiskey.»

«Prima Entscheidung.» O'Reilly schmunzelte und schenkte ein. «Das alte *uisce beatha*, oder, wenn dir Latein lieber ist, *aqua vitae*, Lebenswasser. Hier.» Er reichte Barry das Glas. «Möchtest du Leitungswasser dazu?»

«Nein, danke.»

O'Reilly grinste. «Du trinkst ihn pur, wie ein waschechter Ire? Toll, mein Sohn. Wir ertränken ihn nicht und werfen auch kein Eis rein, wie die Yankees das tun. Weißt du, ich glaube, sie benutzen das Eis aus dem gleichen Grund, warum Mütter bittere Medizin in den Kühlschrank stellen.»

«Weil die Kälte die Geschmacksknospen betäubt?»

«Ganz genau.» O'Reilly nahm einen ordentlichen Schluck. «Und warum in Gottes Namen sollte man den Geschmack verderben, wenn Mr John Jameson sich doch so viel Mühe damit gemacht hat, das Zeug ordentlich zu brennen?» Er trank wieder. «Es wird auch allmählich Zeit, dass du dir den Sherry abgewöhnst, Laverty. Verstärkter Wein? Das ist doch weder Fisch noch Geflügel, noch Fleisch.»

«Aber mir schmeckt Sherry nun mal.»

«Mir hat er auch geschmeckt, als ich so alt war wie du, aber ich bin rausgewachsen.» O'Reilly hob eine struppige Augenbraue.

Will er mir damit sagen, ich soll endlich erwachsen werden?, fragte Barry sich. Er hielt das Glas in der Hand und betrachtete die bernsteingelbe Flüssigkeit und die winzigen transparenten Schlieren am Glas.

«Wie bitte?», fragte O'Reilly.

«Ich habe nichts gesagt.»

O'Reilly umfasste sein Glas mit beiden Händen und blickte zu Boden. «Mir war, als hätte ich ‹Prost› oder ‹sláinte› gehört.»

«Entschuldige.» Barry hob sein Glas, murmelte «sláinte» und trank einen Schluck.

«Ja», sagte O'Reilly, «*is fearr an tsláinte ná na táinte.* Gesundheit ist besser als Reichtum.»

«Da hast du bestimmt recht.» Barry trank noch einen Schluck.

O'Reilly brummte etwas Unverständliches und ließ sich in seinem Sessel nieder. «Also gut, Barry. Du hast den ganzen Nachmittag ein Gesicht gemacht, so lang wie ein Spaten aus Lurgan. Kopf hoch, mein Junge!»

«Tut mir leid.»

«Mir auch, aber weißt du, ich war in den letzten Tagen stolz auf dich ...»

Barry schaute O'Reilly ins Gesicht und sah nur Freundlichkeit und Güte.

«Es war gut, dass du dich von dieser Geschichte mit der Obduktion nicht hast unterkriegen lassen, sondern einfach deine Arbeit gemacht hast. Alle Ärzte müssen das lernen. Es ist unerlässlich, dass man seine Probleme für sich behält, so banal das auch klingen mag, denn die Patienten gehen vor.» Er runzelte die Stirn, trank einen Schluck und sagte dann, wie zu sich selbst: «Manchmal ein bisschen zu sehr, und es kann verteufelt schwierig sein, sie aus dem Kopf zu vertreiben. Da schadet es nicht, wenn man ab und zu mal wegkommt.»

Barry fragte sich, ob O'Reilly dieses Wegkommen wohl physisch meinte. Sein Chef schien sich nie mehr als ein paar Stunden freizunehmen – oder half ihm der Whiskey, seine Sorgen zu vergessen? Das war durchaus möglich, doch Barry half er nicht.

Er brachte ein schwaches Lächeln zustande. «Vielleicht muss ich wirklich mal weg. Ich hätte heute besser sein können. Heute Nachmittag bin ich nicht darauf gekommen, dass der kleine Junge Masern hat.»

«Und warum nicht?» O'Reilly legte den Kopf schräg. «Warum hast du nicht die richtige Diagnose gestellt? Die ist ja nicht schwierig.»

Verlegen suchte Barry nach einer Erklärung. «Weil Masern normalerweise erst im Spätherbst auftreten. Dem Jungen lief die Nase, seine Augen waren entzündet und lichtempfindlich. Nachdem ich in letzter Zeit so viele Fälle von Heuschnupfen gesehen habe, habe ich gedacht ...»

«Richtig», sagte O'Reilly. «In Irland sitzen häufiger Spatzen auf den Telegraphendrähten als Kanarienvögel, wie ein alter Professor von mir zu sagen pflegte.»

«Einer von meinen Profs hat das auch gesagt. Häufige Krankheiten treten häufiger auf ... aber unsere Aufgabe sei es, einen Blick für das Ungewöhnliche zu haben. Ich habe dem Kind nicht mal in den Mund geguckt. Das hätte ich aber tun müssen.» Und verdammt nochmal, es war wieder das Gleiche gewesen, er hatte zu schnell und zu flüchtig untersucht. «Die Koplik-Flecken innen an der Wangenschleimhaut hast du dann entdeckt.»

«Das stimmt, und die waren so eindeutig, danach hätte jeder Idiot die Diagnose stellen können.»

Es war eine schlichte Bemerkung, ohne vorwurfsvollen Unterton. O'Reillys Nasenspitze zeigte ihr übliches Pflaumenrot, und auch in seinem Blick lag keine Spur von Enttäuschung.

«Das tut mir leid.»

O'Reilly schwenkte den Whiskey in seinem Glas herum. «Und wie lange praktizierst du schon, mein Sohn?»

«Das weißt du doch. Sechs Wochen.»

O'Reilly nickte. Die Schärfe in Barrys Stimme schien ihn nicht aus der Ruhe zu bringen. «Und wie viele Fälle von Masern hast du bisher gesehen?»

«Zwei oder drei, als Student.» Er ließ sich nur ungern seine mangelnde Erfahrung unter die Nase reiben. «Mensch nochmal, ich habe doch erst im letzten Jahr Examen gemacht.»

«Hast du selbst Masern gehabt?»

Barry schüttelte den Kopf.

«Da hast du aber Glück gehabt. Ich hatte sie ganz schlimm, da war ich neun.» O'Reillys braune Augen schienen in weite Fernen zu blicken. «Nie werde ich den alten Doktor O'Malley vergessen. Er ist damals jeden Tag gekommen. Merkwürdiger alter Kauz. Er hatte Koteletten und war immer im Cutaway. Ein verdammt guter Arzt, und außerdem hat er als junger Mann wie ein Wilder Hurling gespielt. In der Irland-Meisterschaft hat er dann für County Cork gespielt.»

Genau wie ein gewisser Kollege von mir, dachte Barry. In vieler Hinsicht altmodisch, natürlich ohne Koteletten, aber ein verdammt guter Arzt und früher ein ausgezeichneter Rugbyspieler. Barry erinnerte sich, wie sehr ihn, als er Windpocken gehabt hatte, der Hausarzt seiner Familie beeindruckt hatte. Damals, mit zehn Jahren, hatte er beschlossen, dass er Arzt werden wollte. Eine Frage drängte sich ihm auf. «Fingal, wann hast du dich eigentlich entschieden, Medizin zu studieren?»

O'Reilly lachte schallend. «Ich glaube, genau weiß ich das nicht mehr, aber ich erinnere mich, dass ich den alten O'Malley sehr mochte. In meinem letzten Jahr an der Clongoes Wood School war es dann Zeit, über den zukünftigen Beruf nachzudenken, und weil von den Jungs, mit denen ich Rugby spielte, einige aufs Trinity College gingen, dachte ich mir, Medizin wäre gar nicht schlecht.»

«Und stimmte das?»

«Für mich?» O'Reilly zog die Stirn kraus. «Während meiner Zeit in der Marine habe ich eine Weile überlegt, ob ich wohl glücklicher wäre, wenn ich zur See fahren würde, aber das verging irgendwann. Genau so, wie kleine Jungs irgendwann vergessen, dass sie Feuerwehrleute oder Lokführer werden wollten.» Er stand auf und schaute aus dem Fenster. «Für mich ist es ein guter Beruf, Barry. Doch, wirklich gut ...» Er drehte sich um und schaute ihn an.

Barry sah dem älteren Arzt ins Gesicht. Er hatte die Lippen zu einem kleinen Lächeln verzogen, und seine dunklen Augen strahlten, als er sagte: «Und für dich wird es auch ein guter Beruf werden, mein Sohn, denn obwohl du noch so jung bist, hast du schon alles, was ein guter Arzt braucht.» Nun lächelte er nicht mehr. «Und wie alle jungen Kerle willst du immer alles auf einmal. Du möchtest Sir William Osler, Louis Pasteur und Alexander Fleming in einer Person sein.»

«Ich glaube ...»

«Mit Glauben hat das nichts zu tun, es ist die Wahrheit, und weißt du, woher ich das weiß? Na?» Jetzt war O'Reillys Stimme scharf. «Weil ich, und das habe ich dir schon mal gesagt, nicht immer sechsundfünfzig gewesen bin. Was glaubst du denn, wie es mir gegangen ist, damals auf der HMS *Warspite*, wo ich tausend Mann zu betreuen hatte, und das nur ein paar Jahre nach dem Studium?»

«Hattest du Angst?»

«Blanke Panik war das.» O'Reilly hob die Hand. «Aber im Krieg ist das anders. Man muss schnell lernen, und aus Fehlern wird man klug.» Er trank einen großen Schluck Whiskey. Sein Lächeln kehrte zurück. «Erfahrung ist etwas Wunderbares. Sie sorgt dafür, dass man erkennt, wenn einem der gleiche Fehler zum zweiten Mal unterläuft ... und zum dritten Mal, bis man ihn dann eines Tages nicht mehr macht.» Jetzt grinste er über das ganze Gesicht.

Barrys Anspannung löste sich ein wenig, und er lächelte ebenfalls.

«Schon besser», meinte O'Reilly. «Und weil ich gerade in der Stimmung bin, eine Predigt zu halten, will ich dir noch etwas sagen. Als ich dich gefragt habe, warum du die Masern nicht erkannt hast, dachte ich, du würdest etwas anderes antworten.» O'Reillys Stimme war ruhig. «Ich dachte, du würdest sagen, du wärst in Gedanken anderswo gewesen.»

«Na ja ...» Es hatte keinen Sinn, es zu leugnen. Barry schaute O'Reilly in die Augen. «Ich wollte schnell nach Hause, um zu hören, ob Harry angerufen hat. Er hat doch gesagt, er würde sich wieder melden. Und wenn wir Hausbesuche machen, sind wir nicht erreichbar.»

O'Reilly nickte. «Den Gedanken hatte ich auch. Wäre es nicht toll, wenn man im Auto auch ein Telefon haben könnte?»

«Dafür würde man aber ein furchtbar langes Kabel brauchen.»

O'Reilly lachte. «Ach, ich bin sicher, dass irgendein Genie eines Tages ein drahtloses Telefon für kurze Entfernungen erfindet, so, wie wir in der Marine Funksprechverkehr zwischen den Schiffen hatten.» Er streckte sich und schaute Barry wieder an. «Aber hier im Haus haben wir ja ein Telefon. Hätte es Sinn, dass du deinen Kumpel jetzt noch anrufst?»

Barry schüttelte den Kopf. «Inzwischen ist er bestimmt nach Hause gegangen, und ich habe seine Nummer nicht. Ich weiß nicht mal, wo er wohnt, also hat es auch keinen Sinn, dass ich die Auskunft anrufe. Das Telefonbuch ist voll mit Sloans.»

«Schade.» O'Reilly trank seinen Whiskey mit einem Schluck aus und trat an die Anrichte, um das Glas wieder zu füllen. «Ich war sicher, dass wir von ihm hören würden. Aber ich habe mich geirrt. Und in anderer Hinsicht könnte ich mich auch geirrt haben.»

«Wie meinst du das?»

«Ich habe doch gesagt, wenn ich es für nötig hielte, würde ich Mrs Fotheringham nochmal besuchen. Aber ich habe es nicht getan.»

«Glaubst du denn, das würde helfen?»

«Ganz ehrlich, Barry, ich weiß es nicht.» O'Reilly ließ sich wieder in den Sessel fallen und legte die gestiefelten Füße auf die Fußbank.

«Warum willst du dir dann die Mühe machen?»

«Weil man einen Kampf nicht mitten in der zehnten Runde aufgibt.» Forschend schaute er Barry an. «Und da ist noch was anderes. Ich kenne sie seit vielen Jahren. Ja, sie ist arrogant. Ja, sie ist eine geborene Hypochonderin. Ja, sie ist die anstrengendste Frau auf Gottes schöner Erde, aber ... aber sie und ihr verstorbener Mann waren Relikte aus Britisch-Indien, und sie lebten nach den alten Werten, den guten wie den schlechten, und dazu gehörten auch ein ausgeprägter Sinn für Fairness und die felsenfeste Überzeugung, dass man sein Wort unter allen Umständen halten muss.» O'Reilly schlug die Beine übereinander. «Sie hat mir versprochen, die Sache fallenzulassen, wenn wir den Beweis erbringen, dass es nicht deine Schuld war.»

«Aber wir haben den Beweis nicht.»

«Noch nicht», sagte O'Reilly, «noch nicht ...»

Etwas Winziges huschte über den Teppich, dicht gefolgt von Lady Macbeth. Eine Maus. Das kleine Tier rannte an der Fußbank hinauf, weiter an O'Reillys Hosenbein hoch und versuchte, in seine Weste zu schlüpfen. Er packte die Maus, hielt sie fest in der Hand, stellte sein Glas auf dem Sofatisch ab und stand auf. Barry sah das spitze Schnäuzchen mit zitternden Schnurrhaaren über O'Reillys Zeigefingerkuppe auftauchen.

Lady Macbeth stellte sich auf die Hinterbeine und schlug die Krallen ihrer Vorderpfoten fest in O'Reillys Hosenbein. Sie gab ein dämonisches Knurren von sich. Barry spürte, wie seine Nackenhaare sich sträubten. Er konnte nur erahnen, wie die Maus sich fühlen musste.

«Runter mit dir, Katze, verflixt nochmal!», schimpfte O'Reilly.

Doch sie beachtete ihn gar nicht. Ihr Schwanz schlug hin und her, und das Knurren wurde mindestens eine Oktave höher.

«Nimm die Katze weg, Barry.»

Barry stand auf und versuchte, das Tier von O'Reillys Hosenbein zu lösen. Lady Macbeth riss mit den Krallen Fäden aus dem Tweed, doch es gelang Barry, sie fortzuziehen. «Ich hab sie», sagte er.

«Gut. Und jetzt halte sie fest, bis ich das Mäuschen nach draußen gebracht habe.» Er verließ die Wohnstube und schloss die Tür hinter sich. Barry setzte die Katze auf den Teppich.

Sie fixierte ihn mit einem bösen Blick und fauchte. Dann setzte sie sich hin, streckte ein Hinterbein nach vorn über den Kopf und fing an, sich den Hintern zu putzen. Barry hatte einmal gelesen, in dieser wenig eleganten Haltung sähen Katzen aus, als würden sie Cello spielen. Es war eine zutreffende Beschreibung.

Wenn Ihre Ladyschaft sich hinsetzen konnte, dann konnte er das auch. Er ließ sich wieder in seinen Sessel sinken und nippte an seinem Whiskey. Das Zeug brannte richtig in der Kehle, anders als sein gewohnter Sherry, aber dafür entwickelte es auch irgendwo in den Eingeweiden ein warmes Glühen.

Was hatte O'Reilly nur an sich, dass alle Lebewesen, Mäuse wie Menschen, instinktiv wussten, dass sie mit ihren Problemen zu ihm kommen konnten? Barry schüttelte den Kopf. Er hatte keine Ahnung, aber es stimmte – und das war ihm ein großer Trost. Vielleicht würden die Leute sich eines Tages auf gleiche Weise an ihn wenden. Eines Tages, wenn er seine Lehrjahre hinter sich hatte.

Als O'Reilly zurückkam, war die Katze längst mit Putzen fertig und hatte sich zu einer Kugel zusammengerollt. «Ich hab sie draußen im Garten ausgesetzt», sagte er. «Arthur tut ihr nichts. Das Mäuschen hatte wirklich rasendes Herzklopfen, das hättest du mal fühlen sollen.» O'Reilly lächelte verlegen. «Ich konnte nicht widerstehen, ich habe das Tierchen mit meinem Stethoskop abgehört. So was hast du noch nie gehört.»

Barry stellte sich vor, wie der große Mann behutsam die winzige Mäusebrust abhorchte und wie sich naives Staunen auf seinem Gesicht malte. «Schon bei den Griechen soll der Forschergeist hoch im Kurs gestanden haben», sagte Barry.

«Und dir geht es offenbar schon besser, wenn du wieder solche Bemerkungen machst.» O'Reilly lächelte, nahm seinen Whiskey und setzte sich. «Du hattest ja ein paar Minuten Zeit, über das nachzudenken, was ich gesagt habe, Barry ...», der Arzt warf einen Blick auf die Katze, «nachdem wir so unhöflich unterbrochen wurden ... was hältst du von meiner Idee? Soll ich den gerechten Kampf weiterkämpfen? Nochmal die Witwe besuchen?»

Barry war unsicher, was er antworten sollte. Ihm fiel auf, dass sein Glas leer war, und er ging zur Anrichte und bediente sich. «Das wird nicht leicht werden», sagte er dann.

«Für wen? Für mich? Für Mrs Fotheringham?»

Barry schüttelte den Kopf. «Nein. Für mich.»

«Für dich?» Stirnrunzelnd stand O'Reilly vor ihm, mit dem Glas in der Hand. «Warum für dich?»

«Weil mir nichts anderes übrig bleibt. Wenn jemand nochmal mit ihr sprechen muss, dann bin ich das. Es ist meine Pflicht.»

O'Reilly klopfte Barry auf die Schulter. «Ich wusste, dass du das sagen würdest. Ich hab es einfach gewusst.»

Er hatte nie auch nur angedeutet, dass Barry mit Mrs Fotheringham sprechen sollte. Doch jetzt fühlte sich Barry, als hätte sein Chef ihn einer elementaren Prüfung unterzogen, die er, ohne davon zu wissen, bestanden hatte.

«Ich bin stolz auf dich, Barry», sagte O'Reilly und hob sein Glas. «Und du fährst nicht allein hin. Wenn wir bis Samstag nichts gehört haben, besuchen wir sie am Sonntag zusammen.»

«Danke, Fingal. Ich ...»

Er hörte Kinkys Stimme, dann ihre Schritte auf der Treppe. O'Reilly hob fragend die Augenbrauen, und Barry wusste, dass sie beide das Gleiche dachten. Seine Hände wurden feucht.

Kinky streckte den Kopf durch den Türspalt. «Doktor Laverty, da ist ein Anruf für Sie, ja.»

Barrys Puls wurde schneller.

«Ihre Miss Spence. Am besten laufen Sie runter und sprechen selbst mit ihr. Sie klang ganz aufgeregt.»

Während er aus dem Zimmer stürzte, hörte er noch, wie Kinky mit O'Reilly schimpfte. «Ach du lieber Gott, Doktor O'Reilly. Als wenn ich nicht schon genug damit zu tun hätte, die Hosen unseres jungen Mannes hier zu flicken. Jetzt gucken Sie sich doch mal Ihre Tweedhosen an.»

Barry nahm zwei Stufen auf einmal und schnappte sich den Hörer. «Hallo, Patricia. Wo bist du?»

«In meiner Wohnung.» Sie klang wirklich ganz aufgeregt.

«Aber ich dachte, du würdest erst morgen wieder nach Kinnegar kommen.» Er hörte sie lachen, und seine Hand umfasste den Hörer fester. «Du hast es geschafft, ja?» Er bemühte sich, begeistert zu klingen.

«Ja, ich hab's geschafft. Du hast recht gehabt. Ist das nicht phantastisch?»

«Einfach toll.» Barry schluckte. «Gut gemacht. Herzlichen Glückwunsch.» Er konnte sich leicht vorstellen, wie sie sich fühlte, denn vor etwas über einem Jahr hatte er das Gleiche durchgemacht. «Laverty. Bestanden», hatte der Dekan von der Liste mit den Prüfungsergebnissen abgelesen. Zuerst war Barry wie betäubt gewesen, ungläubig, dann hatte er verstanden, und schließlich hatte er den unbezähmbaren Drang verspürt, laut zu juchzen und Luftsprünge zu machen.

«Bist du noch dran, Barry?»

«Ja, entschuldige bitte.»

«Kannst du herkommen? Ich wollte dich so gerne sehen, dass ich Dad gebeten habe, mich heute Abend schon nach Hause zu fahren.»

Barry zögerte. «Ich weiß nicht. Ich muss O'Reilly fragen. Warte mal.» Er legte den Hörer neben das Telefon und wollte gerade die Treppe hochlaufen, als er O'Reilly oben rufen hörte.

«Na? Hat sie's geschafft? Kinky sagt, sie ist ganz aufgeregt.»

«Ja. Sie ist wieder in ihrer Wohnung.»

«Das ist ja wunderbar.» O'Reilly reckte die verschränkten Hände über den Kopf, wie ein Berufsboxer, der einen K.o. erzielt hatte. «Dann steh doch nicht so rum, du Dussel. Fahr zu ihr hin und nimm sie auch von mir in die Arme.»

40 * Eine gute Botschaft aus fernen Landen

Die Scheibenwischer des Käfers bemühten sich erfolglos, die Windschutzscheibe von den winzigen Sprühregentröpfchen zu befreien. Der Regen war nicht stark genug, die Wischer stockten, und ihr rhythmisches Schaben ging Barry durch Mark und Bein, so wie kratzende Fingernägel auf einer Schultafel. Er beugte sich vor und konzentrierte sich auf die kurvenreiche Straße nach Kinnegar.

Es war schwer, nach vorn zu schauen – nicht nur wegen der streifigen Windschutzscheibe.

Er wusste, dass er Patricia liebte. Seit dem Abend, als er sie zum ersten Mal geküsst hatte, war ihm das klar. Und eigentlich sollte man doch jauchzen und frohlocken, wenn ein geliebter Mensch einen Sieg errungen hatte. Was ihren Erfolg betraf, tat

Barry das auch, doch der Gedanke, dass sie fortgehen würde, quälte ihn.

Jack hatte ihn gedrängt, ihr doch einen Heiratsantrag zu machen und ihr einen Ring zu schenken, der sie als sein Eigentum kennzeichnete, aber das konnte Barry nicht. Machte der Gedanke ans Heiraten ihm Angst, weil er sich mit vierundzwanzig Jahren noch zu jung dafür fühlte oder weil er ihr Temperament so liebte, das, wie ein Wildpferd, erst gezähmt werden sollte, wenn es selbst dazu bereit war? Barry wusste es nicht.

Und jetzt hatte Patricia das Stipendium erhalten und würde nach Cambridge gehen. Liebte sie ihn so sehr, dass sie ihm treu bleiben würde? Ach je, das klang wie aus einem billigen Liebesroman. Die Zeit würde es zeigen, aber Barry wusste inzwischen, dass er Ungewissheit und die Warterei auf Ergebnisse, die er nicht beeinflussen konnte, hasste. Und in diesem Fall ging es um drei lange Jahre. Allein die Fahrt nach Kinnegar erschien ihm schon endlos.

Er beschleunigte auf einem geraden Stück, und vor der nächsten Kurve bremste er wieder. Verdammt. Vor sich sah er Bremslichter, und dann ragte aus den Regenschleiern riesengroß ein Lastwagen auf. Barry trat mit voller Kraft auf die Bremse. Er kämpfte mit dem Lenkrad, während Brunhilde nach links schleuderte und dann mit quietschenden Reifen kurz hinter dem Lkw zum Stehen kam. Barrys Fußsohlen kribbelten.

Er schaute an dem Lkw vorbei die Straße entlang. Dort stauten sich einige Wagen vor irgendeinem Hindernis. Ungeduldig schlug Barry mit der Faust aufs Lenkrad, und als die Schlange langsam weiterschlich, folgte er. Erst als er sich beinahe auf gleicher Höhe mit dem Hindernis befand, konnte er erkennen, was passiert war.

Ein Sportwagen war frontal gegen einen Militär-Lkw gerast. Der Lastwagen stammte wahrscheinlich aus der Palace-Kaserne ganz in der Nähe. Mehrere Soldaten in Uniform standen daneben, dichtgedrängt, wie ein Trupp verängstigter Schafe. Andere beugten sich über zwei Uniformierte, die im Gras lagen. Ein Krankenwagen war nirgends zu sehen, aber auf dem Randstreifen parkte ein Polizeiwagen mit Blaulicht. Zwei Beamte der Royal Ulster Constabulary in ihren flaschengrünen Uniformen regelten den Verkehr.

Nach kurzem Zögern bremste Barry und kurbelte das Fenster herunter. Wider besseres Wissen hoffte er, dass er hier überflüssig war. «Ich bin Arzt», rief er einem Polizisten zu. «Brauchen Sie Hilfe?»

«Halten Sie bitte hinter dem Streifenwagen, Sir.»

So ein Mist. Barry leistete der Anweisung Folge, stieg aus, schlug zum Schutz gegen das feuchte Wetter den Kragen hoch und trottete zum Unfall zurück.

«Danke, Doktor.» Der eine Polizist, ein stämmiger Mann, schob seine Mütze zurück und sagte: «So eine Scheiße. Könnten Sie sich zuerst mal den Fahrer des Sportwagens ansehen?»

«Mache ich.» Barry folgte dem Beamten.

Der kleine rote Zweisitzer war kaum noch zu erkennen. Glassplitter knirschten unter Barrys Füßen, als er zur Fahrerseite herumging. Der junge Mann war mit dem Oberkörper durch die Windschutzscheibe geschleudert worden. Barry überlief ein Schauder. Das Gesicht des Fahrers war blutverschmiert, und sein Kopf hing unnatürlich verdreht herunter. Barry schloss die Augen. Dieser Mann war mausetot, und der Tod belastete Barry nach wie vor. Doch durfte er das jetzt nicht zulassen. Er musste seine Arbeit tun.

Barry schob dem Verunglückten die Finger unter das Kinn und suchte nach der Halsschlagader. Die Haut war feuchtkalt, und er konnte keinen Puls tasten. Er fuhr mit der Hand unter das blutgetränkte Hemd. Kein Herzschlag. «Wann ist der Unfall passiert?»

«Der Anruf kam vor zwanzig Minuten, Sir, über Funk, aber wir sind auch gerade erst angekommen.»

«Tut mir leid, aber für eine Herzmassage ist es zu spät», erklärte Barry. «Ich fürchte, ich kann nichts mehr für ihn tun.» Aus dem zerstörten Kühler stieg geisterhaft Dampf in den Nieselregen auf.

«Ja. Hatte ich mir schon gedacht, aber man weiß ja nie. Schade. Er war erst zwanzig. Ich habe mir seinen Führerschein angesehen.»

In der Ferne hörte Barry die Sirene eines Krankenwagens.

«Soll ich mir noch jemanden anschauen?» Wieder hoffte er, als Antwort ein Nein zu erhalten, obwohl er wusste, dass mindestens noch zwei weitere Männer verletzt waren.

«Könnten Sie sich vielleicht eben noch die beiden Soldaten da drüben ansehen? Und sagen, ob sie ins Krankenhaus müssen?»

«Natürlich.»

«Ich habe in der Kaserne Bescheid gesagt. Sie schicken einen Krankenwagen, der kann die Leichtverletzten zum Stabsarzt mitnehmen. Der Krankenwagen da», er deutete auf den soeben eintreffenden gelben Wagen, «kommt vom Royal. Wer auch immer als Erster an der Unfallstelle war, hat nicht nur uns, sondern auch gleich den Notarzt angefordert.»

«Sehr gut.» Barry seufzte, während sie zusammen zu den beiden im Gras liegenden Soldaten hinübergingen.

«Dieser Herr hier ist Arzt. Wem soll er helfen?»

Ein Unteroffizier trat vor und nahm Haltung an. «Viele Beulen und blaue Flecken, Sir, die laufen nicht weg, aber könnten Sie bitte einen Blick auf die beiden Jungs da unten werfen?»

«Mache ich.» Barry kniete sich ins nasse Gras. Der Soldat vor ihm war blass und schwitzte, doch er war bei Bewusstsein. Er keuchte. «Ich bin Doktor Laverty», stellte Barry sich vor.

«Soldat Jenkins, Sir.» Der englische Akzent war nicht zu überhören. Der Mann stöhnte, dann wimmerte er: «Mein verdammtes Bein.»

«Haben Sie sonst noch irgendwo Schmerzen?»

«Nee.» Der Soldat knirschte mit den Zähnen.

«Was ist heute für ein Tag?»

«Ist mir scheißegal. Mein Bein tut so weh.»

Dass der Mann eine Gehirnerschütterung hatte, war unwahrscheinlich, entschied Barry. Außerdem konnte er ihn danach auch später noch fragen. In jedem Fall musste er das Bein untersuchen. «Dann lassen Sie mich mal sehen.»

Barry dachte nicht bewusst an die Checkliste, die er bei einem Unfall durchgehen musste. Er fühlte dem Verletzten den Puls. Ein bisschen schnell, wie zu erwarten, aber nicht besorgniserregend. Als Barry dem Soldaten in die Augen schaute, sah er sofort, dass beide Pupillen gleich groß waren, eine Kopfverletzung war also unwahrscheinlich. «Kommen Sie, Mr Jenkins. Was ist heute für ein Wochentag?»

«Ein schwarzer Freitag.»

Barry musste schmunzeln, dann strich er dem Soldaten mit beiden Händen rasch, aber fest seitlich am Brustkorb hinunter. «Tut das weh?»

«Nee.»

Also waren vermutlich auch keine Rippen gebrochen, folglich brauchte man sich keine Sorgen zu machen, dass eine abgebrochene Rippe die Lunge verletzte. Als Barry dem Mann auf den Bauch drückte, klagte er nicht und sog auch nicht plötzlich die Luft ein. Keine inneren Blutungen.

Er untersuchte die Beine. Das linke Schienbein war abgeknickt, und aus einem Loch in der blutbespritzten Khakihose ragte perlmuttweiß ein böse gezackter Knochen. Ein komplizierter Bruch von Tibia und Fibula.

Eine Hand zerrte an Barrys Schulter, und eine Stimme sagte: «Machen Sie Platz, Sir. Wir sind in Erster Hilfe ausgebildet.»

Barry drehte sich um. Ein Sanitäter beugte sich über ihn und sah ihm ins Gesicht.

«Ach so, sind Sie das, Doktor? Sie sind doch der Mann, der neulich diese Frau eingeliefert hat, den Notfall, stimmt's?»

Barry erkannte den Sanitäter wieder, es war Larry, nein, Danny, der gerade Pause gehabt hatte, als er mit Julie Mac-Ateer im Royal angekommen war.

«Doktor Laverty», sagte Barry und entschied sich gegen weitere Formalitäten. «Sie brauchen Schienen und eine Trage. Haben Sie Morphin im Wagen? Ich habe meine Tasche zu Hause gelassen.»

«Morphin, Sir? Ja, doch. Ich hole es.» Der Sanitäter ging zu seinem Fahrzeug zurück.

Barry wandte sich an den Verletzten. «Ihr Bein ist leider gebrochen. Aber ich werde gleich dafür sorgen, dass Sie sich besser fühlen.»

Der Soldat stöhnte. «Da kann ich morgen ja gar nicht ... autsch ... Fußball spielen.»

«Nein, Mr Jenkins, daraus wird wohl nichts. Sie werden von der Königin einen langen, bezahlten Urlaub bekommen.» Barry lächelte.

Der Soldat brachte ein schwaches Grinsen zustande. «Hab ich auch wirklich verdient, oder?»

«Hier, Doktor.» Der Sanitäter reichte Barry einen Kasten aus Edelstahl. Barry nahm eine Spritze heraus, zog das Schmerzmittel auf und krempelte den Jackenärmel des Soldaten hoch. Sekunden später zirkulierte das Morphinsulfat in seinem Blut. «Warten Sie ein paar Minuten, bis das wirkt, und dann verbinden Sie bitte das Bein und schienen es», sagte Barry.

«In Ordnung, Sir.»

Barry erhob sich und trat zu dem anderen Verletzten. Er hatte sich inzwischen aufgesetzt und hielt sich den Kopf. Zwischen seinen Fingern tröpfelte Blut hervor und lief in zwei kleinen Rinnsalen rechts und links an seiner Nase vorbei.

«Ich bin Arzt», sagte Barry.

«Ja. Gut.» Der Soldat nahm seine Hände fort. Mitten auf dem Schädel war die Kopfhaut aufgeplatzt.

«Sehen Sie mir in die Augen», wies Barry ihn an. Dieser

Mann hatte eine Kopfverletzung, möglicherweise mit Einblutungen ins Gehirn. Doch seine Pupillen waren gleich groß, und als Barry die Augen nacheinander mit der Hand abdeckte und sie dann schnell wieder wegnahm, zogen die Pupillen sich zusammen. «Welcher Tag ist heute?», fragte er.

«Freitag, Sir, das weiß ich. Der Lkw wollte uns nach Belfast bringen, weil wir heute Abend nämlich Ausgang haben. Ich wollte in den Crown Liquor Saloon an der Great Victoria Street.» Seinem Akzent nach zu urteilen, stammte er eindeutig aus Belfast. Die britische Armee war nicht wählerisch, wenn es um den Herkunftsort ihrer Rekruten ging. Doch wichtiger war jetzt, dass er nicht verwirrt war, ein weiteres gutes Zeichen.

Barry untersuchte die klaffende Wunde. Sie würde genäht werden müssen. Einen Moment lang überlegte er, den Mann in die Praxis zu fahren und ihn dort zu verarzten, aber dann wurde ihm klar, dass es schneller gehen würde, wenn der Soldat mit dem Krankenwagen ins Royal gebracht wurde. Er drehte sich um. «Danny, können Sie oder Ihr Kollege mir ein Verbandspäckchen bringen?», rief er.

«Sofort, wenn wir die Schiene angelegt haben. Aber keine Sorge, Doktor, wenn er nur einen Verband braucht, kümmern wir uns gleich darum.»

Ärzte waren keine Fachleute im Verbinden, und Barry wusste, dass die Sanitäter diese Arbeit hervorragend ausführen würden, daher sagte er zu dem Soldaten: «Die Jungs vom Krankenwagen verbinden Sie gleich und fahren Sie dann ins Royal.»

«Danke, Doktor.» Der Mann legte sich wieder ins Gras und hielt sich erneut den Kopf. «Oh Gott, ich würde lieber in den Pub fahren. Jetzt könnte ich ein Pint gebrauchen. Vielleicht auch zwei oder drei.»

Barry wandte sich noch einmal dem anderen Verletzten zu. Die beiden Sanitäter hatten das gebrochene Bein geschient und hoben den Patienten gerade auf die Trage. Barry folgte ihnen zum Krankenwagen und wartete, bis sie ihn hineingeschoben hatten.

Es konnte nicht schaden, schon mal mit dem Arzt in der Notaufnahme zu sprechen. «Funktioniert Ihr Funkgerät?», fragte er.

«Aber sicher. Wissen Sie, wie das geht?»

Barry schüttelte den Kopf.

«Kein Problem.» Danny bettete den Kopf des Verletzten sicher auf ein Kissen, dann sagte er zu seinem Kollegen: «So, jetzt verpasse dem anderen mal einen schönen Kopfverband. Ich muss eben Doktor Laverty helfen, ja. Kommen Sie, Doc.»

Barry folgte ihm zum Führerhaus des Krankenwagens. Danny stieg ein und kam gleich darauf mit einem Mikrophon an einem langen Kabel wieder heraus.

«Mit wem möchten Sie denn sprechen?»

«Mit dem Assistenzarzt in der Chirurgie.»

«Gut. Warten Sie.» Er sprach in sein Mikrophon: «Hier.» Er reichte Barry das Mikro. «Sie haben Glück. Er ist gerade in der Notaufnahme. Sie holen ihn. Sehen Sie den Knopf hier?»

Barry nickte.

«Den müssen Sie drücken, wenn Sie sprechen wollen. Wenn Sie fertig sind, sagen Sie ‹over›, und wenn Sie zuhören wollen, lassen Sie ihn los. Alles klar?»

«Danke, Danny.»

Barry lauschte dem Knistern, bis eine Stimme sagte: «Herzlich willkommen im Leichenschauhaus des Royal Victoria Hospital und beim chinesischen Take-away.»

Barry grinste. Der alberne Akzent und die Pietätlosigkeit seines Freundes Jack Mills waren unverkennbar. Er drückte auf den Knopf. «Jack, hier ist Barry. Ich bin bei einem Unfall auf der Straße zwischen Bangor und Belfast. Komplizierter Unterschenkelbruch, Schienbein und Wadenbein. Ich hab einem Verletzten Morphin gespritzt, und dann ist da noch einer mit einer Kopfverletzung, die genäht werden muss. Over.».

«Du kommst ja ganz schön rum, Kollege, was? Er hat also Morphin gekriegt? Okay. Ich notiere das. Und einer muss genäht werden? Immer her damit. Wann sind sie denn hier? Over.»

«In einer halben bis dreiviertel Stunde. Over.»

«Prima. Und wie geht's dir eigentlich, Barry? Over.»

Barry wusste, dass er die Notfall-Frequenz eigentlich nicht mit Geplauder besetzthalten sollte, aber ihm kam plötzlich eine Idee. «Hast du Harry Sloan gesehen, Jack? Over.»

«Gestern. Sah aus wie eine wandelnde Leiche. In der Pathologie haben Sie alle die Grippe. Wahrscheinlich liegt er mit einer Eispackung auf dem Kopf und ein paar heißen Whiskeys im Bauch zu Hause im Bett …»

Barry war so gespannt, dass er seinem Freund ins Wort fiel. «Hast du seine Telefonnummer?»

«Leider nicht hier. Over.»

«Mist. Weißt du denn, wo er wohnt? Over.»

«Camden Street. Du wartest immer noch auf diesen Befund, was? Over.»

«Genau. Der ist furchtbar wichtig. Over.»

«Ich arbeite die ganze Nacht, aber morgen habe ich frei. Dann laufe ich mal rüber und gucke, ob er zu Hause ist. Wo kann ich dich erreichen? Over.»

«Versuche es bei O'Reilly in der Praxis. Die Nummer hast du ja.» Dann fiel Barry die Hochzeit ein. «Jack, ich bin morgen den ganzen Nachmittag auf einer Hochzeit. Wenn du mich telefonisch nicht erreichst, könntest du dann vielleicht nach Ballybucklebo kommen? Ist ja nicht weit. Over.»

«Für dich, Laverty? Für dich würde ich den höchsten Berg erklimmen, den tiefsten Ozean durchschwimmen … und sogar ohne Einladung bei einer Hochzeit in Ballybucklebo erscheinen … vor allem, wenn für mich ein Pint dabei rausspringt. Wie komme ich hin? Over.»

Barry erklärte Jack den Weg zum Anwesen des Marquess.

«Jetzt müssen wir aber die Leitung frei machen», sagte Jack und redete weiter: «Wenn ich nicht komme, sage ich dir auf jeden Fall Bescheid. Tut mir leid, dass wir das Chopsuey nicht liefern können, Sir. Over.»

Lächelnd gab Barry das Mikro zurück. «Danke, Danny.»

«Entschuldigen Sie, Sir.» Der Polizist erschien. «Der Militär-Krankenwagen ist jetzt unterwegs. Die werden sich um die anderen kümmern, aber vielen Dank, dass Sie die beiden versorgt haben.»

«Brauchen Sie mich noch?»

«Ja, für den Papierkram.»

«Verflixt.»

«Ja, ich weiß», sagte der Beamte mit einem Grinsen. «Das ist so, wie der Mann in der Toilette sagte: ‹Ein Geschäft ist erst erledigt, wenn man mit dem Papierkram fertig ist.›»

Zu seiner eigenen Überraschung lachte Barry los. Es war kein besonders geistreicher Witz, aber nach der anstrengenden Arbeit mit den Unfallopfern haute er ihn schier um. «Schlimm», sagte er, immer noch lachend.

«Ich weiß, Sir, aber wenn man nicht manchmal lachen könnte, müsste man weinen, doch ja. Ich bin seit neun Jahren bei der Polizei, aber ...», er deutete mit dem Kopf auf das Wrack des Sportwagens, «wenn ich einen Toten finde, bin ich immer noch fertig.»

«Ich weiß, was Sie meinen», sagte Barry. Vielleicht war es für einen Arzt leichter, dachte er dann. Er erinnerte sich nicht gern daran, wie viele Tote er schon gesehen hatte, angefangen mit der Leiche, die sie im zweiten Studienjahr seziert hatten. Die Endgültigkeit des Todes war nie leicht zu akzeptieren. «Also gut», sagte er. «Was müssen Sie denn wissen?» Er schaute auf die Uhr. «Ich muss mich beeilen. Ich komme ohnehin schon zu spät zu meinem Termin.» Er stellte sich Patricias Wohnung vor und hoffte, dass sie ein Feuer angezündet hatte. Während der Arbeit hatte er nicht bemerkt, wie ungemütlich der Abend war, aber jetzt kroch ihm die Feuchtigkeit in die Knochen.

«Das geht ganz schnell.» Der Polizist zog ein Spiralheft und einen Stift hervor. «Ich brauche Ihren Namen, Ihre Adresse und Ihre Telefonnummer.»

Barry gab ihm Auskunft.

«Danke, Sir. Weil es ein tödlicher Unfall war, müssen wir Sie vielleicht bei der Untersuchung als Zeugen befragen.»

Auweia, hieß das, ihm winkte vielleicht noch ein zweiter Gerichtstermin? «Ich verstehe», sagte Barry.

«Und jetzt noch das hier», der Polizist zog ein Formular hervor. «Wenn Sie einfach einen kurzen Bericht schreiben könnten, was Sie gesehen haben, und dann unten unterschreiben … da … die Angaben über Ort und Zeit setze ich dann später ein.»

Barry zog seinen Kuli aus der Brusttasche, kritzelte eine knappe, aber genaue Schilderung auf das Blatt und setzte seinen Namen darunter. Er gab den Bogen zurück.

«Danke, Sir. Sausen Sie los, und nochmals vielen Dank.»

Barry ging zu Brunhilde. Der Polizist hielt die Wagenschlange an, damit er losfahren konnte. Wenigstens hatte der Nieselregen aufgehört. Er war vollkommen durchnässt, blutverschmiert und eigentlich gar nicht in der richtigen Verfassung für einen Besuch bei Patricia, aber er würde trotzdem fahren, auch wenn seine Hände zitterten. Dabei war er sich nicht sicher, ob er vor Kälte zitterte oder als Reaktion auf den tödlichen Unfall. Der arme Kerl war erst zwanzig gewesen. Was für eine furchtbare Verschwendung.

«Barry! Barry!» Patricia riss die Haustür auf. «Barry, ich …» Sie schlug sich die Hand vor den Mund. «Ach, du Schreck, wie siehst du denn aus? Ist alles in Ordnung? Was ist passiert?»

«Tut mir leid, dass ich so spät komme. Mir geht's gut, aber unterwegs gab es einen Unfall, und ich musste helfen.»

«Du armer Kerl. Komm rein. Ach je, du bist ja klatschnass. Geh schon mal ins Bad.» Sie hielt ihm die Tür auf. «Und ganz voll Blut. Wir können reden, wenn du dich gewaschen hast. Da hängt ein sauberes Handtuch.»

«Danke.» Barry säuberte sich und trocknete sich die Haare. Im Spiegel sah er, wie sich die blöde Locke oben auf seinem Kopf aufrichtete, und automatisch strich er sie wieder glatt. Seine heruntergezogenen Mundwinkel fielen ihm auf. «Du musst doch lächeln, du altes Kamel. Patricia zuliebe», sagte er sich.

Auf der Fahrt vom Unfallort nach Kinnegar hatte er seine Gedanken geordnet. Er hatte beschlossen, sich heute Abend nicht mit den möglichen Folgen von Patricias bestandener Prüfung zu befassen, sondern einfach mit ihr zu feiern. Warum auch nicht? Von Trübsinn und Verzweiflung hatte er die Nase voll, und O'Reilly hatte gesagt, Ärzte müssten auch mal raus. Warum sollte er nicht versuchen, sich von ihrer Fröhlichkeit anstecken zu lassen, und wenn es nur für einen Abend war?

Barry hatte überlegt, ihr einen Blumenstrauß zu besorgen, aber dann hätte er einen großen Umweg zum nächsten Blumenladen fahren müssen. Doch wenigstens eine kleine Glückwunschrede wollte er ihr halten.

Er probte sie noch einmal und ging dann ins Wohnzimmer. Patricia öffnete gerade eine Flasche Chianti. Auf dem Tisch standen zwei Gläser. «Jetzt siehst du wieder wie ein Mensch aus», sagte sie. «Erzähl mir, was passiert ist.»

Die Glückwünsche zu ihrem Stipendium verschob er auf später. «Auf dem Weg hierher hat es einen Verkehrsunfall gegeben. Ich habe angehalten und ein bisschen geholfen. Ein Mann hatte sich das Bein gebrochen, und ein anderer hatte eine Platzwunde am Kopf. Da kommt das Blut her. Wunden in der Kopfhaut bluten wie der Teufel.» Und einer war tot, aber Patricia davon zu erzählen würde den jungen Mann auch nicht wieder lebendig machen. Warum sollte er ihr diesen großen Tag verderben?

Patricia schüttelte sich. «Ich glaube, die Einzelheiten will ich gar nicht hören.»

«Nein. Bestimmt nicht ...» Barry senkte den Blick. Das Bild von der Leiche des jungen Mannes verdrängte die vorbereitete Rede aus seinem Kopf. Doch wenigstens zitterten seine Hände nicht mehr. «Aber von dir will ich jetzt die Einzelheiten hören. Man hat schließlich nicht jeden Abend ein Stipendium zu feiern.»

Patricia zog den Korken aus der Flasche. «Ich habe die Prüfung gemacht und bestanden.» Sie sagte das, als bemühe sie sich, sich den Stolz darüber nicht anmerken zu lassen.

Barry nahm ihr die Flasche aus der Hand. Er umarmte und küsste sie. «Ich freue mich so», brachte er schließlich hervor. «Herzlichen Glückwunsch.»

«Und du hast nichts dagegen, dass ich weggehe?», fragte sie schüchtern.

Natürlich hatte er etwas dagegen, aber aus rein egoistischen Motiven, und dafür war jetzt nicht der richtige Zeitpunkt. «Ich habe dir doch gesagt, dass ich mich freue, und ich bin sehr, sehr stolz auf dich.»

«Ich liebe dich, Barry.»

«Ich weiß, und ich liebe dich auch.» Er gab ihr ein Küsschen auf die Wange, und um jeden weiteren Gedanken an die bevorstehende Trennung zu verscheuchen, sagte er: «Komm, jetzt will ich alles hören.» Er schenkte den Wein ein.

Patricia klatschte in die Hände wie ein kleines Mädchen, das eine heißersehnte Puppe bekommen hatte. «Ich habe den Brief mit der Nachmittagspost gekriegt. Er war in Cambridge abgestempelt und trug das Wappen von Cambridge auf dem Umschlag.» Sie lächelte verlegen. «Ich musste Mum um Hilfe bitten, denn meine Hände zitterten so, dass ich ihn nicht aufmachen konnte.»

«Ich wette, als deine Mutter ihn dir vorgelesen hat, hast du noch mehr gezittert.»

Patricia nickte. «Ich war völlig platt. Konnte es gar nicht glauben. Ich musste es selbst lesen. Ach, Barry …» Ihre Stimme klang fast erschrocken. «Ich habe es geschafft. Ich habe es wirklich geschafft.»

«Das ist wunderbar.» Barry reichte ihr ein Glas. «Hier. Ich bin stolz auf dich. Komm und setz dich.» Er wartete, bis sie neben ihm auf dem Sofa saß, dann hob er sein Glas und sagte: «Auf deinen Erfolg.»

Sie tranken zusammen.

Patricia ließ ihr Glas sinken. «Und ich hatte dir ja versprochen, dir sofort Bescheid zu sagen, wenn ich was erfahre. Tut mir leid, dass ich es schon am Telefon rausgesprudelt habe, ich konnte es einfach nicht für mich behalten. Aber dann hat es mir nicht gereicht, es dir am Telefon zu erzählen.» Sie umarmte Barry und küsste ihn so leidenschaftlich, dass er fast seinen Wein verschüttete. «Ich musste dich sehen. Dad hat das verstanden. Er hat mich hergefahren …»

«Das ist schön.» Barry sah die Freude in ihren dunklen Augen. Er liebte dieses Strahlen.

«Ich kann's immer noch nicht fassen. Mit dem Stipendium sind alle meine Unkosten abgedeckt, Bücher, Geräte und Unterkunft und Verpflegung für drei Jahre. Ich werde im Girton College wohnen. Das ist eins der Frauencolleges…»

Er ließ sie weiterplappern. Ihre Redseligkeit war so ungewöhnlich – die Freude hatte sich in ihr gestaut wie Wasserdampf in einem pfeifenden Kessel.

«Aber meine Reisekosten muss ich selbst tragen, oder Dad und Mum müssen dafür aufkommen.»

«Das heißt vermutlich, dass du nur zu den längeren Ferien nach Hause kommst?»

«Ja. Ich reise in der ersten Septemberwoche ab, aber Weihnachten komme ich nach Hause …»

«Darauf freue ich mich schon.» Barry hätte gern geseufzt, zwang sich aber zu einem Lächeln.

«Und Ostern auch, und im Sommer habe ich zwei Monate frei … wenn ich nicht irgendein Praktikum mache.» Patricia trank von ihrem Wein. «Ist das nicht wunderbar, Schatz? Einfach wunderbar?» Sie küsste ihn, und er schmeckte sie durch den Wein hindurch.

Das «Schatz», das sie so selbstverständlich ausgesprochen hatte, hätte Barry das Herz erwärmen sollen, aber ihn fröstelte stattdessen. Er malte sich schon aus, wie Patricia dieses Wort einem verliebten langhaarigen Studenten oder, schlimmer noch, einem Juniorprofessor zuflüsterte. Im letzten Jahr hatte ihn eine Krankenschwester wegen eines jungen Chirurgen sitzenlassen, der bessere Aussichten hatte als Barry. Er stellte sich vor, dass ein Professor in Cambridge ein deutlich höheres Gehalt bekam als ein Landarzt.

Barry legte den Kopf zurück und sah ihr in die Augen. «Es ist wirklich wunderbar», sagte er, «und ich liebe dich.»

Als Antwort küsste Patricia ihn wieder. Schmetterlingsflügel auf seinen Lippen, der Duft ihres Parfüms. Sie lehnte sich zurück, nahm seine Hand und sagte ganz leise: «Danke.»

«Wofür? Dass ich dich liebe? Das ist leicht.»

«Ja, aber für noch mehr.» Sie zog die Brauen zusammen. «Ich hatte schreckliche Angst davor, es dir zu sagen. Ich weiß doch, was in dir vorgeht. Du denkst, wir werden uns auseinanderleben …»

Barry senkte den Blick.

«Aber das tun wir nicht. Bestimmt nicht. Ich kann doch gar nicht anders, als einen Mann zu lieben, der befürchtet hat, dass ich mein Stipendium bekomme, aber kein Wort darüber verloren hat. Der es mit mir feiert. Der seine eigenen Sorgen für sich behält. Du hast eine besondere Gabe, Barry Laverty. Kein Wunder, dass O'Reilly dich für einen der besten jungen Ärzte hält, die er in den letzten Jahren kennengelernt hat.»

«Das hat O'Reilly gesagt?» Hatte er das wirklich gesagt?

«Ja, als ich vor ein paar Wochen auf dem großen Fest in seinem Garten mit ihm gesprochen habe. Er hat gesagt, du hast eine besondere Gabe, nachzuempfinden, was andere Menschen fühlen. Und das geht noch weiter. Du fühlst dich nicht bloß in andere ein, sondern du handelst auch danach. Du stellst dich selbst hintenan.»

Barry spürte, wie seine Backen vor Freude heiß wurden. «Na ja, das muss er gerade sagen. Ich könnte schwören, dass der Mann Gedanken lesen kann.»

Patricia wurde ernst: «Und deswegen bewunderst du ihn, stimmt's?»

Barry nickte.

«Und du hättest gar nichts dagegen, auch mal so ein Arzt wie Fingal O'Reilly zu werden, oder?»

«Nein, da hast du recht.» Allmählich wurde Barry das Gespräch ein bisschen zu tiefgründig. «Mit allen Ecken und Kanten. Er ist auch nicht perfekt, weißt du.»

«Genauso wenig wie du.» Patricia nahm ihr Weinglas und trank. «Also, wenn du telepathische Fähigkeiten hast, so wie dein Chef, was denke ich dann gerade?» Sie lächelte, zog eine Augenbraue hoch und sah ihn an. «Na los. Was geht in mir vor?»

«In diesem Moment? Ich habe nicht die geringste Ahnung.» Irgendwie fand er ihre Frage befremdlich. Patricia war schon immer eine selbstbewusste junge Frau gewesen, aber heute erschien sie ihm noch selbstbewusster als sonst. Nicht nur übermütig, sondern fast schon dreist. War ihr der Erfolg zu Kopf gestiegen? Barry war sich nicht sicher, ob er diese neue Patricia mochte.

«Na», grinste sie, «du bist mir ja ein schöner Gedanken-leser.» Plötzlich schlang sie ihm die Arme um den Hals, zog ihn an sich und küsste ihn mit spielender Zunge. Sie nahm seine Hand, legte sie auf ihre linke Brust, und Barry spürte den Druck der Hand und die Wärme darunter. Mit dem Mund an seinem Ohr flüsterte sie: «Du denkst, der Mann müsste der Eroberer sein, oder? ‹Ich Tarzan, du Jane.› Aber die Zeiten ändern sich, und deswegen kommst du nicht darauf, was ich gerade denke.»

Barry umfasste ihre Brust. Sein ganzer Körper kribbelte. Er kniff die Augen fest zusammen und spürte, wie Patricia sich von ihm löste. Langsam stand sie auf und entfernte sich einen Schritt weit, hielt aber immer noch seine Hand.

«Nimm deinen Wein mit», sagte sie, und er öffnete die Augen und schaute hoch. Sie lächelte.

«Wenn du gewusst hättest, was ich denke, dann wärst du als Erster im Schlafzimmer gewesen. Die erste Tür links.»

41 ❋ Unter Dach und Fach

«Ich weiß, es ist erst halb elf – entschuldige, dass ich schon so früh komme, aber es ist so ein herrlicher Tag.» Barry folgte Patricia durch die Haustür von Esplanade 9 in ihre Wohnung. Er schloss die Wohnungstür hinter sich, nahm sie in die Arme und küsste sie. Er begehrte sie sogar noch mehr als am Abend zuvor, vor einigen wenigen Stunden.

Patricia machte sich los. Ein wenig atemlos sagte sie: «Dass du früher kommst, ist ja gar nicht schlimm, aber guck doch, wie ich aussehe. Ich komme gerade aus der Badewanne.»

«Du bist schön», sagte Barry, obwohl ihr feuchtes Haar strähnig herunterhing und sie kein Make-up trug. Sie hatte einen alten, abgetragenen Morgenrock an und flauschige rosa Pantoffeln.

«Wenn du das ehrlich meinst, hast du sie nicht mehr alle.» Patricia schüttelte den Kopf.

«Ach», Barry grinste, «Frauen sind eben eitel.»

«In der Kanne ist Kaffee.» Patricia ging zum Tisch. «Möchtest du 'ne Tasse?»

«Bitte.»

Sie schenkte ihm ein und goss etwas Milch dazu. Sie wusste, wie er seinen Kaffee mochte. Es war, als wären sie ein altes Ehepaar an einem ganz normalen, behaglichen Morgen. «Ich liebe dich», sagte Barry.

«Und ich liebe dich auch, Barry. Wirklich.» Sie reichte ihm die Tasse.

Er nahm sie entgegen, stellte sie auf den Tisch und griff nach Patricias Arm. «Es war so schön gestern Abend. Danke.»

Sie gab ihm einen Kuss und sah ihm dann lächelnd in die Augen. «Mhmm.»

Barry unterdrückte den Impuls, den Gürtel ihres Morgenmantels zu lösen und seine Hände unter den Stoff gleiten zu lassen. Er spürte, dass dafür jetzt nicht der richtige Zeitpunkt war. Er setzte sich aufs Sofa und trank einen Schluck Kaffee. Zu heiß. Er prustete. «Der ist ja glühend heiß», beschwerte er sich, «hab mir die Lippen verbrannt.»

«Dann lass dir doch Zeit, du Dummerchen.»

Aus Patricias Blick schloss Barry, dass sie das Zeitlassen nicht nur auf das heiße Getränk bezog.

«Bleib du ruhig da sitzen», sagte sie. «Ich ziehe mich jetzt an.»

«Gut.» Barry machte es sich bequem, während Patricia im Badezimmer verschwand. Er hörte einen Föhn brummen und wusste, dass sie jetzt beide Arme über den Kopf streckte, so wie gestern Abend, als er ihre Brüste geküsst hatte. Hör auf, daran zu denken, befahl er sich. Hör auf.

Barry erhob sich und trat ans Fenster. Er schaute in den winzigen Vorgarten hinunter, wo hartes, vom Meersalz verbranntes Gras in braunen Büscheln ein kümmerliches Dasein fristete. Sein Blick wanderte weiter über die schmale Straße und die Seemauer bis hin zu der Gruppe von Rennyachten, die hoch am Wind zur Luv-Boje segelten. Das musste die Fairy Class vom Royal North of Ireland Yacht Club in Cultra sein.

Die weißen Segel waren straff gespannt, und die Boote krängten nach Lee. Das Sprühwasser der Bugwellen schimmerte und glitzerte, und im hellen Sonnenlicht bildeten sich winzige, flüchtige Regenbögen. Barry bedauerte, dass er schon lange keine Gelegenheit mehr zum Regattasegeln gehabt hatte. Es hatte ihm immer so große Freude gemacht.

Er hörte, wie die Badezimmertür geöffnet und wieder geschlossen wurde. Aus den Augenwinkeln sah er Patricia ins Schlafzimmer huschen. Sie trug ihren Morgenmantel über dem Arm und war splitternackt.

Vielleicht waren es die Segelboote, die ihn an eine Stelle aus den Hornblower-Romanen von C. S. Forester erinnerten. Der Seefahrer Hornblower und seine ihm frischangetraute Frau Lady Barbara waren beim Ankleiden, und sie trug ein durchsichtiges Unterkleid. «Wenn die Schranken einmal gefallen waren, hatten Frauen wirklich keinen Sinn für Anstand.» Barry musste lächeln. Er wusste, dass Forester hier irrte. Es war keine Frage des Anstands, nein, dieses leicht oder gar nicht bekleidete Auftreten war ein Zeichen für Ungezwungenheit und Vertrauen.

«Es dauert nicht mehr lange», ertönte es aus dem Schlafzimmer. «Ich mache mich nur noch ein bisschen schön.»

«Als hättest du das nötig», erwiderte Barry, «aber lass dir Zeit.» Schmunzelnd setzte er sich wieder auf das Sofa. Er wartete gerne. «Ich konnte schon so früh kommen, weil Mrs Kincaid bis zum Gottesdienst die Stellung hält. O'Reilly ist losgefahren, um irgendjemanden aus Belfast abzuholen. Kinky holt den Krankenwagen, wenn sie meint, dass ein Patient richtig krank ist, und alle anderen bestellt sie für morgen in die Praxis.»

«Die Hochzeit wird eine Riesensache, was?»

«Das ganze Dorf ist völlig aus dem Häuschen. Schon die ganze letzte Woche. Wenn die anderen auch so aufgeregt sind wie Kinky, dann gibt's in der Kirche nur noch Stehplätze. Sie hat ihren neuen Hut bestimmt schon ein halbes Dutzend Mal aufprobiert.» Barry fiel ein, dass Kinky immer ein Liedchen vor sich hin trällerte, wenn sie unten vor dem Flurspiegel ihren Hut bewunderte. Er tat sein Bestes, um sie nachzuahmen:

Wie oft hab ich gehört
vom Vater und vom Mütterlein:
Auf eine Hochzeit folgt die nächste,
ein Hochzeitsfest kommt nie allein.

«Interessanter Gedanke», sagte Patricia, die gerade aus dem Schlafzimmer kam, «aber du singst wirklich fürchterlich schief, Barry.» Sie wandte ihm den Rücken zu. «Knöpf mir bitte die Bluse zu, Schatz.»

Die Bluse war smaragdgrün, hatte einen Stehkragen und hinten eine Reihe Knöpfe. Aber noch war sie offen, und Barry sah den schwarzen BH, der sich von Patricias weißer Haut abhob. Er stand auf und begann mit dem Zuknöpfen, aber seine Finger waren ungeschickt. Heute trug Patricia das Haar offen, in rabenschwarzen Wellen fiel es ihr über die Schultern. Barry schob es zur Seite und küsste sie auf den Nacken. «Fertig», meinte er, als er den obersten Knopf schloss.

«Danke.» Rasch drehte sie sich um und schaute ihn an. «Wie sehe ich aus?»

Barry musterte sie von unten bis oben, von den niedrigen Lacklederpumps und den Waden – dass die linke nach der Kinderlähmung etwas dünner geblieben war, bekümmerte sie offenbar nicht im Geringsten – über den knielangen karierten Kilt und die Bluse bis zu den Mandelaugen. «Umwerfend», sagte er, «einfach umwerfend.»

«Danke, sehr freundlich, Sir.» Sie machte einen kleinen Knicks. «Die Bluse hat Dad mir gestern gekauft.»

«Als Belohnung für das Stipendium?»

«So ungefähr. Er ist stolz auf mich.»

«Das wundert mich gar nicht.» Barry nahm sie in die Arme.

«Bring meine Haare nicht durcheinander.»

Er ließ sie los, wohl wissend, dass er die Wohnung schnell verlassen musste, weil er sonst noch mehr durcheinanderbringen würde als nur ihre Haare. «Hör mal», sagte er, «bis zur Trauung haben wir noch viel Zeit. Ich dachte, wir könnten einen kleinen Ausflug machen.»

«Wohin?»

«Zu Sonnys Haus. Jahrelang ist es immer weiter verfallen, aber einer von unseren Patienten, Donal Donnelly, und ein ganzer Trupp Männer aus dem Dorf haben es renoviert. Das ist das Hochzeitsgeschenk des Dorfes für das glückliche Paar, und es soll eine große Überraschung werden. Ich möchte gerne sehen, wie das Haus jetzt aussieht. Es müsste fertig sein.»

«Das ist ja unheimlich nett von ihnen.» Patricia runzelte ein wenig die Stirn. «Solche winzigen Ortschaften haben wirklich etwas ganz Besonderes. Ich kann schon verstehen, warum du dich hier niederlassen willst.»

Barry nickte. Nein, Patricia war noch nicht klar, dass er vielleicht auch Gründe hatte, das Dörfchen wieder zu verlassen, und dass sie einer dieser Gründe war.

«Ich möche das Haus auch gerne sehen», sagte Patricia. «Sehr gerne. Warte, ich hole eben meine Handtasche.»

Barry parkte nah an Sonnys Tor.

«Was ist das denn?» Patricia deutete auf Donal Donnellys bunten Drahtesel, der am Torpfosten lehnte.

«Donal muss hier sein», antwortete Barry. «Das ist sein Fahrrad.»

«Ich hoffe, bei der Inneneinrichtung hatte er einen besseren Geschmack», sagte Patricia mit einem Grinsen.

Barry lachte. «Donal ist in Ordnung. Vielleicht ein bisschen seltsam, aber er hat ein Herz aus Gold.» Er nahm Patricias Hand. «Komm, lass uns das große Projekt anschauen.»

Am Tor blieben sie stehen. Sonnys Haus war kaum wiederzuerkennen. Die Gerüste waren verschwunden. Das neue Schieferdach schimmerte dunkel im Sonnenlicht. Die grüngestrichene Haustür und die Fensterrahmen glänzten, und die frischgeputzten Scheiben blinkten. Barry freute sich, dass im Erdgeschoss Blumenkästen auf den Fensterbänken standen. Das würde Maggie gefallen.

In einer Ecke des Gartens waren Planen gespannt. Offenbar bedeckten sie einen großen Berg mit Sonnys Habseligkeiten. Neben dem Wohnwagen, der geduldig auf die Rückkehr der Hundemeute wartete, standen zwei alte Autos. Barry fiel auf, dass der Gemüsegarten von Unkraut befreit worden war.

Die Angeln quietschten nicht mehr, als er das Tor öffnete.

Patricias Absätze klackerten auf dem gepflasterten Weg, als er sie zur Haustür geleitete. Der Rasen war frisch gemäht, und es roch nach geschnittenem Gras. Ein einzelner Wiesenbocksbart hatte in einer Steinritze überlebt, und Barry tippte mit dem Fuß gegen den kugeligen, flaumigen Samenstand, sodass die Samen in der leichten Brise wie winzige Fallschirme forttrieben. Hier im Binnenland blies weniger Wind als vorhin an der Bucht.

In der Ferne hörten sie einen Mähdrescher arbeiten und eine Kuh muhen. Zwei Vögel mit schwarzen Kappen, weißen Flanken und langen Schwänzen vollführten über ihren Köpfen Sturzflüge und stießen raue, keckernde Rufe aus.

«Elstern», sagte Patricia. «Zwei – das bringt Glück.»

«Ich weiß.» Barry drückte ihre Hand und sah ihm fest in die Augen. Er zitierte den alten Kinderreim: «‹Eine bringt Kummer, zwei Freuden genug ...›»

Patricia sprach weiter: «‹Dreie ein Mädchen und viere 'nen Bub. Fünf verheißen Silber und sechse Gold ...›»

Barry beendete den Reim: «‹Und sieben ein Geheimnis, das ihr nicht verraten sollt.› Aber ich verrate dir jetzt doch ein Geheimnis, Patricia Spence.» Er küsste sie. «Ich liebe dich.»

Barry hätte sie noch länger geküsst, wenn nicht ein lautes Hüsteln sie unterbrochen hätte. «Entschuldigen Sie, Doktor Laverty, Sir.» Donal Donnelly stand in der offenen Tür, mit strubbligem rotem Haarschopf und einem Grinsen, das seine Hasenzähne weiß aufleuchten ließ.

«Morgen, Donal.» Nicht zu glauben, der Mann wurde rot. «Herrlicher Tag.»

«Oh ja. Wirklich herrlich.»

«Patricia, darf ich dir Donal Donnelly vorstellen?», sagte Barry. «Donal, das ist Miss Spence.»

«Freut mich, Miss.» Donal rieb sich die Stirn und trat von einem Fuß auf den anderen. «Wenn Sie mich entschuldigen wollen, ich hab's eilig. Muss mich in Schale werfen. Die anderen Highlander und ich wollen nach der Trauung eine Ehrenwache bilden, ja. So was hat's nicht mehr gegeben, seit Ihre Majestät die Königin vor vielen Jahren in Bangor war.»

«Donal?»

«Ja?»

«Dürften Miss Spence und ich uns ein bisschen im Haus umsehen?»

«Aber sicher. Gucken Sie sich nur alles an. Aber verriegeln Sie bitte die Haustür nicht, wenn Sie gehen.»

«Gut.» Als Barry nach Ballybucklebo gekommen war, war ihm der ländliche Brauch, die Türen nicht abzuschließen, befremdlich erschienen. Inzwischen fand er diese Gewohnheit beruhigend.

«Also», sagte Donal, «ich bin weg.» Er trottete zu seinem Fahrrad.

Barry führte Patricia in den Flur. Ein überwältigender Geruch nach frischer Farbe schlug ihnen entgegen. Die Wände waren cremeweiß und noch ohne jeden Schmuck. Auf den Bodendielen lag ein Läufer. Zur Linken stand eine Tür einen Spaltbreit offen. «Was ist hier?» Barry schob die Tür ganz auf.

«Das Esszimmer», sagte Patricia.

Durch die Fenster zur Straßenseite fiel Sonnenlicht in den Raum. An der Decke hing ein Kristallleuchter, darunter stand ein Tisch aus Kiefernholz mit vier Holzstühlen. Auf der karierten Tischdecke lagen zwei Gedecke, und in der Mitte duftete ein frischer Blumenstrauß. Rechts und links davon standen zwei Messingleuchter. Auf einer handgemalten Karte war zu lesen: «Willkommen zu Hause, Sonny und Maggie. Euer Essen steht im Kühlschrank.»

Patricia betrachtete alles mit großen Augen. «Wie schön. Wenn das ganze Haus so in Schuss ist, müssen deine Freunde ja gearbeitet haben wie die Trojaner. Das ist, als hätte ... als hätte eine gute Märchenfee ihren Zauberstab geschwungen.»

«Es fällt mir ein bisschen schwer, mir Donal als Märchenfee vorzustellen», sagte Barry grinsend, «aber du hast recht. Und ich wette, dass die anderen Räume ...»

Vom Flur her dröhnte eine tiefe Stimme ins Zimmer. «Hallo? Ist da jemand?» Barry erkannte die Stimme sofort.

Was machte Fingal denn hier? Wahrscheinlich war er auch einfach neugierig auf das Haus. «Nur wir beide, Fingal. Komm rein!»

Er hörte Stiefel über die Bodendielen und dann, gedämpft, über den Läufer stampfen. Daneben waren leichtere Schritte zu vernehmen. O'Reilly hatte noch jemanden mitgebracht.

Nun stand er in der Tür, bereits für die Hochzeit angezogen. O'Reilly schien sich in seinem Cutaway nicht wohl zu fühlen, er wirkte wie ein Bauer, der gerade vom Acker kommt, dachte Barry, wie frischgeschrubbt und dann in festliche Kleidung gezwängt. An seinem Kinn klebte ein Fetzchen dünnes Papier.

Offensichtlich hatte er sich heute Morgen gründlicher rasiert als sonst.

«Morgen, Fingal», begrüßte Barry seinen Chef. «Patricia Spence kennst du ja schon.»

O'Reilly nickte ihr zu. «Was machst du denn hier, Laverty?» Er schien sich über die unverhoffte Begegnung mit Barry nicht gerade zu freuen.

«Wir schauen uns einfach um.» War O'Reilly enttäuscht, weil Barry nicht in der Praxis geblieben war, für den Fall, dass ein Patient ihn brauchen sollte? «Kinky kümmert sich um die Praxis.»

O'Reilly räusperte sich, schüttelte den Kopf und drehte sich um. «Alles in Ordnung», sagte er, «es ist bloß der junge Laverty. Komm ruhig rein, Kitty.»

Caitlin O'Hallorhan betrat das Zimmer.

Barry war verblüfft. Mit ihr also hatte O'Reilly neulich abends telefoniert. Und er hatte Barry gesagt, es gehe ihn nichts an, wen er heute Morgen aus Belfast abholen wollte. Aha.

«Schwester», sagte Barry mit einer leichten Verbeugung, «wie schön, Sie wiederzusehen. Ich hätte Sie fast nicht erkannt ...» Um ein Haar wäre ihm der klassische Fauxpas «... ohne Schwesterntracht» unterlaufen, aber er verschluckte den Rest des Satzes. «Das hier ist Patricia Spence. Patricia, das ist Schwester O'Hallorhan.»

Während die beiden Frauen die üblichen Höflichkeiten austauschten – «Bitte, nennen Sie mich doch Kitty» und «Ich bin Patricia» –, musterte Barry die Schwester von Station 21.

Schon bei ihrer ersten Begegnung war ihm aufgefallen, dass sie ausgesprochen gut aussah. Ohne die Schwesterntracht aber war sie einfach umwerfend. Sie hielt sich aufrecht, und ihre schlanke Figur wurde durch das gutgeschnittene, kastanienbraune Kostüm noch betont. Für die meisten Frauen über fünfzig wäre der Rock ein bisschen kurz gewesen, aber die hochhackigen Pumps und die dunklen Strümpfe brachten ein Paar Beine zur Geltung, das sich durchaus sehenlassen konnte.

Ihr Haar, von der gestärkten Schwesternhaube befreit, schimmerte silbrig. Barry fragte sich, ob bei den dunkleren Flecken vielleicht ein Tönungsmittel etwas nachgeholfen hatte. Im Sonnenschein wirkten die bernsteinfarbenen Pünktchen in ihren grauen Augen golden. Die Lachfältchen in ihren Augenwinkeln wurden tiefer, als sie mit einem Lächeln zu Barry sagte: «Sie sind ein Mann, der Wort hält, Doktor Laverty.»

«Wie meinen Sie das?»

«Sie haben Fingal tatsächlich von mir gegrüßt.»

O'Reilly musste wohl der Kragen zu eng sein, dachte Barry, denn er sah, wie sein Chef mit einem Finger daran zerrte. Sein Gesicht wirkte fast noch röter als sonst. «Na ja, alte Freunde aus der Studienzeit ...», O'Reilly betonte das Wort Freunde, «sollten doch Kontakt halten.»

«Ach, Fingal», sagte Kitty O'Hallorhan mit einem boshaften Grinsen, «wie recht du hast. Was sind schon fünfundzwanzig Jahre für alte Freunde?»

O'Reilly räusperte sich, zog seine Pfeife hervor und zündete ein Streichholz an. Doch dann zögerte er. Vorsichtig fragte er: «Haben die Damen etwas dagegen, wenn ich rauche?»

Patricia schüttelte den Kopf.

«Nur zu», meinte Kitty, «Pfeifentabak rieche ich gern.»

O'Reilly konzentrierte sich jetzt ganz auf seine Pfeife, sorgte dafür, dass sie ordentlich zog, paffte und stieß Rauchwolken aus.

Mich führst du nicht hinters Licht, Fingal Flahertie O'Reilly, dachte Barry. Dir fehlen die Worte, und diesen Trick habe ich bei dir schon öfter gesehen, genauso, wie deine alte *Warspite* damals Rauchvorhänge produziert hat. «Wir sind gerade erst gekommen, und soweit wir sehen, haben Donal und seine Truppe hervorragende Arbeit geleistet.»

«Tatsächlich? Aber außer diesem Zimmer habt ihr noch nichts gesehen?»

«Nein», antwortete Barry.

«Dann zeigen Sie Kitty doch den Rest, Patricia», bat O'-Reilly und zog Kitty O'Hallorhan zur Seite. «Schließt du dich bitte Miss Spence an? Ich habe mit meinem jungen Kollegen etwas zu besprechen.»

Hatte O'Reilly gerade «bitte» gesagt? Barry traute seinen Ohren nicht. Er wartete, bis die Frauen losgezogen waren, dann sagte er: «Ja, Fingal?»

Doch O'Reilly schien ihn nicht zu beachten. Er schaute Kitty O'Hallorhan nach und sagte leise: «Ich habe diese Frau jahrelang nicht gesehen, aber sie hat sich kein bisschen verändert. Kein bisschen.»

Barry wartete ab. O'Reilly klopfte sich mit dem Mundstück der Pfeife gegen die Zähne, bevor er weitersprach: «Sie ist eine starke Frau.» Die Pfeife war ausgegangen, aber er schien es nicht zu bemerken.

Barry hüstelte. «Du hast gesagt, du wolltest mit mir sprechen, Fingal?»

«Was?» O'Reilly drehte sich zu Barry um. «Ach so. Ja. Ich brauche etwas Hilfe.»

«Wobei?»

«Nach der Trauung. Ich hätte dich schon früher fragen sollen, aber es war mir entfallen. Jemand muss Kitty zur Hochzeitsfeier mitnehmen.»

War es dir entfallen, Fingal, oder wolltest du mir nur nicht verraten, um wen es sich handelte?, fragte Barry im Stillen.

«Siehst du, Sonny sehnt sich so nach seinen Hunden, und die sind ja noch bei Maggie. Ich möchte da vorbeifahren und die Meute zu Seiner Lordschaft bringen ...»

«Und ich soll Kitty mitnehmen?»

O'Reilly nickte. «Ja, und ich möchte, dass du auch Arthur Guinness abholst.»

«Das lässt sich machen.»

«Braver Junge.» O'Reilly klopfte ihm auf die Schulter. «Ich wusste, dass ich auf dich zählen kann.»

«Aber gerne.»

Von oben drangen Frauenstimmen und Lachen zu ihnen herunter. Die Männer blickten auf und warteten, während zwei Paar Absätze die Treppe herunterklapperten. Kitty und Patricia traten ins Zimmer. Patricia hatte sich bei Kitty O'-Hallorhan untergehakt, als wären sie alte Freundinnen. Beide Frauen lächelten vergnügt.

«Und?», fragte O'Reilly.

«Es ist wunderschön geworden», meinte Patricia. «Die Küche ist fertig eingerichtet, zwei Zimmer sind noch nicht möbliert, aber in dem dritten steht ein riesiges Messingbett, vor dem Fenster hängen Chintzvorhänge, und man hat einen tollen Ausblick über die Felder und sogar bis zur Bucht. Sonny und Maggie werden einen guten Start haben.»

«Schön», sagte O'Reilly. Er vermied es, Kitty O'Hallorhan direkt anzusehen. «Ist auch höchste Zeit, dass die beiden endlich zusammenkommen.» Er zündete wieder ein Streichholz an und warf Barry dann einen strengen Blick zu. «So, jetzt lasst uns mal Pläne machen.» Das klang wieder eher nach dem alten O'Reilly. «Bestimmt wollt ihr beiden ein bisschen Zeit für euch haben, du und Miss Spence...»

Und auch wenn wir keine Zeit für uns wollen, werden wir sie kriegen, dachte Barry.

«Ich fahre mit Kitty nach Crawfordsburn zum Mittagessen, ins Old Inn.» Sein Magen knurrte.

«Wie nett», sagte Barry und sah Patricia mit einem winzigen Kopfschütteln an. «Ich bin überhaupt nicht hungrig, du etwa?»

«Kein bisschen.» Sie erwiderte sein Lächeln. «Auf dem Fest nachher gibt es bestimmt genug zu essen.»

«Gut», sagte O'Reilly, «dann ist das ja geklärt. Wir machen

uns jetzt auf den Weg. Also, bis nachher in der Kirche.» Er hielt die Tür weit auf, verbeugte sich leicht vor Kitty und ließ ihr den Vortritt.

Barry nahm Patricias Hand und zog sie zur Haustür. Er hielt den Zeigefinger an die Lippen. Obwohl er darauf brannte, Patricias Meinung über Kitty zu erfahren, wollte er doch abwarten, bis O'Reilly außer Hörweite war.

Er beobachtete, wie O'Reilly die Wagentür aufhielt und Kitty einsteigen ließ. Ganz deutlich hörte er sie sagen: «Und du fährst doch vorsichtig, Fingal, ja? Weißt du, auf dem Weg hierher hättest du beinahe einen Radfahrer angefahren.»

42 * Der schönste Tag im Leben

Sonny und Maggie waren jetzt «Mann und Frau, bis dass der Tod euch scheidet». Sonny küsste die Braut, der Priester sprach mit erhobener rechter Hand den Segen, und die Trauung war vorüber. Zu den brausenden Orgelklängen des Hochzeitsmarsches schritt der Brautzug durch die versammelte Gemeinde den Mittelgang hinunter.

Barry schaute zu den Dachbalken der alten Kirche auf. In dem Glas der an Ketten aufgehängten achteckigen Laternen spiegelte sich bunt das Licht, das durch die vielfarbigen Kirchenfenster fiel. Er überlegte, wie viele Trauungen in dieser Kirche seit ihrer Erbauung im Jahr 1743 wohl schon stattgefunden haben mochten.

Beim Verlassen ihrer Bank vorne im Kirchenschiff ließ er Kitty und Patricia vorangehen. Als sie endlich draußen angekommen waren, war ein großer Teil der Gäste schon verschwunden. Bestimmt waren sie längst zum Fest auf dem Gut des Marquess unterwegs.

Die Sonne blendete Barry, und das Pfeifen der großen schottischen Dudelsäcke war ohrenbetäubend. Zwei Reihen Highlander mit den aufgeblasenen Säcken unter dem Arm und den Basspfeifen auf den Schultern flankierten die Fahrbahn. Donal Donnelly hatte eine Haltung angenommen, die er offenbar als Habachtstellung betrachtete. Sein Kilt ging ihm bis zu den Waden, die Felltasche hing schief, und das Soldatenkäppi hatte er auf den Hinterkopf geschoben. Er hielt einen Tambourstab mit silberner Spitze in die Höhe, und sein eingegipster Zeigefinger störte ihn augenscheinlich überhaupt nicht. Offenbar genoss er seine Position als Tambourmajor.

Barry überholte die beiden Frauen und winkte ihnen mitzukommen. Bei diesem Krach war es sinnlos, sich Gehör verschaffen zu wollen. Er ging um die Musikanten herum zum Fahrweg, wo er Brunhilde geparkt hatte. Hinter O'Reillys Haus war der Lärm der Dudelsäcke gedämpft, aber dafür saß Arthur Guinness mit zurückgelegtem Kopf im Garten und jodelte schauerlich gegen die Musik an.

«Es tut mir leid», sagte Barry zu den Frauen, «aber Fingal hat mir aufgetragen, dieses Tier hier auch mitzunehmen. Ich fürchte, eine von euch muss sich den Rücksitz mit dem Hund der Baskervilles teilen.»

«Kein Problem», sagte Patricia. Barry öffnete die Tür, klappte die Sitzlehne vor und half ihr beim Einsteigen.

«Komm, Arthur», rief er und öffnete die Gartenpforte. «Bei Fuß!»

Der Hund warf einen Blick auf Barrys neue Hose und schüttelte den Kopf, als habe er beschlossen, dass ein Angriff heute nicht der Mühe wert sei. Er zwängte sich neben Patricia auf den Rücksitz.

Barry klappte die Sitzlehne wieder hoch. «Jetzt sind Sie dran, Schwester O'Hallorhan.»

«Nennen Sie mich doch Kitty», sagte sie und stieg ein.

Barry ging um den Wagen herum, stieg ebenfalls ein und ließ den Motor an. «Nächster Halt: das Hochzeitsfest.»

Auf beiden Seiten der Main Street standen jubelnde Gratulanten, die es anscheinend nicht so eilig hatten, zum Fest zu gelangen. Weiter vorn zockelte ein Jaunting Car die Straße entlang, ein zweirädriges kleines Gefährt, auf dem Maggie, Sonny und der Marquess saßen. Auf einem Schild hinten am Wagen stand: *Just Married*. Fergus Finnegan hockte mit einer Schirmmütze auf dem Kopf auf dem Kutschbock und trieb das vorgespannte Eselchen an.

Vom Rücksitz wehte ein zarter Hundeduft nach vorn. Barry kurbelte sein Fenster herunter.

Während er das Eselsgespann überholte, hörte er Patricia sagen: «Ja, so ist's brav.» Ein Blick in den Rückspiegel zeigte ihm den großen schwarzen Labrador eng zusammengerollt auf dem Rücksitz. Den Kopf hatte er auf Patricias Schoß gelegt, und in seinen braunen Augen lag hingerissene Verehrung. Barry konnte nachempfinden, was der Hund fühlte.

Er konzentrierte sich wieder aufs Fahren und wunderte sich überhaupt nicht, als sie an einem Radfahrer vorbeikamen, der gerade sein Stahlross aus dem Straßengraben zog. Solange Kitty O'Hallorhan noch bei ihm im Rover gesessen hatte, mochte O'Reilly ihrer Bitte, vorsichtiger zu fahren, wohl nachgekommen sein, aber seit er wieder allein fuhr, galt bestimmt die häufig von ihm zitierte Redensart, dass Leoparden ihre Flecken nicht ablegen können.

Barry fragte sich, ob das Hochzeitsfest wohl an die Party in O'Reillys Garten vor zwei Wochen heranreichen würde. Aber das sollte er ja gleich herausfinden. Die Tore zum Gut waren weit geöffnet. Langsam fuhr er die kiesbestreute Einfahrt hinauf und an den Buchsbaumtieren vorbei. Er lächelte, als er den zurechtgestutzten Strauch wiedererkannte, der wie eine deformierte Ente aussah.

Er suchte einen Parkplatz, stieg aus und öffnete die Beifahrertür. Die beiden Frauen und der Hund kletterten aus dem Käfer. Kaum war Arthur draußen, da galoppierte er auch schon davon, ohne sich um Barrys Rufen zu kümmern.

Barry nahm Patricias Hand und nickte Kitty zu. «Wir wollen versuchen, Fingal zu finden. Wird nicht einfach sein in diesem Gewühl.»

Die Hälfte der Rasenfläche war mit langen Tischen besetzt. Ganz vorn stand der Tisch für das Brautpaar und die Ehrengäste. Zum Teil war dieser Bereich von der Sonne beschienen, zum Teil lag er im Schatten der alten Ulmen, die an der Grenzmauer des Landgutes wuchsen.

Auf dem Rasenstück daneben drängte sich eine quirlige Menschenmenge. Nicht nur das ganze Dorf war erschienen, nein, offenbar hatten die Bewohner der ganzen Gegend sich heute hier versammelt, und alle schienen aus voller Kehle durcheinanderzuschreien. Dazu bellten die Hunde, und die Kinder kreischten.

Einige Kinder tanzten um eine riesige Araukarie herum und sangen dazu laut:

«*Ringel rangel Rosen*
Gelbe Aprikosen . . .»

Etwas stupste Barry am Bein. Arthur Guinness sah zu ihm hoch, als wollte er sagen: «Ich habe den Chef gefunden. Worauf wartest du noch?» Er war schließlich doch mit Leib und Seele ein Jagdhund. Der Labrador drehte sich um und drängte sich zwischen den Feiernden hindurch.

Barry schaute in die Richtung, in die der Hund davontrabte, und entdeckte O'Reilly in eifrigem Gespräch mit dem Verwalter des Marquess.

«Tatsächlich, da ist er ja.» Mit großen Schritten eilte Barry hinter Arthur Guinness her.

«Lass dir Zeit, Barry», bat Patricia hinter ihm. «Hohe Absätze und Rasen vertragen sich nicht besonders gut miteinander.»

Barry nahm ihre Hand und drosselte sein Tempo, damit die beiden Frauen mithalten konnten.

Während er an den Grüppchen von Dorfbewohnern vorbeiging, schnappte er Gesprächsfetzen auf.

«... und die Hand von unserem kleinen Colin ist wunderbar zugeheilt. Vom Nähen hat er gar nichts gemerkt ...»

Im Vorübergehen lächelte Barry Mrs Brown zu.

«Überhaupt nicht, Myrtle ...», hörte er Finnoula Robinson zu Myrtle MacVeigh sagen, «Aggie hat gesehen, dass Miss Moloney auf dem Fußboden lag. Weiß wie die Wand. Dann kamen die Ärzte, und seitdem ist sie spurlos verschwunden.»

Barry lächelte. Sollten sie doch schwatzen. Sie würden bald erfahren, dass Miss Moloney nur zu ihrer Schwester gefahren war. Im Vorübergehen fragte er: «Geht's Ihnen besser, Myrtle?»

«Doch, ja. Diese Pillen waren super.» Sie grinste breit und wandte sich wieder Finnoula zu. «Erzähl weiter. Ich will alles wissen. Was glaubst du, was mit der alten Schachtel passiert ist?»

Barry roch Gebratenes und reckte den Kopf über die Menschenmenge. Der Rauch stieg von einem Schwein auf, das am Spieß geröstet wurde. Barry erkannte Kinky mit ihrem grünen Hut und sah, dass sie das Ganze aufmerksam überwachte. Er winkte ihr zu, aber sie bemerkte ihn nicht. Doch immerhin, sie war da, und sehr bald würde er sie fragen, ob Jack Mills angerufen hatte.

Barry hatte sich so bemüht, Kinky auf sich aufmerksam zu machen, dass er Archie Auchinleck anrempelte. Gerade sagte Archie zu Constable Mulligan: «Sehen Sie den Bertie Bishop da vorne? Der will ja den Dreckspatz zumachen, dieser erbärmliche kleine Halunke. Ein richtiges Arsch...» Er musste

Patricia gesehen haben. «'tschuldigung, Fräulein. Das war nicht für Ihre Ohren bestimmt.»

«Ich habe gar nichts gehört, Mr ...?»

«Auchinleck.»

Patricia blieb stehen, um mit Archie zu sprechen, der bis in die Haarwurzeln hinein errötet war. Kitty trat neben sie.

Barry gelang es schließlich, an den Rand der Menge vorzudringen, wo er auf die Frauen wartete. Jemand zupfte ihn am Jackett. Als er sich umdrehte, stand Helen Hewitt vor ihm. Sie trug eine kurzärmelige Bluse und einen Minirock.

Er musste das Ohr dicht an ihren Mund halten, um sie trotz des Lärms zu verstehen.

«Ich habe gehört, dass Miss Moloney, dieser alte Drache, nicht besonders glücklich ist», sagte sie mit einem schadenfrohen Grinsen. «Das geschieht ihr recht. Sie hat einen ganz miesen Charakter.» Wieder sah Barry das Feuer in Helens grünen Augen aufblitzen. «Aber vielleicht war ich doch ein bisschen zu hart zu ihr. Ich bin ja fast umgefallen, als Doktor O'Reilly mir gestern meinen Lohn und außerdem noch einen Wochenlohn als Abfindung gebracht hat. Hätte ja nicht im Traum daran gedacht, dass ich noch einen müden Penny von ihr zu sehen kriege. Doktor O'Reilly hat gesagt, sie wäre für ein paar Tage verreist.»

«Und was hat er Ihnen sonst noch gesagt, Helen?»

«Dass ich niemandem erzählen soll, was ich gemacht habe, kein Sterbenswörtchen davon.»

«Und schaffen Sie das?»

«Aber klar doch.» Sie nickte trotzig. «Was zwischen mir und Miss Moloney war, soll auch zwischen uns bleiben. Und ich bin ja sowieso nicht mehr lange hier. Ich hab jetzt eine Stelle in einer Leinenweberei in Belfast. Am Montag fange ich da an.»

«Ich finde es schade, dass Sie weggehen.»

«Ja. Na, aber es ist am besten so, und ...», sie machte eine

Geste, und Barry beugte sich tiefer zu ihr hinunter, «mein Ausschlag ist fast ganz weg, ja, seit ich in diesem blöden Laden gekündigt habe.»

Barry nickte. «Wie schön.»

«Ich hoffe bloß, dass ich nie wieder einen Arzt brauche, aber wenn ich doch mal krank bin, komme ich hierher zu Ihnen, ganz bestimmt. Ich bin richtig froh, dass Sie jetzt mit dem alten Knaben zusammenarbeiten. Der hätte sich sonst noch totgeschuftet.»

Bevor Barry etwas erwidern konnte, jubelte die Menge plötzlich los. Als der Lärm sich wieder etwas gelegt hatte, hörte er Helen sagen: «Bis bald, und bleiben Sie bei unserem Doktor in der Praxis.» Sie drückte ihm den Arm. «So, jetzt laufen Sie mal mit Ihrer Freundin weiter. Eine schöne Frau, ja, sehr schön.»

Helen verschwand in der Menge, und Patricia trat zu ihm. «Wer war das?» Ihre Stimme klang ein wenig scharf.

«Eine Patientin.»

«Ach so», sagte sie, «dann ist es ja gut.»

Wurde sie tatsächlich ein bisschen besitzergreifend? Falls dem so war, hatte Barry nicht das Geringste dagegen.

O'Reilly löste sich von einem mit Getränken beladenen Tisch dicht am Haus, hinter dem Willy und Mary Dunleavy bedienten. Vor dieser improvisierten Bar bildeten die Gäste mäandernde Schlangen. Irgendwo in der Ferne war leises Glockengeläut zu hören. Die presbyterianische Kirche besaß keine Glocken, folglich musste das Läuten vom Turm der katholischen Kirche kommen. Eine großzügige Geste, dachte Barry. Vielleicht konnte Ballybucklebo in dieser ökumenischen Bewegung, von der er gelesen hatte, ein Vorreiter sein.

Ethel und Kieran O'Hagan traten an seine Seite. «Doktor Laverty», sagte Ethel, «das ist toll, dass Sie Kieran für Montag einen Termin besorgt haben. Morgen Abend wird er schon aufgenommen.»

«War mir ein Vergnügen. Ich bin sicher, dass Ihnen da geholfen wird, Kieran.»

Barry fiel ein, dass er sich vor zwei Wochen vorgenommen hatte, seine Patienten an seinem freien Tag nicht mehr nach ihrem Befinden zu fragen. Doch inzwischen verstand er, warum O'Reilly sich beim Rennen nach dem Auge eines Patienten erkundigt und sogar im Dreckspatz zuvorkommend medizinische Fragen beantwortet hatte. Ein Landarzt in einem Dorf wie Ballybucklebo hatte eben nie frei.

Er sah, wie Patricia auf den vorderen Tisch deutete, und folgte ihr und Kitty dorthin. O'Reilly hatte sich bereits dort niedergelassen, und ein paar Plätze weiter saßen steif der presbyterianische Pfarrer und seine Frau.

Als die beiden Frauen ankamen, stand O'Reilly auf, rückte Kitty einen Stuhl zurecht und blieb stehen, bis sie sich gesetzt hatte.

«Komm, Barry, platz dich», rief er dann und griff zu seinem Whiskeyglas. «Das Brautpaar müsste in ein paar Minuten hier sein, wenn also jemand noch was zu trinken haben will, bevor der offizielle Teil anfängt, dann jetzt oder nie. Herr Pfarrer, damit sind auch Sie gemeint.»

«Für Patricia ein Glas Wein», sagte Barry und sah sie zustimmend nicken. «Und für mich …», beinahe hätte er einen Sherry bestellt, doch er erinnerte sich an O'Reillys Bemerkung, dass er aus dem Sherrytrinken «herausgewachsen» sei. «Für mich bitte einen kleinen Bushmills.»

O'Reilly hob den Daumen und nahm weitere Bestellungen entgegen.

«Zwei Gläser Orangensaft bitte», sagte der Pfarrer und lächelte seiner Frau zu.

«Heilige Mutter Gottes», meinte O'Reilly, «heute dürfen Sie doch bestimmt was Stärkeres trinken.»

Der Pfarrer schüttelte den Kopf und schnalzte missbilligend mit der Zunge.

«Da fragt man sich», erklärte O'Reilly, «warum unser Heiland sich mit seinem ersten Wunder so viel Mühe gegeben hat.»

«Und welches war das, Doktor O'Reilly?»

«Das war auf der Hochzeit zu Kanaa in Galiläa. Soweit ich mich erinnere, hat er das Wasser damals nicht in Orangensaft verwandelt, sondern in Wein.»

Der Pfarrer war ein guter Verlierer, das musste Barry anerkennen. «Also schön, Doktor, wenn Sie darauf bestehen – zwei kleine Gläser Rotwein, bitte.»

«So ist's recht, Mann.» O'Reilly klopfte ihm auf die Schulter. «Komm, Barry. Ich brauche Hilfe, um das alles zu tragen.»

Mit einem Schulterzucken wandte Barry sich an Patricia. «Bin gleich wieder da.»

«Mein Gott», sagte O'Reilly, «sie wird schon nicht weglaufen. Übrigens, Patricia?»

«Ja, Fingal?»

«Halten Sie den Platz da neben uns auf der Ecke für Kinky frei. Ich sehe gerade, dass sie hierher unterwegs ist.»

Barry musste rennen, um mit O'Reilly Schritt zu halten. Wie es seine Gewohnheit war, marschierte der Arzt gleich an den Kopf der Schlange, ohne dass unter den Wartenden auch nur ein einziges Wörtchen des Protestes laut wurde. Er gab seine Bestellung bei Willy Dunleavy auf. «Und ich kriege einen *doppelten* Black Bushmills, hast du gehört?»

Barry drängte sich an Mary, Seamus und dem Baby Barry Fingal Galvin vorbei.

«Wie geht's denn, Doc?», fragte Seamus. «Das ist unsere letzte Party hier in Ballybucklebo. Montag hauen wir drei nach Amerika ab.»

«Mir geht's prima, danke, und ich wünsche Ihnen alles Gute, Seamus und Mary. Ich hoffe, dass Sie da drüben Ihr Glück machen. Vielleicht kommen Sie ja eines Tages zu Besuch hierher zurück?»

«Wir kommen bestimmt wieder, Doc», sagte Seamus. «Es ist ganz schön hart, dass wir wegmüssen.»

«Das kann ich gut nachvollziehen», meinte Barry. «Aber jetzt entschuldigen Sie mich bitte, ich muss Doktor O'Reilly helfen.»

Er trat neben O'Reilly, nahm ein Tablett mit Gläsern entgegen und trug es zu ihrem Tisch zurück.

Kinky hatte inzwischen an der Ecke Platz genommen. Strahlend rückte sie ihren neuen Hut zurecht.

Barry verteilte die Getränke und setzte sich wieder neben Patricia. Er hob das Glas und flüsterte ihr zu: «Auf die frischgebackene Stipendiatin.»

Lächelnd prostete sie ihm zu, widersprach ihm dabei aber leise: «Nein, Barry, einfach auf uns.»

Unter dem Tisch spürte er ihre Hand.

«Entschuldigen Sie, Doktor Laverty», sagte Kinky, «unser Doktor redet ja pausenlos mit der netten Dame aus Dublin, aber wenn Sie mal einen Augenblick Zeit haben, würden Sie ihm dann sagen, dass mein neuer Hut wirklich eine Wucht ist?»

«Natürlich, Kinky.»

Bevor sie weitersprach, legte sie einen Finger an die Lippen: «Ich weiß sehr gut, warum von den anderen Damen keine einzige einen neuen Hut hat …» Klar, gestern beim Mittagessen hatte O'Reilly ihr ja die ganze Geschichte erzählt und sie gebeten, das alles für sich zu behalten. «Florence Bishop hat sich in Bangor einen gekauft, aber die anderen laufen alle mit ihren alten Hüten rum und beneiden mich um meinen.»

«Das freut mich.»

«Und da war noch 'ne kleine Sache …»

«Ja?»

«Kurz bevor ich zur Kirche los bin, hat Ihr Freund angerufen, der Doktor Mills …»

Barry packte sein Glas fester.

«Und er hat mich gebeten, Ihnen auszurichten ...»

Aber Kinkys weitere Worte verstand Barry nicht mehr, sie gingen in Dudelsackmusik, Trommelschlägen und dem Geheul von Arthur Guinness unter, der sich unter dem Tisch verkroch.

«Das Lied heißt *Marie's Wedding*», brüllte O'Reilly.

Doch das Lied interessierte Barry überhaupt nicht. Er wollte hören, was Kinky zu sagen hatte.

Keine Chance.

Seamus Galvin führte den Zug an. Hinter ihm folgten mit schwingenden Kilts und geblähten Dudelsäcken die Highlander. Ihre aufgeblasenen Wangen waren tiefrot, und der Schweiß stand ihnen auf der Stirn, während die Finger über die Melodiepfeifen flatterten. Zwei Trommler ließen Trommelstöcke mit wolligen Köpfen auf ihren Tenor Drums tanzen. Auf den Side Drums wurden Paradiddles und Wirbel geschlagen. Ein Mann, den Barry nicht kannte, hatte Seamus Galvins Position an der großen Trommel eingenommen und wummerte drauflos, was das Zeug hielt.

Hinter den Musikanten kam das Eselchen, das tapfer den kleinen Kutschwagen zog. Der Marquess sah in Cutaway und Zylinder sehr festlich aus, jeder Zoll ein Mitglied des britischen Oberhauses. Sonny schien das Theater eher zu verwirren, aber Maggie in ihrem weißen, im Sonnenlicht schimmernden Hochzeitskleid strahlte über das ganze Gesicht.

Hinter dem Eselsgespann liefen die Kinder her. Sie hüpften über das Gras, und ein kleiner Junge, in dem Barry Colin Brown zu erkennen meinte, schlug vergnügt ein Rad nach dem anderen.

Von irgendwoher tauchten Sonnys fünf Hunde auf. Bellend sprangen sie neben der Kutsche her.

Barry hätte zu gerne mit Kinky gesprochen, aber ihm blieb nichts anderes übrig, als abzuwarten, bis der Höllenlärm sich gelegt hatte.

«Bum-bum. Bum-bum.» Der Mann mit der großen Trommel signalisierte mit Doppelschlägen das Ende des Liedes. Das Klagen der Dudelsäcke erstarb, und zum ersten Mal wurde es auf diesem geräuschvollen Fest still. Die Sonne wärmte Barry, und der Duft des röstenden Schweins kitzelte ihn in der Nase.

Der Marquess stieg aus und half Maggie vom Wagen. Barry lächelte, denn ihm fiel auf, dass ihr jetzt zurückgeschlagener Schleier zwar von einem sittsamen Kränzchen künstlicher Maiglöckchen gehalten wurde, dass vorn aber, genau in der Mitte, eine angewelkte orangene Kapuzinerkressenblüte leuchtete. An dem Tag, an dem Maggie MacCorkle keine verwelkte Blume in ihrer Kopfbedeckung stecken hat, geht die Sonne nicht auf, dachte Barry.

Offenbar besaß Maggie doch ein künstliches Gebiss, auch wenn Barry sie noch nie damit gesehen hatte. Heute war ihr Lächeln makellos, und ihre Wangen, die sonst eher an getrocknete Pflaumen erinnert hatten, schimmerten voll und rund. Irgendjemand hatte ganze Arbeit geleistet und ihren zarten braunen Schnurrbart gekonnt unter Schminke versteckt.

Der Marquess führte das Hochzeitspaar an den vorderen Tisch. Maggie zog umständlich ihr Kleid zurecht, und Sonny blieb hinter ihrem Stuhl stehen und wartete, bis sie gut saß, bevor er selbst Platz nahm. Er hielt sich so aufrecht wie ein Regimentsfeldwebel.

In dem Moment, als der Marquess seinen Platz eingenommen hatte und die ganze Brautgesellschaft am Tisch saß, brach ein Jubelgeschrei los, so laut, dass ein Schwarm Dohlen wirbelnd und krächzend aus den Kronen der Ulmen aufstieg.

Während die übrigen Hochzeitsgäste sich ihre Plätze suchten, setzte Barry sich wieder neben Patricia. Das Stimmengewirr war jetzt gedämpfter, sodass er Patricias geflüstertes «Sie sieht so schön aus» mühelos verstand.

Das stimmt, dachte er, obwohl sie weit über sechzig ist.

Sonny schien sich in seinem Cutaway – vermutlich eine Leihgabe des Marquess – nicht wohl zu fühlen. Das Kleidungsstück war ihm mindestens eine Nummer zu groß, doch er trug es mit der ihm eigenen unaufdringlichen Würde. Lächelnd bückte er sich zu seinen fünf Hunden hinunter, die sich um ihn drängten und um seine Aufmerksamkeit wetteiferten. Barry schaute zu, wie er jeden einzelnen tätschelte. Er konnte nicht hören, welche Koseworte der alte Mann seinen Freunden zumurmelte, doch seine Augen glänzten. Sogar Arthur Guinness, der auch zu diesem Hundefest erschienen war, bekam einen freundlichen Klaps ab.

«Ich dachte mir, dass du dich freuen würdest, sie zu sehen», sagte O'Reilly. «Kannst du sie irgendwie dazu bringen, sich unter den Tisch zu legen? Es ist Zeit, dass es losgeht. Und du, Arthur Guinness, du Volltrottel, mach Sitz.»

Es dauerte eine Weile, bis die Hunde sich beruhigt hatten.

Barry beugte sich vor und versuchte, Kinky anzusprechen, aber sie war völlig in eine Unterhaltung mit einer Frau mittleren Alters vertieft, die ihr gegenübersaß. Barry kannte die Frau nicht. Einzelne Brocken ihres Gesprächs konnte er verstehen.

«Haben Sie schon das Neueste über Miss Moloney gehört?», fragte die Fremde.

Kinky kannte die ganze Geschichte ja aus erster Hand, aber sie machte ein unschuldiges Gesicht. «Nein.»

«Es ist wunderbar, zu was die moderne Medizin in der Lage ist.» Die Stimme der Fremden triefte vor Gewissheit, als sie ihre Informationen weitergab, war jedoch so leise, dass Barry die nächsten Worte kaum verstehen konnte. «Sie haben Miss Moloney ins Royal gebracht und sie da operiert ... diese wunderbare Operation, wo das *gesamte* Gehirn entfernt und dann wieder eingesetzt wird.»

«Ach, tatsächlich? Das ganze Gehirn, ja? T-t-t», sagte Kinky verwundert und sah Barry in die Augen. Während er laut loslachte, gelang es ihr meisterhaft, ernst zu bleiben. «Also, das ist ja eine Sache. Da müssen wir ja sehr nett zu der armen alten Frau sein, wenn sie nach Ballybucklebo zurückkommt. Ich glaube, ich backe ihr einen Kirschkuchen. Vielleicht können einige von den anderen Damen ja auch etwas machen.»

Die Antwort war nicht zu hören, denn jetzt stand O'Reilly auf und klopfte mit einer Gabel an ein leeres Wasserglas. «Ich bitte um Aufmerksamkeit. Ruhe bitte!», brüllte er mit seiner Achterdeckstimme. «Und damit bist auch du gemeint, Donal Donnelly.»

«Entschuldigung, Doktor.»

«Eure Lordschaft, meine Damen und Herren ... und damit bist du *nicht* gemeint, Donal Donnelly ...»

Gelächter unterbrach ihn, und er musste warten, bis es abgeklungen war.

«Ich bin gebeten worden, das Fest heute Nachmittag, mit dem wir die Hochzeit von zwei ganz besonders verdienten Bürgern von Ballybucklebo feiern wollen, zu moderieren.»

«Hört, hört», rief jemand, und verschiedene Gäste applaudierten.

O'Reilly schlug wieder an das Glas. «Aber wie dem auch sei, wenn ihr mich dauernd unterbrecht, werde ich nie fertig ... und dann kriegt keiner von uns was zu essen. Also haltet jetzt alle den Mund und passt auf ... und damit bist auch du wieder gemeint, Donal Donnelly.»

Wieder Gelächter.

«Wir werden also mit einem Tischgebet beginnen», O'-Reilly verbeugte sich vor dem Pfarrer, «und dann essen. Neben der Bar ist das Büfett aufgebaut, und ich möchte, dass ihr euch ordentlich benehmt, damit es nicht so ein Gedränge gibt. Erst geht der Tisch hier vorne los, dann der Reihe nach die anderen. Ihr an dem Tisch hier rechts von mir fangt an. Klar?»

Er machte eine Pause, bis das zustimmende Gemurmel verstummt war.

Barry lächelte zwar, warf aber Kinky einen Blick zu und wünschte, O'Reilly würde sich ein bisschen beeilen. Wie gerne wollte er seine Sorgen vergessen und das Fest genießen – von ganzem Herzen aber konnte er das erst, wenn er wusste, was Jack ihm zu sagen hatte. Die Ungewissheit war kaum zu ertragen. Er konzentrierte sich wieder auf O'Reillys Worte.

«Wenn ihr alle gegessen und getrunken habt, gibt es eine kleine Pause, und dann geht's ans Redenschwingen. Nicht zu viel, das verspreche ich euch, denn ich weiß ja, dass manche», er hob sein Glas, «Wichtigeres zu tun haben. Ich werde die Redner aufrufen, und ich habe einen Rat für euch. Ich möchte, dass ihr aufsteht, redet ... und wieder den Mund haltet. Fasst euch kurz. Denkt an Fergus Finnegan, den Jockey. Ganz kurz.»

«Gutes kommt in kleinen Portiönchen, Doktor, ja doch», rief Fergus als Antwort, «und je größer jemand ist, desto härter fällt er.»

Die Anspielung auf O'Reillys Körpergröße entging der Menge nicht. Manche brüllten vor Lachen, einige pfiffen laut. Fergus erhob sich und verbeugte sich vor seinen Anhängern.

«Eins zu null für dich, Fergus», räumte O'Reilly ein. Er wartete, bis es wieder still war. «Ich bin jetzt fertig», meinte er dann, «und nun bitte ich euch alle, aufzustehen und die Köpfe zu neigen, während der Pfarrer spricht.»

Barry erhob sich mit den anderen zusammen. Kaum war das Tischgebet gesprochen, da beugte er sich über den Tisch. «Kinky? Kinky?»

«Was denn?»

«Was hat Doktor Mills gesagt?»

«Er hat gesagt, ich soll Ihnen ausrichten, dass es ihm sehr leid tut, ja …»

«Es tut ihm leid?» Hieß das, dass Harry nichts herausgefunden hatte? Barry spürte, wie ihm der Schweiß aus den Achselhöhlen tröpfelte. Die Sonnenwärme machte ihn zwar schläfrig, aber geschwitzt hatte er bisher noch nicht.

«Er war die ganze Nacht auf und hat verschlafen, aber er wollte gerade los, um Ihren anderen Freund zu besuchen, und anschließend kommt er dann gleich her. Das war alles, Sir.»

Barry seufzte. «Ja, gut, Kinky», sagte er, «danke, dass Sie mir das ausgerichtet haben.»

«Doktor Laverty?»

«Ja?»

«Sie sehen aus wie ein Mann, der mit den Fingern in der Melkmaschine festhängt, mit hoch aufgedrehtem Saugdruck. Ich habe Ihnen doch schon gesagt, dass Sie hören werden, was Sie hören wollen. Also warten Sie einfach ab, und haben Sie Geduld.»

Barry starrte sie an. Noch nie hatte er Mrs Kincaid so ernst erlebt. «Ich werde mir Mühe geben», meinte er. Doch, natürlich, er wäre ein Idiot, wenn er heute den einzigen Miesepeter in ganz Ballybucklebo spielen wollte. Und außerdem war er bereit, Kinky zu glauben, auch wenn sein Verstand ihm sagte, dass ihrer Voraussage jegliche Logik fehlte.

«Das ist gut», sagte sie, «und jetzt ziehen Sie los, und holen Sie der netten Miss Spence einen Happen zu essen.»

«Das mache ich.»

Kinky rümpfte die Nase. «Allerdings hätte das Schwein meiner Meinung nach noch gut eine halbe Stunde mehr vertragen können.»

Während des Essens hatte am vorderen Tisch keine große Unterhaltung stattgefunden. O'Reilly war mit der Serviette unterm Kragen zum Büfett zurückgewandert, um sich einen

Nachschlag zu besorgen. Dabei hatte er, dachte Barry mit heimlichem Grinsen, doch vor noch gar nicht so langer Zeit mit Kitty O'Hallorhan in Crawfordsburn Mittag gegessen.

O'Reilly rülpste, entschuldigte sich dafür und wandte sich an Barry. «Ich gebe ihnen noch zehn Minuten, damit der letzte Tisch auch aufessen kann.» Er warf einen Blick auf sein Glas. «Sieht aus, als säße ich auf dem Trockenen. Kann ich dir auch was mitbringen?»

Barry schüttelte den Kopf.

O'Reilly stand auf. «Bleib da, Sir», sagte er zu Arthur und machte sich auf den Weg zur Bar.

Barry schob seinen Teller fort. «Möchtest du das glückliche Paar kennenlernen?», fragte er Patricia.

«Sehr gerne.»

«Aber ich muss dich warnen. Maggie ist ein bisschen anders. Als ich sie zum ersten Mal gesehen habe, hat sie über Kopfschmerzen geklagt.»

«Und was findest du daran ‹anders›?»

«Sie hatte die Schmerzen eine Handbreit *über* dem Kopf.»

«Was? Ist das dein Ernst?»

«Mein voller Ernst. Komm, wir plaudern ein bisschen mit ihnen.»

Patricia stand auf, und gemeinsam gingen sie am Tisch entlang.

«Entschuldigen Sie», sagte Barry, «Sonny, Maggie, darf ich Ihnen Miss Patricia Spence vorstellen?»

Sonny erhob sich, machte eine Verbeugung, nahm Patricias Hand, beugte sich darüber und hauchte einen Kuss in die Luft. «Bin entzückt, Miss Spence.»

Er hätte gut an den Hof König Ludwigs in Frankreich gepasst, dachte Barry.

«Sie sind das also, von der ich gehört habe», meinte Maggie. Mit schräggelegtem Kopf und zusammengekniffenen Augen musterte sie Patricia ganz unverhohlen. Dann grinste sie. «Sie sind sogar noch hübscher, als ich gehört habe. Hier im Dorf wird nämlich von Ihnen gesprochen, wissen Sie.»

Barry hatte noch nie gesehen, dass Patricia verlegen wurde. Jetzt aber errötete sie und stotterte: «Da... danke, Maggie.»

«Ja», fuhr Maggie fort, «aber Schönheit ist oft oberflächlich und vergeht.» Sie verzog den Mund. «Wenn Doktor Laverty in Sie verliebt ist, dann sicherlich wegen Ihrer Augen. Die sind wunderschön – und die bleiben, bestimmt.» Maggies eigene Augen funkelten.

Jetzt errötete Barry.

«Doktor Laverty», sagte Maggie, «ich glaube, diese junge Dame ist zu schade für Sie.»

«Da haben Sie bestimmt recht, Maggie», erwiderte Barry und schaute Patricia an.

Mehr konnte er jedoch nicht sagen, denn O'Reilly war wieder an seinem Platz und brachte mit seiner Gabel das Glas zum Klingen. «Hört mal zu. Ich weiß, dass einige von euch noch essen, aber es ist jetzt Zeit, dass wir loslegen. Setzt euch bitte alle hin.»

Barry geleitete Patricia zurück. Als er Platz nahm, hörte er unter dem Tisch ein Schlürfen. Ein rascher Blick sagte ihm, dass Arthur Guinness zufrieden aus einer Schüssel Smithwick's Bitter schlabberte. Also hatte O'Reilly dem Gummistiefeldieb vergeben.

Wieder klirrte das Glas. Barry hörte O'Reilly sagen: «Also gut. Es ist Zeit, dass wir weitermachen. Vorher jedoch möchte ich mich im Namen aller ganz herzlich beim Marquess von Ballybucklebo bedanken, weil er uns erlaubt hat, auf seinem Grund und Boden zu feiern.»

Das Gebrüll der Menge war ohrenbetäubend.

«Ich bin ganz eurer Meinung», sagte O'Reilly, «aber jetzt bitte ich Seine Lordschaft, den Toast auf das glückliche Paar auszubringen.»

O'Reilly setzte sich, und der Marquess stand auf. «My Lord

... aber warten Sie», sagte er mit gespieltem Stirnrunzeln, «jetzt rede ich ja mit mir selbst, und Sie alle wissen, worauf das hindeutet.»

Lautes Gelächter.

«Ich will noch einmal neu anfangen. Meine Damen und Herren, wir alle kennen Maggie MacCorkle und unseren Freund Sonny seit vielen Jahren. Sonny ist Schachspieler, Fachmann für die Töpferkunst des Mittleren Ostens und ...», er sah Bertie Bishop direkt an, «für Grundbesitz und Eigentumsrechte bei den Normannen.»

Der Councillor machte ein böses Gesicht, und seine Frau verpasste ihm einen derben Rippenstoß.

«Maggie ist Katzenliebhaberin und die Besitzerin des kampflustigsten Katers in ganz Ulster, General Sir Bernard Law Montgomery, dazu eine exzellente Blumenkastengärtnerin und ... einige von Ihnen wissen das vielleicht noch nicht ... Gewinnerin der Silbermedaille bei der irischen Meisterschaft im Kunstspringen 1922.»

Nein, das hatte Barry nicht gewusst, und O'Reilly offenbar auch nicht, so verwundert sah er aus. Viele Dorfbewohner gaben ihrem Erstaunen Ausdruck.

«Und jetzt springt Maggie wieder, aber diesmal ...», ein Kopfneigen zu Sonny hinüber, «diesmal gewinnt sie Gold, glaube ich.»

Niemand lachte. Niemand jubelte. Stattdessen bekundeten die Zuhörer ihr Einverständnis durch lautes, langanhaltendes Klatschen.

«So, jetzt möchte ich Doktor O'Reillys Rat befolgen und mich kurz fassen. Herzlichen Glückwunsch, Sonny, und Ihnen alles Glück der Welt, Maggie.» Der Marquess hob sein Glas. «Ich bitte Sie alle, Ihre Gläser zu füllen und sich mit mir zu erheben und dem Brautpaar zuzuprosten. Mögen Sie lange miteinander glücklich sein, und möge jeden Tag die Sonne auf ihre Ehe scheinen. Auf die Braut und den Bräutigam.»

«Auf die Braut und den Bräutigam», brüllte die Menge.

«Sonny wird jetzt im Namen des glücklichen Paares antworten», rief O'Reilly und klopfte Sonny auf die Schulter. «Aufstehen, Sonny.»

Sonny erhob sich, und O'Reilly setzte sich wieder hin.

Barry schaute zu, wie der alte Mann mit einem Finger an seinem viel zu großen Kragen zerrte. Sonny stand so aufrecht, dass man ihm seine Jahre nicht ansah. Und seine stolze Haltung strahlte die natürliche Autorität eines regierenden Herrschers aus.

«My Lord – und ich rede jetzt nicht mit mir selbst –, meine Damen und Herren, im Namen von meiner Frau», er lächelte zu Maggie hinunter, «und mir habe ich nur ganz wenig zu sagen.»

Barry sah, wie beide rot wurden.

«Aber es gibt eine Reihe von Menschen hier, bei denen ich mich bedanken möchte. Als Erstes möchte ich, genauso wie Doktor O'Reilly, Seiner Lordschaft für seine auf so sehr vielfältige Weise erwiesene Großzügigkeit mir gegenüber danken.»

Höflicher Applaus.

«Als Nächstes möchte ich mich bei Councillor Bishop bedanken ...»

Barry hörte, wie die ganze Hochzeitsgesellschaft nach Luft schnappte. Alle Anwesenden wussten von der langjährigen Fehde zwischen den beiden Männern, von dem Streit über Sonnys Dach und von Maggies Weigerung, Sonny zu heiraten, solange das Dach nicht repariert war.

«Nein, nein», sagte Sonny, «Councillor Bishop hat mein Dach neu decken lassen, wofür ich ihm sehr dankbar bin, und ich hoffe, dass wir beide von nun an die Vergangenheit ruhen lassen können.» Er blickte zu Bertie Bishop hinüber.

«Und zum Schluss», erklärte Sonny, «möchte ich Maggie MacCorkle dafür danken, dass sie all die Jahre auf mich gewartet und schließlich eingewilligt hat, meine Frau zu werden ...»

Ja, Maggie hatte wirklich gewartet, das wusste Barry. Das war also möglich. Er sah zu Patricia hinüber und fragte sich, was sie wohl gerade dachte.

«... und dafür, dass sie eine so wunderbare Mitgift mit in die Ehe gebracht hat.»

Barry runzelte die Stirn. War dieser alte Brauch nicht schon vor Jahren ausgestorben?

«Damit meine ich natürlich den Esel und das Schwein. Die eine Hälfte der Mitgift hat Maggie und mich heute hierhergefahren ...» Sonny machte eine Pause und ließ den Blick über die Menge schweifen. Dann verzog sich sein ledriges, normalerweise ernstes Gesicht zu einem breiten Grinsen. «Und die andere Hälfte habt ihr gefräßigen Halunken gerade verspeist.»

Die Jubelrufe und das Gelächter waren ohrenbetäubend. Sonny setzte sich wieder.

Bevor O'Reilly etwas sagen konnte, war Maggie aufgestanden. Barry sah, wie einige der älteren Gäste die Stirn runzelten. In Ulster sollte eine Braut eigentlich sittsam an der Seite ihres frisch Angetrauten sitzen und schweigen. Aber schließlich hatte Maggie, wenigstens soweit Barry wusste, immer nach ihren eigenen Regeln gelebt. «Ich weiß, ich weiß, ich soll eigentlich die Klappe halten, aber Seine Lordschaft hat auf uns beide einen Toast ausgebracht, und habe ich nicht auch einen Mund?»

«Als ob wir das nicht wüssten, Maggie», rief jemand. «Normalerweise geht der doch zwischen deinen Ohren rauf und runter wie ein Springseil.»

Allgemeines Gelächter.

«Wie dem auch sei, ich möchte Seiner Lordschaft persönlich danken, und ...», sie biss ihre dritten Zähne zusammen und ballte die Fäuste, «und Councillor Bishop auch. Wenn er Sonnys Dach nicht heilgemacht hätte, wäre ich immer noch mit meinem Kater allein.» Dann grinste sie. «Ich habe einen

Rat für einige von euch.» Sie schaute Barry an und ließ den Blick dann zu O'Reilly und Kitty hinüberwandern. «Sonny und ich sind ein paar sture alte Esel, dass wir uns wegen einem dämlichen Dach zerstritten haben. Wir haben viel zu lange gewartet. Seid nicht so blöd wie wir, ihr jungen Leute!»

Barry blickte Patricia an. Sie hatte eine Augenbraue hochgezogen und schaute Maggie an. O'Reilly starrte stirnrunzelnd auf Kittys Hinterkopf, und Barry hätte einen Tageslohn dafür gegeben zu erfahren, was Patricia und Fingal Flahertie O'Reilly in diesem Moment dachten.

Maggie beugte sich zur Seite und schmatzte Sonny einen feuchten Kuss auf die Stirn. «Ich liebe dich immer noch, lieber Ehemann», sagte sie und setzte sich, während donnernder Applaus aufbrandete.

O'Reilly stand wieder auf und wartete, bis es still war. «Gut gemacht, Maggie.» Er hielt die Hand hoch. «Ich habe euch versprochen, dass dieser Programmpunkt kurz werden soll, aber ein kleines Vöglein hat mir verraten, dass ein paar von uns», er sah zu Archie Auchinleck und seinem Sohn hinüber, die beide mehrere leere Guinnessgläser vor sich stehen hatten, «einen Augenblick Pause gebrauchen könnten. Und ich bekenne, dass ich selbst auch dazugehöre. Seine Lordschaft gestattet uns, die sanitären Anlagen im Erdgeschoss zu benutzen. Also los, wer es nötig hat. In zehn Minuten treffen wir uns hier wieder.»

O'Reilly verschwand. Arthur Guinness streckte die Schnauze unter dem Tisch hervor und legte Barry eine Pfote aufs Bein.

«Wag es bloß nicht, du Hundevieh», sagte Barry streng.

Arthur stieß einen tiefen Seufzer aus und trottete hinter O'Reilly her.

Barry spürte, dass jemand hinter ihm stand. Er drehte sich um und sah Donal Donnelly. Der junge Mann war barhäuptig, und die drei obersten Knöpfe seiner Uniformjacke waren offen. Neben ihm stand Julie MacAteer, bleich, aber anscheinend glücklich.

Barry stand auf. «Wie geht's Ihnen, Julie?»

Sie lächelte. «Bin auf dem Weg der Besserung, Doktor.»

«Schön.»

«Ich wollte mich nur bedanken ...»

«Keine Ursache.»

«Und mich für eine Weile verabschieden. Ich fahre ein paar Wochen nach Rasharkin zu meiner Familie.» Sie schaute Donal an. «Und wenn ich wiederkomme, müssen Donal und ich auch Pläne machen.»

«Wie schön», sagte Barry. Kinky hatte mit ihrem Liedchen recht gehabt, auch wenn, wie in diesem Fall, die Hochzeit schon feststand.

«Ich hoffe, dass ich Sie wiedersehe, wenn ich zurückkomme, Doktor.»

«Das hoffe ich auch», gab Barry zurück, wohl wissend, dass Julie diese Bemerkung schlicht als Höflichkeit auffassen würde, nicht als Ausdruck seiner Ungewissheit darüber, ob er Patricia nach Cambridge folgen würde, und seiner Sorge um den Obduktionsbefund. «Aber heiraten Sie nicht zu bald.» Er nahm sein Whiskeyglas in die Hand. «Nach der Party vor zwei Wochen und dem Fest heute wird meine Leber erst mal eine Weile brauchen, um sich zu erholen.»

Donal lachte. «Die Leber wächst mit ihren Aufgaben, oder?», sagte er. «Darf ich Julie Miss Spence vorstellen?»

«Natürlich, Donal.»

«Wir haben uns ja heute Morgen schon gesehen», wandte Donal sich an Patricia. «Und das hier ist Julie MacAteer, ja.»

«Freut mich, Julie», sagte Patricia.

«Mich auch.» Julie knickste. «Wenn ich das mal so sagen darf, Miss», meinte sie dann schüchtern, «ich glaube, dieser Percy French muss an Sie gedacht haben, als er das Liedchen ‹The Star of the County Down› geschrieben hat.»

Patricia lachte: «Ich fühle mich sehr geschmeichelt, dass Sie das denken, Julie, aber ich habe kein ‹nussbraunes Haar›, und auf ‹zwei bloßen Füßen› stehe ich schon gar nicht.»

«Wir müssen jetzt gehen, Doktor», sagte Donal.

Barry war so damit beschäftigt, Patricia zu bewundern, dass er kaum bemerkte, wie die beiden loszogen, und auch O'Reillys Wiederkehr nicht wahrnahm.

«Barry?», fragte O'Reilly. «Hast du Arthur gesehen?»

«Was?»

«Arthur?»

«Der ist hinter dir hergelaufen.»

Wie als Antwort auf die Frage nach dem Hund ertönte aus dem Gestrüpp unter den Ulmen ein wildes Gegacker. Ein Fasan schoss in den Himmel hinauf, die kurzen Schwingen verschwammen, so schnell flatterten sie, der grüne Kopf glitzerte in der Sonne wie ein Smaragd. In dem für Fasanen typischen Sturzflug beschrieb er einen Halbkreis und verschwand über den Buchsbaumtieren.

«Hm», sagte O'Reilly, «da also steckt dieser verdammte Hund.»

Er stellte sich hinter den Tisch, hob die Gabel und bearbeitete erneut das Glas. «Schön, dass ihr wieder da seid. Jetzt haltet alle mal den Mund und passt auf. Als Nächstes», brüllte er, «bitte ich Councillor Bishop, herzukommen.»

Gedämpftes Gemurmel begleitete Bishop, als er zum vorderen Tisch stapfte. Eine Stimme rief: «Und was ist mit dem Dreckspatz?»

Breitbeinig stellte Bishop sich hinter den Tisch. Mit den Händen packte er die Aufschläge seiner schwarzen Anzugjacke. «My Lord, meine Damen und Herren», begann er, als spräche er vor dem Grafschaftsrat, «da ich es nicht gewohnt bin, in der Öffentlichkeit zu sprechen …» Er machte eine Pause, als warte er auf Gelächter, doch das blieb aus. «Einer von Ihnen hat eben eine eminent wichtige Frage gestellt …»

«Ja! Was wird mit dem Dreckspatz?»

«Ich habe mir diese Sache», verstohlen warf er einen Blick auf O'Reilly, «sehr gründlich überlegt, jawoll. Ich habe mir Ihre Bedenken angehört, und ich werde dem vernünftigen Rat unserer Ärzte Doktor O'Reilly und Doktor Laverty hier folgen, jawoll.»

«Dass Sie die Beine unter den Arm nehmen und abhauen?»

Barry musste Bishops Souveränität bewundern.

«Nein», sagte er mit einem Lächeln, «um die Beine unter den Arm zu nehmen, bin ich ein bisschen zu rundlich.»

Das brachte ihm nun doch ein paar Lacher ein.

«Ich habe mich also entschieden, und ich habe Willy Dunleavy gesagt, dass er und die Seinen den Schwan für weitere 99 Jahre pachten können.»

Auf einmal herrschte Totenstille.

«Haben Sie gehört, was ich gesagt habe? Ich werde ...»

Bishops folgende Worte gingen im allgemeinen Jubel unter.

Der kleine Mann wölbte die Brust wie eine Kropftaube. «Also», sagte er, «und wenn Sonny bereit ist, das Kriegsbeil zu begraben, dann bin ich das auch.»

Das Gejubel wurde noch lauter.

Bishop beugte sich zu Sonny hinunter, und die beiden Männer schüttelten sich die Hand. «Und das ist alles, was ich zu sagen habe, außer dass ich auf die Freundschaft anstoßen möchte, also ...»

«Bertie! Bertie!» Florence Bishop war aufgesprungen und winkte ihrem Mann. «Bertie, das ist noch gar nicht alles. Du hast doch versprochen, doch, das weiß ich noch genau, als wir am Donnerstag in Bangor waren und ich in den Hutladen gegangen bin, da hast du versprochen ...»

Deutlich hörte Barry, wie der Councillor wisperte: «Oh Gott, gibt diese Frau denn niemals Ruhe?» Laut sagte er:

«Richtig. Richtig, Florence. Das hätte ich fast vergessen. Tut mir leid.» Er zeigte auf Barry. «Meine Frau ist furchtbar krank gewesen. Es war eine ganz seltene Krankheit, und Doktor O'Reilly hat gesagt, er hätte so einen Fall noch nie gesehen. Wir alle wissen, dass er ein gebildeter Mann ist ...»

Zustimmendes Gebrummel.

«Aber unser Doktor Laverty hier, der hatte das im Handumdrehen heraus, und er hat sie wieder ganz gesund gemacht, jawoll. Flo und ich sind Ihnen sehr dankbar, Doktor.»

Erneut hatte sich Schweigen über die Menge gebreitet, und Barry spürte die vielen Blicke in seinem Nacken.

«Ich weiß, dass ich eben gesagt habe, ich will auf die Freundschaft trinken, und natürlich auch auf Sonny und Maggie», erklärte Bishop, «aber ich bitte Sie alle, aufzustehen ... und das Glas auch auf unsere beiden Ärzte zu erheben.»

«Ja, auf unsere Ärzte und auf den Dreckspatz», kam wieder ein Zwischenruf.

«Gut gemacht, Bertie», sagte O'Reilly, als Bishop unter Jubelrufen an seinen Platz zurückkehrte. «Und», fuhr er fort, «damit bleibt noch ein letzter Redner, bevor wir uns der Hauptsache dieses Tages widmen können. Hier kommt Donal Donnelly.»

Donal trat in seinem viel zu langen Kilt vor. Seine Hasenzähne leuchteten weiß, als er grinste und die obligatorischen Begrüßungsworte sprach. «Als Erstes wollen Julie und ich uns ebenfalls bei Doktor Laverty bedanken», sagte er dann. «Ihr wisst alle, was er für sie getan hat ...»

Gedämpfter Applaus.

«Aber jetzt kommt das Wichtigste: Die Highlander und ich und ein ganzer Schwung von den anderen Jungs und eine Menge von den Frauen hier im Dorf haben ein kleines Geschenk für Sonny und Maggie. Würden Sie bitte beide aufstehen?»

Sonny schaute Maggie verwundert an und zuckte die Achseln. Dann stand er auf und half ihr ebenfalls hoch.

«Im Namen des Dorfes Ballybucklebo habe ich das große Vergnügen ...», Donal überreichte Sonny einen ungeheuren Schlüssel, offenbar aus Pappe oder Sperrholz und mit Silberfolie überzogen, «Ihnen den Schlüssel zu Ihrem neuen, volleingerichteten Haus zu überreichen. Heute Vormittag sind wir damit fertig geworden.»

Barry sah Sonnys verblüfftes Gesicht, und wenn der alte Mann beim Wiedersehen mit seinen Hunden feuchte Augen bekommen hatte, so liefen ihm jetzt die Tränen über die Wangen. Barry spürte, wie auch ihm ein Kloß in der Kehle aufstieg, und fuhr sich rasch mit dem Handrücken über die Augen. Wie konnte ein junger Arzt, der halbwegs bei Sinnen war, auch nur in Erwägung ziehen, Ballybucklebo zu verlassen, dachte er? Als Patricia ihn anschaute, zwang er sich zu einem Grinsen und konzentrierte sich wieder auf Donals Worte.

«Hier, Maggie.» Donal reichte Maggie ein echtes Schlüsselbund. «Die Schlüssel gebe ich Ihnen, denn alle verheirateten Männer hier werden bestätigen, dass sie rechtlich gesehen vielleicht Haushaltsvorstände sind – aber jeder weiß auch, wer in Wirklichkeit die Hosen anhat, doch ja.»

Einen Augenblick lang herrschte Schweigen. Barry sah, wie Mrs Bishop den Councillor in die Rippen stupste, und er hätte schwören können, dass Bertie Bishop mit einem «Ja, Schatz» reagierte.

Das Gelächter fing leise an und wurde dann lauter und lauter, so wie eine Welle mehr und mehr an Kraft gewinnt, während sie sich dem Ufer nähert. Dann hüllte der Spektakel die ganze Menge ein. Es gab Jubelrufe und durchdringende Pfiffe. Einer der Dudelsackbläser legte spontan einen unmöglich schnellen Strathspey hin. Kinder kreischten. Ein kleines Mädchen brach aus lauter Angst vor dem infernalischen Getöse in Tränen aus und vergrub den Kopf im Rock seiner Mutter.

Japsend und kläffend stürzten Sonnys Hunde unter dem Tisch hervor. Der alte Spaniel jagte in engen Kreisen seinen eigenen Schwanz.

Barrys Frage, ob die Festlichkeiten dieses Nachmittags sich wohl mit der Abschiedsparty für die Galvins messen konnten, war beantwortet, und zwar durchaus positiv.

Gerade wollte er Patricia seine Gedanken mitteilen, da spürte er eine Hand auf der Schulter. Er drehte sich um und schaute in das offene Bauerngesicht von Jack Mills. «Tut mir leid, dass ich so spät komme», sagte sein Freund, «aber besser spät als nie.»

44 ＊ Zum guten Schluss ein neuer Anfang

«Jack.» Barry stand auf. Die Hände feucht von Schweiß, suchte er das Gesicht seines Freundes nach einem Hinweis ab. Wie würde die Nachricht lauten? «Bist du bei Harry gewesen?», fragte er.

«Ja, ja. Das arme Schwein muss einem wirklich leidtun. Sieht aus wie ein Gespenst. Diese Grippe ist richtig scheußlich.»

«Das tut mir leid. Hat er den Befund?»

«Ja.» Jacks Gesicht war ausdruckslos, bis er die halbvolle Weinflasche entdeckte. Da grinste er.

Mit verdutztem Gesicht hatte Patricia das Gespräch verfolgt. Sie griff nach einem sauberen Glas und reichte es Jack.

«Danke, Patricia.» Er nahm die Flasche. «Schön, dich zu sehen. Du siehst umwerfend aus.»

«Jack! Der Befund.» Eine Wolke hatte sich vor die Sonne geschoben, und Barry fröstelte in ihrem Schatten.

«Ach ja, natürlich.» Jack fischte einen Umschlag aus der

Innentasche seines Jacketts und gab ihn Barry. «Guck ihn dir an, während ich mir einschenke.» Er hob die Flasche.

Barry betrachtete den Umschlag. Doch, er wusste genau, wie Patricia sich gefühlt hatte, als ihre Prüfungsergebnisse eintrafen. Er hatte in diesem Moment auch kaum die Kraft, das blöde Ding zu öffnen, aber schließlich riss er den Umschlag auf, zog zwei Bögen heraus, faltete sie auseinander und begann zu lesen.

Oben standen der Name des Majors und Angaben zu seiner Person. Darunter schloss sich der «Histologische Befund» an. Barry überflog ihn. Es war die Rede von «Lymphozyten-aggregation», «atheromatösen Plaques», «Thrombozyten», «Fibrin» und «Eosinophilie der Myokardfasern».

Barry blätterte um. Er fand die Zusammenfassung und las:

«Auffallend deutlich ist zu sehen, dass drei der vier großen Koronararterien durch Arteriosklerose verengt sind ...»

Barry senkte das Blatt.

Es fiel ihm schwer, sich auf die Maschinenschrift zu konzentrieren, doch dann hob er das Blatt wieder und las weiter: «... und dass im Versorgungsgebiet dieser Gefäße eine massive Schädigung des Herzmuskels stattgefunden hat.» Da stand noch mehr, aber Barrys Augen wanderten zum letzten Abschnitt der Schlussfolgerung.

«Todesursache: starke Verengung der Herzkranzgefäße, die einen plötzlichen Tod zur Folge hatten, bevor sich makroskopische pathologische Veränderungen einstellten.»

Barry las die Worte noch einmal. Die Seite leuchtete jetzt in der Sonne, denn die Wolke war weitergezogen. Major Fotheringham war an einer koronaren Herzerkrankung gestorben. Mit seiner Hirnblutung hatte diese Krankheit nicht das Geringste zu tun. Barry atmete auf. Kein Arzt hätte den Major retten können. Er steckte den Bericht ein.

«Alles in Ordnung, Barry?» Patricia stand an seiner Seite. Ihr Gesicht war ernst.

«Wie bitte?»

«Ist alles in Ordnung?»

«Ja. Doch. Danke.»

«Gut, denn du bist plötzlich kalkweiß geworden.»

«Ich ... ich habe sehr auf diesen Bericht gewartet. Alles
Weitere erkläre ich dir später, aber ich habe die letzten zwei
Wochen darauf gewartet.» Er nahm sie in die Arme. «Das ist
das Beste, was mir heute passieren konnte.»

«Dann haben wir also beide Grund zu feiern?»

«Ganz genau.» Er küsste sie, und dabei war ihm schnurz-
egal, wer das sah. «Aber jetzt», sagte er dann, «muss ich es
O'Reilly erzählen. Der hat auch gewartet.»

«Dann geh. Er ist da drüben bei Kitty. Aber komm schnell
wieder. Ich will mehr hören.»

«Bin gleich wieder da.» Barry machte sich auf den Weg zu
O'Reilly, der ganz in ein Gespräch mit Kitty O'Hallorhan vertieft war. Jack rief ihm zu: «Gute Nachrichten, was? Harry hat
mir erzählt, was drinsteht.»

«Genau das, was ich mir gewünscht habe. Warum hast du
mir das denn nicht gleich gesagt?»

«Um die Überraschung zu verderben? Dein dämliches
Grinsen war Gold wert.»

«Du Drecksack», sagte Barry. «Die Sache hat mich völlig
fertiggemacht.» Aber er konnte Jack nicht böse sein. Er konnte
überhaupt niemandem mehr böse sein. «So, jetzt will ich es
O'Reilly erzählen.»

«Tust du mir vorher noch einen Gefallen?»

«Na klar.» Barry wurde bewusst, dass es keine Rolle spielte,
wenn er O'Reilly noch ein bisschen warten ließ. Und ihm
selbst konnte es auch nicht schaden, die Neuigkeiten ein wenig sacken zu lassen.

«Siehst du die Rothaarige da? Die mit den tollen grünen
Augen?»

«Meinst du Helen Hewitt?»

«Bitte sei so gut und mach uns bekannt.»

«Sie ist meine Patientin, Jack.»

«Aber doch nicht meine. Na komm. Stell mich vor.» Er machte sich auf den Weg zu Helen, und Barry folgte seinem Freund. «Aber, Jack, ich warne dich, Helen hat ihren eigenen Kopf.»

«Ihr Kopf», erwiderte Jack, «ist mir egal. Aber hast du die Beine gesehen? Donnerwetter.»

Im Geiste sah Barry Miss Moloneys zertretene Hüte vor sich. «Dann nimmst du das aber ganz und gar auf deine Kappe, Mills. Ich habe dich gewarnt.» Barry hüstelte. «Entschuldigen Sie, Helen, darf ich Ihnen einen alten Freund vorstellen? Doktor Jack Mills.»

Jack machte eine leichte Verbeugung. «Helen», sagte er, «wie die griechische Göttin Helena. ‹War dies das Antlitz, das der Schiffe tausend trieb?›»

Helen lachte. «Ach, gehen Sie mir weg. Was für ein Blödsinn.»

Barry schüttelte lachend den Kopf und begab sich schnurstracks zu O'Reilly hinüber, vorbei an den Musikanten, die zum Tanz aufspielten, und an herumjagenden Kindern und Hunden. Sonnys fünf Hunde drängten sich um O'Reilly und Kitty. Von Arthur Guinness jedoch war nichts zu sehen. Auch von Sonny und von Maggie nicht. Bestimmt waren sie gerade im Gutshaus und zogen sich um.

Noch immer grinsend, kam Barry bei O'Reilly und Kitty an. Die beiden standen dicht zusammen, O'Reilly hatte Kitty den Arm um die Taille gelegt. Barry wartete auf eine Pause in ihrem Gespräch.

Kitty kicherte. «... und dann hast du mich im Studentenwohnheim im fünften Stock aus dem Fenster geschoben, in der Schlinge von diesem Flaschenzug, der eigentlich dafür gedacht war, falls es mal brennen sollte ... und er reichte nur bis zum zweiten Stock.»

«Und du hingst wie eine riesengroße Spinne zwischen Himmel und Erde», sagte O'Reilly. «Aber wenigstens hat der Heimleiter dich nicht geschnappt.» O'Reilly räusperte sich und nahm den Arm von ihrer Hüfte. «Wir ... äh, wir sprechen bloß ... über alte Zeiten», sagte er. «Was können wir für dich tun, Barry?»

«Fingal, Jack Mills hat mir den Obduktionsbericht mitgebracht.»

O'Reillys Schultern wurden steif. «Und?»

«Ein schwerer stummer Herzinfarkt.»

«Mensch, das ist ja wunderbar. Schlimm für den Major, aber so ist nun mal das Leben.» Er griff nach Barrys Hand. Vor lauter Freude war sein Griff so fest, wie Barry es von ihrer ersten Begegnung noch in Erinnerung hatte. «Wunderbar.» Mit dem Elan eines Kuhhirten, der für seine Tiere Wasser in eine leere Tränke pumpt, schwenkte O'Reilly Barrys Arm auf und ab. «Morgen besuchen wir die Witwe. Ich habe dir ja gesagt, dass sie ihr Versprechen halten wird, wenn wir die Fakten haben. Keine Anklage. Oh Mann, was freue ich mich für dich, mein Sohn.»

«Sicher wirst du mir das alles gleich erklären, Fingal», sagte Kitty.

«Ganz bestimmt, aber zuerst müssen wir darauf einen trinken. Whiskey, Barry?»

«Bloß einen Kleinen, später. Ich habe Patricia allein gelassen, und ich will ihr auch endlich die Geschichte erzählen.»

«Gut.» O'Reilly übernahm das Kommando. «Warte hier, Kitty. Ich hole die Drinks. Barry, du bringst Patricia her. Sie möchte bestimmt noch ein Glas Wein.» Ohne eine Antwort abzuwarten, stürzte er los.

«Sie kennen ihn doch schon viele Jahre, Kitty. Ist er immer so gewesen?»

«Noch schlimmer.» Sie lachte. «Mit dem Alter wird er milder.»

Sie hatte wirklich ein entzückendes Lächeln.

«Ich gehe jetzt Patricia holen», meinte Barry. «Und danke.»

«Wofür?»

«Sie wissen schon.» Barry zögerte. Er wollte sich dafür bedanken, dass sie mit Fingal zur Hochzeit gekommen war, scheute aber davor zurück.

«Ziehen Sie los», sagte Kitty freundlich. Offenbar hatte sie ihn verstanden. «Wir sind bloß alte Freunde.»

Patricia wartete dort, wo Barry sie verlassen hatte. «Tut mir leid», entschuldigte er sich.

«Schrecklich.» Sie grinste. «Ein hilfloses Mädel ganz allein zu lassen. Ich warte auf deine Erklärung.»

«Das ist eine lange Geschichte, aber, um es kurz zu machen: Dieser Befund, den ich gerade gekriegt habe, hat mir das Fell gerettet. Du weißt, dass O'Reilly mir nach einem Jahr Assistenzzeit eine Teilhaberschaft angeboten hat?»

Patricia nickte.

«Es sah so aus, als würde daraus nichts werden.»

Sie machte große Augen. «Das hast du mir erzählt, aber ich hatte gedacht, das wäre alles geklärt.»

«Die Witwe hat mir mit einem Prozess gedroht.»

Patricia überlief ein Schauer. «Ach du grüne Neune. Wann war das denn?»

«Letzte Woche.»

«Du hast kein Wort davon gesagt.» Sie runzelte die Stirn. «Das hättest du mir doch erzählen können.»

Barry schüttelte den Kopf. «Nein. Du hattest schon genug um die Ohren.»

«Die Prüfung?» Ihre Wangen röteten sich.

Barry hielt die Hände hoch. «Und ich konnte ja ohnehin nichts tun. Ich musste auf den Obduktionsbefund warten.»

«Weil?»

Barry erläuterte ihr den Fall.

«Und diese Ergebnisse hast du gerade erst gekriegt?»

«Ja, eben gerade.»

«Und es ist nicht deine Schuld, oder?» Sie gab ihm einen Kuss. «Wunderbar. Also kannst du hierbleiben?»

Sollte er ihr jetzt sagen, dass er daran gedacht hatte, wegzugehen und sich eine Stelle in Cambridge zu suchen, um in ihrer Nähe zu sein? Nein. «Ja», sagte Barry, «ich kann hierbleiben.»

Wieder gab Patricia ihm einen Kuss. «Das freut mich sehr für dich.»

Er schaute ihr in die Augen. «Aber was wird aus uns?»

«Aus uns?» Patricia antwortete nicht gleich. Sie zog die Stirn kraus und strich sich mit der Hand über den Kopf. «Ich liebe dich, Barry. Wirklich.»

«Und ich liebe dich, Patricia. Das weißt du, aber drei Jahre sind schrecklich lang.»

Sie nahm seine Hand. «Wir müssen beide an unsere berufliche Zukunft denken. Und zum Heiraten sind wir noch viel zu jung, falls du das im Sinn hast.»

Ja, genau daran hatte Barry gedacht. In dem Augenblick, als er die Tragweite des pathologischen Befundes verstanden hatte, hatte er beschlossen, Patricia einen Heiratsantrag zu machen. Wenigstens hatte sie ihn jetzt vor der Schande bewahrt, offen abgewiesen zu werden.

«Das weiß ich alles», sagte er, «aber ...»

«Da gibt es kein Aber, Barry. Hör mir mal zu. Wenn du mich so sehr liebst, wie du sagst, dann wartest du. Manche Leute machen das, weißt du.»

«Du meinst Sonny und Maggie?»

Patricia nickte. «In tiefster Seele müssen sie einander sehr lieben, und ich weiß doch, wie sehr ich dich liebe, Barry Laverty. Ich komme zu dir zurück. Mach dir keine Sorgen deswegen.» Sie trat dicht an ihn heran, warf ihm die Arme um den Hals und küsste ihn so ungestüm wie noch nie, so als küsse sie eher aus Zorn als aus Liebe. Doch sie lächelte dabei, und ihr Grübchen war tief, als sie sich von Barry löste. «Natürlich komme ich wieder. Daran darfst du niemals zweifeln.»

Barry lachte. Er küsste sie und sagte laut: «Ich glaube dir, Patricia. Ich liebe dich, und mir ist ganz egal, wer das erfährt.»

Er wollte noch mehr sagen, wurde aber durch Jubelrufe und Dosenklappern unterbrochen. Der Rolls Royce des Marquess fuhr vor dem Säuleneingang des Gutshauses vor. An der hinteren Stoßstange hingen auf Schnüre gefädelte Blechdosen und alte Stiefel.

«Komm», sagte Barry, «wir müssen dem glücklichen Paar winken.»

Er nahm Patricia an der Hand und führte sie über den Rasen. Sie kamen gerade rechtzeitig, um den Marquess die breite Treppe hinunterschreiten zu sehen. Er führte Sonny, jetzt in einem gutsitzenden grauen Doppelreiher, und Maggie, die ein erikafarbenes Twinset und einen schicken wollenen Faltenrock trug. Auf dem Kopf hatte sie einen Strohhut mit einer einzelnen Rose im Hutband, und in der Hand hielt sie ihren Brautstrauß.

Die Gratulanten standen an der Treppe Spalier.

Nach kurzem Zögern warf Maggie den Brautstrauß in die Menge. Barry wünschte, Patricia würde ihn fangen, aber der lautstarke Beifall der Umstehenden und O'Reillys verstörtes Gesicht, als der Strauß Kitty O'Hallorhan direkt in die Arme flog, entschädigten ihn reichlich für seine Enttäuschung.

Sonny half Maggie auf den Rücksitz des Rolls Royce, und der Marquess fuhr sie fort, so, wie es seiner Position als Trauzeuge entsprach. Das Gerassel der Dosen und die Melodie eines einzelnen Dudelsackpfeifers begleiteten die Abfahrt. Warum der Mann eine Bearbeitung von *Rock Around the Clock* spielte, war Barry allerdings ein Rätsel.

«Sagst du mir nochmal, wie lange Maggie auf Sonny gewartet hat?», bat Patricia.

«Über fünfzehn Jahre.»

«Das ist aber lange.» Sie legte den Kopf ein wenig schräg, hob eine Augenbraue und lächelte.

Barry hörte das unausgesprochene Versprechen und legte ihr den Arm um die Schultern. «Das stimmt», sagte er.

«Barry, jetzt kommt endlich her!» O'Reilly zitierte sie mit lauter Stimme und einem Winken zu sich.

Er saß zwischen Kitty und Mrs Kincaid. Barry hatte vergessen, dass Getränke auf Patricia und ihn warteten. Er nahm ihre Hand, ging mit ihr zum Tisch, rückte ihr den Stuhl zurecht und wartete, bis sie saß. Arthur Guinness war wiederaufgetaucht und lag unter dem Tisch, wo er aus seiner Schüssel schlabberte.

«Bitte schön.» O'Reilly reichte Patricia den Wein und Barry den Whiskey. «*Sláinte.*»

«*Sláinte Mhaith*», gab Barry zurück. Er stand noch hinter Patricia, mit einer Hand auf ihrer Schulter.

«Also», sagte O'Reilly, «die Festivitäten hier werden jetzt erst richtig losgehen, aber ich denke mir, dass ihr jungen Leute euch vielleicht gerne verkrümeln möchtet?»

Barry schaute Patricia an. Sie lächelte zu ihm hinauf.

«Gut», meinte O'Reilly, «in dem Fall übernehme ich heute Abend den Bereitschaftsdienst.»

«Danke, Fingal.» Barry stellte sein Glas auf den Tisch und wollte zurücktreten, damit Patricia wieder aufstehen konnte, doch O'Reillys laute Stimme hielt ihn davon ab.

«Nein, du Esel. Du hast noch nicht ausgetrunken. Und bevor du abhaust, habe ich noch eine Aufgabe für dich.»

Barry zuckte mit den Achseln und nahm sein Whiskeyglas wieder in die Hand.

«Also», erklärte O'Reilly, «wenn ich Bereitschaftsdienst mache, muss ich in der Nähe des Telefons sein.» Er schaute Kinky an. «Mrs Kincaid, meinen Sie, dass Sie für Schwester O'Hallorhan und mich ein kleines Abendbrot richten könnten?» Er wartete die Antwort gar nicht ab, sondern wandte sich an Kitty. «Vielleicht möchtest du sehen, wie ein alter Landarzt lebt?»

«Sehr gerne.» Sie nickte zustimmend. «Aber ich weiß nicht, ob ich heute noch was essen kann.»

«Abendessen, ja?», fragte Kinky mit einem Blick auf O'-Reillys Westenknöpfe, die fast aus den Knopflöchern sprangen. «Klar kann ich das machen. Ich habe alle Zutaten für einen wunderbaren Salat da, doch ja.»

Barry musste sich zusammennehmen, um nicht laut herauszuplatzen.

O'Reilly stöhnte, dann beugte er sich vor und griff unter den Tisch. Immer noch vorgebeugt, sah er Barry an. «So, Doktor Laverty», sagte er langsam, «ich habe Sie noch nicht nach Ihren Plänen für die Zukunft gefragt, aber jetzt möchte ich die Gelegenheit beim Schopf ergreifen. Werden Sie im Licht der neuesten Nachrichten mein Angebot annehmen?»

«Ja, Doktor O'Reilly, und vielen Dank.»

«Großartig, ja. Großartig.» Kinkys Dreifachkinn wabbelte beim Lachen.

«Und», fuhr O'Reilly fort, «ich nehme an, dass Sie auch gerne selbständig arbeiten möchten?»

«Also, ich ...» Genau davon hatte Barry geträumt, als er vor zwei Wochen die Möwen beobachtet hatte, die über dem Strand von Ballybucklebo ihre Schwingen ausbreiteten. «Ja, Fingal. Da hast du recht.»

«Gut. Denn ich habe den ersten Fall für dich, bei dem du ganz auf dich allein gestellt sein wirst.»

Barry spürte, wie seine Wangen glühten, so stolz war er auf O'Reillys Vertrauen. Er warf Patricia einen Blick zu. Lieber wäre er sofort mit ihr weggefahren, aber wenn er einen Patienten besuchen sollte ... er war erleichtert, als sie ihm zunickte. «Um wen geht es denn, Fingal?»

«Nicht um wen, sondern um was.» O'Reilly wieherte vor

Lachen. Er richtete sich wieder auf, zog einen einzelnen Gummistiefel unter dem Tisch hervor und streckte ihn Barry entgegen. «Finden Sie ein Zuhause für dieses blöde Ding, Doktor Laverty ... und ich werde Ihnen dabei kein bisschen auf die Finger sehen.»

Schlusswort von Kinky Kincaid

Wahrscheinlich hätte ich mich schon beim letzten Mal gar nicht dazu bereit erklären sollen, noch etwas zu schreiben, denn jetzt sitze ich schon wieder hier. Aber Doktor O'Reilly hat gesagt, die Leser seien dankbar für meine Rezepte, ja. Und da fühle ich mich natürlich ein bisschen geschmeichelt.

Unser Doktor und die nette Schwester Kitty O'Hallorhan sind oben in der Wohnstube und hören sich diese scheußliche Katzenmusik an. Er sagt, das ist eine Oper, und sie heißt *La Nozze Di Figaro* ... hat was mit Hochzeit zu tun, meint er. Aber davon habe ich heute genug gehabt. Meine Füße tun weh von dem vielen Herumstehen, und ich hätte mir fast den Kiefer ausgerenkt, weil ich all die Leute anlächeln musste, die meinen neuen Hut bewundert haben. Aber trotzdem war es nett von dem jungen Doktor Laverty, dass er ihn mir gekauft hat. Ich habe ihn wieder in die Schachtel gepackt, da liegt er jetzt bis zum nächsten Mal, wenn dieser Esel Donal Donnelly und die kleine Julie MacAteer den Bund fürs Leben schließen.

Ich bin einfach froh, dass ich wieder in meiner Küche bin und die Füße hochlegen kann ... meine Knöchel schwellen immer an, wissen Sie, und es schadet nichts, wenn sie ein bisschen entwässert werden. Ich sitze hier am Tisch, mit dem Füllhalter in der Faust, und überlege, welche Kochrezepte ich Ihnen diesmal aufschreiben soll.

Ach, du meine Güte, hören Sie das Gekreische da oben? Das nennt man also Sopran. Als ob jemand einer Katze auf den Schwanz tritt. Und Lady Macbeth ist ganz meiner Meinung, das sage ich Ihnen. Sie liegt unter dem Tisch, mit dem Schwanz über den Ohren. Das süße Schnuckelchen.

Dieses Geschrei lenkt einen wirklich von der Arbeit ab, aber irgendwie muss ich ja anfangen. Ich denke, ich folge Doktor O'Reillys Rat und schreibe Ihnen die Rezepte für ein paar Gerichte auf, die ich in den letzten Wochen auf den Tisch gebracht habe. Allerdings werde ich nichts über ganze Schweine am Spieß schreiben. Ich bezweifle, dass Sie für das Rezept Verwendung haben. Der Koch von Seiner Lordschaft wollte ja vorhin keinen Rat von mir annehmen, aber das Schwein hätte wirklich gut und gerne noch eine halbe Stunde mehr vertragen können.

Wo soll ich anfangen? Also, zu Beginn der Geschichte habe ich den Ärzten ein Frühstück gemacht, wie es hier in Ulster typisch ist. Alles, was dazugehört, ist allgemein bekannt – bis auf das Sodabrot. Mit dem Rezept geht es los.

Rezepte aus Ulster

❊ Sodabrot ❊

1 Pfund Weizenmehl
1 Teelöffel Salz
1 gehäufter Teelöffel Backsoda (Haushaltsnatron)
etwa ¼ bis ½ Liter Buttermilch

Die trockenen Zutaten in eine Schüssel sieben und so viel Buttermilch hinzufügen, dass ein weicher, aber nicht klebriger Teig entsteht. Auf ein gutbemehltes Brett legen und zu einem runden Kuchen von etwa 4 cm Dicke formen. Auf ein bemehltes Backblech legen und so einritzen, dass 4 bis 6 Abschnitte, wie große Tortenstücke, entstehen. Bei 200° bis 220°C 30 bis 35 Minuten backen. Wenn das Brot abgekühlt ist, kann man es in die markierten Stücke zerteilen.

Man kann den Teig auch gleich in Viertel oder Sechstel teilen und bei milder Hitze in einer Pfanne backen. Das ist die traditionellere Methode.

❊ Sherry Trifle ❊

Biskuitkuchen oder Kuchen, der Butter, Zucker und Mehl zu
gleichen Teilen enthält
  Himbeermarmelade
  5 cl Sherry
  225 g tiefgefrorene (auftauen ist nicht nötig) oder frische
  Himbeeren
  2 Bananen
  ¼ l Vanillesoße
  Schlagsahne
  50 g Mandelblättchen, leicht angeröstet (kann man
  weglassen, wenn einer der Esser Mandeln nicht verträgt)

Den Kuchen in Stücke brechen und diese mit ein wenig Marmelade bestreichen. In eine große Glasschüssel legen, mit dem
Sherry übergießen und dabei rühren, damit die Flüssigkeit
aufgesogen wird, und dann mit den Himbeeren bestreuen.

Die Bananen in Scheiben schneiden und gleichmäßig auf
den Himbeeren verteilen. ¼ l Vanillesoße darübergießen. Darauf gleichmäßig die Schlagsahne verteilen und zur Verzierung
mit den Mandelblättchen bestreuen.

Vor dem Servieren 3 bis 4 Stunden kalt stellen.

❋ Mockturtlesuppe ❋

Dieses Rezept ist eigentlich für 4–6 Personen gedacht, aber so, wie unser Doktor isst, reicht es gerade für ihn und den jungen Laverty.

1 große Zwiebel, feingehackt
1 Esslöffel Butter
2 Esslöffel Olivenöl
2 Pfund fleischiger Ochsenschwanz
1 Knoblauchzehe, zerdrückt
3 ganze Nelken
¼ Teelöffel Thymian
1 Lorbeerblatt
¼ Teelöffel Piment
1 Esslöffel Mehl
3 Tassen heißes Wasser
3 Tassen Hühnerbrühe
1 Tasse geschälte, gehackte Tomaten
Salz und Pfeffer
½ dünnschalige Zitrone, mitsamt der Schale gehackt
1 Esslöffel Petersilie
2 hartgekochte Eier

Die Zwiebel in der Butter und dem Öl anbräunen, den Ochsenschwanz hinzufügen und auch leicht anbräunen. Gewürze und Kräuter hinzufügen. Das Mehl hineinrühren, bis es Blasen wirft. Nach Bedarf mehr Butter und Öl hinzufügen. Die Brühe und das heiße Wasser hinzugießen. Zum Kochen bringen und dann alle anderen Zutaten hineinrühren, bis auf die Eier.

2 Stunden lang köcheln lassen. Den Ochsenschwanz herausnehmen, das Fleisch abschneiden und das Mark herausholen. Die Knochen wegtun (hier im Haus legt Arthur Guinness sehr großen Wert darauf) und Fleisch und Mark wieder in die Brühe geben.

In Teller füllen und das grobgehackte Ei und pro Teller einen Teelöffel Sherry hinzugeben. Mit Petersilie garnieren.

Das war alles. Ich gehe jetzt ins Bett. Morgen habe ich viel zu tun. Es sieht so aus, als würde ich weiterhin für zwei kochen, denn Doktor Laverty hat sich entschieden, hierzubleiben … jedenfalls so lange, bis er mit seiner Patricia Spence etwas Eigenes hat. Aber wer weiß, wann das sein wird, wo sie doch erst mal nach Cambridge geht. Die Pfade der Liebe sind eben gewunden.

Und wenn dieser Patrick Taylor demnächst noch mehr Garn über uns hier in Ballybucklebo spinnt – bisher sieht es nicht so aus, als würde ihm der Stoff ausgehen –, dann werde ich, bevor Sie sich's versehen, wieder an diesem Tisch sitzen und noch mehr Rezepte aufschreiben, ja.

Bis dahin denken Sie immer daran: *Sláinte is fearr an tsláinte ná na táinte*, Gesundheit ist besser als Reichtum … und man kann nicht gesund sein, wenn man nicht richtig isst. Ich wünschte, ich könnte unseren Doktor dazu überreden, ein ganz kleines bisschen weniger zu essen.

Slán agat. Leben Sie wohl.

Kinky Kincaid

Nachbemerkung des Autors

Ihren ersten Auftritt hatten Doktor Fingal Flahertie O'Reilly und die Bewohner von Ballybucklebo 1995 in meiner monatlichen Kolumne in Stitches: The Journal of Medical Humour. Dort schlug man mir vor, diese Charaktere zur Grundlage für einen Roman zu machen.

Die Romane um die beiden Ärzte Laverty und O'Reilly spielen im äußersten Nordosten von Irland, aber anders als in meinen anderen Büchern, wo ich um historische Genauigkeit bemüht war, habe ich mir bei den Landarzt-Romanen einige Freiheiten herausgenommen, vor allem in Bezug auf die Geographie.

Schauplatz ist ein fiktives Dorf, dessen Namen ich meinem Französischlehrer zu verdanken habe. Erbost über meine Unfähigkeit, unregelmäßige Verben zu konjugieren, brüllte er: «Taylor, du bist so dumm, als kämst du aus Ballybucklebo!»

Diejenigen unter meinen Lesern, die sich ein wenig für Etymologie interessieren, möchten vielleicht wissen, was dieser Name bedeutet. Bally (irisch baile) ist ein townland − ein geographischer Begriff aus dem Mittelalter, der eine kleine Siedlung und die umliegenden Gehöfte bezeichnet. Buachaill bedeutet «Junge», und bó ist eine Kuh. In Bailebuachaillbó oder Ballybucklebo sind Ort und Zeit ähnlich irreal wie in Brigadoon.

Das ländliche Ulster, das ich schildere, gibt es so leider nicht mehr. Die Farmen und Dörfer sehen zwar immer noch ähnlich aus wie früher, aber der Nordirlandkonflikt und der alles beherrschende Einfluss des Fernsehens haben der Einfachheit des Landlebens den Garaus gemacht. Dass den Männern an der

Spitze der dörflichen Hierarchie – dem Arzt, dem Lehrer und den Pastoren – aufgrund ihrer Bildung ganz selbstverständlich Respekt entgegengebracht wurde, gehört inzwischen der Vergangenheit an, aber in meiner ersten Zeit als junger Arzt waren Männer wie O'Reilly noch häufig anzutreffen.

Als ich mit meiner ärztlichen Tätigkeit begann, war es gerade fünf Jahre her, dass man den Zusammenhang zwischen der Einnahme von Contergan in der Schwangerschaft und Missbildungen bei Neugeborenen entdeckt hatte. 1963 war in Leeds die erste Nierentransplantation mit der Niere eines Toten durchgeführt worden, und 1965 wurde die Zigarettenwerbung im britischen Fernsehen verboten. Erst 1967 fand unter Christian Barnard die erste Herztransplantation statt. 1971 folgte die erste Herz-Lungen-Transplantation. Bis 1978 mussten wir warten, um zu erleben, wie das erste Baby durch In-vitro-Fertilisation gezeugt wurde.

Damals waren die diagnostischen Testmethoden noch wenig entwickelt. Das betraf sowohl die Labortests als auch die bildgebenden Verfahren. Erst 1979 erhielt Godfrey Hounsfield den Nobelpreis für die Erfindung der Computertomographie (CT). In den Achtzigern, in dem Jahrzehnt also, in dem das AIDS-Virus identifiziert wurde, fanden die Laserstrahlen Eingang in die Operationssäle.

Nach heutigen Maßstäben steckte die moderne Medizin zu jener Zeit also noch in den Kinderschuhen, und viel hing von der ärztlichen Kunst der Doktor O'Reillys ab. Und in diesem Zusammenhang möchte ich eine Frage, die mir von Lesern meiner Kolumne häufig gestellt wird, ein für alle Mal klären. Barry Laverty und Patrick Taylor sind nicht ein und derselbe. Auch Doktor O'Reilly ist ein Produkt meiner Erfindungsgabe, selbst wenn einige meiner aus Ulster ausgewanderten Freunde immer wieder versuchen, in ihm einen geachteten – wenn auch unorthodoxen – Arzt der damaligen Zeit zu sehen.

Lady Macbeth hingegen verdankt ihr Romandasein tatsächlich unserer von einem Dämon besessenen Katze Minnie, und das Vorbild für Arthur Guinness war ein schwarzer Labrador, inzwischen lange tot, der einen unstillbaren Durst auf Foster's Lager an den Tag legte. Alle anderen Charaktere sind Montagen, die teils meiner Phantasie entsprungen sind und teils auf meine Erlebnisse als Landarzt zurückgehen.

Patrick Taylor
Bowen Island, B.C.
2006

Danksagung

Doktor Fingal Flahertie O'Reilly ist zum ersten Mal 1995 in Erscheinung getreten. Seine allmähliche Weiterentwicklung wurde von Simon Hally, dem Herausgeber der Ärztezeitschrift *Stitches*, freundlich beaufsichtigt.

Zwei weitere bemerkenswerte Menschen förderten O'Reillys Wachstum bis zur Reife:

Carolyn Bateman, die alle meine Manuskripte, bevor ich sie einreiche, redigiert und poliert und mir Ratschläge dazu erteilt.

Natalia Aponte von Tor / Forge Books, New York, die einen unerschütterlichen Glauben an die Bewohner von Ballybucklebo besitzt und mich fortwährend ermutigt.

Bei meiner Arbeit an *Neues vom irischen Landarzt* hatte ich das Glück, dass zwei Ärzte, der Pathologe Jimmy Sloan und der Neurochirurg Doktor Don Griesdale, mir mit ihren Fachkenntnissen zur Seite standen. Dass sie einem alten, nicht mehr praktizierenden Gynäkologen halfen, die Feinheiten eines Herzinfarktes und eines Morbus Parkinson zu verstehen, war sehr wertvoll.

Ihnen allen sprechen O'Reilly, Laverty und ich unseren tiefempfundenen Dank aus.